隋·唐演義

수·당연의

{제2권}

清 저인확(褚人穫) 지음

진기환(陳起煥) 옮김

明文堂

차례

수 · 당연의
隋 · 唐演義

제21회

술집서 만나 의형제를 맺었고, 재물을 뺏은 호걸은 이름 밝혔다.(借酒肆初結金蘭, 通姓名自顯豪傑.)

시로 읊기를,	詩曰,
괭이를 멘 노인은 눈물 줄줄 흘리며,	(荷鋤老翁泣如雨)
서럽게 일 년 내내 논밭서 일했었다.	(惆悵年來事場圃)
나라의 조세와 부역은 해마다 늘어나,	(縣官租賦苦日增)
세금이 많아도 사정없이 또 걷어간다.	(增者不除蠲復取)
더 걷은 세금은 상관 아부에 써버리고,	(羨餘火耗媚令長)
마을에 자주보내 싹쓸이 거둬들인다.	(加派飛灑腠閭里)
옷마저 저당 잡힌 아내는 치마도 없고,	(典衣何惜婦無褌)
굶주려 칭얼대는 손자를 돌봐야 한다.	(啼饑寧復顧兒孫)
세 차례 징발당해 일찍이 텅 비었는데,	(三徵早已空懸磬)
종아리 맞았는데 엉덩일 또 내려친다.	(鞭笞更嗟無完臀)

노역장 전전하며 눈물 마를 날 없고,　　(溝渠展轉淚不乾)

떠도는 부역에 돌아갈 길만 아득하다.　　(遷徙尤思行路難)

백성의 궁색한 꼴을 누가 그려내어,　　(阿誰爲把窮民繪)

그날의 주군에 보여줄 수 있겠는가?　　(試起當年人主觀)

불쌍한 백성은 나라 땅에(王土) 농사지어 먹고 산다. 그래서 여름과 가을에 당연히 조세를 바쳐야 하고, 이는 고통이라 생각하지 않는다. 그러나 흉년으로 추수한 것도 없는데, 이전처럼 징수하거나, 공사를 벌리며 추가로 징수당한다면 큰 고통이 된다.

궁궐 공사 때문에 한 고을에 은자 3천 냥을 징발한다면 일정액을 부담해야지만, 탐관오리들은 이를 기회로 삼아 이득을 보려고 온갖 잔머리를 굴려 초과 징수한다. 심지어는 관리의 여비라든지 상납을 위한 추가 부담까지도 모두 백성한테서 징발한다.

그래서 부자도 재산이 줄어들고 사방에서 원성이 터지며 도적질을 하려는 마음을 먹게 된다. 당시에 수나라 황제는 궁궐을 짓고 축성(築城)하는 큰 토목공사를 일으키면서 인근의 모든 고을에 납세를 독촉하는 관리를 보내 낙양의 큰 공사를 빨리 마무리하려 했다.

산동지역의 제주(齊州)나 청주(靑州)에서도 은 3천 냥을 보내야만 했고, 이런 소식에 사나이 한 사람이 일을 꾸미려 했다.

연주부(兗州府) 동아현(東阿縣)[1] 무남장(武南莊)에 사는 호걸, 성은 우(尤)에 이름은 통(通)인데, 그의 자는 준달(俊達)[2]이었다. 그 간 그는 오랫동안 산적으로 행세하였는데, 그 집은 큰 부자였다. 산동 6개 부에서는 그를 보통 우원외(尤員外)라고 불렀다. 본래 북방의 향마〔響馬, 마적(馬賊)〕이었고 본전이 탄탄했던 강도였는데, 지방에서 나름대로 세력을 갖고 있었다.

우통은 청주에서 3천 냥의 은자를 낙양에 보낸다는 소식을 들었다. 그럴 경우 연주는 반드시 거쳐가야 할 길목이기에 탈취할 수 있을 것이라 생각했다. 보통 길을 가는 객상을 털 경우 10여 명의 패거리이기에 몇 사람이 탈취하더라도 두렵지가 않았다. 그러나 이는 나라의 은자이니 틀림없이 군교(軍校)가 홍송할 것이며, 지나가는 해당 현에서는 군졸을 내어 호위할 것이기에 탈취가 매우 어려울 것이라 우통은 생각하였다. 그리고 약탈이 성공하더라도 이웃 군현의 사건이라 수색도 심할 것이니 차라리 욕심

---

1 동아현(東阿縣) — 지금 山東省(산동성) 서부, 黃河(황하) 북안, 聊城市 (요성시) 관할 東阿縣.

2 우통(尤通) — 우진달〔牛進達, 595 – 651년, 일명 우수(牛秀)〕— 唐朝의 무장. 淸代小說《說唐(설당)》에 등장하는 우준달(尤俊達)의 원형은 실제 인물 우진달(牛進達)이다. 수나라 말기 이밀(李密) 휘하의 장수가 되었다. 唐 高祖 武德(무덕) 2년(619)에 우진달, 진숙보(秦叔寶), 정교금(程咬金) 등은 모두 李世民 휘하의 장수가 된다. 唐 太宗 정관(貞觀) 원년(627) 이후 군사를 거느리고 각지의 반당세력을 토벌하였다. 戰功(전공)으로 좌무위장군(左武衛將軍)이 되었다. 57세에 죽어, 당 태종의 소릉(昭陵)에 배장(陪葬)되었다.

내지 않는 것이 편할 것이라는 생각도 하였다.

그러나 인간의 이기심은 정말 가소로운 것이다. 우원외, 곧 우통은 인간의 이해 관계를 잘 아는 사람이었지만 결국 탐욕으로 자신의 뜻을 굳혔다.

우통은 3천 냥의 은자를 그냥 흘러가게 버려둘 수는 없었다. 자신의 집안에서 쓸만한 장객(莊客)을 생각해 보았지만, 모두가 약골이라 쓸모가 없다고 생각하였다. 그래서 휘하의 장객 한 사람과 이야기를 나눴다.

"우리 무남장 부근에 이름이 알려지지 않은 장사가 있겠는가? 그런 사람 하나만 있어도 뒤탈 없는 장사로 큰돈을 벌 수 있을 것 같은데!"

그러자 장객이 말했다.

"우리 앞마을 가까이 5, 6리 떨어진 곳에 성이 정씨(程氏), 이름이 교금(咬金, 咬는 깨물 교)이고, 자가 지절(知節)이라는 장사가 있습니다. 본래 그곳 반구점(斑鳩店)에 사는 사람인데, 그전에 밀조 소금인 사염(私鹽)을 판매하였습니다. 그러다가 관병에 저항했고, 관가에 잡혀서 변방에 군졸로 충원되었습니다. 나중에 사면을 받아 집에 돌아왔는데, 이 사람을 끌어들이면 아마 일이 수월할 것입니다."

"나도 그 사람 이름은 들은 바 있는데, 자네가 그 사람을 잘 아는가?"

"저도 그 사람 이름만 알고 있으나 얼굴을 모르고 있습니다."

우원외는 정교금(程咬金)[3]이라는 이름을 마음에 새겨 두었다.

어느 날, 우원외는 우연히 교외에 나갔는데, 가을날이 몹시 춥고 세게 부는 서풍에 낙엽이 마구 휘날렸다. 우원외는 마침 술 생각이 간절하여 술집 마루에 올라 우선 차를 마시면서 술을 시켰다.

그때 거대한 덩치의 사나이가 들어왔다. 그 사나이는 두 눈썹이 깎아 세운 듯 우뚝 섰고, 두 눈빛이 날카로웠으며, 얼굴에는 여드름 흉터인지 곰보 자국이 더덕더덕 났고, 부스럼이 난 입가에는 뻐드렁니에 수염이 많았다. 그 행동거지는 거칠지만 몸은 강철 덩어리마냥 단단해 보였으니 결코 보통 만만한 사내가 아니었다.

그가 걸친 옷은 몹시 남루하였는데, 어깨에 걸친 망태에는 나무 갈퀴가 있었다. 그 사람은 망태를 내려 놓고 앉아 데운 술을 주문했는데 술집 주인과 아주 친숙한 사이 같았다.

우원외는 그 사람의 특이한 행동거지를 주시하다가 작은 소리

---

3 정교금(程咬金, 589-665년, 字는 義貞, 知節)—唐朝 초기의 맹장(猛將), 大將, 기마 창봉술로 유명, 濟州 東阿人. 능연각(凌煙閣) 24 공신 중한 사람. 민간 전설에서는 복장(福將)으로 알려졌다. 수나라 말기에 이밀(李密)의 휘하에서 전투 능력을 발휘했다. 당 고조 武德 2년 (619)에 진숙보, 유흑달(劉黑闥), 우진달(牛進達, 尤通) 등이 모두 당에 투항했고 이세민 휘하에 소속되어 천하 평정에 크게 기여하였다. 뒷날 향리에서 77세로 죽었고, 태종의 소릉(昭陵)에 배장되었다.

로 점원을 불러 물었다.

"저분 이름이 무엇인가? 너도 잘 아는 분인가?"

"자주 와서 술을 마십니다만, 저 사람은 반구점(斑鳩店)에서 사는데 어렸을 적 이름은 정일랑(程一郎)이나 본명은 모릅니다."

우원외는 반구점이라는 마을 이름을 듣고, 또 정씨라고 하자, 혹시 정교금을 알 것이라 생각했다.

우원외가 그 사람에게 가서 말했다.

"노형의 성씨가 무엇입니까?"

"저는 정씨이고 반구점에 삽니다."

"반구점에 정지절이란 분이 사신다는데, 그분과 같은 집안이십니까?"

"뭐 집안이라 할 것도 없습니다. 그저 늙은 어머니가 한 분 계시고 다른 일가는 어디에 사는지도 모릅니다. 제가 정교금이고 저의 자가 지절입니다. 보통 정일랑이라고 저를 부릅니다. 그런데 나으리께서는 누구시며, 제 이름을 어떻게 아십니까?"

우원외는 그가 바로 정교금이라 하자, 마치 큰 보물을 주은 듯 기뻐하면서 "저 갈퀴는 무엇입니까? 팔려 하십니까?"라고 물었다.

"그렇습니다. 저는 노모를 모시고 살면서 대나무로 키(竹箕) 또는 갈퀴를 만들어 겨우 먹고 삽니다. 그런데 오늘은 가을철인데도 갈퀴를 사는 사람이 없어 헛걸음을 했습니다. 그래서 날도 춥고 바람도 세어 잠시 몸이나 녹이고 들어가려고 여길 들어왔습니다. 그런데 존성 대명은 어떻게 되십니까?"

"저는 우통이라 합니다. 마을 사람들은 듣기 좋은 말로 우원외라고 부릅니다만, 저는 그간 오랫동안 형씨의 대명을 흠모해왔습니다. 초면이지만 그래도 오랫동안 흠모하신 분이니 꺼리지 않고 말씀드립니다만, 마침 일거리 하나가 생길 수 있어 정형한테 말씀드리고 싶습니다. 그런데 이 자리는 그러하니, 가까운 저의 집으로 모시어 말씀드리고 싶습니다."

그러자 정교금도 반색을 하며 말했다.

"오늘 지기(知己)를 만나 뵈었습니다만, 말씀하시는대로 따르겠습니다."

그러면서 정교금은 술잔을 들면서 "우선 여기서 한두 잔 마시고 댁에 가서 조금 더 마시는 것은 어떻겠습니까?"라고 말했다. 우원외는 정교금과 합석하였다.

한 사람은 마을에서 잘 알려진 부자이고, 다른 한 사람은 가난뱅이의 합석이라 술집 주인은 고개를 돌려 웃었다. 두 사람은 몇 잔을 마신 다음 우원외가 계산하고 일어섰다. 정교금은 망태의 갈퀴를 내주며, 이는 지난 번에 마신 외상 술값 대신이라고 말했다.

우통이 술집에 들어올 때 말을 타고 왔지만, 말을 하인에게 먼저 보내고 정교금과 천천히 동행하여 집으로 갔다.

우원외 집에 들어간 두 사람은 무릎을 맞대고 가까이 앉아 근래의 흉년과 가사에 대한 이런저런 이야기를 나누었다. 그러면서 우통은 가산이 여의치 않아 집을 떠나 장사를 하고 싶지만 도적이 많아 함부로 나설 수도 없다면서 정교금이 함께 동행해 준다면 버는 돈을 똑같이 나누고 싶다고 말했다.

이에 정교금이 말했다.

"형씨는 지금 저를 동업자로 생각하십니까? 그렇지만 저는 할 수 있는 일이 없습니다."

그러자 우원외가 정색을 하며 말했다.

"그렇지 않습니다. 저는 정형의 의리와 용기를 오랫동안 흠앙하였지 다른 생각은 하지 않았습니다. 오늘 이렇듯 우리가 서로 교제를 허락한다면 서로간 아무런 의심도 없을 것입니다."

"저는 거칠고 어리석은 사람인데, 제가 어떻게 형제가 되겠습니까?"

두 사람은 서로 나이를 말했다. 우원외가 정교금보다 5살 위였다. 그래서 우통이 형, 정교금은 아우가 되었다. 두 사람은 향을 피우고 서로 8배를 올리며 생사를 같이 하고 환난에 서로 끝까지 돕겠다고 맹서하였다. 그야말로,

친교를 맺으며 빈부로 나눌 수 없으니,　（結交未可分貧富）
결의에 오로지 생사를 서로 의지한다.　（定誼須堪託死生）

정교금이 말했다.

"장삿길 나서기는 저도 좋습니다만, 저의 모친을 돌봐줄 사람이 없으니 걱정입니다."

우통이 말했다.

"이제 우리가 형제가 되었으니, 아우의 어머님은 곧 나의 백숙모와 같소. 그러니 당연히 우리 집에서 봉양해야 하네. 그러니 오늘 밤이라도 당장 모셔올 수만 있다면 무슨 걱정이겠는가?"

"제가 겨우 갈퀴나 팔아 생계를 꾸리다 보니 돈 몇 푼이라도 있어 쌀을 좀 사가지고 간다면 어머님께 말씀드리기가 쉬울 것입니다. 그러면 어머니도 기뻐하시며 집을 떠나실 것 같습니다."

우통은 우선 소매에서 은자 몇 냥을 꺼내 주머니에 담아 교금에게 넘겨주었다. 그리고 저녁을 함께 먹으며 술잔을 계속 서로 권했다.

교금은 기분이 들떠 술잔마다 가득 채워 받으며, 받은 술잔을 금방금방 싹 비웠다. 지금 마시는 술은 집에서 빚은 술이라 향기와 맛이 술집에서 파는 술과 크게 달랐다. 그런데도 교금은 주는 술을 조금도 사양하지 않았다. 우통이 오히려 걱정이 되어 술을 그만하자고 말했다. 교금은 마지막 잔이라면서도 큰 잔으로 서너 잔을 연속 마셨다.

교금은 집에 가서 모친을 모시고 내일 오기로 약속하고 우통의 집을 나섰다. 우통은 교금에게 건넨 은자 주머니를 잘 챙기라고 당부하였다. 교금은 은자 주머니를 자기 윗도리 주머니에 넣고 단단히 여미었다. 그리고 인사를 하고 떠났다. 그런데 우통이 준

은자 주머니는 바로 대 문앞에 떨어져 있었다.

그 은자를 주워 온 장객이 물었다.

"그분이 부주의로 빠트린 것 같습니다. 지금 달려가서 건네주겠습니다."

그러나 우통은 은자를 건네고서도 후회했는데 잘 되었다고 말했다.

왜 후회했느냐고 묻자, 우통이 말했다.

"저 아우는 야무지지 못해 은자를 받아가서 모친과 상의하더라도 모친이 반대하면 실행을 못할 것 같아. 그런데 이제 은자를 잃어버렸으니 틀림없이 오늘 밤에 되돌아올지도 몰라. 그러니 나는 기다리겠네."

한편 교금은 비틀거리며 집에 들어갔다. 땔나무도 양식도 없어, 추위 속에 떨고 있던 교금의 모친은 술에 취해 빈손으로 들어오는 아들을 나무래며 혼냈다.

교금은 모친에게 오늘 있었던 이야기를 상세히 말했다. 부자 물주를 만나 의형제를 맺었고, 내일부터라도 장사를 시작할 것이며, 이익은 반분하기로 했다는 이야기를 마쳤다. 그리고 어머니를 그 집에서 봉양하기로 했다면서 이사 비용으로 은자도 주었다면서 은자 주머니를 찾았다. 그러나 흘려버린 은자가 옷에서 나올 리가 없었다.

모친이 화를 내자, 교금은 "아들이 왜 어머니에게 거짓말을 하겠습니까? 지금이라도 어머니를 업고 우원외 집에 가서 확실하게 보여드리겠습니다."라고 하였다.

교금과 모친은 방문을 대충 잠궜다. 교금은 모친을 업고 무남장의 우원외 집으로 가서 대문을 두드렸다. 밤이 늦었지만 우통은 교금이 돌아오리라 생각하며 기다리고 있었다.

우통은 교금과 모친을 중당으로 안내했고, 이어 우통이 직접 교금의 모친에게 말했다.

"저는 윗대 조상의 자산을 물려받았지만, 매년 흉년이 들고 홍수 때문에 전지가 척박해졌으며 가산이 해마다 줄어들었습니다. 그래서 강남의 비단을 사다가 다른 곳에 파는 장사를 생각하였습니다. 마침 호걸인 아우를 만나 의형제를 맺었고 한마음으로 함께 장사를 시작하려 합니다. 그래서 이제부터는 저의 집에서 백모(伯母)로 제가 봉양할 것이니, 여기를 집으로 생각하시고 편히 지내시길 바랄 뿐입니다."

교금의 모친은 지금이야 가난하지만, 본래 대가(大家)에서 성장하였기에 예절도 알고 사리에도 밝았다.

그래서 우통의 말에 웃으면서 말했다.

"원외께서 잘못 생각한 것 같소. 내 아들을 동생으로 맞이하신 것은 고맙소만, 이 애가 거칠고 우둔한데다 솜씨도 없으니 무슨 일을 하겠소? 더군다나 이 애는 수중에 본전이 한푼도 없는데, 어찌 동업이 되겠소? 우리 애를 데리고 일을 가르치더라도 제 밥벌이라도 할지 걱정뿐이오. 더군다나 나까지 이 댁에서 신세를 진다면 명분도 맞지 않을 것 같아 걱정일 뿐이요."

"저는 그동안 교금의 대의를 오랫동안 흠모했지만 오늘에서야 만났습니다. 우리의 동업은 제가 진심으로 원한 것입니다."

그러면서 양탄자 자리를 펴게 한 뒤에, 교금의 모친을 모셔놓고 의형제를 맺은 자식으로서 정식으로 인사를 올렸다. 교금의 모친도 답례로 4배를 했다.

우통이 말했다.

"저와 교금이 장삿길에 나설 경우, 백모께서 반구점 마을에서 혼자 계실 수가 없기에 여기서 제가 봉양하겠습니다. 혹시 앞으로 저희가 잘못하거나 생활에 불편하신 것이 있으면 바로바로 고쳐가며 편히 모실 것이니 아무 걱정하시지 마십시오."

교금의 모친이 말했다.

"우리 애가 워낙 우둔하고 배운 것이 없어 오히려 폐만 끼칠까 걱정뿐이요. 잘못하는 것이 있다면 친동생처럼 엄히 가르치고 깨우쳐 주시오. 그나저나 원외의 대 은혜에 이 늙은이는 그저 감복할 뿐이요."

우통은 교금의 모친을 안채로 모신 다음, 저녁식사를 차려 올렸다. 우통과 교금은 다시 중당에서 촛불을 환히 밝히고 술상을 차려 마주 앉았다.

술잔이 오가며 약간의 취기가 돌자, 우통은 황제의 명에 의한 각 주에서 상납할 은자에 대한 이야기를 꺼내려 했다.

우통이 먼저 물었다.

"아우는 새 황제가 즉위한 이후에 벌어진 일들을 어떻게 생각하는가?"

그 무렵 정교금은 기본적으로 황제에 대하여 호의적 견해를 갖고 있었다.

"형님, 제 생각에 황제는 좋은 분이지요. 제가 변방에 군졸로 충원된 뒤로 밤낮으로 노모만을 생각하며 불안 속에 살았습니다. 그러다가 새 황제의 사면을 받아 고향으로 돌아왔고 모친을 다시 모실 수 있었습니다."

그러나 우통은 생각이 달랐다.

"새 황제는 지금 토목공사를 너무 크게 벌렸소. 모든 주에서 은자 3천 냥을 바쳐야 하고, 그렇게 해서 큰 공사를 마치려 하지만 쉽지 않을 것이야."

"황제의 땅에 사는 백성이니 세금을 바치는 것은 당연한 일이지만, 그래도 너무 많이 걷을 수는 없겠지요? 관리들이 세금 독촉을 하지 않던 때가 언제 있었습니까?"

"그건 그래. 그러나 지금 우리의 산동 땅 청주에서는 천자의 뜻에 따라 은자 3천 냥을 징수하여 납부해야 하는데, 청주부의 태수는 밀주 단속을 핑계로 각지에 관리들을 내보내며 백성을 수탈하고 있지. 그러는 동안에 무고한 백성을 괴롭히며 죽이고 있어. 백성의 피를 짜내는데 그것이 너무 잔혹하단 말이야. 하여튼 그 3천 냥 은자는 모두가 백성의 땀이고 눈물이며 피를 짜낸 것이야. 그 3천 냥이 상경하면 그걸로 끝이지. 그런데 그 3천 냥이 낙양까지 가려면 틀림없이 우리 연주를 거쳐가야만 해. 그러니 나와 아우가 힘을 합해 그 3천 냥 은자를 좀 빌려서 장사 밑천으로 한다면 좋지 않겠는가? 아우 생각은 어떤지 모르겠어?"

정교금은 본래 사염(私鹽)을 판매하던 장사꾼이었는데, 사염업자는 늘 관리의 단속을 피하면서 싸워야 했고, 어디서든 강도한테 가진 돈을 빼앗길 수도 있었으며, 빼앗겼으면 빼앗긴 만큼을 어디서든 보충해야 했다. 때문에 사엽 밀매업자는 사실상 도적에 가까웠다.

지금, 더군다나 장사를 시작하려면 본전이 있어야 하는데, 그 본전이 이렇게 가까운 곳에 있고, 더군다나 우원외가 먼저 말을 꺼냈으니 ….

정교금은 만면에 미소를 띠우면서 말했다.

"형님, 그 은자가 이 길로 오지 않을까 걱정이지, 우리쪽 이 길을 틀림없이 지난다면! 형님까지 애쓸 것도 없습니다. 제가 말 타고 길을 가로막으면, 그 은자는 우리 수중으로 그냥 굴러 들어옵니다."

"아우는 무슨 병기를 잘 쓰는가?"

"저는 도끼를 잘 휘두릅니다. 특별히 전수받은 기술은 아닙니다만, 제가 한가할 때마다 장작 패는 큰 도끼에 긴 자루를 끼워 춤추듯 휘둘러 보았더니 기술이 조금 늘었습니다."

우통이 말했다.

"나한테 도끼 한 자루가 있는데 60근 짜리야. 아우가 쓸만하겠나?"

"5, 60근 정도는 무겁지 않습니다."

우통은 하인을 시켜 도끼를 꺼내왔다. 우통의 도끼는 무쇠를 단련하여 특별히 제조하였으며, 도끼날 양쪽에 팔괘(八卦)를 주조하였기에 도끼를 '팔괘선화부(八卦宣化斧)'라고 불렀다. 우통은 정교금의 체구에 맞는 청통 갑옷과 투구, 녹색의 비단 전포(戰袍), 그리고 교금을 위한 청총마(青驄馬)까지 무장 일체를 갖춰주었다.

그리고 우통 자신도 갑옷과 철제 투구, 기름칠을 할 견갑(肩甲), 검은 긴자루의 창과 검은 비단의 전포와 오추마(烏雛馬) 등 일체의 무장을 갖추었다.

이런 일체의 장비를 중당에 내놓고 술을 마시며 착용하였고, 그리고 마당에 내려와 직접 무예를 시합하듯 겨루어보았다.

가는 대나무를 묶어 만든 횃불을 높이 세워 대낮처럼 밝은 불빛 아래에서 두 사람은 무장을 갖추고 말을 달리며 무예를 겨루었다. 우통의 장창과 교금의 도끼가 부딪치며 섬광이 번쩍일 때마다 마당의 장객이나 하인, 일부 이웃까지도 모두 갈채하며 환호했다.

이웃 사람들도 우원외에 의지하여 사는 사람들이라서 아무런 거리낌이나 두려움도 없었다. 두 사람의 무예 시범이 끝나자 말에서 내렸고, 간단히 씻은 다음에 같은 침상에서 누워 잤다.

다음 날, 우통은 사람을 청주에 보내 3천 냥 은자를 언제 보내고, 누가 호송하며, 어느 날 이곳 장엽림(長葉林)을 통과할 것인가를 탐문케 하였다.

며칠 뒤 사람이 돌아와 말했다.

"10월 보름에 출발하여 24일 쯤에는 장엽림에 도착할 것 같습니다. 호송 책임자인 해관(解官) 한 사람에 방호무관이 한 사람, 그리고 큰 활을 지닌 궁수 20명이라고 합니다."

23일 밤에, 우원외는 미리 좋은 술을 거르고 특별한 안주를 장만하여 정교금과 그리고 거느릴 사람들과 함께 마시며 결의를 다졌다.

일행은 새벽 5경에 장엽림에 도착하였고, 우통이 정교금을 부추기며 말했다.

"아우여, 나와 아우가 평생 먹고 살 길이 이번 거사에 달린 것 같아!"

교금은 고개를 끄덕이고 도끼를 들고 말에 올라탔다. 교금은 도끼를 말 안장에 걸쳐놓고 마치 맹호가 움추린 듯, 관도(官道)의 한쪽으로 비켜서있었다.

드디어 은자를 호송하는 관군의 길 안내자인 청주절충교위(靑州折衝校尉)인 노방(盧方)이 나타났다. 이는 은자가 지나갈 길 안내인이면서 예측치 못한 일을 사전에 탐색하여 미리 제거하는 사람이었다.

노방 일행이 장엽림에 들어오자, 교금이 관도 가운데로 나가

길을 가로막으며 말했다.

"길 값〔매로전(買路錢)〕을 내놓아라!"

노방은 본래 궁술과 마술(馬術)에 능숙한 장교였다.

노방이 긴 창을 움켜지며 화난 얼굴로 말했다.

"이 빌어먹을 마적 놈아! 깊은 산중에서 지나가는 장삿꾼의 주머니나 터는 졸개 놈이, 감히 여기가 어딘줄 아느냐? 여기는 삼경 육부의 지방 관아에서 도성으로 통하는 관도이다. 네놈이 얼마나 대담하여 나의 길을 막느냐!"

교금이 노방을 보고 웃으면서 말했다.

"나는 온 나라의 객상을 털지 않았다. 청주에서 보내는 은자 3천 냥은 백성들의 피와 땀을 갈취한 것이다. 나는 도적놈과 같은 관아의 재물을 좀 넘겨받아 장사 좀 하려고 한다. 네 은자도 아니니 여기 얌전히 내놓고 조용히 사라지거라! 네놈이 죽으면 네 처자만 불쌍해진다."

노방은 말로도 지고 싶지 않았다.

"미친 놈! 무식한 마적에게 누가 장사 밑천을 내주겠나!"

그러면서 긴 창을 힘껏 움켜잡고 교금을 향해 달려 들었다. 교금은 마치 장수끼리 시합을 벌린다는 기분으로 도끼를 휘두르며 달려나갔다. 두 마리 말이 충돌하면서 창과 도끼가 부딪쳤다. 두 맹장이 한참을 싸웠지만 승부가 나지 않았다.

교금이 도끼를 휘두르며 뒤를 보니 먼지바람이 크게 불어왔다. 은자를 호송하는 본대가 가까이 왔다고 생각하며 교금은 온

힘을 다해 노방을 내려찍으며 공격했다. 결국 노방은 도끼를 맞고 말에서 굴러떨어졌고, 그대로 죽었다.

부하가 교금을 맞서 싸우는 동안 졸개 하나가 뒤쪽으로 달려가 노방의 죽음을 알렸다. 교금이 말을 달려 무섭게 공격해오며 닥치는 대로 쳐죽이자, 은자를 호송하는 부하들은 모두 칼과 창을 잡고 맞부닥쳤다. 호송하는 군졸 네댓 명이 교금의 도끼에 맞아 죽자 호송 군졸은 말머리를 돌려 달아났다. 그들은 호송하는 은자 상자를 장엽림에 버려둔 채, 몸을 내빼기에 바빴다.

교금은 호송하는 책임자인 호조참군(戶曹參軍)인 설량(薛亮)이 은자를 말 안장에 매달고 도망친다고 생각하여 설량을 추격했다. 설량은 정신 못차리고 도망했다. 교금이 계속 추격하자, 설량은 겁이 났다.

겨우 약간 거리를 벌리자, 설량이 소리쳤다.

"우리 은자는 숲속에 버렸는데 왜 자꾸 나를 추격하는가? 추격해야 헛일이야!"

그러자 교금은 속도를 늦추었다.

장엽림에서 설량이 도망칠 때, 교금의 부하 하나가 우통에게 달려가 보고했다.

"교금이 노방을 죽였고, 관군은 은자를 모두 버리고 도주했습니다. 교금은 지금 호송 군관을 추격하고 있습니다."

우통은 장엽림에서 은자 상자를 부수고 은자 주머니를 모두 회수한 뒤 천천히 무남장으로 돌아갔다. 그리고 양과 돼지를 잡아

잔치 준비를 하면서 교금이 돌아오기를 기다렸다.

교금은 은자 호송관인 설량을 십여 리 추격한 뒤, 은자가 장엽림에 버려졌다는 말에 말머리를 돌렸다.

그러자 설량도 말머리를 돌려 교금을 따라오며 욕을 해대었다.

"마적아! 너와 나는 원수진 일이 없다. 네가 관군의 길을 막고 은자를 강탈하려 했지만 우리는 이미 숲에 버려두었지! 그러니 빨리 돌아가 은자나 챙겨라! 멍청한 놈!"

"마적 놈아, 은자를 잘 간수해라! 내가 돌아가 자사에게 보고하면, 곧 너희 잔당을 잡아낼 거야! 그땐 도망갈 수도 없겠지! 그러면 너희 어미 아비까지 몽땅 다 처형될 것이다."

교금은 장교란 작자의 한심한 꼴을 비웃으며 말했다.

"네놈이나 도망다니지 말라! 관군은 도망치는 꼬락서니를 보고 뽑느냐? 오늘 내가 너를 죽이지 않는 것은 네놈 처자식이 불쌍해서 살려주는 것이다. 네놈이 나를 마적이라 하지만, 나는 이름도 없는 사내가 아니야! 내가 이름을 알려줄 터이니 너희 자사에게 똑바로 전해라. 나는 정교금이고, 또 한 분은 우준달이시다. 우리는 평생 남을 무시하지 않았다. 우리에게 은자를 빼앗겼으니 자사한테 보고하고 처형당할 준비나 해라! 참말 한심한 녀석이군!"

교금은 우쭐한 기분으로 이름을 다 말해주었지만 곧장 후회했다.

'이름을 알려줘서 내가 무슨 이득이 있는가? 원외 형님은 내가 바보짓을 했다고 나무랄 거야! 그러니 이름을 일러줬다는 이야기를 해선 안 되지!'

교금은 무남장으로 돌아왔다. 우통과 일행은 교금을 뜨겁게 맞이했다. 얼마나 통쾌한 술자리를 벌렸겠는가? 그야말로,

기쁠 때 술 들어갈 창자는 바다처럼 넓고,　　（喜入酒腸寬似海）[4]

걱정하며 찡그린 눈썹은 산만큼 무겁다.　　（悶堆眉角重如山）[5]

은을 호송하던 참군 설량은 청주로 돌아와서 청주 자사인 곡사평(斛斯平) 앞에 나아가 보고하였다.

---

4 술이 들어갈 창자는 바다만큼이나 넓고(酒腸寬似海), 여색을 탐하는 마음은 하늘만큼 크다(色膽大如天). 술잔에 빠져 죽은 사람은(酒杯裏淹死的人), 바다에 빠져 죽은 사람보다 오히려 더 많다(比大海的還要多). 세상에 곧은 길 없고(世上無直路), 사람 뱃속에 반듯한 창자도 없다(人肚無直腸). 술을 마시면 약간의 수줍음은 없어진다(酒蓋三分羞). 식사하며 술 한 잔(飯後酒) ─ 예로부터 그러했다(從來有). 차는 셋이, 술은 넷이, 놀러갈 때는 여자 하나가 가장 좋다(茶三酒四游玩一女).

5 걱정이 많으면 병도 많다(多愁多病). 술로 시름을 풀려 하면 수심만 더 깊어진다(借酒遣愁愁更愁). 칼 뽑아 물을 잘라보지만 물은 다시 흐르고(抽刀斷水水更流), 잔 들어 근심 잊으려 하나 걱정 더욱 깊어진다(擧杯消愁愁更愁). ─ 唐(당) 李白(이백)의 詩(시) 구절.

"저는 은자를 낙양까지 호송하려고 24일에 제주 장엽림이란 곳을 지나가는데, 갑자기 수십 명의 마적떼가 나타나 우리의 은량을 겁탈하고 장교인 노방과 궁수 4명을 죽였습니다. 소관은 죽기를 결심하고 마적과 싸웠지만 패하며 겨우 목숨을 살려 돌아와 대인께 보고드립니다. 제가 패장이지만, 제주에 공문을 보내 그 도적들을 체포하고 은자 3천 냥을 회수토록 지시해야 한다고 생각합니다."

곡 자사는 보고를 받고 대노하면서 말했다.

"마적들이 어찌 감히 나라의 은냥을 겁탈할 수 있겠나? 네가 조심하지 않았기에 은냥을 강탈당한 것 아닌가? 나는 너를 낙양의 공사를 총괄하시는 우문개(宇文愷, 555－612년. 20회 주석 참고) 대신께 압송하여 네가 은량을 변상토록 할 것이며 제주에서도 변상토록 조치하겠다."

그리고서는 설량을 잡아가두라고 지시하였다. 이제 설량은 놀라 넋이 나갔는데, 그래도 말을 꺼냈다.

"나으리께서는 상관이시니, 저들 도적을 제주에서 체포할 수 있을 것입니다. 그 강도들은 자칭 정산대왕(靖山大王)인 진달(陳達)과 우금(牛金)이라 하였으니 그들은 제주에서 생포할 수 있을 것입니다."

곡 자사는 서리를 시켜 동도 영조 공사를 총리하는 우문개에게 상신하는 문서를 작성케 하였다.

「은자 3천 냥을 마련하여 호송하였던 바, 제주 장엽림이란 곳에 이르러 제주에서 호송 보호를 하지 않아 마적들에게 겁탈당하였습니다. 그러니 제주에서 강도를 체포케 하고, 또 배상하도록 지시를 내려주시기 바랍니다.」

그리고 제주에도 공문을 보내 진달과 우금이란 강도를 체포하고 은량을 회수하라고 지시하였다.

설량은 구금시켜 대기케 하면서 낙양에서 지시 공문이 내려오면 처리키로 하였다.

며칠이 지나자, 낙양의 공사를 총지휘하는 우문개의 지시가 하달되었다.

「대공사가 매우 다급하다. 1개월 이내에 범인을 체포하지 못한다면, 해당 사건이 일어난 제주에서 우선 은자를 차용하여 배상할 것이며, 만약 2개월 내에 체포하지 못하면 제주 자사의 봉록을 차압할 것이다. 그리고 체포 관원을 보내 자사를 엄중 처벌할 것이다. 호송 책임자인 설량을 파직하여 민간인으로 강등하고, 피살된 노방 유족을 구휼하라.」

이에 제주 자사는 다급하여 방방 뛰며 말했다.

"은자 3천 냥은 적은 액수가 아니거늘, 우리 제주에서 어찌 배상하겠는가? 나는 지금 도적 체포에도 급급하거늘, 우리 관내를 지나는 은냥까지 배상해야 하겠는가?"

그러면서 강도 체포 전담 도두인 번호(樊虎, 樊建威)와 부도두인 당만인(唐萬仞)을 불러 야단치며 말했다.

"이번 마적의 이름이 알려졌으니 금방이라도 수사하여 생포해야 하거늘, 어찌하여 몇 달이 지나도록 소식이 없는가? 그 마적떼와 이미 관계가 있어 돈을 나누었기에 체포를 꾸물대는 것 아닌가?"

이에 분함을 참지 못한 번건위가 말했다.

"나으리, 그전에도 이처럼 대담한 강도는 없었습니다. 그들이 스스로 이름을 말했다지만, 그들이 진짜 이름을 말했겠습니까? 이는 관아를 속이려는 거짓 이름이 분명합니다. 강도의 행적은 지금까지 전혀 알려진 바가 없어 우리도 미칠 지경입니다."

그러나 제주지부 역시 답답하기는 마찬가지였다.

"설령 거짓 이름을 말했다 하더라도 3천 냥을 강도질했는데, 어찌 범인의 윤곽조차 못 찾는단 말인가? 게으르거나 아니면 마음을 집중하지 않았기 때문이다."

그러면서 번건위와 당만인에게 15대의 장형에 처했다. 그리고 또 3달을 일기로 하여, 3개월 안에 범인을 잡지 못한다면, 다음에는 30대 장형에 처하겠다고 말했다.

날짜는 금방 지나갔고, 정해진 날짜가 다가오자 모두 번건위 집에 모여 일제히 종이를 태우고 한마음으로 협력하자면서 술을 마셨다.

번건위가 당만인에게 말했다.

"아우님, 우리는 억울하게 관아의 장형을 받았소. 생각해 보면, 어떻게든 핑계를 만들어 기일을 연장해야 하지 않겠소? 내일이 그 기일인데 어쩌면 좋겠소? 내일 우리가 제주지부 나으리를 만나면서 또 그냥 얻어맞을 수야 없잖소. 전에 우리와 함께 근무한 진형(秦兄, 진경, 진숙보)은 제주부에서 유능한 포도도위였으니, 진형을 우리 제주부로 보내달라고 청원하면 어떻겠소? 혹시 숙보 형은 진달이나 우금이라는 이름을 알지 않을까? 지금 산동도(山東道) 행대(行臺) 겸 청주총관(靑州總管)인 내호아(來護兒) 아래 근무하지만, 본래 의리를 중히 여기는 분이니, 우리 제주의 딱한 사정을 마냥 외면하지는 않을 것 같아 하는 말이요."

본래 번건위와 진숙보는 양쪽 집안끼리도 서로 통하며 친한 벗이었다. 번건위와 당만인이 이런 이야기를 하자, 50여 명이나 되는 포졸들이 너도나도 한마디씩 거들었다.

"그런 좋은 이야기를 왜 숨겨두고 우리에게는 하지 않았습니까? 내일 제주부에 들어가 나으리께 아뢰어 가장 유능한 포도도두(捕盜都頭)를 데려오면 사건을 해결할 수 있다고 강력하게 건의합시다. 포도도두인 진경은 우리 제주에서 오랫동안 일을 했기에 강도들의 소굴도 잘 알아내고, 또 강도들의 습성에도 밝으니 우리에게 큰 도움이 될 것입니다. 지금 내총관의 기패관(旗牌官)으로 은신하고 있으니 그분을 모셔와야 합니다."

이에 번건위가 말했다.

"여러분 뜻은 잘 알겠소. 오늘은 그만들 하고 돌아가시오."

다음 날 아침 여러 포졸들은 제주부에 들어갔다. 번건위가 월대에 올라가 유 자사에게 기일의 연장을 요청했고, 50여 명은 월대 아래 엎드렸다.

유 자사가 번건위에게 물었다.

"그 마적 패거리의 종적을 찾아냈는가?"

"나으리! 아직 종적이 전무합니다."

유 자사는 형구를 준비하라 명령했다.

번건위가 말했다.

"소인이 나으리께 아뢸 말씀이 있습니다."

"무슨 일인가? 말해보라!"

"우리 제주에 본래 진경[秦瓊, 字(자)는 叔寶(숙보)]이란 포도도두가 근무했었는데, 지금은 청주부의 내(來) 총관 휘하의 기패관으로 재직하고 있습니다. 진경은 오랫동안 포도 업무를 전담했기에 우리 제주의 사정에도 밝고, 마적들의 습성이나 관행에도 아주 밝은 사람입니다. 그러니 나으리께서 청주총관부에 요청하여 진경을 우리 관아로 돌려보내 준다면, 그 진달이나 우금의 종적을 파악하거나 잡아낼 수 있다고 생각합니다."

그러나 유 자사는 가타부타 언급도 없이 묵묵무답이었다. 그러자 50여 명이 월대 아래에서 큰소리로 말했다.

"나으리께서 서둘러 진경을 부르십시오. 진경은 마적의 습성을 꿰뚫어보고 있습니다. 청주부 총관 나으리 밑에서 하는 일보다, 이곳 제주에서 진범을 찾아내는 일이 우선입니다. 나으리께서는 번(樊)도위를 체벌하시기 전에 진경을 불러오는 일이 더 시급합니다."

유 자사는 여러 사람의 의견을 무시할 수 없어, 번건위의 체벌을 멈추게 하고, 청주 총관부에 진경을 파견해 달라는 공문을 작성케 하였다.

한편, 청주 총관부의 진숙보는 내(來) 총관의 신임을 받아 월공〔越公, 楊素(양소)〕의 생신에 맞춰 예물을 보내고 돌아온 뒤에, 극도로 행동을 조심하며 은인자중(隱忍自重)하고 있었다. 아무리 악행을 저질렀다지만, 병부상서 우문술의 막내아들을 징치한 것이 의거(義擧)이지만, 이 일이 알려질 경우 숙보는 목숨을 지키기가 어려울 것이라 생각하고 있었다.

그날도 숙보는 청주부에서 당직을 서고 있는데, 제주부 자사가 총관을 만나러 왔다면서 내 총관이 숙보를 부른다는 전갈을 받았다. 유 자사는 내 총관을 만나 안부를 묻고, 제주 장엽림의 마적떼의 은자 3천 냥 강탈 사건에 대하여 이야기를 나눴다. 그러면서 유자는 내 총관에게 진경은 본래 제주부의 포도도두였으며 제주의 사정에 익숙하고 마적들의 행태나 습성도 잘 알고 있으니, 이번에 진경을 보내주면 범인을 잡아낼 수 있을 것이라고 자세한 사정을 말하며 도움을 요청했다.

내 총관은 아래에서 대기하고 있는 숙보를 가리키며 유자사에게 말했다.

"저기 장대한 사람이 진경이요. 저 사람이 재간이 뛰어나다지만, 여기에서 수시로 나의 어려운 일을 도맡아 처리하고 있소. 그런데 어떻게 제주에 보내 범인 수색을 전담케 하겠소?"

진숙보를 불러 제주 자사의 요청을 설명하자, 숙보가 말했다.

"저의 기패관 업무는 총관 나으리의 시중을 들어야 하는 막중한 임무입니다. 제가 본래 제주 출신이지만, 제주의 포도 도위 일을 어찌 겸하겠습니다. 지금 제주에는 번호(樊虎, 건위)라는 유능한 도두가 있습니다. 제가 어찌 그를 제치고 일할 수 있겠습니까?"

그러자 내총관도 유자사에게 말했다.

"진경의 말이 타당하오. 제주의 일은 제주에서 해결해야 마땅합니다."

그러자 유 자사는 마음속으로 불쾌했다.

그러면서 내총관과 숙보에게 말했다.

"저는 지금 중대 범인을 잡아내야 합니다. 그렇지 않으면 제가 배상해야 합니다. 제가 오죽하면 상관을 찾아와 이렇게 간청하겠습니까? 진경은 본래 포도도두였고, 제주에 근무하면서 마적들의 행적을 잘 찾아내었고 마적이 인사로 올리는 소소한 예물을 받았다는 이야기도 있습니다. 정말로 해결될 수 없다면 제가 동경에 잡혀 올라갈 때, 상세한 사정 이야기를 아니할 수가 없습니다. 저는 유능한 진경에게 부탁하여 범인만 잡아내면 그뿐이고 모든 일은 끝납니다. 그러면 진경은 다시 총관 나으리 아래로 복직하여 이전처럼 근무하게 됩니다. 영원한 전출이 아니라 임시방편의 조치입니다."

그러자 내 총관이 말했다.

"알겠소. 내가 결단해야겠군요."

그러면서 숙보에게 유 자사의 말을 어떻게 생각하느냐고 물었다.

진숙보는 이제 내 총관에게 의지할 수 없다고 생각하였다.

그래서 말했다.

"나으리의 분부가 있다면, 제가 어찌 아니 따르겠습니까? 사실 저의 능력이나 제주의 도두인 번호의 능력은 아무 차이도 없습니다. 제가 제주에 가서 실적을 올리지 못할 경우 저는 제주에서 처벌을 받을 수도 있습니다."

이에 내 총관이 말했다.

"유 자사가 여기까지 온 것은 너의 능력을 믿기 때문일 것이다. 그러니 일단 제주에 가서 최선을 다하거라. 만약 여기서 정말로 급한 일이 있다면 너를 다시 불러오겠다."

진숙보는 제주 유 자사를 따라 제주로 돌아왔다. 당만인과 연명(連明) 등이 모두 제주부 성 밖에 나와 숙보를 영접하며 말했다.

"진형, 저희들은 형님을 얽어매지 않을 수 없었습니다. 형님께서 의리를 중히 여기시기에 직접 나서서 잡아들이지 않으시겠지만, 저희에게 귀뜸만 해주신다면 저희가 백방으로 찾아나서고 잡아내겠습니다. 하여튼 형님만 믿고 따르겠습니다."

"아우들에게 말하지만, 나는 진달이나 우금이란 작자들 이름을 들어본 적도 없소!"

숙보가 평상복으로 갈아입고, 제주부에 들어가 자사 앞에 엎드리자, 자사는 숙보를 좋은 말로 위로했다.

"진경, 자네는 다른 포도 군졸과 다른 사람이고 평소에 유능했기에 앞길이 열린 사람이다. 내가 이번에 자네를 특별히 초치한 것은 내가 어쩔 수 없는 처지에 몰렸기 때문이네. 그 도적 두 사람만 찾아내 잡아준다면 우리 아문에서 베풀 수 있는 최고의 상을 줄 것이며, 내가 할 수 있는 모든 일로 자네를 도울 것이네. 그리고 모든 칭송은 모두 자네 이름에 돌아갈 것이네."

숙보는 여러 동료와 함께 관아를 나와 종이를 불사르며 모두 한마음으로 도적을 잡자고 맹서를 했다. 그러나 범인의 종적은 전혀 찾을 수도 없었다. 숙보가 3일 만에 아무런 소득도 없이 자사를 만나자, 자사는 청주 내 총관의 체면을 보아 책망하지는 않았다. 그러나 다음 기일, 그리고 또 다음 기일에도 성과가 없자, 숙보는 예기치 못한 재난을 겪어야만 했다.

다음에는 무슨 일이 일어나겠는가? 다음 회를 읽어 보시라.

선웅신은 신표 화살로 소식을 알리고, 진숙보는 재직하며 억울한 형벌받다.(馳令箭雄信傳名, 屈官刑叔寶受責.)

시로 읊기를,	詩曰,
온 세상 우정이 금석 같다 알지만,	(四海知交金石堅)
해 넘긴 이별을 어떻게 견디는가?	(何堪問別已經年)
서로 만나 웃고 다른 말 없다지만,	(相攜一笑渾無語)
우린 이미 꿈에 만나지 않았던가?	(卻憶曾從夢裡回)

군신(君臣), 부자(父子)와 같은 존엄한 관계가 아니라면, 인생에서 가장 변함없는 의리는 오직 붕우 간의 우정이 있다.[6] 형제간의

---

6 원문 人生只有朋友(인생지유붕우) ─ 只는 다만 지. 五倫의 朋友有信(붕우유신)을 화랑 세속오계(世俗五戒)의 교우이신(交友以信)과 혼동

우애(友愛)로도, 그리고 처자(妻子)와 말할 수 없는 일을 붕우와는 같이 상의할 수 있다.[7] 그래서 붕우(친구)의 은정은 잊을 수가 없으며,[8] 사람으로 기억하고 사람이기에 지켜가야 한다.

더군다나 호걸(豪傑)이 호걸을 만난다면, 서로 의기가 투합하고, 피차간에 이견이나 혐의(嫌疑, 嫌은 싫어할 혐)가 있을 수 없고, 빈부나 귀천을 따질 수 없다. 서로의 마음을 알고 의리로 맹서한 벗인데 우연한 일로 헤어져야 한다면, 그때는 하루가 3년처럼 길게 느껴질 것이며, 서로 어떻게든 안부를 전하면서, 서로 만나려 애를 쓸 것이다.

―――

하는데 그 본뜻은 같다. 우리말로는 '벗 붕(朋)', '벗 우(友)' 라고 하지만 붕과 우는 분명히 다르다. 붕(朋)은 같은 글자 두 개가 겹친 글자 뜻 그대로 비슷한 '또래' 란 뜻이다. 초등학교나 중, 고교의 동기, 마을 친구 모두가 벗 붕(朋)이다. 그러나 또래 간의 교제보다 더 진실하게 마음으로 사귀는 벗이 있는데, 마음과 마음이 통하는 몇 안 되는 벗을 한자로 우(友)라고 쓴다. 우(友)는 서로 그 마음을 알고, 또 줄 수 있는 벗이니, 여러 사람이 아니다. 이처럼 붕(朋)과 우(友)는 크게 다르지만 붕과 우에게 모두 신의를 지켜야 한다.

7 부부는 면전에서 속마음 진실을 말할 수 없고(夫妻面前不說眞), 친구 면전에서는 거짓을 말할 수 없다(朋友面前莫說假).

8 사람에게 벗이 없다면(人沒有朋友), 나무에 뿌리가 없는 것과 비슷하다(就像樹沒有根). 바다가 깊다고 생각하지 말라(海水不爲深). 우정이 가장 깊다(友情第一深). 날마다 보면 날마다 가까워지고(日近日親), 날마다 멀리하면 날마다 소원해진다(日遠日疏). 형제가 불신하면 정이 없고(兄弟不信情不親), 붕우가 불신하면 왕래가 드물다(朋友不信交易疏).

그때는 늦가을 9월이었다. 선웅신(單雄信)은 집에서 일하는 장객(莊客)이나 하인들을 거느리고 가을 추수를 감독하고 있었다. 선웅신이 대청에 앉아있는데 왕백당(王伯當)과 이밀(李密, 字는 현수, 玄邃) 두 벗이 도착했다는 말을 들었다. 선웅신은 곧바로 대문에 나가 두 벗을 맞이했다. 서재로 모신 뒤, 술과 안주를 차려놓고 서로 간의 안부를 물었다.

웅신이 말했다.
"작년 말, 왕형의 서신을 받은 뒤, 집안을 청소하고 기다렸었는데, 왜 이제야 오십니까?"
왕백당이 말했다.
"그러니까 그때 선형과 헤어진 뒤에, 이형(李密)은 도성의 월공(越公) 양소(楊素) 나으리의 부름을 받아 장안에 갔습니다. 그 뒤에 저는 여러 곳을 돌아다녔고, 장안으로 이형을 보러 가다가 소화산(少華山)을 지나가게 되었습니다. 거기서 제국원(齊國遠)이 저를 만류하여 오랫동안 머물렀습니다. 그때 저는 선형에게 서신을 보내 여기에 와서 설을 셀까 했었습니다. 그러나 서신을 보낸 뒤, 뜻밖에도 제주에서 온 숙보 형을 거기서 만났습니다."
그러자 선웅신이 놀라며 말했다.
"숙보 형은 우리 집에 머물다가 돌아갔었지요? 그런데 청주 총관의 휘하에서 근무한다고 들었는데, 어떻게 해서 관중(關中)에서 형과 만날 수 있었습니까?"

왕백당이 말했다.

"숙보는 그 상관이 월공에게 보내는 생신 선물을 바치려 장안에 출장 중이었고, 저는 숙보 형을 따라 장안에 등불을 구경하러 갔기에 선형에게 서신을 보내고도 약속을 지키지 못했습니다. 그런데 그때 장안에 들어가면서 장안 못미처 60리쯤 되는 곳에 영복사라는 절이 있습니다. 거기서 묵으려다가 태원 당공(唐公, 李淵)의 사위인 시사창을 만났습니다. 그전에 숙보 형이 사수강(楂樹崗)이란 곳에서 당공의 위기를 구원해준 적이 있어, 당공은 영복사에 숙보 형의 은공을 기억하려고 보덕사(報德嗣)를 지었고 영복사에 시주하여 중건 공사를 하고 있었는데, 거기서 숙보 형과 당공의 사위 시사창을 만났습니다. 그 영복사에서 새해를 맞이했고 정월 열나흘에 장안에 들어갔으며 정월 보름날 밤에 저와 숙보 형 등 여섯 사람이 우문술의 아들을 죽이는 굉장한 일을 저질렀습니다."

여기까지 이야기를 들은 선웅신이 깜짝 놀라며 말했다.

"정말 나를 놀래키네! 나는 장안에서 여섯 사람이 큰 난리를 쳤다는 말을 들었지만 누군지 모르고 있었는데, 하필 왕형과 진형이었네! 나중에 듣기로는 당공 이연의 가내 장수(家將)란 말을 듣고 나는 안심했었는데 왕형이 그랬단 말이요!"

그러자 이밀도 말했다.

"그 사건은 정말 맹랑한 사건이었지. 그때 당공의 세력이 강하여 버티지 않았다면, 정말 큰 사건이 되어 우리 모두 우문술에게 잡히는 큰 재앙이 될 뻔했습니다."

선웅신이 말했다.

"그런 일이 있어 숙보 형이 오랫동안 집을 떠나지 않는군요!"

왕백당이 말했다.

"그날 밤 숙보 형은 곧장 집으로 돌아갔습니다."

선웅신이 말했다.

"나는 그간 몇 번이나 산동에 가서 숙보 형을 만나고 싶었지만 기회가 없었소. 그런데 아우님 이야기를 듣고 보니 정말 산동에 가보고 싶소."

이에 왕백당이 말했다.

"저희도 첫째 그때 선형을 못 뵈었기에 선형을 뵐 겸 해서 두 번째로 선형과 함께 산동에 가려고 오늘 이렇게 들렀습니다."

"무슨 일이 있습니까?"

"이번 9월 23일이 숙보 형 모친의 회갑입니다. 숙보 형은 정말 효자지요. 지난 정월에 정말 다급하게 헤어지면서 '모친 회갑이 9월 23일이니 꼭 와달라'는 부탁을 받았습니다. 그래서 저는 장 안으로 가서 이형을 먼저 만났고, 또 장안에서 장인을 위해 일하던 시사창을 만나 회갑을 이야기했습니다. 시사창은 당공이 진형에게 보은하려는 은자 수 천 냥이 있으니 태원(太原)으로 돌아가 가지고서 산동으로 가겠다는 말도 했습니다. 그래서 저는 이형과 함께 선형을 만나 산동에 같이 가려고 왔습니다."

그야말로,

진중(陳重)과 뇌의(雷義)의 아교같은 밀착 우정,　　(縱聯膠漆似陳雷)[9]

골육만큼 진한 우정은 변하지 않는다.　　(骨肉情濃又不回)

아들과 같은 진심으로 축수하려는 뜻,　　(嵩視好神猶子意)

모친께 만수를 기원하는 술을 올린다.　　(北堂齊進萬年杯)[10]

선웅신이 말했다.

"정말 좋은 일입니다. 나도 숙보와 연결되는 사람이 많이 있는데, 내막을 아는 사람은 왕백당이 웅신만을 데리고 산동에 가서 축수했다고 말하겠지만, 사정을 잘 모르는 사람은 선웅신이 교우하면서 친우를 후하거나 박대하기에 산동에 가면서 왕백당만 동행케 하였다고 말할 것입니다. 그렇다면 나의 친우들이 나를 이상하다고 생각할 것입니다."

그러자 이밀이 말했다.

---

9 진중(陳重)과 뇌의(雷義)의 교칠지교(膠漆之交) — 범엽의 《後漢書》 81권, 〈獨行列傳〉에 두 사람을 입전. 陳重(진중)의 字는 景公(경공)으로, 後漢(후한) 豫章郡(예장군) 宜春縣(의춘현) 사람이다. 젊어 同郡의 雷義(뇌의)와 벗이 되어, 함께 《魯詩》와 《顔氏春秋》를 배웠다. 진중과 뇌의는 벼슬을 같이하며 우정을 이어갔다. 진중은 뒷날 뇌의와 함께 尙書郎이 되었는데, 뇌의가 같이 근무하는 사람 대신 문책을 받고 결국 퇴출되었다. 진중은 뇌의가 사직하자 병을 핑계로 사직하였다. 뒷날 다시 무재(茂才)로 천거 받아 〔汝南郡(여남군)〕 細陽(세양) 현령이 되었다. 이후 여러 관직을 역임했다.

10 원문 北堂齊進萬年杯 — 북당(北堂)은 모친. 자당(慈堂).

"나에게 일거양득할 수 있는 생각이 있습니다. 선형의 입장에서 여러 친우에게 알려 함께 가서 축수한다면 숙보 형의 체면도 크게 세울 수 있으며, 또 친우들 모두를 공평하게 생각한다는 말을 들을 수 있습니다. 그리고 지금 숙보 형은 아직 하급 관리로 그 생활에 거의 여유가 없을 것입니다. 그러니 여러 친우들이 예물을 준비하여 축수한다면 모친의 노후 생활도 안정될 것입니다."

선웅신이 말했다.

"나에게도 방법이 있는데, 가령 여기 노주(潞州)에 있는 벗에게 서신을 보내 알린다 하여도, 거리가 있고 또 집에 있는지 없는지도 모를 일이며, 기일을 정해도 모일 수도 또 늦을 수도 있어 단정하기가 어렵습니다. 그런데 하여튼 방법이 전혀 없지는 않으니 일단 두 분은 천천히 술이나 들고 계십시오."

그리고 웅신은 서실에 들어가자 은자 20냥을 꺼내와 주머니 두 개로 나누었다. 그러면서 자신의 서명이 새겨, 소식을 전할 수 있으며 신표(信標)가 되는 화살〔영전(令箭)〕 두 개를 가져왔다.

선웅신은 무신 반열에 속하는 관리도 아닌데, 어떻게 영전을 사용할 수 있는가? 본래 영전은 똑같은 대나무 쪽으로 만드는데, 거기에는 선웅신의 서명이 있고 깃털이 꽂혀 있어, 이를 알아본 친우들에게는 마치 신하에게 전달되는 군명(君命)처럼 신용으로 통할 수 있었다.

선웅신은 영전 두 개와 은자를 담은 주머니를 준비한 뒤에 여러 장객 중 가장 성실하고 건장한 두 사람을 불러 지시하였다.

"너희 두 사람은 건장한 말을 하나씩 타고, 여기 은자 열 냥, 그리고 이 영전을 가지고 나의 벗을 찾아가 소식을 전하라. 한 사람은 하북(河北)의 양향(良鄉)과 탁주(涿州) 순의촌(順義村)과 유주(幽州) 관아까지 가서 나의 벗들에게 9월 15일에 여기 이현장(二賢莊)에 모이면 같이 출발하여 7, 8일 뒤 9월 23일까지 제주에 가서 진숙보 나으리의 모친 회갑에 축수한다고 전하라. 만약 모이기 어려우면 바로 연주(兗州) 무남장(武南莊)의 우통(尤通) 나으리의 저택에 모인다고 전하라. 그리고 동쪽 방향의 길로 갈 분들이 계시다면, 노주에 들어와 예물을 준비한 뒤에 관로(官路)에서 만나 제주로 향하여 진숙보 나으리 댁으로 바로 모이시라고 하라."

두 사람은 상세한 설명을 들은 다음에 그날 밤 출발하였다.

마치,

우격(羽檄)이 빗방울처럼 빠르니,   (羽檄飛如雨)

선량한 벗님이 구름처럼 모인다.   (良朋聚若雲)

왕백당과 이밀은 선웅신의 이현장에서 음주하며 며칠을 묵었다. 9월 14일에 북로의 벗 세 사람이 찾아왔는데, 곧 양향과 탁주 순의촌과 유주에서 온 장공근(張公謹), 사대나(史大奈), 백현도(白顯道) 등이었고, 내일 출발하기로 정했다.

선웅신은 또 수하 두 사람에게 청첩을 봉하여 전달하며 왕백당에게 말했다.

"(노주 관아의) 동패지(童佩之)와 김국준(金國俊)도 옛날에 숙보 형과 인사를 나누고 고생도 같이 했으니, 두 사람에게도 알려 같이 만나 모친께 축수토록 하겠습니다."

연락을 받은 동패지와 김국준도 이현장으로 찾아와 모두와 함께 인사를 나누었다.

그래서 다음날 선웅신을 비롯하여 8명과 수하 종자 10여 명이 행낭과 예물을 조그만 수레에 싣고 각자 말을 타고 출발하였다. 물론 각자 자기의 병기를 몸에 지녔다. 앞길 안내하는 사람이 앞서가며 숙식처를 주선하면서 여남(汝南)을 들려 산동 땅으로 들어갔다.

9일 동안의 여행에 차가운 가을바람이 나뭇잎을 단풍으로 물들였고, 여러 호걸들은 의기양양하게 말을 달렸다. 한참 달려가는데, 앞길에서 흙먼지가 일어나면서 앞서가던 탐마(探馬)가 되돌아와 보고하였다.

"여러 어르신들! 산동(山東)의 경계에 들어섰는데 녹림의 산적 나으리들이 길을 막고 있습니다. 어떤 젊은이가 지금 한창 겨루고 있지만, 갈 수가 없습니다."

그러자 선웅신이 말 위에서 웃으며 말했다.

"어느 형제인지는 모르지만, 나의 영전을 보고서는 길에서 지키고 있다가 여비라도 좀 얻어보려고 길을 막은 것 같은데, 누가 가보시겠습니까?"

이에 동패지와 김국준 두 사람은 자신들도 호걸이라 생각했고, 또 산적의 체질도 잘 모르기에 선웅신에게 앞에 가서 알아보겠다고 말하고서 바로 달려나갔다.

그러자 선웅신이 안장에서 왕백당을 보고 말했다.

"저 두 사람이 나와 친분은 있지만, 두 사람의 무예가 어떤지는 모르겠습니다. 다만 녹림(綠林)이라는 말만 듣고서 관리의 신분이라서 용기만으로 앞장선 것 같습니다."

그러자 왕백당은 고개를 가로저으며 말했다.

"선형! 동패지와 김국준 두 사람이 앞서 간 것이 잘못될 수도 있습니다."

"왜 그렇습니까?"

"그 두 사람이 노주의 차인이지만, 녹림의 습성이나 기질을 모르기에 길을 막은 사람이 누군가를 막론하고 인정하거나 받아들이지 못할 것입니다. 또 무예가 어떤지 모르기에 두 사람 중 한 사람이라도 다치게 된다면, 그것 또한 모양이 안 좋을 것입니다. 또 길을 막은 녹림이 다칠 경우, 선형을 알고 있는 사람이라면 나중에 강호 호걸의 의리상 서로 난처할 수도 있습니다."

선웅신이 말했다.

"그렇군요. 그러니 먼저 가보시겠습니까?"

왕백당이 창을 들고 먼지가 일어나는 곳에 가보니, 과연 동패지와 김국준은 싸움에서 밀려 돌아오고 있었다. 왕백당이 앞으로 가서 알아보니 먼저 싸우던 사람은 시사창이었다. 시사창은 왕백당과 숙보 모친 회갑에 함께 가기로 이전에 약속한 바가 있었다.

그런데 시사창의 의복이 화려하고 짐이 많았기에 우통과 정교금이 길을 막았고, 그렇다고 시사창이 호락호락 굽히질 않았기에 싸움이 일어났었다. 시사창과 우통이 싸우는 동안 정교금이 도끼를 휘두르며 동패지와 김국준을 공격하자, 두 사람은 상대가 되지 않아 물러난 것이었다.

동패지와 김국준이 왕백당에게 말했다.

"정말 사나운 강도떼입니다."

왕백당은 두 사람을 지나 싸우는 근처에 가서 창을 휘두르며 큰소리로 말했다.

"허이, 친구여! 그만하시오! 우리 모두 같은 길을 가는 사람이여!"

그러나 정교금은 산적들의 그러한 말뜻을 모르기에, 도끼를 휘두르며 그대로 왕백당에게 대들며 소리쳤다.

"나는 도사가 아니여! 무슨 도를 닦는단 말이여!"

그러자 왕백당이 웃으며 속으로 생각했다.

'허! 정말 거친 사람이구먼!'

왕백당은 창으로 도끼를 막으면서 말했다.

"이봐! 너나 나나 어차피 녹림처사(綠林處士) 아닌가! 이제 그만

두자고!"

"녹림(綠林)이건, 칠림(七林)이건 통행세나 내놔! 그냥 못 지나가!"

왕백당은 말로 안 된다고 생각하며 정식 청봉술 기법으로 맞서 공격하였다. 결국 정교금은 왕백당에게 밀리다가 틈을 보아 꽁무니를 뺐다.

정교금은 시사창과 싸우는 우통에게 소리쳤다.

"형님! 나 좀 도와줘요!"

정교금을 바라보고 우통이 싸움을 멈추자, 시사창도 제자리에 섰다.

그러자 왕백당이 달려와 멈추면서 말했다.

"시군마(柴郡馬, 시사창), 우원외(尤員外, 우통)! 두 사람도 이제 그만두시오. 우리 알고보면 다 일가(一家)이고 모두 제주로 가는 사람입니다."

그러자 세 사람은 동시에 말에서 내려 서로를 바라보았다. 정교금도 숨을 헐떡거리며 멈춰 섰다.

우통이 먼저 왕백당에게 말했다.

"선웅신 형을 만나셨나?"

그러자 왕백당은 뒤쪽을 가리키며 말했다.

"저기 오는 사람이 선웅신 아닙니까!"

그러니 동패지와 김국준이 우통 같은 사람을 어찌 알 수 있겠는가? 곧 모두 한자리에 모였다. 거기서 서로 인사를 나누었다.

마치,

　부평초가 물을 따라 떠돈다고 말마오,　　(莫言萍梗隨漂泊)

　바람 불면 서로 만나 기뻐할 수 있다오.　(喜見因風有聚時)

왕백당이 선웅신에게 말했다.

"이 사람이 시군마(柴郡馬, 柴嗣昌)[11]입니다."

여러 사람이 자신의 나이를 말하며 서로 인사를 나눴다.

선웅신이 말했다.

"팔힘이 무지하게 센 분이 누구입니까?"

우통이 말했다.

"내 친우인 이 사람 정교금입니다."

여러 사람은 모두 웃으며 예를 표하였다. 우통은 여러 사람에게 자기 집으로 가서 쉬자고 하였다.

이에 선웅신이 말했다.

"오늘이 9월 21일이니, 만약 귀하의 장원에 들렀다가는 회갑날에 못 들어갈 수도 있습니다. 그러니 우리가 축수를 마친 다음에 여기 장원에 들려 며칠 쉬는 것이 좋겠습니다. 그런데 회갑 예물은 준비했습니까?"

우통은 "저는 현금으로 드리려고 합니다."라고 말했다.

---

11 郡馬는 郡을 식읍으로 받은 공주의 남편. 王에게는 사위.

모두 열 한 명은 함께 제남부(濟南府)를 향해 출발하였다. 제주가 40리 쯤 남았는데 해가 질 무렵이었다. 일행은 의상촌(義桑村)이라는 3, 4백 호나 되는 큰 마을로 들어갔다. 그곳은 뽕나무가 많았고, 삼(麻) 농사를 많이 지었는데 모두가 관가의 땅이었지만, 백성들이 마음대로 채취할 수 있어 의상촌이라 부르며, 늦봄과 초여름에 누에를 칠 때는 사람들로 붐비지만, 지금은 구월 하순이고 날씨가 추워서 모든 집이 문을 닫았지만, 마을의 제일 큰 집은 높은 누각에 불을 밝히고 왕래하는 객인이나 상인 손님을 받았다.

여러 사람은 의상촌의 객점에 들어갔다. 여러 사람이 말에서 내리자, 주인은 물건과 행장들을 모두 서방(書房)으로 옮기고, 말들은 마굿간에 끌고 가 여물을 먹였다. 여러 사람은 이층 누각에서 저녁식사를 하며 술을 마셨다.

그때 큰길(官路)로 말을 탄 3인이 마을 객점으로 들어왔다. 그 사람들은 유주(幽州) 나공(羅公)의 차인인 울지남(尉遲南)과 울지북(尉遲北) 형제와 짐꾼 한 사람이었다.

유주 나공은 선웅신의 영전을 받고, 장공근(張公謹), 사대나(史大奈), 울지 형제에게 알렸다. 사대나는 기패관으로 기용되었지만 소관 업무가 없어 먼저 출발하였다.

울지 형제는 유주부의 나공부에 들어가 나공의 아들 나성(羅成)에게 숙보 모친의 회갑에 대하여 논의했다. 나성의 모친도 진숙보 모친의 회갑 날을 알고 있어 차인을 시켜 축의를 보내려 마음먹고 있었다. 그래서 울지 형제는 유주부에서 산동지역에 출장을 간다고 서류를 만들었으니, 말하자면 공무를 핑계로 사적인 일을 마치려 했다.

울지 형제가 들어오자, 주인은 형제들에게 이미 많은 분들이 투숙했고 윗층에서 저녁식사 겸 술을 마시고 있는데, 말소리를 들어보면 이미 절반 쯤 취한 것 같다고 설명하며 아래층 깨끗한 곳에서 식사를 하라고 권했다. 형제가 2층 누각의 아래에서 식사를 하는 동안 위층은 매우 소란하였다.

누각 2층의 11명 사나이들은 음주하면서 마음껏 이런저런 이야기를 하며 즐겼다. 모두가 거의 반쯤 취했는데, 특히 정교금은 술 욕심이 많아 마구 받아먹다 보니 다른 사람보다 먼저 취했다.

정교금은 술잔을 가득 채워 들고서 감회에 젖어 혼자 떠들었다.

"나는 혼자 여러 해 동안 멀리 변방에 나가, 혼자 얼마나 고생했던가. 황제의 사면을 받아 고향에 돌아왔고, 우원외 나으리를 만났으며, 장엽림에서 한 건 해치웠지! 그리고 오늘 이렇게 천하의 호걸들을 만나 마음껏 즐기다니! 오늘 이 밤이 어찌 즐겁지 않겠는가!"

정교금은 그간 뱃속에 쑤셔 넣어두고, 풀어놓지 못한 모든 상념이나 회포를 마음껏 풀어보고 싶었다.

정교금은 들고 있던 잔을 마신 뒤, 다시 더 큰 잔을 찾아 술을 채웠다. 그리고 큰 술잔을 높이 들더니 혼자 외쳤다.

"나는 오늘 기분 좋아! 내 기분 최고야!"

그러면서 단숨에 술잔을 들이키더니 빈 술잔을 바닥에 힘껏 내리쳤다. 큰소리와 함께 술잔은 박살났다. 이미 주흥(酒興)이 오른 일동은 잠시 정교금을 바라봤을 뿐! 웃고 떠들기를 계속했다.

정교금은 무척이나 기분이 좋은 듯, 두 발을 모아 껑충 뛰어올랐다가 그대로 바닥 위를 굴렀다. 그러자 우지끈하는 소리와 함께 얇은 판자가 부러졌다. 그러면서 바닥에 쌓였던 먼지와 부러진 판자 조각이 아래로 떨어졌다.

오늘 저녁에 술이 있다면 오늘밤 취하고,　(今夕有酒今夕醉)
내일 걱정거리가 생긴다면 내일 걱정하라.　(明日愁來明日愁)
만사를 망치는 데는 술보다 나은 게 없고,　(破除萬事無過酒)
산 만큼 크나큰 일도 취하면 끝나게 된다.　(事大如山醉亦休)

산동지역은 들은 넓으나 산이 없기에 집을 지어도 굵은 기둥이나 두꺼운 판자를 쓰지 못하고 버드나무 기둥이나 얇은 판자로 바닥을 만드는 경우가 많다. 그렇게 약한 2층 바닥에서 정교금 같은 거구의 사나이가 두 발을 모아 뛰어올랐다가 힘주어 떨어지며 굴렀으니 2층 전체가 무너지지 않은 것이 더 이상하였다.

아래에서 식사를 하다가 먼지를 뒤집어 쓴 울지남은 소매로 먼지를 털어내면서 투덜대었다.

"저 친구들은 왜 저 꼴이야! 빌어먹을!"

그러나 울지북은 아직 젊은 데다가 그래도 한 성깔 하는 사람이었다.

그래서 윗층을 향해 소리쳤다.

"윗층에는 무슨 짐승들이 모였는가? 조용히 여물이나 먹지 왜 지랄들이야!"

정교금은 술에 취하기도 했지만, 이런 날 그런 말을 듣고 참을 만한 사람이 아니었다. 정교금은 그대로 아래층에 내려왔고 불문곡직(不問曲直)하고 울지북에게 달라붙었다. 두 사람은 좁은 방에서 치고받았다. 둘 다 옷이 찢어졌고 주먹 난타질이 이어졌다.

그러는 동안 2층 누각을 지탱하는 기둥이 기울어졌다. 울지남은 동생을 도울 겨를이 없었다. 그러다가 뛰어들어온 주인에게 큰소리쳤다.

"이봐! 도대체 여기는 어디 아문 관할이야?"

이 말은 누가 들어도 관리 티가 나는 말이었다.

위층에 있던 선웅신이 성질을 내며 말했다.

"빌어먹을 놈! 술 마시고 싸우다 보면 힘센 놈이 이기는 것이지! 한 놈이 얻어맞으면 그걸로 끝이지, 관아는 왜 들먹거리는가! 도대체 뭐하는 작자들일까?"

그러자 위층에 있던 장공근이 북쪽 유주의 말소리를 알아듣고 바로 말했다.

"대형께서는 잠깐 진정하십시오. 우리 고향의 말소리입니다."

그러자 웅신이 "내려가보시오."라고 말했다.

장공근이 몇 걸음 내려와 1층 안을 들여다 보니 바로 울지 형제들이었다.

장공근이 선웅신에게 말했다.

"바로 울지 형제분입니다."

선웅신은 크게 기뻐하며 밑으로 내려왔고, 울지남도 장공근을 보았다. 결국 모두가 서로 바라보며 어색한 표정을 지었다. 우통도 서둘러 정교금을 꾸짖으며 진정시켰다.

정교금과 울지북은 자신들 행장에서 옷을 꺼내 갈아입었고 서로 인사를 나누었다. 객점 주인은 급히 나무판자를 갖고 올리와 뚫린 구멍을 메꿨고, 술상도 다시 차렸다.

이제 13명으로 늘어난 술자리는 이전보다 더 시끄러웠다. 사람들은 제각각 서로 달랐다. 술과 음식을 좋아하는 정도도 같지 않았다. 안주를 더 먹는 사람이 있는가 하면, 권하는 술잔을 극력 사양하는 사람도 있었다. 피곤하다며 슬그머니 자리를 떠나 객방에 들어가 잠을 청하는 사람도 있었다.

장공근, 백현도, 사대나 등은 원래 술꾼이라서 누상에서 끝까지 술을 마셨다. 동패지와 김국준은 낮에 정교금과 싸워 밀렸기에 온몸이 쑤시고 아팠기에 일찍 자리를 찾아 누웠다. 선웅신, 우원외, 왕백당, 이밀과 울지남 다섯 사람은 한참 더 이야기를 나눈 뒤에 자리에 들었다.

새벽 오경에, 일행은 제주를 향하여 출발하였는데, 의상촌에서 제주는 40리 길이었다. 5경에 출발했기에 20리쯤 가니 날이 밝았고, 많은 사람들이 나와서 일행을 영접하였다.

그런데 이들은 진숙보가 보낸 사람들이 아니라, 성안에서 중개인이나 점포를 열고 있는 사람들이 손님을 유치하기 위해 내보낸 점원들이었다.

각 점포의 사람은 자기 점포의 이름과 곡식, 비단, 말과 북포(北布, 유목민 모직물) 등을 외치면서 일행을 잡아끌었다.

그러자 선웅신이 말 위에서 여러 사람들에게 말했다.

"여러분 이렇게 애쓸 필요가 없소이다. 우리는 거래하는 옛 거래처가 있습니다. 우리는 서문 밖 말채찍을 제조, 판매하는 가윤보(賈潤甫)와 거래할 뿐입니다."

원래 가윤보는 말채찍 등 마구 등을 제작 판매하면서, 선웅신이 보내는 서북 지방의 말을 팔아주고, 또 선웅신이 요청하는 산동의 여러 특산을 구입해서 보내는 무역을 겸하고 있었다.

선웅신의 말을 들은 여러 점원들은 실망한 표정으로 모두 돌아섰다. 그들 중 어떤 두 사람이 앞으로 뛰어나와 선웅신에게 인사를 올리며 말했다.

"어! 선 나으리셨군요. 먼길 오시느라 얼마나 고생하셨습니까?"

"한 사람은 내 행장을 가지고 따라오고, 또 다른 사람은 먼저

가서 주인에게 말씀드려라!'

가윤보네 점원은 신이 나서 뛰어갔다.

한편, 가윤보는 원래 진숙보의 친우였다. 가윤보는 일찍 일어나 자기 서실에서, 내일 진숙보 집에 보낼 여러 가지 예물 목록을 정리하고 있었다.

그때 점원이 뛰어들어오며 말했다.

"어른께 아뢥니다. 노주의 선 나으리께서 20명이나 되는 손님들과 함께 성안에 들어오셨습니다."

가윤보가 웃으며 혼자 말했다.

'선우가 여러 친우들과 오늘 들어와 내일 축수(祝壽)하려는 뜻이지! 내가 가진 것은 없어도, 오늘은 내가 주인으로 손님을 접대해야지! 그리고 예물도 모아 운반해야겠지. 제각각 들어가지 않고, 함께 들어가도록 안내해야지!'

가윤보는 하인들에게 손님이 많으니 10개 식탁에 아침밥을 충분히 준비하라고 말했다. 그리고 사람을 보내 시장에서 새 과일이나 채소를 사오게 했고, 집안의 밑반찬과 특별 요리를 전부 준비시켰다. 그리고 집안의 술을 전부 내놓게 하였고, 악사를 부르기도 했다. 가윤보는 깨끗한 옷으로 갈아입고 대문 밖 큰 길에서 일행을 기다렸다.

선웅신 일행은 거리에 들어오면서 모두 말에서 내려걸어왔고 짐 수레는 뒤에 따라오게 했다. 가윤보를 만나 반가워한 뒤, 안내를 받아 대청에 올랐다. 짐수레에서 행장은 모두 객방으로 옮겼다.

말은 안장을 풀고 마굿간에 매어 놓았다. 이들이 타고 온 말은 모두 천리마에 버금가는 명마들이라서 모두 덩치도 컸고 성질이 사나운 말도 많아 말 한 마리마다 마방(馬房) 하나를 배당했다. 다행히도 가윤보가 말 거래를 하고 있어 마방은 여유가 있었다.

대청에서 모두 주인과 서로 간의 인사가 이어졌다. 처음 만나는 사람은 서로 성명을 말했다. 가윤보의 환대는 은근했다. 차를 마신 다음 모두 아침식사를 했다.

식사가 끝나갈 무렵, 선웅신이 가윤보를 보고 말했다.

"가 장궤(掌櫃, 주인)! 오늘 숙보를 이리 오라 하여 미리 인사를 나누는 것이 어떻겠소. 내일 큰일을 하는데, 우리가 들어가 서로 인사하며 안부를 묻는다면 너무 소란할 것 같소! 그러니 오늘 미리 만나 친우 간의 회포를 풀면 더 나을 것이요."

그말은 들은 가윤보는 머릿속으로 빨리 따져보았다.

'오늘이 짝수날이니 숙보가 입번(入番, 當直)하는 날이고, 또 오늘이 마적을 잡는 기한이 된 날이라 했는데, … 먼 곳의 벗들이 이리 많이 온 줄을 알면 틀림없이 이리루 오겠지만, 그런데 관아의 사정이 여의치 않다면? 가윤보는 그렇다고 '불러도 사정이 있어 못 올 것'이라 말할 수도 없어, 얼른 큰 소리로 대답했다.

"선형! 그렇지 않아도 기별을 보냈으니, 아마 곧 올 것입니다."

그런데 가윤보가 왜 이렇게 말을 해야만 했는가? 진숙보가 관아의 일로 나올 수가 없다고 하면 일행이 모두 거리에 나갈 것이고, 그러다가 불미스러운 다툼이라도 생긴다면 진숙보만 입장이 난처할 것 같기에, 곧 온다고 하여 여기서 기다리며 술을 마시게 하는 것이 나을 것이라 생각했기 때문이었다. 그야말로,

지기(知己)를 초청한 성대한 잔치를 벌렸으니, (筵開玳瑁留知己)
넘치는 포도주 술잔에 친우들 취했도다. (酒泛葡萄醉故人)[12]

한편, 그날 진숙보는 도적 체포를 담당하는 공인들과 함께 제

─────────

12 원문 酒泛葡萄醉故人 ─ 포도주(葡萄酒)의 葡萄(포도)는 서역에서 중국에 전해졌다. 서역에서는 이를 漢과 唐에 조공품으로 바쳤다. 포도주를 읊은 唐詩 중 최고의 걸작은 왕한(王翰, 王瀚, 字는 子羽, 생졸년 미상, 예종, 현종 때 출사)의 〈양주사(涼州詞)〉이다.

포도주 좋은 술을 야광배에 채워, (葡萄美酒夜光杯)
마시니 馬上 비파가 주흥 돋우네. (欲飮琵琶馬上催)
취하여 모래밭 누웠다고 그대 웃지마오! (醉臥沙場君莫笑)
예부터 싸움터서 몇 사람이나 돌아왔소? (古來征戰幾人回)

당나라 때, 포도주는 몇 년이 지나도 시거나 변하지 않는 최고급 술로 이름이 높았다. 그 술을 야광배에, 그리고 또 馬上에서 타는 비파가 주흥을 돋우는데 취하지 않을 사람이 누구던가? 더군다나 최전방에 나온 武士인데! 언제 죽을지도 모르는 상황에서 취하는 것이야 흉이 될 것이 없으리라! 포도주를 마신 오늘 하루 ─ 변새(邊塞)의 武人도, 詩人도 오늘만큼은 모두 활달(豁達)하고 기분 좋게 그리고 어디에도 얽매이지 않는 자유와 상상을 즐겼을 것이다.

주부 관아에 들어갔다. 숙보의 벗이며, 숙보를 데려와야 한다고 강력히 건의했던 번건위도 함께 들어갔다. 번건위 역시 장엽림 강탈 사건의 범인의 윤곽조차 알아낼 수 없어 답답하기는 마찬가지였다.

번건위의 생각에 숙보가 말을 달려 싸우는 재간은 뛰어났지만 범인 수색 같은 일에는 별 재능이 없으며, 사람이 너무 좋아 다른 사람을 모질게 대하지 못하기에, 여태껏 범인 윤곽도 찾아내지 못했다고 생각했다.

숙보는 기한내 아무것도 얻은 것이 없기에 오늘 자사가 내리는 형벌을 받을 수밖에 없다고 각오하고 있었다. 다만, 범인을 잡지 못했다 하여 포도 담당 관원이 은자 3천 냥을 변상하라는 제주 자사의 협박에는 전혀 그럴 수 없다고 생각하였다.

번건위는 범인 수색에 실패했다 하여 30대씩 태형을 당해야 하는 숙보에게 미안했다.

이미 숙보를 청주 총관부로 돌려보내자고 제주 자사에게 건의하였지만, 제주 자사는 수락하지 않았다.

이날 숙보를 비롯한 53명 전원이 자사 앞에 무릎을 꿇었다. 자사는 집무 자리에도 늦게 나왔고, 이미 화가 날대로 나 있었다.

자사의 문책에 숙보는 할 말이 없었다.

자사는 화가 나서 숙보에게 말했다.

"어찌 몇 달이 지났는데도 아무런 성과가 없는가? 네놈들이 그 마적 떼와 장물을 나눠먹었기에 알면서도 잡아내지 않는 것이다.

그런 식으로 너희들이 나를애 먹이려는가?"

제주 자사는 포졸들에게 태형을 집행하라고 말했다. 한 명 한 명, 형리 앞에 나가 엉덩이를 30대씩 맞았다. 이렇게 집행하다 보니 관아에서는 하루 종일 볼기짝 얻어맞는 소리와 비명이 이어졌다.

숙보는 마지막으로 형틀에 엎드렸다. 숙보가 온몸에 힘을 주면 근육이 튀어나와 돌처럼 굳었고, 그렇게 되면 대나무 막대가 갈라지며 형리들의 손에 부상을 입었다.

숙보는 몸에 힘을 주지 않고 그대로 엎드려 맞았다. 그러니 엉덩이와 허벅지의 살이 터지고 피가 흘렀다.

그전에는 형을 집행하면 그냥 내보내 주었지만 오늘은 체벌이 다 끝나고 동시에 풀어주었다. 밖에서 애타게 기다리던 가족들은 울면서 맞이했다. 가족과 함께 집으로 가거나, 몇몇이서 객점으로 들어가 술을 마시면서 울분을 풀어내는 사람도 있었다.

숙보는 해질 무렵에 혼자 제주부에서 나왔다. 숙보는 혼자서 상처난 몸을 돌봐야 했다.

밝은 대낮에 누구는 북을 치며 좋아하지만,　（一部鼓吹喧白晝）
황혼 무렵에 몇 사람은 원통한 눈물만 흘린다. （幾人冤恨泣黃昏）

그러니 뒷일을 알고 싶다면, 일단 다음 회를 읽어 보시라.

술자리서 범죄를 실토하나 생사를 걱정않고, 등불에 문서를 태우니 고금에 드문 일이다.(酒筵供盜狀生死無辭, 燈前焚捕批古今罕見.)

시로 읊나니,	詩曰,
용사는 남의 연민을 바라지 않고,	(勇士不乞憐)
협객은 타인 역경을 이용 않는다.	(俠士不乘危)
상봉(만남)에 의리를 중하게 여기고,	(相逢重義氣)
생사에 명령을 따르며 지킨다.	(生死等一麾)
우경[13]은 재상 지위도 버렸고,	(虞卿棄相印)

---

13 虞卿(우경, 名은 信)－전국시대 趙나라 세객(說客). 우(虞)는 성씨이다. 경(卿)은 실제 직위 卿이 아니라 上卿의 대우를 받는다는 의미이다. 우경은 평소에 합종책(合從策)으로 秦에 대항할 것을 주장한

환난에 서로 위하며 도왔다.　　　(患難相追隨)

경박한 일로 목숨도 내주나,　　　(肯作輕薄兒)

바뀌는 상황 순간의 일이다.　　　(翻覆須臾時)

호걸이란 말을 듣는 사나이는 죽음도 기러기 털〔홍모(鴻毛)〕처럼 가볍게 여긴다.[14] 자신의 행동은 스스로 책임지나니, 어찌 남에게 손해를 끼치겠는가? 이런 마음 가짐은 강호(江湖)를 떠도는 사나이의 의리일 것이다.[15] 내 수중에 들어온 사람을 이용하여 최악의 상황에서 벗어나려 하지 않는다. 협객은 남의 죽음을 이용하여 나의 공적을 만들지 않는다.

한편 진숙보는 제주부 관아문을 나서 길 한쪽에서 태장(笞杖)

사람이었다. 趙 孝成王(재위 前 265 – 245년)을 도왔고,《虞氏春秋(우씨춘추)》를 저술했다.《史記 平原君虞卿列傳》참고.

14 「죽음은 태산보다 무거울 수도 있고(死有重於泰山), 기러기 털보다 가벼운 죽음도 있다(死有輕於鴻毛).」前漢(전한) 사마천(司馬遷)의 〈보임안서(報任安書)〉.

15 차라리 몸을 잃을지언정(寧可失身) 의리를 버릴 수 없다(不可失義). 군자는 의리를 알지만(君子喩於義), 소인은 이익만을 안다(小人喩於利).《論語 里仁(논어 이인)》. 군자는 의리에 행동하고(義動君子), 소인은 이득을 따라 움직인다(利動小人). 의리를 저버린 사내는 진짜 개돼지이다(負義男兒眞狗彘). 은혜를 아는 여자는 영웅보다 낫다(知恩女子勝英雄). 은덕을 널리 베풀어라(恩義廣施), 살다 보면 어디서든 서로 만나지 않겠는가?(人生何處不相逢)

을 맞은 상처를 살펴보고 있는데, 어떤 노인이 "기패관 진씨!"라고 부르는 소리를 들었다.

이에 숙보가 고개를 들어 바라보니 장씨(張氏) 노인이었다.

"어! 장 사장(社長)¹⁶님!"

장 사장이 말했다.

"기패관께서 허망한 재앙을 당했다는 말을 제주부 앞에서 술집을 열고 있는 아들놈한테 들었소. 이 늙은이가 기패관에게 따끈하게 데운 술로 위로코자 하니 우리 집에 갑시다."

이분은 숙보도 평소 잘 알고 있는 노인이었다.

숙보가 말했다.

"어르신의 하사를 아랫 사람이 사양할 수 없지요! 그저 고마울 뿐입니다."

숙보는 장 노인을 따라갔다. 장 노인은 술집이 아닌 자신의 서실로 숙보를 안내했다. 그리고 술집에서 안주와 데운 술을 가져오게 하여 숙보에게 권했다.

---

16 社長(사장) − 社는 본래 토지신을 제사하는 사당을 의미했다. 또 토지신을 모신 마을 공동체를 社라 하였으니, 그 우두머리가 사장이다. 중국에서 토지신은 민간신앙의 여러 신 중 최하급의 신이며, 거의 시골 노인 영감과 할머니의 모습으로 형상화되었다. 우리나라 기업체의 우두머리를 社長이라 칭하지만, 중국에서는 社長이란 말 대신에 보통 경리(經理, jīnglǐ)라고 한다. 중국인의 명함에 '總經理(총경리)'란 직함을 보고 우리나라 회사의 '경리부장'으로 생각해서는 큰일 난다.

숙보는 노인이 권하는 술잔을 앞에 두고 눈물을 주르르 흘렸다.

그러나 장 노인이 좋은 말로 숙보를 위로했다.

"너무 서러워 마오. 그 마적을 찾아내어 상을 받고 승진할 날이 꼭 있을 것이요. 음식을 앞에 두고 슬퍼하면 병이 난다고 하였소!"

숙보는 노인의 말에 감정이 격앙되어 울먹였다.

"어르신! 제가 못난 놈이지요! 본관한테 장형(杖刑)을 받았기에 아퍼서 울지는 않습니다. 그냥 서러우니 눈물만 나옵니다."

"왜 그리 서럽소?"

"예전에 제가 하동(河東)에 출장갔을 때, 노주에 사는 선웅신이란 친구가 고향으로 돌아오는 저에게 은자 몇백 냥을 보태주면서 관아의 차인(差人)을 그만두는 것이 좋을 것이라고 말했습니다. 저는 그 말을 기억하면서도 공명심(功名心)을 뿌리치지 못하고 유주(幽州) 내(來) 총관 아래에서 칼이나 창을 휘두르는 말직에 다시 들어갔고, 결국 오늘 이 꼴이 되었습니다. 부모한테 물려받은 육신에 이런 모욕을 받았으니 옛 친구를 보기가 부끄러워 그냥 눈물이 쏟아집니다."

서러운 눈물이 줄줄 흐르는데,　　　(淸淚落淫淫)
서글픈 기분을 어찌 참겠는가?　　　(含悲氣不禁)
아무런 까닭도 없는 굴욕이니,　　　(無端遭戮辱)

고개를 떨구곤 벗에 부끄럽다.　(俯首愧知心)

그러나 숙보는 노주의 선웅신과 그 일행이 모친의 회갑에 축수하려고 제주에 도착한 줄을 모르고 있었다. 숙보가 장노인과 술을 마시며 이야기를 하는데 술집 밖이 잠시 소란하였다.

어떤 사람이 장 노인에게 "안에 진씨 나으리가 계십니까?"라고 물었다.

종업원은 번건위를 알고 있었다. 종업원이 번건위를 데리고 노인의 서실로 들어왔다. 장 노인이 번건위에게 자리를 권했다. 숙보가 말했다.

"아우님 잘 왔어! 여기 장사장님의 호의로 한잔하고 있네. 자네도 같이 하세!"

"형님! 지금 술 마실 여유가 없습니다."

"무슨 긴요한 일이라도 생겼나? 나는 오늘 볼기짝을 맞았어! 그런데 여기 장 사장님이 나를 위로하시는 거야."

번건위가 숙보의 귀에 대고 간략히 몇 마디 이야기했다.

"저도 지금 서문 근처 친우 집에 가서 한 잔을 하고 있는데, 사람들이 와서 가윤보의 집에 열다섯 필이나 되는 큰 말에, 이곳 말씨가 아닌 다른 말씨를 쓰는 낯선 사람들이 들어왔다고 합니다. 혹시 그중에 진달(陳達)이나 우금(牛金) 같은 놈이 섞여있을지도 모릅니다."

그 말에 숙보도 기뻐하며 장 노인에게 말했다.

"사장님! 사실대로 말씀드리자면 번건위가 하는 말에, 서문 어떤 집에 낯선 자들이 들어왔는데, 혹시 은냥을 강탈한 도적이 있을 수도 있다 하니 지금 가봐야 합니다."

"내 술은 본래 별거 아니여! 그냥 마시는 술이니, 다음에 또 할 수도 있지! 좋은 일이 있을 수도 있으니 어서 가보시게! 그 도적들을 잡는다면 이 늙은이도 기쁠 뿐이요!"

숙보와 건위는 장 노인 집을 나와 서문 근처로 갔다. 거기에는 많은 사람이 모여 있었다. 조교〔吊橋(적교)〕를 지나 옹성(甕城) 안의 근처에 사는 모든 사람이 모여 있는데, 거기에는 일도 하지 않는 한량(閑良)들이나 거간꾼, 아문에서 일하는 자도 있었지만, 숙보의 부하는 없었다. 이들은 가윤보네 집을 찾아온 이상한 손님들을 보고 모인 사람들이었다. 사람들은 숙보와 건위를 보고 길을 내주었다.

그들 중 어떤 사람이 숙보에게 말했다.

"기패관님, 가씨 집에 모인 사람들은 도대체 어디 말(言)인지 모르겠습니다. 만약 저들을 호출하신다면 우리들도 함께 도와드리겠습니다."

그러자 숙보도 양손을 들어 간단한 예를 표하고 말했다.

"여러분, 고맙습니다. 관아의 일이지만, 그렇다고 흩어질 필요는 없습니다. 뜻밖의 일이 있을 때 도와주시면 고맙겠습니다."

숙보와 건위는 가윤보의 집 앞에 왔다. 숙보가 대문을 살짝 밀어보니 잠겨있지 않았다.

숙보가 건위에게 말했다.

"아우님, 우리가 한꺼번에 들어가지 말고, 아우가 여기서 좀 기다려보시오. 둘이 같이 들어갔다가 싸움이라도 시작되면, 누가 도와주거나, 아니면 도주하는 놈을 막아야 할 것 같아! 하여튼 두 주먹은 네 개의 팔을 이길 수 없다는 말도 있잖아! 안에서 상황이 불리하면 내가 휘파람을 불겠어! 아우는 사람들과 함께 길을 막게나!"

숙보는 대문을 지나 집안으로 들어갔다. 거기에는 손님을 따라온 하인이나 가윤보네 식구와 음식을 만들고 나르는 사람들로 붐볐다. 거기다가 데려온 악사들이 북을 치거나 피리를 불고 있었다. 숙보가 사람들 틈에 몸을 움츠리며 가까이 가서 말소리를 들어보았으나 시끄러워 알아들을 수가 없었다. 거기다가 사람들이 음식 시중을 들며 이리저리 움직이며 사람을 가리거나 그림자 때문에 얼굴을 제대로 볼 수가 없었다.

숙보는 가윤보를 보았고 다른 사람 중 아는 얼굴이 있는가 두리번거렸다. 숙보는 선웅신의 얼굴을 본 것 같았다. 그래서 마음속으로 선웅신이 모친 때문에 왔을 것이라 짐작은 했지만 '왜 우리 집으로 오지 않고, 이리로 왔을까?'라고 생각했다. 숙보는 가윤보의 눈에 안 띄려고 몸을 움츠려 안쪽을 두리번거렸다. 결국 선웅신과 왕백당의 얼굴을 확인한 뒤에, 슬그머니 몸을 빼내었다.

숙보가 가윤보의 집 대문 밖에 나오자, 번건위가 먼저 물었다.

"형님! 누군지 알았습니까?"

숙보는 건위를 질책했다.

"자네는 잘 알아보지도 않고 하찮은 일을 큰일로 만들었네! 저 안에 노주의 선웅신 형이 있지 않나. 자네도 노주에서 만났고 여비까지 받았는데 몰랐단 말인가? 만약 여기 사람들이 손님들에게 몹쓸 짓이라도 했으면 정말 어쩔 뻔했나?"

"저는 사람들 말만 듣고 형님한테 달려갔기에 안에 있는 사람들을 못 보았습니다. 그러면 이제 어떻게 하시겠습니까?"

"우선 이 사람들을 모두 보내버려야지!"

그리고 숙보가 여러 사람들에게 말했다.

"여러분! 제가 알았습니다. 여기 오신 손님들은 나쁜 사람들이 아닙니다. 제가 잘 아는 사람들입니다. 노주에서 온 선웅신이란 분입니다. 내일이 제 모친 회갑이라서 축수하러 먼길을 왔습니다. 하여튼 고맙습니다. 이제는 모두 돌아가십시오."

그래도 몇몇 사람은 숙보에게 이런저런 말을 걸었고, 숙보는 다 좋은 일이라고 일일이 해명해 주었다.

한편 선웅신은 방안의 상석에 앉아있으면서 이런저런 사람들 중에 좀 이상한 느낌이 있어 가윤보를 불러 말했다.

"자네가 우리들 좌석을 배정하며 안내할 때, 계단 아래 많은 사람들이 모였는데, 내가 볼 때 아주 덩치가 큰 사람이 우리를 기웃거리다가 슬그머니 나가버렸소. 그러면서 그를 따라 몇 사람도 나갔는데, 한번 밖에 나가 살펴보소? 우리가 무슨 오해를 받고 있는가? 하여튼 많은 사람들이 함께 몰려왔으니 사람들은 우리를 이상하게 볼 수도 있어!"

가윤보는 웅신의 말을 듣고 곧 밖으로 나왔다. 대문 밖을 보자 몇 사람이 숙보를 둘러싸고 이야기를 하고 있었다.

"진형! 그렇지 않아도 지금 모두가 형을 기다리고 있습니다. 노주에서 선형이 여러 벗들과 함께 큰어머님 회갑을 축수하겠다고 불원천리(不遠千里)하고 오늘 아침에 우리 집에 오셨습니다. 그러나 형님이 오늘 관아에 근무하는 날이라서 아침에는 연락하지 않았습니다. 그런데 여기 오셨으면서 왜 들어오지 않으십니까?"

숙보는 번건위가 했던 말을 이야기할 수가 없어 그냥 둘러대었다.

"아우님! 아우는 모르겠지만, 나는 오늘 관아에서 별로 좋지 않은 일이 있었소. 우연히 노주 선형 일행이 들어왔다는 말을 들었지만, 일을 마무리하다 보니 좀 늦었소. 그런데 사실, 내가 노주에 있을 때 몹시 궁했고 그래서 말을 팔아야 할 지경이었소. 마침 선형의 큰 도움으로 무사히 돌아왔고, 지금 근무 중이지만, 오늘은 내 꼴이 말이 아닐세! 이런 꼴로 선형을 만나 뵐 수가 없어 우선 여기 사람들을 돌려보내고 집에 가서 옷을 갈아입은 뒤에 들어갈 것이요. 그러니 선형한테는 말하지 말고 잠깐만 더 기다려주오."

이에 가윤보가 숙보를 잡고 만류하며 말했다.

"형님! 여기서 형 집에 다녀오려면, 시간이 너무 많이 걸립니다. 그렇지 않아도, 제가 내일 입고 갈 옷을 만들면서 겸하여 한 벌 더 지었습니다. 형님이나 내가 비슷한 체구이니 잘 맞을 것입니다. 내 방에 들어가 옷을 갈아 입읍시다."

숙보를 둘러싼 사람들은 모두 돌아갔고, 대문 밖은 조용해졌다. 숙보는 옷을 갈아입고서 가윤보와 함께 웃으면서 모두가 모인 큰 방으로 들어갔다.

가윤보는 아무렇지도 않은 듯 거짓말을 보태며 말했다.

"선형, 그리고 여러분! 제가 다시 사람을 보내 진형을 지금 모셔왔습니다."

그러자 모두가 숙보 앞으로 모여들면서 환호했다. 숙보는 어쩔 줄 모르는 듯 웃고 반기면서 여러 사람을 포옹하고 손을 잡았다. 넓은 곳에 모직으로 짠 자리가 마련되자, 숙보는 선웅신 앞에 나와 정식으로 절을 하면서 그간 생명을 지켜준 은덕과 변함없는 호의를 칭송하였다. 그리고 노주와 장안과 유주에서 온 모든 벗에게 진심으로 감사하는 인사말을 두루두루 마쳤다.

가윤보는 새로 술잔과 젓가락을 가져와 숙보의 자리를 정해주려 했다. 의상촌에서 13인이었고, 이제 가윤보와 진숙보 모두 열다섯이었다. 식탁 하나에 두 사람씩 짝을 지어 앉았고, 선웅신의 자리는 혼자 상석의 독상이었다. 가윤보가 숙보에게 선웅신과 겸상을 하라고 말했다.

그러자 숙보가 말했다.

"군자는 사람 누구에게나 덕(德)을 베푼다고 하였습니다. 그러니 어떤 정이 있다 하여 예를 폐할 수는 없습니다. 선형께서 이곳에 오셨고 주인장이 선형을 모셨습니다. 여기가 저의 집은 아니지만, 저도 오늘 여러 손님을 모셔야 합니다. 그렇더라도 제가 여기 가형을 대신하여 자리를 넘겨 앉을 수는 없습니다."

그러자 선웅신이 말했다.

"숙보 아우여, 아까 주인이 우리의 자리를 정하면서 가까운 사람끼리 짝을 지어 자리를 정해주었소. 그런데 지금 차례를 하나씩 옮기면, 모든 자리가 바뀌게 되니 아우가 나와 겸상하며 옛이야기나 합시다."

숙보는 더 이상 겸양할 수가 없어 선웅신과 함께 겸상하였다. 모두 즐거운 마음으로 자리에 착석하였다. 가윤보는 큰 은 술잔을 들고 다니면서 손님들에게 술을 따라주며 권했다. 휘황하게 밝혀진 촛불 아래 여러 호걸들이 온통 자기 세상을 만난 듯 호기를 뽐내면서 술잔을 들었다. 가윤보에 이어 숙보도 술잔을 들고 다니며 새로이 권하며 말했다.

"여러분! 고맙습니다. 진정 고맙습니다. 여러분을 오늘 저녁 저의 집으로 모시지 못해 정말 죄송합니다만, 비록 윤보 아우의 술이지만, 저도 한 잔씩 올리겠습니다."[17]

---

17 원문 借花獻佛(차화헌불) – 남의 꽃을 가져다 부처님께 올리다. 남

자리는 한창 무르익었으니, 그야말로 술잔이 날아다니는 듯 흥겨운 자리였다. 이런 경우에 맞는 당시(唐詩) 한 수(首)가 있다.

〈나그네의 노래〉	〈客中行〉[18]
울금향 향기로운 난릉의 좋은 술이,	(蘭陵美酒鬱金香)
백옥의 술잔에 가득 호박빛이 찼다.	(玉碗盛來琥珀光)
주인이 손님을 다만 취하게 한다면,	(但使主人能醉客)
알 수 없어라, 어디가 타향이겠나?	(不知何處是他鄉)

숙보가 잔을 돌리며 왼쪽에서 세 번째 자리에 왔을 때, 우통과 정교금이 앉아 있었다. 두 사람은 문자를 깨우치지 못해 알아들을 수 없는 말이 있었지만, 즐겁게 한데 어울렸다. 왕백당, 시사창, 이밀은 모두 문아(文雅)한 교양이 있고 행동거지가 의젓하였다. 선웅신과 울지 형제, 장공근, 백현도, 사대나 등은 좀 거친 일면이 있었지만 호기(豪氣)로웠다. 동패지와 김국준은 공문(公門)

의 떡으로 설 쇤다. 남의 것으로 자기 생색을 내다.

18 이백(李白, 701 – 762년)의 이 시는 《全唐詩(전당시)》 181권에 수록되었다. 蘭陵(난릉)은, 今 山東省 남부 臨沂市(임기시) 관할의 현(縣)이고, 전국시대에 楚國의 땅으로 일찍이 荀子(순자)가 그곳 縣令을 역임했었다. 울금향 향기 좋고, 琥珀(호박)처럼 노란 술이 옥 술잔에 가득 찼다면 아니 마시겠는가? 또 아니 취할 수 있겠는가? 기분 좋게 취했는데 어디가 고향이고, 어디가 타향이겠는가? 술꾼에게는 좋은 술을 마실 수 있는 곳이 가장 마음 편한 고향이다.

에 있는 사람이라서 예의범절에 빈틈이 없었다. 다만 정교금이 너무 거친 언행이 있어 다른 사람들이 조심스럽게 대했다.

우통은 처음에 정교금이 진숙보와 예부터 알고 지내는 사이라고 말해서 그런 줄 알았지만 숙보와 술잔을 주고받으면서도 특별한 이야기가 없었다.

술기운이 약간 오른 우통이 교금에게 물었다.

"아우님! 아우는 착실한 사람이니, 아우가 내게 거짓말을 했다고 생각하지는 않네!"

그러자 정교금이 깜짝 놀라며 말했다.

"형님! 저는 거짓말할 줄 모릅니다."

우통이 말했다.

"그전에 선웅신 형이 숙보 형의 모친 회갑 소식을 보내왔을 때, 내가 아우에게 '가지 않아도 되는 자리'라고 했더니, 아우는 '숙보와 어렸을 때부터 친우'[19]라고 했었지! 그런데 오늘 아우와 그냥 술잔을 주고받았지 별다른 이야기도 없었으니, 결국 서로 모른다는 사이 아닌가? 아니면 무슨 감정이라도 있는가?"

그러자 교금은 갑자기 얼굴이 붉어지면서 거칠게 말했다.

"형님이 절 의심하신다면, 제가 숙보를 한번 불러보겠습니다."

"그럼 불러봐!"

그러자 자리에서 일어난 정교금이 큰소리로 불렀다.

---

19 원문 童稚之交(동치지교) － 童은 아이 동. 稚는 어릴 치.

"태평랑(太平郎), 형은 오늘 나한테 왜 이리 거만하시오?"

마치 천둥소리와 같았다. 순간 모두가 놀라며 모든 이야기가 뚝 그쳤다. 숙보도 여기서 자기 어렸을 적 이름을 부르는 사람이 있으리라 생각하지 못했다.

숙보가 몸을 돌려 좌중을 바라보며 물었다.

"어느 분이 저를 좋아하여, 제 어렸을 적 이름을 부르셨습니까?"

왕백당은 어리둥절한 사람들을 재미있어 하며 손뼉을 치며 말했다.

"아니 진형의 어렸을 적 이름이 태평랑이었다네! 우리 모두 기억합시다."

그러자 가윤보가 정교금을 대신해서 말했다.

"우원외의 친구분이신 정지절이 진형의 어렸을 적 이름을 불렀습니다."

그 말에 숙보는 크게 놀라 정교금 앞에 바싹 다가가 의복을 당겨 잡으며 교금의 얼굴을 응시했다.

그리고 물었다.

"아우님! 아우님 사시는 데가 어딥니까?"

정교금은 무릎을 꿇고 눈물을 흘리며 말했다.

"저는 반구점에 사는 정일랑(程一郎)입니다."

그러자 숙보도 무릎을 꿇고 웃으며 말했다.

"원래 일랑 아우였구먼!"

어릴 때 헤어졌다고 탄식하나,   (垂髫歎分袂)

헤어진 뒤에는 나이도 몰랐다.   (一別不知春)

서로 몰랐다 이상히 생각마오,   (莫怪不相識)

이제 모두가 성인이 되었다오.   (及此皆成人)

애당초에 숙보와 교금은 함께 자라면서 아침 저녁으로 장난치는 형제와 같았는데, 지금은 왜 몰라보았는가? 그것은 교금의 외모 때문이었다. 어렸을 적에는 그렇게 보기 흉하지 않았었다. 청년이 된 일랑은 이상한 도사를 만나 단약(丹藥)을 복용했는데, 그 뒤로 얼굴이 푸르죽죽하고 어금니가 튀어나왔으며 붉은 수염에 머리가 노랗게 변했다. 두 사람은 거듭 절을 하며 예를 갖췄다.

그리고 숙보가 말했다.

"어렸을 적에 같이 컸기에 어머님은 늘 자네 모친을 말씀하시며 안부를 궁금해 했네. 지금 아우 자당님께선 평안하신가?"

동석한 모두가 머리를 끄덕이며 감탄하였다. 숙보는 탁자를 하나 더 가져오게 하여 선웅신과 함께 자리를 마련했다. 교금과 숙보의 이야기는 끝없이 이어졌다. 교금은 숙보에게 흉허물 없이 술을 권했고, 숙보가 잔을 받고 마시지 않으면 숙보를 끌어당기며 술을 권했다. 웅신과 마주할 때는 그렇지 않았지만, 교금이 끌어 잡아당기면 숙보는 낮에 장형을 받은 상처가 스치거나 찌르게 되어 자연 얼굴이 찡그려졌다.

그런 숙보의 얼굴을 교금도 이상하다고 생각했다.

그래서 한 편으로는 기분이 언짢아 바로 숙보에게 말했다.

"진형은 선형하고 둘이서 대작하시오. 나는 그만두겠소!"

이에 숙보가 깜짝 놀라며 말했다.

"아니! 아우는 왜 그러시는가?"

교금이 말했다.

"형은 예전 같지 않소이다. 형도 지금이야 세상 보는 안목이 많이 달라졌겠지만, 사람은 누구나 가난뱅이를 싫어하고 부자를 좋아합니다. 형이 선형과 술을 마시면서 얼굴을 찡그리지 않더니, 왜 내 술을 마실 때는 얼굴을 찡그립니까?"

그러나 숙보는 자신의 둔부와 허벅지가 아프다는 말을 할 수가 없었다. 다만 교금을 달랠 수 밖에 없었다.

"아우는 너무 깊이 생각하지 마오. 나는 사람을 빈부에 따라 다르게 대우하는 그렇게 경박한 사람이 아닐세!"

이런 대화를 옆자리에서 듣고 있던 가윤보가 숙보를 위해 해명하였다.

"지절(知節, 정교금) 형께서는 진형을 이상하게 생각하지 마시오, 진형은 몸이 매우 안 좋아서 그런 것이요."

그러나 교금은 단순한 사람이라서 어디가 불편한 지, 왜 불편한 지 더 묻지도 않았다.

선웅신은 진숙보와 친밀한 관계이기에 가윤보를 불러 물었다.

"숙보 형의 몸 어디가 어떻게 안 좋은 거요?"

"한마디로는 설명할 수가 없습니다."

"우리는 모두 아주 가깝고 서로 믿는 벗들인데 못할 말이 뭐 있겠소?"

그러나 가윤보는 가까이 있는 집사 하나를 불러 물었다.

"여기 서있는 사람들은 어떤 분들인가?"

"모두가 나으리를 따라온 사람들입니다."

그러자 가윤보가 화가 난 어투로 말했다.

"자네들은 도대체 무슨 생각을 하는가? 손님을 따라온 분도 우리의 손님 아닌가? 그런데 손님을 이렇게 모셔서야 되겠나? 빨리 모든 분에게 저녁식사와 함께 술 접대를 하라! 다른 사람이 보면 이 집에는 주인도 없는 집이라 하겠다."

그리고 수하의 여러 사람에게 말했다.

"여기 계신 모든 분께 미안합니다. 아래 작은방에 들어가시어 식사와 술을 좀 드십시오! 대접이 소홀해서 죄송합니다."

그리고는 모두 작은 출입문 밖으로 나가게 한 뒤에 출입문과 창문을 모두 꼭꼭 닫았다. 그리고 자리에 돌아와 선웅신 맞은편에 앉았다. 여러 사람들은 집주인 가윤보의 이런 행동을 말없이 바라만 보았다.

선웅신이 가윤보에게 물었다.

"아우님! 숙보의 몸이 왜 불편합니까? 자세히 말해보시오."

그러자 가윤보가 엄숙한 표정으로 말했다.

"이는 특별한 일에 특별한 이야기입니다. 새로운 황제가 즉위

한 뒤에 동도(東都)인 낙양에 새로운 궁궐을 짓기 시작하였습니다. 그런데 산동 각 주에서는 모두 은자 3천 냥씩을 동도의 공사 현장에 보내라고 하였습니다. 그래서 연주에서도 은자 3천 냥을 동도에 보냈는데, 그 은자를 호송하는 관리가 우리 제주의 장엽림이란 곳에서 마적들에게 강탈당했고 호송하는 군졸이 4명이나 살해되었습니다. 관할 상급 기관인 청주에서는 강탈당한 사건을 보고하면서 제주에 책임이 있다고 하였습니다. 그러자 낙양에서는 제주에서 은자를 변상하고 범인을 잡으라고 강력하게 문책하였습니다. 사실 관리를 겁박하고 재물을 약탈하는 일이야 어디서든 있는 일입니다. 그런데 범인이 은자를 약탈한 뒤에 자신들의 이름이 진달이며 우금이라고 말했습니다. 범인이 이름까지 말했는데도, 왜 범인을 못 찾아내느냐면서 제주 자사를 심하게 다그치자, 제주자사는 청주 총관에게 부탁하여 청주에 있던 진형을 제주로 보내달라고 하였습니다. 그런데 제주 자사는 기일을 정하고 잡아들이지 못하면 포졸에게 장형(杖刑)을 시행하였습니다. 처음에는 청주 총관의 체면을 보아 진형을 때리지는 못했습니다만, 이제는 진형을 문책하며 때렸습니다. 진형과 50명이나 되는 포졸이 오늘 장형 30대 씩을 맞았습니다. 그러니 진형도 오늘 맞아서 허벅지와 엉덩이 살이 터졌을 것입니다. 그러니 오늘은 아파서 움직일 때마다 얼굴을 찡그리게 된 것입니다."

가윤보의 설명을 들은 모든 사람들은 모두 혀를 길게 빼며 크게 놀랐다. 이런 이야기에 관심이 없다면 모를까, 관심이 있다면 정신이 혼미하지 않을 수 없을 것이다.

우통은 정교금과 마주 앉아있으면서 탁자 아래로 교금의 다리를 꼬집으며 말하지 말라는 눈치를 주었다. 그러나 정교금은 정말 단순한 사람이었다.

교금이 벌떡 일어나며 말했다.

"우형, 나를 꼬집지 마세요. 아무리 꼬집어도 나는 할 말을 하겠습니다."

그러자 우통은 놀랐고, 온 몸에 식은 땀이 흐르면서 움직일래야 움직일 수도 없었다.

"아우는 무슨 말을 하려는가?"

교금은 큰 잔에 술을 가득 채웠다. 그리고 숙보에게 권하며 말했다.

"숙보 형! 이 잔을 받으시요. 그리고 내일 자당님께 축수를 마친 다음에, 진달과 우금을 데리고 관아에 들어가서 상을 받으십시오!"

그 말에 숙보는 크게 좋아하며 술잔을 받아 단숨에 쭉 들이켰다.

그리고 물었다.

"아우여! 그 두 사람이 어디에 있는지 아는가?"

교금이 말했다.

"당초에 그 호송관이 이름을 잘못 들었습니다. 바로 정교금과 우준달이라 했소. 나와 여기 우형이 저지른 일이요!"

이 말을 듣는 순간 모두의 얼굴색이 변했다. 숙보도 얼굴이 하얗게 질렸다. 그리고 자리에서 일어났다. 가윤보는 방 좌우측의 작은 출입문도 모두 잠그었다. 모두가 숙보와 우통과 교금을 둘러쌌다.

선웅신이 말을 꺼냈다.

"숙보 형은 이 일을 어떻게 생각하시오?"

숙보가 천천히 말했다.

"여러분들은 조금도 놀라지 마십시오. 교금이 말한 그런 일은 없었습니다. 교금은 어려서 걸음마를 배울 때부터 나와 함께 자랐습니다. 어렸을 적 별명이 '뺏기쟁이'라고 했지만, 지금 가윤보의 긴 이야기를 듣고서 내 마음을 위로해 주려고 되지도 않는 말을 지어냈습니다. 사실 그런 말로 나를 위로해 주려 한 것입니다. 그러니 여러분, 그냥 지나간 이야기이니 그만 술이나 듭시다. 거짓말은 퍼지다가 똑똑한 사람을 만나면 멈추게 됩니다. 여러분은 모두 고상하신 나의 벗입니다. 교금의 말은 그냥 우스갯소리입니다."

그러자 정교금이 갑자기 화가 난듯 거칠게 일어서더니 우레처럼 큰소리로 말했다.

"진형! 형은 나를 데리고 노네! 도대체 무슨 말씀이요? 내가 말을 지어냈습니까? 그러면 나는 사람이 아닌 짐승일 것입니다."

교금은 말을 하면서 자기 품 안을 뒤적거려 허리춤의 돈주머니를 꺼냈다. 그리고 그 안에서 열 냥짜리 은 덩어리 하나를 꺼내 탁자를 탕 치며 내려놓았다.

"이것이 바로 연주(兗州)의 관은(官銀)입니다. 제가 내일 축수할 때 드릴 예물로 가져왔습니다. 제주에는 이런 은자가 없습니다."

숙보는 교금의 말이 사실이라고 생각했다. 그러면서 교금이 내놓은 은자를 재빨리 움켜쥐더니 자기 품 안에 쑤셔넣었다. 많은 사람들이 그저 멍하니 아무 말도 없었다.

그러나 웅신은 무엇인가 결심한 듯 침착하게 말했다.

"숙보 형! 이 일은 형과 우원외, 그리고 정지절까지 세 사람이 관련된 일이나, 일의 종말은 확실해서 좋지만 나는 이러지도 저러지도 못하는 난처한 입장이요!"

숙보가 물었다.

"선형께서 무엇이 곤란하시겠습니까?"

웅신이 말했다.

"작년에 우리 집에서 형과 나는 평생동안 생사와 환난을 같이하기로 맹서하였으니 정말 막역한 벗이요(莫逆之友). 지금 진형이 저 두 사람을 곤란하지 않게 하려고 하나, 결국은 두 사람에게 기댈 수밖에 없소. 만약 진형이 동도까지 잡혀간다면 일이 어긋나게 되어 결국 죽을 수도 있을 것이요. 그리고 만약, 교금과 우원외를 데리고 들어가 상을 받거나 사건이 마무리 된다면, 결국 내가 우원에게 진형 모친 회갑 축수를 하자고 했으니, 나 때문에 우원외와 교금이 난처한 지경에 빠집니다. 그러니 나는 어떻게 되든 양쪽에서 난처한 일에 봉착합니다."

숙보가 선웅·신에게 말했다.

"선형의 분부대로 일을 마무리하고 싶습니다."

웅신은 고개를 숙이고 한참을 생각하다가 말했다.

"지금은 나도 매우 난처합니다만, 나에게 내일 한나절까지 시간을 주시오."

"왜 내일 반나절입니까?'

"우리 모두는 지금 이 순간까지 이 사건과 관련하여 아무것도 몰랐습니다. 여러 벗들은 모두 자기 뜻으로 여기 모였습니다. 내일 진형 댁에 가서 자당님께 축수하며 갖고 온 예물을 올립니다. 내일은 술을 마시지 않을 것입니다. 지금 우리가 이렇게 복잡한 곤경인데, 술이 무슨 도움이 되겠습니까? 내일 축수를 마치는 대로 모두 헤어집시다. 진형은 내일 두 사람에 대한 이야기를 듣고서 관군을 데리고 무남장을 포위합니다. 무남장의 두 분 또한 바보가 아닙니다. 그냥 포박을 받을 수는 없지요! 내일 어떻게든 승부가 나겠지요. 우리 아무도 여기에 관여하질 못할 것입니다. 이 모두가 어쩔 수 없는 일입니다. 숙보 형도 이해할 것입니다."

일단 모두 어부의 손에서 벗어났기에,　　（且袖漁人手）

그래서 도요새와 방합이 다투게 된다.　　（由他鷸蚌爭）[20]

숙보가 말했다.

"선형 자신은 호걸이라 생각하면서 천하에는 다른 인물이 없는 듯 생각하십니다."

웅신이 말했다.

"진형은 내 말이 틀렸다는 뜻입니까?"

"제가 어찌 선형의 말씀을 틀렸다고 생각할 수 있겠습니까? 작년에 제가 노주에서 완전 고꾸라지듯 역경에 처했을 때, 형께서 제 목숨을 살려주신 은덕을 저는 받았습니다. 그리고서는 아직 보답도 못하고 있습니다. 선형께서 우원외와 정교금에게 제 모친 회갑 축수를 말씀하지 않았어도 두 사람은 모친께 축수하러 스스

---

20 휼방상쟁(鷸蚌相爭) ─ 이는 《戰國策 燕策(전국책 연책)》에 나오는 고사이다. 趙가 燕을 정벌하려 하자, 蘇代(소대)가 燕을 위하여 (趙)惠文王에게 말했다. "이번에 臣이 여기에 오면서 易水(역수)를 건넜습니다. 방합(蚌, 조개 방)이 땅에 올라와 햇볕을 쬐는데 도요새(鷸, 도요새 휼)가 그 살점을 쪼아 먹으려 하자, 방합이 껍질을 다물면서 도요새 주둥이를 물어버렸습니다. 그러자 도요새가 말했습니다. '今日은 不雨하고, 明日도 不雨할 것이니, 너는 이제 죽은 조개이다.' 그러자 방합도 마찬가지로 도요새에게 말했습니다. '今日도 못 가고, 내일도 못 가니 죽은 도요새가 있네.' 둘이서 서로 놓아주려 하지 않았는데, 어부가 보고서는 둘 다 잡아버렸습니다. 지금 趙가 燕을 정벌하려 한다면 燕과 趙는 서로 오래 버틸 것이니, 백성은 크게 피폐할 것이며 그러다 보면 강한 秦은 漁父가 될 것입니다. 그러니 대왕께서는 깊이 살펴주시기 바랍니다." (趙) 惠文王은 "옳은 말이요."라고 하였다. 그리고 정벌을 중지하였다.

로 왔을 것입니다. 교금은 저와 정말 어렸을 적 형제와 같이 지냈고, 모친 두 분의 은정 정말 깊었습니다. 교금이 가윤보의 말을 듣고 사실을 고백한 것은 사나이의 용기이며 기백입니다. 저는 이 두 사람과 함께 제주에 들어가 상을 받을 생각은 전혀 없습니다. 제주 자사가 내린 지시 문서에도 두 분 이름은 없습니다. 여기 한번 보십시오. 그러면 안심될 것입니다."

"한번 봅시다."

숙보는 갖고 다니는 문서 행랑에서 바로 문서를 꺼내주었다. 웅신과 여러 사람이 모두 읽었다. 거기에는 진달과 우금이라는 두 이름만 쓰여 있고 다른 이름은 없었다.

교금이 말했다.

"그게 바로 우리 두 사람입니다. 틀림없습니다. 내일 모친께 축수한 뒤에 우형과 함께 제주 자사를 만나볼 것입니다."

선웅선은 문서를 숙보에게 넘겨주었다. 숙보는 문서를 받자마자 그 자리에서 몇 번 찢어버렸다. 이밀과 시사창이 달려들어 말리려 했지만 숙보의 힘을 당할 수 없었다. 그러면서 숙보는 찢어진 문서를 등불에 그냥 태워버렸다.

등불에 문서를 완전히 태워버린 뒤에,   (自從燭燄燒批後)

강개한 이름은 천하에 널리 알려졌네.   (慷慨聲名天下聞)

그렇다면 다음은 무슨 일이 있겠는가? 다음 회를 읽어 보시라.

제24회

호걸들은 수절 노모의 회갑에 축수하고, 천강성은 호랑이 같은 효자를 도와주다.(豪傑慶千秋冰霜壽母, 罡星祝一夕虎豹佳兒.)

시로 읊기를,   詩曰,

그대는 모르는가!   (君不見)

단경(段卿)은 사농장을 거꾸로 이용하고,   (段卿倒用司農章)[21]

전숙(田叔)은 시를 태워 양왕을 도왔다.   (焚詞田叔援梁王)

---

21 원문 段卿倒用司農章 ─ 단경(段卿), 사농장(司農章)은 전고 미상. 焚詞田叔援梁王의 전숙(田叔)은 西漢大臣, 전국시대 田齊의 宗室의 후손. 협객으로 유명. 趙王 장오(張敖)에 의해 郎中이 되었는데, 趙王의 모반에 연루되었다가 한 고조에 의해 사면, 梁王은 景帝의 의동생 孝王인 劉武. 《史記·田叔列傳》과 《漢書 季布欒布田叔傳》에 立傳. 좌유(左儒)는 여기서 산동지역의 유생이란 뜻. 매우(賣友)는 친구를 이용해먹다. 시랑(豺狼)은 승냥이와 이리 같은 흉악한 짐승.

장부가 큰일 할 때, 담력이 아주 크니,　　（丈夫作事膽如斗）

이익과 손해에 따른 걱정이 있겠는가?　　（肯因利害生憂惶）

목숨은 가볍고 의리는 더욱 무거우니,　　（生輕誼始重）

육신이 죽어도 이름은 오래 남으리라.　　（身殞名更香）

의리가 박하다 좌유(左儒)의 비난받지 말라.　　（莫令左儒笑我交誼薄）

공명을 얻으려 친구를 팔면 짐승이다.　　（貪功賣友如豺狼）

지사(智士)는 일을 잘 계획하고, 용사(勇士)는 결단을 잘한다. 일단 지사의 머리를 거쳐가는 세상의 모든 일에 매우 용의주도하고, 앞뒤를 모두 생각하며 이득과 함께 손해까지 고려하니 모든 일에 어찌 성공하지 않을 수 있겠는가?

오로지 열렬한 의협심을 가진 사나이는[22] 한때 성질이 나서 뒷일이 어떻게 될지 생각 못하기에 다른 사람들을 놀라게 하는 경우도 있다.

이때 진숙보는 다만 붕우만을 생각했지, 관아의 지시 문서를 소각하고서는 제주 유 자사에게 어떻게 대응할 것인가를 생각하

---

22 원문 俠烈漢子(협열한자) − 俠烈漢子. 漢은 사나이란 뜻이 있다. 大漢은 덩치가 큰 사람. 호한(好漢)은 멋진 사나이. 그러나 부정적인 뜻으로도 많이 쓰인다. 궁한(窮漢, 가난뱅이). 나한(懶漢, 게으름뱅이), 부심한(負心漢, 배신자). 악한(惡漢), 문외한(門外漢), 호색한(好色漢), 취한(醉漢), 치한(癡漢), 파렴치한(破廉恥漢).

지 못했다. 문서를 소각한 숙보의 강개(慷慨)한 의기(意氣)에 여러 사람은 바닥에 엎드려 경의를 표했다. 그러자 숙보도 바닥에 엎드려 예를 갖추었다.

세태가 뜬구름과 같으니,　　　　　(世盡浮雲態)

군자도 마음잡기 어렵다.　　　　　(君子濟難心)

의리가 금석(金石)처럼 굳으며,　　(誼堅金石脆)

정의(情意)도 바다만큼 깊도다.　　(情與海同深)

이런 상황에서 이밀은 팔짱을 끼고 이마를 찌푸린 채 골똘히 궁리하였고, 시사창은 의자에 기대어 한가한 듯 생각에 잠겼다. 정교금은 꼿꼿히 서서 숙보에게 말했다.

"진형, 그런 말씀하지 마십시오. 옛말에도 '자신이 저지른 일은 자신이 해결한다.'고 하였습니다.[23] 이 일은 내가 저지른 일인데, 왜 진형에게 누를 끼치겠습니까? 사실 여태껏 우리 두 사람을 잡아들이지 못한 것만으로도 진형에게 누를 많이 끼쳤습니다. 거

---

23 원문 自行作事自身當 ─ 제 몸의 때는 스스로 민다(自己身上的垢痂自己擦). 자기가 싼 똥은 자기가 파묻어야 한다(自己屙的屎自己埋). 자기 집안의 일은 자기 집에서 잘 안다(自家之事自家知). 자기 집 아이는 스스로 안아준다(自家的孩子自家抱). 자기의 빚은 자신이 갚아야 하고(自己欠債自己還), 남에게 넘겨 성가시게 할 수 없다(不給別人留麻煩).

기다가 지금 체포 문서까지 태웠으니, 어떻게 보고하시겠습니까? 관아에서 명령을 어기고 도적과 한패거리가 되었다고 말하면, 어떻게 대처하겠습니까? 그리고 나는 처자식도 없이 노모 한 분 뿐입니다. 이번에 내가 잘못 되더라도 우원외께서 정성으로 노모를 보살펴 줄 것입니다. 그런데 왜 진형만 곤경에 봉착해야 됩니까? 설령 일이 잘 풀리지 않으면, 늙은 모친과 젊은 아내를 누가 보살펴 주겠습니까? 지금 저한테 방책이 하나 있습니다. 우원외께서 나의 노모를 보살펴주시기만 한다면, 제가 혼자 관아에 들어가서 자수하면 됩니다. 관아에서도 나 하나만 잡아넣어도 형님을 고발하거나 파면하지는 않을 것입니다. 제가 범행을 저지르고 이름을 말할 때도 오히려 저 혼자였습니다. 우원외까지도 연루되지 않을 것입니다. 저는 내일 축수한 뒤에 저 혼자 들어가 자수할 것입니다. 진형이 공문서를 없앤 것도 문제되지 않을 것입니다. 저는 죽더라도 진형의 은덕을 잊지 않을 것입니다. 이렇게 마무리가 되지 않는다면, 나는 진형에게 끝까지 죄를 저지른 사람이 됩니다."

여러 사람은 여태까지는 모두 쾌활했었다. 그러나 진숙보의 사정을 알고 문서를 불태웠지만 일이 끝나지도 않았고, 숙보에 닥칠 환난에 대한 말을 듣고서는 모두 눈만 크게 뜨고 바라볼 뿐 서로 말이 없었다.

그러자 이밀이 말했다.

"일이 복잡해졌습니다만, 진형이 문서를 태울 때, 제 생각에는 진형이 두 사람을 풀어주려는 뜻이라 생각하였습니다. 만약 진형이 이 사건을 해결하지 못해 낙양으로 압송된다면 낙양 공사를 지휘하는 우문개(宇文愷)를 제가 잘 알기에 또 중간에 사람을 넣어 잘 해결할 수 있다고 생각하였습니다. 그리고 진형의 혐의를 벗기 위한 방법이 있는데, 청주의 내 총관(總管)은 원래 제 선친의 아랫사람이었기에 저와는 상당히 가깝습니다. 더군다나 진형도 내 총관 밑에서 일을 하였으니, 제가 부탁하여 숙보 형을 다시 내 총관의 관아로 데려가는 방법도 고려해 보겠습니다."

그러자 왕백당이 말했다.

"그것도 좋은 방책입니다."

그러자 정교금이 말했다.

"그럴 수도 있긴 있습니다. 그런데 내 총관이 진형을 보내달라고 요청 안 할 수도 있고, 여기 유 자사도 숙보를 못보낸다고 할 수도 있습니다. 하물며 범인을 하나도 잡지 못했고, 강탈된 은자를 회수도 못하여 이곳 제주부에서 배상해야 하는데, 진형을 보내주고 나면 유 자사가 무얼 어찌하겠습니까? 절대로 진형을 보내지 않을 것입니다. 그러니 내가 자수하는 길 외에는 방법이 없습니다."

여때까지 듣고 있던 숙보가 말했다.

"잠깐 다른 생각 좀 해봅시다. 내일 내가 관아에 들어가 여러 차례 기일을 연장했지만 범인을 잡지 못했으니, 제가 강탈당한 만큼 변상하겠다면 사건은 풀릴 수도 있습니다."

십만 전이면 귀신과 통하고,　　(十萬通神)

돈 있다면 귀신도 부린다.　　(有錢使鬼)[24]

철면피보다 더한 사람도,　　(說甚鐵面)

돈 앞에서는 예!예! 한다.　　(也便唯唯)[25]

한편 당공(唐公, 李淵)의 사위 시사창은 손뼉을 치고서 말했다.

"두 분 형씨들은 너무 걱정하지 마십시오. 시사창이 이를 다

---

24 돈이 있으면 귀신과도 통할 수 있다(有錢可以通神). ─ 돈이 있어
야 권한도 있다(有錢就有權). 돈이 있으면 나쁜 놈도 상석에 앉는
다(有錢的王八坐上座). 손에 돈이 있으면 허리에 힘이 생긴다(手
裏有錢腰根壯). ─ 꿀릴 것이 없다. 누구든 돈 있는 사람이 바로 옳
은 사람이다(誰有錢 誰有理). 돈 없는 친구는 친구가 아니고(朋友
沒錢無朋友), 돈 없는 친척은 친척이 아니다(親戚沒錢不親戚).
돈 없으면 하는 이야기가 모두 방귀 뀌는 소리와 같고(無錢說話如
放屁), 돈 있으면 방귀도 향내가 난다(有錢說話屁也香). 글자를 알
건 모르건 간에(識字不識字), 돈이 있으면 일을 처리한다(有錢就
辦事). 돈이 없으면 점을 봐도 맞지 않는다(無錢卜不靈).

25 손에 권력을 쥐고 있으면(手中有權) 신선도 세배하러 온다(神仙
來拜年). 관아에 들어가는 돈은(衙門的錢), 물 따라가는 배이다
(下水的船). ─ 돈이 들어가야 일이 해결된다.
돈이 있으면 모든 일이 원만하다(有了錢 萬事圓). 돈과 권세가 있
다면 그른 것도 옳지만(有錢有勢非也是), 돈도 세력도 없다면 옳
은 것도 그른 것이다(無錢無勢是也非).

해결하겠습니다."

여러 사람이 시사창을 바라보았다. 시사창이 왜 이렇게 큰소리를 칠 수 있는가? 제주 유 자사는 시사창의 부친이 과거(科擧) 시험관인 지공거(知貢擧)[26]일 때 선발된 문생(門生)이기에 시사창과는 온 집안이 마침 형제처럼 왕래하고 있었으며, 원래 여기에 올 때부터 시사창은 따로 유 자사를 방문할 계획이 있었다.

시사창은 당공이 숙보의 은공에 대한 보답으로 주려 하는 은자 3천 냥을 가져온 사실은 숙보에게도 말하지 않았다. 왜냐면 숙보가 받지 않을 것이 확실하기 때문이었다. 그런데 시사창이 은자 3천 냥을 그렇게 쓸 수 있다면 진국보에게도 좋은 일이 될 것이라 생각했다.

이에 시사창이 말했다.

"사실 제가 여러분에게 솔직히 말씀드리지만 유 자사는 제 선친의 문하생이니 제가 가서 해결할 수 있습니다."

---

26 지공거(知貢擧) – 과거시험은 수(隋)에서 시행되어 唐(당)에서 완비된 인재 등용 방법이다. 과거시험, 특히 회시(會試)에서 최종 선발 권한을 가지고 합격자를 선발하는 사람을 지공거라 하는데, 중국에서는 淸代(청대)에 처음 시작되었다. 본《隋唐演義》가 淸代에 쓰여진 소설이라 청대의 제도가 삽입되었다. 지공거와 합격자는 평생 사제간의 관계였다. 직접 배우진 않았어도 자신의 학문과 문장을 인정하여 합격시킨 지공거를 스승으로 모시면 관직생활에서 아주 유리한 관계를 가질 수 있었다.

정교금이 말했다.

"아무리 양가가 형제처럼 왕래한다면, 1, 2백 냥이야 그냥 융통할 수 있겠지만, 3천 냥이나 되는 큰 돈을 어찌 배상할 수 있겠습니까?"

그러자 우통도 말했다.

"아마 시형께서는 진형을 생각하여 어렵지 않은 일처럼 말하는 것 같소. 은자는 내가 가져 오겠소."

시사창이 말했다.

"필요한 은자는 제가 가지고 있으니 우형한테 빌리지 않아도 괜찮습니다. 이제 여러분 모두 즐거운 마음으로 술을 드십시다. 단, 이 일은 절대 누설되지 않도록 모두가 조심합시다. 만약 밖으로 알려지면 시끄럽고 우리 모두 곤란할 것입니다."

귀신같은 묘책이 6가지나 있어,	(神謀奇六出)
겹겹의 난관을 해결할 수 있다.	(指顧解重圍)
마음껏 술잔을 나누어 취하니,	(好泛尊前醉)
흐려진 달빛에 그림자 흔들린다.	(從教月影微)

선웅신이 말했다.

"기왕 이밀 형과 시사창 두 분이 모두 이 일을 해결하겠다 하시니, 내일 축수를 마친 뒤에 양쪽에서 일을 추진하여 진형과 다른 모두의 위급한 상황을 해결토록 합시다."

이에 여러 사람은 함께 기뻐하고 즐거운 이야기를 계속하며 술을 계속 마셨다. 어느 덧 오경이 되고 날이 밝으려 하자, 숙보는 인사를 하고 집으로 돌아왔다.

그런데 집안에 불이 켜졌고, 어머님은 대문에서, 아내는 그 곁에서 숙보를 기다리고 있었다.

숙보가 놀라 물었다.

"어머님은 이렇게 일찍 여기서 무엇하세요?"

모친은 옷깃을 한번 거머잡더니 그냥 안으로 들어가 마루에 걸터앉아 그대로 눈물을 흘렸다. 숙보가 놀라 황망히 무릎을 꿇었다.

그러자 어머니의 꾸중이 이어졌다.

"너는 이렇듯 어미 속을 썩히느냐? 설령 어디서 술을 마시더라도 일찍 들어와야지! 어쩌자고 이제야 들어오느냐? '아들이 천리 먼 길은 떠나면, 어미는 근심 걱정을 지고 간다.'는 옛말도 모르느냐?[27] 네가 비록 멀리 떠나지는 않았지만, 지금 너한테 큰 일이 있지 않느냐? 어제 관아에서 많은 사람들이 곤장을 맞고서 울면서 돌아가는 것을 나도 보았다. 그런데 너는 이 어미 걱정은 생각 않고 밤을 새우고 이제야 들어오느냐?"

"어머니! 제가 어찌 어머니 걱정을 안하겠습니까? 어제 피치

---

27 원문 兒行千里母擔憂 − 擔은 멜 담, 憂는 근심할 우. 어머니의 자식 걱정은 끝이 없다. 母子連心(어머니와 아들은 마음이 통한다)이며, 知子莫若母(아들은 어머니가 제일 잘 안다)라고 하였다.

못할 일이 있었어요."

"그 피치 못할 일이 어떤 일이냐?"

"작년에 제가 노주에서 거의 죽을 뻔 했을 때, 저를 살려주었던 선웅신과 여러 곳의 벗들이 우리 집으로 못오고 가윤보네 집에 들었어요. 그래서 퇴청 후에 가윤보네 집으로 가서 벗들을 만나 이야기하다 보니 밤을 새웠습니다."

"그렇다면 오늘 오실 큰 손님들이구나. 며느리에게 음식 준비를 특별히 당부해야겠다."

숙보는 기패관에 소속된 군졸 25명을 불러 집안의 여러 일을 분담해달라고 부탁하였다. 번건위는 좀 덜렁대는 성격이지만 예물 물목과 현품을 받아들이고, 운반비나 짐삯 지불을 맡겼다. 당만인은 글씨를 잘 쓰기에 예물 인수나 영수증을 써주는 일과 장부 기록을 맡겼다. 그리고 연거진(連巨眞, 인명 미상)은 예의가 바른 사람이니, 손님 안내와 축수하는 차례 등 접객을 담당해달라고 부탁하였다.

모친 회갑을 축수하는 손님은 서문 가윤보의 집에 있던 그 친우들만이 아니었다. 산동 육부의 모든 고을에서 손님이 모여들었고, 중군관이나 차인들 모두가 예물을 보내왔으며 기패관들도 전부 와서 모친께 축수하였다.

제주에서는 자사를 제외한 보좌 관원이, 그리고 역성현은 물론 숙보와 같이 포도(捕盜)를 담당하는 많은 사람이 예물을 보내왔다. 제주에서는 24일로 한정하여 동도 낙양에 보고키로 되었기에 따를 수밖에 없었다.

사람을 시켜서 예물을 보내온 사람과 직접 와서 축수하는 사람도 많았다. 그리고 한때 산적이었던 자들도 숙보의 특별한 은덕을 입은 자가 많아 직접 오지는 못하고 초저녁에 은밀히 성에 들어와 예물에 이름만 써서 뜰에 던져놓고 가는 사람도 있었다. 숙보는 대략 1천 냥 정도의 은자를 예물로 접수했다.

서문 가윤보의 집에 있던 선웅신 이하 여러 사람은 천천히 숙보를 찾아왔는데, 혹시 정교금이 무슨 말을 지껄이고 떠들까? 걱정하며 조심하는 눈치가 역력했다.

여러 사람은 사시(巳時)가 넘어 도착했다. 17명의 정객(正客)과 수종하는 사람 등 20여 명에 예물을 실은 작은 수레 등이 거리를 메운 채 한꺼번에 들어왔다. 숙보와 함께 번건위는 문밖에 나와 맞이했다. 서로 마주보고 서서 인사를 나눈 뒤에 안으로 들어갔다.

대문에는 비단을 묶어 느렸고, 마당에는 큰 차일을 치고 양탄자를 펴놓았으며, 대청에는 10여 개의 탁자에 반합과 식기와 술잔, 그리고 과일 등이 또 양옆으로는 양주(羊酒)와 거위 술〔아주(鵝酒)〕을 담은 큰 항아리가 있었다.

여러 사람들은 자신의 예물 단자(單子)를 손에 들고 월대 아래

섰다가 차례대로 대청에 올라와 숙보의 노모에게 축수하였다. 대청 뒷벽에는 큰 병풍을 둘러쳤고, '절수쌍영(節壽雙榮)'이라는 큰 글씨 액자가 걸렸고, 양옆 큰 기둥에는 노 부인의 수절을 칭송하는 대련(對聯)을 걸어놓았다. 곧,

「모든 풍상을 견디면서 지조를 지켰으니,　(歷盡冰霜方見節)
온갖 복락이 송백처럼 여생을 함께하리!」　(樂隨松柏共齊年)

대청 가운데 청동향로에는 좋은 향을 피웠고 좌우에는 향을 올려놓은 탁자가 있었다. 또 대청 왼쪽에는 노모의 장수를 기원하는 남극수성(南極壽星)의 두루말이 그림과 오른쪽에는 수신(壽神)으로 알려진 서지왕모(西池王母)를 수놓은 비단 가리개가 걸려 있었다. 그리고 대청 아래에서는 여러 고수(鼓手)와 악인이 연주에 맞춰 창을 하고 있었다.

숙보는 문 옆에 서있다가 어머니를 모셔와 여러 벗들과 상견하게 하였다. 숙보는 노모가 나오는데, 육순이라 백발이지만 동안(童顔)이었고 하얀 소복을 입었으며, 손에는 용머리(龍頭)를 새긴 염주를 들었고, 뒤에는 어린 두 시녀가 모시고 있었다.

모친은 대청에 나와 양손을 모아 쥐고 서서 말했다.

"이 늙은이가 어찌 감히 여러분의 절을 받겠소?"

그러면서 조그만 항아리 물에 손을 담갔다 꺼내 흰 수건으로

닦은 다음, 나무 향을 향로에 조금 넣은 뒤에 천지신명께 절을 올렸다. 그리고 한가운데에서 왼쪽으로 조금 비껴서서 숙보의 벗들을 바라보며 말했다.

"이 늙은이와 아들이 무슨 덕을 베풀었겠습니까? 그런데도 천리를 멀다 아니하고 이렇게 찾아주시니 초라한 이 집에 큰 영광이옵니다. 먼 길에 오시느라 고생하셨으니 그냥 서서 뵙는 것이 좋겠습니다."

그러나 선웅신이 앞장을 서고 뒤를 따라 줄지어 늘어선 다음에, 여럿이 함께 말했다.

"우리 젊은 사람들이 천리 밖에서 찾아와 절을 올리지 않을 수 없으니, 모두 함께 일배를 올리겠습니다."

그러면서 모두 함께 절을 올리니, 마치 금산(金山)이 밀려나고 옥주(玉柱)가 넘어가는 듯, 호랑이 한 무리가 엎드린 듯, 절을 올렸다. 그러자 숙보의 모친도 무릎을 꿇고 답례했다.

숙보는 어머니를 일으켜 세운 뒤 혼자 여러 벗들 앞에 나와 절을 올려 모친 대신 답례를 했다.

선웅신이 말했다.

"백모(伯母)께 번거롭겠지만 우리가 팔배(八拜)를 올려야 합니다."

그리고 모두 또 팔배를 마쳤다. 그리고 노모가 고맙다는 인사말을 하자, 선웅신은 예물 몰목을 모두 숙보에게 건네었다. 숙보는 물목을 모친에게 잠시 보여드렸다가 거두어 가운데 탁자에 올러 놓았다.

다음에 선웅신이 대표로 말했다.

"저희들의 하찮은 예물로 축수를 올렸지만 많이 부족합니다. 그래서 만수를 비는 술을 석 잔씩 올려 장수를 빌고자 합니다."

이에 숙보가 말했다.

"선형! 모친께서 연로하시니 큰 잔이 아닌 작은 잔으로, 그리고 대표로 한 분만 3잔을 드리는 것이 어떻겠습니까?"

이에 함께 있던 이밀이 나서며 말했다.

"이 많은 벗들이 3잔씩 헌수하기에는 너무 많고, 그렇다고 대표 한 사람만 3잔을 올린다면 너무 적습니다. 그러니 여기 모두가 각자 올리는 대신 예단 물목대로, 그러니까 한집에서 대표로 석 잔씩만 헌수하는 것이 좋을 것 같습니다."

그러자 숙보도 말했다.

"이형의 말씀이 좋을 것 같습니다. 그리고 작은 잔이라지만 모친께서 석 잔씩은 많으니, 한 잔은 제가 마시고서 잔을 돌려 술을 따라 올리겠습니다."

왕백당도 숙보의 의견에 찬성하였다. 그래서 처음에 선웅신의 예단에 이름이 함께 작성된 선웅신, 왕백당, 이밀, 동환, 김갑, 장공근, 사대나, 백현도 등 8사람을 대표하여 선웅신이 3잔을 헌수했다. 이들은 지난 9월 보름에, 선웅신의 이현장에서 출발하면서 작성한 예물 물목에 따른 것이었다. 숙보 노모가 2잔을 마시고 숙보가 한 잔을 마신 뒤에 잔을 돌려 여러 사람에게 한 잔씩 올렸다.

다음으로 시사창이 혼자 헌수했다. 뒤를 이어 울지남과 울지북 형제가 앞으로 나와 6잔을 헌수하겠다고 하였다. 울지남은 자신이 유주 나공(羅公)의 예물을 함께 가져왔으며 유주 나공 몫으로 따로 헌수하겠다고 하였다. 숙보 모친도 시누이와 시누이 남편의 안부를 물었고, 숙보 모친은 눈물을 흘리며 헌수를 받았다.

순서대로 헌수하면서 우통과 정교금의 차례가 되자, 숙보가 모친에게 정교금을 소개하며, "어머니! 이 사람이 정일랑입니다."라고 말했다.

그러자 모친이 깜짝 놀라며 말했다.

"정일랑이라고? 어렸을 때와 얼굴이 너무 달라져서 몰랐다. 옛날 그 난리에 일랑의 모친이 우리를 거두어주지 않았다면, 우리가 어떻게 목숨을 유지할 수 있었겠나? 우리와 두 집이 마치 형제처럼 한 집에서 너희 둘을 키웠지. 그러나 동아현으로 이사한 뒤에는 소식을 몰라 늘 궁금했었네. 그런데 이렇게 좋은 날에 자네를 다시 만나다니! 그래, 어머님께서도 평안하신가?"

정교금이 대답했다.

"예! 어머님은 기력이 많이 쇠했지만 평안하십니다. 어머님도 함께 축수하옵니다."

숙보 모친은 옛 생각에 눈물을 흘리며 정교금의 잔을 받아마셨다.

다음으로 가윤보와 번건위, 연거진, 당만인 등 같은 마을의 친우 셋이 모두 함께 석 잔을 헌수하였다.

헌수가 모두 끝나자, 모친은 거듭 사례하며 숙보에게 말했다.

"여러분들이 너무 먼길을 오셨고, 또 많은 예물을 보내주셨으니, 나는 황공하기 그지없다. 모든 분들이 편히 즐거웁게 술을 들고 식사를 하도록 네가 각별히 모시거라!"

숙보의 모친이 안채로 들어가자, 숙보는 중문을 잠가 외부 사람이 들어오지 못하게 한 뒤에 여러 벗들과 기쁜 마음으로 술잔을 주고받으며 환담하였다. 흥겨운 주악이 연주되었고 술이 거나하게 오르기 시작하자, 선웅신이 술자리에 벌주 놀이가 없을 수 없다며, 축수하는 시를 창화(唱和)하며 틀리면 벌주를 마시자고 제안하였다.

그러면서 선웅신이 먼저 축하하는 사(詞)를 한 수 읊었다.

가을 햇살 저무는 날,	(秋光將老)
서리 내리는 달 밝은 밤.	(霜月何淸)
추위 속 고운 자태 향초는,	(皎態傲寒惟香草)
어두울 무렵 꽃은 졌어도,	(花周雖暮景)
화기는 봄날 새벽과 같나니,	(和氣如春曉)
황홀한 자태 봉래섬 서지에 내린 서왕모다.	(恍疑似西池阿母來蓬島)
잔에는 선녀가 따른 선주(仙酒)가 가득하고,	(杯浮玉女漿)
접시에는 안기생(安期生)²⁸이 먹던 대추,	(盤列安期棗)

화려한 잔치에 풍광도 좋으니,　　　　　(綺筵上, 風光好)

훤칠한 대장부들이,　　　　　　　　　(昻昻丈夫子)

일찍이 사해(四海)에 이름 날렸다.　　　(四海英名早)

선하주 술잔 받고 복락을 빌면서,　　　(捧霞觴, 願期頤)

오래도록 꽃과 함께 웃으리라.　　　　　(長共花前笑)

　여러 호걸들은 축수하는 노래를 함께 읊으며 술을 마셨다. 이
는 원래 선웅신의 집에서 이밀이 지은 작품이었다. 물론 이밀은
기억했고, 왕백당, 장공근도 단번에 외웠다. 시사창은 몇 번 듣더
니 바로 창화하였고, 가윤보 역시 문재(文才)가 있는 사람이라 외
워버렸다. 다만 백현도, 사대나, 울지남, 울지북, 우통, 김국준, 동
패지, 번건위 등은 따라 하지 않았다.

　그러자 정교금도 말했다.

　"이런 놀이는 나 같은 사람을 놀리는 기분입니다. 나는 따라
하지 않는 대신에 술을 많이 마시며 어울리겠습니다."

　그러자 모두 큰소리로 웃으면서 정교금과 어울렸고, 계속 술을
마셨다.

---

28 안기생(安期生) ─ 戰國(전국)시대 秦(진)의 전설적인 方士. 득도한
　지, 1000여 년에 동해 바닷가에서 약을 팔며 살았다. 당시인들이
　千歲公이라고 불렀다고 한다. 진시황이 東海를 순행하면서 3일
　동안 대화를 나누었으며 '봉래산으로 나를 찾아오라.'는 말을 했
　기에, 진시황이 서불(徐市 : 徐福) 등을 보냈다는 이야기가 전한다.

한편, 바깥 채에서는 주빈을 따라온 여러 하인들과 병졸들이 함께 어울렸다. 몇 개의 탁자를 이어놓고 술과 안주 쌓아놓고, 너나 나나 아무나 함께 어울려 마셨다.

그런데 갑자기 대문을 요란하게 두드리는 소리가 들려 집안일을 돌보던 몇 사람이 나가보았더니 아주 큰 체구의 도사가 등에 긴 칼을 지고 서있었다.

"무슨 일로 오셨습니까?"

"잔치 음식 좀 얻어먹으러 왔습니다."

"그럴 것이면 낮에 와야지, 왜 이런 밤에 옵니까? 도깨비 온 줄 알았네!"

"보통 사람이야 낮에 얻어먹지만, 나는 언제나 밤에만 다닙니다."

"안채에서는 바빠서 도사를 상대할 수가 없습니다. 그러니 여기서 좀 먹고 가시오."

그러자 도사는 화가 난 듯 밀쳐버렸다. 그러자 뒤로 벌렁 넘어졌고, 그것을 본 여러 사람이 도사에게 달려들었다. 그러나 도사가 손발을 휘저으며 상대하자, 달려들던 모두가 넘어지거나 얻어맞으며 땅바닥에 얼굴을 처박았다.

병졸 한 사람이 급히 안에 들어가 번건위에게 알렸다.

번건위는 조용히 나와 말했다.

"오늘 같이 즐거운 날, 찾아온 사람을 그렇게 대접하면 되는가?"

번건위가 나와 보니 도사의 큰 덩치에 우선 놀라지 않을 수 없었고, 큰 얼굴에 가득하며 말쑥한 수염도 보통 사람과 달랐다. 번건위는 급히 팔을 올려 예를 표하고 공손히 물었다.

"사부께서는 정말 잔치 음식을 드시러 오셨습니까? 아니면 이 집 주인을 만나려 하십니까?"

"음식을 준다면 사양은 안 합니다만, 꼭 얻어먹으러 왔겠습니까? 기왕 온 김에 진형 얼굴이나 보고 이야기나 좀 하고 가렵니다."

"그렇다면 사부님 조금만 기다리십시오. 제가 주인을 불러오겠습니다."

번건위가 안채로 들어와 숙보에게 말했고, 숙보가 나가려는데 도사는 건위의 뒤를 따라들어와 숙보와 마주 섰다.

"어느 분이 숙보 형이십니까?"

이때 여러 사람들은 갑자기 들어온 도사를 보고 숙보 주변에 모여섰다.

숙보가 "접니다."라고 말하자, 도사는 황급히 읍(揖)을 했다.

그리고 바로 또 물었다.

"어느 분이 이현장의 선웅신 형이십니까?"

그러자 선숭신이 바로 말했다.

"예 제가 선통(單通, 單은 성씨 선)입니다."

그러면서 도사에게 팔을 들어 읍했다. 이에 옆에서 왕백당이 물었다.

"도사님! 여기 여러 사람이니 둘러서서 함께 읍을 한 뒤에 착석합시다."

숙보가 도사의 성씨를 묻자, 도사가 말했다.

"소제(小弟)의 성은 서(徐)이고, 미천한 이름은 홍객(徐洪客)입니다."

그러자 숙보가 크게 반기며 좋아서 말했다.

"아! 바로 서홍객 형님이셨군요? 어인 연고로 이 누추한 곳까지 왕림하셨습니까?"

옆에 섰던 선웅신도 말했다.

"위현성〔魏玄成, 위징(魏徵), 10회 주석 참고〕이 늘 도사를 언급했습니다. 도사께서는 기모(奇謀)와 이술(異術)이 뛰어나시며 문무의 재능을 겸비하셨다고 하였기에, 제가 늘 흠모하며 만나 뵈려 했습니다. 그런데 마침 이 좋은 날 여기서 뵈오니 기쁘기 한량없습니다."

숙보도 서홍객에게 자리를 권하면서 접대할 음식을 준비케 하였다.

그러자 서홍객이 말했다.

"잠깐 기다려 주십시오. 저는 노 마님의 대수(大壽)를 경하하려고 왔습니다. 지금 시간에 노 마님을 나오시게 할 수는 없으니, 제가 산중에서 가져온 술을 올려 축수하려 하니, 제가 잠시 밖에 좀 갔다 오겠습니다."

그리고 서홍객은 뜰에 내려섰다. 그러더니 품 안에서 빈 표주박을 하나 꺼내서 손에 들고, 하늘을 올려다보면서 몇 마디 주문을 외우는듯했다. 그러더니 표주박을 기울여 호로병에 따른 다음, 호로병을 들고 방안으로 다시 들어와 탁자에 올려 놓았다.

서홍객은 탁자와 호로병 위로 손을 몇 번 휘저었다. 그리고 뚜껑을 열고 병을 약간 기울였다. 그랬더니 마치 연기 같은 기운이 빠져나오며 글자를 쓰듯 공중에 맴돌았고 온 방안에 향기가 퍼졌다. 사람들은 모두 놀라며 서홍객을 주목했다.

서홍객은 한 손가락으로 호로병 입구를 툭 건드렸다. 그리고는 호로병을 기울여 술잔에 따랐다.

"제가 들어가서 헌수해야 하지만, 숙보 형에게 한 잔을 드리고 싶습니다. 그런데 혹시 이상하게 생각할 수도 있으니, 우선 제가 먼저 마시겠습니다."

그러더니 서홍객은 잔을 기울였다. 방안에는 진한 향기가 가득했다. 이어 숙보에게 마시라며 한 잔을 따라주었다.

그러면서 서홍객이 말했다.

"안에 들어가서 노 마님께 백수를 축원하는 술을 올려 주십시오. 저는 여기서 절을 올리겠습니다."

"도사님의 귀한 선주(仙酒)를 어머님도 드시지 않았는데, 제가 어찌 먼저 마시겠습니까?"

그러자 옆에서 말없이 지켜보던 정교금이 나서면서 말했다.

"제가 먼저 시음한 다음, 숙보 형이 시음하십시오."

그러면서 얼른 입에 대고 마셔버렸다. 정교금의 입안에 향이 가득하더니, 곧 목을 따라 내려가는 것이 느껴지는 듯 목을 움찔하였다. 그러더니 오장육부에 정기가 도는 듯 얼굴이 붉어지더니 정교금이 말했다.

"제가 한 잔 더 마시면 안 되겠습니까?"

그러자 서홍객이 웃으며 손을 저었다.

"여기 계신 모든 분들도 한 잔씩 드려야 합니다."

그러자 숙보는 호로병을 받아들고 서하객에게 예를 표한 뒤 안채로 들어갔다. 서홍객은 숙보가 들어간 안채 쪽을 보고 섰다가 이어 4배를 올렸다. 바로,

장수를 비는 선주(仙酒)를 올리니,　(眉壽添籌獻)

선주의 특별 향미가 새롭다.　　　(香醪異味新)

곧 숙보가 안채에서 나와 서홍객에게 말했다.

"어머님이 선주를 주신 도사님께 거듭 감사한다는 말씀을 하셨고 석 잔이나 드셨습니다. 그러면서 저에게 여러 손님과 함께 나누라고 말씀하셨습니다."

번건위가 숙보에게 서도사가 안채를 향해 절을 올렸다고 일러주었다. 서홍객은 품 안에서 조그만 조롱박을 꺼내 주문을 외우더니 입김을 불어넣더니 호로병에 대고 조롱박을 기울였다. 도사가 넘겨주는 호로병을 받은 숙보는 여러 벗들에게 선주를 차례로 한 잔씩 따라주었다. 맨 나중에 숙보도 한 잔을 따라 마셨다.

모두가 선주의 특별한 풍미와 향기를 찬탄하였다.

숙보는 서홍객을 선웅신과 나란한 자리에 안내했고 여러 벗들도 자기 자리에 앉아 담소를 계속했다. 숙보가 서홍객에게 말했다.

"작년에 제가 장안에 출장갔다가 이밀 형을 만나 도사님의 대명을 전해들었습니다."

선웅신도 서 도사에게 말했다.

"도사님은 위현성을 언제 만나셨습니까?"

서홍객이 말했다.

"저는 지난달 보름에 화산(華山)의 서악묘에 들렀습니다. 거기서 현성을 만나 하룻밤을 같이 지냈습니다. 숙보 형이 노주 동악묘에서 병을 앓았다는 이야기를 들었습니다. 다행히도 숙보 형이 이현장에서 보양을 잘하시어 건강을 회복했다는 말도 들었고, 숙보 형이 이현장을 떠나며 바로 운이 없어 과실치사로 유주로 정배되었다는 사실도 알았습니다. 그래서 언젠가 한번 뵙고 싶었습니다. 현성 형은 동악묘의 이런저런 일로 틈을 낼 수 없어, 저에게 서찰을 써주면서 이현장을 찾아가 함께 가서 헌수하라고 하셨습니다. 그래서 제가 이현장으로 선형을 찾아갔지만 이미 이곳으로 출발했다는 말을 듣고 서둘러 따라왔습니다."

말을 마친 서홍객은 행장안에서 위현성의 서찰 두 통을 꺼내 선웅신과 숙보에게 건넸다. 웅신은 서찰을 읽었는데, 그전에 노주에서 응신의 작고한 친형의 제를 마치면서 베풀어준 큰 도움에 감사한다는 내용이었다.

그리고 숙보에게 보낸 서찰에서는 모친께 직접 축수를 하지 못해 죄송하다는 인사말과 함께, 서홍객은 비범한 분이니 잘 대우해 달라는 부탁이었다. 숙보는 편지를 읽은 뒤 품 안에 간직하였다.

그리고 서홍객에게 말했다.

"제가 그때 동악묘에서 쓰러졌을 때, 위현성 관주(觀主)께서 여러 약석(藥石)으로 조리를 잘해주셨습니다. 제가 유주에 갔다가 다시 노주로 가면서 찾아뵙고 보은의 인사라도 올리려 했지만, 그때 위 관주님은 화산에 가셨다 하여 뵙지 못했습니다. 허다한 은덕을 입고서도 전혀 보답을 하지 못했으니, 저는 그저 지금까지도 부끄럽기만 합니다."

이에 옆에 있던 이밀이 말했다.

"서 도사님은 언제 여기에 도착하셨습니까?"

"저는 오늘 정오 무렵에 성안에 들어와 안씨(顏氏) 객점에 들었습니다. 본래는 내일 아침에 들려 축수하려 했지만 갑자기 손방(巽方, 동남방)의 오늘 저녁 천기(天氣)가 아주 안 좋아, 약간 방재(防災)를 할 필요가 있어 이렇게 저녁에 늦게 찾아와 여러분을 뵙게 되었습니다."

여러 사람들은 서 도사의 이야기를 듣고 궁금해하며 물었다.

"무슨 재성(災星)이라도 나타났습니까?"

도사가 말했다.

"여러분께서 잠시 기다리면 알 수 있습니다."

여러 호걸들은 서홍객의 풍채와 소탈하고 대범한 품격과 으젓한 거동에 찬탄하며 함께 담론하며 술을 권했다. 술잔과 수저가 뒤섞이며 한창일 때, 서홍객이 수저를 멈추고 한눈을 지그시 감고 있다가 말했다.

"곧 재성(災星)이 출현할 것 같습니다."

그러더니 서둘러 일어나 술 한 잔을 들고 월대에 나가 섰다가 칼을 빼들고 입으로 주문을 외웠다.

그리고는 "꺼져라!" 외치고서는 술을 허공에 뿌렸다.

그리고 서홍객이 들어오자 마자 일진 광풍이 불고, 짙은 안개가 갑자기 모여들어 방안의 촛불이 모두 꺼졌다. 여러 사람이 모두 의아해 할 때, 밖에서 소란이 일어나더니 한 사람이 들어와 말했다.

"큰일 났습니다. 왼쪽 아랫집에서 불이 났습니다."

그러자 숙보와 여러 사람이 일어나 불을 끄려고 나가려 하자, 서홍객이 제지하였다.

"나가실 필요 없습니다. 곧 큰비가 내릴 것입니다."

서홍객의 말이 끝나기도 전에 뜰에 물동이로 퍼붓듯 큰 비가 쏟아졌다. 1시간쯤 내린 비에 불은 저절로 꺼졌다.

이에 여러 호걸들은 서홍객의 신통력에 더욱 놀라며 신기하다고 생각하였다.

　그러다보니 어느 덧 오경 가까운 시각이었다. 여러 사람들은 일어나 인사하며 헤어졌다.

　서홍객이 숙보에게 말했다.

　"저는 오늘 낮에 다시 뵙지는 못하겠습니다."

　"형께서는 먼 길을 오셨는데, 며칠만 쉬었다 가십시오."

　"제가 위현성 도사와 자주 이야기했습니다만, 태원에는 천자의 기운이 서려 있습니다. 그래서 유문정(劉文靜)[29] 형과 태원에

---

29 유문정〔劉文靜, 568－619년, 字는 조인(肇仁)〕－唐朝 개국공신. 唐 高祖 武德(무덕) 원년(618)에 시중을 역임했다. 隋朝 말년에, 진양(晉陽, 太原) 현령이던 배적(裴寂)과 도 친구였다. 유문정은 대범, 대담하면서도 웅략을 가진 사람이었다. 유문정은 李世民을 만나본 뒤 이세민이 걸출한 인물임을 단번에 알아보았다. 소의 뿔에 《漢書(한서)》를 걸어놓고 읽던 이밀(李密)이 양현감을 따라 반기를 들었을 때, 이밀과 사돈관계이던 유문정은 잡혀 감옥에 있었다. 유문정은 이세민에게 봉기를 건의하였다. 유문정은 이연이 태원에서 봉기할 수 있도록 모든 일을 꾸몄지만, 唐 건국 후에는 이연과 배적이 君臣(군신) 관계 이전의 벗처럼 가까웠지만 유문정과는 소원해졌다. 지위도 배적보다 아래인 유문정은 "기필코 배적을 죽여버리겠다."며 불평불만을 토로했고, 이를 밀고한 첩이 있어 결국 모반을 꾀했다는 죄목으로 유문정 형제는 사형을 당했다. 유문정은 형장에 가면서 가슴을 치며 "날아다니는 새를 잡고 나면 좋은 활도 처박혀진다(飛鳥盡良弓藏) 하더니, 사실이구나!'라고 탄식했다.

서 만나기로 약속을 했었습니다. 그래서 바로 떠나야 합니다."

"기왕 그렇다면 제가 위(魏) 도사님과 문정 형에게 서찰을 쓸 테니 전해주시겠습니까? 내 서찰이 쓰이는 대로 사람을 시켜 안 씨 객점으로 보내겠습니다."

서홍객은 응낙했다. 여러 사람은 가윤보의 집으로 또 각자 갈 곳으로 흩어졌다.

　　좋은 자리는 본래 일정하지 않고,　　(勝席本無常)
　　멋진 잔치는 다시 차리기 어렵다.　　(盛筵難再得)

그렇다면 다음은 무슨 일이 있겠는가? 다음 회를 읽어 보시라.

이밀은 지인을 통해 몸을 지켰고, 시사창은 탐관에게 뇌물을 썼다.(李玄邃關節全知己, 柴嗣昌請託浣贓官.)

시로 읊나니,	詩曰,
하늘이 내린 영웅호걸에게,	(天福英豪)
일찍이 특별한 큰일 맡겼다.	(早託與匡扶奇業)
칠척(七尺) 영웅은 곤경에 빠졌지만,	(肯困他七尺雄軀)
온 몸이 뜨거운 의리로다.	(一腔義烈)
위험에 처한 한 몸은 겁없이,	(事值顚危渾不懼)
생사 갈림에 무엇이 두려우랴.	(遇當生死心何懾)
참으며 부러워하는 일에,	(堪羨處)
표주박 쓸개에, 몸은 가볍다.	(說甚膽如瓢, 身似葉)
작살도 없는 사람을 쏘기가 부끄럽지만,	(羞彈他無魚鋏)

강에서 노를 잃은 사람을 즐겨 때린다.   (喜擊他中流楫)

곤경의 사람 돕고 다툼을 해결하나니,   (每濟困解紛)

협객 형가와 섭정보다 훌륭하다.   (步凌荊聶)

주머니 돈은 먼지처럼 사라져도,   (囊底青蚨塵土散)[30]

가슴속 호기는 하늘에 닿았도다.   (教胸中豪氣煙雲接)

천고에 남을 명성 어찌 탐하리오.   (豈耽耽貪著千古名)

한 시대의 협객이로다.   (一時俠)

─ 위 곡조 〈만강홍〉   ─ 右調 〈滿江紅〉

　예전부터, 이 세상의 충신이나 의사(義士)는 그 한 몸이 하는 일
이 난관에 봉착하거나 막다른 골목에 처했어도 하늘이 살아날 길
을 열어 살아나게 된다. 충신이나 의사가 이를 미리 생각하지 못
하더라도, 그를 도우려는 하늘의 뜻이 있어 요행(僥倖)으로 성공
하게 되나니, 이를 통해서 하늘이 내린 복이라 알고서, 군자는 여
전히 군자로 살아가게 된다.

　진숙보가 품었던 한때의 의기가, 어찌 이밀이나 시사창 두 사
람의 도움이나 주선을 생각했겠나? 그러나 생각하지 못한 하늘
의 도움이 있어 둘이 각각 다른 길로 숙보를 도운 것이다.

　그날 밤새워 술을 마셨고 선웅신 일행은 가윤보의 객점으로 돌

────

30 원문 囊底青蚨塵土散 ─ 囊은 주머니 낭. 청부(青蚨)는 돈, 동전. 진
　토(塵土)는 먼지.

아와 쉬었다. 서홍객은 안씨 객점에서 쉬면서 숙보의 서찰이 도착하기를 기다렸다. 번건위 등 3인은 각자 자기 집으로 돌아갔다.

웅신은 날이 다 밝을 때까지 잠시 눈을 붙였다가, 이밀과 시사창 두 사람에게 빨리 일을 추진하라고 재촉하였고, 두 사람은 생각한대로 일을 벌렸다.

이밀은 청주 내(來) 총관을 만났고, 그가 숙보 모친의 회갑에 축수하러 왔다고 말했다. 그리고 그가 은자 강탈 사건 범인 수사 때문에 지금 제주 관아에서 큰 고초를 겪고 있다며, 어떤 구실이라도 만들어 숙보를 데려와 곤경을 면하게 해달라고 부탁했다.

그러자 내 총관이 말했다.

"그 사람이 유능하기에 나도 관심을 갖고 지켜보았습니다. 그래서 그 강탈 범인 두 명을 어렵지 않게 잡아내리라고 예상했는데, 지금 그가 그런 고초를 겪다니! 지금 당장 그를 다시 원래 직책으로 데려오려 해도 마땅한 명분이 없습니다. 또 데려와서 내 휘하에 예전처럼 근무하게 한다면, 제주에서도 가만있지 않을 것입니다."

그러면서도 내 총관은 한참을 생각하다가 말했다.

"방법이 하나 있긴 있소! 전에 마(麻) 총관이 공문을 보내왔는데, 운하 공사를 독촉하지만 공사에 동원된 병졸이 많이 죽기에 그 보충 병력 5백 명을 빨리 보내라고 하였지요. 내 생각에 숙보에게 인솔 책임을 명하면서 공문을 보내 즉시 출발해야 한다면 청주에서 어떻게 잡아둘 수 있겠소. 그리고 청주에서 항의를 하더라도, 인력 보충이라는 긴급한 일이기에 어찌할 수 없을 것이요. 청주에서는 숙보가 마적들로부터 장물을 일부 받았기에 잡지 않는다고 주장했지만, 그럴 만한 근거도 없고, 또 청주에서 책벌을 가해도 잡지 못하는 것은 숙보가 뇌물을 받지 않았다는 반증일 것이요. 내가 숙보에게 떠날 준비를 하고 있다가 공문을 받는 즉시, 병력을 인솔하여 출발하라는 서신을 보내겠습니다."

이밀은 총관에게 고맙다고 말했다. 총관이 이밀에게 점심 식사를 같이 하자고 권하며, 또 며칠 같이 지내고 가라며 만류했지만, 이밀은 긴요한 다른 일이 있다며 감사하다는 인사말을 거듭했다.

그러면서 이밀이 말했다.

"혹시 청주 유 자사가 낙양의 공사 책임자인 우문개에게 보고하여 숙보를 낙양으로 압송하여 낙양에서 처리하게 한다면 숙보의 생명이 위험할 것입니다. 그래서 여기서 며칠 머무를 수가 없습니다."

내 총관은 숙보에게 내리는 문서를 작성하고 서명한 다음에 이밀에게 내주었다. 그러면서도 이밀에게 여비로 쓰라며 은자 수백 냥을 내주었다.

탕왕은 사냥 그물을 열어놓았었고,　（湯網開三面）

높이 나는 기러기는 잡을 수 없다.　　(冥鴻不可求)

주살 사냥꾼 무엇을 흠모하겠는가,　　(弋人何所慕)

멀리 하늘 끝 구름을 바라보노라.　　(目斷碧雲頭)

한편, 시사창은 제주의 유 자사를 만나러 갔다. 유 자사는 시사창이 은사의 아들이기에 반기면서 차와 식사를 권했다. 그러면서 유 자사는 자신의 공직 생활이 아무런 부정이나 축재(蓄財)도 없이 청렴하며 어떤 송사에도 공평할 뿐만 아니라, 백성으로부터 조세를 징수할 때도 백성에게 심하게 독촉하지도 않는다는 이야기를 했다. 그러면서 이번에 자신의 관내에서 나라에 올려보내는 은자 3천 냥을 강탈당한 사건이 발생하여 지금 백방으로 노력하지만 범인은 오리무중이라서 큰 걱정이라고 말했다.

그런 이야기 끝에 시사창은 자연스레 숙보 이야기를 꺼내며 말했다.

"바로 범인 체포를 담당하는 진경(秦瓊, 叔寶)과 저는 장안에서 만났고, 의형제를 맺었습니다. 이번에 그 사람의 모친 회갑이라서 축수하러 왔기에 겸하여 찾아왔습니다. 그런데 알고 보니 마적 체포가 부진하여 장형을 받았다는 소식을 들었기에 저도 그를 위해 부탁 좀 하려고 합니다."

그러자 유 자사가 말했다.

"인형(仁兄)은 잘 모를 것입니다. 그 진숙보는 마적들로부터 관례적으로 뇌물을 받아왔고 또 가끔은 장물을 나누기도 했습니다.

그런데도 그가 연줄로 청주의 기패관이 되었기에 먼 곳의 포도관들도 모두 숙보를 비난하고 있습니다. 저는 이를 확신하기에 숙보에게 범인 체포를 독촉하고 있습니다. 만약 끝까지 체포하지 못한다면 그 사람한테 장물을 변상케 할 것입니다. 그런데 지금 시형의 말씀대로 그를 관대하게 처분한다면, 결국 범인을 잡지 못하고 저는 은자 3천 냥을 변상해야 합니다. 내일 저는 문서를 만들어서, 동도(東都) 공사 책임자이신 우문개 관아에 숙보를 압송할 계획이었습니다. 그런데 형의 부탁도 있으니 기일을 좀 늦춰주면서 그간의 장물로 변상케 할 것입니다."

그러자 시사창이 물었다.

"내 생각으로는, 낙양으로 돈만 보낼 수 있다면 사람은 압송하지 않고 문서만 보내면 되지 않습니까?"

그러자 유 자사가 말했다.

"강탈된 은자를 회수하기도 쉽지 않습니다. 그렇다고 내가 변상하기는 더더욱 어렵습니다. 본 제주에 속한 여러 현에서 균등 분담한다고 해도 현령들의 사재인데, 누가 선뜻 내놓겠습니까? 결국 도적 체포를 담당하는 자한테서 나올 수 밖에 없습니다."

시사창은 유 자사가 숙보한테 변상시키려는 의도를 확실하게 알았다. 그런데 숙보는 범행이 일어날 때 제주에 근무하지도 않았는데 단순히 도둑을 잡지 못한다고 변상해야 하는가? 그래서 한 번 유 자사를 떠보았다.

"그렇다면 범인 체포를 담당하는 관원에게 절반을 변상케 하면 어떻겠습니까? 그리고 사건을 종결하면 되지 않을까요?"

"그렇지 않습니다. 나랏돈이란 한 푼이 모라라도 안 됩니다. 이 모두가 저의 근무 평가와도 관련이 됩니다. 설령 3천 냥을 다 변상해도, 낙양에 보내는 비용 약 5백 냥까지도 변상해야 합니다."

"그러면 포도를 담당하는 사람이 모두 변상하면 사건이나 근무 평가도 종결됩니까?"

"포도 담당의 변상은 어렵지 않을 것입니다. 그간 관례적으로 받아 챙긴 것이 있을테니까! 만약 포도 담당이 변상을 못해 낙양으로 압송된다면, 아마도 낙양에서 살아돌아오기 힘들 것입니다. 구사일생이 아니라 십사일생(十死一生)이 될 것입니다. 만약 저들이 낙양에 반송하는 경비 5백 냥까지 변상한다면, 그 5백 냥은 변변치 않지만, 제가 시형에게 예물로 드리겠습니다. 제가 내일은 숙보에게 장형을 집행하지는 않고 납부하겠다는 확약서만 써내도록 달래보겠습니다. 숙보가 확약한다면 저는 영수증을 써주고 나중에 범인이 잡혀 낭물을 압수하면 숙보에게 돌려줄 것입니다."

유 자사의 뻔뻔한 억지 주장에 시사창은 어이없는 웃음을 남기고 일어서며 말했다.

"아마 어려운 처지의 숙보가 그 큰돈을 어찌 변상하겠습니까?"

그러자 유 자사는 큰일이라도 일어난 듯 놀라며 말했다.

"나랏돈은 단 한푼이라도 모자라면 절대로 안 됩니다. 숙보가 확약서를 써내고 여러 사람이 나누어 분담하겠다면, 내가 모조리 받아낼 수 있습니다."

시사창이 작별하자, 유 자사는 관아 정문까지 나와 전송하였다. 그야말로,

자기 부스럼을 우선 치료해야지, (只要自己醫瘡)
어찌 남의 상처를 상관하겠는가? (那管他們剜肉)

시사창이 가윤보의 집에 오니, 이미 이밀은 내 총관으로부터 받은 명령서를 가지고, 시사창이 돌아오면 함께 숙보에게 가려고 기다리고 있었다.

이밀은 시사창에게 공문서를 보여주자, 시사창이 말했다.

"지금 사람들이 무관(武官)이 각박하다고 말하지만, 그래도 무관은 호탕한 일면이 있습니다. 문관들은 외모나 말은 그럴싸하지만 속은 다 썩었고, 좀스럽습니다. 낙양에 호송하면 살아오기 어렵다고 협박을 하면서, 압송을 면해준다는 하나를 가지고도 온갖 조건을 달며 이득을 챙기려 합니다. 포도관들이 무슨 죄가 있습니까? 그들에게 변상을 시키는 말도 안되는 짓을 하면서 거기에 관리 출장비까지 분담시키려 하며, 그렇게 뜯어낸 돈으로 내가 압송하지 말라는 은덕에 보답한다며 나에게 사례하겠답니다. 그러면서 나중에 범임은 잡고 장물을 회수하면 포도 담당 관원들에

게 돌려주겠다는 뻔뻔한 거짓말까지 합니다."

그러자 선웅신이 말했다.

"그것은 소인들이 하는 말 아니겠습니까?"

제주의 포도관들은 숙보를 빼고 번건위, 당만인, 연거진 등 세 사람은 그래도 약간의 여유가 있었지만 다른 포도들은 하루 벌어 하루 먹는 사람들인데 어떻게 은자를 변상하겠는가?

이에 왕백당이 말했다.

"그러니 이런 일을 우리가 나서서 해결해야 합니다."

그러자 정교금도 한마디 거들었다.

"너무 걱정할 일이 아닙니다. 본래 내가 탈취하였으니, 내가 배상하면 됩니다. 우원외께서도 집에 있는 은자를 모두 다 갖고 오십시오. 그래야만 진형을 구원할 수 있습니다."

그러자 우통은 바로 일어나 집에 가려고 했다.

그러자 시사창이 말했다.

"앞서도 말했지만 돈은 제가 갖고 있습니다."

그러자 장공근이 말했다.

"시형이 어찌 혼자 다 감당하시렵니까?"

"그렇지 않습니다. 사실 이는 진형 것입니다."

"진형이 언제 형씨에게 은자를 맡겨두었습니까?"

"진형은 그전에 장안 근처 사수강이란 곳에서 큰 위기에 처한 저의 장인을 구원한 적이 있었습니다. 그뒤, 영복사라는 절에서 제가 숙보 형을 만났고 장인께 사실을 말씀드렸더니, 장인께서 사람을 보내 보은의 뜻으로 은자 3천 냥을 보내주셨습니다. 그런데 숙보 형은 장안에서 출장 일을 마치고 제주로 돌아갔기에 전달하지 못했습니다. 그래서 이번에 여기 오면서 제가 가지고 왔습니다. 그러나 지금 드린다 하여도 숙보 형이 이를 받아줄지 걱정입니다. 왜냐면 무슨 보답을 바라고 저의 장인을 구원하지 않았기 때문입니다. 그러니 이 3천 냥으로 이번 일을 종결짓는 것이 어떨지 저는 지금도 결정을 못하겠습니다."

그러자 백현도와 가윤보가 말했다.

"그렇다면 그렇게 해결하는 것이 좋을 것입니다."

동패지와 김국준도 말했다.

"전날 형씨가 미리 예견한 것 같군요. 어찌 되었든 빨리 해결하는 것도 나쁘지 않을 것입니다."

정교금이 말했다.

"그렇다면 나와 우원외만 덕을 보겠군요."

장씨가 마신 술에 이씨가 취했고,   (張公吃酒李公醉)[31]

---

31 장씨가 술을 마셨는데, 이씨가 술에 취했다(張公吃酒李公醉). — 한쪽은 실리를 얻고 다른 한쪽은 헛된 이름만 챙겼다. 사슴을 가리켜 말이라고 할 수 없고(指鹿不能爲馬), 장씨의 관을 이씨가 쓸 수 없다(張冠不可李戴). 장 화상의 모자를(張和尙的帽子), 이 화상에게 쓰라고 집어주다(抓給李和尙戴). — 대상을 잘못 찾다. 장삼

초국(楚國) 멸망에 원숭이 숲이 불탔네.   (楚國亡猿林木災)

한참 이야기를 하는데, 밖에서 유 자사가 시사창을 만나러 왔다는 외침이 들렸다. 다른 사람은 모두 자리를 피했다. 아마 유 자사는 혹시 조금이라도 일에 잘못이 있을까 염려하여 단속 겸 확인 차 만나러 온 것 같았다.

"제가 말했던 일은 다른 사람에게는 말하지 마십시오. 저로서는 시형의 부탁을 안 들어줄 수 없고, 비용을 징수하지 않을 수도 없습니다. 내가 포도 담당으로부터 3천 냥을 회수하더라도 비용 겸 사례로 5백 냥을 시형에게 안 드릴 수가 없습니다. 그러니 포도 관원들에게는 시형도 5백 냥을 받았다고 말씀하셔야 합니다. 만약 한 푼이라도 모자라 낙양으로 압송된다면, 아마 살아 돌아오지 못할 것입니다."

그러자 시사창이 말했다.

"자사님의 호의를 그대로 받아들이겠소."

"시형이 꼭 그렇게 말씀해야 합니다. 안 그러면 제가 시형한테 거짓말을 한 것이 됩니다. 여기는 빈한한 고을이라서 걷어들일

을 가리키며 이사를 욕하다(指着張三罵李四). 중을 가리키며 대머리를 욕하다(指着和尙罵禿子). 장삼과 이사와 곰보인 왕이(張三李四王二麻子). ―별로 볼 것 없는 사람들. 장씨 집 셋째를 이씨 집 넷째 아들이라고 생각하다(把張三當李四). 장씨가 잘했고 이씨는 못했다(張家長 李家短). ―마을의 쓸데없는 뒷공론.

건수가 있을 때 챙겨야 합니다. 조금도 봐줄 필요가 없습니다."

그리고서는 유자사는 관아로 돌아갔다.

벼슬살이는 오로지 재물을 아껴야 하나니,　　　(仕途要術莫如慳)

누구가 지인을 위하여 금전을 대주겠는가?　　（誰向知交贈一環）

사귐에 언제나 곤궁한 백성을 생각해야 하니,　（交際總交窮百姓）

백성의 고혈을 짜내서 관산을 지나가도다.　　（帶他膏血過關山）

여러 사람이 시사창에게 무슨 일이냐고 물었다.

시사창이 웃으며 말했다.

"그 사람은 나더러 5백 냥 사례금을 받아 챙기라고 말했습니다. 그 사람 말이나 입장을 저는 생각하지 않습니다. 그는 자기 명분과 이득만 챙기고 있습니다. 말하자면, 나한테 5백 냥을 벌어주었다는 생색을 내는 것입니다."

그러자 이밀도 웃으며 말했다.

"그렇다면 시형은 은자 5백 냥을 벌 수 있는데, 받지 않으면 5백 냥이 손해 아닙니까?"

시사창은 아랫사람을 불러 은자 3천 냥을 가져오라 했다. 그리고 선웅신, 이밀, 왕백당과 함께 4명이 진숙보의 집으로 갔다.

그런데 진숙보 집에는 이미 번건위가 와 있었다. 번건위는 유자사가 사람을 보내 숙보 외 포도 담당관들이 3천 냥 변상 외에도 기타 여러 비용 대신, 그리고 낙양으로 압송을 막아준 시사창에게 사례금으로 5백 냥을 더 부담해야 한다는 말을 듣고 놀라서 숙보에게 상의하러 왔었다.

시사창 등 4인이 들어오자, 숙보는 번건위와 함께 일을 해결하려 애쓴데 대하여 고맙다는 인사말을 하였다. 그러자 이밀이 청주 내 총관으로부터 받은 공문을 숙보에게 보여주었다.

「흠차(欽差, 칙명 관리)는 청주 총관부에 와서 공무를 명했다. 청주 총관은 청주의 기병 5백 명과 그 명단을 칙명에 의해 하도(河道, 운하) 사업을 담당하는 마(馬) 대총관에게 신속하게 보내도록 하라. 이를 지연하지 말라. 이들이 지나가는 나루나 관문에서는 지체시키지 말라. (양제의 연호) 大業 6년(610) 9월 25일 한, 본명을 영군교위(領軍校尉) 진경(秦瓊)이 수행토록 하라.」

이밀이 말했다.

"청주 내 총관은 지금 인마를 점검하고 있으니 대략 3일 안에 진형은 출발해야 할 것 같습니다."

숙보는 출장을 명령하는 공문을 보고서는 아무 말도 없었다.

그러자 번건위가 말했다.

"형! 우선 축하드립니다. 나라의 특명을 받았으니 영광입니다. 그리고 이 고생문에서 벗어나셨습니다. 그런데 우리들은 3천 냥을 어떻게 변상해야 합니까? 거기다가 5백 냥을 더 보태어 시형에게 보내야 한답니다."

그러자 선웅신이 말했다.

"번건위도 알고 있었구먼!"

번건위가 말했다.

"저는 아문 내에서 서로 믿을 만한 사람이 많이 있습니다. 시형이 자사와 이야기를 하실 때, 들을 사람이 있어 알려 주었습니다. 뿐만 아니라 유 자사도 직접 사람을 보내 알려주었는데, 이는 정말 큰 일이라서 제가 숙보와 의논하려고 여기에 왔습니다."

왕백당이 말했다.

"번형은 걱정하지 마시오. 시형이 여러분에게 몫을 나눠 분담케 하지는 않을 것입니다. 3천 냥 은자는 시형이 준비하였습니다."

번건위가 말했다.

"정말 그렇습니까?"

진숙보가 말했다.

"그럴 수는 없는 일입니다. 나는 시형이 은자를 내줄 이유가 없다고 생각합니다. 그리고 번건위도 여러 포도 관원에게 걷을 필요도 없소. 내가 우리 집의 재산을 다 모아낼 것이며, 부족한 돈은 제가 다른 데서 차용할 수도 있습니다."

그러자 시사창이 단호하게 말했다.

"이 3천 냥은 본래 진형 것입니다."

그러면서 시사창은 품에서 당공(唐公)의 서찰을 꺼내며 두 사람에게 멜대로 메는 큰 궤 2개와 손으로 들만한 상자 하나, 그리고 가죽 배낭을 하나 가져오게 하였다.

그리고 시사창이 말했다.

"이것은 장인어른의 서찰입니다. 제가 있던 영복사로 보내왔을 때, 형은 이미 고향으로 떠난 뒤였습니다. 그래서 제가 보관하다가 이번에 가지고 왔습니다만, 일찍 전해 드리지 못해 죄송할 뿐입니다."

숙보는 당공의 서신을 열어보았다. 하나는 '시생(侍生) 이연(李淵) 돈수(頓首)' 하는 명함이고, 다른 하나는 서신이었다.

「관중(關中)에서 큰 구원을 베풀어 주셨으니, 제 오장육부에 새겨진 은덕입니다. 그간 갚을 기회가 없어 한으로 여기던 차에 사위의 글을 받고 기쁨을 누를 수 없었습니다. 삼가 백금(白金, 銀) 3천 냥을 보내오니 장군께서 소용(所用)하시기 바랍니다. 언젠가 뵐 날에 다시 사례 올리겠습니다.」

숙보는 당공의 서신을 읽고 얼굴을 붉히며 말했다.

"시형! 시형의 장인어른은 저를 무시하셨습니다. 사나이가 하는 일에 무슨 보답을 바랄 수 있습니까?"

그러자 시사창은 웃으면서 말했다.

"진형께서 정말로 보답을 바라지 않는다 하여 저의 장인은 은덕을 모른체 해야 합니까? 이왕 드린 것이니 편히 받아주십시오."

선웅신이 말했다.

"숙보 형! 형은 본래 그분에게 바라지 않았습니다. 그런데 먼 길에 정말 힘들여 가져왔습니다. 그리고 이제 시형이 그걸 도로 가지고 갈 수도 없습니다. 그 은자로 이번 일을 종결지을 수 있다면 50여 명 포도관의 생활을 안전하게 지켜줄 수 있습니다. 그러면서 진형은 단 한 푼도 받지 않았으니 받았다는 이름은 있지만 실제는 안 받았습니다. 그러니 너무 고집하지 마십시오."

번건위도 말했다.

"숙보 형! 형은 종(鐘)을 다 만들어 놓았는데, 이제 구리를 사려고 하십니까? 우리 53명 포도관의 생명도 이 일에 걸렸습니다. 시형이 깔끔하게 드리는 것이니 딱 눈감고 그냥 받으십시오."

그러나 숙보는 여전히 확답을 하지 않았다.

그러자 선웅신이 말했다.

"번건위! 숙보는 병력 호송관으로 출발해야 하니, 이 은자를 가지고 가서 제주부의 일을 마무리하시오."

왕백당도 말했다.

"본 3천 냥 이외 웃돈은 시형께서 받았다는 가짜 영수증을 써 주시오. 중간 거간꾼이 한 마디 거들고, 집사도 한 마디 보태면서 빨리 종결지읍시다."

모두가 서로를 바라보며 크게 웃었다. 그런데도 숙보는 "나는 아직도 모르겠습니다."라고 말했다. 그리고 숙보는 집안으로 들어가 은자 3백 냥을 갖고 나와 번건위에게 주면서 말했다.

"내가 생각할 때, 유 자사는 틀림없이 이런저런 핑계를 만들어 자기 몫을 챙기려 할 것이니, 자네는 이 3백 냥으로 마무리하며 다른 사람에게 조그만 폐해도 주지 말라고 말하게나."

천금의 큰돈을 한 푼처럼 내주니,   (千金等一毛)
드높은 의리는 천고에 빛나리라.   (高誼照千古)

번건위가 말했다.

"저 혼자 다 들고 갈 수도 없습니다. 그러니 형이 일단 거두어 주셨다가, 내가 당만인 등을 보내 가져오게 하면서 형님 크나큰 의리를 확실하게 여러 사람에게 알리겠습니다."

일단 숙보는 3천 냥과 3백 냥 은자를 집에 일시로 보관케 하였다.

그리고 숙보를 중심으로 여러 사람이 일을 마무리한 후련한 마음으로 술을 마셨다. 한창 마시는데, 우통과 진교금이 벗들에게 작별 인사를 전하려고 찾아왔다.

이보다 앞서 정교금은 시사창과 또 김국준과 동패지 두 사람과 싸웠다가 서로 화해하였지만, 그래도 여전히 서먹서먹한 기분이었다. 그리고 사건의 시작인 은자 3천 냥 강탈을 자백한 뒤, 정교금은 속이 후련했지만, 우통은 혹시 자신에게 불리하게 일이 전개될까 늘 불안하였다. 그러면서 여러 사람이 빨리 떠나주길 마음속으로 바라고 있었다.

정교금이 말했다.

"저는 숙보 형이 어떻게든 좋은 해결 방법을 찾아낼 것이라 생각했습니다. 그렇지 않으면 어찌 숙보 형 혼자 모든 책임을 져야 합니까?"

우통은 이번에 모였던 사람들의 입을 통하여 자신의 범죄 사실이 누설될까 늘 전전긍긍했었다. 그런 상황에서 시사창과 이밀 두 사람의 힘으로 모든 일이 전부 마무리되었으며, 숙보 또한 무사하고 새로운 직분을 받아 떠나야 한다는 설명에 정교금과 우통 모두 크게 안심하였다. 우통과 정교금은 선웅신을 비롯한 모든 사람을 환송하는 인사를 주고받았다. 숙보는 정교금과 우통을 만류하며 함께 전별의 술잔을 나누었다.

숙보는 안채에 들어가서 숙보의 모친이 정교금의 모친에게 드리는 예물을 갖고 나와 정교금에게 건네 주었다. 우통과 정교금은 선웅신 일행과 함께 가윤보네 집으로 갔고, 거기서 또 술을 마시니 모두가 대취하였다. 다음 날 새벽 오경에 우통과 정교금은 먼저 작별하고 집으로 돌아갔다.

서리 내린 땅에는 달빛만 가득,　　(滿地霜華映月明)
원근 여러 마을에 닭들이 운다.　　(喔咿遠近遍雞聲)
그물 벗은 물고기 마음껏 놀고,　　(困鱗脫網游偏疾)
화살 피한 새들은 가벼히 난다.　　(病鳥驚弦身更輕)

다음 날 아침, 진숙보는 오직 배상만 요구하는 유 자사이니, 변상만 된다면 자신을 찾지 않을 것이라 생각하였다. 그래서 숙보는 청주 내(來) 총관을 찾아가 총관이 다시 불러준 특별한 배려에 진심에서 나오는 감사 인사를 올렸다.

내 총관이 말했다.

"그전에 내가 자네를 보내지 말았어야 하는데, 내가 양보했기에 자네가 제주로 전출되어 많은 수모를 겪었네. 이제 일단은 제주를 떠날 수 있네. 유주(幽州)의 나(羅) 장군님과 이밀의 덕분이라 생각하네만, 자네가 임무를 마치고 돌아오면 나도 자네를 적극 밀어주겠네. 자네는 남의 밑에 결코 오래 있을 사람이 아니네!"

숙보는 머리 숙여 인사를 올리고 나왔다.

숙보는 다시 술자리를 크게 마련한 뒤 북쪽에서 온 벗을 초대하였고, 거기에는 가윤보, 번건위, 당만인, 연거진도 배석케 하였다. 번건위 등 3인은 시사창에게 거듭 사례하였다. 그러나 진숙보가 은덕을 베풀지 않았다면, 시사창이 어찌 고마운 일을 했겠는가를 알지 못했다.

숙보는 또 이밀에게 3통의 서신을 써달라고 부탁하였으니, 1통은 시사창을 통해 당공에게 보내는 감사 서신이었고, 1통은 울지남을 통해 유주의 나(羅) 행대(行臺), 곧 고모부와 고모께 감사하는 서찰이었으며, 다른 하나는 내 사촌인 나성(羅成)에게 보내는 글이었다.

이날 의기를 같이 하는 벗들이 함께 나누는 술자리에서, 속마음을 터놓고 옛정을 이야기했으니 그 어느 때보다도 통쾌하였다.

권하는 술잔에 달빛이 어리고,　　（杯移飛落月）
넘치는 잔에는 노을이 춤춘다.　　（酒溢泛初霞）
통쾌한 얘기로 지새는 밤이니,　　（談劇不知夜）
동트는 숲속에 새들이 놀란다.　　（深林噪曉鴉）

동틀 때까지 이어진 술자리는 끝날 줄을 몰랐다. 그런데 밖에서 사람과 말 울음소리가 시끄럽더니 5백 명 군졸이 숙보를 뵈러 모인 것이었다. 이에 숙보는 군복(융복, 戎服)으로 갈아입고 대청에 나와 섰다. 그리고 50명을 지휘할 대장(隊長) 10명과 10명을 지휘할 십장(什長) 50명만 들어오라고 했다. 그들은 찬란한 군복을 입고 뜰 안에 가득 모여섰고 모두 일제히 고개를 숙여 인사를 올렸다.

이에 숙보가 말했다.

"내(來) 나으리께서 사시(巳時)에 서문(西門)에서 점검하실 것이다."

여러 사람은 일제히 복창한 뒤에 흩어졌다.

이에 선웅신이 말했다.

"그 전에 내가 관아에 들어가 영광을 구하지 말라고 말했지만, 오늘 같은 이런 모습이라면 괜찮은 것 같소."

그러자 숙보도 말했다.

"저는 이형과 시형 같은 두 분의 도움을 받았기에 전화위복(轉禍爲福)이었습니다."

그러자 이밀도 말했다.

"대장부의 일을 단순하게 헤아릴 수는 없을 것입니다."

여러 사람은 모두 숙소에 가서 예물을 챙겨 가지고 숙보의 장도를 축하했다. 숙보 또한 모친 회갑 축수에 따른 답례를 벗들에게 주었지만 벗들은 모두 사양하며 받지 않았다.

그러자 왕백당이 말했다.

"숙보 형은 연일 계속 바쁘십니다. 이제 우리들은 여기서 그만 빈둥댑시다. 숙보 형은 집에서 행장도 준비해야 하고, 형수님하고 가사에 대한 이야기도 해야 합니다. 내일 서문에서 출정할 때 우리 숙소 곁으로 지나니 그때 다시 한번 전송합시다."

일동은 모두 웃으며 흩어졌다.

숙보는 집에서 행장을 꾸렸고, 가사에 대하여 아내와 이야기를 하며 여러 부탁을 했다. 그리고 번건위를 불러 변상할 은자를 가져가게 하였다.

다음 날 사시(巳時)가 되기 전에 대장(隊長)과 십장 모두가 완전 군장을 한 채 대기하였다. 숙보는 지전을 태워 먼 길의 안전을 빌었고, 모친과 아내와 이별하였다.

숙보는 챙이 넓은 군모(軍帽)를 쓰고, 소매에 붉은 수를 놓은 군복, 그리고 허리에 금장식을 한 띠를 두르고 황표마를 탔다.

　50명의 대장과 십장이 줄을 지어 서문은 나섰는데, 그들은 푸른 군복에 좁은 챙의 작은 군모를 착용하였는데 숙보와 비슷하나 뚜렷한 품격의 차이가 있었다.

힝힝 떼 지은 말이 울고,	(蕭蕭班馬鳴)
등에 비껴 맨 보배의 칼.	(寶劍倚天橫)
대장부 나라에 몸 바치기,	(丈夫誓許國)
서생(書生)보다 훨씬 이롭도다.	(勝作一書生)

　숙보의 군사가 서문을 나서 조교(吊橋) 근처에 이르자, 양옆으로 노역에 동원될 군졸이 줄지어 서있었다. 그리고 길 끝에는 영은사(迎恩寺)라는 절이 있었다. 숙보는 말에서 내려 절 안으로 들어갔다. 혹시 동원에 불참한 보졸이 있나 명단을 통해 확인케 하였다.

　그리고 숙보는 자신의 사재를 털어 대장에게는 3전, 십장에게는 2전, 보졸에게는 1전 씩을 주어 술이나 음식을 사먹게 하였다. 그 돈이 모두 은자 5, 60냥이나 되었다.

　숙보는 보졸 중 건장하고 민첩한 20여 명을 선발하여 언제든지 숙보 주변에 대기하면서 심부름과 여러 지시를 전달케 하였는데, 그들에게는 별도로 시상했다.

　먼저 숙보와 함께 근무했던 기패관들이 숙보에게 석 잔의 술을 따라주며 숙보의 장도를 기원하였다.

이에 숙보가 말했다.

"여러분의 후원 덕으로 새로운 일을 맡았습니다. 그간 정말 고마웠습니다."

다음에 선웅신 등 벗들이 웃으면서 다가와 술 석 잔을 올리며 전송하였다.

숙보가 말했다.

"여러분 모두에게 감사의 인사를 올려야 하나, 이밀 형님이 주선한 일이고 정해진 일이라서 그냥 떠나니 허물치 마시길 바랍니다."

그리고 시사창에게도 당부하였다.

"시형, 유 자사의 일을 다시 한번 마음 써주시기 바랍니다. 번건위 등 여러 사람에게 새로운 부담이 없도록 다시 한번 부탁드립니다."

"제가 완전히 마무리되는 결과를 기다려보겠습니다. 번건위를 위하여 자사의 영수증을 꼭 받아 놓을 것이니 안심하십시오."

그리고 울지 형제에게도 "번거롭지만 고모부와 고모님께 올리는 예물 좀 전해 주시고, 제가 공무로 멀리 떠나기에 찾아뵙지 못한다고 말씀 좀 잘 해주십시오."

왕백당이 친우 여러 사람에게 말했다.

"이제 이처럼 여러 형제들이 다시 모이기 어려울 것 같습니다만, 이제 어차피 헤어져야 합니다."

숙보는 가윤보와 빈건위에게도 모친을 잘 보살펴달라고 당부하였다. 숙보는 말에 올랐다. 큰 징소리가 세 번 울리면서 부대는 출발하였다.

서로 만나 웃던 짧은 시간,　　(相逢一笑間)

어느 순간 이제 헤어진다.　　(不料還成別)

고개 돌려 단풍 숲을 보니,　　(回首盼楓林)

이별의 피를 모두 뿌렸나?　　(盡灑離人血)

숙보가 출정한 뒤에, 시사창이 배상 업무 마무리를 짓자 모두 함께 제주를 떠났다.

가윤보는 떠나는 분들에게 예물을 올렸다. 시사창은 산서(山西)의 태원으로 돌아갔고, 울지 형제와 사내다는 관아에 매인 몸이라 머뭇거릴 사이도 없이, 장공근과 백현도와 함께 바로 유주로 길을 서둘렀다.

이제 남은 이밀과 왕백당, 선웅신, 김국준과 동패지 5인은 함께 길을 나섰다.

그러나 이후에 무슨 일이 일어날지 궁금하다면, 다음 회를 읽어 보시라.

제26회

두소저는 남장하고 타향에 숨어버렸고, 허태감은 맨몸으로
호혈에 잡혀가다.(竇小姐易服走他鄕, 許太監空身入虎穴.)

시로 읊나니,   詩曰,

잡초 무성한 길에서 눈물 흘리니,   (淚濕郊原芳草路)

이별 노래에 모든 근심이 쌓였다.   (唱到陽關愁聚)[32]

---

32 원문 唱到陽關愁聚 − 영관(陽關)은 중국에서 서역으로 나가는 관
문이다. 여기서는 이별의 노래인 唐의 詩佛(시불) 왕유(王維)의 〈위
성곡 (渭城曲)〉을 말한다. 이는 送別詩(송별시) 중에서 가장 잘 알려
진 걸작이다. 唐宋代에 송별의 술자리에서 혹은 주루(酒樓)에서 애
창되었다. 西域(서역)으로 여행하는 사람을 장안의 위성(渭城)이란
곳에서 전송했다. 陽關은, 今 돈황시(敦煌市) 서남 70여 리 지점이
다. 漢 武帝 시기에 건립한 관문으로, 옥문관(玉門關)의 남쪽이기
에 陽關이라 부르고 玉門關과 함께 '二關'이라 하였다. 交通 요지
이며 서역 남로를 지키는 군사기지이었다. 제목을 〈陽關曲〉, 〈陽

손을 놓고 그냥 돌아서며,	(撒手平分取)
무심한 말을 때리며 숲을 본다.	(一鞭驕馬疏林觀)
천둥 같은 바람 소리에 놀라는데,	(雷塡風颯堪驚異)
어느 덧, 잡초만 가득한 길이다.	(倏忽荊榛滿地)
오늘 밤, 깊은 산골 마을,	(今夜山凹裡)
꿈길에, 혼령이 어찌 그냥 가겠나?	(夢魂安得空回去)
― 곡조〈석분비〉	― 調寄〈惜分飛〉

인생이 천지간에 살면서, 융성할 때가 있으면 틀림없이 쇠퇴가 있고(有盛必有衰), 모이면 반드시 흩어지게 된다(有聚必有散).

태평한 시대에 살고 있다면 사람마다 자기 생업에 안주하며 태평세월을 즐긴다. 그러나 혼란한 세상을 살아가야 한다면, 그저 작은 마을에서 조그만 재주 하나만 가진 사람일지라도, 자신의 일을 하면서 다른 일을 꾸미며 번뇌하게 된다.

아니면 한 곳으로 모여 뭉치거나 사방으로 흩어지게 되는데, 어느 누군들 예상 밖의 행운만을 기대하면서[33] 가난한 집에서 늙어죽겠는가?

關三疊(양관삼첩)〉 또는 〈送元二使安西〉라고도 한다.

33 원문 誰肯株守林泉 ― 誰는 누구 수. 肯은 옳게 여길 긍. 株守는 나무 그루터기를 지키다. 나무 둥치에 부딪쳐 죽는 토끼를 기다리다. 전혀 예상못한 행운. 수주대토(守株待兎). 임천(林泉)은 은거지.

다시 말하지만, 김국준과 동패지는 관아의 업무가 있을 것이라며 먼저 인사하고 노주로 출발했다. 그러나 선웅신과 왕백당, 이밀 이 세 사람은 조금도 매인 데가 없기에, 아무런 걱정이 없어 산을 보면 산을 즐기고, 물을 만나면 물을 보며 유람하였다. 얼마 지나지 않아 임치〔臨淄, 수 山東省(지금의 산동성) 중북부〕 경계를 지났다.

이밀이 말했다.

"선형, 지금 우리가 만났던 것처럼 언제 다시 만날 수 있겠습니까? 응당 선형을 댁까지 모셔다 드려야 하나, 혹시라도 집에 무슨 일이 있을까 걱정이 되니 그만 길을 갈라서야 할 것 같습니다."

그러자 왕백당도 말했다.

"저 역시 집을 나선 지 참 오래되었습니다만, 형님과 다시 만날 수 있는 날이 멀지 않을 것이니, 아마 내년쯤에 다시 형을 찾아뵐 수 있을 것 같습니다."

선웅신은 섭섭하지만 어쩔 수 없이 말했다.

"두 분이 나의 농장에 들릴 수가 없다면 이쯤에서 헤어져야지요. 좀 더 가다가 좋은 데가 있으면 통쾌하게 한 잔 더 마시고 헤어집시다."

왕백당과 이밀도 좋다고 호응했다. 세 사람은 잠시 더 나아갔다.

그러다가 선웅신이 손으로 앞산을 가리키며 말했다.

"앞에 보이는 저 산이 포산(鮑山)인데, 옛날에 관중(管中)과 포숙아(鮑叔牙)가 돈을 의좋게 나눈 곳이랍니다. 우리의 정이 혹 관중이나 포숙아만큼 깊지는 못해도, 우리가 더 의리가 깊으니 저기서 한 잔을 나눕시다."

왕백당과 이밀도 좋다면서 함께 말을 달렸다.

높이 솟은 산등성이,	(山原高聳)
충충 누각처럼 높이 솟았다.	(氣接層樓)
푸른 숲이 울창하고,	(綠樹森森)
가끔 호랑이가 울부짖는다.	(隱隱時間虎嘯)
파란 버들 흔들리고,	(靑楊裊裊)
울며 나는 원앙새 바라본다.	(飛飛目送鴛啼)
물새는 물가에 날아오르고,	(眞個是爲衛水兮禽翔)
큰 물고기 힘껏 뛰어오른다.	(鯨鯢踴兮夾轂)

그 포산 산자락에 3, 4백호 쯤 되는 마을이 있고, 그 초입에 술집이 있어 술집 깃발이 펄럭이고 있었다. 세 사람이 당도하여 말에서 내리자, 다른 손님이 있는지 몇 마리 말이 매어져 있었다. 주인이 나와 맞이하며 초당으로 안내하였다.

선웅신이 주인에게 물었다.

"문 밖에 말이 있으니 다른 손님이 많은가?"

"다른 손님은 왼쪽 방으로 들었습니다."

왕백당이 왼쪽을 흘깃 쳐다봤는데 그쪽에서도 어떤 사람이 고개를 내밀고 바라보았다.

그러자 왕백당이 웃으며 말했다.

"누군가 했더니, 아우였구먼!"

그러자 이여규가 안을 향해 소리쳤다.

"형님들 나와보세요. 백당 형님이 오셨어요!"

그 말에 제국원이 급히 나왔다.

여러 사람이 인사를 나눈 뒤 왕백당이 먼저 말했다.

"두 분 아우는 왜 여기까지 왔는가?"

그러자 이여규가 말했다.

"그 이야기는 천천히 말씀드리겠습니다. 안에 반가운 다른 분이 계십니다. 제가 그분을 먼저 모신 다음에 말씀드리겠습니다."

두건덕(竇建德)

그리고서는 방안의 손님을 불렀다.

"두(竇) 형님! 여기 좀 나와보세요. 노주의 선형이 여기 오셨습니다."

그러자 안에서 풍채가 훤칠한 대장부가 위풍도 당당히 걸어나왔다.

이여규가 말했다.

"이분이 패주(貝州)의 두건덕(竇建德)[34] 형이십니다."

그러자 선웅신이 반기며 말했다.

"작년에 유흑달(劉黑闥)[35] 형이 저희 집에 와서 묵으면서 패주의 두형이 의리를 중히 여기는 호걸이라 하셨기에, 꼭 만나 뵙고 싶었습니다만, 오늘 이렇게 뵈오니 평생 소원을 이룬 것 같습니다."

선웅신은 주인에게 넓은 양탄자를 깔게 한 뒤에 여섯 사람이 서로 절을 하며 인사를 갖췄다.

그리고 왕백당이 제국원과 이여규에게 말했다.

"두 아우는 지금 소화산(少華山)에서 즐거이 지내야 하는데, 어인 일로 여기까지 오셨는가?"

---

34 竇建德(두건덕, 573-621년)─수(隋)나라 말기, 지방 반란 세력의 우두머리. 한때 하왕(夏王)이라 칭왕(稱王)하며 建元했었다〔丁丑, 617-618年. 五鳳(오봉) 618年-621年〕. 나중에 이세민에게 패전한 뒤, 장안에서 처형되었다. 패주(貝州)는 지금 河北省 남부 衡水市(형수시) 관할 故城縣(고성현). 山東省과 접경 지역.

35 유흑달(劉黑闥, ?-623년)─隋末 唐初 지방 할거세력의 하나. 젊어 두건덕의 친우였다. 隋末에 와강군(瓦崗軍)에 합류했다. 唐朝 武德 원년(618), 이밀이 영도하는 와강군이 궤멸되면서 왕세충(王世充)의 포로가 되었다. 나중에 漢東郡公(한동군공)이 되었고 武勇으로 소문이 났다. 두건덕이 唐軍에 패망하자, 유흑달은 고향에서 농사를 짓다가 반당(反唐)하며 봉기하였으나 다시 패망하였다.

"제가 형님과 헤어진 뒤에 청하(淸河)에 친구를 만나러 갔었는데, 소화산 산채를 노명월(盧明月)이란 놈이 들어와 점거해 버렸습니다. 여기 제(齊)형도 당해낼 수가 없어 결국 소화산 산채를 포기했습니다. 결국 도화산(桃花山)으로 근거를 옮겼고, 저도 결국 도화산에 합류하였습니다. 그러다가 우리 둘이 제주로 숙보 형 모친 회갑에 축수나 하려고 길을 나섰습니다. 그런데 마침 여기 두 형도 숙보와 왕형의 의기를 숭모하여 산동으로 가려다가 제군(齊郡)에서 만나 여기까지 왔습니다. 그러면 왕형 일행은 지금 숙보 형에게 다녀오는 길입니까? 아니면 가는 길입니까?"

그러자 이밀이 말했다.

"지금 숙보 형은 제주에 안 계십니다. 이미 나라의 명을 받고 출장을 떠났습니다."

"그러면 지금 어디에 있습니까?"

선웅신이 말했다.

"그 이야기를 다하자면 상당히 깁니다. 우선 목이나 축이고 천천히 시작합시다."

마침 술집 대청에 새 술자리가 차려졌다. 여섯 사람은 자리를 옮겼다. 술이 석 잔씩 돌아가자 이여규가 다시 물었고, 왕백당이 잔을 들고 이야기를 시작했다.

왕백당은 축수하기 위하여 여러 곳에 연락했고, 제주에 들어가 가윤보에 집에 묵었으며 거기서 숙보를 처음 만났고, 숙보가 겪은 고초와 축수한 일, 그리고 숙보의 곤경을 해결한 이야기와 숙보가 운하 공사에 동원되는 군졸을 인솔하여 출발한 과정을 대략 알기 쉽게 설명해 주었다.

제국원은 왕백당의 설명을 들으면서 손발로 장단을 맞춰가며 신나게 호응했다.

이여규도 감탄하며 말했다.

"숙보와 정교금은 천하 제일가는 통쾌한 사나이고 참된 호걸이며, 천하의 벗으로서 숙보와 사귀지 못한다면 진정한 대장부가 아닙니다."

왕백당은 특히 제주 유 자사가 숙보에게 은자 3천 냥을 변상시키려 한 일과 그 일을 마무리 지은 이밀과 시사창의 노력을 상세히 말해주었다.

왕백당의 이야기가 끝나자, 두건덕이 탁자를 치면서 크게 분개하였다.

"나라에는 유 자사와 같은 개 같은 도적이 너무 많습니다. 그런 녀석들을 하나하나 모두 때려잡아야 하니, 우리가 그런 일을 모두 해내야 합니다."

그러자 이여규가 말했다.

"우리가 또 두형의 아픈 상처를 건드린 것 같습니다."

그러자 이밀이 말했다.

"건덕 형께서는 무슨 고초를 겪으셨습니까? 꼭 한 번 듣고 싶습니다."

그러자 두건덕이 말했다.

"저는 오랫동안 패주에 살았고 약간의 가산을 물려받았습니다. 부모님께서 별세하신 뒤로 저는 습성이 좀 거칠었기에 차분히 가업에 힘쓰지는 않았지만, 그래도 2, 3천 냥 정도의 재산으로 입에 풀칠은 하며 살 정도였습니다. 그러다가 작년에 아내를 먼저 보냈습니다. 늦가을에 하간(河間, 지명, 今 河北省 倉州市 관할 河間市)에 사는 친척을 방문하러 간 사이에, 조정에서 내보낸 관리가 미인을 뽑아들인다고 내려왔습니다. 그들은 성안이나 농촌의 처녀들은 상중하 3등급으로 보고게 하였습니다. 내 딸 선랑(線娘)은 나이 열세 살이었고 재색(才色)이 모두 뛰어났습니다. 육도(六韜)나 삼략(三略) 같은 병서도 즐겨 읽으며 가끔 집안에서 검술을 익힐 때면 마치 용이 춤을 추듯 했습니다. 저는 이 딸아이를 마치 손안의 명주(明珠)처럼 애지중지하였습니다. 그런데 황제가 파견한 관리들은 내 딸이 아직 출가하지 않은 것을 알고 딸애를 1등급에 올려 보고하였습니다. 딸아이는 이를 알고 즉시 자산의 일부를 처분하여, 1, 2백 냥의 돈을 들여 명단에서 빼려고 했습니다. 그런데 패주의 개 같은 관리나 환관은 심술을 부리며 말을 들어주지 않았습니다. 그러자 딸애는 패주의 악질 관리나 중앙에서 내려온 차사들과 정식 대결할 준비를 하였습니다. 그러나 집안의 여러 아주머니나 조카들이 강력히 만류하였고, 저 역시 집에 돌아와 겨우 제지하였습니다. 그리고서 저는 돈을 1천 냥이나 들여 마무리를 지었습니다만, 제 딸애를 개휴(介休)³⁶란 곳의 선량한 장씨 집에 임시 숨겨두었습니다. 그러다가 여기 이형과 제형을 만나 같이 힘을 합치기로 약속하였습니다."

긴 이야기를 듣고 선웅신도 분노하며 말했다.

"숙보는 지금 집에 없기에, 세 분이 제주에 가야 만날 수도 없습니다. 그러니 차라리 우리 집에 가서 며칠 쉬면서 어지러운 심사나 좀 안정시키는 것이 어떻겠습니까?"

그러면서 왕백당과 이밀에게도 권유했다.

"저는 두 분 뜻을 따라 헤어지려 했지만, 여기 세 분이 우리 집에 가신다면, 두 분도 며칠간 함께 지내는 것이 더 좋지 않겠습니까?"

왕백당과 이밀은 더 사양할 수가 없어 동행하기로 승낙했다. 그러자 제국원이 말했다.

"여러분께서 모두 선형 댁으로 가신다면 일단 집을 알아둔 뒤에 다른 날 다시 모이는 것이 어떻겠습니까?"

그러자 이여규가 말했다.

"그렇다면 우선 빨리 식사를 마친 다음에 선형의 장원으로 갑시다."

일행은 식사와 술을 마친 다음에 모두를 선웅신이 계산하였다. 여러 사람은 주점을 나와 말에 올랐다. 일행이 몇 리를 가지

---

36 개휴(介休) ─ 지명. 수 山西省(산서성) 晉中市(진중시) 관할 개휴현, 춘추시대 晉 文公의 신하인 개지추(介之推)의 고향.

않았는데, 산 모퉁이 길가의 너른 바위 위에 몸을 꾸부린 채 보따리 하나를 끼고 누워있는 노인을 발견하였다. 그런데 두건덕은 그 노인이 자신 집안의 늙은 하인 두성(竇成)과 같다는 생각을 하며 말에서 내려 노인을 흔들어 깨웠다. 두건덕은 크게 놀라 노인에게 물었다.

"두성! 자네는 왜 여기 이러고 있는가?"

그 노인은 눈을 비비며 일어나더니 두건덕을 보고 반기며 말했다.

"천지 신명의 도움으로 제가 어르신을 만났군요! 어르신께서 떠나신 뒤로 패주 사람들이 말했습니다. 패주에서 마땅한 미인을 구하지 못했기에 관리들이 다시 수색하기 시작했는데, 특히 아가씨를 숨겼다 하여 사방으로 사람을 풀어 찾는다고 하였습니다. 아가씨는 장씨 댁에서도 숨을 수 없다고 생각하여, 저를 내보내 어르신을 찾아보라고 말씀하셨습니다. 저는 너무 힘들고 지쳐 잠시 쉬려고 누웠다가 그만 잠이 든 것 같습니다."

그때 다른 다섯 사람도 말을 멈추고 노인의 말을 들었다.

그러자 두건덕이 선웅신의 손을 잡고 말했다.

"저는 선형을 만나 반가웠고, 부족한 저를 받아주신 크신 뜻에 무한 감사하여 형의 댁을 찾아보고 싶었습니다만, 지금은 제 마음이 너무 불안하여 서둘러 돌아가야만 합니다. 우선 딸애를 어디든 안전한 곳에 데려다 놓은 뒤에 다시 찾아뵙겠습니다."

이밀도 말했다.

"이제 겨우 대면하였는데[37] 다시 헤어져야 하네요. 정말 무어라 말할 수 없이 아쉽습니다."

선웅신도 말했다.

"이는 두형에게 큰 일입니다. 저 역시 만류할 수가 없습니다. 그러나 제가 꼭 드릴 말씀이 있습니다. 지금 수나라의 황제가 황음무도하지만, 그래도 아부하려는 신하들이 세상을 실제로 차지하고 있습니다. 그러니 한때의 울분으로 분노하여 맞서 싸우기보다는 난국을 피하면서 기회를 엿보는 것이 더 현명할 것 같습니다. 만약 개휴에서도 안전한 곳이 없다면 영애를 데리고 저희 집으로 오십시오. 그러면 제 딸아이와 친구가 될 수 있고, 안전할 것입니다. 형이 다른 곳으로 다니면서 불안해하느니 저희 집이 훨씬 안전할 것입니다."

이에 제국원도 말했다.

"선형이 어찌 나라의 개 같은 도적들을 겁내겠습니까? 설령 수나라 황제가 찾아와도 들어설 수 없을 것입니다."

왕백당도 말했다.

---

37 원문 剛得識荊(강득식형) ─ 식형(識荊)은 흠모하던 사람을 처음으로 대면하다. 처음으로 알게 되다. 이백(李白)의 〈여한형주서(與韓荊州書)〉의 「生不用封萬戶侯, 但願一識韓刑州」의 구절에서 나온 말. '識韓'과 同. 韓은 당나라 예종, 현종 때의 관리로 형주자사를 역임했던 한조종(韓朝宗, 생몰 년도 미상)이다. 소설의 시간적 무대는 隋나라이니 '識荊(식형)'이라는 典故(전고)가 없었을 것이다.

"두형, 선형의 말씀이 백번 지당합니다. 형께서 속히 개휴로 돌아가시어 영애를 돌봐야 합니다."

선웅신이 또 왕백당과 이밀에게도 당부하였다.

"사해(四海)의 형제 모두가 서로 만나 예를 한번 표했으면 골육이나 마찬가지입니다. 제가 두 분께 부탁드리고 싶은 것은 두 분이 두형을 따라 개휴에 가시어 도와드리는 것이 좋을 것 같습니다. 두 분은 저처럼 덤벙대지 않으니, 두형이 안정 되는대로 저에게도 소식을 전해주시기 바랍니다. 그래야 저도 안심할 수 있습니다."

성웅신은 하인에게 은자 한 꾸러미 50냥을 가져오라 했다. 그리고 왕백당과 이밀의 하인 중 한 사람에게 건네주며 말했다.

"너는 이 은자 50냥으로 세 분을 모시고 가라. 만약 개주에 들어가면 두건덕 형과는 다른 객점에 묵도록 하라. 그리고 전할 일이 있으면 빨리 내게 와 알려주기 바란다."

두건덕은 선웅신에게 거듭 감사 인사를 하였다. 두건덕은 제국원, 이여규와 헤어지고, 왕백당, 이밀과 함께 말에 올라 개휴로 향했다. 그야말로,

이성(異姓)의 정(情) 어찌 이리 깊은가?　　(異姓情何切)

우애 없는 자는 부끄러우리.　　(閱墻實可羞)

다만 의기 아주 돈독하기에,　　(只因敦義氣)

세상 소인의 손가락질 없다.　　(不與世蟀指)

웅신은 세 사람이 떠나는 것을 보고서 제국원과 이여규에게 말했다.

"두 아우들은 지금 긴요한 일이 없을 것이니 우리 집으로 가세."

그러자 이여규가 말했다.

"우리는 도화산에 부하를 그대로 두고 왔기에 사실 마음이 놓이지 않습니다. 이번에는 잠시 헤어졌다가 나중에 다시 찾아뵙는 것이 더 좋을 것 같습니다."

결국 선웅신은 제국원과 이여규도 보내고 혼자 노주로 돌아갔다.

한편 제국원은 말을 타고 가면서 이여규에게 말했다.

"우리가 두건덕 형과 길을 나섰지만, 선형은 우리가 아닌 왕백당과 이밀을 함께 돌아가게 했소. 말하자면, 우리 두 사람은 두건덕에게 아무런 도움이 못된다는 말이요! 그렇다고 우리라고 방화하고 살인하는 일만 하는 것이 아니잖소? 우리도 무엇인가 큰일을 하나 해치워야 해!"

이여규가 말했다.

"나도 그런 생각을 했소! 그러니 우리가 빨리 도화산에 들어가 안정시킨 뒤, 두건덕 형의 뒤를 따라 개휴로 가서 무엇인가 한몫을 한다면 선형도 우리를 다시 볼 것이요."

두 사람은 도화산에 들어가 산채를 안정시킨 뒤, 똘똘한 부하

두셋만 거느리고 개휴로 향했다. 개휴의 한적한 객점을 정한 뒤 여러 곳을 돌아다니며 찾았지만 왕백당을 만날 수가 없었다. 또 두건덕이 딸을 맡겼다는 장씨를 알아낼 수도 없었다.

본래 두건덕의 딸 두소저는 사태가 나빠지는 것을 보고 하인 두성을 보내 부친을 찾아오라 시킨 뒤에, 바로 다음 날 늙은 보모 한 사람과 함께 장씨 집을 나왔다. 두소저는 남장을 한 뒤 개휴를 떠나 산동 쪽으로 길을 잡아 걷다가 마침 서둘러 돌아오는 부친을 만났다. 왕백당과 이밀은 크게 기뻐하고 안심하며 두건덕에게 노주 선웅신의 이현장으로 찾아가라고 주선하였다.

한편 제국원과 이여규는 개휴의 여러 곳을 아무리 돌아도 소식을 얻어들을 수가 없었다. 동, 서쪽을 골고루 뒤졌고, 거리를 다니며 사람들에게 이런저런 이야기를 들어도 보았다.

이쪽의 한 무리 사람들과 저쪽의 여러 사람들의 하는 이야기는 어떤 집에서는 몇천 냥의 돈을 보냈고, 어떤 집에선 기백 냥의 돈을 주었다고 하였다. 그러나 하서(河西)의 하씨(夏氏) 집에서는 재산을 다 털었지만 5백 냥도 되지 않아 차관(差官)이 퇴짜를 놓아 명부에서 빼질 못했다는 이야기였다. 하여튼 돌아다니며 듣는 이야기란 것이 거의 전부가 미인 뽑는 이야기뿐이었다.

제국원과 이여규는 참을 수가 없어 어느 술집에 들어가 앉았다. 그런데 두 노인이 들어오면서 자리에 앉아마자 탁자를 치면서 술을 달라고 한 뒤에 나랏 욕을 해대었다.

"이 염병할 세상! 어디서 말도 안되는 명령을 내려 부잣집이나 가난뱅이나 울고불고 밤낮으로 잠시라도 편한 날이 있어야 살지!"

그러자 다른 한 노인이 말했다.

"뽑혀갈 여자 이름을 다 적어놨다는데, 내 생질녀는 빼질 못했다네! 그놈의 도적질이나 하는 개 같은 고자 놈이, 처자식도 없으면서 그렇게 많은 돈을 긁어모아 어디에 쓰겠는가? 계집질도 못하는 놈이!"

그런 노인들에게 이여규가 물었다.

"노인장께 물어보겠습니다. 그런데 도성에서 왔다는 천자의 차인은 지금 어디에 있습니까?"

한 노인이 대답했다.

"방금 우리 현을 떠나 이웃 영녕주(永寧州)로 갔답니다."

대답을 들은 이여규는 고개를 수그린 채, 생각에 잠겼다가 제국원의 손을 잡아당기며 빨리 나가자고 하였다. 두 사람은 술값을 치루고 서문 밖 객점에서 행장을 수습하여 즉시 길을 나섰다.

제국원이 말했다.

"두건덕 형이 어디 있는지도 모르는데, 어디로 가려는가? 왜 이렇게 서두르는가?"

"지금, 두형은 어디 있는지 찾을 수 없으니 그 대신 우리는 한 밑천 벌어야지요!"

그러면서 제국원의 귀에 대고 속삭였다.

"이렇게 한다면 어찌 큰 장사가 아니겠습니까? 형님은 지금 졸개를 데리고 서산의 샛길로 영녕현으로 가시면 석루를 지나 청허각(淸虛閣)이 있는데, 그 작자들은 틀림없이 거기에 머물 것입니다. 그러니 형님은 먼저 가서 이런저런 준비를 하시는데 절대로 실수하거나 빠트리면 안 됩니다. 저는 우리 산채로 가서 부하 10여 명을 데리고 청허각으로 가겠습니다."

귓속말을 마치자, 두 사람은 말에 올라 각각 달렸다. 그야말로,

비록 제갈량의 좋은 방책이 아니지만,　　　　　(雖非諸葛良謀)

역시 남양(南陽) 융중의 기묘한 대책이로다.　　(亦算隆中巧策)[38]

한편 양제의 명을 받고 나온 흠차정사(欽差正使) 허정보(許庭輔)

---

38 원문 亦算隆中巧策(역산융중교책) ─ 유비의 삼고초려(三顧草廬)에 제갈량(諸葛亮, 181 ─ 234년)은 당시 정세를 분석하고 유비(劉備)를 위한 장기방략을 건의한다. 이를 제갈량의 융중대(隆中對)라고 하는데, 그 요점은 '北은 天時를 얻은 조조(曹操)가 있어 不可取하고, 동남에서 地利를 얻은 손권(孫權)을 후원세력으로 만들면서 三分天下하되 人和를 바탕으로 세력을 키우면서 漢室 중흥을 도모하자.'는 뜻이었다. 제갈량이 유비를 따라 나서는 건안 13년(208년) 봄에 161년생인 유비는 48세, 181년생 제갈량은 28세의 젊은이였다. 22세에 결혼한 제갈량은 28세에 국가 생존과 발전 전략을 구상하고 실천했으며, 외교의 책임자였다.

는 개휴에서 출발했다. 먼저 병사를 앞세워 영녕주까지 길을 안내케 하면서 자신은 편안 교자에 앉았고, 10여 명을 호종(扈從)케 하였으며 호위군사 10여 명, 그리고 여러 가지 간식과 술병까지 챙겨서 천천히 나아갔다. 그러다 보니 길에서 2일을 보내고, 그날 한낮에 영녕주에서 50여 리 떨어진 청허각 근처까지 왔다. 그런데 청허각까지 4, 5리를 남겨두고 엄청난 비바람이 불고 산악이 흔들릴 만큼 천둥이 치며 모래와 자갈이 날려 눈을 뜰 수도 없었다. 시종과 수행하는 호위병사까지 모두 물에 빠진 생쥐꼴이 되었다.

허정보 일행은 서둘러 청허각에 들어갔다. 청허각은 세 채의 건물로 이뤄졌는데, 늙은 화상 하나가 머물며 관리하고 있었다. 허정보는 큰 방에 좌정하면서 빨리 불을 때라고 노승에게 소리를 질렀다. 그리고 옷을 갈아입고 젖은 옷을 말리게 하였다.

그런데 문밖에서 4, 5대의 조그만 손수레가 들어왔다. 거기에는 삶은 돼지고기와 양고기, 닭과 거위는 물론 구운 떡과 찐빵 등이 20여 개의 소반에 담겨 있었고, 4, 5개의 큰 술 항아리도 허정보 앞에 올려졌다.

그러면서 관원 차림의 한 사람이 들어와 허정보에게 명함을 먼저 올리며 절을 했다.

"저는 영녕주의 역관(驛館)을 관리하는 역승(驛丞)입니다. 저의 영녕주 나으리는 차사님이 고생하시며 먼 길을 오신다며 위로하라고 미리 저를 보내셨습니다. 더군나나 오늘 날씨마저 고약하니 얼마나 고초가 심하십니까! 이제 편히 쉬십시오.”

허정보는 기분이 좋았다.

“여기서 엉녕주까지는 얼마나 먼가?”

“50리 정도입니다. 내일 아침에 출발하면 점심은 성안에 들어가 드실 수 있습니다.”

여러 하인들이 음식을 갖고와 큰 상을 차렸다.

허정보는 기분이 좋아서 남는 음식은 수종하는 사람과 호위하는 병졸들이 나눠먹게 하라고 특별한 선심을 썼다.

여러 사람들은 차사의 명령을 듣자 우루루 몰려 내려가 음식을 먹기 시작했다. 그런데도 최측근인 두 사람이 남아 허정보의 시중을 들었다.

역승이 말했다.

“두 분도 가서 식사 좀 하시오, 차사님은 제가 모실 것입니다.”

허정보가 눈짓을 하자, 두 사람도 좋아하며 방에서 나갔다.

허정보가 밥을 먹기 시작하자 덩치가 큰 사내 하나가 술 항아리를 들고 방으로 들어왔다. 항아리에는 따끈하게 데운 술이 가득했다.

그러자 역승이 무릎을 꿇고 말했다.

“밖에 찬바람이 심하게 불고 있습니다. 나으리께서는 안심하시고 큰 잔으로 한 잔 드십시오. 그래야만 밤에 춥지 않을 것입니다.”

천자의 칙사(天使)인 허정보는 기분이 더 좋아 우쭐대며 말했다.

"너는 정말 진심으로 나를 보살펴주는구나. 내가 상경하면 즉시 너를 현관이나 자사에 임명하겠다."

"정말 감사합니다. 하늘 같은 크신 은혜에 저는 눈물이 납니다."

그러면서 역승은 잔을 올렸다. 허정보는 한 잔을 다 들이켰다. 허정보는 술잔을 놓고 젓가락을 잡으려다가 그 자리에서 옆으로 쓰러졌다.

원래 역승으로 분장한 것은 이여규였다. 제국원은 역승이 데려온 하인으로 분장했고 술 항아리에 사람을 잠들게 하는 몽한약(蒙汗藥)을 탔다. 제국원이 술 항아리를 들고 나가 호위 군사와 허정보의 수행원에게 차례로 권했다. 모두 다 쓰러져 잠이 들자, 이여규는 산채에서 데려온 졸개들을 불러들였다. 허정보를 묶어 가마에 실었다. 그리고 허정보의 행장을 뒤져 돈이 될만한 것을 모두 거둬들인 뒤 말을 타고 모두 도화산을 향해 떠났다.

한참 뒤에 허정보는 취한 듯 깨어났다. 그러나 몸을 움직일 수가 없었다. 흔들리는 가마 안에서 소리를 질렀다. 그러나 목이 터져라 소리를 질러도 누가 허정보를 상대하겠나? 아무 대답이 없었다.

이여규 일행이 도화산 산채에 도착할 무렵 날이 밝았다. 가마에서 양팔이 묶인 채 끌려내려온 허정보는 발길에 채이면서 산채 섬돌 아래 꿇어 엎드렸다. 허정보를 수행 보필하는 환관인 내감 2명도 나란히 꿇어 엎드렸다.

이여규가 대청 의자에 앉아 웃으면서 허정보를 내려다 보았다. 웃음소리에 허정보가 고개를 들어 올려다 보니 바로 어제 만났던 역승이었다.

한참 뒤에, 큰 징소리가 세 번 울리더니, 졸개들이 허정보의 수행원과 호위 군사는 밧줄로 묶어 끌고 들어왔다. 허정보와 그 수종들은 포박된 채, 서로 얼굴을 보며 얼굴을 찡그릴 뿐 아무 할 말이 없었다.

3, 40명의 도화산 졸개들이 허정보와 일행을 에워싸고 겁박했다. 말을 안 듣는다고, 꾸물댄다며 발로 걷어차고, 칼 등으로 후려쳤다. 살기가 등등했고 찬바람이 불어 허정보를 떨게 했다. 이여규는 호랑이 가죽을 깔아 놓은 큰 의자에 거만하게 앉아 내려다 보았다.

이여규가 웃음을 참을 수 없다는 듯 킬킬대다가 말했다.

"이 개 같은 고자 놈아! 조정에서 미인들을 뽑아들이라고 너를 내보낼 때, 아무리 황제의 명령이라지만 백성의 고혈(膏血)을 짜내라고 했더냐? 처녀가 있는 집마다 수백수천 냥의 은자를 거둬들이는 바람에 성안의 모든 백성이 도망가고 망한 줄을 너는 모르느냐? 너는 불알깐 고자 아닌가? 한 번 꺼내봐라!"

그러자 마당에 둘러선 졸개들이 낄낄대며 웃었다.

허정보가 겨우 말했다.

"대왕님! 제가 어찌 백성의 돈을 뜯어냈겠습니까? 각 고을의 서리들이 핑계를 대며 뇌물을 받은 것입니다. 제가 어찌 한푼인들 받았겠습니까?"

그러자 이여규가 크게 화를 내며 꾸짖었다.

"무슨 개소리야! 내가 성안에서 이런저런 얘기 다 들어서 알고 있는데 잡아떼려 하는가? 애들아! 저 불알 발라낸 개를 아예 작살내 버려라! 그리고 그 환관 자식 두 놈은 살려두어 종으로 부려먹자! 그러면 나중에 정신 좀 차릴 것이다."

이에 허정보는 눈물을 흘리며 목숨을 애걸했다.

그때 밖에서 소리쳤다.

"첫째 두령님께서 도착하셨습니다."

원래 제국원은 천자의 칙사를 겁박하여 산채로 이송케 한 뒤에 혹시라도 관군의 추격을 염려하여 길목에 매복하고 관군을 기다렸다가 아무런 징후가 없자 졸개를 이끌고 돌아온 것이었다. 제국원은 꿇어 앉은 3명의 환관을 보고, 한 번씩 발로 걸어찬 뒤에 당상의 자리에 앉으며 말했다.

"이 두령은 저들을 왜 희롱하시는가? 만약 뒷날 우리가 조정의 부름을 받게 되면 저 자들의 도움을 받아야 합니다."

그러자 이여규가 웃으며 말했다.

"어제 내가 청허각에서 저놈에게 술을 따라 올리며 굽신대었으니, 오늘은 내가 좀 데리고 놀아야 비기게 됩니다."

그리고 두 사람은 내려와 허정보의 포박을 풀어주며 대청 위로 안내하며 "큰 죄를 지었습니다."라며 허정보를 구슬렀다. 그러면서 졸개들에게 술상을 준비하라고 분부했다.

여러 졸개들이 술상을 차려놓자, 3인은 좌정했고 술이 돌았다.

그러자 허정보가 물었다.

"두 분 두령께서 저를 산에 데려왔는데, 무슨 분부가 있으십니까?"

이여규가 말했다.

"나으리께 솔직히 말씀드립니다만, 우리가 이 산속에 살은 지 몇 년이 되었습니다만, 지나가는 상인들한테 양식을 얻어먹다 보니, 인근 주현에서 우리를 많이 두려워하고 있습니다. 그러면서 상인들도 근처를 지나지 않고 먼 길로 돌아다닙니다. 그렇다 보니 우리는 늘 군량이 부족합니다. 그러니 나으리가 우리에게 은자 1만 냥을 보태주시면, 황제의 은덕으로 알고 여기서 얌전히 지낼 것입니다. 나으리께서 거절하지 마시기 바랍니다."

그러자 허정보가 말했다.

"저는 차인으로 도성을 나왔습니다. 저는 객상처럼 은자를 가지고 다니지 않기에 제가 지나는 고을에서는 저의 체면을 보아 약간의 은자를 보태줍니다만, 1만 냥의 거금은 구경도 못했습니다."

그러자 제국원이 큰소리로 말했다.

"영감! 내가 솔직히 말하는데, 만약 1만 냥 은자를 얌전히 가져오면, 나는 자비를 베푸는 부처님처럼 온화한 사람이 되어 돌려보내 주겠지만, 단 한푼이라도 모자른다면, 영감 머리통에 대한 이야기는 더 이상 말하지 않을 것이요! 아마 그 머리통은 당신 목 위에 붙어 있지 못할 것이요."

그러면서 허리에 차고 있던 단도를 풀어 술상 위에 '쾅!' 소리가 나게 내리쳤다. 그러자 허정보는 급히 고개를 떨구며 사시나무 떨듯 두려워했다.

그러자 이여규가 웃으며 말했다.

"영감! 너무 놀라지 마시오. 형님은 술을 좋아하시니 한 잔 올리면서 굳게 맹서하면 됩니다. 약속하기 전에 마당에 있는 내감(內監) 두 사람과 상의해 보시오."

허정보는 무서워 떨면서 일어나 밖에 나가서 마당에 꿇어앉아 있는 두 환관을 월대 위로 불렀다. 내감 두 사람은 말도 못하고 눈물만 흘리며 훌쩍거렸다.

그러자 허정보가 핀잔을 주었다.

"훌쩍거리지 말라!"

그러면서 1만 냥을 줘야 한다는 이야기를 했다.

내감 중 하나가 말했다.

"산적이 달라는데 주지 않고서야 어찌 살아 돌아갈 수 있겠습니까? 그러니 1만 냥을 바치겠다고 약속하십시오. 그리고 우리 중 한 사람이 가서 관가의 은자를 쓸어다가 바쳐야 합니다. 그렇지 않으면 우리가 여기서 죽은 들, 누가 우리 시신을 거둬주겠습니까? 저 사람들은 사람 죽이길 밥 먹듯 하는 자들이니, 우리 세 사람 목숨 값이 1만 냥이라고 생각하면 그뿐입니다."

허정보는 내감의 말을 듣고 결심이 선 듯 말했다.

"이렇게 되었으니, 일단 너를 보내달라고 하겠다. 네가 가서 영녕주에 알리고, 영녕주에서 은자를 내주지 않으면 다른 주현에 내가 모아둔 은자를 가졌오겠다며 기일을 연장하겠다. 너는 우선 영녕주에 가서 사정을 사실대로 말하고 은자를 갖고 빨리 돌아오라!"

허정보가 돌아와 제국원에게 술잔을 올리며 이야기를 하자, 이여규에게 내감을 불렀다.

이여규는 내감에게 술과 밥을 갖다주라고 말했다. 졸개들이 술과 밥을 따로 차려주자 허겁지겁 먹고 마셨다.

이여규가 은자 열 냥을 내주며 물었다.

"네 이름이 무엇인가?"

"소인은 주전(周全)이라 합니다."

"그래, 좋다. 여기 10냥은 네 여비이다. 5일간 시간을 주겠다. 5일 내에 돌아오지 않으면, 여기 이 허정보란 영감은 극락에나 가야 만날 수 있을 것이다. 무슨 말인지 알겠는가?"

이여규는 졸개를 시켜 청허각에서 차지한 관가의 말을 끌어오라고 했다. 그리고 내감을 보냈다. 허정보와 내감은 마루 밑에 만든 죄수용 감방에 갇혔다. 그러나 매일 좋은 음식과 술을 배불리 먹여주었다.

내감 주전은 말을 달려 청허각에 가 보았다. 그러나 청허각은 닫혔고 아무도 볼 수 없었다. 한편 영녕주에서는 강도떼가 천자의 칙사를 잡아간 줄은 알았지만 어디로 끌려간지도 모르고 있었다. 내감 주전이 돌아오자 서둘러 주전과 관리들을 청허각에 보내 현장을 살폈다. 그리고 갇혀 있는 화상과 주전도 대면케 하였지만 별다른 소득이 없었다.

영녕주에서는 서둘러 상급 기관인 분주부(汾州府)에 상황을 보고하였다. 주전은 도화산 산적의 요구사항을 말했다. 영녕부에서는 대책을 논의한다고 모였지만 모두 할 말이 없었다. 할 말이 없으니 하나마나한 뻔한 말을 꺼낼 뿐이었다.

"빨리 상부에 보고하여 군대를 동원하여 도화산을 토벌해야 합니다."

"만약 닷새 안에 은자를 가지고 돌아가지 않으면 칙사가 목숨을 잃습니다. 그러면 우리 부의 책임만 더 커집니다."

"강도들은 은자를 요구하고 있습니다."

"우선 5백 냥만 보냅시다. 더 달라고 하면 천 냥을 보내주며 기일을 끕시다."

"산적들은 성질이 없습니까? 만약 은자를 갖고간 관리를 잡아놓고 더 많은 은자를 요구할 수도 있습니다."

그러자 분주에서 파견 나온 관리가 말했다.

"잡혀있는 칙사는 황제의 신임을 받는 사람입니다. 은자 1, 2천 냥 아끼려다 칙사의 목숨을 빼앗으면 여기 자사가 책임질 것입니까? 이런 문제는 감봉(減俸) 같은 가벼운 견책으로 끝날 일이 아닙니다. 파면뿐만 아니라 죄인이 되어 일족이 멸문(滅門) 당할 수도 있습니다."

결국 영녕부에서는 관리들로부터 강제로 갹출한 은자 2천 냥을 보내주기로 결정을 보았다. 일꾼 두 사람을 붙여 주전과 함께 도화산에 보냈다.

제국원과 이여규는 은자 2천 냥을 보고서 불같이 화를 내었다. 허정보는 자기가 모은 돈 3천 냥을 더 내겠다고 목숨을 애걸복걸했다. 결국 허정보의 은자 3천 냥이 더 들어오자, 도화산에서는 허정보를 풀어주었다.

풀려난 허정보는 다른 주현을 돌면서 공식적으로 더 많은 은자를 요구하며, 더 많은 처녀들을 명단에 올렸다. 천자 칙사의 이런 행동은 의기가 있는 강도로서도 어떻게 할 수가 없었다.

지상에는 무서운 호랑이 많다 말하지만,　　(只道地中多猛虎)

누가 알랴? 여기 탐욕스런 이리가 있네.　　(誰知此地出貪狼)

토목공사를 벌려 양제는 호사를 뽐내고, 거세하려던 왕의는 예쁜 아내를 얻다.(窮土木煬帝逞豪華, 思淨身王義得佳偶.)

노래하기를,	詞曰,
하루 세끼 식사에,	(日食三餐)
7척 몸둥이 잠잘 수 있다면,	(夜眠七尺)
이외 무엇을 더 바라겠는가?	(所求此外無他)
무슨 일인가 그대에게 묻나니,	(問君何事)
애써 영화를 다투려는가?	(苦苦競繁華)
강남 부귀영화 생각해 본다.	(試想江南富貴)
봄날에 비단을 입혀 놓으니,	(臨春與綺交加)
거꾸로 누리다 포로가 되었고,	(到頭來, 身爲亡虜)
처첩도 모래 속에 묻혔도다.	(妻妾委泥沙)

어찌 요순 시대와 같으랴?	(何似唐虞際)
띠풀 초가, 음수하며 베옷.	(茅茨不剪, 飮水衣麻)
명성을 일만 년 누리니,	(享芳名萬載)
그런 쾌락은 끝이 없다.	(其樂無涯)
사람이 이를 모른다 탄식하며,	(歎息世人不悟)
다만 백골로 죽는 줄만 안다.	(只知認白骨爲家)
힘써 다투고, 죽자 싸워 이겨도,	(鬧烘烘爭强道勝)
금방 사라지는 영화 누가 알랴?	(誰識眼前花)
— 곡조 〈만정방〉	— 調寄 〈滿庭芳〉

　천하 모든 사물, 재력, 인력은 유한하지만, 사람의 욕심은 끝이 없다. 황제와 관련하여 논의한다면, 황제에게는 천하가 다 그의 것이고 무엇이든지 만들 수 있는데, 어찌 백성에게는 손해를 끼치는가? 세상에 백성으로부터 사들이지 않거나 백성들이 운반하지 않는다면 무엇이 존재하겠나? 모든 것은 백성으로부터 나온다. 그 과정에서 많은 것이 소모되거나 없어지지만, 백성의 육신과 관계되지 않는 것은 무엇이겠나? 깊은 궁궐에서 호사하는 황제는 오늘 궁궐을 새로 짓게 하고, 내일은 전각을 만들라 명령한다. 오늘은 다락집을 짓게 하고, 내일은 더 높은 누각을 올리라고 한다. 궁전에 온갖 장식을 하고, 궁궐을 서로 연결케 한다. 궁전에 온갖 볼거리를 만들어 놓으니 어찌 토목공사뿐이겠는가? 결국 심한 착취로 인하여 천하가 소란해지면 그때서야 중지한다.

지금 양제(煬帝)의 황음무도한 생활을 논하자면, 황음무도한 사념은 날마다 더욱 치열해진다. 양제는 처음에 시위(侍衛)인 허정보(許庭輔) 등 10명에게 전국의 미녀를 점검 선발하라고 명령했다. 그리고 우문개(宇文愷)에게 명하여 동도(東都, 洛陽)에 현인궁(顯仁宮)을 짓게 하였다. 다시 마숙모(麻叔謀)[39]와 영호달(令狐達)[40]에게 명하여 각처에 운하(運河, 河道)를 개통(開通)케 하였다. 수운을 이용하여 낙양까지 내려가 놀러다니다가, 다시 강도(江都)[41]까지 유람을 생각하였다.

이런 대규모 토목공사에 동원되는 백성은 동분서주(東奔西走)할 수 밖에 없었고, 궁궐 건축에 동원되지 않으면 운하 공사에 불려나갔다. 각종 물자를 공물(貢物)로 바쳐야 했고, 각 관아의 온갖 잡역(雜役)에 강제 동원되었으니, 백성은 끓는 물처럼 지치고 피

---

39 마숙모〔麻叔謀, 一說 麻祜(마호), 字는 叔謀〕 — 민간 전설 속 수나라의 관리. 양제 재위 중에 대운하를 개착, 준공케 하였다. 전설 속에서는 영릉(寧陵)에서 와병 중에 민간인의 소아(小兒)를 삶아 먹었다고 한다. 뒷날 부정축재가 탄로나서 허리를 자르는 요참형(腰斬刑)을 받아 죽었다. 《隋書(수서)》 등 正史(정사)에는 기록이 없다.

40 영호달(令狐達) — 인명 미상. 令狐는 복성.

41 강도(江都) — 隋朝 大業(605－618) 초년에, 양주(揚州)를 강도군으로 개편하였다. 치소는 江陽縣(今 江蘇省 揚州市). 관할 지역은 대략 지금의 江蘇省 중 淮南(회남)과 長江 이북 지역 및 鎭江(진강), 丹陽(단양), 句容市(구용시), 안휘성(安徽省) 天長, 전초(全椒), 滁州市(저주시) 등, 16개 현을 거느린 큰 郡이었다.

곤했다.

보통 백성 가정의 집 짓기나 행사 마무리가 얼마나 어려운 가를 생각한다면, 나라의 일은 얼마나 많은 노력이 있어야 하겠는가? 은자 몇백만 냥은 말할 것도 없거니와 백성의 피와 땀과 기력을 완전히 탈진케 한다.

그리고 무엇보다도 대규모의 토목공사가 끝나면, 그것이 끝이 아니라 새로운 시작이었다. 예를 들면, 낙양에 엄청난 규모의 현인궁을 완성하자, 그 현인궁에 걸맞게 황제가 유람할 수 있는 황궁 정원이 필요하였다.

현인궁 공사가 끝나자, 곧 우세기(虞世基)[42]란 자는 동도의 광활 평탄한 지형에 걸맞게 황제가 유람할 수 있는 정원을 현인궁의 서쪽에 건설해야 한다고 상주하였다. 양제는 올라온 글을 읽고 크게 기뻐하며 우세기를 불렀다.

"경은 짐의 마음을 잘 헤아리니, 경이 임의대로 설계하여 건설하되 짐의 뜻을 구차하게 만들지 말라."

---

42 우세기〔虞世基, ?-618년, 字는 懋世(무세)〕─隋朝 人物, 회계(會稽)人. 우세남(虞世南, 558-638년)의 형. 얼굴에 희노애락을 담지 않았으며, 博學高才에 초서와 예서(隷書)에도 능했다. 煬帝(양제) 즉위 이후 內史侍郎을 맡았다가 양제에게 중용되었고 국가기밀 업무를 전담하였다. 소위(蘇威), 우문술(宇文述), 배구(裴矩), 배온(裴蘊) 등과 朝政(조정)을 장악하여 당시에 '五貴(오귀)'라 불렸다.

이에 현인궁 남쪽에 5개의 인공호수를 조성하였는데, 호수마다 그 둘레가 십 리나 되었고, 사방에 기화이초(奇花異草)를 심었다. 호수의 큰 제방에는 1백 보마다 정자를, 50보마다 축대를 쌓고 작은 정자〔榭(정자 사)〕를 지었으며 제방 양옆으로는 복숭아나무(桃花)와 버드나무를 갈라 심었다. 그리고 큰 유람선〔龍船鳳舸(용선봉가)〕을 만들어 띄웠다.

현인궁 북쪽에는 북해(北海)[43]를 팠는데 주위가 40리나 되었고 제방을 통해 5호와 연결이 되었다. 북해 안에는 3개의 산을 만들었으니 봉래(蓬萊), 방장(方丈), 영주(瀛洲)의 산인데, 이는 바다의 삼신산(三神山)을 본뜬 것이었다. 그리고 산에는 신선이 머물 수 있는 많은 누대(樓臺)와 전각(殿閣)을 지었고 그 그림자가 호수에 드리웠다. 그리고 산정은 높이가 1백 길(丈)이나 되어 서경(西京, 長安)을 볼 수 있고 멀리 장강(長江) 남쪽의 호수와 바다까지 보인다고 하였다. 그리고 북해 북쪽으로 구불구불 인공수로를 만들어 물을 끌어들였다. 이런 인공수로의 경치 좋은 곳에는 또 곳곳에 궁원(宮院)을 16개소를 지었으며, 16개 궁원 모두에 미인을 상주

---

43 북해(北海)—중국인들은 중국은 주변이 바다로 둘러싸였다고 생각하였다. 중국인들에게 바다는 우리가 생각하는 짠물의 바다와는 개념이 좀 다르다. 중국인은 내륙의 큰 인공호수도 海로 표기한다. 예를 들어, 北京의 관광지 십찰해(十刹海)나 北京市 西城區(서성구) 중국 최고 권력기구가 모인 중남해(中南海)도 짠물로 된 바다가 아니다. 심지어 관중(關中) 땅은 '육해(陸海)'로도 표기한다. 北海는 러시아의 바이칼호(貝加爾湖)를 지칭할 경우도 있다.

케 하여 언제든지 황제가 들리기만 하면 시중을 받을 수 있게 만반의 준비를 해놓았다.

이런 궁궐의 담장은 모두 유리 기와로 덮었고 보라색 진흙을 발랐다. 북해의 삼산에는 기암괴석을 옮겨 장식했으며, 크고 작은 모든 정자는 기이한 목재나 석재로 지었으며, 금이나 은으로 꾸며 모든 건물이 수를 놓은 듯 아름다웠다. 또 복숭아나무와 살구나 자두나무로 샛길을 만들었고 곳곳에 매화나무 숲과 연꽃 연못이 제방을 둘러싸서 선학(仙鶴)이 줄지어 날고, 금계(錦雞)가 짝을 지어 다니며 황금으로 치장한 원숭이와 꽃사슴이 무리를 지어 놀았다. 모두가 천지개벽 후에 새로 만들어진 새 세상과 같았다.

물론 이런 여러 시설을 파고 만들기에 수많은 사람이 죽고 다쳤으며, 얼마나 많은 돈이 들어갔는가는 아무도 생각하거나 말하지도 않았다. 이런 대 공사가 준공되자, 우세기(虞世基)는 양제에게 친히 현장에 나와 관람하기를 주청하는 표문을 올렸다.

양제는 공사가 끝났으니 관람을 바란다는 표문(表文)을 읽고 크게 기뻐하였다. 즉시 택일하여 소황후(蕭 皇后)와 여러 비빈을 모두 거느리고 어가를 타고 동도에 왔다. 도착하며 현인궁에 들어가자, 우문개와 봉덕이(封德彝) 두 사람이 황제를 영접했으며 정문부터 차례차례로 안내하였다. 곧,

날아갈 듯 솟은 건물은 하늘을 만졌으며, 연이은 기둥은 은하수에 닿을 듯했다. 채색된 대들보는 별이 박힌 듯, 이어진 각도(閣

道)는 해와 달을 가로지른 듯했다. 옥으로 짓고 꾸민 수많은 문호(門戶)는 낭원(閬苑)의 선가(仙家)인 듯 황홀했다. 황금 전각과 옥으로 다듬은 계단은 구천 옥황상제의 궁궐 계단처럼 많았다. 이리저리 늘어진 주렴은 상서로운 구름과 같았고 향기가 가득하여 천상의 아지랑이가 낀 듯하였으니, 이는 정말로 인간 세계가 아닌 것 같았으며 천상세계보다 더 부유하였다.

양제는 화려한 누대와 높이 솟은 전각을 둘러보며, 여기서 사방 이민족의 조공을 받아도 좋겠다고 생각하며 좋아 어쩔 줄을 몰랐다. 그래서 우문개와 봉덕이에게 "경의 공적이 정말 대단하다."고 칭송하였다. 그리고 사방의 이민족이 조공을 헌상하러 들어온다면 여기서 받아도 좋을 것이라 생각하였다.

그리고 우문개와 봉덕이에게 황금과 비단을 내려 크게 표창하였고 두 사람과 함께 후원에서 술을 마셨다. 그야말로,

천도(天道)는 선인(善人)을 가까이한다 말하지 마오, (莫言天道善人親)
교만한 황제엔 아첨꾼 신하가 더 따른다. (驕主從來寵佞臣)
억지로 일으킨 토목공사는 옳지 않나니, (不是誇强興土木)
남쪽을 유람하고 왜 돌아오지 못했는가? (何緣南幸不回輪)

양제는 현인궁에서 며칠일을 놀았더니 금방 싫증이 났다. 다시 수레를 타고 소황후 및 비빈을 거느리고 현인궁의 서원(西苑)

으로 행차하였다. 물론 우문개와 봉덕이 등 아첨하는 두 신하를 빼놓을 수 없었다. 서원을 둘러보니, 과연,

넓게 트인 5호, 북해의 파도는 아름다운 기운 가득한 삼신산(三神山)을 흔들고, 열여섯 궁원의 서기(瑞氣)는 담백하고 상쾌하며, 9주(九洲) 선도(仙島)는 극락(極樂)의 경궁(瓊宮) 그대로였다.

후세 사람이 신묘한 오호를 시로 읊었다.

오호(五湖) 수면에는 푸르른 안개 진한데,	(五湖湖水碧浮煙)
화원(花園) 버드나무 피여낸 기운 아니다.	(不是花園便柳牽)
군왕(君王) 오호에 행차하실까 늘 걱정해,	(常恐君王過湖去)
용선(龍船) 가득히 아름다운 풍악 실렸다.	(玉簫金管滿龍船)

그리고 북해의 신묘한 경치를 읊었나니,

북해(北海)는 하늘에 이어 허공을 머금었는데,	(北海涵虛混太空)
어룡(魚龍)이 놀면서 파도 때리고 큰 물결친다.	(挑波逐浪遍魚龍)
삼산(三山)에 해지니 상서로운 구름 피어나고,	(三山日暮祥雲合)
선인(仙人)과 혹시나 지척에서 만날 수 있을까?	(疑是仙人咫尺逢)

또 삼신산의 신묘한 모습을 읊었나니,

삼신산 많은 봉우리 바다 위에 솟았는데,　　（三山萬疊海中浮）

구름 속 안개 좌우로 열두 누각이었도다.　　（雲霧縱橫十二樓）

인간사 세상 어디나 복이 온다 의심말라,　　（莫訝福來人世裡）

신선의 모습 아니면 같이 놀기 어려워라.　　（若無仙骨亦難游）

오호를 연결한 긴 둑의 모습을 읊었는데,

구불구불 푸른 물길 긴 둑에 넘실대고,　　（逶迤碧水達長渠）

곳곳 궁원 물도랑 가득 꽃이 피었다.　　（院院臨渠花壓居）

궁녀 서로 미모를 겨루지 않는다면,　　（不是宮人爭鬥麗）

밤에 천자는 수레를 돌려 머물리라.　　（要留天子夜回車）

그리고 누각과 정자의 아름다움을 노래하였는데,

10보에 누각, 5보마다 정자 서있으니,　　（十步樓臺五步亭）

버들에 가린 꽃 그림자 병풍 둘러쳤다.　　（柳遮花映錦圍屏）

은촛대 밝힌 깊은 밤의 정겨운 속삭임,　　（傳宣夜半燒銀燭）

원근에 높낮은 정자는 별처럼 빛난다.　　（遠近高低燦若星）

양제는 곳곳을 둘러보고 마음 가득 기뻐하며 말했다.

"이 서원은 내 마음에 딱 맞게 잘 만들었으니, 경의 공적이 참

으로 훌륭하도다."

그러자 우세기가 아뢰었다.

"이는 바로 폐하의 복록이 있어 만들어진 것이고, 또 천지신령의 도움이었으니 소신이 무슨 공이 있겠습니까?"

그러자 양제가 물었다.

"오호가 16원의 이름을 지었는가?"

"미천한 제가 어찌 지을 수 있겠습니까? 폐하께서 지어주시길 바랄 뿐입니다."

그러자 양제는 곳곳을 자세히 둘러본 다음에 하나하나 이름을 지었다. 곧,

동호는 취광호(翠光湖), 남호는 영양호(迎陽湖), 서호는 금광호(金光湖), 북해는 활수호(活水湖), 중호는 광명호(廣明湖)라 명명하였다.

그리고 16개소의 궁원(宮院)에 대해서는,

제1원은 경명원(景明院), 제2원은 영휘원(迎暉院),

제3원은 추성원(秋聲院), 제4원은 신광원(晨光院),

제5원은 명하원(明霞院), 제6원은 취화원(翠華院),

제7원은 문안원(文安院), 제8원은 적진원(積珍院),

제9원은 영문원(影紋院), 제10원은 의봉원(儀鳳院),

제11원은 인지원(仁智院), 제12원은 청수원(淸修院),

제13원은 보림원(寶林院), 제14원은 화명원(和明院),

제15원은 기음원(綺陰院), 제16원은 강양원(降陽院)이라고 작명하였다.

긴 인공수로는 용처럼 구불구불 이어졌고 여러 누대와 정자가 고기 비늘처럼 줄지어 섰기에 용린거(龍鱗渠)라고 부르기로 했다.

양제는 하나하나 모두 명명한 뒤에 궁원의 비빈들 숫자가 너무 적다 하여 지금 거느리고 있는 궁인들을 16개 원에 분산하여 거주케 하였는데, 허정보 등 10명의 차사가 선발한 궁인들로 채워 궁원에 머물며 관리하기로 결정하였다.

한편 허정보는 도화산의 제국원과 이여규에게 5천 냥의 은자를 털린 뒤에 풀려나와 노골적으로 더욱 재물을 거둬들였다. 그리하여 선발된 미인 중에서 금은보옥 등 예물을 보내온 정도에 따라 선발 인원 명단에서 상급 서책에 이름을 올려주었고, 그보다 적게 보내온 여인은 중급 명부에, 재물을 올리지 않은 여인은 국색(國色)일지라도 하급 명부에 올려 보고하였다.

그래서 허정보 등 총 10명이 선발하여 보고한 인원이 약 1천 명에 가까웠다. 허정보는 양제가 동도의 서원에 머물고 있기에 동도로 가서 양제를 알현한 뒤 3권의 명단을 올렸다.

양제가 허정보에게 지시하였다.

"먼저 상등과 중등 여인을 골라 서원에 들여보내라. 그 3등급에 해당하는 여인은 일단 장안의 후궁에 머물게 하라."

허정보 등 10인은 명령을 받고 나와 명단과 실물을 대조하면서 각 궁원에 들여보냈다. 양제도 궁인들을 주시해 보니 복숭화꽃이나 살구꽃처럼 예쁜 미인, 제비나 앵무새만큼 날렵한 몸매의 여인들을 훑어보며 매우 흡족해하였다. 그리고 소황후와 함께 여인들을 16개 궁원에 골고루 배치하면서 이들을 4품 부인에 봉하였다.

그리고 각 궁원 이름과 미인의 이름을 새긴 옥인(玉印)을 나눠주고, 각종 보고나 품의(稟議)할 때 사용케 하였다. 또 320명을 별도로 선발하여 16개 궁원에 배치한 뒤 가무를 배우고 익혀 시연(侍宴)에 대비케 하였다. 그리고도 10명 혹은 20명을 용주(龍舟)나 필요한 정자에 거처하면서 여러 잡무를 담당케 하였다.

그리고 태감(太監) 마수충(馬守忠)을 서원령(西苑令)에 임명하여 서원 전체의 출입이나 관리 업무를 관장케 하였다. 그러다 보니 서원은 비단옷을 입고 떼를 지은 미인들로 채워졌으며, 여인들의 웃음소리와 분내음이 1년 내내 가득했다.

16개 궁원의 미인들은 저마다 황제의 총애를 얻으려 애를 썼으니, 16개 원 모두에 바둑이나 서화 등을 배우고 연마하였으며 가무를 열심히 연습했고 온갖 기예도 익혔다.

또 황제의 행차에 대비하여 한 원에서 용연향(龍涎香)을 피웠으며, 다른 원에서는 봉뇌향(鳳腦香)을 태웠다. 한 궁에서 오가(吳歌)를 익히면 또 다른 궁원에서도 초무(楚舞)를 배웠다. 한 궁에서 맛있는 온갖 금효옥승(金肴玉勝)으로 황제를 대접하면, 다른 궁원에서는 선액경장(仙液瓊漿)을 빚어 황제를 즐겁게 하였다. 이처럼 온갖 기예와 가무와 음식과 술이 일시에 출현하고 경쟁하니 황제는 환락에 빠지지 않는 밤낮이 없었다. 그러면서 그만큼 쉽게 싫증을 느껴 새로운 쾌락을 계속 탐하게 되었다.

> 궁궐 안 즐기기 천 가지 만 가지 방법,   (宮中行樂萬千般)
>
> 군왕의 한순간 환희를 얻으려 한다.   (止博君王一刻歡)
>
> 진종일 여인의 치마에 마음을 쓰니,   (終日用心裙帶下)
>
> 강산은 또 다른 사람이 보고 즐긴다.   (江山卻是別人看)

새 황제가 미색과 재화에 욕심을 낸다는 사실은 외국이나 남방의 여러 섬에도 알려졌다. 그래서 진기하고 이색적인 놀이개나 명마, 미희 등을 헌상하였고, 헌상한 값어치 이상을 황제로부터 받아갔다.

하루는 양제가 조회를 마쳤는데 남방 초(楚) 땅의 도주(道州)에서 왕의(王義)라는 난쟁이를 하나 헌상하였다. 진한 눈썹에 부리부리한 눈이며 준수한 얼굴이나 손발은 작고 짧았다. 비록 신체는 왜소하지만 행동거지가 의젓하고 눈치가 빨랐으며, 말이 통할 정도의 학식을 바탕으로 언변이 유쾌하였으며 말대꾸에도 소질이 다분했다.

양제는 재미있다고 생각하며 물었다.

"너는 절세의 미인도 아니고 특별한 값어치가 있는 물건도 아닌데, 무슨 쓸모가 있다고 너를 헌상했겠느냐?"

그러자 왕의가 대답하였다.

"폐하의 덕은 요순(堯舜)보다도 높고, 폐하의 도덕은 옛 우왕

(禹王)이나 탕왕(湯王)보다도 더 뛰어나십니다. 저는 먼 남방 초나라의 천박한 백성이지만 폐하의 성덕과 감화를 받으며 성장하였습니다. 저는 경국(傾國)의 미인도 아니고 특별한 보배도 아닙니다. 따라서 저는 경국지색처럼 폐하의 마음을 흔들거나 혼란하게 할 염려가 없습니다. 아마도 그러하기에 저를 여기로 보냈을 것입니다. 저는 주군께 바칠 충심(忠心)이 가득하니, 저를 난쟁이〔侏儒(주유)〕 신하로 부리며 일을 시키신다면, 제가 어찌 충성을 다하지 않겠습니까? 성은으로 거둬주시길 앙망할 뿐입니다.”

그러자 양제가 웃으며 말했다.

“조정의 문무 백관 중 어느 누구가 충의지사(忠義之士)가 아니겠느냐? 어찌 너만 못한 사람이 있겠느냐?”

그러나 왕의는 조금도 한순간의 망설임도 없이 대꾸하였다.

“그렇습니다. 충의는 국가의 보배이나 만백성의 군주는 누구든 충의를 다하는 신하가 부족하다고 생각하니, 어찌 많다고 생각하여 내버리겠습니까? 개나 말이나 주인을 연모하는 마음이 있어 군자는 개와 말을 가까이 둡니다. 제가 남방 먼 땅에서도 버림받은 미천한 몸이라 하여 버리신다면, 이는 백성의 교화와 관계되는 일입니다. 그런데도 폐하께서는 저의 충심마저 버리시겠습니까?”

양제는 왕의의 말을 듣고 크게 기뻐했다. 그러면서 왕의를 헌상한 사람에게 큰 상을 주어 돌려보냈다. 그런 뒤로 왕의는 황제 곁에 늘 대기하다가 황제의 말에 민첩하게 대응하여 황제를 기쁘게 하였고, 황제가 놀러가는 곳마다 황제를 수행하였다. 왕의는 매사에 조심하고 신중하였으며, 특히 언변이 유창하고 정확하며 다른 사람의 마음을 꿰뚫어보는 재능도 있었다. 점차 궁중과 조정의 일에 보고 듣는 것이 많으면서 양제도 왕의를 아껴주고 배려하였다. 그러다 보니 양제는 왕의에게 시킬 일이 없더라도 왕의를 늘 곁에 두었다. 그러나 왕의는 환관이 아니기에 양제를 수행하여 궁궐에는 들어갈 수가 없었다.

어느 날 양제는 조정에서 할 일이 없자, 바로 퇴조(退朝)하여 후궁으로 들어갔다. 왕의는 양제를 따라갔지만 후궁 입구에서 들어갈 수가 없었다. 양제가 들어가다가 왕의가 안 보여 뒤돌아보니, 왕의는 궁문 앞에서 참담한 표정으로 서있었다.

그래서 물었다.

"왕의야! 너는 왜 그런 꼴로 서있느냐?"

왕의가 황망하게 대답하였다.

"저는 폐하의 두터운 은덕을 입어 늘 천안(天顔)을 가까이 모셨습니다. 이는 정말 큰 은총입니다만, 저는 궁궐 안으로는 한 발자국도 들어갈 수 없어 폐하께 충성을 다할 수 없습니다. 그래서 오늘은 특히 더 비참한 생각이 들었고, 폐하께 제 심경을 들켰습니다. 그저 관용을 앙망할 뿐입니다."

"짐 역시 안타깝구나. 그렇지만 너는 궁안에서 일할 몸이 아니니 어쩌겠느냐?"

그리고 양제는 안으로 들어갔다. 왕의는 너무 비통하여 궁문 앞에서 돌아서지도 못하고 그냥 서있었다. 그때 누군가가 왕의의 어깨를 가볍게 툭툭 치며 말했다.

"왕의는 무슨 생각이 그리 많은가?"

왕의가 고개를 돌려 바라보니, 바로 현인궁의 태감(太監)인 장성(張成)이었다.

왕의는 놀라며 말했다.

"어! 장(張) 나으리님 몰라뵈었습니다."

"황제께서는 자네를 아주 잘 생각해 주시는데, 자네는 뭐가 걱정이라서 여기 이렇게 서있나?"

본래 왕의는 환관 장씨와 그래도 가까운 사이였다.

"사실대로 말씀드리자면, 저는 폐하의 은덕을 많이 입었습니다. 저는 조석으로 폐하를 모시고 싶지만, 궁궐의 여러 가지 안 되는 일이 많아 제 뜻대로 할 수도 없어 늘 걱정이었습니다. 그러다가 오늘 장 나으리한테 제 속마음을 들켰습니다."

그러자 장성은 약간 조롱하는 듯 웃으면서 물었다.

"왕의야! 자네가 입궁하려 한다면 무엇이 어렵겠는가? 그냥 눈 딱 감고 네 아래 물건을 잘라버리면 궁궐에 들어와 일하는데 뭣이 어렵겠는가?"

그러자 왕의가 조용히 물었다.

"제가 알기로 거세하는 것은 어렸을 때 해야 한다는데, 지금은

할 수 없을 것 같습니다."

"한다면 하는 거지! 그렇지만 자네가 아픈 것을 참지 못한다면 못하지!"

"정말 할 수 있다면, 저는 할 것입니다. 아프면 얼마나 아프겠습니까?"

"자네가 정말 하려 한다면 내가 묘약을 주겠네!"

"사내가 한다면 합니다. 뭐가 무섭겠습니까?"

두 사람은 손을 잡고 웃었다. 그리고 왕의는 환관을 따라 그 집으로 갔다.

집에 도착한 환관 장성은 왕의에게 술을 대접하였다. 술 삼배가 돌아가자, 왕의는 장성에게 비약을 달라고 말했다.

장성이 말했다.

"지금 약은 있지만 그래도 다시 생각해 보게. 이런 일은 한때 기분으로 저지를 일이 아니야. 뒷날 아내를 얻지도, 자식을 낳을 수도 없으니 그때 가서는 나를 원망할 거야!"

그러나 왕의는 정색(正色)을 하고 말했다.

"천지 간에 사람으로 태어나 나를 알아주는 주군을 만났으면 죽어도 아깝지 않을 것이요. 어찌 처자식을 생각하겠습니까?"

장성은 안으로 들어가 날이 하얗게 선 칼 한 자루와 두 개의 약주머니를 꺼내와서 탁자에 놓고 말했다.

"여기 황색 주머니에 든 약은 마취약인데, 술에 타서 마시면 아픈 줄 알지 못하네. 그리고 다른 주머니에 든 약은 피를 멈추게 하고 상처를 빨리 아물게 하는 영약이니, 이 약에는 진주나 호박(琥珀) 등 여러 가지 진기한 약재가 섞인 것인데, 상처에 바르면 빨리 상처가 아물지! 칼과 약을 자네에게 줄 터이니 다른 사람한테 도와달라고 하게!"

"기왕 말씀하셨으니, 지금 당장 해주십시오."

"자네가 겁을 먹으면 할 수 없는 일이야!"

"자꾸 미루지 마십시오. 저는 아무렇지도 않습니다."

장성은 왕의가 진심으로 거세를 원한다고 생각하였다. 그리고 술을 더 가져다가 왕의에게 권했다. 몇 잔을 더 마신 왕의는 거의 취해버렸다. 그야말로,

한 몸둥아리 잔혹하다고 말하지 말라.　　　(休談遺體不當殘)

다만 군왕의 총애를 받고 싶을 뿐이다.　　　(貪卻君王眷寵固)

한편 그때 양제는 후궁에 들어가서 소황후와 함께 마주 앉아 궁인들의 가무를 보며 이야기를 나누었다. 그런데 새로 뽑아들인 궁녀 하나가 술을 가져오는데 몸매와 얼굴은 그런대로 곱고 예쁘지만 행동이 아주 굼떴다.

양제가 어디서 왔느냐고 묻자, 꿇어앉아 뭐라고 대답을 하는데 전혀 알아들을 수 없는 말이었다. 다른 궁녀들은 그 궁녀의 말을 조롱하며 웃었다.

그러자 양제가 생각했다.

'왕의는 사방의 사투리를 잘 알아들으니, 왕의를 불러다가 물어보면 알 수 있겠지!'

그리고 왕의를 불러오라고 말했다. 소황후도 왕의와 둘을 이야기시켜보면 재미있을 것이라고 말했다. 환관 두 명이 왕의를 부르러 나갔다.

환관이 왕의 집을 찾아가자 이웃 사람이 환관 장성의 집에 갔다고 말했다. 그들은 곧바로 장성의 집을 찾아 안으로 들어갔다. 안에서는 장성과 왕의가 술을 마신 뒤에, 왕의는 바지를 벗은 채 침상에 누워있었다. 장성은 이제 막 왕의의 양근에 술에 탄 마취약을 바르고 있었다. 그리고 탁자에는 칼과 약주머니가 놓여 있었다.

"지금 여기서 무엇하고 있는가?"

장성은 들이닥친 두 환관을 보고 즉시 손을 뒤로 감췄다. 왕의는 서둘러 일어나 바지를 찾아 입으려 허둥댔다. 두 환관은 두 사람이 허둥대는 모습을 보고 방안에서 벌어진 일을 짐작할 수 있었다. 두 환관은 웃음을 참으면서 황제가 왕의를 찾는다고 말했다. 장성은 두 환관에게 그간 있었던 일을 말하지 않을 수 없었다. 왕의는 물을 얻어다가 아랫도리를 닦고 얼굴을 씻었다.

"다행히 우리가 빨리 왔으니 망정이지, 조금만 늦어도 왕의의 양물은 없어질 뻔했구려!"

양제 앞에 불려간 왕의는 고개를 푹 숙였다.

양제가 왕의를 보고서는 바로 물었다.

"너는 어디서 술을 먹었는가?"

그러나 왕의는 우물쭈물거리며 말을 못했다. 왕의를 데리러 갔던 환관이 사실대로 말하지 않을 수 없었다. 환관의 설명을 들은 양제는 얼굴을 찡그렸다.

그리고 왕의를 측은하게 여기며 말했다.

"왕의는 일어나거라. 짐이 너에게 특별히 말하노라. 남자가 거세를 한다면, 그것은 우선 큰 죄를 지었기 때문이다. 아니면 어렸을 적에 부모가 자식을 먹여 살릴 수 없어 버린 아이들이 많았다. 그런 아이를 데려다가 궁에서 길러 교육을 시키다가 쓸만한 아이를 골라 거세를 하였고, 궁궐에서 시중을 들게 만들었다. 환관이 되어 결혼도 못하고 자식을 낳지도 못한다면, 이는 큰 불효이다. 그리고 거세를 한다는 것은 승려나 도사가 되는 것만도 못한 일이다. 그리고 그런 일은 어렸을 때 해야 한다. 그런데 너는 지금 스무 살이 넘지 않았느냐? 잘못하다가는 목숨을 잃을 수도 있다. 너는 큰 실수를 저지를 뻔했다."

왕의가 말했다.

"신은 폐하의 성은을 크게 입었습니다. 하늘이 무너지고 땅이 무너지더라도 저는 폐하께 분골쇄신하더라도 아깝지 않습니다. 저는 폐하께 충성할 길을 찾다가 환관이 되려 했습니다."

양제가 말했다.

"너의 충성심은 짐이 잘 알고 있다. 그러나 아무리 주군께 충성하더라도 부모님 은혜에 보답해야 하는 근본을 잊어서는 안 된다. 네 육신이 너의 것이라 생각해서도 안 되고, 네 마음대로 훼손할 수도 없다. 네가 나에게 충성하기 위하여 네가 부모에게 불효한다면, 그것은 잘못이며 충성도 아니다. 이후로는 그런 생각 하지 말라."

왕의는 양제의 말에 하염없이 눈물만 흘렸다.

양제가 왕의에게 말했다.

"얼마 전에 새로 뽑혀 들어온 궁녀의 말을 알아들을 수가 없다. 그러니 네가 그 궁녀가 어디 출신이가를 물어보아라."

그리고 그 궁녀를 불러 왕의와 대면케 하였다. 왕의와 궁녀는 말이 통했다. 서로 묻고 대답하는데, 궁녀의 말소리는 마치 앵무새가 지저귀듯 점점 듣기 좋아졌다. 그 궁녀의 표정도 밝아졌다. 소황후도 궁녀와 왕의의 이야기하는 모습을 보고 좋아했다. 왕의가 궁녀에게 모두 물어본 뒤에, 양제에게 아뢰었다.

"이 여자는 휘주(徽州) 흡현(歙縣) 사람으로, 성은 강(姜)이고 조부는 벼슬을 했답니다. 이름은 정정(亭亭)이고, 나이는 18살이라 했습니다. 부모가 모두 돌아가셨는데, 간악한 그 오빠가 재물을 탐내어서 이 여자를 못난 남자에게 팔아버리려 했습니다. 그런데 마침 나라에서 여인을 뽑는다 하여 정정이 자진해서 관아에 가서 말을 했고, 그래서 뽑혀들어왔다고 합니다."

그러자 양제가 말했다.

"네 말대로라면 이 여자는 의지가 굳센 여자이다. 또 행동거지가 올바르며 보통 여자와는 다른 면이 있다. 그러니 짐이 정정을 왕의 너에게 하사할 것이니, 너희 둘이 부부로 함께 사는 것이 어떻겠는가?"

그러자 왕의는 황급히 엎드려 머리를 조아리며 말했다.

"신은 이미 폐하의 지우지은(知遇之恩)을 입었기에 저 일신을 바쳐 보은하려 했는데, 보은도 못하고서 어찌 혼인하여 아내를 거느릴 수 있겠습니까? 하물여 여인은 입궁하였기에 어찌 제가 거느릴 수 있겠습니까?"

양제가 말했다.

"짐의 뜻이니 사양하지 말라."

왕의는 양제의 성질을 알기에 다시 사양하지 않았다. 그리고 정정과 나란히 서서 양제와 황후에게 절을 올렸다.

그러자 소후가 말했다.

"왕의는 정정을 데리고 가서 정정에게 오(吳)의 말을 가르쳐라. 그래서 새가 지껄이는 말을 하지 않게 하라. 나중에 궁에서 할 일이 있으면 정정을 불러 일을 시키겠다."

양제는 왕의에게 비단과 은자를 내주게 했다. 황후는 정정에게 진주를 선물로 주었다. 왕의는 정정을 데리고 집으로 돌아왔고 부부로 새살림을 시작했다. 왕의는 양제의 은덕에 감지덕지하며 아침저녁으로 향을 피우며 황궁을 향해 절을 올렸다. 부부는

그 은애가 깊었다. 그야말로,

본래는 거세로 주군에 보은하려 했는데,　　（本欲淨身報主）

누가 알았으랴 아내 얻고 가정도 꾸렸다.　　（誰知宜室宜家）

만약 그 시간에 제 몸을 버렸더라면,　　（倘然一時殘損）

거의 허망한 꿈속의 꽃이 되었으리.　　（幾成夢裡空花）

제28회

여러 후궁이 비단으로 꽃을 만들고, 후비(侯妃)는 시를 읊고
자결하다.(衆嬌娃剪彩爲花, 侯妃子題詩自縊.)

노래하기를,   詞曰,

상림원에 밤새 꽃이 피었는데,   (上林一夜花如織)[44]

---

44 上林－상림원(上林苑)은 前漢의 황실용 사냥터. 秦의 구원(舊苑)으
로 황폐했던 것을 漢 武帝가 重修했다. 今 陝西省 남부 西安市 周
至縣과 戶縣의 접경에 자리했었다. 상림원 水衡都尉(수형도위)는
上林苑 관리와 황실의 재물 및 주전(鑄錢)을 담당했는데, 질록은
二千石이었다. 水는 池苑, 衡은 山林之官, 都는 諸官을 主管하다.
尉는 卒徒가 武士라는 뜻. 副職인 수형승(水衡丞)은 상림원 관리.
질록 6백석. 上林令(상림원 내 禽獸 관리), 均輸, 御羞(어수, 食資材 담
당), 禁圃(금포, 園藝 담당), 輯濯(집탁, 선박 관리), 육구(六廄, 養馬 담당),
鐘官(鑄錢 담당), 技巧(전폐의 鎔范, 틀 주조 담당), 辯銅(鑄錢 原料) 등 9
관서에 각각 令과 丞이 있었다. 또 衡官(형관, 稅收 담당), 水司空(上

향기로운 여러 색채 아름답다.　　　　(萬卉爭芳染彩色)

어찌 하늘 조화(造化)가 아니겠는가?　(造化豈天工)

많고 화려한 모습은 끝이 없도다.　　(繁華喜不窮)

고운 얼굴 공연히 늙어 서럽고,　　　(紅顏空自惜)

주군 은총 끝끝내 아니 내린다.　　　(雨露恩無及)

꽃다운 영혼은 어디서 우는가?　　　(何處哭香魂)

상처난 마음은 방에서 곡한다.　　　(傷心哭幃靈)

— 곡조 〈보살만〉　　　　　　— 調寄 〈菩薩蠻〉

세상에는 재주가 많거나 날 때부터 영특한 사내가 많다. 그러나 부인이나 여자가 천성적으로 비상한 머리가 남자보다 열 배나 뛰어나다는 사실을 남자들은 잘 모른다.

남자가 혹 시문(詩文)을 잘 짓거나 기예에 뛰어난 것은 원래의 바탕에 전수받은 바가 있기 때문이다. 그러면 여자의 재주와 지혜도 역시 천성이며 하늘의 조화가 아니겠는가?

본 이야기로 돌아가자면, 왕의(王義)는 황제로부터 궁녀 강정정(姜亭亭)을 하사받아 부부가 된 이후로, 늘 황제의 크나큰 은덕에 감복하며 살았다. 왕의는 조정에서 매일 황제의 시중을 들면

林 詔獄의 죄수 관리), 都水(저수지 관리, 漁稅 담당), 農倉(농창, 식량 공급 및 비축)의 부서에 長과 그 아래 丞을 배치하였다.

서 더욱 근면하고 신중하였다. 아내 강정정도 황제의 은덕을 늘 생각했지만 보답할 길이 없었다.

어느 날 왕의는 퇴근하여 아내 강씨에게 말했다.

"오늘 하조(何稠)라는 사람이 어녀거(御女車)라는 수레를 만들어 황제께 헌상하였는데, 정말 기묘하게 만든 수레였소."

"어째서 어녀거라고 이름 붙였습니까?" "그 수레 안은 충분히 넓어서 침상이나 침구 등을 모두 다 갖추었습니다. 그 수레 사방에 둘러친 휘장은 아주 가늘고 가는 생 명주실로 만들었는데, 밖에서는 안을 들여다 볼 수 없으나 안에서는 밖의 경치를 또렷하게 다 볼 수 있습니다. 그리고 휘장을 친 사이에 방울이나 옥 조각을 매달았는데 수레가 움직여 흔들릴 때마다 딩딩당당 악곡을 연주하듯 소리를 냅니다. 또 수레 안에서 아무리 웃고 떠들어도 밖에서는 그 소리를 들을 없습니다. 수레를 타고 행차하면서 궁녀를 친애하고 싶다면,[45] 무슨 짓이든 마음 놓고 할 수 있기에 어겨녀라고 이름 지었답니다.

강씨가 말했다.

"그런 것은 옛날의 소요거(逍遙車)와 같은 것이고 여러 장식을 보태었으니, 결국은 목수가 잔재주를 부렸을 뿐 기묘하지는 않습니다. 저는 늘 황제의 큰 은덕을 언제나 생각하여 보답하려 특별

---

45 원문 一路上要幸宮女 ─ 여기 행(幸)은 총애하다. 남녀의 성행위.

한 물건을 만들어 헌상하려 생각하고 있습니다. 지금 재료를 준비하였지만 약간 부족하여 아직은 만들지 못하고 있습니다."

"부족한 재료가 무엇이요?"

"살아 있는 사람의 머리카락입니다."

"그렇다면 내 머리카락을 잘라 만드시오."

"어떻게 장부의 머리카락을 자르겠습니까?"

"예전에는 내 아래 물건도 잘라버리려 했는데, 머리카락을 왜 못자르겠소? 부인 마음대로 잘라 쓰시오."

강씨는 왕의의 머리를 곱게 빗긴 다음에 검고, 긴 머리카락을 골라 잘랐다. 그야말로,

아내가 신묘한 솜씨를 보여주며,　　（閨中施妙手）
궁원에 신령한 마음을 드러냈다.　　（苑內見靈心）

그때는 한겨울로 꽃들은 이미 모두 지고, 나뭇잎도 모두 떨어졌다. 어느 날 양제가 소(蕭)황후 및 여러 부인들과 함께 잔치를 벌리면서 말했다.

"사계절 풍광(風光)으론 봄의 경치가 제일이야! 온갖 꽃들이 다 피어나며 그 아름다움을 자랑하는데, 붉은 꽃을 사람들이 좋아하지만 푸른 잎은 좀 가련하다는 생각이 들지. 여름에는 온 연못에 연꽃이 가득하고 그 향기를 모두가 좋아하지! 가을에는 밝은 달이 오동나무 가지에 걸렸고, 계화(桂花)의 향기가 사람을 취하게

만들지. 그런데 겨울은 그저 적막할 뿐이야! 아무런 재미가 없어! 그래서 사람들은 이불 속에서 세월을 보내지만, 하여튼 재미없는 계절이야!"

그러자 소황후가 말했다.

"제가 알기로, 불승(佛僧)들에게게는 참선을 하는 큰 침상, 곧 선상(禪牀)이 있어 여러 사람이 앉을 수 있답니다. 그러니 폐하께 서도 큰 침상을 만들고, 큰 이불에 긴 베개를 만들어 여러 미인과 함께 즐긴다면 좋지 않겠습니까?"

그러자 추성원(秋聲院)의 설(薛)부인이 말했다.

"그렇게 큰 이불과 베개를 만든다면, 제가 수를 놓은 큰 휘장 을 만들겠습니다."

그러자 양제는 그냥 웃으면서 말했다.

"여러분 말이 좋긴 좋지만 그래도 봄 경치만은 못하지, 버들이 늘어지고, 꽃이 피고, 정자와 누각과 궁궐의 뜰 어디든 신나지 않 는 곳이 없어! 적막하지가 않아!"

그러자 청수원(清修院) 진(秦)부인이 말했다.

"폐하께서 적막해서야 되겠습니까? 이 겨울에 꽃을 피게 만드 는 것이 뭐 어렵겠습니까! 저희들이 오늘 밤에 천궁(天宮)에 빌어 서(祈) 내일 아침에 온갖 꽃을 피우게 하렵니다."

양제는 그냥 장난하는 말로 생각하며 대꾸하였다.

"그렇다면 나도 오늘 밤에 너희들과 놀지는 못하겠구나!"

그리고는 웃으면서 한동안 술을 마신 뒤에, 황후와 함께 연(가

마)을 타고 정궁으로 돌아갔다.

다음 날 아침, 아침 먹을 시간에 16원의 부인들이 황제를 초청하였다. 황제는 추운 날에 일어나기도 귀찮아서 행차할 마음이 없었다. 그러나 소황후가 가보라고 권유하여 억지로 일어났다. 그리고 서원(西苑) 원문을 들어서자마자, 온 정원에 천만의 꽃이 모두 활짝 핀 것을 보았다. 높은 나무의 복숭아나 살구꽃도 모두 피어 마치 비단에 수를 놓은 것보다도 더 아름다웠다.

양제와 소황후가 크게 놀라며 말했다.

"이런 한겨울에 저런 꽃나무에 저런 꽃이 어떻게 피었는가? 정말 이상하지 않은가?"

양제의 감탄이 끝나기도 전에 16원의 부인들이 많은 미인과 궁녀들과 함께 피리를 불면서 황제와 황후를 맞이하며 말했다.

"정원의 꽃과 버들을 하늘에서 빌려왔는데, 어떠하십니까?"

양제는 놀랍고 또 무한 기뻐하며 말했다.

"너희들이 무슨 재주가 있어 이렇게 한꺼번에 꽃을 피게 했는가?"

여러 부인이 깔깔대며 말했다.

"저희에게 무슨 묘술이 있겠습니까? 그저 모두가 밤새워 솜씨 자랑 좀 했습니다."

"밤새 무슨 일을 했단 말인가?"

"폐하께서는 자꾸 묻지 마시고 꽃 가지 하나를 꺾어보시면 아실 것입니다."

양제는 해당화 가까이 가서 그 가지를 자세히 들여다보고 만져
보니, 그것은 오색 비단으로 만든 꽃이었다. 꽃잎 하나하나를 가
위로 오리고 모아 만들어 가지마다 묶어놓았다.

양제는 크게 기뻐하며 말했다.

"누가 이런 기발한 생각을 했는가? 그리고 어찌 이렇게 붉고
푸르게 똑같이 그리고 오렸는가! 너무 생생하지 않은가! 아무리
솜씨가 좋아도 어찌 하늘과 같은 조화를 부릴 수 있는가!"

"이는 모두 진(秦)부인이 주관하였습니다. 저희들은 그저 오리
고 매달기만 했습니다."

양제는 진 부인을 불러 그 손을 잡고 말했다.

"어제 그대의 말을 나는 그냥 농담이라 생각했었다. 그대에게
이런 재주가 있는 줄 내가 어찌 알았겠느냐!"

그리고 소황후와 함께 천천히 걸으면서 감상하였다. 여기에
꽃 한 무더기, 저기에도 한 무더기! 그리고 춘하추동에 상관없이
피어낸 모든 꽃을 모두 오리고 붙인 것이라니! 어찌 보면 제철에
피어난 꽃보다 더 아름다웠다. 그야말로,

하늘의 조화에 사계절 있다 하지만,	(只道天工有四時)
누가 알랴, 인력이 만회할 수 있다.	(誰知人力挽回之)
붉은 꽃과 뿌리가 빨리 자라나지만,	(紅銷生長根枝速)
비도 없이 비단 오려 기르고 피웠다.	(金翦栽培雨露私)

모두 함께 피니 매화는 빠르지 않고,　　(萬卉齊開梅不早)

한날에 같이 피니 국화도 늦지 않다.　　(千花共放菊非遲)

어찌 예쁜 도화가 봄바람에 피는가?　　(夭桃豈得春風綻)

고운 이화는 봄비가 내려야 피는가?　　(嫩李何須細雨滋)

작약은 비를 맞지 않고도 피웠으며,　　(芍藥非無經雪態)

모란은 서리를 이겨낸 모습이로다.　　(牡丹亦有傲霜姿)

봄날의 계수가 단풍진 궁원에 피고,　　(三春桂子飄丹院)

연꽃은 시월에 푸른 연못을 채웠다.　　(十月荷花滿綠池)

진달래 올해도 붉은 꽃잎을 피웠고,　　(杜宇今年紅簇蕊)

섣달에 장미가 가지에 곱게 달렸다.　　(荼薇終歲錦堆技)

이슬 젖은 부용화가 지지도 않으며,　　(不敎露下芙蓉落)

바람 앞에 버들은 가지를 내맡겼다.　　(一任風前楊柳吹)

난초 푸른 잎은 바람 없이 고웁고,　　(蘭葉不風飄翠帶)

붉은 해당화 빗물 없이 윤기가 난다.　　(海棠無雨濕胭脂)

옥황도 꽃 피우라 허락지 않았는데,　　(開時不許東皇管)

꽃 지는 데를 벌나비가 어찌 알겠나?　　(落處何妨蜂蝶知)

보기에 달빛 아래 꽃이 가장 좋나니,　　(照面最宜臨月姊)

꽃가지 흔드는 바람이 두렵지 않다.　　(拂枝從不怕風姨)

사계절 신선의 묘수에 사양치 않고,　　(四時不謝神仙妙)

팔절기 일 년에 궁원은 늘 봄날이다.　　(八節長春間苑奇)

천지가 조화를 부린다 말하지 마오,　　(莫道乾坤持造化)

제왕의 부귀도 역시 이 같지 않은가?　　(帝王富貴亦如斯)

양제는 하나하나 살펴보고, 용안(龍顔)에 기쁨이 넘치며 말했다.

"봉래산(蓬萊散) 선경(仙境)인 낭원(閬苑)도 이와 같지는 못할 것이다. 여러 부인들의 손재주가 하늘의 조화보다 더 뛰어나니 정말로 통쾌한 일이로다."

그리고서는 내감(內監)에게 내탕고(內帑庫)의 금은과 비단 및 보옥을 갖고와서 16개소 궁원의 부인과 궁인들에게 골고루 하사하라고 명령하였다. 이에 여러 부인들은 거듭 황공하다며 은혜에 감사했다.

양제는 칭찬을 멈추지 않으면서 소황후와 함께 한참 동안 감상한 뒤에 한 누각에 들어가 술을 마셨다. 한참 동안 술잔과 젓가락이 어지러이 날아다녔고, 온갖 악기가 연주되며 여러 부인들이 다투어 양제에게 헌수했으며 노래를 불렀다.

그러자 양제는 매우 기분 좋아 큰소리로 말했다.

"진(秦)부인이 저렇게 새로운 생각으로 꽃을 피웠으니, 이 서원의 경치를 더욱 빛내었다. 그러나 여러 비빈들의 노래는 여전히 이전과 같은 노래이니 오늘 이 좋은 자리와는 어울리지 않는다. 누가 새로운 노래를 지어 불러 짐을 기쁘게 해준다면, 나는 큰 잔으로 3잔을 마실 것이다."

양제의 말이 끝나기도 전에, 보랏빛 옷을 입은 미인이 흐느적거리며 걸어나와 말했다.

"제가 재주도 없고 못생긴 얼굴이지만 노래로 폐하께 웃음을 드리겠습니다.”

모두가 바라보니 바로 인지원(仁智院)의 아랑(雅娘)이라는 미인이었다. 양제는 연신 “좋아!” “좋지!” 하면서 손뼉을 쳤다.

아랑은 작은 장고를 허리에 차고 손에는 얇은 단판(檀板)을 들고 아장아장 걸어나와 절을 올린 뒤, 천천히 작고 붉은 입술로 앵무새가 처음 말을 배우듯 〈여몽령(如夢令)〉 한 곡을 노래했다.

꽃이 곱다고 꿈이라 말하지 마오,	(莫道繁華如夢)
밤새 가위로 오려 심은 꽃입니다.	(一夜剪刀聲種)
밝은 아침 비단 꽃가지에,	(曉起錦堆枝)
봄바람 쓸모 없다 웃어버리네.	(笑殺春風無用)
칭송이 없어도, 하지 않아도,	(非頌非頌)
정말로 여기는 봉래 선경이네요.	(眞是蓬萊仙洞)

양제는 노래를 듣고서 크게 기뻐하며 말했다.

“노래가 정말 좋으니, 내가 마시지 않을 수가 없구나!”

그러면서 연거푸 3잔을 마셨고, 소황후와 모든 부인도 한 잔씩 마셨다. 술잔을 놓자마자 또 다른 미인이, 수수한 화장에 몹시 수줍은 표정으로 얌전하게 걸어나와 아뢰었다.

“천첩이 재주는 없지만 짧은 노래를 하나 지어 부르겠습니다.”

양제가 눈 들어 바라보니 영휘원(迎暉院)의 주귀아(朱貴兒)[46]였다.

---

46 주귀아(朱貴兒) ─ 본 소설에서 상당히 중요한 각색(角色)이다. 양제

양제도 웃으며 말했다.

"귀아는 틀림없이 멋진 노래를 부를 거야!"

귀아는 서둘지 않고 천천히 상조(商調)에서 우조(羽調)로 바꿔 〈여몽령(如夢令)〉을 노래했다. 바로,

상제의 딸과 천손이 모여 노는데,　　(帝女天孫遊戲)

비단 구름을 공들여 오려 붙였네.　　(細把錦雲裁碎)

하룻밤 새 교묘히 봄을 불러내어,　　(一夜巧鋪春)

모든 가지 끝에다 꽃을 피게 했네.　　(群向枝頭點綴)

묘한 서기 어리고, 서기 모였으니,　　(奇瑞奇瑞)

황가의 부귀와 영화를 그려 냈네.　　(寫出皇家富貴)

귀아의 노래가 끝내자, 양제는 손뼉을 치며 칭찬하였다.

"황가(皇家)의 부귀를 그려냈다고 한 말이 정말 좋구나! 구슬 구르는 목소리에 정경 묘사도 뛰어나고 운이 맞으니 다시 삼배를 마셔야겠다."

양제는 큰 잔으로 세 잔을 마셨고, 어느 사이에 웃음소리가 가늘 어졌으니, 술에 취한 것 같았다. 그때 서원령인 태감 마수충이 들

─────

와 주귀아 두 사람은 충성과 변함없는 애정을 맹세했고(35회 참 고), 양제가 죽을 때, 지조를 지켜 목숨을 버렸다. 뒷날 唐 현종으로 환생한다.

어와 무릎을 꿇고 말했다.

"지금 왕의가 폐하께 헌
상할 물건이 있다고 서원
문밖에서 기다리고 있습
니다."

양제는 왕의라는 말을
듣자 기뻐하며 말했다.

"빨리 들어오게 하라."

곧 마수충이 왕의를 데
리고 들어왔다. 무릎을 꿇
고 앉은 왕의는 손에 들고
온 비단 보자기를 받들어
올리며 말했다.

주귀아(朱貴兒)

"제 아내 강정정이 폐하
의 홍은(鴻恩)에 감읍하여 휘장을 하나 만들었습니다. 여기 폐하
께 바칩니다."

환관 하나가 비단 보자기를 풀어보니 검고도 부드러우며 손안
에 꽉 쥐는 물건이었다.

양제가 궁금해하며 물었다.

"왕의야! 이것이 무슨 물건인가?"

왕의가 말했다.

"신의 아내 정정이 날마다 폐하의 은덕을 생각하지만 갚을 길

이 없다고 한탄하였습니다. 그러다가 자신의 검고 긴 머리를 잘라서 아교로 붙이고 붙여 비단처럼 짠 뒤에 이를 가지고 휘장을 만들었습니다. 이 휘장을 치면 안에서는 밖을 볼 수 있지만, 밖에서는 안을 들여다 볼 수 없습니다. 그리고 겨울에 휘장을 치면 춥지 않고, 여름에는 시원합니다. 휘장을 접으면 베개 아래 끼워넣을 수 있고, 전부 펴면 넓은 방을 가릴 수 있습니다."

양제는 기이하다 연신 찬탄하며 궁인을 시켜 둘러치라고 하였다.

소황후와 여러 부인들은 모두 일어나서 휘장을 구경하였다. 마치 연기를 끌어모은 듯 가벼우며, 향기를 뿜어내는 듯 방안에 향기가 가득했고, 넓이는 아주 큰 방을 둘러치고도 남을 정도였다.

이에 소황후가 양제에게 말했다.

"새가 지저귀듯 말하던 처녀에게 이런 재주가 있는 줄 누가 알았겠습니까? 폐하께서는 그 노고를 치하하시며 큰상을 내리십시오."

양제는 곧바로 넓은 폭의 능라비단 40자와 여인의 예복 한 벌을 상으로 내주면서 왕의에게 말했다.

"네 처가 온 정성을 다 쏟아 이 휘장을 만들었으니, 짐은 이 두 가지로 답례하노라."

왕의는 왕의 하사를 받고 사은하고 물러났다.

양제가 소황후에게 말했다.

"그전에 황후는 짐에게 승가(僧家)의 선상(禪牀)처럼 큰 침상을 만들어 여러 사람과 함께 누워 즐겨보라 하였는데, 이 휘장을 치면 어찌 몇 사람뿐이겠소?"

그리고는 궁인들에게 분부하였다.

"그전에 외국에서 헌상한 합환상(合歡牀)을 현인궁 측면 첫째 칸에 두었으니, 그것을 가져오너라! 그리고 여러 이불과 침구를 마련하고 이 휘장을 둘러쳐라!"

양제의 분부에 궁인들은 바삐 움직였다. 곧 모든 준비가 끝났다.

양제가 말했다.

"진부인의 교묘한 손재주와 강정정의 성의로 이렇게 좋은 날을 만났구나. 이 어찌 통쾌하지 않은가! 짐은 한 잔을 더 마시겠노라! 그리고 오늘 밤 이 합환상에서 함께 환희를 즐겨보면 정말 좋지 않겠느냐?"

그러나 소황후가 웃으며 말했다.

"여러 부인과 마음껏 즐기십시오! 저는 이미 술에 취했으니 먼저 돌아가 쉬겠습니다."

"황후가 빠진다고? 그러면 벌주 3잔을 들어야 합니다!"

소황후는 작은 잔으로 석 잔을 마시고 처소로 돌아갔다. 양제는 여러 부인들을 큰 합환상 위에 올라가 침구 안에 눕게 하였다. 과연 양의의 말대로 휘장 안은 보이지도 않았고, 안에서 나오는 웃음소리도 밖에서는 들리지 않았다. 양제는 그날 마음껏 즐겼다.

마치 무릉도원 집처럼 멀리 있지 않고,　　(恰似桃源家不遠)

거의 무협(巫峽) 꿈속 세상과도 같았다.　　(幾時巫峽夢方還)

양제의 후궁에 후부인(侯夫人)이라는 여인이 있었는데, 하늘이
낸 것 같은 미모와 온갖 교태에 귀여움이 있어 그야말로 침어낙
안(沉魚落雁)에 폐월수화(閉月羞花)의 미모였다.[47]

거기다가 천성이 매우 영명하고 지혜로웠으며 시와 문장에도
능했고 글씨도 잘 썼다. 그러나 궁중에 뽑혀 들어온 이후로 그만
한 미모와 재능이 있었어도 여인의 재색을 중히 여긴다는 양제의

------

47 침어낙안(沉魚落雁)과 폐월수화(閉月羞花)는 중국의 미인을 지칭하
　는 말이다. 춘추시대 월(越) 땅의 서시(西施)가 강에서 비단 빨래를
　할 때, 서시의 미모에 넋이 나간 물고기들이 헤엄치기를 잊어버려
　모두 바닥에 가라앉았다.
　전한 元帝(원제) 때 왕소군(王昭君)이 흉노 선우에게 시집갔는데, 왕
　소군의 미모에 홀린 기러기들이 날지를 못하고 줄줄이 땅에 떨어
　졌다고 한다〈낙안(落雁)〉.
　소설《삼국연의》에 등장하는, 비록 가공의 인물이지만, 왕윤(王允)
　의 가기인 초선(貂蟬)의 미모에 달님도 부끄러워 구름 속에 숨었다
　〈폐월(閉月)〉.
　수화(羞花)의 미인은 양귀비를 지칭한다. 현종의 사랑을 받는 양귀
　비(楊貴妃)가 꽃을 구경하는데, 꽃들이 양귀비의 미모에 그 자신이
　부끄러워 모두 꽃잎들이 고개를 떨구었다고 한다.

부름을 단 한 번도 받지 못했다.

후부인은 마치 한(漢) 무제(武帝)의 진황후(陳皇后)나 성제(成帝)의 사랑을 받은 조비연(趙飛燕)과 같다고 생각하며 기다리고 또 기다렸다.

그러나 누구 알랴! 재능과 운명은 같이 가지 않을 수 있고, 미색이 뛰어나도 때를 만나지 못하면 궁에 들어온 지 몇 년이 지나도록 군왕의 얼굴을 한 번도 볼 수 없다는 것을!

후비는 매일 향을 피우며 그냥 혼자 앉아서 기다리고 기다렸다. 황혼이 저물고 긴긴밤에도, 비바람이 부는 날에도, 바람이 부는 달 밝은 밤에도 촛불 아래 하염없이 기다렸다. 그러나 아무리 마음이 철석(鐵石) 같아도, … 등불이 가물거리다가 꺼져도, 꿈에서 깨어나 비몽사몽(非夢似夢) 속을 헤매다가는 주루루 흘러 떨어지는 눈물이 천 가닥인지 만 가닥인지 셀 수도 없었다.

처음에는 자신의 미모를 그냥 버리기 아까웠기에 분을 바르고 연지도 칠했지만, 그것이 아무런 의미도 없는 짓이라 알았고 그 이후로는 세수도 하기 싫어, 그냥 넋나간 사람처럼 앉아있는 시간이 더 많았다.

그래도 혹시나 하는 기대감에 화장을 하고 난 뒤에, 그 기다림은 더욱 쓸쓸하였다. 타버린 향이 허공에 날아가고, 연지가 씻겨진 물을 버리며, 다시 엄습해오는 외로움과 낙담을 무엇으로 위로받을 수 있겠는가? 어느 누가 자매처럼 말벗이 되어주겠는가? 누구에게 자신의 서러움을 하소연 하겠는가? 참담할 뿐이었다.

하루는, 황제가 다시 허정보를 보내 후궁의 여인을 간택하고 있다는 소문을 들었다. 어떤 궁인이 후비에게 말했다. 약간의 보물을 허정보에게 보내 허정보가 양제에게 후비를 천거토록 손을 써보라 하였다. 그러나 그것은 후부인의 자존심의 문제였다.

후부인이 말했다.

"내가 알기로, 한(漢) 황실의 왕소군(王昭君)[48]은 차라리 검은 점을 찍힌 초상화를 그리게 방치할지언정, 미천한 화공(畫工)에게 뇌물을 줄 수는 없었다. 차라리 흉노의 선우에게 시집을 가고, 푸른 무덤[청총(青塚)]으로 남을지언정, 아름다운 명성을 스스로 더럽힐 수 없으며, 다른 사람이 자신을 가련하게 동정해 주길 바랄 수 없는 것이다. 내 비록 왕소군만은 못할지언정, 소인에게 뇌물을 주어 황제의 총애를 얻는다면, 어찌 부끄럽지 않겠는가? 타고

---

48 왕소군(王昭君)은 전한 元帝의 후궁이었는데, 흉노와의 화친책으로 흉노 왕에게 和親婚(화친혼)을 약속하였다. 원제는 평소 후궁들의 그림을 보고 은총을 주었는데 미모에 자신 있던 왕소군은 화공 모연수(毛延壽)에게 뇌물을 주지 않았다. 모연수는 왕소군의 모습을 실제보다 덜 예쁘게 그려 바쳤기에(일부러 눈동자를 두 개로 그렸다는 설도 있다), 왕소군은 원제를 모실 수가 없었다. 흉노 왕이 왕소군을 데리고 가는 날 인사를 올리는 그 얼굴을 원제가 보고서는 아름다움에 크게 놀랐다. 흉노 왕에게 실언을 할 수 없어 그냥 보내긴 했지만 元帝는 화가 나서 모연수를 처형했다고 한다(前 33년). 왕소군은 흉노의 선우인 호한야선우(呼韓邪單于)의 아내가 되었다가 호한야가 죽은 뒤에는 그들의 풍습대로 다시 그 아들의 아내가 되어야만 했고, 죽은 뒤에는 청총(青塚)으로 남았다.

난 운명이 기구하니 참고 견디다 그냥 죽어 귀신이 될지언정, 어찌 궁정의 적막을 이기려 자존심을 버리겠는가?"

뒷날 허정보가 또 1백여 명이나 되는 여인을 새로 뽑아 서원(西苑)을 채웠다는 말을 들었다.

이에 후부인은 한바탕 서럽게 통곡한 뒤에 말했다.

"나는 이제 생을 마칠 것이니, 결국 주군을 다시 볼 수 없으리라. 만약 군왕이 나를 한번 돌아본다면, 그것은 아마 죽은 뒤의 일일 것이다."

그렇게 말하고 또 한바탕 통곡하였다. 그 이후 후부인은 차를 마시지도 또 식사를 하지도 않았다. 그러면서도 매일 경대 앞에 앉아 깨끗하게 단장하였다. 매일 소복을 단정하게 입었고, 깨끗한 비단에 자신의 소회를 시로 읊어 필사했던, 그런 시고(詩稿)를 비단 주머니에 차곡차곡 모았다. 금낭에 모은 시고 외 다른 시들은 모두 불태웠다.

그리고 자신의 궁원을 구석구석 돌아보고, 난간에 기대어 흐느껴 울었다. 한참을 울다 방으로 들어온 후부인은 출입문과 방문을 모두 걸어 잠갔다. 이경이 지나 밤이 깊어지자, 끝내 상심을 이기지 못하고 대들보에 목을 매어 자결했다. 그야말로,

외로운 영혼 끊겨도 수심은 어디로 가랴?　(香魂已斷愁何在)
옥 같은 모습 죽어도 원한은 더욱 깊어라!　(玉貌全消怨尙深)

몇몇의 궁녀가 이상한 낌새를 눈치 채고 황급히 들어와 구원했지만 그 죽음을 되돌릴 수가 없었다. 여럿이 통곡하며 뒷일을 수습했다지만, 엄연한 사실을 숨길 수도 없기에 서둘러 소황후에게 보고하였다.

한편 소황후는 서원에 마련된 청사(靑絲) 휘장 안에서 잠을 자고 술이 깨었지만, 양제가 소황후를 놓아주지 않아 한동안 머물렀다가, 양제가 다시 잠이 들자 빠져나와 황후의 처소로 돌아왔다. 머리를 빗고 나서 궁인들에게 연회의 뒷정리를 하라고 명령하고 여러 부인들이 어디 있는가를 살펴보라고 하였다.

그때 갑자기 후(侯)부인의 궁녀가 들어와 후부인의 자결 소식을 알렸다. 황후는 궁녀를 보내 확인케 하였다. 명을 받은 궁녀가 후부인의 왼편 팔에 걸렸던 비단 주머니를 가져다가 황후에게 드렸다. 소황후가 열어보니, 그것은 비단 위에 쓴 몇 수의 시였다. 황후는 그 시를 다시 비단 주머니에 넣어 황제에게 갖다 드리게 시켰다.

그때 양제는 침상에서 일어나 앉아서 여러 부인들이 아침 화장하는 모습을 구경하면서 보림원(寶林院) 사(沙)부인과 고금의 정치적 득실에 대한 이야기를 하였다.

양제가 말했다.

"은(殷) 주왕(紂王)[49]은 오직 달기(妲己)만을 총애했고, 주(周) 유

---

49 주왕〔紂王, 帝辛(제신)〕─ 은(殷)나라의 마지막 왕이며 폭군인 紂王

왕(幽王)⁵⁰은 다만 포사(褒姒)만을 총애했기에 결국 나라를 잃었다. 그러나 짐에게는 미인들이 아주 많고 천하는 태산(泰山)⁵¹처럼 굳건하고 안전하다. 그 이유가 무엇이라고 생각하는가?'

이에 사씨부인이 말했다.

(주왕, 紂는 말고삐 주, 諡法, 殘忍捐義曰 紂)은 夏의 걸왕(桀王)과 함께 걸주(桀紂)라 하여 폭군의 대명사로 통한다. 紂王(주왕)은 언행이 당당하고 見聞(견문)이 廣博(광박)하며 能言善辯(능언선변)하고 機智(기지)가 뛰어난 인물이었다. 자신의 聰明(총명)을 過信(과신)하여 眼下無人(안하무인)에 重臣을 草芥(초개)로 여겼고 백성을 개돼지로 보았다. 거기에 奢侈(사치)와 淫佚(음일), 殘忍(잔인)한 성격 등 亡國君主(망국군주)의 자질을 완비한 인물이었다.

50 周 유왕(幽王, 재위 前 782−771)−周 宣王(주 선왕)의 子, 西周 12代. 西周의 亡國之君. 시호는 幽. 이후는 東周, 곧 春秋時代(춘추시대)이다. 포사(褒姒)−幽王의 美人(미인). 웃지 않기에 幽王은 포사를 웃기려고 봉화(烽火)를 피워 제후의 군대를 출동케 하자, 포사가 웃었다. 이후 봉화로 제후의 군대를 희롱했다. 제후는 군사를 동원하지 않았고 정작 夷犬(견융)이 침입하자 구원을 받을 수 없었다. 최후에 幽王은 驪山(여산)에서 피살되었고 포사는 견융의 포로가 되었다가 목을 매 죽었다고 한다.

51 태산(泰山, 岱山)−태산은 五岳의 으뜸(五嶽之長, 五嶽獨尊)으로, 옛 이름은 岱山(대산) 또는 岱宗(대종)으로 불리었고, 山東省의 중앙부 泰安市에 자리하고 있으며, 태산의 주봉은 玉皇頂(1,533m)이다. 泰山은 秦의 시황제 이후 漢 武帝, 또 역대 왕조의 황제들이 이곳에 친림하여 하늘에 제사하는 봉선(封禪) 의식을 행했다. 漢 武帝는 태산의 절경에 놀라면서 "高矣! 極矣! 大矣! 特矣! 壯矣! 赫矣(혁의)! 駭矣(해의)! 惑矣(혹의)!'라고 말했다는 전설이 전해진다.

"달기와 포사가 어찌 주나라와 은나라의 천하를 무너트릴 수 있었겠습니까? 주왕이나 유왕 두 사람은 달기와 포사의 미모만을 탐하면서 천하를 돌보지 않았기에 온 세상이 점차 무너진 것입니다. 지금 폐하께서는 남북을 골고루 순시하시며 언제든지 치국(治國)에 유념하십니다. 그러니 천하가 어찌 안정되지 않을 수 있겠습니까? 그리고 폐하께서는 궁중에서 온갖 쾌락을 즐기시더라도, 또 후궁들을 많이 거느리지만 관저(關雎)[52]와 같은 교화를 실천하고 계십니다."

그러자 양제가 웃으며 말했다.

"주왕과 유왕 두 사람이 비록 군왕의 덕은 없었지만 그래도 달기와 포사에 대한 은덕은 매우 지극하고 두터웠었다."

이에 사부인이 말했다.

"한 사람에게만 빠졌으니 지독한 편애였습니다. 그러나 우로(雨露)처럼 모두에게 똑같이 은덕을 베푼다면, 그것은 공평한 은덕 곧 공은(公恩)이라 할 수 있습니다. 말하자면, 주왕과 유왕은 편애 곧 사은(私恩)으로 몰락했고, 폐하께서는 공은으로 안정을 이루고 태평을 즐기십니다."

그러자 양제가 크게 좋아하며 말했다.

"그대의 식견이 짐의 마음과 똑같다. 짐이 16개의 궁원에 무수

---

52 관저(關雎) - 《詩經 周南(시경 주남)》의 첫 번째 편명. 周 文王(주 문왕)의 정상적이고 아름다운 부부생활을 읊은 시.

한 미인을 거느리고 있지만, 짐은 모두에게 똑같은 온정을 베풀기에 어느 한 사람도 떨어져 나가지 않았고, 누구든 자신의 위치에서 즐기고 살기에 은총을 받지만 원한이 없다."

양제와 사부인이 한참 신나게 이야기를 하는데, 소황후가 보낸 차인이 와서 비단 주머니를 바치면서 후부인의 죽음을 보고했다. 그러나 양제는 보통 있는 후궁의 일이라 생각했지만, 비단 주머니를 열어 멋진 필체의 글씨로 쓴 시를 보고서는 생각이 달라졌다. 그때 여러 부인들은 화장을 마치고 양제 주변에 모여들었다.

양제는 비단 주머니에서 시고 중 손에 집히는 대로 하나를 읽었다. 그 시는 매화를 읊은 시였다.

〈매화를 보며(看梅)〉 두 수 중 그 첫 수는,

〈매화를 보며〉	〈看梅〉
섬돌에 쌓인 눈은 녹을 날 없으니,	(砌雪無消日)
주렴 걷으며 절로 낯을 찡그린다.	(捲簾時自顰)
뜨락의 매화 내게 가련한 마음이 있나니,	(庭梅對我有憐處)
맨 먼저 가지 끝에 한송이 봄소식 맺혔다.	(先露枝頭一點春)

그 두 번째 수,

| 추위 속 매화 향기가 아름다우니, | (香消寒艶好) |

누군가 이런 천진(天眞)을 알아주겠나?　　(誰識是天眞)

고운 매화가 지면 따뜻한 기운이 모여,　　(玉梅謝後陽和至)

곳곳 수많은 꽃이 그제야 봄을 즐기리.　　(散與群芳自在春)

양제는 시를 읽고 크게 놀라 말했다.

"나의 궁중에 이토록 뛰어난 재주를 가진 부인이 있었단 말인가?"

그러면서 서둘러 다른 시를 꺼내보았다. 제목은 〈화장을 하고(장성, 妝成)〉 1수와, 〈혼자 생각(자감, 自感)〉 3수였다.

〈장성(妝成)〉 시에는,

〈화장을 하고〉　　　　　　〈장성(妝成)〉

화장을 마친 뒤 홀로 서러우니,　　(妝成多自惜)

꿈같은 옛일 되려 슬픔 되었다.　　(夢好卻成悲)

버들가지는 아무 생각이 없으니,　　(不及楊花意)

봄이 왔다고 멋대로 날아다닌다.　　(春來到處飛)

〈혼자 생각〉　　　　　　〈자감(自感)〉

뜰에 황제의 수레 자국 끊기었고,　　(庭絶玉輦跡)

점차 잡초만 우거져 둥지 지었네.　　(芳草漸成窠)

멀리서 은은히 풍악 소리 들리니,　　(隱隱聞簫鼓)

주군의 은총이 많은 궁궐 어딜까!　　(君恩何處多)

그 두 번째 수,

울고 싶어도 눈물이 나오지 않아,　　(欲泣不成淚)
닥친 슬픔에 억지로 노래 부른다.　　(悲來翻强歌)
뜰에 한창 꽃이 흐늘어졌는데,　　(庭花方爛漫)
봄을 어찌 그냥 보내야만 하나?　　(無計奈春何)

그 세 번째 수,

봄이 한창 무르익은 이 시절에,　　(春陰正無際)
혼자 걷는 슬픔을 어이 해야 하나?　　(獨步意如何)
화초 만큼 은택도 받지 못하니,　　(不及閒花草)
꽃엔 비와 이슬이 많이 내린다.　　(翻成雨露多)

3폭 비단은 〈혼자의 슬픔, 자상(自傷)〉 한 수였다.

처음 궁궐 승명전에 들어와,　　(初入承明殿)
끝없는 은덕 보답하려 했다.　　(深深報未央)
궁궐살이 7년 8년에,　　(長門七八載)
군왕 모신 적이 없었다.　　(無復見君王)
봄날 찬바람 뼈에 스미고,　　(春寒入骨軟)
빈방 혼자 수심으로 채웠다.　　(獨坐愁空房)

신발 끌며 뜨락을 걸어보나,   (颯履步庭下)

서러운 생각, 혼자 눈물짓다.   (幽懷空感傷)

평소에 아끼고 그리는 마음,   (平日所愛惜)

간절히 홀로 기다리는 시간.   (自待卻非常)

미색은 이제 덧없이 흘렀고,   (色美反成棄)

박복한 팔자 어찌 헤아리리?   (命薄何可量)

주군의 은총 이미 멀어졌고,   (君恩實疏遠)

내 마음은 마냥 방황할 뿐.   (妾意徒彷徨)

친가에 어찌 골육이 없으랴?   (家豈無骨肉)

홀어머니 홀로 집을 지키신다.   (偏親老北堂)

여기 지금은 날개도 없으니,   (此方無羽翼)

높은 담장을 어찌 넘어가랴?   (何計出高牆)

사람 목숨은 진정 소중하니,   (性命誠所重)

버린다면 정말 마음 아프리.   (棄割良可傷)

비단을 붉은 대들보에 거니,   (懸帛朱樑上)

애간장은 물 끓듯 괴로웁다.   (肝腸如沸湯)

목을 매면서 홀로 애태우나,   (引頸又自惜)

마치 끈으로 장을 매달았다.   (有若絲牽腸)

마음 단단히 먹고 죽으려니,   (毅然就死地)

이에 저세상 찾아가노라.   (從此歸冥鄕)

양제는 시를 다 읽기도 전에 눈물을 줄줄 흘리며 말했다.

"이는 짐의 잘못이로다. 짐이 이렇듯 뛰어난 궁중의 인재를 헤아려 가까이 두지 못하여 재녀(才女)를 죽게 하였으니, 정말 애석하도다."

그렇게 눈물을 흘리며 네 번째 비단폭을 꺼내 들었다. 그 시는 〈버려둔 뜻, 유의(遺意)〉이었다.

선계 화초는 산속에 숨었고,	(秘洞扃仙卉)
귀한 사람은 큰집에 갇혔다.	(雕窗鎖玉人)
모연수 정말 나쁜 사람이니,	(毛君眞可戮)[53]
미모의 왕소군 잘못 그렸다.	(不及寫昭君)

양제가 읽고서는 갑자기 대노하며 말했다.

"원래 이놈이 일을 그르쳤어!"

그러자 사씨부인이 "누구말입니까?"라고 물었다.

양제가 말했다.

"짐이 그전에 허정보를 시켜 후궁에서 미인을 선발하려고 했는데, 왜 후부인을 선발하지 않았는가? 분명 중간에 농간이 있었고 선발되지 못했기에 한을 품은 채 죽었다."

---

53 원문 毛君眞可戮(모군진가륙) – 毛君은 화공 모연수(毛延壽). 왕소군(王昭君)의 초상을 그리면서 뇌물이 없자, 왕소군의 눈동자를 두 개로 그려 바쳤다. 왕소군을 흉노 선우에게 시집보낸 뒤 전한 元帝(원제)는 화가 나서 모연수를 죽여버렸다. 戮은 죽일 륙.

그러면서 즉시 허정보를 잡아들이라고 분부하였다.

그러자 강양원(降陽院)의 가(買)부인이 말했다.

"허정보는 다만 미모만을 보았지, 어찌 재능과 학식까지 보았겠습니까? 후부인의 재능이 뛰어나다지만 그 용모는 어떤지 모르겠습니다. 폐하께서 확인하셔서 용모가 보통이라면 허정보의 죄는 용서받을 수 있지만, 용모가 뛰어나다면 그때 가서 잡아들여도 늦지 않을 것입니다."

양제가 말했다.

"만약 절세가인이 아니라면 어찌 이토록 아름다운 글을 지을 수 있겠는가? 지금 여러 부인들이 말한 대로 내가 직접 가서 보겠다."

그리고 여러 부인들을 각자 처소로 보낸 뒤에 궁으로 돌아와 소황후와 함께 죽은 후부인의 처소로 행차하였다.

양제가 보니, 나이는 20세 정도에 죽은 사람이지만 의상을 단정히 갖춰 입었으며, 얼굴은 아직 살아있는 듯 붉은 뺨에 하얀 이마가 반듯하며 마치 이슬맞은 도화(桃花)와 같았다. 양제가 보고서는, 시신인 줄을 알면서도 두려움 없이 후부인의 뺨을 어루만지며 대성통곡하였다.

"짐이 이토록 재능과 미색을 아꼈는데, 궁안에서 부인을 잃었구나. 부인이 이토록 재주와 미색을 갖췄는데도 지척 간에서 짐을 만나지 못했다니, …. 짐이 부인을 버린 것이 아니고 부인이 박복한 것이다. 부인이 나를 못만난 것이 아니라 짐의 인연이 각박했기 때문이다. 부인은 구천 지하에서 짐을 원망하지 말라."

그리고서는 울고 또 푸념하듯 중얼거리길 계속했다. 마치 실이 이어지듯 넋두리하였다. 마치 공부자(孔夫子, 공자)가 죽은 기린(麒麟)을 애통해하듯[54] 매우 처절하였다.

성인은 도(道)의 부재(不在)를 슬퍼하고,　　　(聖人悲道)

상인(常人)은 색(色)의 상실에 통곡한다.　　　(常人哭色)

상심하는 바는 같아도,　　　　　　　　　　(同一傷心)

하늘과 땅만큼 다르다.　　　　　　　　　　(天淵之隔)

소황후가 권유했다.

"사람은 이미 죽고 없는데, 슬퍼한들 어찌하겠습니까? 폐하께

---

54 원문 孔夫子哭麒麟的一般(공부자곡기린적일반) − 魯(노) 哀公(애공)
14년(前 481년, 공자 71세). 魯의 서교(西郊)에서 사냥하여 기린을
잡았다. 孔子는 이에 감응하여, 이를《春秋》에 기록했다. 공자가
가서 보고서는 눈물을 흘리며 말했다. "기린이다. 기린은 인수(仁
獸)이다. 출현하자마자 죽었으니, 이제 나의 道도 다했도다!"
기린이라는 동물 자체가 太平盛世에 출현한다는 상상의 동물인
데, 세상에 좀 특별한 생김새의 동물은 존재할 수 있다. 하여튼 공
자는 이를 기린으로 인식했고, 그러면서 잡혀 죽었으니, 태평성세
를 이룩할 明王의 출현도, 또 자신의 道도 실현할 수 없다고 생각
하여 눈물을 흘렸을 것이다. 孔子는 獲麟(획린)에 느낀 바 있어 이
를《春秋》에 기록하였다. 그리고 여기서《春秋》를 絶筆(절필)했다.
이 사실은《孔子家語 辯物》,《史記 孔子世家》에도 기록되었다.

서는 옥체를 보중(保重)하십시오."

양제는 교지를 내려 허정보를 잡아 옥에 가두고 상세히 심문하여 죄상을 밝히라 하였다. 그러면서 수의(壽衣)와 관곽(棺槨)을 준비하여 성대히 장례를 치루게 하였다. 그리고 궁인을 시켜 후부인의 다른 시고(詩稿)를 찾게 하였다.

궁인이 보고하였다.

"후부인의 시작(詩作)이 많았지만 죽기 전날 한바탕 통곡한 뒤에, 모두 불태웠습니다."

양제는 매우 애석해 비단 주머니에 들어있던 시를 책상에 펴놓고 읽고 또 읽으며 매우 가련타 생각하면서 또 보배로 여겼다. 그리고 여러 궁인에게 주어 알맞은 곡을 붙여 노래하게 하였다.

여러 부인들은 양제가 후부인의 장례를 후하게 치룬다는 것을 알고 나름대로 제의(祭儀)를 준비하였다. 양제는 스스로 제문(祭文)을 지어 조상(弔喪)하였다.

양제는 제문을 읽으며 눈물을 줄줄 흘렸다.

그러자 소황후도 눈물을 흘리면서 말했다.

"폐하께서는 어쩌면 이렇게 인정이 많으십니까?"

양제가 말했다.

"짐이 다정한 것이 아니고, 상심이 너무 커서 참지 못한 것이요."

여러 후궁도 눈물을 흘렸고, 양제는 제문을 영구 앞에 불태웠다. 좋은 땅을 골라 후장하고 후부인 고향의 현령에게 알려 그 부모를 후하게 대해주게 하였다.

그리고 허정보는 형관에게 고문을 받으며 조사를 마쳤고, 그동안 부정으로 모은 재물을 모두 압수케 하였다. 허정보의 죄상이 보고되자, 양제는 대노하며 동쪽 저잣거리에서 허리를 잘라 죽이는 요참형에 처하였다. 그러나 여러 부인의 간곡한 요청이 있어 허정보는 옥중에서 스스로 목을 매어 죽었다. 그야말로,

권력을 쥐었다고 이득을 탐하나,　　(只倚權貪利)
누가 알랴? 재물이 재앙인 것을!　　(誰知財作災)
비록 빠르냐 늦느냐 차이지만,　　(雖然爭早晚)
모두 죽으면 구천에 간다네.　　(一樣到泉臺)

수 양제는 양쪽 궁원서 꽃을 보고, 부인들과 배로 북해에 놀러 가다.(隋煬帝兩院觀花, 衆夫人同舟游海.)

노래하기를,	詞曰,
아픈 마음 여전히 남아도,	(傷心未已)
환락 정념 여전히 남았다.	(歡情猶繼)
하늘은 일찍이 특별한 조짐을 보였고,	(天公早顯些微異)
무성한 복숭아 고운 자두 서로 맞서니	(穠桃豔李鬪當時)
한 잔 술로 가슴에 꺼린 바를 씻어내다.	(一杯澆釋胸中忌)
북해에 높이 솟은 산과,	(北海層巒)
오호에 새로 심은 버들.	(五湖新柳)
하늘 끝 멀리 뵈는 일망무제의 땅,	(天涯遙望眞無際)
꿈속의 검은 베개 달콤한 그리움,	(夢回一枕黑甛餘)

푸른 난간으로 들리는 속삭임이여.   (碧欄又聽輕輕語)

— 곡조 〈답사행〉   — 調寄 〈踏莎行〉

아름다운 노래나 미색, 재물이나 이득에 대하여 그 본질을 꿰뚫어볼 수 있는 사람은 얼마나 있을까? 하물며 고귀하기로는 천자이고 부유하기로는 온 천하가 모두 그의 것인데, 그런 부귀를 바탕으로 마음껏 사치하고 환락을 즐긴다 하여 어느 누가 저지할 수 있겠는가?

그런 황제에 대하여 하늘은 어떤 조짐을 내보이고, 초목에도 이상 현상이 나타난다. 그런데 이런 계시를 보지도 듣지도 못하다가 끝내 패망하거나 찢겨진 뒤에 가서야 겨우 멈추게 된다.

한편, 양제는 미인을 조달했던 허정보에게 죽음을 내렸어도, 후(侯)부인에 대한 상념을 떨쳐버리지 못했다.

그러자 소(蕭)황후가 말했다.

"죽은 사람은 다시 살아날 수 없습니다. 생각한들 어찌하겠습니까? 앞서 선화궁(宣華宮) 진씨(陳氏)가 죽은 뒤로 다시 여러 부인을 맞이했습니다. 지금 후궁에 더 나은 미색이 있는지도 모릅니다."

양제가 말했다.

"황후의 말씀이 맞습니다."

그리고 각 궁궐에 재인(才人)이나 미인, 비빈, 채녀(彩女)를 막론하고 미색이나 재주가 있거나 아니면 가무에 능하든, 하나의 기예라도 뛰어난 여인을 천거하거나 아니면 본인이 현인궁에 자원하라고 전지(傳旨)를 내렸다.

황제의 이런 전지가 내려가자, 하루도 안 되어 시(詩)에 능하거나 그림을 잘 그리는, 악기 연주나 가무에 능통한 여인 또는 투호(投壺)나 축국(蹴鞠)을 잘한다는 여인들이 장기자랑을 하겠다고 수 없이 모여들었다.

양제는 크게 기뻐하며 현인궁 대전(大殿)에 잔칫상을 준비하게 한 뒤에, 소황후와 16원의 부인과 나란히 앉아 직접 여러 재주를 시험하였다. 그날 순식간에 시를 짓거나, 그림을 그리거나 악기 연주, 노래 부르기 등 기예에 특별한 여인들이 마음껏 자신의 재능을 선보였다. 필묵(筆墨)이 종횡으로 움직이고 온갖 기술을 쏟아내듯, 여러 음조의 가락이 펼쳐졌으며 난새와 봉황이 한꺼번에 울며 노래하는 것 같았다.

양제가 볼 때, 하나하나 모두가 기예와 용모가 출중하였기에, 양제는 온 얼굴로 연신 웃어대면서 말했다.

"이런 선발은 참으로 쉬운 일이 아니여! 단 한 사람이라도 버려선 안 되어! 후부인처럼 뛰어나거나 재색겸비한 미인을 상심시킬 수 없어!"

그러면서 경연을 마친 여인에게 이름을 적어올리고, 술을 내려 권하면서 미인(美人)에 봉(封)하거나 재인(才人)의 지위를 하사하는 등 모두 1백여 명을 선발하였다. 그리고 그런 여인을 서원(西苑)의 16원(院)에 골고루 배치하여 기예를 더욱더 연마하도록 지원하였다.

이렇게 모두를 배치하였는데, 다만 한 여인이 있어 시를 짓지도, 춤을 추거나 노래를 하지도 않고 한켠에 여전히 그대로 서있었다. 양제가 그 여인을 자세히 바라보았다. 그야말로,

우아한 외모에 특이한 품격으로,	(貌風流而品異)
뛰어난 정신에 기이한 체격이다.	(神淸俊而骨奇)
속인처럼 지분을 바르지도 않고,	(不屑人間脂粉)
가뿐하고 넉넉한 풍요로운 모습.	(翩翩別有豊姿)

양제가 서둘러 물었다.

"그대 이름이 무엇인가? 많은 사람들이 헌시(獻詩)나 헌화(獻畵)하며, 재주를 자랑하고 총애를 얻으려 했는데, 너는 말도 하지 않고 왜 거기에 서있는가?"

그러자 젊은 여인은 당황하지 않고 천천히 다가와 말했다.

"저의 성은 원(袁)이고, 강서 귀계(江西, 貴溪) 사람이며, 이름은 자연(紫煙)입니다. 제가 입궁한 이후로 용안을 한 번도 뵙지 못했기에 이번에 특별한 각오로 참가하였습니다."

"그래도 네가 여기까지 왔을 때는 한 가지 재주라도 보여줄 뜻이 아니었느냐?"

"저는 내보일만한 재주가 없습니다. 춤이나 노래도 못하니 폐하의 이목을 즐겁게 하지는 못합니다."

"노래나 춤 말고도 무슨 재주가 있을 것 아니냐?"

그러자 원자연이 말했다.

"저는 어려서부터 천문 보기를 좋아하였습니다. 그러면서 여자가 해야 하는 바느질이나 길쌈, 요리 등을 전혀 배우지 않았습니다. 저는 별(星)을 관찰하거나 망기(望氣)하며 오행(五行)의 움직임과 소멸, 그리고 그에 따른 나라의 운수를 살필 수 있습니다."

양제가 크게 놀라며 말했다.

"천문은 성인(聖人)의 학문인데, 너는 젊은 여자로 어떻게 그런 학문에 통하였느냐?"

원자연이 말했다.

"제가 어린아이였을 때 우연히 늙은 비구니를 만났습니다. 그 비구니가 제 눈에 기이한 안광이 있다면서 천문 현상을 관찰할 수 있을 것이라고 말해주었습니다. 그러면서 저에게 천문 관측기구인 선기옥형(璇璣玉衡)과 오위칠정(五緯七政)[55]의 학문을 일러주었고, 이를 잘 알면, 나중에 왕자(王者)의 스승이 될 수 있다고 말해주었습니다. 그래서 저는 열심히 배워 그 대략 한두 가지를 알 수 있었습니다."

---

55 오위칠정(五緯七政) – 五緯는 五星, 곧 太白星(金星), 歲星(세성, 木星), 진성(辰星, 水星), 형혹성(熒惑星, 火星), 전성(塡星, 土星)의 합칭. 이 오성에 日과 月을 합하며 七政이라 통칭한다.

양제가 말했다.

"짐은 어렸을 때부터 읽지 않은 책이 없었지만, 다만 천문에 관한 서책은 제대로 공부하지 않았다. 천문을 담당하는 관리들이 가끔 재해(災害)와 상서(祥瑞)와 화복(禍福)에 관한 글을 상주하나 짐은 이를 잘 이해하지 못한다. 오늘 네가 천문에 박식하다니 짐은 곧바로 궁중에 높은 누대를 짓고, 너를 귀인(貴人)에 봉하면서 아울러 천문을 관장하는 여 사천감(女 司天監)에 임명하여 궐내 사천대 업무를 맡기겠다. 그러면서 짐도 수시로 너와 같이 천상을 관찰한다면, 이 어찌 통쾌하지 않겠는가!"

그러자 원자연은 황망히 은혜에 감사하였다. 양제는 즉시 여러 부인의 다음 자리에 앉게 했다.

이에 소황후가 말했다.

"오늘 미인 선발은 아름다운 미인을 많이 얻었을 뿐만 아니라, 원귀인 같은 천문에 능통한 인재를 얻었으니, 이 모두가 폐하의 홍복(洪福)입니다."

양제는 몹시 기분이 좋아 여러 부인과 함께 달이 떠오를 때까지 술을 마셨다. 그리고 관천대를 만들 때까지 기다릴 수 없어 궁인을 시켜 월대에 여러 개의 탁자를 쌓아 올리게 한 다음에 원자연을 데리고 올라가 함께 천상(天象)을 관찰하였다.

두 사람이 나란히 선 다음에, 원자연은 먼저 삼원(三垣)[56]을 일

---

56 삼원(三垣, 垣은 담 원, 별이름 원) ─ 상원(上垣)인 태미원(太微垣), 중원

러주었고, 이어 28수(二十八宿)[57]의 위치를 대략 알려주었다.

양제가 물었다.

"무엇을 삼원(三垣)이라 하는가?"

원자연이 말했다.

"삼원이란 자미원(紫微垣), 태미원(太微垣), 천시원(天市垣)을 말합니다. 자미원[58]은 천자의 도읍이며 궁궐입니다. 태미원[59]은 천자께서 정령(政令)을 반포하고 제후의 입조를 받는 곳입니다. 천시원[60]은 천자의 권력과 재물을 모아두는 도시라 할 수 있습니

<hr />

인 자미원(紫微垣), 하원인 천시원(天市垣)을 지칭. 북극성을 중심으로 한 별자리의 구분.

57 28수(二十八宿, 宿는 별자리 수. 音은 '숙' 아니다. xiù) — 天球上(천구상)의 黃道(황도)와 하늘의 赤道(적도) 부근에 둘러있는 28개 星座(성좌, 或稱 星官). 천문학상 四象(靑龍, 白虎, 朱雀, 玄武)에 각 7星씩 배속시켰다(二十八宿). 이 28수는 각 1개의 항성을 기준으로 정한 천문 좌표(座標)이며, 태양과 달, 5대 행성, 彗星(혜성) 등의 운행 위치 및 항성을 관측하는 기초가 된다. 二十八舍, 二十八星, 二十八次 등으로 표기한다. 이십팔수의 이름은,

東宮(東官) — 角宿(각수), 亢(항), 氐(저), 房(방), 心(심), 尾(미), 箕(기).

北宮(北官) — 斗, 牛, 女, 虛(허), 危(위), 室(실), 壁(벽).

西宮(西官) — 奎(규), 婁(루), 胃(위), 昴(묘), 畢(필), 觜(자), 參(삼).

南宮(南官) — 井, 鬼(귀), 柳(유), 星, 張(장), 翼(익), 軫宿(진수)이다.

58 紫微垣(자미원) — 天帝(천제)의 居住處(거주처), 皇帝(황제)의 內院(내원), 皇帝 외에도 皇后(황후), 太子(태자), 宮女(궁녀)들이 머문다.

59 태미원 — 하늘의 조정(天廷也).

60 천시원(天市垣) — 天上의 市集(시집), 平民 百姓(백성)의 거주지.

다. 성수(星宿)가 밝으면 그 기운도 밝은데(星明氣明), 이는 나라
가 평온하고 화평한 복(福)이라 할 수 있습니다. 만약 혜성(彗星,
彗孛, 彗는 빗자루 혜)이 천시원을 침범한다면 사직에 변란이 발생
할 우려가 있습니다."

양제가 물었다.

"이십팔수가 중천을 에워싸며 천하를 나눠 관리한다는데,[61]
어떻게 그 지역에서 일어나는 선악을 알 수 있는가?"

원자연이 말했다.

"예를 들어, 오성(五星)[62]이 어떤 성수를 침범한다면, 어떤 곳에

---

61 중국인들은 하늘의 성수(星宿)는 지상의 어느 지역이나 특정한 인
물(예;황제, 황후, 재상)과 연관되었으며, 연결된 지역을 分野라
하였다. 그리고 그런 연관은(分野之地) 변할 수 있다고 생각하였
다. 28성수와 분야를 요약하면 아래와 같다.

東方 28星宿		角宿	亢宿	氐宿	房宿	心宿	尾宿	箕宿
漢書	州名	兗州(연주)			豫州(예주)		幽州(유주)	
天文志	國名	韓地			宋地		燕地	

北方 28星宿		斗宿	牛宿	女宿	虛宿	危宿	室宿	壁宿
漢書	州名	揚州(양주)			靑州(청주)		幷州(병주)	
天文志	國名	吳		越	齊地		衛地	

西方 28星宿		奎宿	婁宿	胃宿	昴宿	畢宿	觜宿	參宿
漢書	州名	徐州(서주)			冀州(기주)		益州(익주)	
天文志	國名	魯			趙		魏	

南方 28星宿		井宿	鬼宿	柳宿	星宿	張宿	翼宿	軫宿
漢書	州名	雍州(옹주)			三河		荊州(형주)	
天文志	國名	秦			周		楚	

서 어떤 재난이 있는가를 알 수 있습니다. 혹은 병란이 또는 수해나 가뭄이 발생합니다. 오성의 변화는 오성의 색상 곧 청, 황, 적, 흑, 백(靑, 黃, 赤, 黑, 白)의 오색으로 판별합니다."

양제가 다시 물었다.

"제성(帝星)은 어디에 있는가?"

원자연이 손으로 북쪽을 가리키며 말했다.

"저 자미원에서 별 5개가 나란히 있는데, 첫 번째 별이 달(月)을 주관하는데, 바로 태자의 형상입니다. 두 번째 별은 해(日)를 주관하는데, 적색의 큰 별이 바로 제성(帝星)입니다."

양제가 별을 바라본 다음에 물었다.

"그런데 제성은 왜 저렇게 흔들리는가?"

"제성의 요동(搖動)은 일정하지 않습니다. 천자께서 유람을 좋아하시기 때문입니다."

양제가 웃으면서 말했다.

"짐이 유락(遊樂)을 좋아하는 것은 사소한 일이 아닌가? 어떻게 상천의 별이 그렇게까지 따라 하는가?"

"천자는 천하의 주인이시고 천자의 일거일동은 모두 상천에

---

62 五星(오성)은 歲星(세성, 木星). 熒惑星(형혹성, 火星), 太白星(金星), 辰星(진성, 水星), 塡星(전성, 土星), 간범(干犯)은 行星의 光芒(광망)이 恒星(항성) 까지 뻗친 형상. 守는 행성이 어떤 星宿(성수)에서 멈춰 움직이지 않는 현상. 合은 一宿에 모여 있는 현상. 散(산)은 오성이 변화하여 그 精氣가 흩어지는 현상을 말한다.

그대로 반영됩니다. 그래서 고대의 성제(聖帝)나 명왕(明王)은 늘 그런 생각을 품고서 방자할 수가 없었습니다. 이는 바로 천명을 두려워한 것입니다."

양제는 한동안 천문을 자세히 관찰한 뒤에 물었다.

"자미원은 왜 저렇게 어둡고 밝지 않은가?"

"그것은 제가 감히 말씀드릴 수가 없습니다."

"상천이 이미 그 형상을 본떠 나타난다고 하였는데, 원 귀인이 내게 말하지 않는다면, 이는 나를 속이려는 뜻이 아닌가. 그리고 흥망은 이미 정수(定數)가 있다고 하였으니, 귀인이 분명하게 말한다 하여 무슨 해로움이 있겠는가?"

"자미원이 어둡게 보이는 것은 아마도 국운이 오래가지 못할 것입니다."

양제는 침울하게 한참을 생각한 뒤에 말했다.

"이런 일은 만회할 수 없는가?"

원자연이 말했다.

"자미성이 비록 어둡다 하지만 다행히 명당(明堂)은 여전히 밝습니다. 그리고 삼태성도 밝습니다. 그리고 지성(至誠)이면 하늘에도 통할 수 있으니, 폐하께서 덕을 닦으면서 재앙에서 벗어나길 기원하신다면 천심(天心)을 어찌 되돌릴 수 없겠습니까?"

양제가 말했다.

"진정 만회할 수 있다면 크게 걱정하지 않을 것이다."

두 사람이 내려오려 하자, 갑자기 서북 하늘에서 붉은색 기운이 나타나더니 갑자기 용이 꿈틀거리듯 하늘로 솟구쳤다.

그러자 원자연이 그를 보고서는 깜짝 놀라면서 저도 모르게 말했다.

"아! 이는 천자의 기운인데, 왜 갑자기 출현하는가?"

그러자 양제도 머리를 돌려 바라보니 붉은 광선이 밝게 빛났고, 그 주변에 5색 기운이 하늘을 밝게 비추었다. 이는 정말 기이한 현상으로 누구나 놀라지 않을 수 없었다.

그러자 양제가 물었다.

"천자의 기운이라고 어떻게 알 수 있는가?"

"다섯 빛깔이 무늬를 형성하며 마치 용왕이나 봉황의 형상이니, 어찌 천자의 기운이 아니겠습니까? 저 기운이 일어나는 곳에 반드시 이인(異人)이 있을 것입니다."

양제가 물었다.

"저 기운이 솟구친 곳은 어디에 해당하는가?"

그러자 원자연이 손가락으로 지적하면서 말했다.

"그곳은 삼수(參宿)와 정수(井宿)의 분야이니, 아마 태원(太原)에 해당합니다."

"태원은 서경(西京, 長安)에서 멀지 않으니 짐이 내일 사람을 보내 세세히 살펴 찾아내게 할 것이다. 만약 정말 이인이 있다면 즉시 잡아 죽일 것이다. 그러면 국운이 짧다는 재앙을 면할 수 있으리라."

그러자 원자연이 말했다.

"이는 하늘의 뜻이니, 인력으로 제거할 수 없습니다. 폐하께서는 오로지 명덕(明德)을 부지런히 수양하셔야 합니다. 그러면 화는 저절로 사라질 것입니다. 옛날에 제가 어렸을 때, 저에게 천문 보기를 일러주신 늙은 비구니가 게송(偈頌) 3구를 말해주었습니다. 곧 '호랑이 머리에 소의 꼬리에서 병란이 일어날 것이니, 누구가 군왕(君王)이겠는가? 木의 子이다.' 라 하였습니다. 木의 子는, 곧 李입니다. 이는 미묘한 하늘의 뜻이라서 사람의 뜻으로 억지로 예단할 수는 없습니다."

그러자 양제가 말했다.

"하늘 뜻이 그처럼 이미 정해졌다면 근심 걱정해야 무익할 것이다. 그러니 이렇게 좋은 밤에는 원귀인과 함께 즐기는 것이 더 낫지 않겠는가?"

양제는 원자연을 데리고 별당으로 들어갔다. 소황후와 다른 부인들은 벌써부터 술에 취해 각자 처소로 흩어졌다. 양제는 원자연을 데리고 현인궁으로 돌아와 함께 밤을 즐겼다.

다음 날, 양제가 일어나 머리를 빗질할 때 갑자기 명하원(明霞院) 양(楊)부인이 내감을 보내 아뢰었다.

"예전에 산조현(酸棗縣)에서 헌상했던 자두나무〔옥리(玉李)〕가 여태껏 꽃을 피우지 않다가 엊저녁에 무수히 많은 꽃을 피웠고 그 향기에 널리 진동하고 있습니다. 이는 아주 기쁜 조짐이라 생각하오니 폐하께서 친히 감상하시기 바랍니다."

양제는 어제 저녁에 말한 이씨는, 곧 자두나무(李)라 생각하였고, 그런 자두나무가 무성하게 자랐고 꽃을 피웠다는 보고가 달갑지 않았다.

그래서 조금 뒤에 물었다.

"그 자두가 오랫동안 꽃이 안 피다가 꽃을 피웠다면 틀림없이 무엇인가 이상한 일이 있었지 않은가?"

그러자 태감이 아뢰었다.

"좀 기이한 일이 있었습니다. 엊저녁에 많은 사람들이 자두나무 근처에서 수많은 신인(神人)들이 중얼대는 소리를 들었답니다. 그 소리는 '木子(李氏)가 틀림없이 번성할 것이니, 우리 모두 도우러 가자.' 라고 하는 말이었습니다. 저희들은 그런 말을 믿지 않았지만, 그러나 아침에 일어나 보니 자두나무 꽃이 만개하였기에, 이 모두가 폐하께 홍복(洪福)이 있어 이런 좋은 일이 일어났다고 생각하였습니다."

황제는 그런 말을 듣고 더욱 의혹이 생겨 주저하고 있는데, 다른 태감 하나가 서둘러 달려와 보고하였다.

"저는 신광원(晨光院) 주(周)부인의 명을 받고 폐하께 아룁니다. 그전에 서경에서 신광원에 옮겨 심은 양매(楊梅) 나무가 밤사이에 꽃이 만개하였기에 폐하께서 왕림하시어 감상하시길 비옵니다."

양제는 양매가 자신의 성씨 양(楊)과 같기에 크게 좋아하며 말했다.

"양매가 활짝 피었다니 묘하도다! 참 좋은 일이로다."

그러면서 태감에게 물었다.

"어떻게 하룻밤 사이에 그렇게 무성해졌는가?"

그러자 태감이 말했다.

"어젯밤에 꽃나무 아래에서 많은 신인(神人)들이 이야기하는 소리가 들렸답니다. '이 꽃나무의 기운이 이미 다 빠져나갔으니, 이번에 한 번 꽃을 피우면 끝일 것이다.' 라고 했답니다. 그런데 아침에 보니 꽃이 만발하지 않은 가지가 없이 활짝 피었습니다."

양제가 말했다.

"양매가 저렇듯 무성한데 명하원의 자두나무에 비하면 어떠한가?"

태감이 말했다.

"소인은 아직 명하원 자두나무 꽃을 보지 못했습니다."

원자연이 곁에 있다가 말했다.

"두 개의 꽃이 일시에 피었으니, 나라의 상서(祥瑞)가 아니겠습니까? 일단 가서 보시면 확실하실 것입니다."

양제가 말했다.

"나는 원귀인과 같이 보고 싶구나."

그리고는 손수레〔연(輦)〕를 탔고, 원자연은 뒤를 따라 바삐 걸었다. 서원에 도착하자, 양부인과 주부인이 나와 영접하였다.

양제가 물었다.

"양매는 서경에서 옮겨 심었으니 본래 뿌리와 밑둥이 있는 노목이 아닌가? 그런 노목이 꽃을 피웠다니 경하할 일이다. 그런데 그 자두나무는 지방의 현에서 헌상한 나무이고, 본래 무성하게 자라는 나무도 아닌데, 무슨 까닭으로 갑자기 꽃을 피웠겠는가?"

부인 두 사람이 말했다.

"폐하께서 직접 보시면 알 수 있을 것입니다."

곧 명하원에 도착하였다. 양씨 부인이 양제를 자두나무 있는 곳으로 안내하였다.

양제는 손수레에서 내리려 하지 않고 말했다.

"양매가 핀 곳으로 먼저 가본 다음에 다시 와서 보겠다."

양부인은 강요할 수도 없어 황제의 연이 나가도록 비켜섰다. 그리고 황제를 따라 신광원으로 갔다. 양제는 신광원에 들어서서 양매를 보았다. 굵은 그루 위로 무성한 가지에 비단에 수놓은 것 같은 매화가 만발했다.

양제는 아주 좋아하며 말했다.

"정말 무성하게 잘 자랐고, 이 꽃은 나라의 경사이다! 단번에 누구나 알 수 있다."

그러는 동안에 각 원에 거처하는 부인들이 모여들어 모두 매화를 칭찬하였다. 양제는 크게 웃으며 꽃을 감상하면서, 술을 들겠다고 말했다.

그러나 여러 부인들은 양제의 숨은 뜻을 모르고 말했다.

"자두나무 꽃이 더 활짝 피었다는데, 폐하께서는 보시지 않으시렵니까?"

양제가 무관심한 듯 말했다.

"아마 이 매화만 못할 것이다."

그러자 여러 여인이 말했다.

"어느 꽃이 더 좋은가 여러 사람이 보면 알 것입니다."

양제는 부인들 애교 있는 강요를 끝내 뿌리칠 수가 없어 모두 함께 명하원으로 갔다.

명하원에 들어서자마자 진한 향기가 코를 자극했고 나무가 온통 꽃이었다. 꽃이 가지마다 마치 흰 구슬로 깎아 만든 듯 영롱한 빛을 발했다. 상서로운 기운이 느껴지며 마치 귀신이 도운 듯 찬란한 모습에 눈을 뗄 수가 없었다. 이에 비하면, 양매는 초라한 모습이었고 모든 부인들의 머릿속에서 지워졌다. 〈답사행(踏莎行)〉이라는 곡조의 사(詞) 한 수가 이를 증명하였다.

백운 깔렸고 푸른 구름 많이 끼었는데,	(白雲橫鋪, 碧雲亂落)
구슬 같은 이슬이 꽃잎에 가득 맺혔다.	(明珠仙露浮花萼)
하룻밤 기운이 하나로 뭉쳐 피었으니,	(渾如一夜氣呵成)
정말로 봄이 꽃을 피울 겨를도 없었네.	(果然不假春雕琢)
하늘과 땅이 키웠고, 귀신의 조화로다.	(天地栽培, 鬼神寄託)
봄인들 어찌 이렇듯 꽃을 피우겠는가?	(東皇何敢相拘縛)

바람이 불어 향기가 용처럼 펴오르고,　　(風來香氣欲成龍)

어떻게 모든 꽃들이 미모를 다투겠나?　　(凡花誰敢爭强弱)

　　양제는 5색으로 빛나는 도리(桃李)를 보았고, 마치 하나의 보석처럼 온 나뭇가지가 꽃으로 덮인 모양을 보고 모두가 그만 넋을 잃고 말았다. 여러 부인들은 벌린 입을 다물지 못했고 한동안 멍청하게 넋을 잃고 서있다가 한참 지나서야 정신이 돌아온 듯 자두나무(玉李)의 꽃을 칭찬하기 시작하였다. 여러 부인들의 칭송이 끊이지 않고 이어지자, 양제는 자기도 모르는 사이에, 갑자기 분노한 듯 큰소리로 말했다.

　　"이처럼 가지도 작은 나무가 갑자기 꽃을 피운 것은 분명 꽃에 붙은 요괴의 짓이다. 그냥 남겨두면 틀림없이 재앙이 될 것이다."

　　그리고 이어 환관을 시켜 도끼로 나무 밑동을 잘라버리라고 명령했다.

　　이에 모든 부인들이 놀라며 말했다.

　　"한창 피어난 이 꽃은 나라의 경사이며 길조이지, 어찌 요괴의 짓이겠습니까? 폐하께서는 다시 한번 생각해 주십시오."

　　그러나 양제는 고집을 꺾지 않았다.

　　"여러 부인들이 어찌 그런 것을 알겠느냐? 잘라버려야만 한다."

　　여러 부인들의 옹석 같은 요청을 양제가 어찌 받아들이겠는가? 오직 원자연만은 왜 그러는지 알고 있기에 양제에게 말했다.

"폐하! 이 꽃이 무성하게 꽃을 피웠지만, 꽃나무의 정기를 한꺼번에 다 쏟아버렸으니 오래갈 수가 없습니다. 지금 폐하께서 이 꽃을 두고 술을 마시면 이 꽃의 요기(妖氣)가 사라지며 서기(瑞氣)로 바뀔 것입니다."

그러는 동안에 태감은 도끼를 들고 이러지도 저러지도 못하고 망설였다. 마침 그때 소황후가 오셨다는 전갈이 들어왔고, 여러 부인들은 소황후를 맞이하며, 소황후에게 호소하였다.

"꽃이 저렇게 곱고 예쁜데, 폐하께서는 요기가 서렸다면서 베어버리라고 하셨습니다."

소황후는 양제를 뵙고서 자두꽃을 상세히 감상하였다. 과연 백옥으로 만든 계단에 쌓인 눈처럼 희고 풍성하였다. 소황후는 꽃을 보면서 마음속으로 헤아렸다.

그런 다음에 양제에게 물었다.

"폐하께서는 왜 꽃나무를 베어내라고 하셨습니까?"

양제가 말했다.

"현명하신 황후도 잘 아시면서 하필 내게 따져 묻소?"

소후가 말했다.

"이는 하늘 뜻이고, 요기가 아닙니다. 그러니 베어버린들 무슨 이득이 있겠습니까? 폐하의 큰 복을 계속 누리시려면, 이런 사소한 일에 마음 쓰지 마시고 그냥 버려두십시오."

"황후의 말씀이 정말 옳소이다. 그러면 다시 양매를 보러 갑시다.”

자두나무(玉李)는 베지 않았다. 양제와 황후와 여러 부인들은 모두 신광원으로 돌아왔다.

소황후가 볼 때, 그 매화꽃이 비록 번화하지만 자두나무 꽃에는 견줄 바가 못되었다. 그러나 소황후는 머리가 잘 돌아가는 영리한 사람이었다.

양제의 뜻을 알고서 말했다.

“매향이 맑고 색도 뛰어나게 아름나우니, 천지의 정기를 받은 꽃나무입니다. 자두나무는 선명하게 곱지만 제가 볼 때 양매가 더 위에 있습니다.”

그러자 양제도 웃으며 말했다.

“역시 황후는 안목이 뛰어납니다.”

그리고서는 술을 가져오라고 명령했다. 곧 술이 준비되자, 황제를 중심으로 빙 둘러앉아 한동안 술을 마셨다. 그러나 바다를 본 사람에게 개천이나 연못의 물은 보이지 않는 법이다.

여러 사람들의 마음에는 모두 아쉬움이 가라앉아 있었다. 양제도 그런 분위기를 모르지 않았다. 그러니 술자리도 왜 그런지 모르지만 즐겁지가 않았다.

그러자 양제가 일어나면서 말했다.

“이렇게 좋은 봄날에, 모든 천지에 봄이 왔는데 어찌 꽃나무 하나만 보고 앉아 술을 마셔야 하겠는가?”

소황후가 말했다.

"폐하의 말씀이 지당하십니다. 오호(五湖)로 자리를 옮기시지요."

"아예 북해까지 유람하면 흉금이 탁 터질 것이요"

양제의 말에, 모두가 따라 일어났다.

양제와 소황후와 여러 부인들은 모두 용주(龍舟)에 올라 자리를 잡았고 북해를 향해 나아갔다. 배에서 보는 풍광은 정말 온화화창하였고 물과 하늘이 하나의 색으로 어울렸다.

어원에 봄바람이 살랑이고,	(御苑東風麗)
봄기운 푸른 물에 출렁인다.	(吹春滿碧流)
붉은 꽃은 강 언덕을 덮었고,	(紅移花覆岸)
푸른 버들 배 위로 늘어졌다.	(綠壓柳垂舟)

산과 전각에 나무 그림자 있고,	(樹影依山殿)
꾀꼬리 노래는 물 건너 들려온다.	(鶯聲渡水流)
오늘 이 아침 날씨 무척 좋으니,	(今朝天氣好)
곧장 오호(五湖)에 유람을 즐기노라.	(直向五湖游)

양제와 소황후, 그리고 여러 부인들은 용주(龍舟)에서 주렴을 걷어올리고 주변 산수의 아름다운 경치를 마음껏 즐겼다. 용주는 북해로 나아가 삼신산(三神山) 자락에 닿았고 모두 배에서 내렸다.

막 삼신산을 오르며 구경하려는데, 물속에서 큰소리가 울리더니 물결이 크게 일어나며 커다란 물고기가 보였다. 물속의 대어는 큰 지느러미를 흔들며 물가 근처를 이리저리 헤엄쳤다. 그리고는 양제에게 마치 아는 체 하려는 듯, 고개를 물 밖으로 들었다가 가라앉기를 반복했다.

양제는 그 큰 잉어를 알아보았다. 그 길이가 대략 어른 키 한 길(丈)에 너댓 자 정도 더 길었는데, 온몸이 온통 금빛 비늘로 덮여있어 햇빛을 받아 눈부시게 번쩍였다. 잉어 아가미 옆으로 희미하지만 붉은 주사(朱砂)로 쓴 '解' 글자를 볼 수 있었다.

양제가 말했다.

"원래 바로 그 잉어였구나!"

소후가 놀라 "무슨 말씀입니까?"라고 물었다.

양제가 신기하다는 듯 감탄하며 말했다.

"황후도 알고 있잖소. 그전에 태액지에서 양소(楊素)와 낚시하던 날, 낙수(洛水)의 한 어부가 큰 잉어를 잡았다고 헌상했었지. 짐이 너무 기이하여 거기에 '살려 풀어준다(解生)'라고 주사로 글씨를 써서 방생했었지요. 그 태액지와 여기 오호가 물길로 통하니, 잉어가 여기 더 넓은 곳으로 옮겨와 살고 있군요. 덩치가 훨씬 커졌소, 지금 '生'자는 지워져 안 보이지만 아직 '解'자는 알아볼 수가 있군요."

소황후가 말했다.

"잉어는 뿔이 난다고 하니 보통 생물은 아닙니다."

마침 곁에 있던 원자연이 말했다.

"아직 용이 되기 전이니, 폐하께서 없애버리는 것이 좋을 것입니다. 그렇지 않으면 뒷날 비바람이나 천둥을 칠 수도 있습니다."

양제는 "원부인의 말이 맞다."면서 가까운 시종에게 빨리 활과 화살을 준비하라고 말했다.

시종이 서둘러 큰 활과 화살을 준비해 올렸다. 양제는 옷 소매를 걷어올리고 활과 화살을 손에 잡고 잉어를 노렸다. 그리고 화살을 쏘자, 빠른 바람 소리가 들렸다. 그때 갑자기 수면에서 일진광풍이 불면서 오호에 큰 파도가 일었다. 그러면서 마치 수백만의 어룡(魚龍)이 도약하는 듯 하얀 파도가 삼신산 언덕을 후려쳤다. 황후 및 여러 미인들이 모두 놀라 소리를 질렀고 혼비백산(魂飛魄散)한 듯, 뒤로 물러섰다. 양제는 물을 뒤집어썼다. 양제는 놀랐지만 그래도 활과 화살을 잡고 또 쏠 준비를 했다.

그때 원자연이 양제 앞에 나서며 말했다.

"폐하께서는 잠시 기다리십시오. 제가 먼저 손을 보겠습니다."

양제는 일단 활을 내리고 원자연의 뒤쪽에 서있었다. 원자연은 소매 속에서 둥근 계란 같은 물건을 꺼내더니 거기에 오색의 실끈을 매었다. 그리고 그 둥근 환(丸)을 물속으로 던졌다. 원자연이 던진 환이 잉어 근처에 떨어지자, 잉어는 그 머리를 급히 돌리더니 유연하게 호수 속으로 사라졌다.

원자연은 10여 장 되는 긴 비단 줄을 꺼내어 거기에 둥근 모양의 환약 같은 것을〔원문 寶貝(보패)〕묶어 맸다. 이때 양제는 놀란 숨을 진정시킨 뒤에 원자연을 바라보고 있었다. 양제가 비단 끈에 묶어 맨 것이 무엇이냐고 물었다.

원자연이 대답하였다.

"이 보패는 제가 어렸을 적에 늙은 비구니한테 받은 것으로 태액혼천구(太液混天球)라고 하는 물건인데, 아주 옛날 태상노군(太上老君, 老子)께서 연단(鍊丹)하여 만든 것이라 하였습니다. 이는 수중 괴물을 퇴치할 수 있어, 뜻밖의 사태를 예방하려고 제가 늘 가지고 다녔습니다."

그러는 동안 소황후와 여러 부인들도 양제 곁에 모여들었다. 양제는 놀라면서 옷이 물에 젖었고, 이미 흥이 깨졌기에 산에 오를 생각도 없어 그대로 용주를 타고 현인궁으로 향했다.

양제가 북해의 남안에 와서 용주에서 내려오자 중문사(中門使)인 단달(段達)[63]이 땅에 엎드려 기다리고 있었는데 몇 장의 문서

---

63 단달(段達, ?-621년) - 隋朝 관리. 父親(부친) 단엄(段嚴)은 北周 右衛大將軍(우위대장군), 단달은 北周에서 3세에 부친의 작위를 계승. 身長 8尺, 멋진 수염. 弓馬에 뛰어났다. 수 文帝의 승상. 晉王(楊廣)의 參軍. 이후 양제의 신임을 받았다. 고구려 원정에도 참여했다. 大業十二年(616年), 隋 煬帝가 江都宮에 유람할 때, 양제의 명을 받아 낙양을 진수하며 지방 반란군을 진압하였다. 李世民이 낙양을 평정하며 단달은 주살되었고, 처자는 적몰(籍沒)되었다.

를 올리면서 말했다.

"변방의 긴급 문서가 올라왔는데, 신이 지연시킬 수 없어 삼가 보고드리겠습니다."

양제가 웃으며 말했다.

"지금 온 천하가 태평하고 만방에서 조공을 헌상하는데 긴급 상황이 무엇인가? 변방에서는 늘 작은 일도 큰일처럼 보고하여 조정을 놀래키지 않는가?"

양제가 문서를 받아보고 읽었다.

「변방 보고입니다. 홍화군(弘化郡)의 서쪽 변방 지역은 계속되는 흉년에 도적이 벌떼처럼 일어나 군에서 진압하질 못하니, 유능한 장수를 조속히 파견하여 소굴을 평정하여 백성을 안정시켜주시길 앙망합니다.」

양제가 말했다.

"이는 군현의 관원들이 허위 상황을 알린 뒤에, 나중에 평정하였다 보고하여 거짓공에 상을 받으려는 상투적인 일이 아닌가?"

그러나 소후가 말했다.

"이런 일은 전부를 믿을 수도, 그렇다고 안 믿을 수도 없습니다. 폐하께서는 우선 장수를 한 명 보내셨다가 나중에 상황을 보아 대처하십시오."

────────

《說唐演義全傳》 중에서 段達은 東鎭王 왕세충(王世充) 휘하의 원수(元帥)로 방천화극(方天畫戟)을 잘 쓰는 장수로 나온다.

이어 양제는 다른 보고서를 읽었다.

「이부(吏部)와 병부(兵部)의 합동 보고입니다. 관서(關西) 지역 13개 군에서 도적떼가 발생하여 군현에서 유능한 장수를 파견해 달라는 요청이 있었습니다. 신등은 위위소경(衛尉少卿)인 이연(李淵)이 재략을 겸비하고 지휘관 자질이 우수하다고 판단하여 홍화군 유수로 보임하여 군사를 거느리고 도적떼를 소탕토록 지시하려 합니다. 재가를 바랍니다.」

양제는 읽고서는 즉시 결재하며 말했다.

"이연이 재능과 도략을 갖추었다면, 바로 홍화군 유수(留守)에 보임하여 관서 지역 13개 군의 병마를 거느리고 토벌하여 민생을 안정시켜라. 만약 전공이 있으면 승급에 시상하여 해당 부서에서 보고하라."

양제는 결재를 한 뒤에 즉시 단달에게 내주었고, 단달은 변방의 긴급 업무이기에 지체할 수 없어, 이부와 병부에 관리를 보냈다.

그러나 양제는 갑자기 지난 일을 상기하였다. 예전에 남조의 진(陳)을 정벌할 때, 이연은 고의로 진 황제 진숙보의 애첩인 장려화(張麗華)를 죽였으며, 거기다가 그가 이(李) 성이 아닌가? 천문에서 이씨가 융성한다고 하였는데! 그런 이연에게 병권을 내주는가?

이연은 결재를 철회하고 싶었지만 이미 명령은 전달되었고, 다시 다른 사람으로 교체하려 해도 적임자가 없었다. 이러지도 저러지도 못하고 고민하는데 단달이 다시 표문을 올렸다. 양제가 읽어보니 바로 장안 현령이 미인을 바치겠다는 공문이었다.

양제가 읽고 기뻐하며 단달에게 물었다.

"미인을 바친다면 그 미인은 어디에 있는가?"

그러면서 이연의 일은 완전히 잊어버렸다.

"지금 성지(聖旨)를 받지 못하여 서원 밖에 대기하고 있습니다."

양제는 즉시 데리고 들어오라고 명령했다. 조금 있으니 단달이 미인을 데리고 들어왔다.

새로 들어온 미인은 양제와 소황후 앞에 와서 그 가는 허리를 접으며 절을 올렸고 땅에 엎드렸다. 정말 연약하였고 겁에 질린 듯한 얼굴이지만, 얼굴에는 한없이 부드러우면서도 귀여움이 넘쳐났다.

양제는 정말 기뻤다. 방금 돋아난 새싹 같으면서도, 아직 아무도 만지지 않은 활짝 핀 꽃송이였다.

그런 미인을 읊은 시가 있었다.

눈으로 씻고 안개로 찐듯 신선의 골격에,　　(浣雪蒸霞骨欲仙)
거기에 이제 열다섯 한창 꽃다운 나이다.　　(況當十五正芳年)
그려진 눈썹 뺨 위에 마치 초생달이러니,　　(畫眉腮上嬌新月)
바람에 빗은 머리칼 저녁 연무와 같구나.　　(掠髮風前鬥晚煙)

피어난 도화 이슬에 반쯤 젖은 채 웃나니,　　(桃露不堪爭半笑)

배꽃은 어찌 멋대로 양쪽 어깨를 누루나?　　(梨云何敢壓雙肩)

거기에 더욱 꾸밈도 없이 소박한 모습이,　　(更餘一種憨憨態)

사람의 넋을 빼고도 더욱 가련할 뿐이다.　　(消盡人魂實可憐)

양제는 어린 소녀가 매우 귀엽고 사랑스러워 온 마음으로 기뻐하며, 성큼 다가가 두 손으로 어깨를 잡아 일으키며 물었다.

"너는 올해 몇 살이고, 이름은 뭐냐?"

"저의 성은 원(袁)이고 이름은 보아(寶兒)이며, 열다섯입니다. 저의 부모는 폐하께서 어거녀(御車女)를 고른다는 말을 듣고 저를 바쳤으니, 폐하께서는 저를 거둬주십시오."

"그래! 그래! 걱정마라! 돌려보내지 않으마!"

그리고 소황후와 함께 보아를 데리고 서원 16원으로 왔다. 여러 부인들은 황제가 미인을 새로 골랐다는 소식을 듣고 서둘러 술이나 음식을 가지고 와서 하례하였다. 그리고 초저녁에 술을 마신 뒤에 소후는 본궁으로 돌아갔다. 양제는 취화원(翠華院)에서 보아와 잠자리를 같이 했다. 다음 날 일어나 보아에게 '미인(美人)' 품계를 내렸다.

그날 이후로 양제는 어디를 가든, 앉으나 서나, 누우나 깨나 곁에 보아만을 거느리며 끔찍이도 아꼈다. 그러나 보아는 조금도 교만한 기색이 없었다. 종일 간간히, 천진하게 웃기만할 뿐, 말을 많이 하지도 않았고, 미모를 뽐내려 좋은 옷이나 머리 장식 같은 것을 탐하지도 않았다.

그럴수록 양제는 더욱 원보아를 총애했다. 여러 원에 사는 부인들은 보아를 마치 친정 여동생처럼 돌보고 챙겨주었다. 그러면서 여러 부인들은 노래나 춤을 보아에게 일러주고 연습시켰다. 영민한 머리에 눈치가 빨라 쉽게 배우니 여러 미인들은 보아를 더욱 아껴주었다.

하루는, 양제가 낮잠을 자는 동안 보아는 혼자서 취화원을 나와 주귀아(朱貴兒), 한준아(韓俊娥), 그리고 묘랑(杳娘), 타랑(妥娘) 등 여러 미인과 함께 어울렸다.

묘랑이 말했다.

"온갖 꽃이 핀 이 좋은 봄날이니 우리 함께 풀싸움(鬪草)을 하면 어때?"

그러자 타랑이 말했다.

"풀싸움이라니? 주변에 온통 꽃인데! 기왕 놀 바에 그네〔鞦韆(추천)〕를 타면 좋잖아?"

그러나 한준아가 싫어했다.

"아니야! 안 돼! 그네 타기는 무서워! 나는 안 탈 거야!"

그러자 주귀아가 말했다.

"그네 타기가 싫다면 우리 모두 적란교(赤欄橋)에 가서 낚시를 하자!"

그러자 원보아가 모처럼 말을 했다.

"저는 갈 수 없어요! 혹시 폐하께서 낮잠을 깨시면 나를 찾으실텐데, 제가 어찌 나가겠어요? 저는 그럴 수가 없어요!"

그러자 여럿이 말했다.

"네 말이 맞아!"

그러면서 모두 후원의 작은 마루에 올라 사방의 주렴을 걷어 올렸다. 푸른 버들이 흔들렸고, 온갖 꽃내음이 코를 찔렀다. 그야말로,

주렴의 밖에 서녘 햇살, 참새가 지저귀고,　(簾捲斜陽歸燕語)
연못에 자란 풀밭에서, 개구리 울어댄다.　(池生芳草亂蛙鳴)

노래 시합에서 보아는 총애를 받고, 그림 보면서 황후는 유람을 그리다.(賭新歌寶兒博寵, 觀圖畫蕭后思游.)

노래하기를,	詞曰,
낮잠 꿈속 한가히 맘대로 걸으며,	(午夢初回閒信步)
잘 꾸민 멋진 난간을 지나고,	(轉過雕欄)
그리고 신곡의 노래를 들었네.	(又聽新聲度)
벌과 나비 날고 바람 부는 데,	(蜂飛蝶舞風回住)
꾀꼬리 노래에도 잊을 수 없는 정.	(鶯啼一喚情難去)
꽃 아래 취했고, 해는 아직 남았네,	(醉向花陰日未暮)
천천히 주렴을 걷어 올려,	(漫把珠簾)
묶어 놓은 방에 버들가지 나른다.	(鉤起游絲絮)

그림 속 하늘 끝 마음은 떠났지만,　(畵上天涯縶意緖)

오늘 내 마음 편히 쉴 곳 없구나.　(今日沒個安排處)

— 곡조《꽃 찾는 나비》　　　　— 調寄《蝶戀花》

대체로, 보통 사람의 심성은 고요하면 움직이려 하고(靜則思動), 움직이면 쉬고 싶은(動則思靜) 것이다. 마음을 잘 수련한 사람처럼, 어찌 종일 부들방석 위에 앉아만 있을 수 있겠나? 특히나 여인들의 마음은 묶어놓기가 참으로 어려우니, 가난하든 아니면 부자든 간에 밤낮으로 움직이고 들떠있게 마련이며, 조용히 얌전하게 지내는 사람은 많지 않으니, 그러는 사이에 여인들의 취향이 무엇인가를 짐작할 수 있다.

본래 이야기로 돌아가면, 주귀아, 한준아, 묘랑, 타랑, 그리고 원보아 같은 한무리 어린 미인들은 후원으로 들어와 서쪽 정자의 마루에 앉아서, 한 사람씩 돌아가며 새로 배운 노래를 함께 부르면서 잠깐 놀았다.

그러다가 갑자기 주귀아가 말했다.

"이런 노래는 노래를 가르치는 곡이라서 아무런 재미가 없어! 오늘처럼 이 좋은 봄날에, 너희들도 보다시피, 저렇게 푸른 버들이 춤추는데, 정말 보기 좋지? 우리 모두가 자기 속마음을 다 털어놓고, 봄 경치 읊은 버들 노래를 지어 부르면서 노는 게 어때?"

그러자 묘랑이 말했다.

"기왕 마음대로 놀려면, 그냥 노래만 부르지 말고, 잘 부른 사람에게 좋은 구슬(明珠) 하나씩 상으로 주면 어때? 노래를 지어 부르지 못하면 벌주를 한 잔씩 마시게 하면 어떻겠어?"

여인 넷이서 좋아하며 말했다.

"좋아! 그렇게 해!"

그러다 타랑이 "그런데 누가 제일 먼저 노래를 해?"라고 물었다.

주귀아가 말했다.

"그런 건 문제 없어! 아무나 하고 싶으면 먼저 해!"

그러자 한준아가 단판(檀板는 박달나무 단)으로 가볍게 박자를 맞추며 꾀꼬리 같은 목소리로 노래를 불렀다.

푸르고 푸른 버들아 가련한 버들아,	(楊柳靑靑靑可憐)
늘어진 가지마다 푸른 안개가 피네.	(一絲一絲拖寒煙)
어찌 복숭아꽃 마냥 봄날을 기다려,	(何須桃李描春色)
이월 봄바람에 봄을 그려 내겠느냐?	(畫出東風二月天)

한준아의 노래가 끝나자, 모두가 칭찬하며 말했다.

"한 언니는 어쩌면 저리 노래를 잘하시나? 정말 따스한 봄날에 흰 눈 녹듯 절로 나오니, 우리가 어떻게 노래하겠나?"

그러자 한준아가 말했다.

"여러 동생들은 날보고 웃지마! 벌주 한 잔 안 마신 것만으로

도 나는 됐어!"

말이 끝나기도 전에 타랑도 붉은 입술, 하얀 치아로 웃으며 애교가 넘치게 노래했다.

푸르고 푸른 버들아, 어지럽게 푸르니,　　(楊柳青青青欲迷)
가지는 몇 개 길지만, 짧은 가지도 있네.　（幾枝長鎖幾枝低)
얼마나 많은 봄날을 가지로 엮었는가?　（不知縈織春多少)
궁궐의 꾀꼬리 아니 울게 할 수 없네.　　（惹得宮鶯不住啼)

타랑의 노래가 끝나자 모두가 칭찬하였다. 그러자 주귀아는 일어나자마자 가늘고도 높은 소리로 노래를 시작했다.

푸르고 푸른 버들아, 몇 만 가지인가?　　（楊柳青青幾萬枝)
가지마다 모두 그리움 품고 늘어졌다.　　（枝枝都解寄相思)
궁 안에서 무슨 생각을 할 수 있겠나?　　（宮中那有相思奇)
봄바람 불으니 나도 몰래 한숨 짓누나.　　（閒掛春風暗皺眉)

주귀아의 노래가 끝나자, 여러 사람이 말했다.

"귀아 언니! 언니 노래는 역시 풍류가 있어!"

그러자 주귀아가 웃으며 말했다.

"억지로 불렀는데, 무슨 풍류가 있겠어!"

그러면서 손으로 묘랑과 보아를 가리키며 말했다.

"여기 두 젊은 사람 노래를 들으면, 우리 노래는 노래도 아니야!"

그러자 묘랑이 일어나 미소를 지으며 인사를 하고 가볍게 목청을 가다듬더니 피리나 퉁소보다 더 청아하게 노래를 시작했다.

푸르고 푸른 버들아, 봄을 잡지 못하리!　　(楊柳靑靑不綰春)
따스한 봄은 젊은이 허리보다 부드럽다.　　(春柔好似小腰身)
궁 안에 근심 걱정 없다고 말하지 마오,　　(漫言宮裡無愁恨)
봄바람 불어오니 수심에 내가 죽네요.　　(想到春風愁殺人)

묘랑의 노래가 끝나자 모두가 칭찬하였다.

"넘치는 풍류에 감개무량(感慨無量)하니, 누가 이보다 더 멋지겠나?"

묘랑이 말했다.

"사람 부끄럽게 만들지 마세요. 원소저의 노래가 남았어요!"

원보아가 말했다.

"저는 이제 겨우 노래를 배우는데, 정말 제가 불러도 되겠어요?"

그러자 네 사람이 말했다.

"우리야 멋대로 부른 노래지만 너야 정말 잘하잖아? 그러니 겸손 그만 빼라!"

원보아는 여러 사람 앞이지만 당황하지 않고 붉은 짝짝이를 잡고 천천히 목을 다듬더니, 부드럽게 노래를 불렀다.

푸르고 푸른 버들이 궁궐 문에 흔들리고,　　(楊柳靑靑壓禁門)
달빛에 부는 바람은 혼령을 녹여 버리네.　　(翻風裰月欲銷魂)
봄날에 자기 상념이 깊다고 자랑 마시오,　　(莫誇自己春情態)
황실의 깊은 은덕이 절반을 차지한다오.　　(半是皇家雨露恩)

원보아의 노래가 끝나자, 모두 다 한마디씩 칭찬하였다.

먼저 주귀아가 말했다.

"여기서 목소리가 좋기나 정확한 음률, 그리고 가사의 단아한 내용을 따진다면 거의 차이가 없지만, 가사의 깊은 의미로는 '군은(君恩:임금의 은혜)을 잊을 수 없다'는 원보아의 노랫말을 우리가 따라갈 수 없어 그러니, 모두가 좋은 구슬을 하나씩 원보아에게 주게나!"

그러자 보아가 웃으며 말했다.

"언니들은 저보고 비웃지 마세요. 저는 벌주만 안 마셔도 다행입니다. 그런데 제가 어떻게 언니들의 명주(明珠)를 받겠어요? 부끄럽고 부끄러워요!"

그러자 묘랑이 말했다.

"원소저의 창과 노랫말이 정말 좋았어요. 우리 네 사람은 모두 벌주를 마셔야 합니다."

여러 미인들이 이렇게 한창 떠들고 있을 때, 마침 양제가 뒤편에서 웃음 띤 얼굴로 나오면서 말했다.

"너희들은 정말 간도 크구나! 나를 속이고 여기서 노래 시합을 벌이다니!"

여러 미인들은 양제를 보더니 엎드려 절을 하면서도 키득거렸다.

"저희가 여기서 노래 시합을 한 까닭은 폐하를 즐겁게 하려고 미리 연습한 것입니다."

양제도 웃으면서 말했다.

"내가 처음부터 다 들었노라!"

본래 양제는 잠에서 깨어났지만 원보아가 보이지 않자, 급히 측근에게 물었더니 후원 전각에서 노래를 부르고 있다는 말을 듣고 찾아 나섰다가 몸을 숨기고 어린 미인들 놀이를 구경했었다. 웃고 떠들며 노래하는 젊은 여인들의 흥을 깰 수가 없어 듣다 보니 시합이 끝날 때까지 나올 수가 없었다.

양제가 말했다.

"자네들은 논쟁하지 말고 내 말을 듣게나!"

그러자 모두 양제 앞으로 다가왔다.

양제가 주귀아, 한준아, 타랑, 묘랑을 보고 말했다.

"너희 네 사람은 가사도 좋고 목소리도 뛰어나니 그 차이를 가려낼 수가 없었다."

그리고서는 원보아를 보며 말했다.

"이 어린 아가씨는 창을 배운지 얼마 안 된 것 같으나 노래 가사를 꾸며대는 재주가 있는 것 같다. 그리고 황가의 은덕을 생각하고 잊지 않겠다니, 총명하고 슬기로운 지혜는 사랑받을만하다."

그러나 보아는 부끄러운 듯 고개를 숙인 채 말이 없었다.

그러자 양제가 말을 이었다.

"너희는 정말 재미있게 놀았고, 그러면서 나를 즐겁게 했으니 모두 상을 받아야 한다. 짐의 상은 어디든 공평하게 내리는 비처럼 차별이 없을 것이다."

그러면서 측근의 환관을 불러 오(吳) 땅에서 들어온 능라(綾羅)와 촉(蜀)의 특산 비단을 가져오게 하여 모두에게 두 필씩 골고루 나눠주었다. 그리고 보아에게는 명주 두 알을 특별히 더 주었다.

그러자 모두가 일제히 사은하며 말했다.

"폐하의 말씀은 지당하옵고 공평하십니다."

양제는 크게 기뻐하며 잔치를 준비하라고 분부하려 하자, 담장 밖에서 많은 사람들이 웃어대며 떠드는 소리가 점점 가까이 들려왔다.

측근 환관이 "여러 부인들이 들어올 것입니다."라고 말했다.

양제는 웃으면서 주귀아 등에게 말했다.

"너희들은 어서 나를 숨기고, 저들에게는 어디 있는지 모른다고 말하거라."

한준아가 말했다.

"저희가 어찌 폐하를 숨길 수 있겠습니까?"

주귀아가 말했다.

"왼쪽 짧은 가리개 뒤에 숨을 수 있습니다."

묘랑이 말했다.

"저기 가산(假山) 파초 잎 뒤에 잠깐 머무시면 됩니다."

양제가 말했다.

"작은 병풍은 내 다리가 보이고 파초 잎이 바람에 날리면 내 모습이 보일 것이다."

그러자 보아가 말했다.

"숨을 곳이 있긴 있습니다만, 폐하께서 싫어하실 것입니다."

"빨리 말해 보아라. 시간이 없다."

"저 벽장은 넓고, 또 위는 조각으로 가려지니, 숨어서 여기를 볼 수 있습니다."

양제는 서둘러 벽장 안으로 숨었고, 주귀아는 걸쇠를 걸어놓았다. 그러자마자 일곱 명 정도 부인들이 들이닥치며 황제를 찾았다.

그러면서 명하원(明霞院) 양(楊) 부인이 말했다.

"폐하께서 여기도 안 계신데, 어디 가셨을까?"

그러자 청수원 진(秦) 부인이 물었다.

"폐하께서 어디 가셨는지 모르는가?"

주귀아 등이 "모른다"고 말하자, 신광원의 주(周) 부인이 말했다.

"폐하의 연(輦)이 여기에 있고, 궁인들이 모두 서쪽 누각에 계시다고 말했는데, 왜 안 보이실까? 폐하께서 은신술(隱身術)을 부렸는가?"

그러자 경명원의 양(梁) 부인이 웃으면서 보아에게 다그쳤다.

"다른 사람이 모른다고 하는 것은 이해되지만, 자네는 오늘 아침까지 폐하를 모시고 있었는데, 왜 모른다고 하는가?"

그래도 보아는 시치미를 떼면서 모른다고 천연덕스럽게 말했다.

그러자 영휘원의 나(羅) 부인이 보아에게 말했다.

"이쁜 아가씨! 내년에 아기 엄마가 될 터인데, 폐하가 어디 계신지 모른다고? 정말?"

그러자 추성원의 설(薛) 부인이 말했다.

"여러 말 필요 없어요! 우리가 여기 원보아를 잡아다가 숨겨 버립시다. 그러면 폐하께서 보아를 찾으러 우리한테 오실 것입니다."

그러자 모두가 웃으면서 "맞아! 맞아!" 하면서 보아를 에워쌌다. 그러나 눈치가 빠른 취화원의 화(花) 부인이 벽장 쪽을 바라보다가 소리쳤다.

"찾았어요! 폐하는 저기 계십니다."

그러면서 벽장 문고리를 열어 제꼈다.

그러자 양제가 껄껄 웃으면서 내려왔다. 모든 미인들이 놀라면서도 재미있다고 깔깔대었다.

양제도 손뼉을 치고 웃으면서 말했다.

"좋아! 좋았어! 그렇다고 내가 좋아하는 사람을 납치해도 되는가?"

그러자 문안원의 적(狄) 부인이 웃으며 말했다.

"설부인의 묘책이 폐하를 웃게 만들었지만, 우리의 질투심만 탄로 났네! 우리는 여기가 봉황이 잠시 쉬다가 날아가는 곳인 줄 알았지만, 여기가 천룡(天龍)의 은신처인 줄은 정말 몰랐었네!"

그러자 모두가 박장대소하였다.

양제가 여러 부인들에게 물었다.

"너희들이 왜 모두 한패가 되어 나를 찾아 여기로 몰려왔는가?"

그러자 진부인이 말했다.

"저희들도 폐하 소식을 들을 수 있는 큰 귀가 있습니다. 폐하께서 여기서 노래를 품평하신다는 소식에 우리도 듣고 배우려고 부지런히 달려왔습니다."

또 설부인이 물었다.

"조금 전에 젊은 여인들이 불렀던 노래는 신곡입니까? 아니면 구곡입니까?"

양제는 다섯 미인들이 불렀던 〈양류사(楊柳詞)〉의 가사를 다시 한 번 읊어주라고 말했다.

그러자 가사를 다 듣고 난 주부인이 말했다.

"저들 노래도 참 좋네요. 그러니 우리들도 무엇인가 새로운 시합을 하는 것이 어떨까요? 바둑을 둔다든지, 아니면 수수께끼 놀이, 아니면 시를 지어도 좋지 않겠습니까?"

양제도 웃으면서 말했다.

"제목에 구애받지 말고 각자 생각이나 뜻을 자유롭게 쓰면 되거늘, 하필 옛것이 아닌 새 제목이나 노래를 짓지 않아도 될 것이다."

그러자 추(秋) 부인이 말했다.

"놀이 주제가 좋아도 지금 우리 여덟 사람입니다. 그러니 폐하께서 다른 여덟 사람도 모두 불러서 봄을 읊게 한다면, 그것이 바로 시문(詩文) 대회입니다. 여러 사람이 좋아할 것입니다."

그러자 양제가 말했다.

"너희들의 의논이 참 좋구나!"

그러면서 빠진 8명의 부인을 모두 불러오게 하였다. 분부를 받은 궁녀들이 각자 달려나갔다. 그야말로,

비껴 세운 병풍과 푸르른 난간에,　　(橫陳錦障欄杆內)

구름처럼 강물에 문재를 겨룬다.　　(盡吸江雲翰墨中)

곧 이어 곱게 차린 옷에 화장을 마친 미인들이 모여들며 몸매와 미모 자랑이 먼저 시작되었다. 그런데 8명 중 6명이 더 들어왔으니, 의봉원의 이(李) 부인과 보림원의 사(沙) 부인이 없었다.

그래서 양제가 물었다.

"이경아가 왜 안 오는가?"

그러자 기음원의 하(夏) 부인이 말했다.

"이부인은 폐하가 찾아주시지 않아 상사병에 걸려 올 수가 없답니다."

그러자 양제가 말했다.

"다른 병은 짐이 못 고치지만 그런 병이야 짐이 잘 고치지!"

그러고서 또 물었다.

"보림원은 왜 안 오나?"

그러자 강양원 가부인이 말했다.

"거기는 몸이 안 좋아 못 올 것 같지만, 폐하께서 한 번 더 말씀하시면 바로 옵니다."

그러면서 "오늘 폐하께서는 뭐라고 분부하셨습니까?"라고 물었다. 그러자 옆에 있던 진부인이 "오늘은 미인들에게 자유롭게 새 노랫말을 짓게 하셨다."고 말해주었다.

그러자 적진원의 번(樊) 부인이 양제에게 말했다.

"다른 사람이야 모두 음풍농월(吟風弄月)에 익숙하지만, 저는 벼루나 먹하고는 친하지 못하니, 오히려 폐하의 안목을 더럽힐까 걱정되어 저는 참여하지 않고 그냥 벌주만 받겠습니다."

양제가 말했다.

"이 일은 한때 심심풀이가 아니지만, 그래도 몇 구절 지으려 애쓰다 보면 좋은 구절이 떠오를 수 있지! 그러니 못한다고 꽁무니 빼지 말라."

그러자 영문원(影紋院) 사(謝) 부인이 말했다.

"만약 시문을 지어낸다면 틀림없이 우열을 가리고 상벌을 내릴 것 아닙니까? 저는 겁이 나서 못하겠어요."

또 인지원(仁智院) 강(姜) 부인도 말했다.

"시험관은 필연 폐하이실 것이니, 저는 상을 바랄 수도 없고 무슨 벌을 받아야 하나요? 저는 밤을 꼬박 새우면서 폐하를 모시는 벌을 받고 싶습니다."

그러자 옆에 있던 화부인도 한마디 거들었다.

"상으로는 입상 못한 부인이 명주 한 필을 내서 입상자에게 주면 됩니다. 그런데 입상 못하면 폐하께서 그 거처에 가서서 침을 강력하게 한 번씩 놓아주십시오!"

그러자 여기저기서 키득거렸고 진부인이 말했다.

"폐하, 그러면 여기 모두가 시도 글씨도 모두 엉터리로 제출할 것입니다. 그러면 아예 삼 년 동안 폐하께서 찾지 않으실 거라고 분부하셔야 합니다."

화명원의 강(姜) 부인도 말했다.

"그렇게 벌을 줄 수는 없을 것이니, 만약 일부러 나쁜 시를 지으면 술상을 차려 모두에게 대접하게 하시고, 장원한 부인에게는 시험관께서 그 거처에 가서서 2박 3일을 쉬시는 것이 좋을 것입니다."

그러자 주부인이 말했다.

"강부인 말대로라면, 저는 폐하의 은덕을 바랄 수도 없으니,

그저 슬플 뿐입니다."

양제는 여러 부인들의 의논을 들으며 계속 크게 웃었다.

그리고 말했다.

"너희들은 쟁론할 필요가 없나니, 좋고 나쁜 것은 짐이 공정하게 심사할 것이다."

그러자 여러 부인들은 웃음을 그치고 양제에게 자리를 권하면서 사방에 자리를 찾아 앉았다. 각자의 탁자에는 벼루와 붓과 화전지(花箋紙)가 준비되었다. 여러 사람들은 편한 대로 앉아서 골똘히 구상하였다.

양제는 중간에 앉아있다가 사방의 여러 부인들을 하나하나 주시하였다. 손으로 뺨을 괴고 생각하는 여인, 그린 눈썹을 찡그리며 아쉬워하거나, 치마만 만지작거리는 여인도 있었다. 붓을 들고 하늘을 응시하고, 난간에 기대어 선 여인도, 아예 신발을 신고 꽃그늘에 내려가 앉아있는 여인도 있었다.

양제는 이쪽 부인을 위해 먹을 갈아주고, 저쪽에 가서는 화전지를 잡아주었고, 깜찍하게 골똘히 생각하는 여인을 뒤에서 포근히 감싸주었다. 양제는 모든 여인이 예쁘고 착하게 보였다.

이렇게 골똘히 시를 지으려 애쓰는 모습은 잠자리의 모습과 전혀 딴 판이었기에 그저 귀여울 뿐이었다. 이런 날 풍류 천자는 아무런 권력도 없는 허수아비 같았다.

한참 진행되는 중에 내감이 한 사람 들어와, "황후마마께서 목란정(木蘭庭)에서 꽃이 만개하였다며 폐하께서 직접 관람해주시기를 바라고 계십니다."라고 말했다.

"목란정도 경치가 좋은데, 서원(西苑)이 만들어진 이후 오랫동안 놀러가지 않았다. 지금 여러 부인들과 꽃을 감상하며 시회(詩會)를 하고 있으니 내일 보겠다고 전하거라."

"지금 황후께서는 이미 목란정에 나오셔서 폐하를 기다리고 계십니다."

그러자 적(狄) 부인이 일어나 말했다.

"우리의 시 짓기는 큰일이 아닙니다. 저희 때문에 마마의 흥을 깨트릴 수 없습니다."

양제가 잠깐 생각하다가 말했다.

"그렇다면 너희들 모두 같이 가도록 하자."

나(羅) 부인이 말했다.

"그럴 수 없습니다. 마마께서 저희를 부르지 않으셨는데, 저희가 떼를 지어 몰려가면 마마께서 기뻐하시지 않고 오히려 저희를 싫어하실 것입니다."

양제도 고개를 끄덕이며 말했다.

"그렇구나! 짐이 잠깐 다녀올 것이다. 나중에 내감을 보내 모두를 부를 것이니 우선 시를 완성토록 해라!"

양제가 나가려 하자, 여러 미인들이 모두 몰려 인사를 하자 양제가 만류하였다.

"모두 하던 일을 계속하라! 시의 상념을 흔들지 말고 좋은 작

품을 완성하라!'

양제는 정자를 나와 문밖에서 놀고 있는 원보아 등 어린 다섯 미인을 보았다.

"너희들은 정말 여유가 있구나! 나를 따라 목란정에 꽃을 보러 가자!"

보아 등 다섯 미인은 좋아하며 양제를 따랐다. 명하원과 신광원을 지나 취화원 가까이 갔을 때 저쪽에서 작은 교자를 타고 오는 의봉원(儀鳳院)의 이부인을 만났다.

이부인은 양제의 옥련(玉輦)을 보자, 즉시 교자에서 내려 연 앞에 엎드렸다.

양제가 이부인을 일으켜주며 말했다.

"그래! 그런데 너는 어디에 숨었다가 이제 오는 것이냐? 네가 상사병에 걸렸다는데, 그래서 내가 오늘 네 처소에 가서 병을 고쳐주려고 생각하였다."

이부인은 양제를 보고 방긋 웃으며 말했다.

"저 혼자 봄 시름에 몸이 풀려 누워있었습니다. 이렇게 폐하를 뵈었으니 이제 몸이 날아갈 것 같습니다. 폐하께서 어느 겨를에 제게 오시겠어요? 폐하께서 왕림하시길 저는 마냥 기다리겠습니다."

양제는 이부인도 데리고 여럿이 목란정으로 들어갔다. 소황후가 반겨 맞았고, 양제는 서헌에서 보아 등이 노래 시합을 했던 이야기에 16원 부인들이 몰려와 지금 시회를 하고 있다는 이야기를 황후에게 들려주었다.

소황후는 며칠 전에 이부인이 만들어 보내 준 꽃을 수놓은 팔찌가 고맙다며 이부인에게 치하하였다. 이부인은 황후의 말에 거듭 사례했다.

양제가 소황후에게 말했다.

"짐도 오래 전부터 목란정의 경치와 꽃을 생각하며 꼭 한번 와서 놀겠다고 생각하였는데, 황후가 오늘 나를 불러주니 우리 마음이 서로 통한 것 같소."

그러면서 황제와 황후, 이부인은 이야기를 하며 목란정 곳곳을 돌아보았다. 목란정의 경치는 정말 아름다웠다. 그야말로,

황실의 부귀는 하늘과 땅 전부이니,　　(皇家富貴如天地)
궁궐의 번화는 만방보다 더 좋다.　　　(禁內繁華勝萬方)

양제와 소황후, 그리고 모두는 사방을 돌면서 꽃을 보며 놀았다. 이어 큰 정자에 올라 술을 마셨다.

소황후가 말했다.

"폐하께서는 서원에서 무엇을 보시다가 저들과 함께 제게 오셨습니까?"

"짐이 잠깐 졸았는데, 여기 주귀아 등이 후원의 작은 정자에서 노래 시합을 하였고, 짐은 잠을 깨 바람을 쐬려고 나왔다가 젊은

이들 노래 시합을 한참 구경했었소."

"무엇이 그리 재미있었습니까?"

양제는 황후에게 어린 미인들이 무슨 노래를 불렀고, 자신이 어떻게 품평했는가를 상세히 설명하였다.

황후가 어린 미인들을 돌아보며 말했다.

"너희들이 그렇게 노래를 잘한다니, 내게도 한 번 들려다오. 폐하의 품평이 공정하셨는지, 나도 한번 들어보고 싶다."

양제가 말했다.

"맞아! 그래, 너희가 다시 노래를 하면, 짐은 황후와 함께 술잔을 들며 감상하겠다."

어린 다섯 미인은 순서대로 〈양류사(楊柳詞)〉를 노래했다. 한 사람의 노래가 끝날 때마다 황후의 칭찬은 그치지 않았다.

마지막으로 원보아 차례가 되었다. 양제는 원보아가 황가(皇家)의 은덕을 잘 노래했다고 미리 설명하였고 황후와 함께 귀를 기울였다. 그러나 총명한 원보아는 앞서 부른 가사를 바꿔 불러 여러 사람을 놀라게 하였다. 바로,

푸르고 푸른 버들이 꽃마냥 고운데,　　(楊柳青青嬌欲花)
궁 안의 어린아이는 눈썹을 그렸네.　　(畫眉終是小官娃)
봄날 궁궐은 바다만큼 깊고 깊은데,　　(九重上有春如海)
하늘 은덕을 어찌 혼자 자랑하는가?　　(敢把天公雨露誇)

양제는 보아의 노래를 듣고, 놀랍고 기뻐 황후를 보며 말했다.

"저 어린 것은 정말 영리하구나. 황후가 여기 계시다고, 황후의 은덕이 바다만큼 깊다면서 황제 은덕을 혼자 누릴 수 없다는 뜻으로 겸양을 보여주네! 저 혼자 총애를 차지할 수 없다며 황후 앞에 겸손하네!'

황후도 기뻐하며 말했다.

"나이도 어린데, 출중한 재능에 생각도 깊구나! 저 애에게 술 한 잔 줘야겠습니다."

그러면서 보아에게 술을 내려주며 말했다.

"너는 어린 나이인데도 어디가 높고 낮은가를 알고, 또 일의 요체를 잘 헤아리는구나. 먼저는 황은을 말하고 나중에는 뽐내지 않겠다니, 너는 정말 얌전한 숙녀(淑女)로다."

황후는 그러면서 자기 손목의 황금 팔찌를 풀어 상으로 주었다. 보아는 사은했고, 그 이후는 아무 자랑도 없이 얼굴에 그저 은근히 미소만 띠었다.

소황후가 양제에게 물었다.

"폐하께서는 저에게 서편 정자에서 여러 부인들에게 시를 짓게했다고 말씀하셨는데, 다른 부인들은 안 보이고 왜 이부인만 데리고 오셨습니까?" 양제는 주귀아 등 어린 부인들을 가리키며 말했다.

"저들이 노래 시합을 할 때, 내가 노래를 듣고 있었더니, 16원의 여러 부인들이 나를 찾아 몰려왔지요. 그리고서는 노래 시합 이야기를 듣고서는 그 사람들도 시합 이야기를 꺼냈다가 결국 노랫말을 짓기로 하여 갑자기 시회(詩會)가 되었소. 그런데 이부인은 몸이 안 좋다며 처음부터 참여하지 않았지요. 짐이 황후가 목란정에 있다는 전갈을 받고 서둘러 오다가 옥산 입구에서 이부인을 만났기에, 그냥 이리로 데리고 왔소."

"이부인이 여기에 왔기에, 여기 꽃들도 더 보기 좋은 것 같습니다. 그런데 폐하는 그 많은 사람들의 시회를 빠져나와 그들의 흥취를 깨버렸고, 그 사람들은 나를 원망할 것 같습니다. 그러니 어쩌면 좋지요?"

"그것은 걱정하지 마시오. 내가 없으니 저들끼리 맘껏 웃으며 떠들고 장난치며 신나게 놀 것이요."

황제와 황후는 곳곳을 천천히 걸으면서 재밌게 이야기를 계속했다. 그러는 동안 양제는 취기가 올라, 곳곳을 돌며 이런저런 이야기를 많이 했다.

그러다가 양제는 큰 전각에 올랐다. 거기에는 벽 한가운데 아주 큰 그림이 걸려 있었다.

그림 속에는 산수가 아름다웠고, 금색으로 그려진 인물, 그리고 누대나 사원, 촌락의 민가와 궁궐과 성벽들이 있었다. 양제는 그림을 보면서 마치 옛 생각을 하는 듯 그림의 좌우와 아래위를 확인하듯 천천히 응시하였다. 그 모습이 너무 진지하여 소황후와 이부인 등은 좀 떨어진 뒤쪽에 말없이 서있었다.

양제가 하도 골똘히 그림을 오랫동안 주시하자, 황후는 걱정이 되어 보아에게 황제께 가서 음주를 청해보라고 시켰다. 그러나 황제는 보아의 말에 대꾸하지도 않았다. 황후는 다른 시녀를 시켜 용단세차(龍團細茶)를 끓여오라 했고, 보아를 시켜 황제에게 올렸다. 그런데도 황제는 차를 마시지 않았다.

소황후는 양제가 그림을 너무 깊게 주의하는 것이 이상하여 조용히 다가가 물었다.

"이 큰 그림은 어느 명인이 그린, 무슨 그림 입니까? 폐하께서 이렇듯 주시하시니 정말 대단한 그림 같습니다."

"이 그림이 명화는 아니고, 다만 광릉(廣陵)[64] 일대를 그렸습니다. 그곳은 내가 진왕(秦王) 시절에 머물던 곳이라서 그곳 풍광이 새롭게 떠올라 눈을 뗄 수가 없소이다."

"이 그림이 광릉 실제 경치와 많이 닮았습니까?"

"꽃과 버들이 무성한 광릉 산수의 아름다움을 누가 그려낼 수 있겠소! 다만 궁궐이나 절간과 도관(道觀)의 이름을 보니, 지난 옛일이 너무 생생하게 떠오릅니다."

소후가 그림 한 곳을 손으로 가리키며 물었다.

"배가 많이 떠 있는 여기는 무슨 하도(河道)입니까?"

---

64 광릉(廣陵) – 今 江蘇省(강소성) 양주시(揚州市) 북쪽. 長江(장강)과 대운하의 합류점으로 隋代 이후 크게 번영했던 도시이다.

양제는 황후가 관심을 보이자, 황후의 손을 잡아 가까이 끌었고, 황후의 어깨를 한 손으로 감싸며 말했다.

"거기는 하도가 아니라 장강(長江)[65]이요, 이 강은 서촉(西蜀)의 삼협(三峽)[66]을 거치면서 1만 리를 흘러 바다로 들어가는데, 이 강을 기준으로 중국을 남북으로 구분한다오. 여기부터 하늘이 낸 참호(天塹, 천참)란 이 강 때문에 생긴 말이요."

이부인이 물었다.

"강 연안에 있는 산들은 어떤 산입니까?"

"이곳 정면에는 감천산(甘泉山)과 왼편 부산(浮山)은 대우(大禹)가 치수(治水)하면서 지나다녔는데, 지금도 산 위에는 우임금을 제사하는 대우묘(大禹廟)가 있다. 오른쪽의 이 산은 대동산(大銅山)인데, 전한 초기에 오왕(吳王) 비(濞)가 여기서 돈을 만들었기에 (鑄錢) 대동산이라 하였고, 뒤쪽 일대의 작은 산들은 횡산(橫山)이라 하는데, 양(梁)나라의 소명태자(昭明太子)[67]가 독서를 한 곳이

---

65 長江은 우리나라에서는 보통 揚子江(양자강)이라고 하는데, 양자강은 長江의 하류인 揚州(양주) 부근의 강을 지칭한다. 우리나라 錦江(금강)의 부여(夫餘) 부근을 白馬江(백마강)이라 부르는 것과 같다. 江은 長江을 지칭하는 고유명사이고, 河는 黃河를 지칭한다. 長江은 西에서 동쪽으로 흐르지만 일반적으로 南京(남경) 이후의 하류지역, 곧 손권 吳의 통치 지역을 江東이라 통칭했다.

66 三峽(삼협)─今 四川省과 湖北省(호북성) 사이의 長江 강폭이 좁고 흐름이 빠른 곳. 巫峽(무협), 瞿塘峽(구당협), 西陵峽(서릉협)을 말한다. 三峽大壩(삼협대패, sānxiá Dam) 때문에 지형이 많이 바뀌었다.

며 다른 산들은 과보산(瓜步山), 나부산(羅浮山), 마하산(摩訶山), 낭산(狼山), 고산(孤山) 등인데, 광릉에 들어가는 문호라 할 수 있다."

이부인은 조용히 주귀아를 시켜 새로 다린 차 두 잔을 가져오게 하여 한 잔은 황후에게, 다른 한 잔은 황제에게 올렸다.

소후가 차를 마시다가 다시 물었다.

"중간에 보이는 이런 성지(城池)들은 어디입니까?"

---

67 昭明太子(소명태자, 蕭統) - 齊(제)나라 武帝의 재위 기간인 永明(서기 483 - 493) 시절에, 제의 경릉왕 蕭子良(소자량)과 교류했던 8명의 시인을 竟陵八友(경릉팔우)라고 하고 이들의 詩를 永明體(영명체)라고 한다. 梁의 건국자인 蕭衍(소연)은 이 경릉팔우의 한 사람이었다. 그만큼 소연은 시인으로서 당시에 유명했던 사람이었고, 지금도 그의 80여 수가 전해온다.

양무제는 經學과 史學에도 조예가 깊었고 많은 저술을 했다. 그리고 재위 초기에는 절약과 검소한 생활을 하고 정치를 잘해 나라는 평안하였으나 후반부에 가서는 불교를 지나치게 맹신하였고, 후경(侯景)의 난을 초래하여 그 와중에 죽었고, 양나라는 곧 멸망에 이른다. 무제의 아들 昭明太子(蕭統)와 簡文帝, 元帝 모두가 문학을 애호하였다. 특히 소명태자[蕭統(소통), 501 - 531년]는 中國 최초의 詩文 總集(총집)이라 할 수 있는 《文選(문선)》(昭明文選)을 편찬하였는데, 여기에는 130명의 514편의 시문이 수록되었다. 이 책을 통하여 梁代 이전의 많은 文學 作品이 保存되었다. 양무제의 太子 소통(蕭統)은 인자, 명철, 효성, 검소하면서도 好學(호학)하고 文才가 뛰어났으나 東宮으로 30년을 살다가 죽었다. 소명태자는 저명한 학자와 문인들을 불러 모아 교류하면서 역대의 詩文을 모아 《文選》을 편찬하였다. 이는 曹操(조조)와 아들 曹丕(조비), 曹植(조식) 三父子가 시인으로 유명한 것과 비교가 된다.

양제가 대답하였다.

"이는 무성(蕪城) 또는 옛 형구성(邢溝城)이라 하는데, 춘추시대 오왕(吳王) 부차(夫差)[68]의 옛 도읍이었소. 그 옆으로 한 줄기 강물은 오왕이 뚫은 성지인데, 광릉의 다른 성지와 함께 이곳 산천을 방어하고 있다오. 그전에 짐이 진왕으로 양주에 주둔할 때 새로운 도시를 건설하여 강도의 수려한 자연의 정기를 취하고 싶었소."

이부인이 물었다.

"이 작고 작은 성이 어떻게 천자의 도읍이 되겠습니까?"

양제가 웃으면서 말했다.

"너에게 여기가 작고 좁아 보이지만 거기는 아주 광대한 곳이

---

68 前 506年 − 吳王 闔閭(합려)는 伍子胥(오자서)를 장수로 楚에 침공. 楚都 郢(영)을 함락시켰다. 前 496年 − 吳軍이 越(월)을 침공. 吳王 闔閭(합려)는 패전과 부상으로 사망했다. 前 494年 − 吳王 夫差(부차, 재위 前 495 − 473년)가 興兵하여 越을 격파 − 越王 勾踐(구천, 재위 前 496 − 464년)은 굴복, 강화했다. 25대 吳王 夫差는 부친 闔閭(합려)가 越王 구천에게 당한 恥辱(치욕)을 씻으려 부국강병에 힘써, 夫差 2년(前 494년)에 월왕 구천을 격파하였으나 죽이지 않고 돌려보냈다. 구천은 臥薪嘗膽(와신상담)하며 국력을 회복하였다. 그러는 동안 吳는 齊를 공격하면서 제후의 주도권을 잡아 前 482년에 부차는 제후의 회맹을 주도하였으나 구천의 공습으로 대패하였다. 쇠약해진 부차는 재위 23년(前 473年)에 姑蘇城(今 浙江省蘇州市)에서 구천에게 포위되었고 나라는 멸망하였다. 부차는 구천의 용서를 받고 流放되었지만 치욕으로 自殺하였다. 구천은 齊와 晉 등과 徐(서)에서 회맹. 春秋 최후의 패주(霸主)가 되었다.

라서 마음대로 도읍을 정할 수 있는 곳이지."

그러면서 양제는 손으로 그림의 서북 일대를 가리키며 말했다.

"이곳은 사방 2백 리의 땅이니, 여기 서원에 비교해도 결코 좁지 않다. 짐이 이곳에 도읍한다면 서원만큼 넓게 16개 궁원을 지을 수가 있다."

그러면서 그 안의 여러 곳을 지적하며 말했다.

"이곳에 큰 축대를 쌓을 수 있고, 여기에는 수많은 누각을 그리고 이런 곳에는 다리를 놓고, 또 이런 곳은 성지를 파낼 수 있어, 나라의 도읍으로 손색이 없는 곳이지!"

이렇게 양제가 크게 호기를 부리며 득의만면 설명할 때는 흥이 나서 손발이 춤추듯 열정적으로 움직였다.

그런 모습을 보고 황후가 말했다.

"폐하께서 이렇듯 기분이 좋으신데, 그러면 사람을 보내 새 도읍을 짓고 저와 여러 미인들을 모두 데려가서 유람하면 어떻겠습니까?"

"짐도 사실 그런 생각을 하고 있었소. 그런데 거기를 가려면 육로로 가야 하고, 또 곳곳에 이궁이나 별궁을 지어야만 며칠씩이라도 임시로 지낼 수 있소. 그러려면 거마도 많이 필요하고 너무 많은 일을 해야 하기에 아직 말을 못꺼내고 걱정할 뿐이오. 광릉에 유람하면서 황후와 여러 미인들을 데리고 간다면 얼마나 좋겠소? 생각만 해도 흐뭇하다오."

그러자 이부인이 말했다.

"그렇다면 수로를 뚫으면 어떻겠어요? 큰 배를 만들어 띄우면 우리들도 편히 유람할 수 있습니다."

"만약 수로를 팔 수 있었다면 오늘까지 기다리지 않았을 것이다."

소황후가 말했다.

"그쪽으로 아직 수로가 없습니까? 그러면 저 장강의 수로도 쓰지 못합니까?"

"너무 멀어! 너무 멀어 통할 수가 없어!"

황후가 말했다.

"폐하께서는 그렇게 걱정하지 마십시오. 그보다는 내일이라도 당장 여러 신하와 한번 상의해 보시지요! 분명 다른 수로가 있을지도 모릅니다. 그러니 폐하! 너무 걱정마시고 우선 술을 좀 드시면서 마음을 좀 가라앉히십시오."

양제는 소후의 말에 따라 이부인을 데리고 목란정에 올라 술을 마셨다. 세 사람이 서로 술을 권해서 마시다 보니 모두 취기가 올랐다. 나중에 이부인은 일어서며 자신의 처소로 돌아가겠다며 인사를 올렸다. 그러자 양제는 아무 말 없이 황후만을 바라보았다.

황후는 즉각 양제의 뜻을 알아차렸다. 이부인은 성격이 유순한데다가, 그간 수시로 황후에게 문안인사를 자주 올렸기에 황후는 이부인에 대해서 좋은 생각을 갖고 있었다.

황후가 이부인을 잡으면서 말했다.

"부인은 다른 사람과 다르지. 그러니 나와 같은 궁에서 하루를 잔다 하여 이상할 것도 없어! 그리고 폐하께서 자네를 적막하게 버려두겠는가?"

황후의 말에 양제가 웃으면서 말했다.

"황후는 잘 모르고 있소. 본래 이부인은 짐에게 요 며칠간 몸이 안 좋다고 말했소. 그런데 내가 이부인 거처에 한번 들르겠다고 말하면서 오늘 여기로 데리고 온 것이요."

그러자 황후가 웃으며 말했다.

"몸이 안 좋은 것이야 별 걱정이 아닙니다. 여기서 하룻밤을 지내면서 폐하께서 이부인의 정신이 완전히 나가도록 황혼산(黃昏散)을 한 봉지 보내십시오. 그러면 이부인이 금방 원기를 회복할 것입니다."

그러자 이부인은 고개를 돌려 약간 숙이고 웃기만 하였다. 이부인은 나갈 수가 없어, 그대로 앉아 술을 더 마셨다. 그리고 술자리는 늦게 끝났고, 이부인은 황후의 처소에서 황제와 함께 잤다.

다음 날 양제는, 조회 중에 대신을 모아놓고 광릉까지 직통할 수 있는 하도를 만들어 편하게 순행(巡幸)할 수 있게 하라고 지시하였다.

그러자 여러 중신들이 말했다.

"육로는 있지만 물길이 통할 수 있을는지는 아직 알 수 없습니다."

양제가 두 번 세 번 중신들에게 운하 개착을 지시하자, 여러 신하들은 서로 얼굴만 바라볼 뿐 묵묵무답이었다.

다만 "신 등이 우매하여 즉시 답변을 드릴 수 없으니, 폐하께서는 잠시 기한을 늦춰주시기 바랍니다. 저희들이 여러 지방관과 협의하고 대책을 수립한 뒤에 다시 아뢰겠습니다."라고 상주하였다. 양제는 퇴조한 뒤에 후궁으로 향했다. 마치,

보통 욕심보다 큰 욕망을,　　(欲上還尋欲)

황음에 더 큰 폭정을 찾다!　　(荒中更覓荒)

강산의 단단한 바위를 깨니,　　(江山磐石固)

그렇게 하니까 응당 망하리!　　(到此也應亡)

설야아는 검무로 총애를 받고, 부인들은 시로 총애를 다투다.(薛冶兒舞劍分歡, 衆夫人題詩邀寵.)

노래 하기를,	詞曰,
꾀꼬리 노래 한창에 제비도 왔으니,	(鶯聲未老燕初歸)
때맞춰 술을 권한다.	(正好傳杯)
어장검 검무로 웅심을 내보이고,	(魚腸試舞逞雄奇)[69]
미모를 부러워한다.	(爭羨蛾眉)
화전지에 명구로 시를 지었고,	(錦箋覓句漫留題)
그리고 함께 수행했다.	(且共追陪)

---

69 원문 魚腸試舞逞雄奇(어장시무영웅기) ─ 魚腸은 보검(寶劍)의 이름. 거궐(巨闕)과 함께 보검 이름으로 널리 알려졌다.

한가한 술자리, 풍악 울리는 궁중에,   (淺斟細酌樂深閨)

깊은 정을 함께 즐기다.   (情盡和諧)

— 곡조〈옥수후정화〉   — 調寄〈玉樹後庭花〉[70]

예로부터 시사(詩詞)는 인간의 감정이나 회포를 적어 감흥을 주는데, 그런 시에는 기승전결(起承轉結)이 있어 함부로 개칠하듯 짓지 않는다.[71] 그러나 오늘의 세태는 미사여구(美辭麗句)만을 추구하거나 기발한 것만을 자랑으로 삼지만, 본래 학문의 바탕이 있거나 규칙을 따르지 않는다면 좋은 시문을 지을 수가 없다.

하늘이 낸 여인의 경우, 특별한 재능으로 일시를 풍미할 수 있지만, 황음무도한 군주의 눈에 띄어 무도한 짓거리를 도와주거나, 다른 사람의 일을 망치는 경우도 종종 있으니, 안타까울 뿐이다.

---

70 玉樹後庭花 —《隋書 樂志》에 의하면, 남조 陳 後主(陳叔寶) 지은 시. 악곡명. 매우 기려(綺麗), 풍염(豐艶)하나 경박방탕하며 애상한 곡조라는 설명이 있다. 시는 아래와 같은 七言律詩로 전한다.

　　麗宇芳林對高閣, 新妝豔質本傾城.

　　映戶凝嬌乍不進, 出帷含態笑相迎.

　　妖姬臉似花含露, 玉樹流光照後庭.

　　花開花落不長久, 落紅滿地歸寂中.

71 원문 故人不得草草塗鴉 — 초초(草草)는 대충대충. 허둥지둥. 도아(塗鴉)는 까마귀처럼 새까맣게 칠하다. 시문이 유치하고 졸렬하다. 아무렇게나 쓰다. 唐 시인 노동(盧仝, 795?-835년?, 自號, 玉川子)의 故事. 신필도아(信筆塗鴉)는 붓이 가는 대로 아무렇게나 쓰다.

한편 양제는 여러 신하와 광릉에 연결할 수 있는 하도(河道, 운하)를 만들 방법을 찾으라 한 뒤에 퇴조하여 황후의 거처 궁궐로 돌아왔다.

소(蕭)황후가 맞이한 뒤에 물었다.

"폐하께서는 여러 신하와 운하 문제를 어떻게 상의하셨습니까?"

양제가 말했다.

"여러 신하와 반나절을 논의하였지만, 운하를 어떻게 할지 방법을 찾지 못하여 나중에 다시 논의하기로 했지만, 아마 불가능할 것 같소."

황후가 말했다.

"여러 신하가 어쨌든 여러 가지를 찾겠지만, 틀림없이 방법은 있을 것입니다. 그러니 신하의 건의가 있으면, 그때 또 다른 방법을 제시하는 것이 좋을 것 같습니다. 그나저나 앞일을 너무 많이 걱정하시면, 눈앞의 일을 그르칠 수도 있어 걱정입니다."

양제가 화제를 돌려 물었다.

"왜 이부인은 보이지 않는가?"

"그 사람은 시제(詩題)를 걱정하다가, 자신이 나의 궁궐에 있는 줄을 다른 부인들이 알면 좋을 것이 없다면서 서둘러 돌아갔습니다."

"그런데 여러 부인들은 어제 지은 시를 내게 왜 가져오지 않는가? 황후도 나와 함께 나가봅시다."

"그렇게 하시지요. 어제 기음원(綺陰院)에서 사람을 보내 거기 꽃과 버들이 매우 볼만하다면서 한번 와달라고 하였습니다. 그런데 오늘 마침 이렇게 날이 좋으니, 폐하께서도 저와 함께 가서 즐기시면 좋겠습니다."

"황후께서는 매사를 정확하게 처리하는 것 같소."

"일이 있다면, 저는 어떻게든 처리해야지요! 폐하께서는 이쪽이든 저쪽이든 즐기시면 됩니다."

"황후의 처분만 따르지 않고, 여기서 황후와 무릎을 맞대고 이야기나 하는 것이 더 나을 것 같소이다."

"폐하의 은총을 저만 받을 수 없습니다. 제가 다 차지하려 한다면, 폐하도 저를 싫어하실 것입니다."

소황후는 양제의 손을 잡아끌고 방 밖으로 나갔고 환관을 시켜 원보아 등을 불러오라고 분부하였다. 황후와 양제는 기음원에 도착했고, 하(夏) 부인이 맞이했다.

양제가 하부인에게 물었다.

"어제 여럿이 지은 시를 왜 네게 보내주지 않았는가?"

하부인은 황후를 보고서는 양제에게 아뢰었다.

"시는 짓지 않았습니다. 폐하께서 나가신 뒤에 저희들도 그냥 흩어졌습니다."

양제가 웃으며 말했다.

"너희들 정말 겁도 없구나! 모두 흩어졌다니, 시를 지어 바치라는 내 말을 따르지 않았느냐?"

그러자 하부인이 웃으며 말했다.

"시를 다 지은 사람이 많은데, 모두 청수원 진(秦) 부인의 거처에 모아두었고 그 사람이 폐하께 바친다고 하였습니다."

그러면서 황후에게 말했다.

"제가 어제 마마께 왕림해주십사 요청했었는데, 오늘이라도 오셨으니 기쁩니다."

"부인의 요청을 받고서도 그 연고를 잘 몰랐네. 그런데 봄은 가지 않았지만 병이 먼저 찾아왔기에 온몸이 게을러졌는데, 오늘 폐하께서 여유가 있다 하시길래 모시고 왔네."

양제와 황후, 그리고 하부인 등 여럿은 얘기하고 웃으면서 곳곳을 돌아보았다. 새가 울고 날아가자 꽃잎이 지고, 따뜻한 날씨에 미풍이 살랑거리는 늦봄 초여름의 풍광은 한없이 풍요롭고 아름다웠다. 마치,

꽃길을 대략 걸어도 구경 모두 못하나,　　(領略花蹊看不盡)
골고루 즐기는 여유, 풍류 역시 즐겁다.　　(平分風月意何如)

양제가 이곳저곳을 돌아보지만 마음이 썩 통쾌하지는 않았지만, 황후에게 말했다.

"황후를 따라오지 않았다면 이 좋은 풍광을 다 놓칠 뻔했소."

눈치가 빠른 하부인은 황제 부부를 모시고 미리 준비한 잔칫상으로 안내하였다.

양제는 술을 몇 잔 마시고서 바로 물었다.

"원보아는 왜 여태 안 오는가?"

가까이 있던 내시들이 듣고 금방 원보아를 찾으러 흩어졌지만 원보아는 보이지 않았다. 그러다가 한참 뒤에야 하나씩 허둥지둥 놀라 달려왔다.

양제는 그녀들이 허둥대는 꼴을 보고 물었다.

"이 애송이들이 어디 숨어 있다가 이런 꼴로 나타나는가?"

결국 그들은 숨길 수가 없어 무릎을 꿇고 일제히 대답하였다.

"저희들은 인지원의 뒷산에서 검무를 구경하느라고 폐하께서 오신 줄을 알지 못했습니다. 저희 죄는 죽어 마땅합니다."

"누구의 검무인가?"

원보아가 더듬거리며 말했다.

"설야아(薛冶兒)입니다."

"설야아는 전에 검무를 춘다고 말한 적이 없었는데, 거짓말 아닌가?"

"거짓인지 아닌지 불러보시면 됩니다."

그러면서 황후가 설야아를 불러오게 했다. 곧 설야아가 도착했는데, 검무를 추던 그 차림새 그대로였다.

양제가 설야아에게 물었다.

"이 어린 것아! 너는 검무를 할 줄 알면서도 어찌 나에게는 보여주지 않고 숨어서 다른 사람에게만 자랑했느냐?"

"검무는 점잖은 풍류가 아닙니다. 어쩌다 보니 제 또래가 알고 저를 핍박하여 마지 못해 조금 보여주었습니다. 다른 사람에게 보여주기도 부끄럽거늘, 어찌 폐하 앞에 추한 꼴을 보일 수 있겠습니까?"

양제가 웃으며 말했다.

"미인이 검무를 한다면, 이는 아주 운치있는 일이다. 누가 우아하지 않다고 말하겠나? 우선 짐의 술을 한 잔 마시고 짐에게 한 번 보여다오."

설야아는 사양할 수가 없어 술을 한 잔 받아 마신 뒤에 두 자루의 보검을 잡고 계단 아래 뜰에 내려섰다. 옷깃을 여미었지만 소매를 걷어올리지는 않았다. 춤이 시작되면서 동작은 크지만 빠르지 않았다. 처음에서 전후좌우로 발을 옮기더니 점차 부드럽고 하늘하늘 손발과 몸이 움직이며 동작이 조금씩 빨라졌다. 잠자리가 꼬리를 물에 담그기를 반복하듯, 제비가 가볍게 물을 차고 오르듯 날렵한 동작이 계속되었다. 그러더니 어느덧 손발이 보이지 않을 정도로 빠르게 춤을 추었다.

두자루 보검이 합쳐지더니 갈라지고 앞을 찌르면서 뒤를 막으니, 마치 두 마리 하얀 용이 서로 빠르기를 겨루듯 격렬하게 검을 휘둘렀다. 서릿발 같은 찬 기운이 얽힌 듯 펑펑 돌아갔다. 이어 검도 사람도 보이지 않는데 냉기가 회오리치듯 일어나며 마당의 잔디가 좌우로 쏠렸다. 그러더니 갑자기 하늘에서 백설이 휘날리듯 계단에 빗방울이 뿌렸다.

다시 구름 밖에 나온 햇살이 내려비치더니 바람도 멎었다. 설야아의 분홍빛 얼굴이 보이더니, 이어 두 자루의 보검이 하늘에서 모아졌다. 그러더니 설야아가 한 무릎을 세운 채 외발로 서있었다. 양제는 너무 좋아, 마치 어린아이처럼 박수를 쳤다. 박수소리에 황후는 그제서야 정신을 차린 듯 웃으면서 손뼉을 쳤다.

그런데 다시 설야아가 천천히 움직였다. 그러더니 미끄러지듯 동남쪽 모퉁이로 달려갔고 천둥소리가 마당을 때리는 것 같았다. 어느덧 설야아는 보검 한 자루로 사발만큼 굵은 대추나무 밑둥을 후려쳤고, 아직 잎도 피지 않은 대추나무 굵은 가지가 쪼개졌다. 여러 미인들은 건물 안으로 몸을 피했다. 설야아가 몸을 솟구치더니 크게 뛰어서 나르듯 섬돌 앞에 서면서 천천히 칼을 거두었다. 어느새 흰 눈이 녹아버린 듯 섬돌과 뜰에는 아무 흔적도 없었고 얼굴이 상기된 미인 하나가 서있었다.

설야아의 숨소리도 가쁘지 않고 평상시 그대로였다. 조그만 젖가슴이 미동하는 듯 옷자락이 살짝 흔들렸다. 의상도 흐트러지지 않았고, 설야아의 얼굴에 웃음이 가득했다.

양제는 정신이 다시 돌아온 듯 고개를 가로저었다.

그리고 설야아를 응시하더니 자리에서 일어났다.

"기특하도다! 정말 대단해! 짐은 놀라 죽는 줄 알았다."

그러더니 설야아를 올라오게 불렀다. 설야아가 대청에 올라와 무릎을 꿇었다. 양제는 감격해서 설야아의 어깨를 감싸 안았다. 그러면서 양손으로 설야아의 몸을 만져보았다.

설야아의 몸은 부드러웠다. 어디선지 풋풋한 향내가 느껴졌다. 손등은 하얗고, 손가락은 가늘고 길었다. 양제가 손을 잡았을 때 마치 아기손 같은 부드러운 촉감뿐이었다.

'도대체 이렇게 가늘고 부드러운 손! 어디에서 그런 힘이 솟았는지?'

양제는 보이지 않는 힘을 확인이라도 하는 듯 양손으로 설야아의 두 손을 잡아 올렸다.

그러면서 황후에게 말했다.

"야아의 용모와 자태는 미인이야! 그런데 어디에 영웅의 기량이 들어있는가? 선골(仙骨)이 아니면 이럴 수가 없어! 신선의 몸도 이처럼 가볍지 못할 거야! 오늘 이 자리가 아니었다면 설야아를 모를 뻔했어!"

황후도 말했다.

"지금도 늦지 않았습니다. 내가 보아도 너무 이쁩니다."

양제는 큰소리로 웃으며 설야아를 일으켜 세우더니 양팔로 감싸 안았다. 그야말로,

선경에 이르렀으니 헤아릴 수 없고,　　(能臻化境眞難測)
정밀한 재주, 신령의 경지에 들었다.　　(伎到精時妙入神)
미인의 탈속한 검무를 처음 볼 때,　　(試看玉人渾脫舞)
배꽃 가득한 뜰에는 티끌도 없었다.　　(梨花滿院不揚塵)

양제는 자리로 돌아와 황후에게 말했다.

"오늘은 다른 어느 날보다도 통쾌한 날이니, 이 모두가 황후의 은덕이고, 또 하부인의 덕분이요."

하부인이 겸손하게 말했다.

"제가 무슨 일을 했나요? 모두가 설야아의 검무 덕분입니다. 그저 심심하지 않으셨다니, 저도 모신 보람이 있습니다. 제가 큰 잔으로 폐하와 마마께 올립니다."

"그러면서 주인은 안 마시려나?"

하부인도 웃으면서 술을 마셨다.

막 다음 잔을 따르려 할 때, 어린 궁녀가 들어와 여러 부인들이 도착하였다고 아뢰었다.

하부인은 말을 듣자, 곧 일어나 뜰 아래로 내려갔다. 이어 15명의 미인들이 화사한 차림으로 떼를 지어 나타났다. 모두 대청에 올라와 황제와 황후에게 예를 올렸다.

하부인은 여러 부인들에게 자리를 권하면서, 곧 술상을 준비케 하였고, 이어 상을 둘러싸고 모두가 착석하였다.

양제가 말했다.

"자네들은 분명히 벌을 받기가 두려워서 이제야 겨우 내 앞에 나타났다. 먼저 벌주를 3잔씩 들고서, 어제 지은 시를 내게 올려라!"

그러자 사(謝) 부인이 말했다.

"오늘 심사를 주관하실 분은 폐하의 차례가 아니고 황후마마이십니다. 그러니 폐하께서는 심사권한을 넘겨주시고 대신 황후마마의 심사를 보좌해 주셔야 합니다."

그러자 양제가 갑자기 놀란 척하며 까닭을 물었다.

그러자 적(狄) 부인이 일어나 말했다.

"우리 여자 문생들은 황후마마 담장 안에 살면서 폐하의 직접 지배에서 벗어났으니 의심치 마시옵소서!"

그러자 황후도 말했다.

"역경(易經)과 시경(詩經),[72] 어느 경전이든 전공하면 됩니다. 그래도 폐하께서는 인재를 훌륭하게 길러내셨습니다."

그러자 양제가 웃으면서 말했다.

"황후께서는 오랫동안 〈관저(關雎)〉의 교화를 체득하셨고, 시경의 뜻에 능통하십니다."

그러자 황후도 웃으며 말했다.

"나는 폐하께서 《春秋》에 밝으신 것처럼 깊이 들어가지 못했습니다."

황후의 재치 있는 말에 모든 부인과 미인들이 큰소리로 웃었다.

---

72 원문 易經葩經(역경파경) ─ 葩는 꽃 파. 파경葩經)은 《詩經(시경)》의 다른 이름. 唐(당) 한유(韓愈, 768─824년)의 〈進學解(진학해)〉에 나오는 말로 시경을 지칭한다. 따라서 양제 때에는 이런 말을 이해할 수 없지만, 여기는 소설 속이다.

진부인은 궁노의 손에서 시 원고 한 뭉치를 받아다가 황제에게 드렸다. 양제가 맨 위에 오른 원고를 보니 「인지원 신첩 강계(薑 桂), 황제께 공경으로 올림(恭모御覽)」이라고 쓰여 있고, 아래에 는 네모진 인장에 '월선(月仙)'이라고 적혀 있었다. 양제가 읽고 서는 강부인을 보고 웃으면서 물었다.

"논리상으로 보면 나이 순서로 전형을 해야 하는데, 너는 나이 가 가장 어린데 어찌하여 맨 위에 이름을 올렸는가?"

그러자 강부인이 대답했다.

"어제 양부인과 주부인이 먼저 마친 사람이 먼저 등록한다고 말했습니다. 저는 뱃속에 든 학식이 없어서 별로 생각을 많이 하 지 못했고, 그래서 제가 건방을 떤 것 같습니다. 다른 부인들은 뱃 속에 든 학식이 많아 퇴고(推敲)[73]하고, 또 헤아렸기 때문입니다."

---

73 퇴고(推敲) ─ 우리가 알고 있는 推敲(퇴고)란 말은, 가도의 시 〈제이 응유거(題李凝幽居)〉로부터 나왔다. 가도〔賈島, 779-843, 자는 浪先 (閬先, 낭선)〕는 元和 5년(810) 겨울에 귀를 타고 가면서 '鳥宿池辺 樹, 僧推月下門'에서 推(옮길 추, 밀 퇴)를 쓸 것인가, 敲(두드릴 고)를 쓸 것인가 고민했다. 그러다가 당시 경조윤(京兆尹)인 한유의 행차 와 부딪쳤고 나중에 한유의 말대로 '僧敲月下門'으로 하였다.
가도는 빈한(貧寒)하여 일찍이 승려가 되어 法號를 無本이라 했었 다. 憲宗 元和 5년(810) 장안에 와서 張籍(장적)을 만났었다. 그가 낙양에서 韓愈의 행차와 부딪칠 때는 승려의 오후 외출이 금지되 던 때였다고 한다. 가도는 한유의 가르침을 받아 가며 환속하여 과 거에 여러 번 응시하였으나 급제하지 못하다가 穆宗 長慶 2년(822) 에 진사과에 급제하였지만 이후 관직생활은 불우했다. 賈島는 이

강부인의 말이 끝나기도 전에 진부인이 강부인에게 물었다.

"우리들을 두고 말하는 것이야 상관없지만, 자네는 왜 사(沙)부인을 조소하는가?"

그러자 강부인은 "저는 사부인을 조롱하지 않았습니다."라고 말했다.

그러자 진부인이 말했다.

"자네는 '뱃속에 물건이 있다.'고 했는데, 그것이 바로 사부인을 조롱한 것 아닌가?"

"저는 정말 몰랐습니다."

그리고 강부인은 사부인을 향해 머리를 숙이며 사죄하였다.

그러자 황후가 듣고서는 서둘러 말했다.

"여러 사람 말하는 걸 보니 사부인은 축하를 받아야 하고, 이는 황실 조상의 영험이며 폐하의 복이십니다."

이때 양제는 입을 열지 못하고 묵묵히 사부인만을 주목하였다. 사부인은 두 뺨이 붉어지며 고개를 숙인 채 말이 없었다. 양제는 그때서야 무엇인가를 알은 듯 제일 나이가 많은 양(梁) 부인에게 말했다.

"자네는 가장 정직한 사람이니, 짐에게 사실을 말해주기 바란다. 사부인에 기쁜 일이 있다는 말이 사실인가? 아니면 농담인

른바 '苦吟派(고음파)'에 속하는 시인이다. 가도는 〈戱贈友人(희증우인)〉 시에서 '一日不作詩, 心源如廢井.(하루라도 시를 짓지 않으면, 마음은 말라 버린 우물과 같다.)'이라고 말했다.

가?"

양부인은 탁자 아래로 손가락 세 개를 펴면서 낮은 소리로 말했다.

"석 달이 되었습니다."

양제는 듣자마자 크게 기뻐하며 말했다.

"좋았어! 정말 좋은 일이야! 빨리 뜨거운 술을 가져와라! 짐은 큰 잔으로 석 잔을 마시겠노라! 황후도 석 잔을 드시오."

그러자 양(楊) 부인이 말했다.

"이 모두는 황후마마의 덕화(德化)로 저희들이 은택을 입은 것입니다. 그러니 마마의 은덕에 만분의 일이라도 보답하려 술 석 잔을 올리겠습니다만, 폐하께서는 무슨 공덕을 베푸셨다고 큰 잔으로 석 잔이나 드시려 하십니까?"

그러자 양제가 웃으며 말했다.

"나? 나야 큰 공덕은 없지! 그런데 나도 조금은 애를 썼어!"

그러자 모든 부인들이 배꼽을 잡고 웃었다. 양제는 쑥스러운 듯 손을 휘저으며 말했다.

"그렇지! 그래! 여기 있는 모두, 전부 석 잔씩 마시도록 하라!"

그리고 다시 사부인에게 다가가 작은 소리로 말했다.

"자네는 딱 한 잔만 마시게!"

그러자 가(賈) 부인이 말했다.

"잠깐! 폐하께서는 사람을 편애하십니다. 우리에게는 3잔씩 마시라는 벌주를 사부인에게는 한 잔만 내리셨습니다. 한 사람은

왜 한 잔만 마십니까?'

그러자 강(江) 부인도 껴들었다.

"잠깐! 폐하의 심사가 공정하지 못하시다면 마마께서 품평하셔야 합니다."

양제는 웃으면서 강(姜) 부인의 시를 읽었다. 시는 칠언절구 한 수였다.

이른 아침 육궁(六宮)에서 머리를 부풀리나,　　(六宮淸畫鬪雲鬟)
누가 한가한 군왕(君王)을 모실 수 있으랴?　　(誰把君王肯放閒)
고운 옷 춤 한마당에 노래를 마치니,　　(舞罷霓裳歌一闋)
천상(天上)과 인간 세상 어디인지 모르겠네.　　(不知天上與人間)

양제가 읽고서는 말했다.

"강(姜) 미인은 평소에 시를 짓지 않았고, 억지로 지었다지만 그래도 나쁘진 않았다."

다음 시에는 「영문원 신첩 사초악(謝初萼)」이라 썼고, 인장은 '천연(天然)' 이었는데, 7언절구 한 수였다.

저녁 화장할 무렵, 꽃 한 송이 지는데,　　(晚妝零落一枝花)
황제 수레 지나며 푸른 깃발 날린다.　　(又聽鑾輿出翠華)
급히 새 노래 청야곡을 지어 부르니,　　(忙裡新翻淸夜曲)

홀로 누군가 몰래 비파를 연주한다.　　　(背人偸撥紫琵琶)

양제가 사부인에 말했다.

"다른 사람의 시에는 체목을 빌려 뜻을 표현하였는데, 자네는 사실만을 기록했네. 어느 날인가 짐이 청수원(淸修院)에서 쉴 때, 담 너머로 자네가 비파를 연주하는 소리를 들었는데, 그 소리가 원망하면서도 연모하는 듯, 울면서도 하소연 하는 듯 연주하여 다른 사람을 잠못 들게 했으니, 자기 자신을 시로 표현하였다."

그러자 소후도 말했다.

"이렇듯 뛰어난 재능이니, 나도 한 수를 배워야겠네!"

양제가 다음 시를 보니 겉에는 「취화원(翠華院) 신첩 화서하(花舒霞)」라 하였고, 인장은 '반홍(伴鴻)'이라 하였는데 사(詞) 한 수였다.

양제가 읊어보았다.

오동나무 창문, 취한 단잠, 사랑 꿈 깨니,　　(桐窓扶醉夢和諧)

어지러운 잡념, 생각하기도 싫다.　　(惱亂心懷, 沒甚心懷)

꽃가지 꺾어다가 금비녀 내기를 하고,　　(拉來花下賭金釵)

옥섬돌 그냥 앉았다가, 다시 일어선다.　　(懶坐瑤階, 又上瑤階)

은하수 마주하니 하늘 저쪽 끝인데,　　(銀河對面似天涯)

구름이 흙비 쏟고, 바람이 흙비 뿌렸다.　　(不是雲霾, 卽是風霾)

까치가 놓은 다리, 내 마음이 머무는데,　　(鵲橋有處已安排)

그대 나를 피하나, 아니 내가 피하는가?　　(道是君乖, 還是奴乖)

— 곡조 〈일전매〉　　　　　　　　　— 右調《一剪梅》

양제가 읽고 나니, 황후가 "누구의 것이 그리 좋습니까?"라고 물었다. 양제가 화(花) 부인 것이라고 말하자, 황후가 웃으며 말했다.

"아마 오늘 밤에 화부인이 삐딱하지는 않을 것입니다."

양제가 말했다.

"노랫말이 뛰어나게 아름답고 연인의 깊은 감정을 잘 표현했어!"

화부인이 말했다.

"멋대로 지껄였으니 책망을 받아야 합니다. 무슨 정취가 있겠어요? 폐하의 과분하신 칭찬입니다."

그러자 번(樊) 부인이 말했다.

"화부인이 너무 겸양하니, 폐하께서는 벌주 한 잔을 주셔야 합니다."

양제가 고개를 끄덕였다.

양제가 다음을 보니 「화명원 신첩 강도(江濤)」라 쓰였고, 인장은 '경파(驚波)'라고 찍었는데, 7언절구 2수였다.

봄날 삼월의 양주를 꿈꾸다 깨어나니,　　(夢斷揚州三月春)

오교(五橋) 동쪽 두둑의 잔디가 방석 같다.　　(五橋東畔草如茵)

군왕께서 사는 집이 어디냐 묻는다면,　　(君王若問依家裡)

아름다운 경화 이웃에 산다고 말하리.　　　(記得瓊花是比鄰)

두 번째 절구,

새벽에 눈썹 화장에 시간을 버렸는데,　　(曉妝螺黛費安排)
앵무새 점심 때라고 알려서 놀랐도다.　　(驚聽鸚哥報午牌)
군왕님 대략 오늘 밤 오실 수 있다면,　　(約略君王今夜事)
꽃그늘 아래 초조히 걸으며 기다리리.　　(悄挨花底下弓鞋)

양제는 읽기를 마치며 말했다.

"두 수의 시가 진정이고 아름다우며, 고향 그리움이 절절하구나."

황후는 궁녀를 시켜 큰 술잔을 가져오게 하여 황제에게 술 석잔을 올리겠다고 말했다.

그러자 양제가 놀라며 말했다.

"황후께서는 왜 짐에게 벌주를 줍니까?"

황후가 말했다.

"폐하의 시 평론이 정확하지 못하니 벌주를 드셔야 합니다."

"명확하지 못한 부분이 무엇입니까?"

"제가 말씀드리면 폐하도 인정하실 겁니다."

그러면서 여러 미인들을 불러 모았다.

황후가 강(江) 부인을 가리키며 말했다.

"이 절구 두 수 중 첫 수는 강부인이 고향 그리는 마음을 빌어 주군을 그리는 마음을 표현한 것 같지만, 사실은 고향을 그리는 심경이 아니라 군왕을 그리는 심경만을 묘사했습니다. 그리고 두 번째 수의 전체적인 뜻은 더욱 명확하니, 군왕을 그리는 심경이고 고향을 그리는 마음은 없으니, 폐하의 시론(詩論)이 분명히 명확하지 않습니다."

그러자 양제는 '하하하!' 하며 큰소리로 웃으며 말했다.

"짐이 어찌 모르겠는가? 황후와 여러 부인이 여기 다 모였는데, 강부인 혼자서만 짐을 그린다고 칭찬한다면 다른 여러 부인은 나를 그리지 않겠는가? 본래 시를 볼 때는 그 심의(心意)를 살펴 그 의지(意志)를 생각해야 한다오."

양제가 다음 시를 보니 「문안원신첩 적현예(狄玄蕊)」라 쓰였고, 인장은 '정진(亭珍)'이었다. 사(詞) 한 수인데, 곡조는 〈무산일단운(巫山一段雲)〉이었다.

때맞춘 비가 산 계곡에 내리고,	(時雨山堂潤)
길조 구름은 깊은 궁궐 감쌌다.	(卿雲水殿幽)
모든 꽃과 풀 계절 따라 변하니,	(花花草草過春秋)
어디가 선경 영주(瀛洲)인가요?	(何處是瀛洲)
푸른 솔도 두루 은덕을 받았고,	(翠柏承恩遍)

붉은 악기 좋은 곡조 연주한다.　　(朱弦度曲稠)

님의 진한 향기 근심 녹여주니,　　(御香深惹薄言愁)

천자께선 풍류 따라 즐기신다.　　(天子趁風流)

양제가 읽기를 마치며 말했다.

"좋아! 슬프나 마음 상하지 않고(哀而不傷), 즐거우나 지나치지 않으니(樂而不淫), 가사가 정체(正體)를 잘 노래했도다."

이에 황후가 말했다.

"이런 구절은 다른 사람은 읊을 수 없지요. 그 결제(結題)가 아주 뛰어납니다. 폐하께서는 다시 벌주를 드셔야 합니다."

"당연히 마시겠소! 어서 큰 잔에 따라주시오!"

양제가 다음 수를 보니 「추성원 신첩 인화(印花) 삼가 폐하께 올립니다.」라 했고, 인장은 '남가(南哥)'로 되었는데, 7언절구 한 수였다.

한낮 그늘진 정원, 정신을 차리고서,　　(午涼庭院倚微醒)

연못가에 앉아서, 채빈[74]을 생각한다.　　(弄水池頭學采蘋)

연꽃 은덕 따르니, 예절에 소원하나,　　(荷慣恩私疏禮節)

---

74 〈채빈(采蘋)〉―《詩經 召南》의 시 〈采蘋〉은 三章, 章四句. 大夫의 妻가 법도를 따라 선조의 제사를 받드는 내용.

꿈속 그래도 절로, 낭군을 불러본다.　　　(夢中猶自喚卿卿)

양제가 다 읽고서 말했다.

"최고야! 문장은 바로 그 사람이라더니, 그 깊은 정이 완연하구먼!"

그러자 소후가 웃으며 말했다.

"'卿'[75] 글자를 몇 개 더 붙여도 폐하께서는 여전히 좋다고 하시겠지요!"

다음 시는 「적진원 신첩 번연(樊娟)」의 시이고, 인장은 '소운(素雲)' 이었는데, 역시 7언절구 한 수였다.

꿈속 시(詩)로 폐하의 은덕을 읊었는데,　　　(夢裡詩吟雨露恩)
어찌 사마상여(司馬相如)[76]의 장문부(長門賦)를 읊으랴!　(那須司馬賦長門)
온천 목욕 끝내자 군왕께서 부르니,　　　(溫泉浴罷君王喚)
낮잠 흔적 지울 화장을 못하겠네.　　　(遮莫殘妝枕簟痕)

---

75 卿은 벼슬 경. 여기서는 부부간의 애칭.

76 司馬는 司馬相如(사마상여, 前 179?－118)－漢賦(한부)의 代表作家, '賦聖(부성)' 이라는 칭송도 있다. 탁문군(卓文君)과의 私奔(사분)은 널리 알려진 이야기이다. 《漢書 藝文志(한서 예문지)》에 사마상여의 賦 29편 명이 올랐는데, 잘 알려진 것으로는 〈子虛賦〉, 〈上林賦〉, 〈大人賦〉, 〈哀秦二世賦〉 등이 있다. 《漢書》 57권, 〈司馬相如傳 上, 下〉에 입전. 《史記 司馬相如列傳》 참고.

양제가 읽고 나서 말했다.

"정은 깊으나 뜻은 담백하나 깊은 운치를 잘 표현하였다."

다음은 「강양원 신첩 가소정(賈素貞) 삼가 올림」이라 적혔고,
하변의 인장은 '임운(林雲)'인데, 7언절구 두 수였다.

옥 바탕에 밝은 빛, 그을리지 않았고,　(玉質光合不染熏)

맑은 향과 다른 특별한 향이 진하다.　(清香別是異芬芳)

먼저 취해 고향 소상⁷⁷을 꿈에 보고서,　(曾經醉入瀟湘夢)

멋진 난간 기대 흰 치마만 매만진다.　(起倚雕欄弄素裙)

두 번째,

알 수 없는 그리움을 어찌 시로 쓰랴.　(相思未解翰何提)

한번 입은 은정을 아직도 미몽이로다.　(一自承恩情也迷)

그때 깊은 꿈결을 여전히 기억하나니,　(記得當年幽夢裡)

반지 받고 놀라 깨어 무지개를 본다.　(賜環驚起望虹霓)

양제는 시를 읽고 미소를 지으며 칭찬하였다.

"화장이 아닌 본바탕의 미모이니, 거친 옷에 헝클어진 머리가

---

77 瀟湘(소상) ─ 중국 호남성의 동정호(洞庭湖) 남쪽에 있는 소수(瀟水)
와 상수(湘水)를 아울러 이르는 말. 부근에 유명한 소상팔경(瀟湘八
景)이 있어 경치가 수려하다.

예쁜 것과 같도다."

그러자 여러 부인들이 키득거리며 웃었다.

양제가 "왜 웃느냐?"고 물었다.

그러자 "어제 일 때문에 웃었습니다."라고 말했다.

양제가 말했다.

"어제 일을 자세히 말하지 않는다면 큰 잔으로 세 잔씩 벌주를 내리겠다."

그러자 화(花) 부인이 말했다.

"사(沙) 부인에게 마시게 할 수 없으니, 제가 대신 말씀드리겠습니다. 어제 가(賈) 부인이 시를 지으면서 단번에 시를 완성하였습니다. 그리고 읽으면서 구절에, 글자에 붉은 점을 그려가며 좋아했습니다. 그렇게 두세 장을 고쳐 쓰다가 나중에 폐하께서 나가시자, 가부인은 주(周) 부인과 양(楊) 부인에게 대신 써달라고 부탁을 하였습니다. 그러나 두 사람이 모두 거절하자, 화가 난 가부인이 말했습니다. '다른 사람에게 부탁하느니 내가 하는 것만 못하다!(求人不如求自己)고 했어! 폐하께서는 내가 초학(初學)인 것을 아실거야.' 그러면서 몇 번이고 탄식하였습니다. 그런데 지금 폐하께서는 가부인의 시를 칭찬하셨기에 저희들이 웃었습니다."

그러자 설(薛) 부인도 웃으면서 말했다.

"종이를 몇 장이나 버리면서 크게 탄식하였지만 지금은 큰 칭찬을 받았습니다."

양제가 다음을 펼쳐보니 「기음원 신첩 하녹요(夏綠瑤) 삼가 올림」이라 하였고, 인장은 '경경(瓊瓊)' 이었는데 한 수의 사(詞)였다.

하부인의 사는 「봄 되니 서호 물이 넘치고(春滿西湖好), 보름달이 뜨니 앞산이 작아보인다(月滿前山小)로 시작하여, … 요순의 마음으로도(堯舜心腸), 한궁의 늙은 여인이 가엽구나(時憐卻漢宮人老).」라고 끝났다.

양제가 읽고서 칭찬하였다.

"운치 있는 내용에 묘사가 극진하고, 정경이 종이 위에 약동하는 것 같도다."

그러자 황후가 웃으며 말했다.

"시에는 정이 듬뿍 담겼고, 또 오늘 밤에 폐하께서 찾아달라는 간절한 초청장입니다."

그러자 하(夏) 부인이 부끄러운 듯 말했다.

"황후마마께서 온갖 은덕을 내리셨는데, 제가 어찌 더 많을 것을 바라겠습니까?"

양제가 다음을 펼쳐보니 「영휘원 신첩 나소옥(羅小玉) 삼가 올림」이라 하였고, 인장은 '패성(佩聲)' 이었고, 7언절구 두 수였다.

정자 서쪽 작은 뜰에 예쁜 꽃이 피었고,　　(亭西小院燦名花)
어찌 보통 부잣집에서 볼 수 있으랴?　　(豈比尋常富貴家)
상림원의 멋진 풍경에 모두 물들었지만,　　(染盡上林好風景)

보석 금슬 한 곡이 비파보다 더 좋도다.　　(瑤琴一曲勝琵琶)

두 번째 수.

새로운 모양 특별히 구며본 얼굴이니,　　(別樣新妝懶畫容)

옥산 무너진 곳에 두세 봉우리 있네.　　(玉山頹處兩三峰)

요황위자도 짝을 지었다 거짓말하니,　　(誤言姚魏堪爲侶)

구중궁궐의 꽃 소식을 널리 알려 주소.　　(還讓官花報九重)

양제가 다 읽자, 소황후가 말했다.

"두 수의 시에서 시재와 시정(詩情) 모두가 뛰어난 것 같은데, 폐하께서는 그렇지 않습니까?"

양제가 말했다.

"황후의 시평(詩評)이 정확합니다."

그리고 다음 장을 보니, 위에는 「청수원 신첩 진미(秦美)」라 하였고, 인장은 '여아(麗娥)' 였는데, 7언절구 1수였다.

봄이 무르익은 궁궐, 넉넉한 비와 이슬에,　　(宮禁春深雨露饒)

붉은 꽃무더기와 푸른 가지가 가득하다.　　(萬堆紅紫綠千條)

꽃과 잎은 누가 오렸는지 알 수 없지만,　　(不知花葉誰裁裏)

봄바람이 칼과 가위보다 훨씬 뛰어났다.　　(始信東風勝剪刀)

양제는 구절마다 고개를 끄덕였다.

다음 장에는 위에 「명하원 신첩 양류(楊毓)」라 했고, 인장은 '편편(翩翩)' 였는데, 역시 7언절구 1수였다.

미련한 몸이 과분한 은총 받았으니,　　　　(嬌癡何分沐恩光)

춘풍에 실린 향기 내가 차지했었다.　　　　(占盡春風別有香)

미천한 나는 아무 자랑도 없으면서,　　　　(自是妾身無狀甚)

화목(花木)이 군왕을 힘들게 한다 믿었네.　　(錯疑花木惱君王)

양제는 읽으며 미소를 지었다.

다음 작품의 위에는 「신광원 신첩 주함향(周含香)」이었고, 인장은 '유란(幼蘭)'이었고 사(詞) 1수였고, 곡조는 〈여몽령(如夢令)〉이었다.

어젯밤 봄바람이 두루 불더니,　　　　(昨夜東風吹透)

양매화 한 그루가 일찍 피었다.　　　　(一樹楊梅開驟)

영롱한 이슬로 금 술잔을 채워,　　　　(香露泡金樽)

성은의 천추만세 축원합니다.　　　　(滿祝千秋萬壽)

잘못되지 않기를 않기를　　　　　　(非謬非謬)

함께 태평한 세월 누리시길.　　　　(共醉太平時候)

양제는 다 읽고서 고개를 몇 번 끄덕였다.

다시 다음 시에는 위에 「경명원 신첩 양옥(梁玉) 삼가 올림」이
라 써있고, 인장은 '영랑(瑩娘)' 인데, 7언절구 한 수였다.

온몸이 조심조심 더 큰 기쁨 겁내고,　　（腰肢怯怯怕追歡）

거울에 남은 깊은 정념 절로 보인다.　　（鏡裡幽情只自看）

궁궐이 미인이 많다고 말하지 마오,　　（莫說宮闈多媚態）

얇은 비단 짧은 소매 풍류에 취했다.　　（輕羅小袖醉闌於）

양제는 미소를 지으며 읽었다.

소황후가 물었다.

"지금까지 몇 수의 시에는 왜 고개를 끄덕이거나 미소를 지으
셨습니까?"

"황후는 모를 것이요. 우리 궁궐에 양편편(楊翩翩)과 주유란(周
幼蘭), 그리고 진려아(秦麗娥)와 양영랑(梁瑩娘) 다음에 사설아(沙雪
娥) 등은 모두 우리 궁중의 뛰어난 시인들입니다. 지금 우리 신하
들에게 시를 지어 올리게 하더라도 이렇게 뛰어난 작품은 나오기
어려울 것입니다."

황후가 말했다.

"시를 논하기는 이만큼이면 충분할 것입니다. 폐하께서는 더
좋은 시를 이제 그만 구하십시오."

그러나 양제는 다음 시를 펼쳐보았다. 「보림원 신첩 사영(沙
映)」의 시로, 인장은 '설아(雪娥)' 였고, 5언율시 한 수였다.

머리를 헤치고 깊은 궁에 들어와,　　　　　(被髮入深宮)

두려워 떨며 은덕을 입었다.　　　　　　　(承恩戰慄中)

꽃처럼 고운 얼굴 웃고 노래하며,　　　　　(笑歌花瀲灩)

취하여 흔들리는 달처럼 몽롱하다.　　　　(醉舞月朦朧)

다 함께 〈종사(螽斯)〉[78] 장을 외우고,　　　(共頌螽斯羽)

모두가 해가 밝은 줄도 모른다.　　　　　　(相忘日在東)

천년토록 언제나 모시고 따르니,　　　　　(千秋長侍從)

초목들이 춘풍을 그리워하노라.　　　　　(草木戀春風)

양제는 읽고 나서 찬탄하며 말했다.

"특별히 뛰어난 작품이 보이지 않는다고 말할 수 없는 이유는 이런 시 때문이요."

황후도 시를 읽고, 다시 한번 더 읽고서 칭찬하였다.

"정말 뛰어난 명품 시입니다. 단아하고 장엄한 기운에 순수하며 청정(淸靜)하니 대가입니다."

양제가 다음 원고를 읽으니, 위에는 「의봉원 신첩 이소발(李小發)」이고, 인장은 '경아(慶兒)'인데, 7언절구 한 수였다.

군왕의 성명(聖明)은 당요(唐堯)에 비하고, (君王明聖比唐堯)[79]

---

78 《詩經 周南》〈螽斯〉 – 종사(螽斯)는 여치. 알을 많이 낳는다. 자손의 번창을 축원하는 시이다.

79 원문 君王明聖比唐堯(군왕명성비당요) – 당요(唐堯)는 五帝(오제)의

황후의 어진 덕행에 일찍 조회한다.　　　(脫珥無煩自早朝)

〈관저〉의 문아한 교화 널리 베푸니,　　　(閒論關雎多雅化)

낙화도 곤룡포 위에 날아 앉는다.　　　(落紅飛上儲黃袍)

양제는 읽고 나서 이부인에게 말했다.

"오히려 너 같지 않은 시이다."

황후가 일부러 이부인에게 물었다.

"이것이 네가 어젯밤에 지은 시인가?"

"어젯밤에는 시제도 생각하지 못했습니다. 오늘 아침에 진(秦) 부인이 들어오길래 함께 몇 구를 적어보았습니다만, 폐하의 명제(命題)와 어긋났습니다."

양제가 말했다.

"후궁의 일을 묘사하려 했다면 다른 부인들과 같은 주제를 택했어야 하고, 좋은 시란 서둘러 챙긴다 하여 쉽게 얻어지는 것이 아니다. 사(沙) 부인의 율시는 칭찬받을 만한 가작으로 노래로 읊을 수도 있다. 아마 조정의 문신도 이보다 더 낫지는 못할 것이다. 이제 시를 다 감상하였으니 지금부터는 마음껏 마셔보자."

황후는 여러 부인들에게 주악을 준비하라고 시켰다. 그러자

한 사람이다. 도당씨(陶唐氏). 名은 放勳(방훈). 도(陶)에 봉해졌다가 唐(今 山西省 남부 臨汾市)으로 옮겼다. 道敎의 天官大帝. 탄생일은 정월 보름(上元節)이다.

한순간에 악기를 연주할 사람은 연주하고, 창을 할 사람은 노래하며 술잔이 뒤섞이면서 모두가 마음껏 즐겼다.

황후가 하부인에게 말했다.

"주상의 여흥에 따랐고 술도 많이 마셨으니, 나는 이제 처소로 돌아가겠다."

그리고 사(沙) 부인에게도 말했다.

"그대의 몸은 오래 앉아 있을 수 없으니 먼저 처소로 돌아가게나!"

사부인은 황후의 말에 따라 즉시 일어났다. 양제는 황후와 함께 정궁으로 돌아가고 싶었지만, 황후는 양제에게 더 머물러 있으라 만류하며 말했다.

"다른 날 같았으면 폐하의 생각대로 제가 따르겠지만, 오늘은 제가 주관한 모임입니다. 그러니 폐하는 오늘 밤은 보림원에서 장원한 사(沙) 부인과 주무십시오. 그리고 설야아를 보내 함께 모시게 하겠습니다. 곧 정침(正寢)과 부침이 있으니 오늘 밤은 외롭지 않으실 것입니다. 아마도 다른 미인들도 다 수긍할 것입니다."

사부인이 떠나면서 인사하였다.

"황후마마의 두터운 은애를 입었습니다. 그렇지만 저는 은총을 독점하지 않겠습니다."

여러 부인들이 일제히 말했다.

"마마의 분부를 저희 모두 성심으로 따르겠습니다. 사부인은 겸양할 필요는 없습니다."

황후가 말했다.

"되나 안 되나는 폐하께 달렸습니다. 사양하느냐 않는가는 여
러분에게 달렸네!'

양제는 웃으면서 큰 술잔을 하나 잡아들더니 황후에게 권하면
서 말했다.

"황후는 즉시 이 잔을 드시오!'

황후가 말했다.

"저는 더 못 마십니다. 그리고 폐하께서도 조금 적게 드십시
오."

점잖게 사양한 황후는 연(가마)을 타고 회궁하였다. 여러 부인
들은 양제를 보림원으로 모셨다. 그리고 설야아에게 사부인을 따
라 보림원에 가게 하였고, 다른 부인들 모두 자기 처소로 돌아갔
다. 그야말로,

많은 꽃이 모두 새롭게 치장했다지만,   (無數名花新點色)
상림원 봄은 가지 하나가 독차지했다.   (一枝獨佔上林春)

적거사는 깊은 함정에 들어갔고, 황보군은 큰 쥐를 가격하였다.(狄去邪入深穴, 皇甫君擊大鼠.)

노래하기를,	詞曰,
가련한 인생이니,	(人世堪憐)
귀신의 놀림 받고, 멋대로 굴려진다.	(被鬼神播弄, 倒倒顚顚)
겨우 명분을 찾아 끌려가더라도,	(纔敎名引去)
다시 이득에 따라 내몰리게 된다.	(復以利驅)
줄에 묶인 배, 채찍 맞는 말처럼.	(船帶牽, 馬加鞭)
누가 제멋대로 살 수 있겠나?	(誰能得自然)
아침에 날리는 흙먼지를 보라,	(細看來朝塵土)
하루하루가 시련이라네.	(日日風煙)

| 남의 교활과 간악을 용서하더라도, | (饒他狡猾雄奸) |

깊은 불구덩이, 생사가 뒤엉킨다.	(向火坑深處, 抵死胡纏)
제 몸 죽이며 부귀를 얻으려 하고,	(殺身求富貴)
독약 마시며 신선이 되려고 한다.	(服毒望神仙)
마른 뼈가 썩고, 혈흔이 낭자해야,	(枯骨朽, 血痕鮮)
그때야 죄악을 알게 된다.	(方知是罪愆)
몇이나 외물에 초연할 수 있겠나?	(能幾人超然物外)
남보다 몇 발이나 앞섰는가?	(獨步機先)
―곡조〈의난망〉	―調寄〈意難忘〉

옛말에, '사람은 이득에서 벗어나기 어렵고(人逢利處難逃), 탐욕을 부리는 마음이 가장 억세다(心到貪時最硬).'고 하였다. 시장에서 채소를 파는 장사치나 수전노(守錢奴)는 돈을 보면 아주 좋아하거나 몹시도 인색하다.

화상(和尙)이나 도사의 마음도, 그가 손으로 염주를 돌리거나 입으로 황정경(黃庭經)[80]을 외우지만, 외모는 아주 공손하나 내심은 욕심으로 꽉찼으며, 늘 남의 재물을 얻어낼 궁리만 한다.

사인(士人, 선비)의 아들들은 더욱 간악하니, 창문 아래서 부지런히 육경(六經)을 독서하여 사리에 밝더라도 일단 관직에 들어서면 첫 출사(出仕, 벼슬)라서 영광이라고 말하면서도, 머릿속으로는

---

80 황정경(黃庭經)―《太上黃庭內景玉經(태상황정내경옥경)》과 《太上黃庭外景玉經》을 지칭. 위진(魏晉) 무렵에 출현한 도교의 경전. 服氣(복기)하여 精神(정신) 배양이 주요 주제.

조그만 이득이라도 모조리 긁어모아 귀향하려 하고, 백성의 어려운 처지나 역경을 전혀 생각하지 않으며 끝내는 예의염치마저 잃어버린다.

그리하여 결국 죽음에 임박해서야 자식들에게 검소한 장례를 치루라, 무덤을 크게 만들지 말라, 예를 갖추라 하면서 수천수만 냥의 재물을 자손에게 물려주나, 그 자식은 그 후에 재물을 낭비하고 수많은 처첩을 거느리며 방탕할 뿐이다.

그래서 그 종말은 남의 원망과 하늘의 분노를 받아 음양으로 보이지 않는 업보를 당하게 된다. 그런 이치를 잘 알면서도 결코 남을 도와주지 않아 결국 멸망을 자초하게 된다. 결국 귀신의 칼날이 자기 목 위에서 춤을 춰야만 탐욕을 버리는 사람도 있지만, 늦어도 너무 늦었기에 처참한 멸문의 화(滅門之禍)를 당하게 된다. 그런 사람들은 영웅호한이 부귀공명을 헌신짝처럼 버리는 그런 기개(氣槪)를 절대로 이해하지 못한다.

양제는 그날 밤 보림원에서 사(沙) 부인과 또 검무를 췄던 설야아(薛冶兒) 두 여인을 데리고 즐거운 밤을 보냈고, 다음 날 아침 일어나 생각하니, 소황후가 자신의 마음을 헤아려 배려해 주었다고 생각하였다. 세수와 빗질을 마친 양제는 연(輦)에 올라 회궁했다.

궁문에 도착하자마자 많은 신하들이 거기서 황제를 기다리고 있었다.

양제가 편전에 나아가 자리에 앉으면서 물었다.

"경들은 광릉에 이르는 하도(河道)에 관하여 어떤 의논이 있었는가?"

그러자 우문술(宇文述)이 아뢰었다.

"신들은 공부(工部)의 여러 사람과 함께 하도에 관하여 상세한 논의를 했습니다만, 하나의 하도로 연결할 방법은 없었습니다. 그런데 지금 간의대부(諫議大夫)인 소회정(蕭懷靜, 인명 미상)이 하나의 하도로 통할 수 있는 방법이 있다고 하였습니다. 그래서 저희가 폐하를 뵙고 말씀드리고자 기다리고 있었습니다."

원래 소회정은 소황후의 남동생이니 양제에게는 처남이고, 국구(國舅)로 지금 상대부(上大夫)의 직분이었다. 보고를 들은 양제는 크게 기뻐하면서 소회정에게 물었다.

"경은 어떤 길이 있어 광릉까지 직통할 수 있다고 생각하는가?"

소회정이 대답하였다.

"이는 대량(大梁, 今 河南省 동부 開封市)[81]의 서북에서 시작하는 옛날 수로가 있었습니다. 진(秦)나라의 대장이던 왕리(王離)는 여기에 하도를 파고 맹진(孟津)[82]의 하수(河水)를 대량으로 끌어들였

---

81 대량성(大梁城, 今 河南省 開封市) ─ 戰國時代(전국시대) 위국(魏國)의 도성(약 140년 정도)으로 교통과 상업의 중심지. 상앙(商鞅), 소진(蘇秦), 장의(張儀), 손빈(孫臏), 방연(龐涓), 오기(吳起) 등이 여기서 공부하거나 활동하였다. 남북조 이후, 五代의 후량(後梁), 후진(後晉), 후한(後漢) 및 후주(後周) 및 북송(北宋)의 도읍이었다.

82 맹진(孟津) ─ 今 河南省 서북부, 황하 남안, 今洛陽市 孟津區.

습니다. 지금은 오랫동안 사용하지 않아 막혔기에 불통하지만,
만약 백성을 동원하여 대대적으로 준설(浚渫)한다면, 대량에서 시
작하여 하음(河陰), 진류(陳留), 옹구(雍丘), 영릉(寧陵), 휴양(睢陽)⁸³
등을 연결할 수 있습니다. 그러면서 새로운 하도를 만들어 보충
하거나 맹진의 강물을 끌어들인다면, 동쪽으로 회하(淮河, 회수)에
연결되며, 거기서 1천 리 정도면 광릉에 도달할 수 있습니다. 신
이 또 듣기로는, 휴양에 천자의 기운이 서렸다고 경순신(耿純臣)
등이 상주하였다는데, 그곳으로 하도가 뚫린다면 천자의 기운을
파 없앨 수 있습니다. 이 하도가 완성된다면 험지나 원지를 가리
지 않고 후환을 없앨 수 있다고 생각합니다. 저의 우견은 이와 같
은데, 폐하의 성의(聖意)는 어떠신 지 모르겠습니다."

양제는 듣고 나서 크게 좋아하며 말했다.
"참으로 긴요하고 좋은 의논이다. 경의 재주와 식견이 아니었
다면, 누가 이를 알 수 있었겠는가!'
그리고서는 곧장 전지를 내려 정북대총관(征北大總管) 마숙모
(麻叔謀, 27회 주석 참고)를 개하도호(開河都護)에 임명하였다.
그리고 여러 신하에게 말했다.
"광릉에 이르는 하도는 공사 구간이 아주 멀고, 또 큰 공사인
만큼 유능한 인물을 차출하여 마숙모와 함께 대 역사(役事)를 돕

---

83 휴양(睢陽) — 수 河南省(하남성) 동부 商丘市(상구시)의 睢陽區. 睢는
눈 부릅뜰 휴. 雎(물수리 저)가 아님.

게 하라."

그러자 우문술은, 그때까지도 당공 이연(唐公 李淵)이 자기 아들 혜급(宇文惠及)을 죽였다고 의심하고 있었기에, 이 기회에 그의 병권을 빼앗아 그의 세력을 약화시키겠다고 생각하여 틈을 보아 상주하였다.

"태원 유수인 이연은 재간이 뛰어나니, 폐하께서 그를 불러 마숙모를 도우라고 명령하시면 공정을 쉽게 끝낼 수 있습니다."

양제는 그 말을 듣고 즉석에서 이연을 개하부사(開河副使)에 임명하였다. 그리하여 대량에서 기공하여 휴양 일대를 거쳐 회하(淮河)까지 인공수로를 개착하는 공사를 착공케 하였다. 마숙모는 15세 이하와 50세 이상의 남자를 제외한 모든 백성을 공사에 동원케 하였는데, 만약 인부 차출을 숨기는 자가 있다면 삼족을 멸족하겠다고 공표하였다. 하도를 뚫으라는 황제의 칙령이 내리자, 누가 이를 반대한다며 간언(諫言)을 올릴 수 있겠는가? 그리고 마숙모와 이연에게 빨리 부임하라는 재촉 공문을 발송하였다.

원래 마숙모는 인성이 잔인한데다가 재물 욕심이 많은 사람이었는데, 개하도호로 임명되었다는 소식을 듣고 크게 좋아하며 서둘러 부임하였다.

그때, 당공 이연의 사위인 시소〔柴紹, 字(자)는 嗣昌(사창)〕부부는 악현(鄂縣, 今 武漢市 武昌區)에 머물고 있었는데, 이연의 발령 소식을 듣고, 이는 우문술의 간계임을 간파하였다. 그래서 빨리 사람을 보내 장인에게 병을 핑계로 태원을 떠나지도, 또 부임하지 말라는 뜻을 전했다. 그러면서 많은 재물을 가지고 동경(東京, 낙양)에 가서 관리를 매수하여 다른 사람으로 교체토록 손을 썼다.

시사창은 동경에 와서 황후의 친동생으로 양공(梁公)인 소거(蕭炬)와 천우위(千牛衛)인 우문정(宇文晶)을 매수하였다. 그리하여 조정과 궁중의 소식을 수시로 알아낼 수 있었다. 그리고 천자의 호위처에도 장형(張衡)이란 자를 매수하였다. 장형은 그전에 우문술이 당공을 해치려 한다는 말을 들은 적이 있었지만, 그때는 지금 황제가 태자로 책봉되기 전의 일이었고, 당공과는 아무런 악의나 감정도 없었다. 그는 소인이었기에 은자를 보고서는 단숨에 넘어왔다.

결국 당공 이연의 와병 소식이 전해지면서 이연의 직위는 좌둔위장군(左屯衛將軍)인 영호달(令狐達)로 교체되었고, 당공은 내내 태원에 머물면서 병을 요양하였다.

하도 공사는 15장(丈)의 깊이에, 40보(步)의 폭으로 땅을 파내는 공사였다. 하남(河南)과 회북(淮北)에서 백성 360만 명을 동원하였으며, 모든 민간의 5호에서 노인이나 어린아이 또는 부녀자를 1명씩 차출하여 인부의 식사를 짓거나 운반하게 하였는데, 이들도 70여만 명이나 되었다. 그리고 하남, 산동, 회북 일대의 기병 5만을 동원하여 공정을 감독하게 하였는데, 농사철에도 계속 동원하여 산을 뚫었고 백성의 거주지나 분묘도 가차없이 발굴케 하였다. 그러니 공사에 동원된 백성의 참상은 이루 다 말할 수도 없었다.

그때 인부들이 땅을 파다가 땅속에 있는 가옥의 용마루를 발견했다. 인부들이 용마루를 따라 천천히 파내려갔다. 한 채의 산신당(山神堂)이었는데 4, 5칸 정도의 크기였다. 사방은 흰 돌로 쌓았고, 양쪽의 돌문은 꼭 닫혀있었다. 인부들은 그 속에 금은보석이 있을까 하여 삽과 곡괭이로 석문을 열려고 하였다. 그러나 그 돌문은 무쇠처럼 단단하여 아무리 두드려도 꿈쩍하지 않았다.

반나절이나 씨름을 하고 난 인부들은 큰일이 있을까 두려워 하며 상급자에게 보고했다. 그 현장 책임자가 마숙모에게 보고했다. 마숙모와 영호달이 현장에 나가보았다.

인부들이 말했다.

"아무리 파도 소용없습니다."

영호달이 말했다.

"이 묘소는 옛날 제왕의 능묘가 아니라 신선의 묘혈(墓穴)이 틀림없습니다. 그러니 어찌 두드려서 열 수 있겠는가? 우선 향불을 피우고 황제의 책서를 읽은 다음에 절을 하며 빌면, 혹시 열릴지도 모르겠습니다."

마숙모는 그 말에 따라 향을 피우고 영호달과 함께 관복을 입고 황제의 성지(聖旨)를 낭독하였다. 기도를 다 마치기도 전에 갑자기 향불을 피운 탁자로 찬바람이 휘몰아치더니, 큰소리와 함께 굳게 닫혔던 돌문이 가볍게 열렸다.

마숙모 등이 안에 들어가 보니 수백 개의 등잔에 불이 켜져 있어 마치 대낮같이 밝았다.

그 가운데에 돌함이 하나 놓여 있었는데, 길이가 네댓 자나 되고 위에는 섬세한 꽃무늬가 조각되어 있었다. 그러나 마숙모는 두려워 감히 열어보지 못했다.

뒤로 돌아가니 작은 동굴이 있었는데, 동굴 안에는 석관(石棺) 하나가 놓여 있었다. 마숙모와 영호달은 절을 올린 다음에 사람을 시켜 덮개를 열게 하였다. 그리고 자세히 살펴보았다. 관 안에는 한 사람의 시신이 반듯이 누워있었다.

안색은 살아있는 사람같이 선명했고 온몸의 피부는 백옥과도 같았다. 검은 머리카락이 배 위를 거쳐 발끝까지 내려왔다가 다시 몸을 감싸 척추 중간에 닿았다. 양손 손가락의 손톱은 한 자나 되었다.

마숙모는 도를 닦은 선인(仙人)이라 짐작하면서, 감히 건드리지 못하고 좌우를 시켜 석관을 덮게 했다. 앞에 있는 돌함을 열고 보니 그 속에는 별다른 물건이 없고 다만 석 자 길이의 석판(石板)이 있었다. 석판에는 올챙이 모양의 전문(篆文)이 쓰여 있었다.

다행히 산속에서 수련하는 1백 세 되는 노인이 글자를 알아보고 풀이하였다.

「대금선(大金仙)인 나는 죽은 지 천년이다. 천년이 차면 등 밑으로 샘물이 흐르게 된다. 다행히 마숙모란 사람을 만나 그가 나를 높은 언덕에 묻어주게 된다. 머리가 니환(泥丸)혈(穴)까지 자라 올라가자면 다시 천년을 기다려야 하는데, 그때야 나는 비로소 도솔천(兜率天)에 오르게 된다.」

자기의 이름까지 거기에 적혀 있는 것을 본 마숙모는 놀라움을 감추지 못하고, 선가(仙家)에는 불가사의한 효능과 신묘한 기략이 (機略)이 있다고 확신하였다.

마숙모는 영호달과 상의하여 높은 언덕을 골라, 융중한 예의로 이장해 주었다.

뒷날 진류현(陳留縣, 今 河南省 開封市 祥符區에 해당)에서 하도를 굴착할 때였다.

인부들이 한창 땅을 파는데, 갑자기 검은 구름이 몰려오더니 광풍에 폭우가 몰아치고 우박이 화살처럼 쏟아졌다. 우박에 얻어 맞은 인부들은 비틀거리다가 쓰러지기도 했다.

이 말을 전해들은 마숙모는 믿지 않고 천천히 현장에 나와 돌아보았더니, 과연 바람이 불고 비와 우박이 쏟아져내렸다. 그곳에 사는 노인들에게 물으니, 전국시대 한(韓)나라의 장량(張良)[84]

---

84 장량(張良, ?−前 185)−字는 자방(子房), 유후(留侯), 시호는 文成, 漢朝 開國元勳, 蕭何, 韓信과 함께 漢初 三傑. 留(류)는 泗水郡 현명, 今 江蘇省 徐州市 패현(沛縣) 동남.《漢書》40권,〈張陳王周傳〉에 입전. 張良의 智勇을 알고서는 체구가 장대하고 특별한 위엄이 있는 사람으로 생각했지만 그 모습은 오히려 부녀자와 같았다. 漢高祖는 여러 번 곤경을 당했었고 그때마다 장량은 큰 역할을 하였으니, 어찌 하늘의 뜻이 아니하겠는가?(班固 論贊의 일부)

을 이곳의 지신(地神)으로 모셨는데 매우 영험하다고 말했다.

마숙모는 장량이 영험하여 나라를 수호하고 있다고 믿으며 조정에 이 사실을 상주했다. 양제가 한림원(翰林院)에 명하여 축문을 쓰게 하고 전국(傳國)의 옥새를 찍은 다음, 태상경(太常卿) 우홍(牛弘)을 시켜 백옥 한 쌍을 갖고 진류에 내려가 제사를 지내고 수로를 파게 했다. 인부들은 진류에 물길을 내었고 공사는 계속되었다.

유명(幽明, 저승과 이승)의 세계가 다르다고 말하지 말라, (莫道幽明隔)
신령의 영험은 어디에나 위엄이 있다. (神靈自有威)

인부들이 며칠 뒤에 옹구(雍丘)의 큰 수풀을 파헤치다가 묘소하나를 발견했다. 묘 위에는 사당(祠堂)이 한 채가 있었는데, 수로를 파는 길을 막고 있었다.

현장 책임자로부터 이러한 상황을 보고받은 마숙모가 친히 나와서 보니 주위에 신령스러운 기운이 머물고 있는 것 같았다.

또 다시 지방 사람들을 불러 묻자, 이렇게 대답했다.

"이 묘는 상고(上古)시대의 걸출한 인물의 묘혈인데 그 성씨는 모르고 있습니다. 전하는 말에 의하면, 은사의 무덤(隱士墓)이라고 합니다."

은사의 무덤이란 말에, 마숙모는 대수롭지 않게 여기고 인부들을 시켜 파헤치게 했다. 인부들이 서둘러 사당을 허물고, 또 일부는 무덤을 파헤쳤다. 그런데 무덤 밑에 두세 겹의 석판이 깔려 있었다.

그런데 갑자기 산이 무너지고 땅이 갈라지는 듯한 소리가 나면서 인부나 석판이 모두 땅 밑으로 가라앉아버렸다.

땅에서 보면 그 깊이를 알 수 없는 깊은 땅속이었고, 땅이 꺼지듯 가라앉으면서 많은 사람들이 사라졌거나 다쳤다. 사실 몇 명이나 되는 인부가 없어졌는지 알 수도 없었다. 마숙모는 크게 놀라면서 사람을 골라 땅 밑으로 내려 보낼 생각을 했다.

그러는 동안에 땅 아래에서는 은은한 불빛이 새어나왔고, 2, 3장 되는 굴 아래 쪽에 또 하나의 구멍이 있는 것 같았다.

땅속에서는 희미한 불빛이 흔들리면서 은은한 악기 소리가 들렸다. 마치 말라버린 바다 밑처럼 그 깊이를 알 수도 없는 대서 소리가 들리는데, 누가 그 밑에 내려가겠는가?

영호달은 혼자 한참을 생각했다. 그러다가 혼자 중얼거렸다.

"맞아 이 사람에게 부탁하면 무엇인가를 알아낼 수 있을 거야!"

그러자 마숙모가 영호달에게 물었다.

"무슨 방도가 없겠는가?"

"한 사람이 생각나지만, 그 사람이 우리 부탁을 들어줄 지는 정말 알 수 없습니다."

영호달은 마숙모에게 한 사람을 설명하였다.

"이 사람은 평소에 검술(劍術) 공부를 열심히 했습니다. 그러면서 늘 자신을 전국시대의 협객인 형가(荊軻)나 섭정(聶政)과 같다고 생각하였습니다. 그 사람은 이름은 적거사(狄去邪)라 하는데, 용기와 담력이 매우 뛰어났습니다. 그는 지금 후방 군영에서 군량의 관리와 공급을 담당하는 무평랑장(武平郎將)입니다. 이 사람을 불러 우리의 진심을 말한다면, 혹시 저 지하를 탐색할지도 모르겠습니다."

마숙보는 즉시 사람을 보내 적거사를 불렀다. 적거사는 군량을 점검하다가 마숙보의 호출을 받고 바로 공복(公服)으로 갈아입고 군영에 들어왔다.

적거사는 8척 장신에 허리둘레가 10뼘이 넘는 거구에 눈빛이 이글거리듯 불탔으며, 온 얼굴에 당당한 기백이 넘쳐나는 호남자였다. 적거사가 들어오자, 마숙보는 좌우를 물리치고 영호달과 함께 셋이 앉아 이야기를 시작했다.

마숙모가 말했다.

"내가 장군을 급히 불렀소. 다른 일이 아니라, 여기 백성들이 말하는 은사(隱士)의 무덤이란 것을 파헤쳤는데, 갑자기 땅이 꺼지면서 많은 인부들이 땅 밑으로 떨어졌소. 그런데 지금 거기서는 희미한 불빛도 보이고 또 은은한 악기 소리도 들립니다. 그런데 누가 거기를 들어가려 하겠소. 나는 장군이 검술에도 뛰어나며 담력과 용맹을 겸비했다는 말을 듣고 굴속에 들어가 어떤 일인가 탐지해달라고 부탁하려고 불렀소. 그렇게만 해주면, 장군은 수로를 파는데 일등의 공훈을 세울 것이요!"

"두 분 대인께서 부탁하는 일인데, 하관이 어찌 전력을 다하지 않을 수 있겠습니까? 그런데 그 굴이 어디에 있습니까?"

마숙모와 영호달은 적거사와 함께 은사묘의 땅이 꺼진 곳으로 갔다.

적거사가 한참 동안 꺼진 땅을 내려다보다가 말했다.

"내려갈 바에는 점잖은 옷차림을 할 필요는 없겠지요!"

적거사는 관복을 벗고, 몸에 딱붙는 갑옷을 입고 허리에는 보검 한 자루를 찼다. 그리고 사람들을 시켜 수십 길이나 되는 밧줄을 만들게 했고, 밧줄 중간 곳곳에 소리가 잘 나는 큰 방울을 많이 매달게 했으며, 이어 끝에 큰 대나무 바구니를 매달았다.

적거사는 큰 대바구니에 앉아 굴속으로 내려갔다. 적거사가 처음, 위에서 내려다 볼 때는 굴속에서 휘황한 빛이 번쩍거렸다. 그러나 아래에 이르니 다시 캄캄하였다. 한참 있다 보니 점차 밝아졌다. 적거사는 바구니에서 나와 밝은 빛을 따라 앞으로 나아갔다.

적거사가 10보도 걷지 않았는데, 굴속은 훨씬 밝아졌다.

다시 4, 50보쯤 나아가니 갑자기 한곳이 밝게 열렸는데, 머리를 들어보니 하늘과 해가 보였다. 이는 지상의 세계와는 완전히 다른 그야말로 별천지(別天地) 같았다.

적거사는 눈앞의 이런 전경에 넋을 잃었다. 그러면서 자신도 모르게 감탄하였다.

'사람들은 한세상을 살면서 서로 명리(名利)를 다투면서, 인간 속세〔염부진토(閻浮塵土)〕에만 미련을 가지는데, 이런 굴속에 또 하나의 새로운 세계가 있는 줄을 누가? 어찌 알겠는가? 그야말로 하늘 밖에 하늘이 있으니(天外有天), 신묘한 신선세계는 그 끝을 알 수가 없다.'

그 순간 적거사의 마음속 공명심은 이미 사라지고 없었다. 다시 걸음을 옮겨 앞으로 나아갔다. 적거사가 어떤 석벽을 돌아가니, 홀연히 신선들의 마을(洞府)이 나타났고, 그 사방은 하얀 돌계단으로 둘러싸였으며, 그 중간에는 출입할 수 있는 문루(門樓)가 있었다. 문루 밖 양쪽에는 돌사자가 있었는데, 마치 인간 속세 왕후(王侯)의 저택과도 같았다.

적거사는 주변에 마음을 쓰지 않고 그냥 문루 안으로 들어갔다. 적거사가 양쪽을 둘러보아도 아무도 보이지 않았다. 다만 왼편으로 석문이 하나 있었는데, 단단히 잠겨 있었다. 그런데 동쪽의 돌로 된 방에서 어떤 소리가 들렸다.

적거사가 가까이 다가가 창문 틈으로 들여다보니 사방에 돌기둥이 서있고, 그중 한 돌기둥에는 아주 굵은 쇠사슬로 묶어 매놓은 사납게 생긴 야수가 있었다. 그 야수가 땅과 기둥에 발길질 하는 소리가 밖에까지 들렸다. 그 야수는 대가리가 뾰쪽하며, 새까맣고 둥그런 눈에서는 음흉한 빛이 번뜩였다. 그 야수는 온몸이 털에 덮였고 살이 쪘는데, 덩치에 비하여 다리가 짧고 가늘었다. 소만큼 큰 덩치였지만, 호랑이나 곰도 아니었다. 적거사는 괴수가 묶여 있기에 안심하고 자세히 살펴보았다. 그것은 놀랍게도 엄청나게 큰 쥐였다.

놀란 적거사가 마음속으로 생각했다.

'쥐가 저렇게 크니, 고양이는 얼마나 커야 하겠는가?'

망연히 서있는데 갑자기 왼편의 문이 열리더니 어린 동자가 나왔다.

동자는 누런 색 적삼을 입었는데, 눈이 총명하고, 혈색이 좋은 붉으스레한 뺨에 입술이 붉고 하얀 이가 가지런했다. 침착한 동작에 전체적으로 타고난 선골(仙骨)의 기상이 역력했다.

동자가 적거사를 보고 물었다.

"적거사 장군이십니까?"

적거사는 대경실색했다.

"그렇네! 그런데 선동(仙童)이 내 이름을 어찌 알고 있나?"

"황보군(黃甫君)께서 장군을 기다리신 지 오래되었습니다. 어서 들어가십시다."

적거사는 동자를 따라 안으로 들어갔다. 전당은 크고 높아 위엄이 있고 대청은 드넓었는데, 보통의 대저택과 다른 기운이 느껴졌다. 걸어 전당 앞에 이르니, 대청 위에는 용을 수놓은 황색 옷을 입고 팔보로 장식한 높은 관을(八寶雲冠) 착용한 귀인이 서서 기다리고 있었다.

그 당당한 위풍은 분명 여기의 주인이거나 왕자(王者)의 풍모였다. 좌우로는 많은 사람들이 같은 복색의 옷을 입고서 도열했고 뜰 아래에는 숙위(宿衛)가 삼엄하였다.

적거사는 뜨락에 엎드려 절을 올렸다.

그러자 그 귀인이 말했다.

"적거사! 어서 오시오!"

"저는 하도를 개착하라는 황제의 명에 따라 차출된 미관말직입니다. 그러다가 공사 총 지휘자인 마숙모가 은자의 묘혈을 파헤쳤고, 그러다가 땅이 꺼지고 큰 동굴이 나타났습니다. 저는 상관의 명에 따라 여기에 왔습니다만, 여기가 신선의 거처인 줄을 몰랐습니다. 저의 잘못을 용서해 주시기 바랍니다."

"자네는 지금 양제가 고귀하고 권세가 높고 강하다고 생각하겠지? 그럼 잠시 이쪽에 서 있게. 내가 자네한테 보여줄 것이 있네."

황보군은 옆에 서있는 흉악하게 생긴 무사한테 분부했다.

"어서 아마(阿摩)를 끌어 오너라."

무사는 분부를 받고, 서둘러 큰 몽둥이를 잡아 쥐고 밖으로 빨리 큰 걸음으로 걸어 나갔다. 얼마 지나자, 쇠사슬 끌리는 소리가 들렸다. 그 무사가 야수 한 마리를 끌고 들어왔는데, 적거사가 눈여겨보니, 아까 그 돌기둥에 매여 있던 큰 쥐였다.

무사는 뜰 한가운데에서 두 손으로 사슬을 꽉 잡고 서있었다. 큰 괴물 쥐는 땅에 바짝 쪼그리고 앉았는데, 그 수염이 창의 자루만큼 굵었으며, 발톱으로 바닥을 후벼파면서 아무것도 모르는 것 같았다.

황보군이 화가 난 표정으로 괴물을 바라보더니 서너 촌쯤 되는 각목으로 탁자를 때리면서 분부하였다.

"이 짐승 놈아! 내가 너더러 잠시 가죽을 벗고 인간 세상에 올라가 황제가 되게 했더니, 백성들이 무슨 죄를 지었다고 핍박받고 죽어야 하는가? 그리고 지상의 그 많은 무덤을 파헤쳐 백골을 없애는가? 죽은 백성조차 편히 쉬지 못하고 있다. 황음무도한 짓거리가 끝이 없구나! 오늘까지 지은 죄를 더 이상 두고 볼 수가 없다. 이제 너를 잡아서 백성의 원한을 풀어주겠다."

황보군이 무사에게 큰 쥐를 맵게 치라고 분부했다. 무사는 소매를 걷어올린 다음 큰 몽둥이로 쥐의 머리를 후려쳤다. 쥐는 고통으로 찍찍 소리를 내었는데, 그 소리는 뇌성보다 더 날카로웠다. 무사가 두어 번 더 내리쳤고, 쥐는 실신한 듯 뜰에 뻗은 채로 네 발을 바둥거렸다.

그때 갑자기 공중에서 어떤 동자가 내려왔다.

동자는 천부(天符)를 두 손으로 받쳐들고 말했다.

"그만 멈추시오."

그리고 황보군에게 아뢰었다.

"옥황상제(玉皇上帝)[85]의 분부이십니다."

---

85 옥황상제(玉皇上帝) ─ 모든 天神(천신)과 지기(地祇)와 인귀(人鬼)들을 총괄하는 무한한 능력을 가진 그야말로 최고의 신령. 도교에서 옥황상제의 거처는 영소보전(靈霄寶殿)이며 그 휘하에 수많은 문

황보군이 급히 당상에서 내려와 땅바닥에 꿇어앉았다.

동자가 당상에 올라가 천부를 큰 소리로 읽었다.

「아마국의 운수는 원래 12년인데 아직 끝나지 않았다. 5년을 더 기다려 비단 수건으로 목을 졸라서 죽여 황음무치한 그 죄를 다스릴 테니, 오늘은 몽둥이나 채찍으로 맞는 고통을 면하게 하라.」

동자는 다 읽고 나자, 다시 하늘로 올라갔다.

황보군이 다시 당상에 올라 말했다.

"오늘은 용서해 주겠다. 옥황상제께서 생령을 아끼시지 않았다면, 네놈을 쳐 죽이고 말았을 거다. 5년 동안 목숨을 더 누리거라. 만일 회개하지 않는다면 목이 졸려 죽는 고통을 면치 못할 것이다."

황보군은 무사에게 쥐를 끌고 가서 가두라고 분부한 뒤에 적거사한테 물었다.

"자넨 똑똑히 보았는가?"

무의 신(神)을 거느리고 있다. 옥황대제 휘하의 무신(武神)으로는 탁탑천왕(托塔天王), 나타태자(哪吒太子), 거령신(巨靈神), 사대천왕(四大天王), 이십팔수(二十八宿), 구요성관(九耀星官), 오방게체(五方揭諦), 사치공조(四値功曹), 천리안(千里眼), 순풍이(順風耳) 등이 있다. 그리고 문신(文神)에는 태백금성(太白金星), 문곡성(文曲星), 구홍제진인(丘弘濟眞人), 허정양진인(許旌陽眞人) 등이 있다. 그리고도 옥황대제는 사해용왕(四海龍王) 및 뇌부(雷府)의 여러 신과 지장보살(地藏菩薩), 십전염라대왕(十殿閻羅大王) 등을 거느리고 있다.

"인간 세상의 하급 관리인 제가 어찌 선계의 비밀을 똑똑히 알 수 있겠습니까?"

"자네가 기억하기만 하면 훗날 영험한 일이 있을 거네. 여긴 구화당(九華堂)이라고 하네. 그러나 자넨 신선이 될 인연이 없으니 여기에 다시 올 수 없네."

적거사가 급히 꿇어앉아 절하면서 물었다.

"저는 심부름을 왔다가 신선들이 계시는 곳으로 잘못 들어왔지만, 앞으로 저의 진퇴를 전혀 모르고 있으니 신명(神明)께서 가르쳐 주시길 바랍니다."

황보군이 말했다.

"자넨 전도가 있는 사람이네! 하지만 반드시 마음을 깨끗이 하고 성찰하면서 타락하지 말라. 마숙모라는 소인은 망령되게 행패를 부리니 그 죄를 용서할 수 없다. 그 자한테 내말을 전하기 바라네."

황보군은 푸른색 옷을 입은 관리한테 분부했다.

"저 사람이 돌아가도록 길을 인도해 주라."

적거사는 황보군의 위엄에 눌려 자세히 묻지도 못한 채, 인사를 올리고 물러갔다. 푸른색 옷을 입은 관리는 적거사가 왔던 길로 인도하지 않고 큰 나무 몇 그루가 서있는 곳으로 돌아갔는데, 이백 보를 채 가지 않고 앞을 가리키면서 말했다.

"앞에 보이는 수풀 속에 큰길이 있습니다."

적거사가 머리를 돌려 물으려는데, 그 관리는 벌써 보이지 않왔다. 적거사가 다시 몸을 돌리니 동굴마저 온데간데없이 사라져 버렸다.

적거사는 마치 귀신에 흘린듯했다.

'신선들의 신묘함이 정말 이렇구나.'

수풀 속에 온 적거사는 산마루를 휘돌아 큰길로 내려갔다. 1리쯤 가니 큰 나무들이 둘러선 마을이 나타났다. 적거사는 마을에 들어가서 길을 물었다. 문이 반쯤 열려있는 집에 들어가서 가볍게 기침을 하자, 집안에서 한 노인이 나왔다.

적거사는 인사하고 물었다.

"저는 길을 잃었습니다. 노인장께서 길 좀 알려주십시오."

"장군은 어찌하여 여기까지 걸어오셨습니까?"

적거사는 숨길 수가 없어서 굴속에 들어가 황보군을 만난 일과 큰 쥐를 때리던 일을 낱낱이 이야기했다.

노인이 듣고서는 웃으며 말했다.

"그 큰 쥐가 변해서 양제가 되었군. 기괴한 일이야! 그래서 그렇게 황음무도했구나."

"여기는 어느 고을입니까? 옹구까지는 얼마나 멉니까?"

"여기는 숭양(嵩陽)의 소실산(少室山)[86]입니다. 큰길을 따라 동

_____

86 숭산(嵩山)－河南省 중부, 登封市 서북에 위치한 五嶽 중 중악(中嶽). 少室山과 太室山으로 구분하지만 총 72봉. 최고봉 연천봉(連天峰)은 1,512m. '五嶽之尊이며 萬山之祖'라는 명성을 누린다. '世

쪽으로 2리쯤 가면 영릉현(寧陵縣)인데, 거기서 옹구까지는 멀지 않습니다. 마숙모도 조만간 이곳에 도착할 것입니다. 장군께서 괜찮으시다면 거친 음식이지만 제가 차려드리겠습니다."

노인은 적거사를 초당으로 안내했다. 노인은 하인한테 간단한 음식을 차려오도록 분부하고 적거사한테 말했다.

"장군이 들은 바에 따르면, 양제의 운명은 길지 못할 것 같고, 마숙모가 화를 입을 날도 멀지 않은 것 같습니다. 제가 보기에 장군은 용모와 풍채가 매우 비상한데, 어찌 시류 따라 흘러가고 파도에 부딪치며 고생하면서, 간신들과 한패가 되었습니까?"

"저는 미관말직이지만, 어르신의 가르침을 새겨 듣겠습니다. 운하를 파는 일이 백성을 학대하는 짓이라는 사실을 모르지는 않았습니다만, 낮은 관직이라서 명령을 따르다 보니 오늘까지 목숨을 부지하였습니다."

"관직에서야 분부대로 따르기 마련이지요. 그러나 관직을 떠

界地質公園' 유, 불, 도교의 성지라 할 수 있다. 중국인들은 五行 사상과 깊은 연관을 지어 五嶽을 꼽고 있는데, 오악이란 東岳(동악) 으로 山東의 泰山(최고봉 1,533m), 西岳인 陝西省의 華山(2,194m), 中岳인 河南省의 嵩山(숭산, 1,491m), 北岳으로 山西省의 恒山(항산, 2,016m), 그리고 南岳으로 湖南省의 衡山(형산, 1,300m)을 말한다. 이 중에서 泰山은 五岳의 으뜸(五嶽之長, 五嶽獨尊)으로 옛 이름 은 岱山(대산) 또는 岱宗(대종)으로 불리었고, 山東省의 중앙부 泰 安市에 자리하고 있으며, 태산의 주봉인 玉皇頂(옥황정)이다.

난다면 그들이 장군한테 무어라 지시하지 못할 겁니다."

"저는 재주가 없는 사람이지만 어르신의 귀중한 말씀을 마음 깊이 새기겠습니다."

곧 하인이 밥상을 차려왔다. 다 먹고 난 적거사는 감사를 드리고 길을 떠났다.

노옹은 큰길까지 나와 배웅하면서 말했다.

"앞에 있는 산자락을 돌아서면 현이 보일 것입니다."

적거사는 사례하고 작별했다. 십여 보 걷고 나서 뒤를 돌아다보니 노인은 보이지 않았다. 물론 인가도 마을도 없이 양쪽에 낙락장송과 기암괴석이 가득했다. 적거사는 깜짝 놀라면서 서둘러 성안으로 들어갔다. 성안의 사람들을 보자, 꿈에서 깨어난 심정이었다. 적거사는 성에 들어가 공관을 찾아 유숙했다.

마숙모는 적거사가 땅굴에 들어갔다가 나오지 않자, 죽은 줄로 알고 인부들을 재촉해서 공사를 계속했다. 그러는 동안 7, 8일이 지났다. 그때서야 적거사가 마숙모를 찾아가 그간의 일을 보고하였다. 그러나 마숙모는 믿으려 하지 않았다. 그는 적거사가 검술이 높은 사람으로 며칠간 산속에 숨어 있다가 내려와 허튼소리를 꾸며대어 자신을 겁주려 한다고 생각하며 적거사를 처벌할 기세였다.

적거사는 자기 직분으로 돌아와 곰곰이 생각하였다.

'나는 충심으로 권고했지만, 저 사람은 내 말을 거짓말로 생각하며 또 나를 무시한다. 그렇다면, 사내대장부가 어찌 이런 모욕을 참으면서 목에 풀칠을 하겠는가? 어찌 승냥이와 한패가 되어 백성을 해칠 수 있단 말인가? 나라의 운수도 다 되었으니, 내가 간악한 무리에 섞여 미련을 가질 이유가 있는가? 병을 핑계로 산속에 은거하면 차라리 아무 걱정 없을 것이다.'

마음속으로 결심한 적거사는 사직서를 제출하였다. 마숙모는 적거사를 의심하고 있었기에 만류하지 않고 바로 수리했으며, 양곡 관리 업무를 다른 사람에게 넘겼다.

적거사는 바로 짐을 꾸려서 시중하는 사람 둘을 데리고 고향으로 향했다. 길을 가면서 적거사는 황보군이 큰 쥐를 '아마' 라고 부르던 일을 생각하였다.

'분명 까닭이 있을 것이다. 그리고 천자가 어찌 큰 쥐이겠는가? 그러나 쥐는 분명히 얻어맞고 크게 신음했었다. 그렇다면 내가 지하 굴속에 들어갈 즈음에 황제가 두통이나, 아니면 신상에 다른 병을 앓았을까? 귀신의 일이란 믿지 않을 수도 없거니와 그렇다고 전적으로 믿을 수도 없을 것이다. 그렇다면 내가 직접 동경에 들어가 수소문하면 확실하게 알 수 있을 것이다.' 그야말로,

선계(仙界)의 존재 진실 여부를 알고 싶어,　(欲識仙機虛與實)
고생길 풍진 세상 느긋하게 걸어간다.　　(慢辭勞苦涉風塵)

휴양에서 상관 비리를 말해 배척당하고, 제주성에서 거처를 마련하여 봉양하다.(睢陽界觸忌被斥, 齊洲城卜居迎養.)

시로 읊나니,	詩曰,
하찮은 세상 명리에 어찌 마음 쓰랴?	(區區名利豈關情)
세상에 나서면 오직 태평을 이뤄야 하지.	(出處須當致治平)
서릿발 칼날로 아부하는 간신 죽이고,	(劍冷冰霜誅佞幸)
금석 같은 맹세로 창생을 살려야 한다.	(詞鏗金石計蒼生)
범할 수 없는 위엄을 범한 죄 많다니,	(繩愆不覺威難犯)
인수를 풀어 하찮은 관직을 버렸도다.	(解組須知官足輕)
장애물 많은 앞날을 웃어 버리고서,	(可笑運途多抵悟)
대장부 응당 당당히 맞서며 나간다.	(丈夫應作鐵錚錚)

　벼슬을 하려는 사람이라면, 그 전도가 양양하든 않든 간에 뜻만 있다면 백성을 위해야 한다. 무슨 직책이든 가는 곳마다 은혜

를 베풀고 어디서나 나라를 위해 일할 수 있다.

그러나 강포한 자를 무서워하고 권세 있는 자를 두려워한다면, 일거수일투족에, 말 한마디에 따라 복이 되거나 재앙을 당할 수도 있기에 관직에 머무는 동안, 자신의 관직에서 해야 할 정도(正道)를 마음에 두지 않는다.

사람들은 이런 사람을 두고, 높은 자리의 간악한 자들에게 꼼짝도 못하는 벼슬아치라고 비웃더라도, 가끔은 내면에 영웅호걸의 깊은 뜻을 숨기고 있을 수도 있다.

진숙보는 사람을 파견해 운하를 파는 개하도호(開河都護) 마숙모가 어디 있는가 알아보게 했더니, 이미 영릉을 지나 휴양 땅에 있다고 하였다. 진숙보는 빨리 휴양에 가서 도착했다는 공문을 받으려고 했다. 인부를 거느리고 며칠간을 행군하다가, 하루는, 길에서 머리에 두건을 동여매고 검은 겉옷을 입은 무관 차림의 한 사람을 보았다.

진숙보는 그 사람의 얼굴이 어딘지 익숙하다고 생각하며 자세히 보니 옛 친구인 적거사가 분명했다. 진숙보가 사람을 보내 적거사를 불렀다. 두 사람은 반갑게 인사를 나누었다.

적거사가 숙보에게 어디로 가는 가를 물었고, 숙보가 대답했다.

"명령을 받고 운하 공사에 동원될 인부들을 인솔하고 현장에 가는 길이요."

그러면서 적거사에게 무슨 일을 했고, 어디에 있었는가를 물으니 적거사가 대답했다.

"저도 운하를 파는 도호 아래 군량 공급 일을 담당했었소."

두 사람은 마음이 통하여 이런저런 이야기를 했다. 적거사는 자신이 옹구에서 운하를 팔 때, 땅속 굴에 들어가 지하세계에서 황보군을 만난 이야기를 자세히 들려주었다. 그런 뒤에 숭양의 소실산에서 노인한테 음식을 대접받았던, 믿을 수 없는 일들을 진숙보에게 상세히 들려주었다.

진숙보가 물었다.

"지금 적형은 어디로 가는 길입니까?"

"난 더러운 세태에 회의를 느껴 병을 빙자하여 관직에서 손을 뗐습니다. 그냥 강호(江湖)에 묻힐 생각입니다. 그런데 진형이 하필 마숙모의 휘하에 파견될 줄은 생각못했소. 마숙모는 탐욕스런 자여서 그 사람 받들기가 아주 어려우니 조심하시오."

두 사람은 갈림길에서 헤어졌다. 진숙보는 천성이 정직하고 귀신을 믿지 않는 사람이었다. 귀신에 대한 말을 들었다고 해도 황당한 이야기로 치부하고 믿지 않았다.

진숙보가 수양에 도착하기 전 2, 3일 사이에 크고 작은 마을이나 외진 초가에서는 늘 울음소리가 그치지 않았다.

진숙보는 이를 매우 이상스럽게 생각했다.

'이 부근은 운하를 파는 물길과 가까이 있어 사람들이 모두 부역에 끌려나가다 보니 가업이 황폐해져 입을 것이나 먹을 것이

부족할 것이다. 그래서 저렇게 고통스러워하는 게 틀림없다.'

그런데 울면서 하소연하는 소리를 자세히 들어보니, 모두 아들 딸을 잃어버리고 우는 것이었다.

'혹시 홍역이 돌아 애들이 많이 죽어서 우는 것일까?

그러나 이집 저집 통곡소리에는 여러 사연이 들어있는 것 같았 다.

"공연히 왜 남의 집 자식을 훔쳐 간단 말이냐? 급살맞을 놈이 지."

"아들아, 어쩌다가 도적 놈들한테 잡혀갔단 말이냐? 그놈들한 테 도대체 언제까지 당하고 살아야만 한단 말이냐?"

아들을 부르며 통곡을 하다가는 도적놈을 저주했다.

진숙보는 이런 말을 들으면서 생각했다.

'괴상한 일이야! 그리고 보면 단순히 자식이 죽었다는 통곡은 아니야!

'금년에 재해가 들어 어떤 놈들이 애들을 유괴해 갈 수 있지. 그렇다고 해도 이렇게 많은 아이들을 유괴할 수는 없지 않은가? 틀림없이 무슨 영문이 있을 거야.'

들에서 들리는 마을마다 울음소리,　　(野哭村村急)

서러운 슬픔이 곳곳에서 들려온다.　　(悲聲處處聞)

애통과 서러움 함께 들려오기에,　　(哀蛩相間處)

길 가는 나그네 줄줄 눈물 흘린다.　　(行客淚紛紛)

진숙보는 우가촌(牛家村)이란 마을에 이르러, 여러 군사들과 함께 점심을 먹었다.

숙보는 길에서 본 그런 의문을 생각하며 일부러 혼자 나와서 민가를 살펴보았다. 그가 있는 곳에서 대여섯 집 떨어진 어느 문 앞에 어린아이 두셋이 나란히 앉아 이야기를 나누는데, 어떤 한 늙은이가 지팡이를 짚고 귀를 기울여 듣고 있었다.

숙보가 가까이 다가가보니, 이런 말이 들렸다.

"어제 왕씨 아줌마네 애도 도적맞았대. 그 집 남편이 운하 파는 일에 나갔는데, 집에 돌아와 그런 일을 알면 어떨까?"

"조씨네 아들 일은 유난히 딱하지. 그들 부부는 자식이 그 아들밖에 없잖아! 금덩어리처럼 아끼던 아들이 어젯밤에 감쪽같이 사라졌대."

노인이 머리를 끄덕이며 탄식했다.

"정말 지독한 도적이야. 이 마을에서만 2, 30명의 애들을 잃어버렸으니, …"

숙보가 그 노인에게 가서 물었다.

"노인장, 이 마을에서 군사들에게 유괴당한 애들이 몇이나 됩니까?"

"유괴하더라도 죽이지 않으면 괜찮겠는데, 모조리 죽여 잡아 먹는답니다. 그리고 이 일은 군사들과는 상관없답니다. 전적으로 어린애들을 유괴하는 도적 무리가 있다고 합니다."

"이 몇 년간 흉년도 들지 않았는데, 왜 사람을 잡아먹는단 말입니까?"

그 노인이 대답했다.

"젊은 양반은 잘 모르는 일이요. 운하를 파기 때문입니다. 들리는 말로는, 공사 감독하는 총관이 어린아이 고기를 즐겨 먹는다고 합니다. 애들을 납치해다가 죽여서 여러 가지 양념을 치고 푹 고아서 먹는답니다. 그래서 이 도적 무리들은 어린애들을 훔쳐다가 푹 쪄서 그 자에게 바치고 은전 몇 냥을 상으로 받는다네. 도적놈이 한두 놈이 아니고 애들을 잃은 마을이 우리뿐이 아니랍니다."

"벼슬하는 사람이 그런 짓을 하다니 헛소문 아니겠습니까?"

재물 이득을 얻으려 사람을 삶아 먹다니,　(總因財利羶人意)
탐욕 마음이 모두 다 호랑이가 되었구나.　(變得貪心盡虎狼)

"나으리는 여기까지 오면서 울음소리도 못 들었소? 지금 여러 마을들에서는 안절부절 못하고 있습니다. 밤에 잠도 제대로 잘 수 없습니다. 자식이 있는 집들은 시름을 놓을 수가 없어서 애들을 아예 밖으로 내보내지 않지요. 밤이면 어떤 집에서는 등불을 켜놓고 지키거나 나무로 만든 궤짝 안에 애들을 넣고 자물쇠를 잠그기도 합니다. 믿어지지 않는다면 나와 함께 가봅시다."

노인은 숙보를 데리고 한 농부의 집에 들어갔다. 과연 나무 궤

짝이 보였는데, 그 위에는 자면서도 아이를 지킬 수 있도록 잠자리를 마련해 놓았다.

숙보가 물었다.

"왜 그런 놈들을 붙잡을 궁리를 하지 않습니까?"

"나으리, 열 사람이 지켜도 한 도적을 못 막습니다."

숙보는 머리를 끄덕였다. 숙소로 돌아온 숙보는 저녁밥을 먹고 군사들에게 분부했다.

"오늘은 몸이 불편하니, 여기서 쉬고 내일 길을 서두르겠다!"

숙보는 먼저 숙소에 들어가 침구를 펴고 한잠을 푹 쉬었다가, 밤에라도 이 도적 무리들을 잡아 마을에 덮친 해악을 제거하겠다고 생각했다.

마을에는 야경꾼이 없었다. 희미한 달빛이 비치는데 아직 삼경이 채 지나지는 않았다. 숙보가 살그머니 숙소에서 나와보니 거리에는 사람 그림자조차 보이지 않았다. 마을 동쪽 끝에 이르러 살펴보았지만 인적을 찾아볼 수 없었다. 되돌아오는데 갑자기 한 집에서 괴상한 비명소리가 들렸다. 알고 보니 부부가 자다가 아들을 잃어버린 꿈을 꾸고 놀라서 소리를 질렀다고 하였다. 그 바람에 어린 아들이 놀라 깨어 울었다. 아들 울음소리를 듣고서야 그들 부부는 안심하면서도 서로 옥신각신하다가 잠이 드는 모양이었다.

숙보가 서쪽으로 오는데, 마을 어귀로 들어오는 두 사람의 그림자가 언뜻 눈에 보였다. 숙보는 날렵하게 남의 집 울타리 안으로 뛰어들어갔다. 그리고 틈새로 밖을 내다보았다.

잠시 후 과연 두 사람이 다가왔다. 숙보는 그들이 지나기를 기다렸다가 뒤를 밟았다. 먼발치에서 보니 그들은 족제비처럼 민첩하게 이 집에 엎드렸다가는 저 집에 가 엿듣곤 했다. 그러다가 한 놈이 농가의 사립문을 두 손으로 살그머니 밀더니 안으로 들어갔다. 한참 만에 밖에서 망을 보던 놈이 먼저 뛰어오다가 숙보와 맞닥뜨렸다.

숙보가 호통쳤다.

"네 이놈! 어디로 도망치느냐!"

숙보는 그놈의 등에 한 주먹을 먹였다. 방비가 없던 녀석은 그대로 땅바닥에 뒹굴었다. 그 바람에 그 놈이 안고 있던 어린애가 놀라 악을 쓰며 울었다. 숙보는 그 애를 돌 볼 사이도 없이 애를 도적맞은 집으로 달려갔다. 마침 안에 있던 다른 한 도적도 문밖으로 뛰쳐나왔다. 그놈은 방금 숙보의 호령 소리를 들었지만 이렇듯 빨리 쫓아오리라고는 미처 생각지도 못했다. 그놈은 도망치려다가 숙보가 날린 발차기에 사립문 옆의 땅바닥에 코를 박았다. 집안에 있던 부부는 문밖에서 나는 소리를 듣고서야 애를 잃어버린 줄 알고 울며불며 쫓아나왔다. 숙보는 그 놈을 붙잡은 뒤 숙소 앞으로 끌고 왔다.

먼저 나동그라졌던 도적놈이 안간힘을 쓰며 땅바닥에서 일어나려 했다. 객점에 남았던 군사들이 숙보가 호령치는 소리를 들고 뛰쳐나와 그놈을 때려잡으며 붙들었기에 도망칠 수가 없었다. 이때 길가에서 나는 애의 울음소리와 애를 잃은 부부의 외침 소리에 놀라 깨어난 마을 사람 몇몇이 달려 나왔다. 아들을 찾은 부부는 어리둥절해 있는데 달려나온 마을 사람들은 그 두 도둑놈에게 몰매를 안겼다.

숙보가 말리며 얘기했다.

"여러분! 때리지 마시고 오랏줄로 묶어야 합니다. 그런 다음 저 놈들한테 이전에 도적질한 애들은 어디다 두었고, 도적 무리는 얼마나 되며, 고향은 어디고 이름은 무엇인가를 따져 물어야 합니다. 도적놈을 붙잡은 것은 민간의 해악을 없애자는 것인데, 무작정 때려죽인다면 뒷일을 어떻게 감당하겠습니까?"

이리하여 군사들을 불러서 그 자들을 묶어놓고 심문했다. 그중 한 놈은 장쇠아(張釗兒)이고, 다른 한 놈은 도경이(陶京二)인데, 모두 영릉(寧陵) 상마촌 사람들이었다. 그들의 괴수는 도류아(陶柳兒)이고, 훔쳐간 애들은 사람들을 시켜 푹 찐 뒤에, 마숙모한테 올려 먹게 했다는 것이다. 숙보가 심문을 끝마치자 날이 훤히 밝았다.

여러 마을 사람들이 소문을 듣고 도적놈을 구경하자고 몰려왔다. 때리려는 사나이들을 숙보가 호통쳐 말렸으나 피해를 입은 여인들은 때리고 물어뜯으며 통곡하며 회초리로 치면서 욕을 하는데, 도저히 말릴 재간이 없었다. 이때 숙보는 놓아주자니 놓아줄 수도 없고, 지방관청에 넘기자니 자신에게 죄를 뒤집어 씌울까 두려웠다. 난처해진 숙보는 한참동안 생각하다가 한 가지 방도를 내놓았다.

"여러분, 마도호(麻都護)는 나라의 대신입니다. 절대 이런 나쁜 짓을 할 수 없습니다. 그가 곧 휴양에 도착한다고 합니다. 그러니 제가 이 두 놈을 마(麻) 나으리한테 호송하는 것이 좋을 것 같습니다. 그의 수하 사람이 살인했다면 마 나으리가 살려주지 않을 겁니다. 정말 그런 일을 저질렀다면 불안해서 다시는 그런 짓을 할 엄두를 못 낼 겁니다."

여러 사람들이 여기저기서 떠들어댔다.

"장군의 말씀이 지당합니다. 길에서 뇌물을 받고 놓아주지만 마십시오. 그러면 우리 마을에 와서 또 도적질을 할 겁니다."

"놓아 줄거면 내가 왜 저놈들을 생포했겠습니까?"

그러자 어제 만났던 그 노인이 나서며 말했다.

"젊은 나으리가 마을의 해악을 없애 주었으니 여비를 얼마간 모아 감사드립시다."

그러나 숙보는 펄쩍 뛰며 받으려 하지 않았다. 숙보는 두 도적을 압송해서 앞서 간 일행들을 따라잡으려고 급급히 길을 떠났다. 휴양에 이르고 보니, 마침 마숙모와 영호달도 방금 도착해서 관아에 나왔다가 운하 공사일을 시찰하려는 중이었다.

숙보는 수하들을 인원 점검한 뒤 들어가 마숙모를 만나 비준을 받으려 했다. 마숙모는 숙보의 늠름한 풍채와 훤칠한 모습을 보고서는 대단히 마음에 들어하면서 그를 운하를 경비하는 호새부

사(壕塞副使)로 임명하여 휴양 구역의 운하 개착을 감독하는 임무를 맡기려 하였다.

이에 숙보는 사례한 뒤에 혼자 생각했다.

'적거사가 마숙모는 탐욕스러운 사람이니 그 수하에서 일하기 어렵다고 말했다. 그러나 딱 한 번 만나고서 직책을 위임해 주는 걸 보면 사람을 알아보는 능력이 있는 것 같다. 아마 두 도적놈을 잡은 걸 알리면, 내게 꼬투리를 잡을 수도 있지. 하지만 알리지도 않고 그냥 놓아준다면 또 백성을 해칠거야. 그렇니 마숙모의 원한을 사더라도 어린애들을 해치도록 내버려 두어선 안 된다.'

그리고 몇 발 나아가 꿇어앉으며 말했다.

"제주의 영병교위(領兵校尉) 진숙보가 한 가지 일을 아뢰려고 합니다."

마숙모는 무슨 말인지 모르기에 화기애애한 기색으로 진숙보가 아뢰기를 기다렸다.

"소직이 명을 받들고 이쪽으로 오다가 우가촌이란 마을을 지나는데, 두 도적놈을 만났습니다. 나으리께서 어린아이들이 필요하여 잡아간다고 말하면서 관청의 일인 양 도적질을 감행했습니다. 이름이 장쇠아와 도경이라고 부르는 두 놈을 소직이 붙잡았습니다. 밖에 대령시켜 놓았으니 처리하기 바랍니다."

마숙모는 듣자마자 화를 벌컥 내면서 물었다.

"누가 붙잡았는가?"

"소관이 붙잡았습니다."

"도적을 잡는 것은 고을의 포도관이 할 일인데, 우리 아문과 무슨 관련이 있는가? 너는 군졸을 인솔하는 직분이고 도적 체포는 네가 할 일이 아니다."

그러자 옆에 있던 영호달이 말했다.

"만약 네가 관아의 나쁜 일을 지적한다면, 너도 응당 조사를 받아야 할 것이다."

이어 마숙모가 진숙보를 협박하듯 말했다.

"우리는 하도의 개통이 주요 임무이고, 도둑질까지 단속할 수 없다. 그런 도적을 내가 다 잡아야 하는가?"

영호달이 말했다.

"기왕 네가 체포했다니, 관리에게 맡겨 조사하겠다."

그러나 마숙모는 딴소리를 했다.

"조사하는 관리와 도적이 서로 돈을 거래하면서 거짓 보고를 할 수도 있다. 그러니 우리가 심문해서 즉각 처분하는 것이 좋을 것이요."

결국 아이를 유괴해 살해한 범인 두 놈은 압송한 보람도 없이 곧 석방되었다.

압송한 야수를 풀어주라 하고,　　（開押逃猞獸）
그물을 쳤지만 잘못 처분하다.　　（張羅枉用心）

결국 진숙보의 기쁨은 물거품처럼 사라졌다. 숙보를 따라온 군사들은 밖에서 대기하다가 어린애 유괴범을 방면했다는 말을 듣고 앙앙불락했다. 그러면서 진숙보가 마숙모로부터 무슨 미움을 샀는지 몰라 궁금해했다.

원래 경순신이 휴양에 천자의 기운이 서린다고 상주했었기에 운하를 파는 기회를 이용하여 휴양성을 파헤치라는 양제의 명령을 마숙모는 미리 받고 있었다.

마숙모는 휴양에 이르러 뜻밖에 전국시대 송(宋)나라 사람인 사마(司馬) 화원(華元)의 묘를 파헤쳐야만 했다. 휴양성 가까이서 공사가 진행되면서 성안의 부호들은 공사를 진행하는 호색사(護塞使)인 진백공(陳伯恭)에게 뇌물을 주면서 성의 외곽 해자(垓字)를 따라 공사를 하는 것이 어떻겠느냐면서 마숙모의 뜻을 탐문해 보라고 하였다. 그러나 마숙모가 대노하는 바람이 진백공은 참수 일보직전까지 갔다. 그러면서 하도는 휴양성을 관통한다는 방침을 거듭 천명했다.

운하의 물길이 직통으로 성을 가로지른다는 마숙모의 고집이 바뀌지 않자, 성안의 백성들은 이사를 가야했고 묘지를 이장해야만 했다. 그러니 성안 백성 모두가 큰 걱정이었다. 성안의 2백여 호나 되는 부호들은 황금 3천 냥을 모아서 마숙모에게 주면서 사정해 보려고 하였으나 연줄이 없었다.

때마침 유괴범으로 마숙모에 의해 방면된 도경이 풀려나오자

마자 성안 부호들에게 거짓말을 했다.

"나는 마 나으리께서 제일 믿어주는 친속(親屬)이야! 진숙보같
은 하급 관리가 나를 생포했지만, 나는 아무런 혐의도 없이 풀려
났지. 이제는 내가 진숙보를 얽어맬 것이다."

성안의 부호들은 도경이에게 연줄을 놓아달라고 부탁하자, 도
경이가 말했다.

"내가 아는 형이 한 사람 있는데, 그 사람은 나보다 마 도호와
더욱 가깝습니다. 여러분과 함께 그 형씨를 만납시다."

그러면서 도경이는 마숙모가 제일 신임하는 관가(管家, 집사)인
황금굴(黃金窟)과 만나게 주선하였다. 성안의 부호들은 두 사람에
게 은자 1천 냥을 사례금으로 주겠다고 말했다. 황금굴은 두말
없이 응낙했다.

"일단, 모두 가져오시오. 내일 당장 원하는 해답을 듣게 해주
겠소."

여러 사람들은 모아 놓은 돈을 황금굴에게 몽땅 바쳤다.

황금굴은 마숙모가 돈이라면 사족을 못쓰는 줄 알고 있었으므
로, 그가 방에서 낮잠을 자는 틈을 이용하여 황미(黃米, 기장쌀) 3
천 석을 올린다는 문서와 함께, 황금을 모두 탁상 위에 올려 놓았
다. 마숙모가 깨어났을 때 금덩이를 보고 연고를 물으면 성안을
지나는 물길 문제를 이야기할 작정이었다. 황금굴은 침상 곁에

한 시간 이상 서있었다. 저녁 때가 가까워지자 마숙모가 잠을 깨, 침상에서 일어나며 말했다.

"이놈이 양심을 속여도 유분수지, 금덩이를 차지하려고 날 넘어뜨리는가!"

그러면서 눈을 비비면서 탁자 위의 금덩이를 보고 입이 크게 벌어지며 웃어댔다.

"송 양공(襄公)이 절대로 나를 속일리 없지."

황금굴은 그 꼴을 보면서 어이가 없다는 듯 웃으며 말했다.

"나으리께서는 어느 송 양공이 준 금덩이를 말하십니까?"

"붉은 옷을 입고 진현관(進賢冠)을 쓰고 있었어, 그가 나더러 성곽을 남겨달라고 청구하였지만 난 거절했네. 그러자 이번에는 배가 뚱뚱하고 황소 눈알을 한 털보가 보라색 옷에 진현관을 쓰고 나타났는데, … 뭐라 하더라? 그래 대사마 화원(華元)이라는 사람이었지. 유세하다 안되니 막돼먹은 놈이 힘깨나 쓴다고 나를 묶어놓고 내 입에다 녹인 구리〔銅汁(동즙)〕를 들어 부으면서 나를 겁주려고 했지만, 나는 거절했지. 별수 없이 두 놈은 내게 황금 삼천 냥을 보내줄테니 사정을 봐달라는 거야. 그런데 금덩이가 안 보여 누가 감추었는가 해서 문지기와 옥신각신하다 떠밀려 넘어졌다네. 그런데 뜻밖에 금덩이가 여기에 놓여있군. 세어보아야지. 그놈한테 한푼이라도 빼앗겨서는 안되지."

황금굴은 그런 말에 웃음을 참을 수가 없었다.

"나으리께서 꿈을 꾸셨습니다. 그런데 그 꿈과 이 황금이 딱 맞았습니다. 이 황금은 휴양의 백성들이 저보고 사정을 봐 달라면서 나으리께 올린 것입니다. 그런데 무슨 뚱딴지같이 옛날 송양공 타령을 하십니까?"

"그래? 왜 그렇지? 송 양공과 그리고 사마 벼슬한다는 화원과 분명히 이야기했는데, 그럼 모두가 꿈이었는가? 그런데 여기는 진짜 황금이야!"

"나으리, 잘 생각해 보십시오. 나으리께서 송 양공을 만나보러 가셨습니까? 아니면 송 양공이 나으리를 만나러 왔었습니까? 그가 지금 어디 있으며, 어느 곳에서 만나셨습니까?"

숙모는 한참 생각하다가 말했다.

"참말로! 이게 꿈이겠구나. 상제께서 나한테 황금 3천 냥을 민간에서 모아주겠다고 하시는 말을 나는 똑똑하게 들었네. 그러니 왜 내 것이 아니겠는가?"

"민간에서 모은 것이라 말하시지만, 이 돈은 원래 나으리께서 받아야 마땅합니다. 그러나 사실은 백성들이 성안의 집과 성 밖의 묘지를 보전해달라고 보내온 돈입니다. 그러니 꿈속의 얘기는 더하지 마십시오."

"상제가 준 것이든 민간에서 모은 것이든, 돈은 일단 받으면 그걸로 끝이야! 백성들의 요구대로 휴양성을 온전하게 지켜주면 되는 거지!"

이튿날 마숙모는 동헌에 나가서 진백공을 불렀다. 이때 진백공은 공사장에 나가 역부들을 감독하고 있었기에 진숙보 한 사람만이 가까이에 대령하고 있었다. 숙보가 아뢰자, 마숙모가 물었다.

"이미 뚫린 하도와 휴양성과의 거리는 얼마나 되는가?"

"아직 10리가 남았습니다. 지금 현령이 공고문을 내걸고 성안 백성들에게 공사를 할수 있도록 집을 허물고 이사하라고 하였습니다."

"그전에 진백공이 말했던, 성곽을 따라 하도를 뚫는 것이 좋겠다는 건의는 아주 사리에 맞는 말이오. 이렇듯 견고한 성곽을 허무는 것도 또 번화한 거리의 민가를 차마 어떻게 허물 수 있겠는가? 백성의 원성을 무시할 수 있겠는가? 백성은 새집을 짓거나 새로운 집을 사서 이사해야 하니, 차라리 성곽 밖으로 하도를 내는 것이 현명한 일이지! 그러니 진숙보 자네가 이 일을 진백공과 협의하여 처리하라."

"앞서 나으리께서 설계도까지 그려서 지시하셨습니다. 어명을 받들어 천자의 서기(瑞氣)를 없애기 위해 휴양성을 허물어야 한다고 분부하셨습니다. 그런데 지금 방침을 바꾸시라는 명령이십니까?"

"정말 답답한 사람이군. 천자의 서기를 없애라는 성지를 받들었으면 이 지역에서 없애버리면 끝이지! 하필 성안으로 파헤쳐 들어갈 까닭이 있는가? 하여튼 공사의 편의도 생각해야 하잖은가? 이미 내린 설계도는 바꾸면 되지! 빨리 현장에 가서 상황에 따라 빨리 조치하라."

숙보가 명에 따라 맡은 임무는 잡수입을 올리기에도 아주 적합하였다. 농촌 마을을 지날 때마다 논밭과 조상의 묘를 파헤치지 말아달라고 청하는 사람도 많았고, 자기들 가옥을 허물지 말아달라며 사정하는 사람도 있었다. 그들은 모두 사람을 보내 다섯 냥이 아니면 열 냥, 혹은 스무 냥이나 서른 냥의 돈을 올리면서 간청했다.

숙보는 그런 돈을 일체 받지 않았고, 새 물길을 토론해 정한 다음에 돌아와 마숙모에게 보고하였다. 바로 이날 부총관인 영호달이 물길을 고친다는 말을 듣고 마숙모를 찾아왔다. 두 사람은 서로 합의를 보지 못하고 논쟁을 하였다.

이때 진숙보가 들어와서 무릎을 끓고 아뢰었다.

"소직이 명을 받아 물길 낼 곳을 살펴보았습니다. 만약 성 밖을 돌아 물길을 내려면 거리가 20여 리는 더 늘어나게 되어 많은 시일과 양식이 더 많이 필요할 것입니다."

그러자 마숙모는 마침 어디다 분풀이를 하면 좋을지 몰라 하던 차라 호통을 쳤다.

"성 밖의 물길을 뺄 자리만 살펴보라고 했지, 내가 언제 너에게 뚱딴지같이 20리인지 30리인지 거리를 측량하라고 했는가?"

"성곽과의 거리가 멀면 인부도 더 많아야 하고, 돈과 군량도 더 들어가며, 기일도 더 미루어야 하기에 소직이 아뢰는 바 올시다."

그러자 마숙모는 더욱더 성이 나서 소리쳤다.

"네 집 인부를 쓰거나 양식과 돈을 쓰는 것도 아니다. 대체 무슨 대단한 벼슬이라고, 네가 여기서 나라의 군량과 인부를 걱정하며 생색을 내려 하는가?"

그 말은 분명히 영호달을 빗대고 한 말이라서 영호달이 말했다.

"백성들의 이득과 고통은 벼슬의 고하에 상관없이 솔직하게 말할 수 있어야 합니다. 조정의 일을 처리할 때는, 모두 정밀한 계산을 가지고 토의해야 하는데, 하물며 이 성을 파헤치는 일은 성지(聖旨)를 받든게 아닙니까?"

그러자 마숙모가 엉뚱한 말로 돌려 말했다.

"영호달! 당신이 성지를 들먹거리지만, 성을 빙돌려 물길을 파야 한다며, 송 양공이 천제의 명을 받고 나를 찾아왔소. 내가 그때 일을 감독하다가 사마인 화원이 구리 녹인 물을 내 입안에 부어 넣는 바람에 하마터면 죽을 뻔했소. 그때 당신들을 불렀다면 왔을 것 같소?"

도대체 꿈속의 일을 가지고 실제처럼 생각하는 마숙모의 어이없는 말에 영호달이 앙천대소 했다.

"어떻게 그런 말씀을 하십니까? 꿈인지 생시인지 아직도 구분이 안 됩니까?"

그러자 마숙모는 또 진숙보에게 말했다.

"자네 같은 하잘 것 없는 말직이 어떻게 조정의 일을 간섭하려 하는가? 자네는 성 밖 백성의 돈을 받아먹고 여기 와서 허튼소리

를 하고 있는 것 아닌가? 내가 자네를 임용하지 않았다면, 그래도 내 일에 관여하려 하겠는가?'

　영호달은 마숙모의 억지를 당해 낼 방법이 없자, 분개해서 자기의 자리로 돌아가 공사 진행을 보고하는 문서를 작성하여 상주하였다.
　진숙보가 어이없는 마숙모의 억지를 보고 외면한 채 밖으로 나가자, 마숙모는 안에서 이런 공고를 써서 밖에 내걸게 했다.
　「호색부사 진숙보는 사단(事端)을 일으켜 백성을 소란하게 만들었고, 공무를 저해하므로 파직에 처한다.」
　진숙보는 그것을 보고 속으로 생각했다.
　'적거사가 그 사람 수하에서 일하기가 어렵다더니, 과연 그렇구나.'

　진숙보는 즉각 행장을 꾸려 집으로 돌아왔다. 하지만 이것이 바로 하늘이 숙보를 무사하도록 구했다는 사실을 누가 알았으랴! 당시 일이 급하게 진척된 데다 까다로와서 인부들이 절반이나 죽었다. 더구나 훗날 수 양제가 남으로 순행하다가 운하 물길이 얕은 곳이 있다며, 몸체는 나무로 만들고 다리는 철로 만든 1장 2척이나 되는 자(尺)를 만들어 곳곳에서 하도의 깊이를 재어보았다. 깊이가 규정에 맞지 않는 곳이 모두 120여 개소나 되었다. 양제는 깊이가 얕은 곳이 있으면, 곧 그 구간 공사를 감독하던 책임자는 물론, 관군의 기병이나 양안의 백성들을 모두 생매장하였다. 그러면서 그렇게 죽은 사람은 살아서는 물길을 뚫는 하부(河夫)였지만 죽어서는 모래를 움켜진 귀신(執沙鬼)이라 불렀다. 물론 마숙모는 책임을 물어 허리를 잘리는 형벌을 받았다. 그러니 진숙보가 그때 공사 현장에 계속 근무했었다면 숙보 역시 죽을 수밖에 없었을 것이다. 그야말로,

말을 얻었다고 어찌 기뻐하랴?　　(得馬何足喜)
말이 도망갔다 하필 슬퍼하랴?　　(失馬何足憂)
하늘은 영웅을 아껴 지켜주니,　　(老天愛英雄)
도리어 기이한 책모 마련했다.　　(顚倒有奇謀)

진숙보가 마숙모한테 꾸중을 듣고 파직당해 행장을 꾸려 떠나려 할 때, 영호달이 사람을 보내 자기 휘하에서 도와달라는 부탁을 했다.

그러자 진숙보는 생각했다.

'이번 걸음은 내가 화를 면하도록 이밀(李密, 玄邃)이 꾸며준 일이 아니겠는가? 하도를 뚫는 일은 쉽게 성취할만한 일도 아니거니와 조그만 잘못에도 큰 책임을 져야 하고, 백성을 들볶는 일인데, 내가 꼭 이런 일을 하며 목구멍에 풀칠을 해야 하는가? 더구나 무뢰배 따위들이 이 일거리를 빌어 역부들한테서 돈을 받아먹고 그들을 놓아주거나 삯전과 식비를 빼돌리고 있다. 어떤 자는

인부를 모질게 다루고 온갖 욕을 퍼부으면서 그들의 품삯까지 갈 취하지 않는가? 먼 뒷날 저 작자들은 공로를 자랑하고 상이나 타 먹을 것이다. 나 진숙보는 그런 것에는 아예 생각이 없으니, 여기 에 남아서 무엇을 하겠는가?

숙보가 영호달이 보내온 사람에게 말했다.

"저는 고향 집에 육순 노모가 계십니다. 관가의 명을 받아 다 른 길이 없어 여기에 왔습니다만, 직무를 해지 당했으니 저로서 는 참으로 다행한 일입니다. 그러니 영호 나으리를 도울 수 없어 그저 죄송할 뿐입니다."

그리고 진숙보는 또 생각하였다.

'평소 내(來) 총관은 나를 많이 보살펴주셨다. 내가 돌아가면 틀림없이 나를 환대하시겠지. 내가 그 휘하를 떠난 뒤로 아무런 연락도 없다가 이제 실직했다 하여 다시 찾아간다면, 나를 등용 해 주겠지! 그렇지만 나는 계속 미관말직에 매달려야 하는가? 지 금 온나라가 공사판이고 황제의 사치와 황음무도가 점점 더 심해 지고 있어! 도탄(塗炭)에 빠진 백성들의 원한은 점점 깊어지고 있 으니, … 10년? 아니면 5년도 못되어 온 천하가 큰 전란에 휩싸이 게 될 거야! 그때 누가 천하의 질서를 회복하고 도탄에 빠진 백성 을 구하겠는가? 공명(功名)과 작록(爵祿)은 조만간에 나에게도 돌 아올 수 있어! 지금 내가 공명에 급급할 이유도 없어! 나는 우선 어머니께 효도를 해야 해! 공연히 하찮은 벼슬에 미련을 두고 자 식의 도리를 게을리해서는 안 돼!

숙보는 다시 더 생각했다.

'청주에 간다면 내(來) 총관께서 나를 등용하시겠지만, 그러나 제주 유(劉) 자사 같은 사람의 시달림도 받겠지! 그렇다면 차라리 산림에 은거하는 것이 훨씬 나을 것이야. 은거하며 때를 기다리는 것도 좋은 방법이야!'

진숙보는 제주 성 밖, 멀리 떨어진 궁벽한 마을을 찾아 거처할 초가를 찾았다.

앞에는 맑은 시내, 뒤로는 이어진 수풀,	(前帶寒流後倚林)
뽕나무 느릅나무 푸르른 녹음을 만든다.	(桑楡冉冉綠成陰)
낮고 푸른 울타리에 무궁화가 피고 지며,	(半籬翠色編朝槿)
해질 녁 침상에 새들이 울며 지저귄다.	(一榻聲音噪暮禽)
창밖에 연기 나며 노을 곱게 물드는데,	(窗外煙光連戲彩)
나뭇 끝 바람 소리 여러 거문고 연주로다.	(樹頭風韻雜鳴琴)
순박한 차림새나 영웅 기질은 그대로니,	(婆姿未滅英雄氣)
붓잡고 한가히 梁父吟(양보음)[87]을 읊는다.	(提筆閒成梁父音)

---

87 양보음(梁甫吟, 梁父吟) ─ 山東 일대의 民謠(민요), 춘추시대 齊國(제국)의 宰相(재상)인 晏嬰(안영, 안자)이 齊 景公(경공)을 도운 정치적 치적을 노래했다. 삼국시대 제갈량(諸葛亮)은 와룡강에서 농사지으며 독서할 때 〈梁甫吟〉을 즐겨 읊었다고 한다. 梁甫는 泰山에 붙은 작은 산 이름이고, 이곳에 공동묘지가 있기에 〈양보음〉은 輓歌(만가)였다는 기록도 있다.

진숙보의 은거하는 허술한 초가에는 방이 몇 칸 있었고, 집 옆 우거진 참대나무 숲속에 작은 서재도 있었다. 집을 둘러싼 담 밖에 성긴 울타리 삼아 뽕나무와 느릅나무를 심었다. 울타리 밖은 수백 평의 밀밭과 대추나무 밭이었다.

숙보는 성안에 들어가 모친을 만나 뵙고, 세상 사람들과 잘 어울릴 수 없어 공명을 저버렸다고 아뢰었다. 숙보의 어머니는 아들이 공명을 이룩해보자고 늘 밖에 나가 동분서주하는 것을 보았으므로 집에 편안히 있는 것도 좋을 것이라 생각하였다.

숙보는 집을 돌봐준 번건위의 성의에 감사의 뜻을 표시하느라 성안의 집을 그에게 선사한 뒤, 노모와 처자를 거느리고 농촌 마을로 이사했다.

번건위와 가윤보가 다시 총관부에 들어오라고 권고했으나, 숙보는 빙그레 웃으며 대답했다.

"이 일을 오히려 전화위복으로 삼아 잠시 한가하게 지내는 것이 좋을 것 같소."

뒷날 내(來) 총관이 소식을 듣고 숙보에게 다시 복직하라고 불렀다. 하지만 숙보는 노모를 봉양해야 하고, 자신에게도 병이 있다고 핑계를 대며, 나서려 하질 않았다. 내 총관도 억지로 강권하지는 않았다.

무릇 벗들이 찾아오면 면회는 사절하지 않았지만, 자기는 노모를 봉양해야 하기 때문에 언감생심(焉敢生心) 밖에 나가 떠돌아다닐 수 없다고 말했다. 그는 날마다 명승(名勝)을 찾아다녔고 대나무와 화초를 가꾸며 소일했다.

낮에는 바둑을 두었고, 술로 저녁 해를 보내면서 영웅의 호방한 기개를 몽땅감추어 버리자 변건위와 가윤보까지 한탄을 금치 못했다.

"애석하게도 영웅이 여러 번 좌절당하자 기개가 꺾여 산수에다 정을 붙이고 있구나."

그렇지만 사람들은 그가 세상일을 간파하고 훗날을 기약하는 영웅다운 그 예기(銳氣)를 섣불리 나타내지 않으려고 이렇게 은거한다는 깊은 뜻을 사실은 알지 못했다.

해질 녁 성 밖에 낚싯대를 담궜고,　　（日落淮城把釣竿）

저녁 바람 불어 삼베 적삼 날린다.　　（晚風習習葛衣單）

장부가 손에 인끈을 쥐지 않고도,　　（丈夫未展絲綸手）

옆의 사람이 비웃도록 내맡긴다.　　（一任旁人帶笑看）

낸물에 복숭아꽃 뿌려 총애를 얻고, 팔뚝 베어 진심으로 은
총에 보답하다.(灑桃花流水尋歡, 割玉腕眞心報寵.)

노래하기를,	詞曰,
꽃은 이미 지고 없는데,	(芳菲盡已)
향기 어찌 이리 진한가?	(簌簌香何細)
복숭아꽃, 부평처럼 떠서,	(桃片片, 隨萍起)
푸른 냇물에 흔들리고,	(光搖碧水)
긴 둑에 어린 먼 날의 꿈.	(遠夢繞長堤)
끌린 정 잊을 수 없어,	(牽情難擺)
배를 저어 마음 찾았다.	(盪舟瞥見心堪醉)
어찌 도깨비에 놀라랴,	(魑魅何足異)
혼백은 무엇에 의지하나,	(魂魄憑誰寄)

새겨진 향기, 흔들리는 촛불,　(香如篆, 燭成淚)

강물처럼 긴긴 조용한 밤,　(河長夜靜)

북두성의 별빛 끝이 없다.　(星斗光衣袂)

놀라 바라보니,　(驚看處)

시원한 서첩에 기분 좋구나.　(清澆一帖痊人快)

—곡조 〈천추세〉　—調寄〈千秋歲〉

예부터 세상이 혼탁하면, 하늘이 취했다고(天醉) 말한다. 설령, 하늘은 취하지 않았더라도 인간 자신이 취했으니, 그의 생각에는 하늘도 깨어나기 어려울 것이다.

더구나 수많은 황금 사슬과 옥(玉)으로 꼬아 만든 끈에 칭칭 휘감긴 육신 앞에 한없이 펼쳐진 쾌락을 즐길만한 풍경이 펼쳐졌다면, 그가 설령 속세의 온갖 유혹을 꿰뚫어보고, 청정한 도심(道心)을 견지하며 육욕을 견딜 수 있겠는가?

양제는 만나는 미인들마다 빼어난 몸매에 귀엽고 예쁘니, 어떤 여인을 보든 음심(淫心)이 항상, 더욱 끓어올랐다. 밤낮을 가리지 않고, 벌이나 나비처럼 날마다 꽃떨기 속에서 미친 듯이 놀아댔다. 여러 미인들도 양제가 치마폭에 엎어지자, 저마다 특별하게 단장하고 황제를 유혹하여 잠깐의 환락과 함께 부귀의 안락을 얻으려 애를 썼다.

어느 날, 양제는 청수원에서 진(秦) 부인과 함께 술을 몇 잔 마셨다. 초여름 날씨가 무더워서, 손을 잡고 청수원을 나와서 길게 이어진 수로를 따라 흐르는 물을 바라보며 희희낙락(喜喜樂樂)했다. 이 청수원은 본래 넓기도 하거니와 사방을 모두 기암괴석으로 쌓았고, 출입구가 어딘 지 찾기도 힘든 별궁이었다. 그래서 이 청수원만은 작은 배를 저어 구불구불한 물길을 따라 드나들었다. 청수원 안에는 수많은 복숭아 나무를 심어, 무릉도원을 연상케 하였다.

황제와 진부인 두 사람이 물가에 앉아 희롱에 열중하는데, 진부인 눈에 물따라 내려오는 복숭아 꽃잎이 보였다.

진부인이 놀라자, 양제도 떠오는 꽃잎을 보았다.

"참, 이상하구나, 지금 어디에 복숭아꽃이 피었단 말인가?"

꽃 잎 몇 개가 청수원 밖으로 흘러가버렸는데도 상류에서 또 한 무더기가 떠내려왔다. 그러면서 나뭇잎에 참깨로 지은 밥알〔胡麻飯(호마반)〕도 얹혀 떠내려왔다.

진부인이 보고 놀라 말했다.

"누가 이런 밥을 지어 먹었겠나?"

그러자 양제가 웃으며 말했다.

"어떤 미인이 숨어 있는가? 부인이 시킨 일이겠지!"

"아닙니다. 저는 정말 모르는 일입니다."

진부인은 궁녀를 시켜 꽃잎과 참깨 밥알이 실린 나뭇잎을 건지게 하였다. 복숭아 꽃잎은 비단을 오려 만든 조화(造花)가 아니라 진짜 복사꽃이었다. 그리고 진하진 않으나 조금의 향기도 있는 것 같았다.

양제가 놀라며 말했다.

"정말 괴상한 일이군!"

진부인도 마찬가지였다.

"이 냇물이 선계(仙界)에서 흘러나오는가요?"

"아니야! 여기 서원 전체는 짐이 명령하여 만든 정원이고 궁궐이야! 그리고 신선들은 이렇듯 인간세계와 가깝게 살지 않아!"

"그렇다면 지금 초여름인데, 복숭아꽃이 어디 있겠어요? 그것도 한 개가 아니고 꽃이 통째로 떠내려 왔습니다."

두 사람은 생각할수록 이상했다.

진부인이 말했다.

"제가 폐하와 함께 수로를 따라 거슬러 올라가면, 무릉도원에 갈 수 있을 거예요!"

황제는 그저 웃으면서 대꾸했다.

"자네 말이 옳은 것 같네!"

궁인을 시켜 작은 배를 끌어오게 했고, 두 사람은 배에 올랐다. 궁인이 노를 저었고, 늘어진 버들가지를 들어 올리며 앞으로 나아갔다. 꾸불꾸불 이어진 물길은 가끔 빠른 물살도 있었다. 물이 느린 곳에는 꽃잎이 더 많이 떠있었다. 작은 석교 밑을 지났다. 버들이 빽빽한 곳을 지나 다시 바위가 많은 곳에 다다랐다.

그런데 자줏빛 적삼을 입고 물가에 쪼그리고 앉은 여인이 보였다. 빨리 삿대를 밀었다. 거기에는 타랑(妥娘)이 혼자 앉아서 복사꽃 잎을 물에 던지고 있었다. 그야말로,

열다섯 살 부끄럼 타는 어린 궁녀,　　(嬌羞十五小宮娃)
총명하고 신령한 마음 어여쁘다.　　(慧性靈心實可誇)
천태산의 유신과 완조를 그리며,　　(欲向天臺賺劉阮)
냇물에 앉아 도화를 뿌려 던지네.　　(沿渠細細散桃花)

양제가 타랑을 보고 반색하며 큰 소리로 웃었다.

"누군가 했더니 어린 네가 여기서 재주를 부렸구나!"

"이 복사꽃 잎을 띄워 보내지 않았더라면 폐하께서 작은 배를 타고 소첩을 찾아주셨겠습니까? 아마도 다른 곳에서 즐거워하실 터인데, 제가 어찌하겠습니까?"

"네가 아니면 이런 깜찍한 장난을 누가 하겠는가? 빨리 배에 타라, 이제 내려가자."

타랑이 배에 타자, 진부인이 물었다.

"그래, 도대체 이 복사꽃은 어디서 얻은 거냐?"

"춘삼월에 나무에서 땄습니다. 제가 여러 개 화분 갑에 넣어 보관했습니다. 그런데 지금까지 이렇게 생생할 줄은 몰랐습니다."

"꽃잎을 간수해 둔 것은 우연한 일이라 치자. 하지만 너는 나이

도 어릴 뿐 아니라 글자도 모르는데, 도원(桃原)의 이야기는 어떻게 알았느냐? 또 복사 꽃잎 틈새에 왜 참깨 밥알을 띄워 보냈느냐?'

"제가 책을 많이 읽지는 못했어도 도연명(陶淵明)의 〈도화원기(桃花源記)〉[88]는 읽었습니다."

---

88 도잠〔陶潛, 365?−427년, 字는 연명(淵明)〕−淵明이 本名인데, 유유(劉裕)의 宋이 건국된 이후 潛(잠)으로 改名(개명)했다는 주장도 있다. 自號(자호)는 五柳先生. 심양(潯陽) 시상(柴桑, 今 江西省 九江市 서남) 출신. 陶淵明은 젊어 江州祭酒(강주제주), 鎭軍參軍(진군참군), 建威 參軍(건위참군) 같은 말단 武官職을 떠돌았다. 彭澤縣令(팽택현령)으로 근무하다가 '五斗米 때문에 향리 小兒에게 허리를 굽힐 수 없다.'고 집으로 돌아온 것은 동진 安帝 의희(義熙) 2년(서기 406년)이었다. 그 후 벼슬에 뜻을 버리고 농사와 시를 지으며 일생을 보냈지만 생활은 매우 곤궁했다. 거기에다가 다섯 아들이 하나같이 글을 좋아하지도 않고 총명하지도 않았기에 아버지 도연명의 마음은 매우 울적했을 것이다. 현재 도연명의 시 120여 편과 문장 10여 편이 전해오고 있다. 梁나라의 昭明太子 蕭統(소통)은 도연명의 시를 모아 《陶淵明集》을 편찬하였는데, 이를 통해 도연명의 시가 후세에 전해졌다. 도연명의 詩는 당시에는 별로 높이 평가되지 않았으나 唐과 宋(북송, 남송)을 거치면서 당시의 시인들에게 큰 영향을 끼쳤고, 매우 긍정적인 평가를 받아 지금은 중국 제일의 田園詩人으로 알려졌다. 특히 北宋의 文豪(문호) 蘇東坡(소동파)는 도연명의 시의 화답하는 109편이나 되는 和陶詩(화도시)를 남겼는데, 이를 본다면 소동파가 얼마나 도연명을 존경했는지를 알 수 있다. 도연명의 시로는 〈雜詩〉, 〈飮酒〉, 〈擬古(의고)〉 등의 연작시가 잘 알려졌으며, 그의 〈귀거래사(歸去來辭)〉, 〈五柳先生傳〉은 짧은 명문장으로 누구나 좋아한다. 그리고 〈桃花源記〉는 도연명이 그리는 이상 세계를 묘사한 글로 널리 읽혀지고 있다. 중국인들이

진부인이 양제에게 말했다.

"제가 《한서(漢書)》[89]와 《진서(晉書)》[90]를 보니 기묘한 책모를

생각하는 이상향은 곧 도연명이 묘사한 '桃花源(도화원)'으로 생각하고 있다. 도연명은 술(酒)을 좋아했고 국화(菊)를 사랑했으며 시(詩)를 읊었다. 지금도 많은 사람들이 '도연명'의 술과 국화와 시를 함께 연상한다. 그리고 국화라면, 곧 '은자(隱者)의 꽃'이라 생각하는 것도 도연명의 영향이라 할 수 있다.

89 《史記》와 《漢書》 - 사마천(司馬遷)의 《史記》는 先秦 시대와 西漢 전반기의 문화에 대한 완벽한 정리이며 종결로 그 내용과 가치에 대해서는 누구라도 최고의 찬사를 보내는 力作이다. 《사기》는 12 本紀와 10表, 그리고 8書와 30世家에 70列傳, 총 130편에 52만 字의 대작으로 중국의 최초 通史이며 기전체(紀傳體) 史書의 시원이 되었다. 또한 중국 역사와 문학의 기초를 다진 史書로, 이 분야의 최고 성취이면서 典範(전범)이라 할 수 있다. 《史記》는 우리나라에서도 널리 알려졌으며 여러 가지 출판물로 많은 사람들이 읽고 활용하기에 다른 소개가 필요 없을 것이다. 이러한 《사기》와 쌍벽을 이루는 또 하나의 명저가 後漢(東漢) 班固(반고, 字는 孟堅, 서기 32 - 92)의 《漢書》이다. 《한서》는 紀傳體(기전체) 斷代史의 典範이다. 《한서》는 《사기》의 체제를 약간 변경하였는데, 〈本紀〉를 《한서》에서는 〈紀〉라 하였고 〈書〉를 〈志〉, 〈列傳〉을 〈傳〉으로 바꾸었으며, 〈世家〉를 〈傳〉에 포함시켰다. 《한서》는 〈12紀〉와 〈8表〉, 그리고 〈10志〉와 〈70傳〉으로 총 100권 80만 자의 대작으로 前漢 高祖 원년(前 206)부터 王莽(왕망) 新朝의 地皇 4년(서기 23)의 멸망과 光武帝 즉위(서기 25) 이전까지 230년의 역사를 서술하였다.

90 《진서(晉書)》 - 唐朝(당조) 貞觀(정관) 22년(서기 648) 편찬된 중국 24史의 하나. 唐 방현령(房玄齡) 등 21人의 합작. 三國 시대 사마의(司馬懿)부터 265년 서진의 건국, 그리고 東晉 恭帝 元熙 2년(420)

부린 사적이 많아 취할만한 점이 많았나이다. 하지만 《진기(秦記)》를 읽어보면, 간사한 방법으로 천하 패권을 잡았으므로 조금도 취할 점이 없었습니다. 도화원(桃花源)의 이야기도 기실은 허황한 이야기가 아니겠습니까?"

"그게 무슨 말이오? 짐이 본 사마천(司馬遷)의 진시황 〈본기(本紀)〉에는 그가 천하를 순시하고 태산(泰山)에 올라 하늘과 땅에 제사를 지내는 등 한때는 그 위엄을 대단히 떨쳤었소. 다른 일은 젖혀놓고 보더라도 지금까지 몇백 년 사이에 외적이 거침없이 쳐들어오지 못하는 것도 다 장성(長城)이 가로막아준 덕분이오."

"장성을 축성한 것도 벌써 몇백 년 세월이 흘렀어요. 아마 많이 허물어졌을 거예요. 만약 수리하지 않는다면 후환을 피하기 어려울까 걱정됩니다."

"그거야 물론이지. 짐이 세상을 다스리고 있을 때 수리하지 않는다면, 누가 이 일을 벌이려고 하겠소? 조만간 사람을 파견하여 이 일을 해치워야 하오. 진나라 역사를 보면, 또 진시황이 아방궁(阿房宮)을 짓는 한 장면이 있는데 아주 흥미가 있어! 아무튼 한 세대의 호걸다운 황제였지! 그 책이 경명원(景明院)에 있으니 배를 경명원으로 저어가서 그 책을 찾아보여주겠다."

이윽고 배는 용린거(龍麟渠)를 지나 경명원에 도착했다. 경명

에 유유(劉裕)가 폐 晉帝하고 宋을 건국할 때까지의 역사를 기록했다.(5호 16국 역사 포함) 目錄 1권, 帝紀 10권, 志 20권, 列傳 70권, 재기(載記) 30권 등 총 132권. 지금 목록은 失傳되었다.

원 앞에는 황후의 연(輦)이 서있었다. 마침 소황후는 경명원의 건물 창문이 크고 넓다는 것을 알기에 무더위를 피하려고, 여기에 미인 원자연을 데리고 와서 경명원의 주인 양(梁) 부인과 바둑을 두고 있었다. 양제는 나인에게 알리지 말라고 제지시킨 다음, 진부인과 함께 가만히 다가가서 주렴 안에서 들려오는 바둑 놓는 소리를 들었다.

그러한 양제를 귀인 원자연이 먼저 보고 말했다.

"황후마마, 폐하께서 오셨습니다."

그 말에 소후가 재빨리 일어나 양부인, 그리고 원자연과 함께 밖에 나와 영접하였다.

양제가 웃으며 말했다.

"황후는 왜 짐한테 말도 없이 혼자 여기에 오셨소?"

"폐하께서는 제가 돌린 초대장을 못 보셨습니까?"

진부인이 물었다.

"황후마마께서는 무슨 초대장을 보내셨습니까?"

"어젯밤 폐하께서 침궁에 드시지 않으셨을 때, 제가 초대장을 한 장 써서 궁노한테 주어 여러 궁전에 돌리게 했습니다."

"거기에 무어라고 쓰셨는가?"

"이렇게 썼습니다. 곧 「내가 조심하지 않아 풍류 천자 한 분을 잃었다. 신변에 별로 내줄만한 상금이 없어 폐하를 모시고 있으면 은전 5백 냥을 주고, 소재를 알려주는 사람에게 은전 5십 냥을 준다.」고 하였습니다."

양제는 그 말에 크게 웃으며 말했다.

"짐이 1천 냥 값도 안되는 겨우 5백 냥이오?"

그 말에 여러 사람들이 모두 웃었다. 양제가 상좌에 앉아 바둑판을 들여다보고 말했다.

"무슨 내기를 하는가?"

양부인이 말했다.

"한 가지 내기를 하는데, 판이 끝나면 폐하께 아뢰겠나이다."

"백이 지게 되었소! 황후는 어서 동편의 아래 모서리에 가일수하시오. 아직은 집이 하나인 미생마(未生馬)입니다. 한 점 잡아 집을 만들고 탈출해야지 아니면 진 바둑이요."

양제의 훈수에 황후가 웃으며 말했다.

"집에다 알을 박아 넣는 것은 폐하의 장기입니다. 하지만 폐하께서 아무리 힘을 써 봤자 꼭 그걸 먹어치울 수 있다고는 할 수 없습니다."

황후의 은근한 농담에 여러 사람이 한창 웃고 떠들고 있을 때, 갑자기 피리 소리가 은은히 들려왔다.

원자연이 말했다.

"어디서 울리는 피리 소리일까?"

양제가 귀를 기울여 듣고 있자니 느닷없이 연꽃 향기를 실은 바람이 주렴 사이로 불어들어와 어디라 할 것 없이 냄새가 진동했다.

황후가 말했다.

"향기는 또 어디서 나는 걸까?"

황제가 바로 주렴을 걷고 황후와 함께 궁궐 밖에 나서니 연꽃을 가득 실은 2, 30척의 작은 배들이 보였다. 그 안에는 숱한 미인들이 앉아서 함께 채련가(采蓮歌)를 부르고 있었다. 아랑과 귀아는 각기 피리로 반주했고, 여러 사람들은 나는 듯이 북해 쪽으로 노를 저어갔다. 양제가 바라보니 바로 십육원의 미인과 내인(內人)들이었다. 해가 기울고 바람이 일자, 일부러 일제히 뱃머리를 돌렸다.

그 모양을 보고 양제가 어이없이 대소했다

"저들이 나를 골려주려는 모양이야!"

소황후도 덩달아 말했다.

"모두가 폐하께서 훌륭하게 가르친 덕분이 아니겠습니까?"

양제가 웃으며 말꼬리를 잡아 다시 말했다.

"황후가 투기하지 않는 덕분에 십육원 부인들이 모두 화합하고 잘 지내는 것이오."

그 말이 채 끝나기도 전에 배 안에 있던 여인들은 황제가 경명원에 서있는 것을 보고 수로로 나가지 않고 일제히 다투어 경명원 쪽으로 노를 저어오느라 서로 뒤얽히고 물이 튀었다. 눈앞에 당도한 그들을 바라보니 붉고 파란 비단옷이 물이 많이 튀어 흠뻑 젖어있었다. 양제와 소후는 크게 웃으며 젖은 비단 옷 아래로 비치는 몸매에 감탄하였다. 경명원 양부인은 집주인으로 넓은 대청마루에 술상을 차렸고 양제와 소후를 상좌에 모셨다. 진부인과 양부인, 원귀인이 황제 좌우를 차지하였다.

양제는 그 미인들 이름을 불러주며 환대하였다. 양제는 먼저 모든 미인들의 손목을 잡으며 친히 술을 따라주며 벌주를 내리는 놀이도 함께하였다. 그러다 보니 너른 대청의 서늘한 바람에 어느새 거의 모두가 취해서 큰 소리로 웃고 떠들었다. 양제는 웃고 떠드는 젊은 여인들이 그저 한없이 귀엽고 예쁘기만 했다.

미인들은 양제가 내린 벌주를 입에 담았다가 양제에게 접문(接吻, 吻은 입술 문)하며 양제에게 술을 넘겼다. 미인의 좁은 어깨와 풍만한 가슴에 안기며 접문하고 음주하는 놀이에 양제는 얼마나 많이 취했는지 알 수도 없었다. 황후와 여러 부인과 미인들―모두 나이를 잊은 듯―아무런 근심 걱정이 없는 그들이기에 부담없이 술에 취했고, 황제 앞에 아양을 떨며 몸을 비볐다. 해가 질 무렵에, 놀이와 술에 지친 양제는 소후와 함께 큰 방에 마련한 푸른 비단 휘장 안에 들어가 곤한 잠에 빠졌다.

황후는 한잠을 자고 먼저 일어났다. 양제를 깨우지 않고 가만히 일어난 황후는 잠든 양제를 내려다보았다. 양제는 세상모르고 깊은 잠에 빠졌지만 숨소리가 고르지는 못했다. 황후는 황제가 매일같이 주색에 지쳤고 몹시 피곤할 것이라 생각했다. 황후는 밖으로 나와 진부인, 양부인, 원자연과 함께 골패 놀이를 시작했다.

그런데 갑자기 양제가 잠든 방에서 양제의 비명소리가 들렸다.

비명에 이어 양제는 사지를 뒤틀며 고함을 쳤다. 양제는 몸을 바짝 웅크린 채, 두 팔로 머리를 감싸고 숨도 못 쉬며, 얼굴이 일그러진 채 괴로워했다. 황후와 여러 부인들이 달려왔지만 황후가 양제를 껴안고 깨우려 바둥댈 뿐 아무도 무슨 조치도 할 수 없었다.

양제는 사지가 뒤틀리며 머리를 껴안고 고통으로 일글어지며 의식을 잃었다.

"날 죽이네! 날 죽이네! 아이쿠! 나 죽네!"

다급해진 황후는 얼른 태의(太醫) 소원방(蕭元方)을 부르게 했다. 태의가 들어와 맥을 짚어본 뒤에 안신지통탕(安身止痛湯)을 제조해 주었다. 황후가 직접 달여 양제에게 떠먹였지만 아무래도 의식이 회복되지 않았다. 한참 신나게 놀다가 자기 처소로 돌아간 부인들이 놀라 경명원에 달려왔지만 서로 얼굴만 바라볼 뿐, 아무 말도 없었다.

그때 주귀아는 이런 정경을 보고 음식을 전폐한 채, 곁채에 앉아서 흐느끼기만 했다.

한준아가 귀아를 보고 말했다.

"얘, 폐하의 앓는 육신을 네가 대신할 수도 없는데, 네 마음은 알겠지만, 나도 어쩔 못하겠다."

주귀아가 눈물을 닦으며 말했다.

"여러 형님들께서 모두 이 자리에 계시니, 어린 제가 한 말씀 올리겠습니다. 무릇 사람이 여자의 몸으로 태어났으니 불쌍할 뿐입니다. 부모와 여러 친척들과 이별하고 궁녀로 뽑혀 들어왔지만 우리 모두 기막힌 운명입니다. 우리 모두 마치 시들은 풀잎마냥 땅에 떨어져 그냥 썩을 뿐입니다. 그래도 우리는 속세의 여인과 달리 폐하의 큰 은덕을 입었습니다. 그래도 저는 가끔 폐하의 시중을 들면서 조석으로 연회 자리에서 즐기기도 했습니다. 우리가 정말 천하에 제일가는 국색(國色)이니 당연히 총애를 받을 수 있다고는 생각할 수 없습니다. 만약 저희가 어질지 못한 윗사람을 모셔야 한다면, 우리는 더욱 비참할 것입니다. 그러면 천시 받고 능욕 당하지 않으면 어김없이 쓸쓸한 궁궐 한 모퉁이에서 죽을 날을 기다려야 합니다. 그럴 경우 우리는 총애가 무엇인지 알 수나 있었겠습니까? 폐하처럼 우리 모두에게 골고루 은택을 베푸신 분이 세상 어디에 또 있겠습니까? 우리는 모두 폐하의 자상한 보살핌을 받으며, 마음 놓고 즐겁게 지냈습니다. 총애를 받지 못했다고 후(侯) 부인은 운명이 한스럽다며 목을 매어 자결하였고, 왕의(王義)는 폐하를 모셔 은총에 보답하려고 남근을 자르려고 했었습니다. 이는 모든 사람들이 폐하의 깊은 은총을 입었기 때문입니다. 그런데 지금 뜻밖에 폐하께서 이처럼 위중하십니다. 만약 불상사라도 일어난다면 우리는 무슨 꼴이 되겠어요? 틀림없이 사납고 무식한 병졸의 후실이 될 것입니다."

주귀아가 어찌나 가슴 아픈 말을 서글프게 하는지, 여러 미인들은 모두 현실을 절감하며 훌쩍거리다가 흐느껴 울었다.

그때 원보아가 말했다.

"인간 세상에서 자식 된 도리로 보아 부모님에게 어려움이 있을 때 나서지 않는 사람은 없습니다. 비록 우리가 천륜의 정은 끊었다고 하지만 폐하의 은혜는 잊을 수 없는 거예요. 오늘 밤 우리 모두가 천지신명께 기도를 드렸으면 좋겠습니다. 우리가 10년 감수(減壽)해도 좋다고 하면서 향불을 피워 기도한다면, 하늘을 감동시켜 길흉이 바뀔 수도 있지 않겠습니까? 그래서 폐하께서 빨리 소생하시고 몸조리를 잘하시어, 완쾌되신다면 평소에 우리한테 베푸신 은총이 헛되지는 않을 것입니다."

여러 미인들은 보아가 하는 말을 듣고 이구동성으로 찬성했다.

"보아 아우의 말이 지당해!"

그들은 일제히 뒤뜰에 나가 향을 피울 탁자를 설치했다.

주귀아는 속으로 생각했다.

'우리가 성심으로 기도를 올린다 해도 어떻게 하늘을 감동시켜 효험이 나타나게 할 수 있을까? 자식된 몸으로 다리 살을 베어 병든 부모님을 봉양하여 되살아나게 하고 장수하게 한 일도, 종종 있지 않은가? 지금 내 몸이야 궁궐에 얽매인 이상 당장 죽는다 해도 아까울 게 없는데, 이 한 몸의 한낱 살점이 어찌 아까우랴!'

이런 생각에 이르자 주귀아는 칼을 한 자루 소매 안에다 감추고 뜰로 나왔다. 그때 한준아와 향랑, 주귀아, 타랑, 아랑, 원보아 등이 모두 땅에 꿇어앉아서 하늘을 우러러보며 각자 생년월일을 알린 후 자기들의 수명을 단축시켜 황제의 병든 몸을 낫게 해달라고 빌었다. 기도가 끝나고 여럿이 일어나 향 탁자를 치우려 하는데, 주귀아가 두 눈에 눈물이 그렁그렁하며, 팔소매를 걷고 눈같이 흰 팔뚝을 드러내더니 오른손에 칼을 쥐고 팔뚝의 살 한 점을 입으로 물어 당겨 칼로 싹둑 베어내었다. 붉은 피가 줄줄 흐르는 것을 은사발에 담자 여러 사람들이 보고 기절초풍했다. 아랑이 재빠르게 향로 안의 재를 한줌 쥐어 팔뚝에 발라주고 명주로 감아 매었다.

수염 난 사내들이 하지 못한 일을,   (鬚眉男子無爲)
연약한 미인들이 뜻을 달리 했다.   (柔脆佳人偏異)
오늘 아침 팔뚝 베어 보은하나니,   (今朝割股酬恩)
다른 해에 몸을 죽여 이름 전하리.   (他年殉身香史)

귀아는 베어낸 살점을 남몰래 감추어 가지고 궁궐로 돌아왔다. 마침 소후가 재탕을 끓이고 있는지라 귀아가 찾아가서 대신 그 일을 맡아 살점을 약단지에 넣어 잘 달여서 가지고 들어갔다. 소후가 양제에게 먹였더니 한식경도 안 되어 천천히 깨어났다.
양제는 소후와 여러 부인과 미인들이 모두 침상 앞에 서있는 것을 보고 말했다.
"짐이 자칫 황후와 여러분을 다시 보지 못할 뻔했소."
소후가 물었다.
"폐하께서 술 잘 드시고 주무셨는데, 왜 갑작스레 그렇게 심하게 편찮으셨습니까?"

"짐이 취해서 단잠이 들었었소. 꿈에 흉악하게 생긴 한 무사가 손에 큰 몽둥이를 들고있다가 돌연 짐의 정수리를 겨누고 내려치는 바람에 깜빡 정신을 잃고 죽을 뻔했소. 지금도 골속이 뻐개질 듯이 아파 견디기 어렵소."

소후와 여러 부인들이 모여들어 나름대로 위로하였다.

어느 새, 소식을 들은 문무백관들도 하나하나 서원으로 찾아와 문안을 올렸고, 완쾌된 것을 보고는 제각각 흩어졌다.

마침 적거사가 동경에 올라와 있었는데, 황제가 머리에 병이 들었다는 소문을 듣고는 그제야 비로소 귀신의 일이란 추호도 틀리지 않는다고 믿게 되었다. 그래서 적거사는 그 길로 종남산(終南山)[91]에 있는 도사를 찾아갔다.

---

91 終南山(종남산) — 長安의 南山, 太乙山이라고도 부르는데, 秦嶺山脈(진령산맥)에서 陝西省(섬서성) 부분을 지칭한다. 道敎(도교)의 聖地(성지)인 樓觀臺(누관대)가 있고, 金庸(김용)의 소설 《神雕俠侶(신조협려)》와 《射雕英雄傳(사조영웅전)》의 한 배경이다.
唐(당)의 盧藏用(노장용)이란 사람은 진사과에 급제하였지만 발령을 받지 못하자 종남산에 들어가 은거하면서 소문을 내었다. 얼마 뒤 특별히 황제의 부름을 받아 좌습유에 임용되었다. 사마승정이란 사람이 은거하려 하자, 노장용은 종남산을 가리키며 "저 산에 은거하기 좋은 곳이 있다."고 말했다. 그러자 사마승정은 "내가 보기에는 벼슬길로 들어서는 捷徑(첩경)이 있는 것 같습니다."라고 말했다. 이에 노장용을 부끄러워했다. 말하자면, 고상한 隱逸(은일)인척 종남산에서 황제의 부름을 기다리는 사람에게 종남산은

귀신의 하는 일은 원래 정묘하나니,　　(鬼神指點原精妙)

명예와 이득 모두 죄악의 연고이다.　　(名利俱爲罪蘗緣)

우세기(虞世基, 27회 주석 참고)는 두 달 전에 어원의 거동하는 길이 좁으니 더 넓히라는 황제의 명령을 받았다. 우세기는 성지를 받은 지, 달포 만에 길을 넓게 닦아놓고 거기에다 주필정(駐蹕亭)과 영선교(迎仙橋)를 증수했다. 황제를 호위하는 난의위(鑾儀衛)에서는 완전히 새로운 의장(儀仗) 기물을 마련했다. 뒷날 황제의 병이 완쾌되어 행차할 때를 대비한 준비였다.

황제는 병이 나은 지 며칠이 지나자, 궁중에서 황후와 함께 연회를 베풀어 즐기고 있었다. 길을 넓혔다는 말을 들은 양제는 의장을 골고루 갖추게 한 뒤 대궐에 앉아서 백관들의 조회를 받았고, 이내 여러 관원들에게 서원(西苑)에서 베푸는 연회에 모두 다 참석하라는 성지를 내렸다.

양제가 멋지게 치장한 칠보향련(七寶香輦)에 올라앉자, 새로운

벼슬길로 가는 가장 빠른 길이었다. 이를 '終南捷徑(종남첩경)'이라 한다. 종남산을 읊은 唐詩(당시) 중 가장 걸작은 祖詠(조영, 咏으로 쓰기도 함. 699-746?)의 〈종남산의 적설을 바라보다〉〈終南望餘雪〉이다.

종남산 북쪽 경치 뛰어난데(終南陰嶺秀), / 쌓인 흰 눈이 구름 위에 솟았다(積雪浮雲端).

숲 너머로 또렷하게 개었지만(林表明霽色), / 성 안으로 저녁 추위를 보탠다(城中增暮寒).

의장을 든 의장병들이 줄줄이 열을 지었다. 여러 공경대부들은 말을 타고 황제를 옹위하고 따랐다. 서원에 이르자, 황제는 연회석을 배에다 마련하라는 영을 내렸다.

황제는 전용의 용주(龍舟)에 오르고, 백관은 봉황 머리로 뱃머리를 꾸민 배에 올라 북해와 오호를 돌면서 군신 모두 함께 한껏 즐겼다.

황제는 흥이 무르익자, 문신들에게 시를 지어 현재의 태평 성황을 기록해 놓으라고 말했다. 그래서 한림원(翰林院) 대학사(大學士) 우세기(虞世基)와 사예대부 설도형(薛道衡), 그리고 광록대부 우홍(牛弘)이 각기 절구를 지어 올렸다. 황제는 여러 신하의 시를 보고 대단히 기뻐하며 각기 술 석 잔씩을 권하고 자신도 큰 잔으로 한잔을 마시었다.

그리고 말했다.

"경들이 좋은 가작을 지었는데, 짐도 어찌 시를 읊지 않을 수 있겠나?"

그러면서 〈강남을 바라보다(望江南)〉이라는 8절의 시를 지어 북해와 오호의 버들(柳), 눈(雪), 풀(草), 꽃(花), 여인(女), 술(酒), 물(水)을 묘사하였다.

그중 술(酒)을 묘사한 사(詞) 일절은 아래와 같다.

호수서 마시는 술, 종일 기쁨을 준다.　(湖上酒, 終日助淸歡)
단판의 박자 가볍고 은갑은 느리나,　　(檀板輕聲銀甲緩)

술잔의 향내 쌀알과 옥색 누룩찌끼.　　(酷浮香米玉蛆寒)

술에 취한 눈 절로 감긴다.　　　　　　(醉眼暗相看)

봄날 해 질 녁 전각, 선녀가 주는 술잔. (春殿晚, 仙豔奉杯盤)

호수의 풍광이 정말 좋은데,　　　　　(湖上風光眞可愛)

술 취한 꿈속의 천지는 무한 넓다.　　(醉鄉天地就中寬)

제왕은 이제 편안히 쉬련다.　　　　　(帝王正淸安)

황제와 신하가 함께 통음한 뒤, 연회를 마치고 뱃머리를 돌렸다. 조정 대신들은 연회를 베풀어 황제께 사은하고 모두 꽃밭과 버들숲 사이로 흩어졌다.

황제가 난여를 타고 회궁하니, 황후가 영접했다.

"오늘 폐하께서 여러 신하에게 연회를 베푸셨는데 즐거우셨습니까?"

"대단히 통쾌했소."

양제는 여러 신하가 시를 지어 바친 일과 자신이 시 여덟 수를 지은 일 등을 모두 다 말했다.

그러자 황후가 물었다.

"지금 가을 달이 한창 밝은 때라 달 놀이를 즐기기 아주 좋습니다. 하지만 배를 타고 호수의 풍경을 구경하기보다 꽃길 가운데를 거닐며 화초와 늘어진 버들을 구경하는 재미도 아주 좋을 것입니다."

"지금 길은 예전보다 많이 넓혀졌고 주필정과 영선교도 중수되었소. 다리를 건너면 창정헌(暢情軒)이요. 전보다 더 화려하게 꾸며놓았지요."

"그러시다면 제가 꼭 폐하를 모시고 골고루 구경했으면 좋겠습니다."

"황후가 구경하신다면 서둘지 맙시다. 내일 달 밝고 바람이 시원한 때에 밤놀이를 하면 어떻겠소?"

"궁 안의 비빈 모두가 서원을 두루 다 둘러보지 못했습니다. 정말 밤놀이를 하시겠다면 그들을 데리고 가서 함께 구경하는 것도 좋을듯싶습니다."

"그럽시다. 내일 어림군(御林軍)에 명해 마필을 더 마련하게 해서 비빈도 모두 함께 말을 타고 주악을 울리며 돌아보면 더 좋지 않겠소? 그 속에서 짐과 함께 달 구경을 하며 즐깁시다."

소후가 흐뭇해서 말했다.

"아주 탁월하신 배려이십니다."

"말을 타고 주악을 울려도 좋으나 꼭 새로 지은 시 몇 수가 있어야 하겠소. 그래야 피리로 연주할 곡을 달 수 있으니 더욱더 즐거운 밤놀이가 되지 않겠소?"

"천하에서 제일 흥이 많으신 분이 폐하이신데, 왜 한 수 짓지 않으십니까? 제가 궁 안의 비빈들에게 밤새 곡을 짓게 해 놓는다면 크게 흥취를 돋울 것입니다."

"황후의 말씀이 지당하오. 짐이 시 한 수를 짓겠소."

그리고 양제는 술을 마시면서 붓을 날려 〈청야유곡(淸夜遊曲)〉
한 수를 지었다.

낙양성 맑은 가을 날,　　　　　　(洛陽城裡淸秋矣)

구름은 씻은 듯 흩어졌고,　　　　(見碧雲散盡)

시원한 하늘 물처럼 맑도다.　　　(涼天如水)

산천은 금세 생기가 넘치고,　　　(須臾山川生色)

은하는 소리 없이 흐른다.　　　　(河漢無聲)

끝없는 숲 위로,　　　　　　　　(千樹裡)

거울 같은 달이 떠올라,　　　　　(一輪金鏡飛起)

옥루와 멋진 전각과　　　　　　(照瓊樓玉宇)

은전과 요대를 비춘다.　　　　　(殿瑤臺)

더없이 밝고 맑으며 깨끗하니,　　(淸虛澄澈眞無比)

정이 넘치는 이 좋은 밤.　　　　(良夜情不已)

수천 말을 타고 서원을 거니노라.　(數千乘萬騎, 縱游西苑)

어원 넓은 길, 깎은 듯 평평하고,　(天街御道平如砥)

마상의 풍악 비단처럼 아름답고,　(馬上樂竹媚絲姣)

잔치 자리의 좋은 술과 산해진미.　(與中宴金甘玉旨)

삼황오제 그려보나니　　　　　　(試憑三甼五,)

몇이나 그 성덕을 보였던가? 　　(能幾人不虧聖德)

영화와 번영 누리리니. 기억하리, (窮華靡)

수(隋)의 소탈한 황후와 풍류천자를! (須記取隋家瀟灑王妃, 風流天子)

시를 다 짓자 황제는 황후에게 넘겨주어 읽게 했다.

황후가 한번 읊어보고, 아주 기뻐하며 말했다.

"폐하의 시상(詩想)은 청아하고 뛰어나십니다. 또 정감이 흘러 넘치니 역대 제왕 그 누구도 따르지 못할 것입니다."

황후는 궁중의 가인과 무희를 불러 밤새 연습라고 익혀, 내일 밤 서원의 달 구경 놀이에 부를 수 있게 하라고 분부했다. 양제는 근시들을 불러 그것을 한 부 더 필사하여, 영휘원의 주귀아한테 가져다주고, 여러 원의 미인들에게 노래를 잘 부를 수 있도록 익히라는 분부를 전하게 하였다. 그리고 다음날 밤 모두 창정원에 모여서 말을 타고 영접하게 했다. 분부를 마친 황제와 황후는 함께 잠자리에 들었다. 그야말로,

혼암한 군주는 음락만 생각하고, 　(昏主惟圖樂)

요사한 황후는 오로지 놀이생각. 　(妖妻只想游)

강산은 이제 곧 다하려 하는데, 　(江山將盡矣)

새로운 가락 얼마나 가겠는가? 　(新曲幾時休)

물놀이 즐거운 밤, 볼만한 가장행렬, 밤놀이 변새의 미인은 눈물을 짓다.(樂水夕大士奇觀, 淸夜遊昭君淚塞.)[92]

노래하기를,   詞曰,

속을 후벼파고 피를 토하고,   (挖心嘔血)

거듭 한 사람 환심을 얻다.   (打疊就一人歡悅)

마음 졸이며 걱정하고,   (悄心思)

바빠도 특별한 인연 붙잡았다.   (忙中撮弄奇峰突出)

변방에 국화 소식 어렴풋하고,   (塞外黃花音縹緲)

나무 비녀에 볼품없는 용모.   (落珈楊柳容裝絶)

더욱 바람은 세고,   (更風高)

숲속에 명마를 풀어주니   (試驥放長林)

---

92 제목의 大士는 보살에 대한 통칭이다. 부처는 大聖으로 표기한다.

최고 미인이 되었다.　　　　　　　　(成國色)

비단 같은 달빛, 하늘은 푸르다.　　　(月如練, 天如碧)

마음 함께 취해, 한자리 즐긴다.　　　(心同醉, 歡同席)

붉은 치마 미인들 보니,　　　　　　　(看紅裙錦隊)

온산 두루 개미처럼 줄지어,　　　　　(徧山蟻列)

많고 멋진 수레 가득 메웠고,　　　　(香車寶輦階塡繞)

검은 머리 흰옷 어른 앞에 섰다.　　　(綠雲素影尊前立)

오늘 밤에 바로 굳게 다짐하며,　　　(趁今宵馬上誓心盟)

미인은 눈물짓는다.　　　　　　　　(姮娥泣)

— 곡조 〈만강홍〉　　　　　　　— 調寄 〈滿江紅〉

　이 세상에 즐거움은 무궁무진하다. 여인들이 머리를 굴리면, 그 속셈은 정말 기가 막힐 정도이다. 아무리 쇠처럼 단단한 마음의 사내라 할지라도 여인의 잔머리에는 온몸이 녹아 버리는데, 하물며 본래 주색을 탐하는 황제라면 어떻게 마음을 잡아 버틸 수 있겠는가?

　황제와 소황후는 침궁에서 늦게까지 잠을 자고, 다음 날, 점심 무렵에 겨우 일어났다. 황제는 어림군에 명령하여 기마 1천 필을 더 늘려, 절반은 궁문 앞에 대기시키고, 나머지는 서원(西苑) 근처에 대기하게 하였다. 또 광록시(光祿寺)[93]에 명령하여, 모든 어원

────────────

93 광록시(光祿寺) ─ 寺가 관청이나 환관을 뜻할 때는 音이 '시' 이다.

(御苑)이나 정원(庭園), 전각마다 음식을 준비하여 놀이에 나선 문무백관이나 궁중 미인들이 언제 어디서나 술과 음식을 마시고 먹을 수 있게 하였다.

오래지 않아 해가 서산에 지고,[94] 둥근 달이 떠올랐다.

황제와 소후는 식사를 마친 뒤, 새 용포를 갈아입고 궁 밖으로 나섰다. 달빛은 흰 명주를 펼친 듯하고, 은하수(銀漢)는 밝게 출렁이니, 두 사람은 아주 흐뭇했다.

황제와 황후는 함께 달 구경하기 좋도록 만든 큼직한 연(輦)에 나란히 올라 앉았다. 연에는 좌석이 둘이 마련되었고, 사방의 주렴은 높이 걷어올렸다. 그리고 어연의 양쪽 옆에는 음식을 시중들 수 있도록 미인 몇 사람이 앉을 자리도 있었다.

잇달아 궁인들에게 명령하여 말을 타고 줄로 나눠 앞뒤에서 주악을 울리며 천천히 행진하게 했다. 이날 밤 달빛이 유난히 밝아서 황제의 놀이 행차 길을 대낮처럼 밝게 비추었다. 궁인들은 모두 짙게 화장하고 말을 탔으며, 무늬 비단옷이 마치 꽃밭과 같았다. 줄줄이 늘어선 악대들은 대궐로부터 서원까지 한 줄로 이어졌다.

光祿寺는 漢代(한대) 광록훈(光祿勳)으로 궁정 숙위나 시종 업무를 담당했고, 9卿(경)의 하나였다. 北齊(북제) 이후 광록시라 하면서 황실의 잔치와 음식을 담당했다.

94 원문 金烏西墜(금오서추) ― 금오(金烏)는 태양. 옥토(玉兎)는 달. 전설상 태양에 산다는 쇠로 된 검은 까마귀.

아리따운 여인 무리 지어 궁을 나서면,　　(妖嬈幾隊宮中出)

풍악 하는 많은 무리 말 타고 뒤따른다.　　(蕭管千行馬上迎)

할 일 없는 황제 밤에 어디로 행차하나?　　(聖主淸宵何處去)

가을 달 구경한다고 서원에 이르렀도다.　　(爲看秋月到西城)

　황제는 어연에 앉아 이렇듯 번화한 정경을 보고 아주 기뻐하며 황후를 보고 말했다.

　"옛날에 주(周) 목왕(穆王)이 여덟 필의 준마가 끄는 수레를 타고 요지(瑤池)에 네 번이나 유람했다오. 그리고 서왕모(西王母)가 베푼 연회에 참석하고 보니 여자 악사들이 엄청나게 많았다는 이야기가 마치 정말처럼 전해온다는 이야기를 들은 적이 있소. 짐이 보건대 아마 이런 광경이었을 거요."

　"요지나 낭원(閬苑)은 모두 다 허황한 이야기에 불과하지만, 오늘 밤 놀이에서는 진짜 요지가 생겨났습니다."

　"오늘 이곳이 요지라고 한다면 짐은 목천자이고, 황후는 서왕모와 같군!"

　황제가 웃으며 말하자, 황후도 함께 웃었다.

　"제가 서왕모라고 한다면, 폐하께서는 또 서왕모의 시녀인 동쌍성(董雙成)과 허비경(許飛瓊)을 생각하겠군요?"

　두 사람은 마주보며 웃었다. 잠시 후 어가가 서원에 들어서니 원(院)마다 부인이 있어 생황을 불고 노래를 하는 궁인들을 거느리고 맞이했다. 이어 다른 원에 당도하면 또 거기도 부인이 북을 치는 궁인들을 거느리고 영접하다 보니, 앞과 뒤 어디나 할 것 없이 노래가 이어졌고, 완연한 잔치였다.

행차는 곧장 주필정(駐蹕亭)과 영선교(迎仙橋)를 지났고 바로 창정헌(暢情軒)에 도착했다. 이 정자는 사방의 지붕을 팔각으로 만들었으며 아주 넓고 탁 트인 모습이었다. 건물 하단의 계단 부분은 모두 흰 돌로 쌓았는데 1천여 명이 들어설 수 있을 만큼 넓었다.

정자 안에 꽃종이를 드리우고 등불을 매달아서 마치 화포를 쏘는 누각을 방불케 했다. 황제는 이곳에 이르러 행차를 잠시 멈추라 하였다.

여러 궁녀들이 어연을 메고 하대석으로 올라가 남쪽을 향해 내려놓았다. 뒤따라오던 여러 부인들도 말에서 내려 앞으로 다가가 인사를 올렸다. 황제가 살펴보니, 14개 원의 부인들만 있고 취화원(翠華院)의 화반홍(花伴鴻)과 기음원(綺陰院)의 하경경(夏瓊瓊)이 보이지 않자, 청수원의 진부인에게 물었다.

"왜 화부인과 하부인은 보이지 않는가?"

"두 부인은 금방 나타날 것입니다."

황제가 다시 물으려는데 간드러진 주악이 들려오면서 점점 가까워졌다. 여러 궁인들이 영선교 쪽을 가리키면서 떠들었다.

"저거 보십시오. 와! 정말 멋집니다."

황제가 황후와 함께 창정헌에서 내려와 섬돌에 나가 바라보니 십여 쌍의 길다란 오색 깃발이 장대 꼭대기에 작은 등불을 매달았다. 그 뒤에는 7, 8명이 운건(雲巾)에 새깃으로 단장한 옷을 입은 마치 진묘상(陳妙常, 인물 미상)의 차림새와 같았다.

그들은 각자 생황이나 피리, 퉁소나 박판, 또는 징이나 소고를 들고 〈청야유곡〉 한 절을 노래했다. 그 뒤에는 한 사람이 손잡이 달린 향로를 받쳐들었고, 또 한 사람은 경(磬)을 잡고 이따금 울렸다. 그런데 갑자기 영선교 위로 높은 산 하나가 솟아 올랐다.

그것은 푸른색과 흰색의 비단으로 깜찍하게 만든 모형의 산이었다. 나무나 꽃은 없고 아찔하게 솟은 바위 안에 옥같이 고운 얼굴을 한 관세음보살이 서있었다.

칠흑 같은 머리카락을 높이 틀어 올렸고, 그 한가운데는 봉황으로 장식한 금비녀를 꽂았으며, 이마에는 야광주가 대롱거렸고, 검은 머리카락 일부는 두 가닥으로 갈라져 밑으로 내렸다. 붉은 삼베 저고리를 입고 그 위에 흰색 능라비단의 덧저고리를 걸쳤다.

한 손에는 불가(佛家)에서 손을 씻는 물을 담는 정병(淨瓶)을 보이도록 들고 있었다. 또 다른 한 손에는 버드나무 가지를 들고 있으니, 이는 양류관음보살(楊柳觀音菩薩)의 형상이었다. 관음보살은 하얀 맨발을 그대로 드러낸 모습이었다.

그 옆에는 합장하는 모습의 붉은 옷을 입은 어린아이 모습의 홍해아(紅孩兒)가 옥처럼 흰 살결의 두 팔을 드러낸 채 서있었다. 팔목에는 여러 가지 보석을 박은 팔찌가 끼워져 있고 흰 빛깔의 무늬가 있는 능라 덧옷을 입고 있었다. 앞에는 비단으로 만든 가슴과 배를 가리는 띠를 둘렀는데 가랑이가 넓은 붉은 바지를 입었으며, 발목에는 순금으로 된 고리를 끼고 있었다. 그녀는 희죽거리며 머리를 들고 관음보살 앞에서 절을 올렸다.

그 앞에 있는 작은 탁자 위에는 두 자루 화촉을 밝혔다. 중간에는 향로가 놓여 있는데 향불 연기가 피어올라 향기가 온 하늘에 퍼졌다.

이런 산과 보살, 그리고 동자를 8명의 궁녀가 메고 황제 앞으로 다가왔다. 황제는 두 손을 황후 어깨에 올려놓고 한창 흥미진진하게 보고 있을 때 순식간에 꽃구름이 날아오듯 말을 탄 한 미인이 달려오더니 씩씩한 목소리로 앞장 선 궁녀에게 소리쳤다.

"폐하와 황후께서 위에 계시니, 너희들은 정자 뒤쪽에서 하대석 계단을 오르거라."

말이 끝나자 재빨리 말에서 내려 정자에 올라와 인사를 올리자, 황후가 반겼다.

"다름 아닌 화부인이었군요."

화부인이 황제를 보고 말했다.

"폐하와 황후께서는 정자 안으로 들어가십시오. 그래야 사람들이 당도하게 되면 입조할 수(들어올 수) 있습니다."

여러 사람들이 황제의 연을 한 쪽으로 옮겨다 놓자, 황제와 황후가 팔을 끼고 화부인에게 물었다.

"관세음보살과 홍해아로 분장한 궁인은 어느 원의 궁인들인

가? 모두 뛰어난 미모에 신령한 모습이니 놀랄만하네!'

그러자 황후가 말을 거들었다.

"주귀아가 관음보살로 분장했고, 원보아가 홍해아로 분장한 것 같습니다."

"황후의 말씀은 틀린 것 같소. 귀아와 보아의 발은 모두 연꽃봉오리와 같지 저렇게 도둑놈 발처럼 크지 않소."

그러자 화부인은 소리 없이 웃었다.

"폐하께서 전날에 말쑥하게 생긴, 큼직한 발을 가진 궁녀를 칭찬했다는 말을 들었습니다. 그래서 일부러 이 두 사람을 골라 폐하께 충성을 바치려고 합니다."

한참 이야기를 나누고 있을 때, 분장했던 사람들이 말에서 뛰어내려 하대석으로 올라와 황제에게 인사를 올렸다. 뒤에 섰던 그 관음보살과 홍해아도 올라와 합장하고 꿇어 엎드렸다. 황제가 부축해 일으키고 자세히 살펴보니 주귀아와 원보아가 틀림없었다.

황제가 박장대소하며 말했다.

"황후의 눈썰미가 정말 대단하십니다. 이 두 사람이 틀림없지만, 이렇게 큼직한 발은 어찌 된 영문인가?"

귀아가 한쪽 발을 쳐들자 황제가 이리저리 주무르면서 살펴보았다. 워낙 흰 능라 비단으로 꾸민 것인데, 달빛 아래에서 보니 열 개의 가짜 발가락이 진짜 발가락과 다름없었다. 황제가 대견하다는 듯 웃으며 말했다.

"정말 보통 사람의 머리에서는 나올 수 없는 묘안이군."

황후는 평소에 보아를 제일 귀여워했으므로 홍해아로 분장한 것을 보고 몸 가까이 끌어당겨 얼음같이 차디찬 그녀의 희디 흰 두 팔을 어루만지며 말했다.

"어원에 이슬이 내리고 바람이 차니 어서 돌아가 옷을 갈아 입도록 하여라."

황제도 주귀아를 보고 말했다.

"옷이 너무 얇구나!"

황제는 손을 귀아의 옷소매 안으로 집어넣었다. 귀아가 자신의 팔뚝 살을 베어낸 그 상처가 아직 채 낫지 않았다는 것을 황제가 알 리 없었다. 황제의 손이 옷소매로 들어오자, 귀아는 재빨리 몸을 빼 한쪽으로 비켜섰다. 황제는 귀아의 팔이 명주로 감긴 것을 알고는 다그쳐 물었다.

"팔에 감은 이것은 무엇인가?"

귀아는 황후의 눈치를 살피며 웃기만 하고 말하지 않았다. 황제도 워낙 눈치가 빠른 사람인지라 이 광경을 보고 손을 뺀 뒤에, 더 묻지 않았다.

그러자 좌우에서 말했다.

"저기 새로운 구경거리가 있습니다."

황제와 황후가 다시 섬돌로 나가 영선교 쪽을 바라보니 다리 위에 깃발과 창이 짝을 지어 앞에서 무리를 이끌었다. 말 위에는 십여 명의 머리를 틀어얹은 여인들이 소매가 좁은 짧은 저고리를 입었는데, 아쟁을 타거나 거문고를 뜯었다. 어릿광대는 소고를 치며 간드러진 목소리로 노래하면서 재간을 뽐낸다고 촐랑대고 가볍게 박판을 치는 사람은 그 목소리가 청아했다. 그 뒤에는 머리를 틀어얹은 두 쌍의 여자가 각기 비파를 안고 말 위에서 노래를 부르며 전한(前漢) 시절 왕소군(王昭君)으로 분장한 사람을 에워싸고 들어왔다.

왕소군은 머리에 금빛 장식을 양쪽에 갈라 꽂았고, 금빛 은명주 수건으로 이마를 동여맸다. 또 담비갓 목도리로 목을 감고 오색영롱한 옷차림에 손에 비파를 들었다.

한참 구경에 정신을 팔고 있을 때, 하부인이 올라와 인사하기에 양제가 물었다.

"저 왕소군으로 분장한 미인은 설야아가 아닌가?"

"그렇습니다."

하부인이 비파를 안고 연주하는 네 명의 여인을 가리키며 말했다.

"저들은 한준아와 묘랑, 그리고 타랑과 아랑입니다. 폐하께서 그들을 불러 올려 노래를 부르도록 하시겠습니까? 아니면 먼저 기마술을 보시겠습니까?"

양제가 빙긋이 웃으며 말했다.

"말을 잡고 저렇게 걷기만 하면서 기마술이라니?"

양부인이 말했다.

"저들은 다 설야아의 도제(徒弟)들입니다. 그간 틈이 나는 대로 어원에 있는 마구간의 말을 끌어내다가 늘 익혔습니다."

옆에 있던 번부인이 말했다.

"기마술이야 원보아를 으뜸으로 쳐야죠."

이때 원보아와 주귀아가 궁녀 복으로 갈아 입고 옆에 서있었다.

황후가 보아를 보고 귀띔했다.

"너도 말을 다룰 줄 아니까 한번 솜씨를 보이렴."

양제가 좋아하며 손뼉을 쳤다.

"참 좋은 생각이오. 짐이 전날에 배구(裵矩, 人名)를 시켜 서역의 오랑캐한테서 명마 한 필을 사오게 했소. 아주 올골차게 생겼으니 보아가 탄다면 아주 잘 어울릴 것이요. 끌어왔는지 모르겠군."

시종이 아뢰었다.

"여기에 대기해 놓았습니다."

"좋아, 끌어오너라."

시종들이 검은 털의 오추마(烏騅馬)를 끌고 왔다.

보아가 조금 부끄러워하며 말했다.

"제 기마술이 익숙하지 못하더라도 폐하와 황후께서는 웃지 않으시기 바랍니다."

보아는 신발 코에 봉황의 머리를 수놓은 궁혜(弓鞋)를 신었고, 봉황을 수놓은 허리띠를 질끈 동여맸다. 그런 다음 말에 다가서

서 백설 같은 하얗고 가는 손으로 금칠한 말안장을 부여잡고 오른손에 실로 꼰 말 채찍을 잡은 채, 등자도 밟지 않고 날렵하게 몸을 날려 안장에 훌쩍 올라탔다.

양제가 보고서 매우 흡족해하며 말했다.

"말에 오르는 자세가 여간 내기가 아니구만!"

하부인이 내려가 먼저 기마술을 보이고 올라와서는 노래를 부르라는 황제의 말을 전했다. 황제는 수종을 시켜 용봉으로 장식한 의자를 옮겨오게 한 뒤, 황후와 함께 섬돌 가장자리에 나가 앉았다.

여러 부인들도 양옆으로 갈라 앉았다.

원보아가 말을 타고는 쏜살같이 달려나갔다. 여러 사람들이 모여 있는 곳에 이르러 몸을 획 돌렸다. 그리고 말을 타고 주악을 연주하는 궁인들을 거느리고 숲속을 빙빙 돌았다.

그때 황제가 풍악 소리를 듣고 말했다.

"이상한 걸, 저들이 부르는 노래가 짐이 지은 〈청야유곡〉이 아닌가? 무슨 곡이길래 저토록 귀에 익을까?"

그러자 사(沙) 부인이 사실을 이야기했다.

"하부인이 그들을 변방으로 나가는 소군으로 분장시켜 밤을 새워 변방 요새 풍경을 노래한 〈새외곡(塞外曲)〉을 짓고 익숙히 노래 부를 수 있도록 그들을 가르쳤습니다. 그래서 아주 듣기 좋은 것 같습니다."

황제는 깊이 도취되어 대답할 겨를도 없이 두 손가락을 펴들고 공중에다 숱한 동그라미만 그렸다. 바로 그때 120기의 말을 탄 궁녀들이 열을 짓지 않고 마치 사방에서 몰려드는 오색구름마냥 혼잡한 상태로 한참 서남쪽으로 곧게 달려가더니 커다랗게 원을 그리며, 왕소군을 가운데 놓고 빙 둘러쌌다. 악기는 궁인들에게 넘겨주고 쌍쌍이 말에 채찍을 가하며 동북쪽 모퉁이에 이르러 멈춰섰다.

뛰어난 재주는 아니지만 보기 흉하지도 않았다. 여러 사람들이 다 달려간 후에 서쪽 모퉁이에는 말을 탄 왕소군과 원보아 두 사람만 남았다. 보아가 먼저 몸을 말 옆쪽으로 기울이더니 고삐도 쥐지 않고 두 손으로 실 채찍을 높이 쳐든 채, 좌우측을 보면서 온갖 마상 재주를 다 보이면서 달려갔다.

황제와 황후가 한창 구경하고 있을 때, 왕소군으로 분장한 사람이 번개같이 날쌔게 질주했다. 말과 사람을 분간 못할 정도로 빠른데, 위쪽은 오색구름 같고, 아래쪽은 백설 같은 것이 달려오더니 보아가 탄 말의 엉덩이에 채찍을 때리며 함께 동쪽으로 달려갔다.

그리고는 원보아가 몇 기를 거느리고 천천히 서쪽으로 갔다. 동쪽에 남은 절반의 인마는 왕소군과 함께 서있었다. 갑자기 징이 울리자, 양쪽에서 마치 제비가 꽃밭을 누비듯이 말 두 마리가 동서에서 마주 달려왔다. 그리고 또 서너 쌍이 달려간 뒤에, 원보아와 설야아가 각기 동서에서 달려 나와, 한 발은 등자를 딛고, 한발은 허공에 드리운 채 반신을 말에 기대었다. 한 손은 안장을 틀어 쥐었지만, 다른 한 손에는 채찍을 높이 치켜들고 마주 달려 나오다가, 중간에 이르자 둘 다 동시에 몸을 솟구쳤다.

황제는 누가 말에서 떨어졌을까 가슴이 철렁했는데, 뜻밖에 그들은 어느 새 말을 서로 바꾸어 타고 달려갔다. 황제는 이 광경에 감탄하여 크게 손뼉을 치며 좋아 소리쳤다.

"정말 멋지다! 참으로 장관이야!"

황후와 여러 부인들, 그리고 모든 궁인들도 절찬을 아끼지 않으며 혀를 내둘렀다.

설야아가 여러 미인들이 말에서 내리기를 기다렸다가 그들을 거느리고 하대석에 올랐다.

황제와 황후가 몸을 일으키자, 진부인이 황제를 보고 말했다.

"조금 있으면 저들이 부르는 〈새외곡〉을 들으시면, 폐하께서 황홀경에 빠져 넋을 잃지 않을까 걱정이 됩니다."

황제가 무슨 대꾸를 하려 할 때, 설야아가 한 무리를 거느리고 올라와 인사했다.

황제가 손을 들어 저지하면서 설야아의 분장 모습이 왕소군과 흠잡을 데 없이 똑같다고 칭찬하면서 두 손으로 설야아를 부여잡고 속삭이듯 말했다.

"귀염둥이야! 너한테 이런 재주가 있는 줄은 정말 몰랐구나. 황후가 이번 놀이에 데리고 나오지 않았더라면 천년이 지나도 모를 뻔했구나!"

황제는 사람을 시켜서 옥토끼 장식이 달린 자기의 금부채를 가져 오게 해서는 설야아에게 하사했다. 설야아가 사은하며 받자 황후가 물었다.

"왜 원보아는 안 보이는가?"

양부인이 황후의 등 뒤를 가리키며 말했다.

"황후마마의 뒤에 숨었나이다."

황후가 돌아서서 웃으며 칭찬했다.

"얼마 동안 배웠길래 말 타는 재주가 그토록 뛰어났는가? 참! 상을 줘야지."

황제가 그 말을 듣고 허허 웃으며 받았다.

"짐이 편애하는 건 아니야. 가만 있자, 뭘 주나? 그렇지! 짐이 황후한테 한 가지 빌리면 되지."

그 말을 듣고 황후가 재빠르게 머리에서 용두 금비녀를 하나 뽑아 황제에게 넘겨주니, 황제가 그 자리에서 그것을 보아에게 하사하였다. 보아는 황제에게 사은하지 않고 돌아서서 황후에게 사은했다.

황후가 붙들어 세우자, 양제가 웃으면서 원보아를 꾸짖었다.

"이 어린아이가 참, 앙증스럽구나."

설야아와 여러 부인들이 비파를 가져다 노래를 부르려고 하자, 양제가 말렸다.

"잠깐! 궁인을 시켜 꽃을 수놓은 주단을 가져오게 하여, 정자 안에 깔아라. 그리고 꽃방석과 낮은 상을 가져다가 연석을 준비하라.”

좌우 시위들이 황제의 명에 따라 모두를 준비했고, 곧 마쳤다
는 보고가 들어왔다.

황제와 황후는 정남을 바라보고 자리에 어깨를 나란히하고 앉
았다. 동서 양쪽에는 자리가 넷씩 있었는데, 십육원의 부인들과
원귀인이 모두 꽃방석에 나뉘어 앉았다.

양제는 다시 궁인을 불러서 가운데에 자리 두 개를 더 마련하
게 하고, 소군으로 분장한 미인을 앉히고 마주보는 자리에 여러
미인들이 둥그렇게 무릎을 포개고 앉게 했다.

황제가 말했다.

“오늘 밤은 전에 비해 흥취가 더 도도하구나! 황후와 여기 모
인 모두가 통쾌하게 마시지 않을 수가 없다. 먼저 술을 몇 잔 마
시고 노래를 부르면 더 운치가 있을 것이다.”

모두가 웃고 떠들며 먹고 마시었다. 설야아 등이 비파를 안고
대기했다.

“짐이 지은 〈청야유곡〉은 방금 여러 원에서 영접할 때 여러 번
들었다. 그러니 하부인이 지은 〈새외곡〉만 부르면 된다.”

그러자 하부인이 말했다.

“그럴 수는 없습니다. 꼭 폐하께서 지으신 노래를 먼저 불러야
합니다.”

그러자 황제가 말했다.

"짐의 노래는 뒤로 미루도록 하라."

그리하여 여러 미인들은 목청을 가다듬고 구름도 멈춰 서게 하는 가락을 뽑기 시작했다. 제일 먼저 왕소군으로 분장한 미인이 한 가락을 뽑으니 비파를 안은 네 사람이 화답하는 노래를 불렀다. 그 첫 곡은 〈분접아(粉蝶兒), 나비〉였다.

군왕께 백배를 올리네.	(百拜君王)
제가 여기서 군왕께 백배합니다.	(俺這裡百拜君王)
저를 이역에 묻어준 사례입니다.	(謝伊把人骯髒)
나라와 땅을 지킬 생각도 없이,	(沒些兒保國開疆)
어린 부녀자 하나, 후궁 하나를,	(卻敎奴小裙釵, 宮闈女)
늙은 선우(單于)[95] 한테 시집보냈네.	(向老單于調簧)
온갖 수심을 연인의 수심을,	(萬種愁腸, 敎人萬種愁腸)
마상 비파로 쏟아냅니다.	(卻付與琵琶馬上)

---

95 선우(單于)─흉노왕의 칭호. 선우의 성은 攣鞮氏(연제씨)인데, 그 나라에서는 선우를 부를 때 "撑犁孤塗單于(탱리고도선우)"라 한다. 흉노에서는 하늘을 '撑犁(탱리)', 아들을 '孤塗(고도)'라고 하였는데, 單于(선우)란 광대한 모양으로 그 모습이 하늘과 같이 광대하다는 뜻이다. 左, 右賢王과 左, 右谷蠡(우녹려)와 좌우 大將, 좌우 大都尉, 좌우 大當戶(대당호), 좌우 骨都侯(골도후)를 두었다. 흉노에서는 현명한 것을 '屠耆(도기)'라 하였기에 태자를 左屠耆王(좌도기왕)이라고 하였다. 좌, 우현왕으로부터 좌우 대당호에 이르기까지 강한 자는 1만여 기병, 작은 자는 수천을 거느렸다.

두 번째 곡은 〈눈물진 얼굴로 돌아보다(泣顔回)〉였다.

고개 돌려 부모 생각하네,	(回首望爺娘)
고개 숙여 넘은 산이 얼마였는가,	(抵多少陟紀登岡)
규방에 구슬처럼 지내다가,	(珠藏閨閣)
언제 길에서 노숙을 했던가?	(幾曾經途路風霜)
애당초 망상이었지.	(是當初妄想)
분에 넘친 영화를 바라며	(把緹縈不合門楣望,)
황후 자리에 오르길 기대했었네.	(熱騰騰坐昭陽,)

여러 미인의 목소리는 흥에 겨웠고 고저와 장단이 조화로웠다. 설야아는 이런 처량하기 짝이 없는 가락을 청승맞게 불러 비파 소리와 어울리게 했다. 한가락 뽑고는 비파로 반주했다. 비파 뜯는 소리에 사람들이 귀를 가다듬는데 나무에 올라 잠들었던 새들이 깨어나 재잘거렸다. 양제는 너무 기뻐서 칭찬과 감탄할 말을 찾지 못했다. 그냥 "통쾌하다"라는 말만 거듭하며 커다란 뿔잔으로 거듭 기울였다. 양제의 얼굴에서 웃음이 가시지 않았다.

황후가 하부인을 보고 말했다.

"노래 가운데 부모들의 분에 넘친 기대를 빌어 자기 신세를 읊었는데, 그 구성이 슬기롭고 절묘하도다. 세 번째 곡은 무엇인가?"

"〈석류화(石榴花)〉입니다."

적막한 장문궁에서 원앙새 시샘하고,　(卻敎我長門寂寞妬鴛鴦)

꽃병풍 공방에 잠드는 가련한 신세.　(怎憐我眠花夢月守空房)

황실의 은혜라 말하지 마시오.　(漫說是皇家雨露)

삭막한 만 리 변방에 가는 신세라.　(翻做個萬里投荒)

당당한 한(漢) 천자의 법도를 비웃다니,　(笑堂堂漢天子是什麽綱常)

아무리 주유(周瑜)⁹⁶가 묘계를 내어도,　(便做妙計周郞)

옥문관 장수의 배려만 못하다오.　(也算不得玉關將帥功勞賬)

애써서 이리저리 고생하나니,　(這勞勞攘攘)

---

96 周瑜(주유, 175－210年, 字는 公瑾)－瑜는 아름다운 옥 유. ‘周郞’이
라는 애칭으로 불렸다. 廬江郡(여강군) 舒縣(서현) 사람(今 安徽省
合肥市 廬江縣). 적벽의 싸움(赤壁之戰)은 以少勝多한 전쟁으로
유명한데, 그 주인공 주유는 적벽대전 2년 뒤에 36세로 죽었다. 주
유는 魯肅(노숙), 呂蒙(여몽), 陸遜(육손)과 함께 四大都督로 불린다.
주유는 군사작전에서 대성공을 거둔 만큼 총명, 겸허하고 氣量(기
량)이 관대했으며 상모(相貌)가 당당하고 특히 음률(音律)에 정통하
였다. 손책과 주유는 동갑인데, 손책의 생일이 주유보다 한 달 빨
랐다. 두 사람은 아주 가까운 친우로 義同斷金하며 同壻(동서)였
고, 주유는 손권의 절대적 신임을 받았다. 부인 小橋(소교) 역시 國
色(국색)이었기에 많은 사람들의 존경과 추모를 받았으며 英雄의
형상으로 남았다. 北宋 대문호 蘇軾(소식)의 詞(사) 〈念奴嬌(염노
교) · 赤壁懷古(적벽회고)〉(1082) 명작 속에 살아있다. 《三國演義》
에서는 제갈량의 재덕이 탁월한 것을 강조하기 위하여, 주유를 제
갈량과 경쟁하고 질투하는 속이 좁은 인물로 묘사하였다. 正史
《三國志 吳書》9권, 〈周瑜魯肅呂蒙傳〉에 입전되었다.

미칠 듯 북쪽을 달리는 말발굽!　　　　(馬蹄兒北向顚狂)

어쩌다 장양궁에서 밀렸나니　　　　　(怎似冷落長楊)
교하에 울리는 호가소리 듣는다.　　　(聽胡茄一聲聲交河上)
말할 수 없나니 신발에 떨어지는,　　 (不白入靴尖)
끝없는 눈물을 밟고 가노라.　　　　　(踏破淚千行)

네 번째 곡은 〈황룡곤(黃龍滾)〉이었다.

흉노 좌현왕(左賢王)이 외로운 나를　　(愁一回塞上賢王)
불쌍한 내 모양을 가엽게 여기려나.　(肯惜伶仃模樣)
그날 궁궐서 황제 뵙던 때 생각하니, (思那日朝中君相)
차버리고 참혹하게 슬퍼하던 모습을, (慘撤下別時惆悵)
갑자기 백초황화가 먼길에 가득했다. (閃得人白草黃花路正長)
그들이 거기서 구름 같은 진을 치고　(他那裡擺雲陣)
화장을 한 나를 맞이하네.　　　　　　(迓紅妝)
떠들며 먼지 일어 눈물을 가려주나니, (鬧喳喳塵迷眼底)
울적한 마음 두 눈 사이에 어렸네.　　(悶懕懕愁添眉上)

　이때 양제는 노래를 들으면서 저도 몰래 심란한 마음을 건잡을
수 없었다. 귀를 기울여 듣노라니 비몽사몽간에 황후와 여러 부
인들이 모두 눈물을 훔치며 한숨 짓는 모습이 눈에 들어왔다.

양제가 작은 소리로 물었다.

"무엇 때문에 눈물을 흘리오? 노래를 듣고도 이 지경인데 정말 그런 처지에 빠진다면 어쩔 셈이오?"

황후가 대답했다.

"폐하께서 전날에 후(侯) 부인이 죽은 연고로 조정 신하를 한 사람 단죄하여 사약을 내렸습니다. 폐하께서는 경국지색 궁인은 그만두고서라도, 평범한 궁녀 한 사람이라도 쉽사리 남에게 넘겨 주려고 하지 않을 것이지요?"

그러자 황제가 손을 흔들었다.

"쉿, 노래를 들읍시다."

그 다음 곡은 〈소도홍(小桃紅)〉이었다.

꿈 속에 고향 가보고,	(到家鄉只夢中)
꿈속에 황제 뵈었네.	(見君王只夢中)
내일은 천막서 부딪기니,	(明日裡捱到穹廬)
살아서 돌아갈 길 막혔고,	(料道今生怎得歸往)
암담한 마음, 비파를 탄다.	(情黯黯撥亂宮商)
그 뉘가 천생연분을 믿겠나요?	(姻緣誰信這三生帳)
오로지 화친을 바라지만,	(但願和親)
태평을 영원히 누리시오.	(保太平永享)

그리고 후렴이 이어졌다.

화친하려는 한(漢) 황제가 부끄럽나니,   (羞殺漢庭君和相)

처첩에게 준 이불이 부끄럽도다.   (枉把妻拏拖衾帳)

수 대황(隋 大皇)과 어이 비교하리오?   (怎比得大皇隋)

위엄 명성 만세에 떨쳐 가리라.   (威名萬載揚)

이윽고 비파 다섯이 동시에 연주하는데 바람이 풍경을 흔들 듯, 폭풍의 모래가 종을 후려치듯 세차게 울리다가 일시에 소리가 끊어졌다.

양제가 일어나 하부인을 보고 말했다.

"참! 절묘하구나! 노래의 끝머리에 가서 뜻을 밝혀 놓았으니 여러 부인들의 총명한 재질이 더욱 빛나는 것 같다."

"촌티를 벗지 못한 가락에 불과한데, 과분한 치하를 감당하기 어렵습니다."

그러자 소후가 거들었다.

"이 노래의 가사는 어디 한 글자도 고칠 데가 없고 빈틈이 없습니다. 더욱 이 사람들이 익숙하게 배워낸 덕분입니다. 하룻밤 사이에 그렇듯 뛰어난 기교로 황홀경에 이르도록 연습하였으니 칭찬 들을 만합니다. 가사를 듣고 보면, 폐하의 깊은 정을 모두가 더더욱 실감하게 되죠. 폐하께서 그 노고를 헤아려 상을 내리지 않으면 아니될 것 같습니다."

"물론 짐이 다 마음으로 계산하고 있소!"

그러자 원보아가 황제를 보고 생글거리며 말했다.

"폐하의 마음속 어느 구석을 말하십니까?"

그러자 황제가 농조로 원보아를 꾸짖었다.

"망할 계집이 서두르기는! 좀 있다 된 맛을 보여줘야겠다!"

여러 부인들이 일제히 웃으며 일어나 분장하느라 입었던 옷을 궁중 의복으로 갈아 입었다. 그리고는 의연히 제자리에 앉아 악기로 〈청야유곡〉을 연주하려 하자, 황제가 손을 흔들며 제지했다.

"더 이를 데 없이 훌륭한 음악을 들었으면 끝이라고 옛사람이 말했다. 다른 음악이 있더라도 짐이 더 원하지 못하겠다. 그러니자! 이제! 너희 모두, 큰 잔으로 통쾌하게 마셔라!"

황후가 말했다.

"달이 벌써 졌으니 모두들 이제 회궁할 준비를 해야지!"

황제가 시종한테 명령했다.

"만화루(萬花樓)에다 재차 연회석을 차려라! 여러 궁인들은 말을 타든 걷든 다 제각기 붉은 등불 초롱을 하나씩 들고 만화루를 향하여 두 줄로 줄을 지어 들어오라! 한 줄은 황후를 따라 산의 앞길로 나아가고, 다른 한 줄은 짐을 따라 산의 뒷길로 오너라!"

분부를 마치고 얼마 지나지 않아 밖에는 이루 다 셀 수 없는 붉은 등불이 밤하늘의 뭇별마냥 줄지어 흘러갔다. 섬돌 앞에 아른거리는 불빛이 천지사방에 불꽃을 이루어 눈부신 빛을 내고 있었다. 황제와 황후는 제각기 연에 올랐다.

여러 부인들과 귀인, 미인들도 일제히 말을 타고 천천히 나아갔다. 얼마쯤 갔을 때, 황후가 연거에서 몸을 돌려 바라보니, 부인들과 미인들이 모두 뒤따르고 있어, 연거를 멈추게 하고 미인들을 보고 말했다.

"여러 부인들이 모두 날 따라오면 안 된다. 폐하의 어연을 따라가야 마땅한 일이 아니겠는가? 무슨 영문으로 나만 옹위하고 따르는 것인가? 폐하께서 한 사람도 시중 들지 않는 걸 보시면, 그대들을 탓하기 전에 내 탓이라 하지 않겠나? 그러니 어서 가서 폐하를 옹위하도록 하라! 공연히 폐하의 비위를 마음 상하게 하지 말라!"

여러 부인들이 일제히 말했다.

"마마의 말씀이 지당하십니다."

여러 미인들은 어정거리다가 황후의 거듭되는 재촉에 못이겨 말머리를 돌려 황제가 간 방향으로 달려갔다. 이때 황제는 시종들의 옹위를 받으면서 산 뒷길을 따라가고 있었다. 그는 여인들을 아주 살뜰히 보살피는 사람인지라 황후가 나무라는 것이 두려워 할 수 없이 모두들 황후를 뒤따라갔으리라고 생각했다. 그래서 마음에 새겨 두지 않고 연거에 앉았지만 끝내 번거로운 생각이 가시지 않자 연거에서 내려 말을 갈아타고 산길을 돌아서 갔다. 이때 산 중턱에서 붉은 등롱을 든 말 하나가 달려오는 것이 보였다. 황제가 바라보니 다름 아닌 타랑이었다. 타랑이 다급히 말에서 뛰어내리려 하자, 황제가 그녀의 손을 붙잡고 물었다.

"입술만 까진 조그만 애야! 도둑고양이처럼 어디 갔다 이제 오느냐?"

"폐하! 저는 날씨가 쌀쌀한데다 옷마저 너무 얇아서 집에 돌아가 옷을 더 껴입고 쫓아오는 길입니다."

황제가 농담처럼 꾸짖었다.

"이 어린 촉새를 어쩌겠나? 그래 짐이 어느 때 너희들을 따뜻이 보살피지 않은 적이 있어서 그렇게 말하는가?"

이에 타랑이 웃으며 대답했다.

"소첩이 방금 보아한테 들었습니다. 폐하께서 귀아의 몸을 쓰다듬으며 그렇듯 귀여워했다고 말했습니다. 그래서 폐하를 웃기려고 한 말이니, 탓하지 마십시오. 그런데 황후마마와 여러 부인들은 지금 어디로 가셨습니까?"

"너와는 하등 관계가 없으니, 짐과 함께 가면 그만이야! 너한테 물어볼 말도 있으니 말이다."

이리하여 두 사람만 나란히 말을 타고 가게 되었다.

"한 가지 물어보자. 귀아의 팔은 왜 싸매었나?"

"폐하를 위하느라 그 팔이 그렇게 되었는데, 아직 모르셨나이까?"

"짐을 위해서라니? 그게 무슨 얘기더냐?"

"저는 여쭈지 않겠습니다. 폐하께서 직접 귀아한테 물어보십시오."

"네가 지금 말하지 않는다면 나는 화가 날 것 같다."

타랑은 하는 수 없이 황제가 정신을 잃고 누워계실 때, 귀아가 슬픔에 잠겨 울었고, 여러 부인과 미인들이 하늘에 수명을 감수하더라도 병환을 낮게 해달라고 빌었던 일과, 귀아가 살 한 점을 베어내 몰래 약과 함께 달여서 황제에게 올려, 쾌차하게 했던 일을 모두 다 말했다.

타랑의 말이 채 끝나기도 전에 뒤에서 7, 8필의 말이 등불을 든 채 따라오는 소리가 들렸다. 황제가 얼른 돌아다보니 한준아 등 미인들이었다.

"너희들은 어쨌다고 새삼스레 쫓아오는가?"

설야아가 웃으며 아뢰었다.

"황후께서 폐하가 외로워하실까 걱정하시어, 저희들을 보내 어가를 모시게 했습니다."

그러자 주귀아가 숨을 헐떡거리며 말했다.

"제가 폐하께서 틀림없이 산 뒤쪽 소로로 갔을 테니 큰 길로 갈리 없다고 여쭈었으나, 이 모자란 애들이 어찌나 고집을 세우는지, … 얼마나 헛걸음을 했는지 모르겠어요."

그러자 원보아가 마상에서 깔깔거렸다.

"그렇다면 너희들은 먼저 앞으로 달려가라!"

황제는 분부하면서 한 손을 귀아의 어깨에 올려놓으며 말했다.

"너는 달리기 어려우니 천천히 숨을 돌려 짐과 함께 가자꾸나."

여러 미인들이 분부를 받자, 귀아를 남겨 놓고 말을 달려 앞으로 나갔다. 황제는 여러 미인들이 저 멀리 달려 나간 것을 보자, 말고삐를 당겨 귀아의 몸 가까이 바싹 다가서서 작은 소리로 속삭였다.

"어서 짐의 말에 옮겨 타거라. 할 말이 있다."

귀아가 안장에서 벗어나 한편으로 기우뚱하자, 황제가 두 팔로 귀아를 안아서 말 위에 편안하게 앉게 했다. 그러자 귀아는 자기의 말고삐를 궁인한테 넘겨 주었다.

황제는 귀아를 보고 말했다.

"짐은 귀아가 그렇듯 짐을 생각하고 있다는 사실을 몰랐다. 타랑이 귀띔해 주지 않았더라면 너의 깊은 사려를 저버릴 뻔했다."

"폐하의 크나큰 은혜를 입었으니, 제 목숨을 죽여도 아깝지 않거늘 그런 하잘 것 없는 일이야 입에 올릴 바가 못 됩니다. 타랑이 경솔한 것입니다. 제가 그렇게 당부하였건만 끝내 폐하께 여쭈어 알게 하였습니다. 이제 폐하께서 아셨으니 더는 말씀하시지 마십시오. 일단 소문이 새어 나가면 황후마마와 부인들은 제가 총애를 받고자 얕은 수를 부렸다고 말합니다."

"후궁에 많은 여인이 있다고 하지만 짐이 보건대 일시적 흥을 돋우는데 불과하다. 귀아가 짐을 진실로 사랑하는 것과는 비길 수 없는 일이다. 짐이 당장 귀아를 발탁시켜 준다면 여러 사람들의 시샘을 받아 불안해할까 걱정이다. 짐의 몸에 지니고 다니는 이 옥패는 조상 때부터 물려내려온 가보로서 그 값이 천금이 넘는다. 이것을 짐이 너에게 줄테니 잘 간수하거라."

황제는 허리에서 옥패를 풀어, 귀아에게 넘겨주어 지니게 하고 덧붙여 말했다.

"짐이 죽은 후에라도 귀아는 젊음이 아직 남아있겠으니, 짐이 유언을 남겨 출궁시키고 훌륭한 사람을 찾아 평생을 잘 살도록 보장하겠노라."

귀아가 이 말을 듣자, 재빨리 소매 안에 간수했던 옥패를 꺼내며 아뢰었다.

"폐하께서 그런 말씀하시면 저는 이를 받을 수 없으니, 이 보물을 돌려 드리겠습니다."

"어째서?"

"소첩이 듣기로는, 충신은 불사이군(不事二君)하고 열녀도 불경이부(不更二夫)라 하였거늘, 소첩이 비록 비천하다 하여도, 이런 대의야 잘 알고 있습니다. 폐하께서 젊음이 한창 흘러 넘치는 건 잠시뿐이라고 말씀하시어도, 또 백 년 후에 붕어하시더라도 소첩이 다시 구차히 삶을 영위하면서 목숨을 부지하려고 한다면 내세에서라도 영원히 사람으로 태어나지 못할 것이옵니다."

말을 마치자 눈에서 눈물이 줄줄 흘렀다. 그녀가 격동되어 말하는 것을 보고 황제도 눈물을 뚝뚝 떨구며 말했다.

"미인이여! 그대가 그렇듯 충성스럽고 대의에 밝으니, 짐은 그대와 내세의 부부로 맺어지기를 바라노라!"

그리고는 하늘에 대고 맹세했다.

"대수(大隋)의 천자 양광(楊廣)과 미인 주귀아(朱貴兒)는 깊은 정으로 사랑을 맺었다. 저 하늘의 달과 별이 이를 증명하리니, 맹세를 어기는 날이면 사람으로 태어나지 못하고 황천에 매몰되어도 달갑게 받아들이리라."

황제가 맹세를 다지는 것을 보고 주귀아는 황망히 말에서 뛰어내려 땅에 부복하고 맹세하는 말을 다 들은 뒤에 하늘에 대고 맹세했다.

"황천은 알아주옵소서, 주귀아가 내세에 만약 대수 천자와 함께 원앙금침에 들지 않는다면 귀신으로 남아 해를 볼 수 없으리라 맹세하나이다."

황제가 손으로 귀아를 부축해 말 위로 끌어올리려 하는데, 설아아가 급급히 말을 휘몰아오면서 아뢰었다.

"황후께서 벌써 입궁하셨고 여러 부인들은 다 경명원 문 앞에서 어가를 기다립니다."

"황후는 무슨 연고로 먼저 입궁했는가?"

"폐하께서 가보시면 곧 알게 될 것이옵니다."

얼마 지나지 않아 경명원에 도착하니 여러 부인들이 아뢰었다.

"폐하께서 왜 이렇게 늦었사옵니까? 방금 황후마마와 첩들이 먼저 도착하여 함께 만화루에 올라가 어가를 기다리며 연회에 참석하려 하였사온데 난데없이 귀신 바람이 휘몰아쳐 창문을 부수며 촛불을 몽땅 꺼버렸나이다. 그런데 폐하께서 오시지 않으니 두려운 생각이 들어 첩들 보고 여기서 대기하라 분부하고는 회궁하였습니다."

황제는 이 말을 듣고 괴상하다고 여겼다. 속으로 영휘원에 가서 주귀아와 동침하려 했으나, 이 말을 들은 후, 혹시나 황후가 성내지 않을까 염려되어 연거에 앉아 회궁하는 수밖에 없었다. 여러 부인들도 제각기 자기 원으로 돌아갔다

다음에는 무슨 일이 일어나겠는가? 알 수 없으니 다음 회를 읽어 보시라!

관문전에서 우세남은 조서를 짓고, 애련정에서 원보아는 자살을 꾀하다.(觀文殿虞世南草詔, 愛蓮亭袁寶兒輕生.)

노래하기를,	詞曰,
이어진 여흥에 연정도 싫지 않나니,	(餘興未闌情未倦)
입조하여 관심사를 이야기 하네.	(朝來問說關心)
온갖 쾌락을 마음껏 말하고,	(萬千樂事論縱橫)
재주 많다고 자랑하려 했지만,	(欲誇己才富)
글을 지었으나 끝내 마치지 못하네.	(落筆竟難成)
문신의 좋은 글재주 부러워하니,	(堪羨詞臣文藻盛)
미인이 읽고 노래를 부른다.	(佳人注目留吟)
무단히 연못에 투신하여 죽으니	(無端池畔去捐生)
생각하면 마음이 찢어질 듯,	(相看心欲碎)

살을 맞대고 아내를 부르네.　　　　　（貼肉喚卿卿）

　　— 곡조 〈임강산〉　　　　　　　— 調寄 〈臨江山〉

　양제는 큰 사업을 이뤄내기를 좋아했고 매사에 자신의 재능을
믿고 자랑하였다. 결국 양제는 만이(蠻夷)들을 정복하겠다는 조
서를 지으려 했지만, 자신의 재능이 부족함을 스스로 느꼈다. 그
런가 하면 천성이 약간 우매한 원보아는 가슴을 찌르는 농담 한
마디에 감정이 상해서 자살하려고 했다. 이를 본다면, 진실한 재
능과 감정은 감출 수가 없는 것이다.

　황제와 황후는 고요한 밤이면 마음껏 유람을 즐겼는데, 아마
역대의 황제 어느 누구도 그런 즐거움을 맛보지 못했을 것이다.
오경이 되어 환궁해서 황후와 함께 침소에 들었다가, 다음 날 점
심 때가 지나 일어나면서도, 지나간 여흥을 못내 아쉽게 생각했
다.
　어젯밤, 말 위에서 주귀아와 함께 하늘에 맹세하고 그녀와 나
누던 달콤한 정경을 생각할 때마다 그녀에게 특별한 애정을 느꼈
다. 그러면서 평소에 두터운 은택을 베풀지 못한 자신을 되돌아
보기도 했다. 또 밤에 그녀를 뒤로 하고 환궁한 일을 생각하니 애
틋한 마음이 들었다. 그래서 황제는 마음속으로 '오늘은 황후의
어원으로 가지 않을거다. 그리고 영휘원에 찾아가서 주귀아와 한
껏 즐겨야지.' 라며 생각하고 있는데 내감이 들어와서 말했다.

"보림원 사(沙) 부인께서 어젯밤, 지나치게 말을 많이 탄 뒤에 원으로 돌아가 쉬는데, 심한 복통이 일어났습니다. 그러다가 마침내 유산하셨는데, 태아는 남자아이였습니다. 지금 부인께서 몹시 허약하여 신기가 혼미하여서 소인더러 상주하라 했습니다."

그 말을 듣자, 황제는 크게 놀라며 말했다.

"애석한 일이다. 어젯밤에 부르지 말았어야 하는데, 내가 잘못했구나!"

그리고 태의인 소원방(蕭元方)을 불러다가 부인을 치료하라고 명령했다. 황후도 듣고 탄식하면서 궁인을 보내 문안하게 했다. 아침을 마친 황제는 교자를 타고 보림원으로 가다가 중서시랑(中書侍郎)인 배구(裴矩, 1회 주석 참고)를 만났다.

배구는 여러 속국에서 조공하며 올린 문서를 상주했다.

"북쪽으로는 돌궐(突厥),[97] 서쪽으로는 고창(高昌)[98]을 비롯한 여러 나라가, 남쪽으로는 계산(溪山)의 추장에 이르기까지 모두

---

97 돌궐(突厥, 터키어로 Türk) ─ 유럽과 아세아 대륙에 걸쳐 생활하는 돌궐어를 사용하는 종족. 흉노족의 별종. 오늘날 土耳其(터키)인들이 그들의 직계 후예로 알려졌다. 돌궐한국(突厥汗國)을 세운 종족. 돌궐한국은 서기 552년에 건국되어 서기 583년에 동돌궐과 서 돌궐로 분열하였다. 동돌궐은 서기 630년에 당에 멸망했고, 서돌궐은 657년에 당에 의해 멸망했다.

98 고창(高昌, 위구르어로 Qocho) ─ 今 신강성(新疆省) 투르판시(吐魯番市) 일대에, 5─7세기 중엽에 존속했던 나라. 당 정관 연간(640년)에 고창현을 설치했었다. 《新唐書 · 高昌傳(고창전)》이 있다.

입조했습니다만, 유독 고구려(高句麗) 왕 고원(高元)⁹⁹은 그들이 강성하다고 믿으며 입조하지 않았습니다."

그러자 황제가 대노하며 말했다.

"고구려는 바다를 사이에 두고 궁벽한 곳에 있지만 기자(箕子)¹⁰⁰가 봉(封) 받은 나라이다. 한(漢)과 진(晉) 이후 신하로서 중국을 섬긴 일개 군현에 지나지 않는다. 그런데 어찌 감히 제멋대로 처사할 수 있단 말이냐?"

"고구려가 믿는 것은 24개 도(道)가 있고, 요수(遼水, 遼河)와 압록강(鴨綠江) 그리고 패수(浿水, 灟水 / 淸川江)와 같은 험난한 지형 때문입니다. 고구려를 정벌하려면 수륙으로 병진해야 합니다. 지금 연해(沿海)의 일부 성벽이 무너졌는데 수리하지 못했습니다. 육로는 가능하겠지만 등래(登來)로부터 평양(平壤)까지는 바닷길이어서 배와 수군이 있어야 하고, 또 지모와 용맹을 겸비한 사람이 아니고서는 고구려를 정벌하기 어렵습니다."

황제는 잠시 생각에 잠겼다가 칙명을 내렸다. 우문술이 감독해서 전선(戰船)과 병기를 제조하게 하고, 또 그를 고구려 정벌하는 총수로(征高麗總帥) 임명하고, 산동행대총관 내호아(來護兒, 14

---

99 고원(高元) – 고구려 영양왕(嬰陽王, 26대 왕, 재위 590 – 618년), 平原王(평원왕)의 장자. 612년 수 양제의 침입 격퇴.

100 기자〔箕子, 子姓, 名은 胥餘(서여). 商朝의 宗室〕– 帝 文丁의 子, 帝乙의 弟, 帝辛〔제신, 紂王(주왕)〕의 숙부. 《論語 微子》에 미자(微子), 箕子(기자), 비간(比干)을 '殷의 三仁' 이라 했다.

회 주석 참고)를 부사(副使)로 삼았다. 나머지 장수와 보좌관은 우문술과 내호아가 직접 아무 곳에서나 데려올 수 있게 하고 지방 관리들이 막지 못하게 했다. 개선하는 날, 군사들을 승진시켜 상을 주기로 했다.

황제는 배구가 말한 연해 일대에 대한 일을 생각했다. 장성(長城)을 쌓는 일을 신하들과 토의하면서 직접 간쟁을 올려 저해하는 자가 있을까 걱정하여, 역시 그 자리에서 칙명을 내려 우문개(宇文愷)를 축성부사로 삼았다. 그리하여 서쪽으로는 유림(楡林)[101]에서 시작해서 동쪽으로 자하(紫河)에 이르기까지 허물어진 성곽을 다시 쌓게 했다.

분부를 끝마치자 배구가 성지를 전달하러 나갔고, 황제는 연을 타고 서원으로 갔다. 얼마 가지 않았는데, 수원(守苑) 태감(太監) 마수충(馬守忠)이 다가와서 아뢰었다.

"도호 이밀(李密)이 폐하를 배알하려고 기다리고 있습니다."

마숙모는 이미 운하를 개통시키고 회보하기 위해 홀로 동경으로 왔던 것이다. 황제는 편전에 들어가서 마수충더러 마숙모를 불러오게 했다. 마숙모는 승상(丞相)인 우문달(宇文達), 한림학사 우세기(虞世基)와 함께 들어왔다.

"신은 이미 광릉(廣陵) 하도를 개통시켰습니다.[102] 폐하께서 언

---

101 유림(楡林) ─ 今 內蒙古自治區(내몽고자치구) 중부 呼和浩特市(호화호특시) 관할 托克托(탁극탁) 서남. 黃河 북안.

102 수 양제의 대운하 ─ 중국의 남북을 연결하는 대운하는 전혀 새로

제쯤 순행하시겠습니까?'

운 물길을 뚫은 것이 아니고 기존의 자연하천과 호수를 준설하고 연결하여 운하를 만들어 활용한 대 토목공사였다. 사실 漢代(한대)에 이미 황하와 회수, 그리고 회수와 양자강이 이어져 있었고 長安에서 渭水(위수)를 잇는 수로가 있었지만 남북조시대에 이들 운하나 수로가 거의 막혀 있어 운하로서의 기능을 완전히 상실한 상태였다.

비록 자연하천을 최대한 이용했고 기존의 자취가 남아있었다지만, 1400년 전, 중장비가 없던 시절에 삽과 괭이와 인력만으로 폭 30-40m로 총 길이 2,400km의 대운하를 팠다는 점에서 경이로운 공사가 아닐 수 없다.

황하와 양자강을 물길로 연결시켜야 한다는 발상은 통치권의 강화와 황제의 유람, 그리고 고구려 원정을 위한 물자 수송이라는 복합적인 필요에서 시작되었다.

전, 후한 대에는 모든 정치와 군사, 경제의 중심은 낙양과 장안의 中原(중원)이었다. 그러나 吳(오)의 건국 이후 4세기에 들어와 강남 개발이 시작되었다. 그리하여 북에서 전란을 피해 남으로의 인구이동과 더불어 동진과 南朝(남조)를 거치면서 강남은 점차 경제의 중심으로 발전하였다.

그리하여 隋(수) 이후 唐代(당대)에는 '중국 부세의 9할이 강남에서 걷히는 상황(賦出天下 而江南居十九)'으로 바뀌었다. 따라서 수나라에서 강남 물자의 화북 운송은 경제적 효과 이외에도 정치적 군사적으로 꼭 필요했었다.

다만 이처럼 중차대한 큰일은 기이한 발상을 하고 그를 실천할 만한 무모하면서도 엉뚱한 통치자가 아니라면 할 수 없었다는 점을 인정해야 한다.

수 문제는 수도 대흥과 황하를 연결하는 廣通渠(광통거)를 대대적으로 보수하여 개황 4년(서기 584)에 개통한 바 있었다. 양제는 황제는 인부는 얼마나 동원하였으며 하도의 깊이는 얼마나 되는지? 일일이 물어본 후에 크게 기뻐하면서 후한 상을 주어 격려했으며, 광릉을 순행할 때 황제의 어가를 수행할 수 있도록 동경(東京, 洛陽)에 남아 있게 했다.

우문달이 말했다.

"수로가 이미 개통되었으니 폐하께서 순행하실 때, 용주(龍舟)

즉위하면서, 곧 大業 원년(605년)에 河南(하남)과 淮北(회북)의 100만 명 인원을 동원하여 通濟渠(통제거)를 개통하여 낙양에서 淮水(회수)까지 물로 연결한다. 그리고 淮南(회남)의 20만 인력을 동원하여 회수와 양자강을 연결한다. 그 연결의 중심에 있는 양주는 이후 중국 경제의 중심지로 자리를 잡는다.

大業 4년(608년)에는 河北의 1백만을 동원하여 황하에서 涿郡(탁군, 수 北京)에 이르는 永濟渠(영제거)를 개통하고, 大業(대업) 6년(610년)에는 江南河(강남하)를 개통하여 항주에 이르게 된다. 중국의 대운하 굴착은 605년에서 610년에 이르는 단기간에 완성되었는데, 이로 인해 隋의 국력은 거의 다 소모되었다.

물론 양제가 이룩한 이 대 토목공사의 효과를 가장 잘 본 사람은 다름 아닌 당나라의 황제들이었다. 그리고 대운하는 송과 북송, 명·청대에 이르기 까지 계속 확장, 보수, 활용되면서 중국 경제의 생명선으로 확실하게 자리를 잡았다. 처음에는 정부의 물자를 운송하는 관용 수로였던 운하가 당대 중기 이후부터는 민간인도 사용할 수 있게 되었다. 특히 송대의 경제발전은 이 운하에 전적으로 의지했다고도 말한다.

수대에 개통된 통제거의 대부분은 지금 운수 기능을 상실하였고, 지금 사용되는 운하는 元 世祖[원 세조, 홀필열(忽必烈)] 때에 개통된 경항대운하(京杭大運河)이다.

몇백 척이 있어야 어울릴 것입니다. 백성들이 타는 배를 어떻게 이용할 수 있겠습니까?"

"그렇소!"

"황문시랑(黃門侍郎) 왕홍(王弘)은 유능한 사람입니다. 용주를 만들도록 폐하께서 그한테 칙명을 내리시면 마음에 드는 훌륭한 배를 만들어 낼 것이라 생각됩니다."

황제는 크게 기뻐하면서 칙명을 내렸다. 왕홍은 강회(江淮) 지방에 가서 특호 용주 10척, 이호(二號) 용주 5백 척과 잡선(雜船) 수천 척을 4월까지 만들라는 명령을 내렸다.

우세기가 말했다.

"폐하께서 용주를 만드시려면 궁전처럼 화려하게 만드셔야 합니다. 그런데 그 용주를 바싹 마른 뱃사공들을 불러서 노를 저으면서 가실 수야 없지 않겠사옵니까?"

"그래도 뱃사공들을 써야지."

"저의 소견에는 촉땅의 비단으로 비단 돛을 만들고 채색실로 비단 밧줄을 꼬아서 배에 연결시키면 좋을 것입니다. 바람이 불면 비단 돛을 올리고, 바람이 없으면 인부들이 끌게 하십시오. 그렇게 하면 궁전에 발이 달린 격이니 가지 못할 리가 없습니다."

이어 우문달이 말했다.

"비단 밧줄도 좋지만 인부가 끌게 하면 미관상 좋지 못합니다. 폐하께서 오월(吳越)에 사람을 보내 15, 16세의 여인 1천여 명을 징발하여 그들을 전각녀(殿脚女)라 하십시오. 그들 차림새를 궁녀

모양으로 한 뒤에 바람이 불지 않으면 그녀들이 용주를 끌게 하고 바람이 불면 밧줄을 걷어가지고 배에 올라 폐하와 함께 구경하면서 순행하면 흥미롭지 않겠습니까?'

황제는 그 말을 듣고 크게 기뻐하면서 고창(高昌) 등 능력이 있는 몇몇 내감들을 오월 지방에 보내 여인 1천 명을 선발하게 했다.

우세기가 상주했다.

"폐하께서 요동을 정벌하신다는 조서를 내리셨는데, 오늘은 운하가 개통되어 용주까지 마련하셨사옵니다. 그러니 요동을 정벌한다는 명분으로 광릉을 순행하시면서 징병하거나 물자를 징발할 필요는 없을 것입니다. 그저 요동을 정벌한다는 조서만 사방에 널리 전하면, 요동소국에서는 그 소문을 듣고 곧 항복할 것입니다. 그렇게 되면 폐하께서는 광릉에 앉으셔서 항복을 받으실 수 있으니 일거양득이 아니옵니까?'

양제가 크게 기뻐하면서 말했다.

"경의 말에 일리가 있네. 경이 상주한 대로 시행하라."

여러 신하들은 물러갔다. 양제는 기쁨에 도취하여 보림원에 갈 일을 깜빡 잊었다.

주귀아와 원보아가 찾아왔다.

"너희들은 어디서 오느냐?"

"소첩들은 보림원 사부인한테 가서 병문안을 하고 옵니다."

"짐이 깜빡 잊고 있었구나. 지금 사부인의 몸은 어떻더냐?"

주귀아가 말했다.

"태의가 말하는 데 몸은 괜찮다고 합니다. 다만 황자를 낳아 키우지 못한 것이 아쉬울 따름입니다."

"네가 먼저 가서 짐의 말을 전하고 오너라. 짐은 지금 조서를 지어야 하겠기에 몸을 뺄 사이가 없다. 잠시 뒤에 짐이 꼭 병문안을 간다고 일러라."

주귀아가 양제의 분부를 받고 나갔다. 양제는 원보아와 함께 관문전(觀文殿)으로 갔다. 황제는 직접 조서를 지어 신하들 앞에서 뽐내고 싶었으나 생각만큼 쉬운 일이 아니었다.

황제는 붓을 들고 아무리 생각해도 쓸 수가 없었다.

한참 생각하다가 몇 줄 써놓고 보니 신기하고 새로운 경구들이 없는 너무도 식상한 구절들이었다. 황제는 마음이 달았다. 붓을 놓고 자리에서 일어나 전각 안을 돌면서 생각에 골몰했다.

원보아는 황제의 그러는 모양을 보고 방긋 웃으면서 말했다.

"폐하께선 문신(文臣)도, 사관(史官)도 아니신데, 그렇게 골몰하실 게 무엇입니까?"

"조서는 짐이 직접 작성해야지, 한림원 학사 중에 재능과 학식을 가진 자가 적어 제대로 작성할 자가 없다."

"한림원에서는 평소에 문장을 엮고 문집을 저술해서 어전에서 열람하도록 바칩니다. 폐하께서 뛰어난 재능을 가진 자들을 보아 두셨다가 불러들여서 직접 글을 짓게 하고, 그 사람이 안 되

면 또 다른 사람을 선택하
면서 시험해 보시면 될 것입
니다."

황제가 한동안 생각하다
가 말했다.

"그렇지, 있어!"

"누구이옵니까?"

"한림학사인 우세기의
동생 우세남(虞世南)[103]이야.
비서랑 직에 있는데 뛰어
난 학식과 재질을 가지고
있지만, 사교성이 부족해
서 승진하지 못하고 있지.
오늘 그 사람을 불러서 이

우세남(虞世南)

조서를 쓰게 하면서 면접하면, 그 재간을 알 수 있을 거야."

황제는 근시를 불러 우세남을 관문전으로 데려오게 하였다.
곧 우세남이 도착했고, 배례를 마치자 황제가 말했다.

---

103 우세남〔虞世南, 558-638년, 字는 伯施(백시)〕은 당나라 초기 정계의
주요인물이면서 명필이었다. 우세남은 명필인 歐陽詢(구양순),
褚遂良(저수량), 薛稷(설직)과 함께 '初唐四大家(초당사대가)'로 불
린다. 우세남은 太宗을 도운 중신으로 홍문관학사 겸 저작랑과
비서감을 역임하였고 凌煙閣(능연각) 24공신의 한 사람이다.

"근일 요동 고구려국이 거리가 멀다고 복종하지 않아 짐이 친히 정벌하려고 하는데, 먼저 조서를 작성해서 천하에 널리 알려야겠다. 한림원에서 작성한 건 짐의 마음에 들지 않을 것 같네. 경은 재능과 학문을 겸비했으니, 훌륭한 논리가 있으리라 생각하네. 경이 조서를 작성토록 하라."

"소인은 재주가 미비해서 음풍농월이나 하는 정도입니다. 그러니 어찌 폐하의 높은 뜻을 선양할 수 있겠습니까?"

"너무 겸양하지 말라!"

황제는 내시를 불러 다른 탁자를 가져오고 위에 지필묵을 갖춰 놓게 했다. 그리고 원통형으로 된 비단 의자를 가져다 놓고 앉게 했다.

우세남은 황은에 감읍하여, 종이를 편 다음에 깊이 생각하지도 않고 붓을 들더니 조서를 짓기 시작했다. 용이 힘차게 날아가듯, 구름이 바람에 날려가듯 한 번도 멈추지 않고 거침없이 써내려 갔다. 조금 지나자 완성이 되었다며 황제에게 바쳤다.

황제가 보니, 다음과 같은 글이었다.

「대수(大隋) 황제는 요동의 고구려가 충성하지 않기에 정벌하려 한다. 먼저 사방에 알리노라. 천조(天朝)는 은혜와 위엄으로 미개한 지역을 교화(敎化) 시키나니, 우선 이를 고구려에 알리노라. 그러면서 다음과 같이 명하노라!

짐이 알고 있나니, 천하는 하나이고, 고금으로 천자는 한 사람

뿐이었다. 중화(中華)와 사이(四夷)는 각각 자신의 강토를 가지고 있지만 천자의 교화는 내외를 가리지 않는다. 기풍이 다르더라도 모두가 천자께 조하(朝賀)하고 귀속하는 데는 원근의 구별이 없었다. 제때에 입조하고 입공(入貢)하면 대덕으로 교화하면서 은택을 베풀지만, 그렇지 않다면 위력으로 정벌하여, 폭풍(暴風)과 벽력(霹靂)의 재난을 내려주었다. 만방의 공납을 받으며 요순(堯舜)은 만민을 온화롭게 살게 했으며, 한 사람이라도 멋대로 횡행(橫行)한다면 주(周) 무왕(武王)은 결코 방치하지 않았다. 은(殷) 고종(高宗)은 귀방(鬼方)을 정벌하며 3년을 싸워 이겼다. 황제(黃帝)는 탁록(涿鹿)의 싸움에서 백전(百戰)을 마다하지 않았다.

옛날 성왕은 이적(夷狄)을 포용하지 않은 적이 없었으며 정벌한 다음에는 늘 같은 동포로 대했다. 하물며 요동의 고구려는 왕성(王城) 주변 5백 리 이내의 땅에 자리잡고 있으면서, 왜 제멋대로 입조하지도 않고 중화 대왕의 넓은 도량에 손상을 주는가? 제멋대로 교화를 방해하여 중국의 위엄에 손상을 끼치고 있다. 짐은 이제 병마를 정돈해서 천조의 명분을 바로잡으려 한다. 호되게 토벌해서 본때를 보여줄테다. 용맹한 무사들을 거느리고 출정하면 개미굴을 파헤쳐 버리고 썩은 나무를 꺾어버릴 것이다. 작디 작은 땅덩어리로 천자의 위엄에 항거하려 한다면, 이는 곧 계란으로 바위치기(以卵擊石)와 같을 것이다. 잘못을 일찍 회개하면 묘족의 교훈을 잊지 않을 것이다. 계속 완고하게 고집하면서 불복하면 누란국(樓欄國)처럼 징벌을 면치 못할 것이다. 모두가 중화의 백성들인데, 누가 황제의 명을 어긴단 말인가? 친자식이 아니면 어찌 품에 안으려고 하겠는가? 전군이 출동할 때를 기다리는 것보다 짐의 관용에 따른 권고를 듣는 편이 나을 것이다. 짐은 친히 조서를 써서 원만하게 처리하려 한다. 제때에 찾아와서 항복하면 그 죄를 용서할 것이다. 천병(天兵)이 당도하기만 하면 입이 백 개라도 할 말이 없을 것이다. 깊이 생각해서 후회가 없도록 처신하라. 대업(大業) 8년(612) 9월 12일. 칙명을 내리도다.」

황제가 읽은 뒤, 진심으로 기뻐하며 말했다.

"붓 한번 멈추지 않고 쓰면서 이런 훌륭한 문장을 지었으니 경이야말로 천하의 기재(奇才)로다! 옛사람들은 문장이 나라를 빛낸다고(文章華國) 했다. 오늘 경이 쓴 이 조서야말로 나라를 빛내기에 족하다. 이번에 요동을 평정하는 데 경의 공로가 크다. 이대로 다시 정서토록 하라."

내시를 불러서 조서를 쓰는 황마(黃麻) 종이를 가져다가 탁자에 펴놓게 했다. 우세남은 황제의 뜻을 어길 수가 없어서 붓을 들고 단정하게 써 내려갔다.

황제는 우세남의 조서가 마음에 크게 흡족하여 그의 재간을 칭찬해 마지않았다.

그때 원보아는 옆에 시립해 있었다. 황제는 고개를 돌려 원보아와 말하려고 했다. 원보아는 눈 하나 깜짝하지 않고 우두커니 서서 우세남이 글 쓰는 것을 보고 있었다. 황제는 말하지 않고 구경하도록 내버려 두었다.

원보아는 조서를 쓰느라고 머리를 짜다가 끝내 쓰지 못하던 황제를 보았고, 또 일필휘지하는 우세남을 보며 마음속으로 되뇌었다.

'재능이 없으면 그렇게 힘들지만 재능이 뛰어나니 저리 민활하구나.'

우세남은 외모도 걸출하고 의젓하였다. 원보아는 우두커니 서서 한참을 보다가 황제가 자기를 주시하는 줄을 느꼈다.

만일 원보아가 다른 생각을 품고 있었더라면 이럴 경우에 당황해하거나 얼굴이 붉어졌을 것이다. 그러나 원보아는 사심이 없었기에 황제와 눈길이 마주치자 태연스럽게 방긋 웃었을 뿐이었다. 황제도 그녀의 천진한 성미를 알고 있었기에 의심하지 않았다.

얼마 후, 우세남이 조서를 바쳤다. 황제는 서체가 몹시 마음에 들어서 좌우를 불러 윤필(潤筆)을 위로 한다는 뜻으로 술 석 잔을 하사하였다. 우세남은 재배하고 나서 술을 마셨다.

황제가 말했다.

"재사(才士)의 글이니 의미가 깊도다! 그런데 여기에 나온 사실들은 모두 신뢰할 수 있겠지?"

그러자 우세남이 대답하였다.

"장자(莊子)의 우언(寓言)[104]이나 이소(離騷)[105]의 풍자는 사인

---

104 《장자(莊子)》 52편 - 今存 33편. 莊子는 莊周(장주, ?前 369 - 286년)

(詞人)의 환상에 의한 글이지만, 군자의 감개(感慨)한 말은 글자 그대로 믿지 않을 수 없습니다. 그리고 경전에 있는 내용이라면 비록 기괴한 내용이라도 결코 망령되지 않습니다."

황제가 말했다.

莊氏. 名은 周, 一說 字는 子休. 孟子와 거의 동시대. 戰國 시대 宋國 蒙縣(몽현, 수 河南省 동쪽 끝 商丘市) 사람. 漆園吏(칠원리)를 역임. 老子 사상의 계승자, 뒷날 老子와 함께 '老莊'으로 병칭. 唐 玄宗(현종) 天寶(천보) 연간에 莊周(장주)를 남화진인(南華眞人)에 봉하고 그 《莊子》를 《南華經》이라 했다. 四庫全書에서는 子部 道家類로 분류. '莊周夢蝶(장주몽접)', '莊周試妻 / 扇墳(선분)'의 故事가 유명하다. 《史記 老子韓非列傳》에 立傳되었다.

105 屈原(굴원, 前 340－278)은 戰國시대 楚의 三閭大夫(삼려대부). 楚懷王(회왕)에게 충간을 했으나 방축되어 단옷날에 湘水(상수)에 투신했다. 문학 장르로 楚辭(초사)의 元祖. 그의 작품으로는 〈離騷(이소), 2,490字의 大作〉, 〈九章〉, 〈天問〉, 〈九歌〉, 〈漁父辭(어부사)〉 등이 있다. 〈離騷〉는 天地 간을 환유(幻游)하는 초현실적인 내용이나 修辭(수사)에 치중한, 이전에는 볼 수 없던 새로운 시가 형식이었다. 〈離騷〉를 굴원의 작품으로 보지 않고, 武帝 때 淮南王이었던 劉安(?－前 122년)의 游仙詩(유선시)이며 굴원의 다른 작품도 漢代의 시가라는 주장도 있다. 굴원을 참소를 당한 충신의 모델로 만들었고, 〈離騷〉에 '經' 字를 붙여 《離騷經》으로 부르게 한 장본인은 後漢의 王逸(왕일)이다.

王逸(왕일, 생졸년 미상)의 字는 叔師(숙사)로, 安帝(안제) 元初 연간 (서기 114－119)에 校書郎이 되었다. 順帝 때, 侍中이 되었고 《楚辭章句》를 저술하였는데 세상에 널리 알려졌고 現存한다. 그의 賦, 誄(뢰), 書, 論 및 雜文 등 총 21편과 《漢詩》 123편이 있다. 屈原(굴원)은 《史記》 84권, 〈屈原賈生列傳〉에 立傳되었다.

"짐이 알기로, 전한 조비연(趙飛燕)은 그 여인이 손바닥 위에서도 훨훨 춤을 췄고(掌中舞), 바람이 불면 날려간다고 했으니, 그런 말은 문사들이 분식(粉飾)한 것이라고 의심하였네. 세상에 자태가 그렇게 나긋나긋한 부인이 어찌 있을 수 있겠나? 하지만 오늘 여기 이 사람 원보아의 천진한 자태를 보니 옛사람들이 쓴 글이 거짓이 아닌 것 같네."

그러자 우세남이 물었다.

"원미인의 어떤 천진한 자태를 말씀하신 것입니까?"

"원보아가 평소에 멍청한 건 더 말할 것도 없네. 그러나 방금 경이 일필휘지하니 원보아는 짐 앞에서 반나절이나 경이 글 쓰는 걸 넋을 잃고 바라보았네. 경의 재능이 몹시 부러운 모양이야. 그러니 천진하지 않은가? 경은 재사이니 보아의 뜻을 어기지 말고 시 한수를 써주게. 그래서 보아의 멍청한 모습과 조비연의 나긋나긋한 자태가 함께 후세에 전해지도록 하게."

우세남은 사절할 수가 없어 탁상으로 다가가더니 일필휘지로 시 네 구절을 써서 황제에게 바쳤다.

황제가 읽으니 아래와 같은 시구였다.

그림 그리기를 제대로 배우지 못하고,	(學畵鴉黃半未成)
어깨에 달린 소매는 그만 넋을 잃었다.	(垂肩嚲袖太憨生)
천진한 모습 도리어 황제 총애 받나니,	(緣憨卻得君王寵)
꽃 같은 자태 언제나 군왕 옆에 모시네.	(常把花枝傍輦行)

황제는 시를 읽고 크게 기뻐하면서 보아에게 말했다.

"이 훌륭한 시구에는 넋 없이 지켜보던 너의 천진한 마음이 그대로 반영되었구나."

황제는 시중을 불러서 다시 술 석 잔을 부어 오게 했다. 술을 마시고 난 우세남은 사은하며 물러가려 했다.

황제가 말했다.

"경은 조서를 쓰느라고 수고했으니 상으로 벼슬을 내리겠다."

우세남은 사은하고 물러났다.

황금을 던질만한 명문장을 어디에 쓰랴,　(擲金佳詞何所用)

실없는 정벌에 재능을 헛되이 버렸도다.　(漫籌征伐枉誇能)

황제는 조서를 내시에게 명하여 병부에 이첩하여 황제가 친히 출정한다고 세상에 널리 알리게 했다. 내시가 성지를 받고 나가자, 황제는 우세남이 보아에게 써준 절구를 보면서 보아에게 말했다.

"잠깐 사이 이렇게 훌륭한 절구를 지었으니, 머리가 민첩하고 생각도 깊은 사람이다."

"소첩은 시에 담긴 뜻은 딱히 몰라도 필법은 무척 아름답다고 생각했습니다."

황제가 빙그레 웃더니 소곤소곤 귓속말로 말했다.

"짐은 내일 너를 그 사람한테 첩으로 하사하려는데, 네 생각은 어떠냐?"

그 말을 듣자 원보아의 아리따운 얼굴은 순간에 참담하게 일그러졌다. 원보아는 말이 없었다. 황제가 한참 농담으로 말하는데, 장미 덩굴 선반 뒤쪽에서 숲 저쪽 편에서 훌쩍거리는 소리가 들려왔다. 황제는 보아를 남겨두고 밖으로 나갔다.

잠시 후 다시 들어와 보니 보아가 보이지 않았다. 황제가 보아를 찾으려는데 서쪽에 있는 애련정에서 고함치는 소리가 들려왔다.

"사람이 연못에 빠졌다!"

원보아는 우세남이 조서를 쓰는 것을 넋을 잃고 바라본 자신을 몹시 후회했다. 황제가 자신이 미워져서 자기를 우세남한테 주려 한다고 생각했다. 그녀가 보기에 천자는 농담할 줄 모르는 사람이니, 황제의 말을 진실로 알고 있었던 것이다. 그래서 보아는 자신을 몹시 원망하며 죽어버리려고 연못에 뛰어들었다. 죽음으로 자신의 깨끗한 마음을 천자에게 보여주려 했던 것이다. 황제가 애련정 옆 못가에 이르니 한 내시가 못에 들어가 물에 빠졌던 보아를 안고 나왔다.

황제는 깜짝 놀랐다. 보아는 이미 얼굴색이 변했고 두 눈은 꼭 감겨져 있었으며 온몸에서는 흙탕물이 떨어졌다.

황제는 보아를 가슴에 안고는 내시에게 물었다.

"원미인은 못에서 손을 씻다가 빠졌느냐? 아니면 뭘 씻다가 발을 잘못 디뎌서 물에 떨어졌느냐?"

내시는 본대로 말했다.

"방금 소인이 오면서 보았는데, 원미인께서는 두 눈에 눈물을 흘리면서 연못 속으로 뛰어들었습니다."

"계집애가 어리석기는! 왜 연못에 뛰어든단 말이냐?"

황제는 내시와 함께 원보아의 겉옷을 벗겼다. 황제는 어서 가서 옷을 가져오라고 내시를 보냈다.

내시가 물러가자, 황제는 겨우 눈을 뜬 보아에게 말했다.

"짐이 농담으로 한 말을 너는 진짜로 들었단 말이냐? 네가 없인 짐은 한 시각도 살 수 없다."

그말을 듣자, 원보아는 엉엉 목놓아 울었다. 한준아와 주귀아가 옷을 들고 히히덕거리며 다가왔다.

"폐하께서 보아를 빨래하는 여자로 만드셨나이까, 아니면 보아가 죽으려고 돌을 안고 물에 뛰어들었습니까?"

황제는 우세남이 조서를 짓고 정서한 이야기와 농담을 말해주었다.

주귀아가 그 말을 듣고 머리를 끄덕이면서 말했다.

"여자는 그런 매운 성질이 좀 있어야 합니다."

그녀들은 보아의 옷을 갈아 입혔다. 주귀아가 황제의 적삼에 흙탕물이 묻은 것을 보고 달려가서 옷을 가져오려고 하니, 황제가 막았다.

"그만둬라, 짐은 늘 이 옷을 입으면서 미인의 정열(貞烈)을 자랑하겠다."

한준아가 웃으면서 말했다.

"폐하께선 모르실 것입니다. 저는 보아를 응석받이로 키워서 어릴 때부터 감히 건드리지 못했나이다. 화를 내면 어쩔 수가 없었습니다."

그 말을 듣자, 원보아가 황제의 손에 있던 부채로 한준아의 어깨를 때렸다.

"요귀 같으니라고. 네가 날 낳았나?"

한준아가 깔깔 웃으면서 말했다.

"요, 새끼 요귀야. 폐하의 총애를 받더니 이젠 불효자식이 됐구나."

황제가 크게 웃다가 말했다.

"자! 됐어. 이젠 그만 들하고 짐과 함께 보림원에 가보자."

얼마 후 황제는 보림원에 이르렀다. 그는 침대 앞으로 다가가 사부인에게 물었다.

"부인은 몸이 어떻소? 약은 먹었나?"

"소첩은 어제 저녁까지 아무 일도 없이 즐겁게 놀았습니다. 이런 일이 있을 줄은 꿈에도 생각지 못했습니다. 하마터면 폐하를 다시 보지 못할 뻔했습니다."

"몸이 그렇게 무거웠으면 엊저녁에 향거나 교자에 앉을 걸 그랬어. 어쨌든 짐의 실수야. 짐이 미리 알고 배려하지 못한 탓이지."

사부인은 눈물을 글썽거리면서 대답했다.

"소첩의 팔자가 사나워서 잠룡(潛龍)을 키우지 못했습니다. 이건 소첩이 주의하지 못한 것이오니 소첩의 죄입니다."

사부인의 눈에서 흐르는 눈물이 베개와 이불에 떨어졌다.

"근심 마오, 진왕(秦王) 양호(楊浩)는 황후의 총애를 받고 있으며, 조왕(趙王) 양고(楊杲)[106]는 올해 일곱 살이오. 양고는 여비(呂妃)의 소생인데 모친이 사망했소. 짐은 양고가 그대를 계승하게 하겠소. 그러면 그 애에게는 모친이 있고, 그대는 아들이 있게 되오. 부인의 생각은 어떻소?"

주귀아가 옆에서 말했다.

"조왕은 용모가 비범하옵니다. 그렇게만 해주신다면 폐하의 하늘 같은 은혜에 사부인은 감격해 마지않을 것입니다. 소첩들도 의뢰할 데가 있게 됩니다."

사부인이 자리에서 일어나 감사를 드리려고 하니, 황제가 급히 막았다.

원보아가 말했다.

"부인께선 몸이 불편하시니 소첩들이 대신해서 망극한 성은에 감사드리겠습니다."

여러 미인들이 꿇어앉자 황제가 한 사람씩 붙잡아 일으켰다.

---

106 양고(楊杲, 607−618年, 小字 季子) − 隋 煬帝(수 양제) 楊廣과 후궁 소생. 大業 九年(613년), 7세에 趙王에 책봉. 다음 해에 양제를 따라 북방을 순수하였다. 용모가 준수하고 영특하여 양제의 총애를 받았다. 양제에게 지극한 효성을 다했다. 양제가 죽을 때 난병에게 피살되니 12살이었다. 궁녀와 환관 등이 판자를 뜯어 관을 만들어 안치하였다. 그러나 소설에서는 궁궐을 빠져나가 돌궐족 땅으로 피신했다가 나중에 돌궐족의 칸(可汗)이 된다.

"짐이 길일을 택해서 정하도록 하겠으니 부인은 몸조리를 잘 해서 짐과 함께 광릉으로 유람 가도록 하세."

그때 마침 내시가 두 손으로 보병(寶甁)을 받쳐들고 들어와서 아뢰었다.

"왕의(王義)가 만수연년익수(萬壽延年益壽) 연고를 만들어가지고 와서 폐하께 드리려고 어원에서 기다리고 있습니다."

"짐도 그에게 분부할 일이 있다. 어서 어원으로 들어오라고 해라."

황제가 어전에 나오니, 왕의가 층계 아래에 꿇어앉아있었다.

"그대가 만든 건 어떤 묘약인가?"

"신은 봄에 남해 고향에 참배하러 가다가 길에서 도인을 만났사옵니다. 그 도인은 산속에 있는 녹함영초(鹿含靈草)에 백 가지 꽃의 즙을 짜넣고 섞어서 연고로 만들어 복용하면 진실로 피를 맑게 하여 익수(益壽)한다고 말했습니다. 그래서 신은 그 약을 만들어 복용하며 조그마한 효과를 보았기에 폐하께 헌상코저 합니다."

"수고했다. 짐은 얼마 후에 광릉 유람을 하려고 한다. 경이 함께 가면서 특호 용주를 관할해야 하겠네. 차질이 없도록 하라."

"신이 폐하를 따라갈 뿐만 아니라, 신의 아내도 따라가면서 황후 마마의 시중을 들어드리고자 합니다."

"배는 궁중보다 많이 못하겠지만, 경의 부부가 와서 시중을 들겠다니 경의 충성을 알 수 있네. 그런데 또 한 가지 일이 있네. 어젯밤 짐은 황후와 여러 부인들과 함께 청야유(淸夜避)를 했는데, 뜻밖에 보림원 사부인이 지나치게 움직인 탓으로 유산하고 말았다. 사부인은 지금 몹시 애달파하고 있다. 짐은 모친을 잃은 조왕을 가엾게 여겨왔는데 사부인의 아들로 삼게 해서 사부인을 위로하려고 하는데, 경의 생각은 어떤가?"

"듣자니, 사부인은 인품이 너그럽고 본성이 단정하다고 하옵니다. 조왕을 아드님으로 삼게 하면 폐하의 하늘 같은 은혜를 느낄 것입니다."

"이것도 짐이 자식을 사랑하는 마음이지만, 안으로는 궐내 여러 미인들이 돌봐주고 밖으로는 경이 보좌해주면 될 거야! 옥에 글을 새겨서 나한테 증표를 만들어주게. '조왕 양고를 사영(沙映) 부인의 아들로 삼는다.'고 새겨라. 글을 새긴 다음 누구도 모르게 나한테 갖고 와라."

"알겠습니다."

황제가 원보아에게 분부했다.

"명주 두 필을 가져다가 왕의에게 상으로 주어라."

원보아가 명주를 가져오니 왕의는 받고서 사은하고 물러났다.

가여운 애정에 자식을 맡기니,	(因情托兒女)
연정이 규방을 연모케 하노라.	(愛色戀閨房)
세상이 바뀌는 사실을 모르고,	(不知人世變)
여전히 큰소리 혼자서 말한다.	(猶自語煌煌)

손안조가 찾아와 두건덕을 설득하였고, 서무공은 진숙보와
처음 만나 사귀다.(孫安祖走說竇建德, 徐懋功初交秦叔寶.)

노래하기를,	詞曰,
군주의 황당한 음행과 폭정에는,	(人主荒淫威性)
하늘은 교묘히 위험을 경고한다.	(蒼天巧弄盈危)
영웅은 마음을 조금만 내보이나,	(群英一點雄心逞)
전쟁이 일어나 흙먼지 가득하다.	(戈滿起塵埃)
혼란 속 생명과 환상을 불분하며,	(攘攘不分身夢)
빈번히 마음을 내주며 교류한다.	(營營好亂情懷)
서로 간 의기는 난처럼 향기롭게,	(相看意氣如蘭蕙)
만남과 이별에 언제나 배려한다.	(聚散總安排)
— 곡조〈오야제〉	— 調寄〈烏夜啼〉

이 세상에서 백성에게 가장 악독한 폭정은 대규모 토목공사와 전쟁 준비라 할 수 있다.

이는 백성의 재물을 박탈하며 백성의 진물을 다 빼먹는 짓이다. 심지어는 부모 형제가 타향에 흩어져 의지할 데 없는 홀몸을 만들거나 과부가 되게 한다. 그런 처참한 정경을 이야기하면, 듣는 사람도 코끝이 찡해진다.

사(沙) 부인이 유산한 뒤에 양제는 사랑하는 아들 조왕(趙王, 양고, 楊杲)을 사부인의 아들로 인정하며 그 증표로 옥에 글을 새겨주었다. 그러면서 동시에 주귀아(朱貴兒)를 보림원에 옮겨가 살게하여 사씨 부인과 함께 조왕을 틀림없이 잘 양육하도록 특별히 배려하였다.

그렇지만 온 천하에 도적 무리가 다투어 일어나 나라가 망하고 집이 파산될 지경에 이르게 될 줄을 어찌 알았겠는가!

한편, 우문필(宇文弼)[107]과 우문개(宇文愷)[108]는 황제의 명령을

---

107 우문필(宇文弼, 546 - 607년, 字는 公輔) ― 박학다식. 隋朝(수조)의 형부상서와 禮部尚書(예부상서) 역임. 조정을 비방했다 하여 하약필(賀若弼), 고경(高潁) 등과 함께 처형되었다. 수 양제 때 대운하가 개통되고 고구려 원정 이전에 이미 죽고 없는 사람이었다.《隋書宇文弼傳》이 있다.

108 우문개(宇文愷, 555 - 612, 字는 安樂, 鮮卑人) ― 무장 출신이나 토목

받자 천하에 공문을 내어 인부를 모집하고 돈과 양식을 거둬들이기 시작했다. 그들은 백성의 고통을 전혀 헤아리지 않고 혹독한 형벌로 독촉했다. 막다른 처지의 백성은 핍박에 못 이겨 산으로 들어가 도적이 되었다. 가족을 거느리고 있는 사람들은 탐관오리들의 학정에 제 몸과 가족을 보전하기 어렵다는 것을 알고, 피난하거나 안주할 수 있는 도원경(桃源境)[109]을 찾았지만 그런 곳은 어디에도 없었다.

그때 책양(翟讓)[110] 등 여러 사람은 와강(瓦崗)에서 세력을 결집

공사 전담으로 유명. 隋 文帝 開皇(개황) 2년(582) 新都 大興城(今 陝西省 西安市) 건설. 開皇 4년(584) - 광통거(廣通渠)를 개통하여 위수(渭水)를 황하에 연결시켰다. 양제 大業 원년(605) - 東都 洛陽城 축성, 궁성 건축 담당했다. 《隋書 宇文愷傳》 참고.

109 도원경(桃源境) - 도연명(陶淵明, 365 - 427年)이 南朝(남조) 劉宋(유송) 武帝(무제) 永初(영초) 二年(421년)에 지은 〈桃花源記(도화원기)〉에 묘사된 이상 세계. 전란과 관리의 압박이 없고 백성 모두 자급자족하며 안락한 생활을 영위하는 이상 세계.

110 책양(翟讓, 6세기 - 617년, 翟은 꿩 적. 성씨 책) - 隋末 군웅 중 와강군(瓦崗軍)의 영수. 뒷날 이밀(李密)과의 세력 다툼에서 이밀이 보낸 채건덕에게 피살. 양제 大業 7년(611), 책양은 서세적(徐世勣, 李勣), 선웅신(單雄信)과 縣吏였던 병원진(邴元眞), 점복에 능한 가웅(賈雄), 翟讓의 형인 책홍(翟弘) 등과 함께 와강(瓦崗, 今 河南省 滑縣 활현)에서 반기를 들었다. 주로 지금의 하남성 鄭州, 商丘 등지가 그들의 세력범위였다. 大業 13년(617) 李密은 잔치에 책양을 초대했고, 책양을 죽였다. 와강(瓦崗)은 와강산, 今 河南省 최북단

하였고(611년), 주찬(朱燦)은 성보〔城父, 父의 音은 보 / 수 安徽省 亳州市(박주시)〕에서, 고개도(高開道)는 북평(北平)을 차지하였고, 위조아(魏刁兒)는 연(燕)을, 왕수(王須)는 상곡(上谷)을 점거했으며, 이자통(李子通)은 동해(東海)에서, 설거(薛擧)는 농서(隴西)를, 양사도(梁師都)는 삭방(朔方), 유무주(劉武周)는 분양(汾陽)을, 이궤(李軌)는 하서(河西)를 차지하고 있었다.

또, 좌효우(左孝友)는 제군(齊郡)을, 노명월(盧明月)을 탁군(涿郡)을, 학효덕(郝孝德)은 평원(平原)에, 서원랑(徐元朗)은 노군(魯郡)에 주둔하였고, 두재위(杜伏威)는 장구(章丘)를, 소선(蕭銑)[111]은 강릉(江陵)을 점거하고 있었다.

그들 가운데는 수나라 조정의 관원이었던 사람도 있었다. 그들은 패거리를 규합하여 관아와 백성을 약탈했다.

그 외에도 많은 산림(山林)의 호걸들과 숨었던 많은 호걸들이 시기를 기다리면서 아직 두각을 나타내지 않고 있었다.

두건덕(竇建德)은 딸을 데리고 선웅신(單雄信)의 장원에 와서 잠시 안식하면서도, 그는 여러 곳을 다녀보려고 생각하고 있었다.

영웅이 영웅을 아낀다는 말은 틀린 말이 아니다.[112] 배짱이 맞

安陽市 관할 활현(滑縣) 소재.

111 소선(蕭銑, 583－621년)－隋末(수말) 천하대란 시, 大業(대업) 13년(617년) 梁王(양왕)을 칭했고, 다음 해 칭제했다. 당에 패전하여 병합되었고 소선은 長安(장안)에서 처형되었다.

지 않는 사람과는 한 시각도 마주 앉아있기가 어렵지만 지기(知己)를 만나면 몇 년을 두고 이야기를 나누어도 시간이 가는 줄을 모른다.[113]

선웅신은 교제가 넓어서 늘 사람들의 출입이 끊이질 않았다. 그들에게 제주의 진숙보가 산림에 은신해 살면서 어머니를 모신다는 소식을 전해 듣고는 감탄해 마지않았다. 그래서 그도 경솔하게 나서지 않고 장원(莊園)을 지키면서 두건덕과 담론을 즐겼다. 세월은 덧없이 흘러 어느덧 두건덕이 이현장(二賢莊)으로 온 지도 벌써 2년이 넘었다.

하루는 웅신이 볼 일이 있어서 동쪽 농장으로 갔다. 건덕은 무

---

112 영웅의 생각은 대략 비슷하다(英雄所見若同). 영웅은 영웅을 존경한다(英雄敬英雄). 세상이 어지러우면 영웅이 출현한다(世亂出英雄). 필부는 용맹을 다투지만(匹夫鬪勇), 영웅은 지략을 다툰다(英雄鬪智). 호한은 여색을 탐하지 않고(好漢不貪色), 영웅은 재물을 탐하지 않는다(英雄不貪財).

113 인생에서 얻기 어려운 것은 한 사람의 진정한 친구이다(人生難得一知己). 친우만큼 나를 아는 이 없다(知己莫如友). 사람이 知己를 만난다면 천 마디 이야기도 오히려 적다(人逢知己千言少). 술이 知己를 만나면 천 잔도 많지 않다(酒逢知己千杯少). 志士는 자신을 알아주는 사람을 위해 죽을 수 있고(士爲知己者死), 여자는 자신을 기쁘게 해주는 사람을 위하여 화장을 한다(女爲悅己者容). 그러나 사람이 궁해지면 친구도 적어지고(人窮知己少), 가문이 몰락하면 친구도 없어진다(家落故人稀).

료해서 밖에 나와 거닐었는데, 마당 한쪽 버드나무 그늘 밑에서 농부들이 대여섯명 모여 앉아 점심을 먹고 있었다. 시냇물이 흐르고 있는 건너편에는 나무와 풀로 엮은 초막집이 있었고, 그 집을 건너다니기 위해 작은 냇물 위로 조그만 다리가 놓여 있었다.

건덕은 천천히 초막으로 다가가 소가 수레를 끌고 물을 건너는 것을 보았다. 수레바퀴가 구르면서 물결을 휘감아 일으켰다. 물소리와 새소리가 어울린 풍경이 자못 아름다웠는데 온갖 상념을 죄다 잊게 했다.

한동안 서있는데 멀리로부터 건장한 사나이가 걸어오고 있었다. 풀로 엮은 모자를 쓰고 짧은 바지를 입었는데, 어깨에는 자루를 하나 메고 윗옷을 벗은 채 천천히 걸어오고 있었다. 마당에 있던 개가 낯선 사람을 보자 짖어대면서 달려갔다. 개가 사납게 덮쳐드니 호걸은 한 손으로 개의 뒷다리를 거머쥐고 물에 처넣었다.

일하는 사람들이 이를 보고 달려오면서 고함쳤다.

"어디서 온 자식인데 남의 집 개를 물에 처넣느냐?"

그러나 그 사내도 만만치 않았다.

"눈깔이 멀었냐? 개를 풀어놓아 사람을 물게 할 작정이냐?"

농부가 화를 내며 달려들어 뺨을 갈겼다. 그러나 동작이 빠른 사내는 어느 결에 그의 손목을 잡아쥐고 아래로 한 번 나꿔 채니, 농부는 땅바닥에 쓰러진 채 다시 일어나질 못했다. 그러자 농부 대여섯 명이 한꺼번에 달려들었지만, 사내의 날랜 솜씨에 농부들은 낙화처럼 힘없이 떨어져 나갔다. 냇물 건너편에서 이를 바라보던 두건덕은 웅신의 장원에서 일하는 일꾼들은 모두 주먹깨나 쓸 줄 아는 사람이라고 알고 있었기에 내버려 두었으나 그 사내의 행패가 도가 지나치다고 생각하여 다리를 건너오면서 호령했다.

"어디서 온 사람인데, 이곳에 와서 행패를 부리느냐?"

그 사내는 두건덕을 유심히 바라보더니 반갑게 말했다.

"아하! 두형께서 이곳에 와 계셨구만!"

그는 땅바닥에 꿇어앉아 두건덕에게 절했다.

두건덕이 그 사내를 알아보고 말했다.

"난 또 누구라구? 바로 동생이었구만! 그런데 어떻게 여기까지 왔나?"

"형한테 급한 일이 있어서 찾아왔습니다. 형께서 따님을 데리고 분주〔汾州, 今 山西省 臨汾市 관할 濕縣(습현)〕에 가셨다는 걸 알고 개휴(介休, 今 山西省 晉中市 관할 介休市) 등 여러 곳을 뒤졌지만 행적을 알 수가 없었습니다. 다행히 도중에서 제씨(齊氏) 성을 가진 사람을 만났는데, 형이 이현장에 있는 선웅신의 장원에 계신다고 알려주었습니다. 그래서 형의 행방을 알고 찾아오다가 이렇게 되었습니다."

이 사내 손안조(孫安祖)[114]와 두건덕은 한 고향 사람이었다. 어

---

114 손안조(孫安祖, 생졸년 미상) - 隋末 山東 농민 기의군(起義軍)의 수

느 해인가 손안조는 민가의 양을 도적질하다가 현령에게 잡혀가 매질을 당하는 모욕을 겪었다. 그때 손안조는 칼로 현령을 찔러 죽였다. 사람들은 그의 검술을 당해낼 수가 없었으며 그를 모양공(摸羊公, 摸는 찾을 모)이라고 불렀다. 손안조는 두건덕의 집에 1년 남짓 숨어있었다.

황제의 명령에 따라 조정에서 미녀를 차출한다는 소란이 일어나게 되자, 두건덕은 딸을 데리고 그와 헤어졌다가 지금 다시 만난 것이다.

두건덕이 손안조에게 알려주었다.

"여기가 바로 이현장이고, 저기 오시는 분이 주인 선웅신이시네."

웅신이 준마를 타고 네댓 명 하인들을 따라 돌아오다가 문 앞에 서있는 두건덕을 보자 말에서 내려 물었다.

"이분은 누구시오?"

"나와 한 고향 사람인데 손안조라고 부르네."

웅신이 그 말을 듣고 건덕과 손안조를 초당으로 모셨다. 손안조가 웅신에게 절하면서 말했다.

령. 大業(대업) 7년(611), 수해를 입었다며 군역 면제를 청원했으나 관아에서는 불허하며 그 처자를 잡았다. 나중에 처자가 굶어 죽자, 두건덕(竇建德)과 함께 官長(관장)을 죽이고 造反(조반)했다. 손안조는 모양공(摸羊公)을 자칭했다. 손안조가 피살된 뒤, 그 무리들은 두건덕의 무리에 합세했다.

"저는 성미가 거칠고 몰상식해서 가명을 쓰고 도망쳐 다니는 사람입니다. 오래전부터 선형의 대명을 흠모했는데, 오늘 이렇게 만나 뵈오니 평생의 소원을 풀었습니다."

"형이 이렇게 왕림해주시니 두터운 정을 알고도 남습니다."

웅신은 술상을 차리라고 분부했다.

건덕이 손안조한테 물었다.

"방금 동생은 성이 제씨인 친구를 만나서 내가 이곳에 있다는 걸 알았다고 했는데, 그 사람은 누구인가?"

"제가 하남에 가서 돌아다니다가 술집에서 그 친구를 만났는데, 호는 국원(國遠)이라고 하였습니다. 성격이 호방한 사람이었습니다. 강호의 영웅들을 얘기하다가 선웅신은 재물은 멀리하고 의리를 중히 여기는 분이라고 칭찬했습니다. 그래서 알고 찾아왔습니다."

"제국원은 지금 어디에 발을 붙이고 있나?"

"그는 지금 진중(秦中) 땅에 들어가서 이밀(李密)이라는 분을 찾고 있습니다."

그러자 웅신이 혼자 탄식했다.

"지금 세상이 이 모양으로 되니 영웅들은 참을 수가 없어서 저마다 곤경에서 빠져나오려고 애쓰는구나."

곧 술상을 차려오니 세 사람이 자리를 잡고 앉았다.

건덕이 손안조에게 물었다.

"동생은 몇 년 사이에 어디를 돌아다녔는가? 지금 바깥세상은 도대체 어떤 형편인가?"

"형은 이곳에만 계시니, 잘 모르실거요. 지금 바깥세상은 말이 아닙니다. 형과 헤어진 뒤, 저는 연(燕)으로부터 초(楚), 다시 초에서 제(齊) 일대를 돌아다녔습니다. 백성들은 조정의 학정에 대부분 파산하고 유랑하며 걸식하는데 원한이 골수에 사무치고 있습니다. 도적 무리에 가담해서 목숨을 부지하는 형편이지요. 지금 도적 무리들이 많은 곳을 차지하고 있는데 흩어졌다가는 모이고, 모였다가는 다시 흩어지는 형세입니다. 모두가 의리를 잊고 이익만 다투면서 주색에만 빠져있기 때문입니다. 두 분 형은 지모와 용맹을 겸비하고 있는 분들이니까 의거(義擧)를 내세워 무리를 이끌면 사방에서 호응할 것입니다."

건덕이 그 말을 듣고 웅신을 바라보았으나 웅신은 대답이 없었다.

한참 있다가 웅신이 말했다.

"세상은 넓고 호걸은 많으니, 우리 둘 쯤이야 아무것도 아닙니다. 하지만 하늘이 일곱 자 몸뚱이를 태어나게 하셨으니, 보람 있게 살면서 한바탕 시도할 수는 있지 않겠습니까? 성사하느냐 아니면 실패하는가는 운명에 달렸습니다. 어차피 일을 벌려고 힘을 써야 자신의 이름을 날릴 수 있지 않습니까?"

이에 손안조가 말했다.

"만일 두 형들께서 도탄 속에 빠져있는 백성을 구하려고 지략을 펼치신다면, 제가 1천여 명의 인마를 금방이라도 모을 수가 있습니다. 지금 고계박(高鷄泊)에 주둔하면서 형님들께서 왕림하시기를 기다리고 있습니다."

이에 두건덕이 말했다.

"1천 명이 적기는 하지만 그래도 성사시킬 수는 있지. 하지만 제왕도 아니오, 도적도 아닌 어중이 떠중이가 될 바엔 차라리 그만두는 편이 낫지."

웅신이 말했다.

"산수를 즐기며 살기는 형이나 내가 바라는 바가 아니었습니다. 승패란 가늠키 어려운 것입니다. 두 형께서 행동하시려면 제가 집에 있을 때 떠나는게 좋을 것입니다."

때마침 하인 하나가 조정에서 반포한 포고 내용을 필사한 글을 가지고 들어왔다.

웅신이 받아보고 상을 치면서 통탄했다.

"이런 얼빠진 황제 같으니. 이런 시국에 관리를 파견해서 만리장성을 수선하게 하고 군사를 일으켜 고구려를 치려고 하다니! … 백성을 못살게 굴면서 스스로 망하는 길을 걷는 게 아니면 무엇이겠습니까? 내(來) 총관이 아무리 능력이 뛰어나다고 하더라도 기울어지는 큰 집을 홀로 지탱할 수야 없지 않겠습니까? 그 전날, 서무공(徐懋公, 徐世勣. 懋는 힘쓸 무)한테 진형에게 보내는 편지를 부탁했는데, 총관께서 출정하신다면 숙보를 놓치지 않으려고 하실거요. 그러니 숙보도 산속에서 조용히 보내기가 어렵겠군."

손안조가 말했다.

"지혜가 있더라도 때를 잘 만나야 한다는(雖有智慧 不如乘勢) 옛말도 있습니다. 지금 서둘러 민심을 수습하지 않으면 시국은 더욱 혼란스러울 것입니다."

그러자 두건덕이 말했다.

"나는 멀리 앞을 내다보는 사람은 못되네. 선형이 두터운 인정을 베풀어주니 이곳을 떠나기 싫고, 또 딸애도 이곳에서 폐를 끼치고 있으니 나는 여러 가지를 고려해야 하네."

그러자 웅신이 말했다.

"두형(竇兄)의 그런 생각은 잘못입니다. 부모형제간에도 명리(名利)를 위해서는 잠시 갈라질 때가 있는데, 벗들이 모였다가 헤어지는 거야 당연한 일이 아니겠습니까? 따님은 이곳에서 내 딸애와 자매처럼 사이좋게 지내고 있습니다. 형의 딸은, 곧 나의 딸과 같습니다. 그러니 걱정마시고 큰 일을 위해서라면 떠나십시오. 일을 성사시킨 다음 데려가도 늦지 않을 것입니다. 또 저한테 어떤 일이라도 있으면 제가 직접 데려갈 것이니 걱정하지 마십시오."

웅신의 말을 듣자, 두건덕은 감격해서 눈물을 흘리며 말했다.

"형이야말로 우리 부녀와 생사를 같이 할 친혈육과 같습니다."

두건덕은 행장을 수습하고 딸에게 몇 마디 당부를 한 다음에 손안조와 함께 밤새도록 술을 마셨다.

이튿날 웅신은 은자 두 꾸러미를 가지고 나와서 50냥 짜리는 두건덕에게 주고, 20냥 짜리는 손안조에게 주었다. 두 사람은 사례하고, 길을 떠났다.

대장부의 간담은 하늘에 뜬 해와 같으니,	(丈夫肝膽懸如日)
사나이의 만남과 이별은 누구나 다 안다.	(邂逅相逢自相悉)
한때 의리 버린 경박한 자를 웃어주나니,	(笑是當年輕薄徒)
백발 되도록 지킨 우정을 버릴 수 없다.	(白首交情不堪結)

한편 진숙보는 개하도호(開河都護) 마숙모한테 파면당한 뒤, 제주성 밖으로 옮겨와서 꽃을 심고 죽림을 가꾸면서 한가한 나날을 보내고 있었다.

어느덧 1년 남짓 지났다. 하루는 사립문 밖에 있는 큰 유자나무 아래에서 들판을 바라보고 있는데, 체구가 장대하고 위풍이 당당한 젊은이가 차양 달린 큰 모자를 쓰고 말을 타고 오면서 숙보에게 물었다.

"여기가 진씨 댁입니까?"

"형씨는 누구신데, 무슨 일로 진씨 집을 찾으시오?"

"저는 노주 이현장에 계시는 선웅신 형께서, 제주 진숙보 어르신한테 드리는 서신을 가지고 왔습니다. 성 밖에서 찾으니 이곳으로 이사하셨다기에 찾아왔습니다."

"형이 진숙보를 찾는다면 옳게 찾아오셨소."

숙보는 어린 하인 아이에게 말을 들여매라고 분부하고 손님을 대청으로 청했다.

젊은이는 차양 달린 모자를 벗고 옷매무시를 단정히 했다. 숙보도 안에 들어가 도포를 바꿔입고 나와 인사를 나누었다. 숙보는 젊은이가 넘겨주는 편지를 읽었다.

선웅신은 오랫동안 숙보를 만나보지 못했는데 휴양(睢陽)에서 파면당했다는 소식을 듣고 이 서신을 써 보냈다. 서신을 가지고 온 사람 이름은 서세적(徐世勣)[115]이고, 자는 무

서세적(徐世勣)

공(懋功)으로 조주(曹州) 이호〔離狐, 今 山東 菏澤市(산동 하택시) 동부 明縣(명현)〕 사람이라고 했다. 근자에 선웅신과 결의형제를 맺었는데 회상(淮上)에 있는 친척집으로 가게 되어 서신 전달을 부탁받았다고 했다.

---

115 서세적〔徐(李)世勣, 594－669년, 原名 徐世勣, 或 作 世績. 字는 무공(懋功), 亦 作 茂功〕－본래 부호 출신. 와강군(瓦崗軍)에도 참여했었다. 唐 高祖 李淵이 李氏를 賜姓(사성)했다. 唐 太宗 李世民을 피휘하여 이적(李勣)으로 불렸다. 唐初 명장으로 동돌궐, 고구려 정벌에 공훈을 세웠다. 唐 高祖, 太宗, 高宗 三朝를 섬겼다.

숙보가 서신을 읽고 나서 말했다.

"선형과 결의형제를 맺었다니, 나와 호형호제(呼兄呼弟)하면 되겠군요!"

숙보는 초를 켜고 향을 피우도록 분부하고 무공과 결의형제를 맺고 생사를 함께 하기로 결심을 다졌다. 그리고는 무공을 집에 머물게 하며 술상을 차려 환대했다.

호걸이 호걸을 만나니 자연히 의기가 투합되었고 잠깐 사이에 서로 마음이 통했다. 숙보는 너무도 기뻐서 작은 서재로 자리를 옮기고 천천히 술을 들면서 시국을 담론했다.

술이 거나하게 되자, 숙보는 서무공이 아직 어리고 사회 교제가 좁고 식견이 낮으리라 생각하면서 물었다.

"무공형은 선형을 제외하고 또 어떤 호걸들을 만났습니까?"

"전 아직 어리지만 시국을 널리 고찰하는 한편 인정을 깊이 살폈습니다. 황제는 부친과 형제들을 죽였으니 대강(大綱)이 바르지 못합니다. 겉으론 덕을 쌓고 인정(仁政)을 편다고는 하지만 오히려 천하를 무력으로 빼앗아 엄한 형벌로 다스리고 있습니다. 지금은 동경에 궁궐을 짓고 운하를 파는 토목공사를 벌여서 장안으로부터 여항〔餘杭, 今 浙江省(절강성) 杭州市(항주시)〕에 이르기까지 소란스럽지 않은 곳이 없습니다. 가난한 백성들은 수천 리 밖에 끌려와 일하면서 세월을 보내다가 집으로 돌아가면 논밭이 황폐해졌을 뿐 아니라 농사를 지으려고 해도 자금이 없으니 산골에 모여 도적이 될 수 밖에 없지 않습니까? 그런데다가 황제는 갈수록 황음무도한 생활에 빠지고 있습니다. 오늘은 동경으로부터 강도(江都)를 순행하고 내일은 강도로부터 동경으로 순행을 합니다. 장성을 수축하고 하북을 순행한다 하면서 천자의 수레 행렬이 끊어질 사이가 없으니, 거기에 소요되는 모든 물자들을 운송하여 공급해야 합니다. 그러니 천하가 어찌 견뎌낼 수가 있겠습니까? 간신들은 조석으로 떠들어대면서 황제의 그릇된 처사를 옆에서 부추기니 4, 5년이 지나지 않아 천하가 소란해질 것은 불 보듯 뻔한 일입니다. 그래서 저는 호걸들과 힘을 합쳐 진정한 왕자(王者)를 찾으려고 합니다. 제가 만나본 선형이나 왕백당은 훌륭한 장수가 될 재목들입니다. 하지만 장막 안에서 전략과 전술을 세워 천리밖의 승리를 결정지을 정도까지 이르자면 이들만으로는 부족합니다. 진정한 천자를 찾아내지 못하니, 각자의 소인배들이 망령되게 할거하며 혼란한 틈을 타서 솜씨를 보이면서 두령의 자리를 빼앗길까 두려워합니다. 아직까지 진정한 천자를 찾을 수 없는 것이 한스럽습니다."

"형은 이밀을 만나본 적 있소?"

"만나봤습니다. 가세(家勢)가 풍족하고 인재를 볼 줄 알며 어진 이를 예의로 겸손하게 대하는 이 시대의 호걸입니다. 저의 소견에는 초창기의 황제는 어진이를 겸손하게 대하기는 쉽지만 현명한 사람을 옳게 쓰기가 어렵습니다. 또 자기의 지모가 귀중한 것이 아니라 사람을 쓸 줄 아는 지모가 귀중한 것입니다. 이밀은 재간이 있습니다만 현명하지 못한 사람을 잘못 등용할까 우려됩니다. 그러므로 진정한 황제가 되기는 어려울 것 같습니다. 형의 소견은 어떻습니까?"

"형이 방금 장수로 될 재목에 대해 말했는데, 나의 벗인 동아(東阿)의 정지절(程知節)도 용맹무쌍한 사람이요. 또 삼원(三原)의 이약사(李藥師, 李靖)도 만났는데, 그는 왕기(王氣)가 태원(太原)에 있다고 하면서, 지금 태원에 가서 거사할 준비를 하고 있습니다. 그런데 나와 형은 어떻다고 생각하시나?"

그러자 서무공이 웃으면서 말했다.

"역시 호걸이라고 생각합니다. 전쟁에 나아가 싸우는데는 제가 형을 따를 수 없겠지만, 결책을 내리고 임기응변하는 데는 형이 저를 따르지 못할 겁니다. 우린 모두 조정을 보좌해서 흥성시킬 운명입니다. 공명을 영원히 보존하자면 진정한 황제를 택하고 귀부해야만 합니다. 그래야만 화를 입지 않을 것입니다."

"천하에 인재가 많고 많을텐데, 형의 소견에는 더 이상의 재목은 없는가?"

"천하에 인재가 많지만 저의 이목(耳目)에 한계가 있기에 더 두루 살펴보아야 합니다. 장수가 될만한 재목은 형이 살고 계시는 이 부근의 젊은이들 가운데도 있다고 들었는데, 진형께서 아시는지요?"

"아직 모르겠네."

"제가 형을 찾아올 때 앞마을을 지나오는데 길 복판에서 소 두 마리가 싸우고 있었습니다. 저는 길 옆에 말을 세우고 싸움이 끝나기를 기다렸습니다. 그런데 10여 세 남짓한 어린애가 달려 나오더니 '이 짐승들아, 싸우지 말고 집으로 가자!'라고 소리치더군요. 그래도 소들이 서로 뿔로 들이받으며 싸우자 그 꼬마가 다시 '물러서!'라고 소리치며 두 손으로 소의 뿔을 각각 거머쥐고 한자 너비로 갈라 놓았습니다. 반시간 가량 지나니 소들은 싸우지 않고 물러섰습니다. 그러더니 꼬마는 소 잔등에 올라앉아 피리를 불면서 돌아가더군요. 제가 꼬마한테 이름이 뭐냐고 물으려는데, 뒤에서 다른 한 꼬마가 '나형! 왜 우리 소의 뿔을 상하게 했나?'라고 소리쳤습니다. 그래서 그 어린아이의 성이 나씨(羅氏)이고, 이곳에서 소몰이를 한다는 걸 알았습니다. 아마 이 부근에 살 것 같습니다. 어린애의 팔 힘이 그 정도이니 지금부터라도 무예를 익히게 하면 전국시대의 용사였던 맹분(孟賁)에 못지 않을 겁니다. 형께서 한번 찾아보시지요."

어딘들 기이한 인재가 없겠나?　　(何地無奇才)
다만 서로 알지 못할 뿐이다.　　(苦是不相識)
위풍당당한 나라의 간성이니,　　(赳赳稱干城)
그물을 쳐야만 토끼를 잡는다.　　(卻從兔置得)

　두 사람은 의기가 투합되어 사흘간 흉금을 터놓고 이야기했다.
　무공은 와강에 가서 책양의 동정을 살펴보려고 결심했기에 숙보는 웅신에게 보내는 회답 편지와 함께 노자를 마련해 주었다.

위현성에게도 편지를 써서 응신이 전해주도록 부탁을 했다. 두 사람은 술잔을 들면서 작별을 고하며 누구든 진짜 왕자(王者)의 재목을 만나기만 하면 서로 천거해서 함께 공명을 이루자고 약속했다.

숙보는 서운한 심정으로 무공을 전송해주고 홀로 돌아왔다. 얼마 걷지 않았는데 숲속에서 함성을 지르며 어린아이들이 한무리 달려나왔다. 그들은 15세 정도 되어 보이는 아이들로 모두 3, 40명이나 되었다. 그들 뒤로는 열 살이 조금 넘어 보이는 한 꼬마가 찢어진 옷차림에 두 주먹을 쥐고 눈을 부릅뜨고는 애들을 뒤쫓아오고 있었다. 어린애들은 쫓아오는 꼬마한테 돌을 던졌다. 그런데 이상스럽게도 돌은 모두 그 애의 울퉁불퉁한 근육을 맞고 튕겨 나갔다.

숙보는 홀로 중얼거렸다.

'서무공이 말하던 그 꼬마로구나!'

한참 도망치던 한 애가 숙보 앞으로 달려오다가 넘어졌다.

숙보가 그 애를 일으켜 주면서 물었다.

"아이야, 저 아이는 누구네 집 아이인데 저 모양이냐?"

그 애가 훌쩍거리면서 말했다.

"저 아이는 장씨네 집 소몰이꾼이에요. 매일 어른 행세를 하면서 우리만 부려먹어요. 우릴 끌고가선 소를 먹이게 하고 그 아이는 낮잠만 잡니다. 말을 듣지 않으면 때리고, 따라가지 않아도 때

려요. 우린 저 애를 당해낼 수가 없어요. 저 애의 심부름을 하기도 싫어요. 그래서 오늘은 목동들을 불러다가 싸웠어요. 그런데 뒷날 보복을 당할까 저 애보다 예닐곱 살 더 먹은 애들도 감히 달려들지 못해요. 저 자식은 정말 힘이 상사거든요."

'무공은 나씨네 집 아이라고 했는데, 이건 장씨네 집 아이로구나. 그럼 심부름꾼인가?' 숙보가 그 애한테 다가가서 손목을 잡고 말했다.

"애, 싸우지마라."

아이가 눈을 부릅떴다.

"상관말아요! 누구네 집 어른이신가요? 저 녀석들을 대신해서 싸우려고 그러시나요?"

"아니다. 난 싸우려고 그러는게 아니라 너와 얘기를 하고 싶다."

"그럼 제가 저 녀석들을 혼내준 다음에 말씀하세요."

아이는 잡힌 손목을 뽑으려고 애썼지만 뽑을 수가 없었다. 한참 실갱이질 하는데, 어린애들이 손뼉을 치면서 "온다! 온다!" 하고 소리를 질렀다.

그러자 한 노인이 다가오더니 다짜고짜로 꼬마의 멱살을 거머쥐었다. 숙보가 보니 앞마을의 장노인이었다.

노인은 욕설을 퍼부었다.

"소를 먹인다는 녀석이 싸움질만 하느냐? 저 녀석들이 찾아와서 고자질하는 통에 집에 조용히 앉아있을 수도 없구나. 네놈이 사람을 때려서 죽이기라도 하면, 내가 네 죄를 뒤집어쓰란 말이냐?"

숙보가 노인한테 권고했다.

"태공께서는 노여워 마십시오. 댁의 손자입니까?"

"우리집에 이따위 손자 녀석이 있을라구! 내 이웃에 사는 나대덕(羅大德)이 마누라를 죽이고는 이런 녀석만 남겼다네. 그런데 그 사람이 운하를 파는 부역에 나가면서 이 녀석을 돌봐달라며 하도 부탁을 하니 우리집에서 밥을 먹이면서 소를 몰게 했네. 그런데 이 녀석의 애비는 운하를 파다가 죽고 이 녀석 혼자만 남았다네."

"그럼, 이렇게 합시다. 태공께서 이 애를 저한테 넘겨주십시오. 댁에 진 빚은 제가 대신 갚아드리겠습니다."

"빚은 없으니 진형께서 데려가려면 데려가시오! 하지만 말은 똑똑히 해둡시다. 저 녀석이 말썽을 일으키면 나한테 연루시키지 마시오."

"그럴 수야 없지요. 그런데 너의 생각은 어떻지?"

그러자 아이가 장태공한테 따지고 들었다.

"저의 아버지가 저를 할아버지한테 맡기셨는데, 왜 다른 사람한테 넘겨주려는가요?"

"난 너 같은 골칫덩이를 더는 받아들일 수 없어. 이젠 신물이 난다."

이렇게 말하며 장태공은 가버렸다.

진숙보가 힘센 아이에게 말했다.

"애, 너무 기분 나빠하지 말아라. 난 진숙보라고 부르는데 집엔 동생도 없고 어머님과 아내 밖엔 없어. 난 너와 형제를 맺으려고 하는데 나와 함께 우리집에서 살지 않겠나?"

아이는 그제서야 펄쩍 뛰면서 좋아했다.

"진숙보 형님이셨군요. 제 이름은 나사신(羅士信)[116]입니다. 형님께서 관직을 버리시고 돌아오셨다는 말은 들었습니다. 형님은 힘도 무척 강하고, 창과 쌍간도 멋들어지게 쓰신다지요? 저는 부모님이 다 돌아가셨으니 홀로 살아야 합니다. 저를 잘 가르쳐만 주시면 형제간이 아니라 심부름꾼으로 부려도 달갑게 생각하겠습니다."

숙보는 절을 올리려는 나사신을 잡아 일으키면서 말했다.

"그만둬라, 우선 집에 가서 어머님부터 찾아뵙고 난 뒤에 얘기하자."

---

116 나사신(羅士信, 600 – 622년) – 隋唐(수당)의 장수. 齊州(제주) 歷城(역성, 今 山東省 濟南市) 출신. 613년 14세 때부터 전투 경력이 있다. 《隋史遺文》과 《隋唐演義》 등 고전소설 중에 그려진 행적은 正史(정사)의 기록과는 일치하지 않는다. 일부 소설에는 '羅成'으로 기록되었다. 《舊唐書》 187권 상 〈忠義上 羅士信傳〉 / 《新唐書》 191권, 〈忠義上 羅士信傳〉이 있다.

나사신은 진숙보를 따라 집으로 갔다. 숙보는 먼저 어머니한테 말씀드리고 부인 장씨에게 적삼을 가져오라고 해서 사신에게 입혔다.

그리고 어머니한테 예의를 갖춰 인사를 올리게 했다.

"전 어려서 어머니를 잃었습니다. 할머니께서는 저의 친어머님 같아요."

촛불을 켜놓고 여덟 번 절을 올린 다음, 사신은 어머니라고 불렀다. 다음 숙보에게 네 번 절을 하고 형님이라고 불렀고, 숙보는 동생이라고 불렀다. 마지막으로 장씨한테 절하면서 형수님이라고 불렀다. 장씨도 사신을 시동생처럼 대해주었다.

대체로 사람들은 자기의 정신 혈기가 쓸모 없을 때에는 말썽을 일으키거나 소란을 피우는 것으로 그것을 해소하지만, 일단 혈기가 쓰일 곳이 있을 때면, 자기의 뜻을 이루려고 매진한다. 또 자기를 제압할만한 사람을 만나지 못하면 광포한 짓을 하게 된다. 그러나 일단 고수를 만나게 되면 용광로에 들어간 쇳물이나, 자루 안에 들어간 원숭이처럼 시키는 대로 고분고분 처신하게 된다.

고집스럽고 제멋대로 놀던 나사신이었지만 숙보를 만나자 규범을 지킬 줄 아는 아이로 변해갔다. 숙보는 밤낮으로 나사신에게 창 쓰는 법을 가르쳐 주었는데, 나사신은 열심히 배워서 그 기술이 정통할 정도가 되었다.

어느 날, 숙보와 나사신이 마당에서 무예 시합을 하는데, 기패관이 말을 타고 달려왔다. 먼 길을 달려온 말은 땀투성이었다.

"여기가 진가장입니까?"

숙보가 기패관에게 되물었다.

"형씨는 누굴 찾으십니까?"

"진숙보를 찾아왔습니다."

"내가 진숙보입니다."

숙보는 말을 끌어가도록 나사신에게 분부하고 기패관과 함께 초당으로 들어왔다.

기패관이 인사하고 나서 말했다.

"해도대원수(海道大元師) 내호아(來護兒) 나으리의 영을 받고 공문을 가지고 왔습니다. 내 나으리께서는 장군을 선봉으로 초빙하셨습니다."

숙보는 공문을 보려고도 하지 않고 받지도 않으면서 대답했다.

"저의 연로하신 모친께서 병환 중이기에 관직에서 물러나와 은퇴했습니다. 농사를 지으면서 한가로운 나날을 보내고 있는 제가 어찌 다시 관직을 받을 수 있겠습니까?"

"어르신께서는 사양하지 마십시오. 이번 관직은 많은 사람들이 얻지 못해 안달을 하는 관직입니다. 공훈을 세우면 가족들까지 혜택을 입게 되는 것은 더 말할 것도 없고, 여비나 생활비만으로도 부귀를 누릴 수 있습니다. 어르신께서 내총관의 기대와 제가 찾아온 뜻을 저버리지 마시기 바랍니다."

"정말 모친의 병환 때문에 그렇습니다."

숙보는 기패관한테 간단한 음식을 대접하고 은전 스무 냥을 여비로 주었다. 그리고 기패관이 돌아가서 대답하기 편리하도록 서신 한 통을 써주었다.

숙보가 한사코 거절하자, 기패관은 어쩔 수 없이 작별 인사를 올리고 떠났다.

내총관은 칙명을 받자 생각했던 것이다.

'등래(登來)로부터 고구려 평양(平壤)에 이르자면 수로와 육로로 병행해서도 적을 치고 적을 막아야 한다. 그러자면 무예와 용맹이 출중한 사람이 있어야 한다. 진숙보는 용감무쌍한 사람이니 그를 선봉으로 삼으면 실패가 없을 것이다.'

그래서 차관을 보내 진숙보를 청했던 것이다.

그런데 생각 밖으로 기패관이 돌아와서 아뢰었다.

"숙보는 노모의 병환 때문에 부임할 수 없다고 하면서 서신을 한 통 써주었습니다."

내총관이 편지를 읽고 나서 말했다.

"숙보는 언제나 노모 때문에 관직을 사임하는구나. 하지만 옛날부터 충신은 효자 가운데서 나왔다. 그가 부모한테 효도를 하지 않으면, 어찌 임금한테 충성할 수 있겠는가? 그런데 지금 휘하에는 숙보처럼 충성스러운 장군이 없으니 안타깝구나."

내 총관은 한참 생각하다가 말했다.

"나한테 좋은 방도가 있다."

내 총관은 다시 서신 한 통을 써서 기패관에게 주었다.

"이 서신을 가지고 제주부 장군승〔張郡丞, 군승은 군수의 副職(부직), 곧 부군수〕을 찾아가서 숙보가 속히 떠나도록 재촉해달라고 전하라!"

말을 달려 다시 제주로 온 기패관은 군승 장씨를 찾아갔다. 장군승의 이름은 장수타(張須陀)[117]인데, 정의로운 마음이 있고 충성스러우며 문무를 겸비한 사람이었다. 그는 백성을 사랑하고 손아랫사람이라도 예의를 지켜 대하는 호걸이었다. 장군승은 숙보가 호남아임을 오래 전부터 알고 있었기에, 어떻게 하면 그의 마음을 돌이킬 수 있을까 하고 곰곰이 생각했다.

'그는 공명을 소홀히 여기고 벼슬을 탐내지 않는 사람이다. 재간이 출중할 뿐만 아니라 훌륭한 인품을 갖춘 사람이니 내가 직접 찾아가야겠다.'

장군승은 들어가서 알리게 하고 초당으로 들어갔다. 숙보는 군승이 찾아왔다고 하니 더 이상 거절하기가 겸연쩍어 집에 없다고 하라고 했다. 그러자 군승은 숙보의 모친 노부인을 만나자고 했다.

숙보의 모친이 나와서 일반적인 인사를 나누고 자리에 앉았

---

117 장수타(張須陀, 565－616년) － 隋朝(수조) 대장. 강렬한 성품에 용기와 지략을 겸비한 무신. 隋朝(수조)의 柱石(주석)으로 알려졌다. 《隋書(수서)》71권에 입전.

다.

"장군의 후손인 댁의 아드님은 이름난 영웅입니다. 지금 나라의 일이 급하니 공을 세우고 대업을 이룩할 때인데, 어찌하여 사절합니까?"

"그 애에게 이 어미가 늙었고, 또 제 몸도 불편해서 정벌에 참여하지 못합니다."

"노부인께서 연세는 높지만 정력은 왕성하시니 근심할 것 없을 것 같습니다. 사내 대장부라면 싸움터에서 죽어야지 침상에서 맴돌다가 처자들의 손에서 죽어서야 무슨 보람이 있겠습니까? 또 유독 노부인께서만 왕릉(王陵)[118]의 모친이 될 수도 없지 않습니까? 부인께서 분부하시면 아드님은 따르지 않을 도리가 없을 겁니다. 내일 제가 다시 찾아오겠습니다."

말을 마치자 군승은 돌아갔다.

노부인이 숙보에게 말했다.

"장(張) 대인의 뜻에 거슬리지 말고, 네가 찾아가 보려무나. 일

---

118 왕릉(王陵, ?-前 180년) - 秦末(진말) 漢初(한초) 패현 출신. 한고조 유방이 미천할 때, 왕릉과 친했다. 항우와 유방이 패권을 다툴 때, 왕릉 모친은 아들 왕릉에게 유방에게 귀순하라고 권유했다. 왕릉의 모친은 항우 관할하에 있었기에 왕릉은 유방을 섬기기를 주저했다. 그래서 왕릉의 모친은 항우측의 협박에 굴복하지 않으면서 아들의 결심을 촉구하기 위하여 한왕의 사자가 왔을 때 그 앞에서 자결했다. 相國(상국) 조참(曹參)이 죽은 뒤에 왕릉은 우승상, 진평(陳平)은 좌승상이 되었다.

찍 성공하도록 하늘께서도 보호해 주실 것이다. 그러면 부모처자
와 함께 복을 누릴 수가 있지 않겠느냐?"

숙보가 망설이고 있을 때 나사신이 말했다.

"형님의 재간으로 고구려를 치기는 식은 죽 먹기와 같을 것입
니다. 집일은 형수님께서 얼마든지 주관하실 수 있습니다. 저도
형님을 따라가서 하루 속히 요동을 평정하시도록 도와드리고 싶
지만, 저까지 집에 없으면 좀도적들이 달려들까 걱정됩니다."

세 사람이 의논한 결과 숙보가 떠나기로 했다. 이튿날 아침, 숙
보는 군승이 다시 집으로 찾아오는 일이 미안스러워 관복을 갈아
입고 성으로 들어갔다. 군승은 대단히 기뻐하면서 기패관에게 가
지고 온 총관의 서신을 숙보에게 넘겨주게 했다.

군승은 은자 두 꾸러미를 선물로 주었다. 한 꾸러미는 송별 기
념으로 숙보한테 주는 것이었고, 다른 한 꾸러미는 노부인한테
생활비로 드리는 것이었다. 숙보는 호의를 저버릴 수가 없어서
받았다.

군승이 숙보의 손을 잡고 당부했다.

"형의 재간으로 틀림없이 성공할 것이요. 하지만 고구려는 간
계가 많고 교활합니다. 틀림없이 병력을 나눠서 수비하겠지만 연
해의 군사력은 허약할 것이요. 형은 그냥 내버려두시오. 평양은
패수와 가깝고, 또 나라의 도성이니 준비가 없는 틈을 타서 직접
들이치도록 하게. 고구려에서 안을 돌보는 사이에 대가리와 꼬리
를 엇바꿔가면서 공격하면 공략하기가 어렵지 않을 것이요."

"훌륭하신 조언을 가슴속에 깊이 새기겠습니다."

숙보는 인사를 하고 나왔다. 집에 돌아와서 일을 처리한 다음 짐을 꾸려가지고 기패관과 함께 떠났다. 나사신이 멀리까지 전송하면서 몸조심하시라고 당부했다.

숙보와 기패관은 밤낮으로 길을 재촉하여 등주(登州, 今 山東省 烟台市 牟平區)에 도착해서 본영에 들어가 내호아 총관을 만났다. 내 총관은 크게 기뻐하면서 수군 2만 명과 청작선(青雀船)과 황룡선(黃龍船) 각각 백 척씩을 선발했다. 좌무위장군(左武威將軍) 주법상(周法尚)이 황제가 도성을 나섰다는 소식을 전하자 출병했다. 그야말로,

깃발과 천막 바다를 덮고 위엄 떨치니,　(旗翻幔海威先壯)

돛의 기세는 이미 평양을 삼킨 듯했다.　(帆指平壤氣已吞)

양의신은 출사하여 반적을 격파하고, 왕백당은 계책으로 친
우를 지켰다.(楊義臣出師破賊, 王伯當施計全交.)

노래하기를,	詞曰,
물거품 같은 세상사,	(世事浮漚)
바보들 소란이라 탄식하며,	(歎癡兒擾攘)
온 땅에 가득한 전쟁.	(偏地戈矛)
호랑이가 왜 무서우랴?	(豺虎何足怪)
손쉽게 용도 잡는다.	(龍蛇亦易收)
폭풍우 지나가고,	(猛雨過)
떠가는 엷은 구름,	(淡雲流)
어디로 흘러가는가?	(相看怎到頭)
곰곰이 내 삶 생각하니,	(細思量此身如寄)

모두가 하루살이 같다.　　　　　(總屬蜉蝣)

문노니 그대 어디로 가나?　　　　(問君膠漆何投)

하늘 끝 바다 저편을 넘어,　　　　(向天涯海角)

남북을 헤매 구한다.　　　　　　(南北營求)

명예가 멍에가 되니,　　　　　　(豈是名爲累)

도리어 타고난 원수로다.　　　　(反與命添仇)

눈앞의 걱정거리,　　　　　　　(眉間事)

술로써 잊어야지,　　　　　　　(酒中休)

만나선 성취를 바란다.　　　　　(相逢羨所謀)

죽음과 잔혹만을 겁내니,　　　　(只恐怕猿聲鶴唳)

또 다른 걱정거리 생겼다.　　　　(又惹新愁)

— 곡조 〈의난망〉　　　　　　　— 調寄 〈意難忘〉

　　태평한 시대에 가산(家産)이 있는 사람들은 기꺼이 전원 속에
여유롭게 살려고 한다. 영웅호걸이라 하여도 도망쳐야 할 궁지에
이르면 그저 한탄만 할 뿐이다. 혹시 난리라도 만났다면 모두가
한 고조(漢 高祖, 劉邦)[119]처럼 출세하려 하고, 똑똑하다는 사람은

---

119 漢 高祖(한 고조) ─ 유방(劉邦, 前 256－195년, 壽 62세. 前 247－195년,
　　壽 53세), 字는 季, 前 206년 漢王, 漢 건국. 前 202년 칭제 후 재위
　　7년. 高祖의 생김새는 우뚝한 코에 훤한 이마와 멋진 수염이 났
　　고 왼쪽 허벅지에 72개의 검은 점이 있었다. 장년에 관리가 되어

제갈량(諸葛亮)[120]처럼 되려고 한다. 하지만 과대망상으로 목이
잘려 후세의 웃음거리가 될 줄을 어찌 알겠는가? 그래서 시국을

泗上(사상)의 亭長(정장)이 되었는데 관청 관리들과 허물없이 지
냈다. 술과 여색을 즐겼다. 늘 왕씨 노파나 武負(무부) 집에서 외
상술을 마셨는데, 고조가 술에 취해 누웠으면 무부나 왕노파의
눈에 괴이한 일이 보였다. 고조는 늘 외상술을 마셨는데 외상값
의 몇 배나 되는 술이 더 팔렸다. 괴이한 일이 있은 뒤 연말에 술
집에서는 장부를 없애 술값을 받지 않았다. 高祖는 그전에 咸陽
(함양)에 요역을 갔다가 秦 황제의 행차를 보고서는 크게 탄식하
며 말했다. "아하! 대장부라면 응당 저래야 할 것이다."

120 제갈량(諸葛亮, 181-234년, 字는 孔明)―중국 역사상 걸출한 정치
가이며 전략가, 문장가, 徐州 琅琊郡(낭야군) 출신. 南陽郡에 이
주, 독서. 와룡선생(臥龍先生)으로 통칭. 劉備의 三顧茅廬(삼고모
려) 후 출사. 제갈량의 작위는 武鄕侯(무향후), 후주 劉禪(유선)을
보좌. 전후 5차 북벌, 五丈原(오장원)에서 죽음. 시호는 忠武. 보
통 諸葛武后로 통칭. 중국의 傳統 개념상 충신과 智者의 대표.
제갈량은 227과 228년에 두 차례 〈出師表〉를 올리고 북벌에 나
섰다. 淸代 초기의 문학 비평가인 모종강(毛宗崗, 1632-1709년 이
후)은 그의 《讀三國志法》에서 三國時代 歷史人物 3인에 대하여
특별한 본인의 의견을 제시하였다. 「三國 시대에 삼기(三奇)가
있었으니 가히 三絶이라 할 수 있다. 곧 諸葛亮이 一絶이고, 關
雲長(관운장) 또한 一絶이며, 曹操 역시 一絶이다. 역사 기록에 역
대 수많은 賢相이 있었지만 제갈공명만큼 유명한 사람은 없었
다. … 또 역사에 구름처럼 많은 名將이 있었지만 관운장만큼 탁
월한 사람은 없었다. … 史書 기록에 간웅(奸雄)이 어느 시대건
존재했지만 그 지모로 인재를 끌어 모으고 천하 전체를 속인 자
로는 조조(曹操)만한 인물이 없었다. ~」라고 말했다.

아는 자를 준걸이라고 하는 것이다.

그러나 이런 도리를 깊이 깨닫고 있는 자가 도대체 몇이나 되겠는가? 진숙보〔秦叔寶, 본명, 秦瓊(진경)는 등주(登州)〕에서 수군을 훈련시키다가 양제가 도성을 출발했다는 통보를 받고 출병했다.

양제는 어느 날 궁중에서 황후 소씨(蕭氏)와 함께 연회를 베풀었다.

황제가 황후에게 말했다.

"왕홍(王弘)은 용주(龍舟)를 다 만들었고, 공부(工部)에서도 비단 돛과 채색 비단의 밧줄을 다 준비했다오. 그런데 고창(高昌)이 용주를 끌을 전각녀(殿脚女)를 선발하는 일은 어떻게 됐는지 아직 알 수가 없소."

양제의 말을 듣고, 소후가 말했다.

"전각녀란 이름은 좋습니다. 하지만 궁전처럼 큰 배를 가냘픈 여자 백여 명이 끌 수 있겠습니까? 내시들이 도와줘야만 힘들지 않을 것입니다."

"여자들이 끌어야 보기가 좋지, 내시들이 섞이면 운치가 나지 않을 것이요."

"여자들 뿐이면 배를 움직이기가 어렵지 않을까 걱정됩니다."

"그럼 어찌하겠나?"

황후가 술잔을 들고 생각하다가 말했다.

"옛사람들은 양에 멍에를 메어 배를 끌게 했다고 하옵니다. 그것도 아름다운 광경이지요. 천 마리의 양을 골라서 배마다 열 마리씩 매어놓고, 미녀들과 함께 끌게 하면 멋질 것으로 생각됩니다."

"황후의 말이 내 마음에 꼭 드는군."

내시를 시켜 황제의 지시를 전달하고 천 마리의 양을 골라다가 배를 끌게 했다. 내시들은 황제의 명령을 전달하였다. 황제와 황후, 그리고 여러 부인들은 강도(江都)를 유람할 비빈과 궁녀들을 선발하려 했다.

그때 중문사(中門使)인 단달(段達, 29회 주석 참고)이 들어와서 장계(狀啓)를 올렸다. 황제는 받아서 펼쳐놓고 자세히 읽어보았다. 손안조와 두건덕이 고계박(高鷄泊)이란 곳을 차지하고 난을 일으켜 군사를 이끌고 탁군통수(涿郡通守)인 곽순(郭絢)을 공격했으며, 하곡(河曲)에 모여있는 장금칭(張金稱) 무리와 청하(淸河)의 대도(大盜) 고사달(高士達)과 결탁하여 근처의 현들을 약탈했는데, 관병들은 그 자들의 예봉(銳鋒)을 꺾을 수가 없어 장계를 올려 위급을 알리니 군사를 파견해 토벌을 요청하는 내용이었다.

장계를 보고 황제가 대로했다.

"소인 무뢰배들이 이렇게 겁 없이 날뛴단 말이냐! 대장군을 파견해서 한 놈도 남기지 말고 소탕해야 지방이 안정되겠구나."

그러나 갑자기 누구를 보냈으면 좋을는지 생각이 떠오르질 않았다.

그때 원자연(袁紫煙)이 옆에서 말했다.

"태복(太僕)인 양의신(楊義臣)[121]은 문무를 겸비한 인물이라고 들었습니다."

황제가 그 말을 듣고 놀랐다.

"양의신이 문무를 겸비했다는 말을 그대는 누구한테 들었는가?"

"그분은 소첩의 외삼촌입니다. 소첩은 아직 만나뵙지도 못했지만, 소첩이 어릴 때 아버님께서 늘 외삼촌의 재간을 칭찬하셨기에 들어서 알고 있습니다."

"원래 양의신이 원 귀인의 외삼촌이었군! 그대가 말하지 않았더라면 모를 뻔했었다. 양의신은 지금 사직하고 집으로 돌아갔지만, 재간 있는 사람이지."

황제는 명령을 내려 태복 양의신을 행군도총관(行軍都摠管)에 임명하고, 주우(周宇)와 후교(侯交) 두 사람을 선봉으로 삼아 정병 십만을 파견하여 하북 일대의 도적을 토벌케 했다. 내시를 보내, 황제의 명령을 이부와 병부에 전달하고 공문을 시행케 했다.

황제가 원자연에게 말했다.

"양의신은 옛날엔 신하였고, 지금은 황가의 인척이니 짐의 기대를 저버리지는 않을 것이다. 개선하고 돌아오면, 궁으로 불러 조카와 만나게 하면 좋지 않겠는가?"

---

121 양의신〔楊義臣, 546–617년, 本姓 尉遲氏(울지씨)〕 — 隋朝(수조) 장수. 楊義臣 父(부) 울지숭(尉遲崇)은 수 文帝와 측근, 문제가 楊氏(양씨) 姓(성)을 하사. 수 양제 즉위 이후 양의신은 돌궐족의 침입을 격퇴. 여러 지방관을 역임했다.

원자연이 사은했다.

하늘 운수는 수(隋)를 끝내려 하는데,　　（天數將終隋室）

우매한 황제 억지로 버티려 한다.　　（昏王强去安排）

지금은 간신 아첨배가 곁에 있어,　　（現有邪佞在側）

현량한 신하 어찌 안정을 이루랴?　　（良臣焉用安危）

칙령을 받은 양의신은 장수와 장령들을 모아놓고 길일을 택해서 출병했다. 며칠간 행군해서 제거구(濟渠口)에 도착했다. 거기서 40리 밖에 장금칭의 무리가 군현을 약탈하고 있다는 소식을 듣자, 양의신은 급히 진을 치고 군사를 배치 완료했다. 그렇지만 도적패의 출입로를 잘 모르기 때문에 군사들이 함부로 행동하지 못하게 단속했다. 정탐꾼을 보내서 허실을 염탐케 하고 기이한 방책으로 장금칭을 사로잡을 계획이었다.

양의신의 군사가 당도했다는 소식을 들은 장금칭은 스스로 무리를 이끌고 관군의 병영 앞에 와서 싸움을 걸었으나, 관군이 수비만하고 출전하지 않아 전투가 벌어지지 않았다.

장금칭은 수하들을 시켜 종일 쌍욕을 퍼붓게 하는 수밖에 없었다. 달포가 지나도록 아무런 움직임이 없으니 싸우기를 두려워하고 계책을 꾸밀 줄 모르는 사람이라고 양의신을 업신여기게 되었다.

양의신은 적군이 해이해진 틈을 타서 주우와 후교 두 장군을

불러 정예 기병 2천 명을 거느리고 관도(館陶)[122]를 건너가 매복
시킨 다음에, 장금칭의 군사가 본영을 떠나 관군과 접전을 시작
하면 신호포를 쏘아 동시에 협공하기로 방책을 정했다.

양의신은 친히 갑옷을 입고 군사를 거느리고 돌진했다. 장금
칭은 관군의 대오가 정연하지 못하고 진법이 무질서한 모양을 확
인한 뒤에 돌격해 왔다. 양쪽 군사가 맞붙어서 얼마를 싸우지도
않았는데 동서쪽으로부터 관군의 복병이 쏟아져 나오면서 길을
차단하고 협공했다. 결과적으로 장금칭의 무리는 크게 패했다.
장금칭은 홀로 말을 타고 청하현 경계까지 도망쳤다가 마침 군사
를 거느리고 도적을 체포하려 나섰던 청하 군승(郡丞, 부군수)인
양선(楊善)에게 사로잡혀 처형되었다. 양선은 장금칭의 수급을
양의신의 본영에 보내왔다. 장금칭의 수하에 있던 패잔병들은 그
길로 두건덕 진영으로 찾아갔다.

양의신은 적군의 본영에 있던 금은보화와 말들을 몽땅 사졸들
에게 상으로 나눠주었고, 붙잡혀 왔던 여자들을 집으로 돌려보냈
다. 그런 다음 군사를 곧장 평원현(平原縣)으로 진군한 뒤에 고계
박을 공격하고 잔당을 소탕할 계획이었다.

그때 고계박에 주둔한 두건덕과 손안조와 고사달은 장금칭을
격파한 양의신이 승승장구하며, 관군을 거느리고 20리 정도 떨어

<hr>

122 관도(館陶) ─ 지명. 河北省(하북성) 동남부, 한단시(邯鄲市) 관할 縣
   (현). 山東省(산동성)과 접경.

진 무창(巫昌)에 군영을 마련했다는 소식을 들었다. 이에 두건덕은 크게 놀라면서 손안조와 고사달에게 말했다.

"나는 고계박에 오기 이전에 양의신이 문무를 겸비하고 용병술이 귀신같다는 말을 들었네. 하지만 그와 직접 맞서본 적은 없네. 오늘 금칭을 격파한 관병을 거느리고 나를 격파하러 왔으니 그 예기가 대단해서 막기 어려울 것이다. 그러니 사달 형은 군사를 이끌고 험난한 곳에서 관군의 예봉을 잠시 피하며, 시일을 끌다가 그들의 군량이 부족해지는 시기에 군사를 나눠 공격하면 의신을 사로잡을 수 있을 것이요."

그러나 고사달은 두건덕의 지시를 따르려 하지 않았다. 그는 자신의 용맹만 믿고 병약한 군사 3천 명 정도를 두건덕에게 주어 본영을 지키게 하고, 손안조와 함께 군사 1만 명을 거느리고 양의신의 본영을 공격하였다.

그러나 이는 고사달 혼자만의 생각이었다. 양의신은 도적들의 불의의 공격을 예상하고 사방에 군사를 매복시켰었다. 삼경이 되니 고사달이 군사를 이끌고 양의신의 본영을 공격해 왔다. 그러나 본영이 텅 비어져있어 함정에 걸린 줄 알고 물러서려는데 사방에서 함성이 일어나며 양의신의 맹장 등유견(鄧有見) 등이 공격해왔다. 등유견이 고사달의 목을 겨냥하고 화살로 공격하자, 고사달은 그대로 낙마했다. 등유견은 고사달의 머리를 베어 가지고 남은 사졸들을 공격하였다. 고사달이 죽자, 손안조는 말을 돌려 도망치려는데 두건덕이 달려와 구원하였다.

관군의 기세가 하도 드세어 장졸 열에 여덟아홉은 다쳤거나 죽었다. 이제 두건덕과 손안조에게는 기병 2백여 명 밖에 남지않았다. 그들은 요양(饒陽, 今 河北省 衡水市 관할 현명)이 아무런 방비가 없다는 사실을 알고 성에 이르러 사흘 만에 격파했다. 두건덕은 요양성을 차지하고 지키면서 양의신을 공격하자고 의논했다.

두건덕이 손안조에게 말했다.

"지금 관군의 기세가 대단하고 양의신의 지모가 출중하니 한동안 공격하기 어려울 것이네. 그러니 이 성을 단단히 수비만 하겠네."

"양의신이 물러가지 않으면 우린 독 안에 든 쥐와 같습니다."

"나한테 계책이 있네. 금은보화를 많이 가진 한 사람을 동경에 보내, 권력을 쥔 간신들에게 뇌물을 먹이고 양의신을 다른 사람으로 교체하게 만들면 될 것이야! 수나라 장수들 중에 양의신을 제외하고는 두려운 사람이 없네."

다시 손안조가 말했다.

"그럼, 제가 가겠습니다. 그런데 뇌물을 먹여도 양의신이 그냥 버티면 어쩝니까?"

"그럴 수가 없을 것이네. 황제는 지금 간사한 자들을 신임하고 있네. 황제 측근에 간사한 자들이 있으면 충신들이 밖에서 공을 세울 수 없는 법이네."

두건덕은 많은 금은보화를 모아서 손안조에게 주었다. 손안조는 힘센 두령 하나에게 짐을 지게 한 뒤에, 두건덕과 작별하고 밤에 길을 떠났다. 길을 떠난 두 사람은 양군(梁郡)의 백주촌(白酒村)에 당도했다. 해가 서쪽으로 기우는데, 앞으로 더 가면 묵을 곳이 없을까봐 두 사람은 근방에 보이는 객점으로 들어갔다.

"두 분 뿐입니까? 함께 오신 분이 더 없습니까?"

"우리 둘 뿐이오."

"안쪽에 네댓 분 쉴 수 있는 큰방이 있는데 짐을 옮겨야 합니다. 서쪽 편 첫 칸이 깨끗한 방인데 손님 한 분이 먼저 드셨습니다. 그 방에서 세 분이 얼마든지 주무실 수 있습니다. 제가 모시겠습니다."

손안조가 문을 열고 들여다보니, 한 사내가 침상에 누워 코를 골면서 자고 있었다.

"나으리들은 하룻밤만 주무시고 가실테니, 이 방에 드셔도 괜찮겠지요?"

"그럽시다."

주인이 행장을 옮겨왔다. 손안조가 침상에서 자고 있는 사람을 보니 몸이 통통하고, 허리가 한아름이 넘을 것 같았다. 곱슬머리에 수염을 길게 기른 외모가 수려했다.

손안조가 그런 모습을 보면서 중얼거렸다.

"저 친구도 한가하게 보내는 사람은 아닌 것 같구나. 깨어나면 인사나 나눠야지."

주인이 침구를 가져오니 손안조도 한잠 자려고 부하를 불러 자리를 펴고 차를 가져오라고 분부했다. 침상에서 자고 있던 사내

가 말소리에 눈을 비비면서 슬그머니 일어났다. 그 사람은 손안
조를 훑어보다가 물었다.

"형씨는 성씨가 무엇입니까?"

"저는 성이 조씨(祖氏)이고, 이름은 안생(安生)입니다. 형씨는
누구십니까?"

"저는 성이 왕씨이고, 자는 백당(伯當)입니다."

손안조가 듣고 몹시 기뻐하며 말했다.

"바로 제양(濟陽)의 왕백당 형이시군요!"

손안조가 인사를 올리니 왕백당이 서둘러 답례했다.

"형은 제 이름을 어떻게 아십니까?"

"제 이름은 조안생이 아니라 손안조입니다. 재작년에 이현장
에 갔다가 선웅신한테서 형의 대명을 들었습니다. 그래서 알고
있었습니다."

"선형한테는 무슨 일로 가셨습니까? 그는 지금 뭘하고 있습니
까?"

"두건덕 형을 찾으러 갔다가 만났습니다."

"제가 알기로, 두건덕 형은 지금 고계박에서 거사한 뒤, 그 세
력이 대단하다고 하던데, 형은 왜 두형과 함께 있지 않고 여기까
지 오셨습니까?"

손안조는 양의신이 관군을 거느리고 와서 장금칭과 고사달을
죽이고 승승장구하여 두건덕을 핍박하고 있으며, 요양을 지키고
있는 두건덕의 부탁으로 동경에 볼 일이 있어서 간다는 사연을

이야기했다.

그리고 이어 왕백당에게 물었다.

"형은 무슨 일로 이곳에 오셨습니까?"

왕백당이 길게 탄식하고 나서 이야기하려는데, 손안조의 부하가 들어오니 입을 다물었다.

손안조가 왕백당에게 말했다.

"이 사람은 저의 심복 두령이니, 형께서는 꺼리지 마십시오."

그러고 나서 두령에게 말했다.

"나가서 술과 안주를 가져오게."

그가 술과 안주를 가져다가 차려놓고 밖으로 나갔다. 두 사람은 술상에 마주 앉았고, 왕백당이 말했다.

"내게 결의형제를 맺은 친구가 있는데, 역시 선웅신 형의 친구입니다. 이름은 이밀이고 자는 현수(玄邃)인데, 지금 큰일을 저질렀습니다. 그래서 내가 남몰래 이곳으로 왔지요."

"동생이 전일 길에서 제국원을 만났었는데, 거사하려고 이밀을 찾아간다고 했습니다. 그런데 일이 어떻게 됐습니까? 도대체 무슨 일이 생겼습니까?"

"말도 말게, 내가 일이 있어서 초(楚) 땅으로 가게 되어 이밀과 헤어졌네. 생각 밖으로 이형은 양현감(楊玄感)[123]을 따라 관중에 들어가서 함께 거사했다네. 양현감은 사실 우물 안 개구리처럼

---

123 양현감(楊玄感) – 제20회의 주석 참고.

정저지와(井底之蛙) 안목이 좁은 속물이어서 나는 따르지 않았었네. 내가 생각했던 것처럼 일은 성사되지 못했고, 양현감은 조정에 잡혀가 목이 잘렸네. 나는 와강에 가서 책양과 함께 거사하려고 했는데, 이밀이 관중에 잠행했다가 기마병들한테 잡혀서 동경으로 압송된다는 소식을 들었네. 동경으로 가자면 반드시 이 길을 지나야 하기에 이곳에 와서 기다리는 중이네. 아마 오늘 저녁에 도착하면 하룻밤을 묵어가게 될 거네."

"그럼 일은 쉽게 됐군요. 제가 형과 함께 나가보고 그들 중에 이형이 있다고만 알려주면, 제가 손을 써서 압송하는 자들을 없애버리고 떠나면 그만 아닙니까?"

"이 길은 낙양으로 통하는 요도(要道)이니 떠들썩하게 처리하면 오히려 좋지 않네. 이 일은 힘으로 할게 아니라 꾀로 처리해야 하네."

한참 이야기를 주고받는데 밖에서 시끌벅적한 소리가 들렸다. 왕백당과 손안조가 문을 열고 나가보니 6, 7명이나 되는 호송병들과 호송관 한 명이 형구를 씌운 죄수 4명을 압송하여 들어왔다. 죄수들은 객점 문 앞에 있는 매대(賣臺) 옆에 앉아있었다.

왕백당이 보니 이밀이 있었고, 나머지 사람은 위복사(韋福嗣)[124]와 양적선(楊積善)[125] 그리고 병원진(邴元眞)이었다. 왕백당

---

124 위복사(韋福嗣, ?-614년) - 형주(荊州) 총관, 상용(上庸) 문공(文公)

은 아무 말 없이 한번 눈짓한 다음 다시 들어왔다.

이밀은 왕백당을 알아보고 속으로 기뻐했다.

'됐다. 그가 왔으니 도망칠 수 있게 됐구나. 그런데 누구와 함께 왔을까?'

마음속으로 적이 안심하고 있는데, 왕백당이 비단 몇 필을 들고 다시 와서 매대 위에 놓으면서 말했다.

"주인, 난 여비가 떨어졌수다. 이건 유명한 노주(潞州) 비단으로 모두 열 필인데, 본전으로 팔겠소. 짐 속에 넣고 다니니 무겁고 또 자리를 차지해서 귀찮구만."

"나으리, 우리는 시골의 작은 객점인데 어디서, 많은 은전이 나겠습니까? 나으리께서 더 묵어 가시면서 숙박료를 비단으로 계산해 주신다 해도 우리는 이렇게 많은 보물을 처분할 수가 없습니다."

위세강(韋世康)의 아들, 隋朝(수조) 관리. 內史舍人(내사사인) 역임, 뒷날 반적 양현감의 부하. 양적선(楊積善)과 함께 처형, 이후에 또 거열형을 받았다.

125 양적선(楊積善, ?−614년)−隋朝 말기 농민 봉기군의 수령, 隋 개국공신 양소(楊素)의 第 四子. 양소가 양제의 핍박을 받아 죽은 뒤에 양소의 장남 양현감(楊玄感)은 불안하여 모반을 획책한다. 양제 大業 9년(613년) 봄, 양제는 2차 고구려 원정에 나서며 양현감에게 여양〔黎陽, 今 河南省 북부 鶴壁市(학벽시) 관할 浚縣(준현)〕에서 군량 공급을 책임진다. 그러나 전국 각지에서 농민 반란이 일어나 군량을 제대로 공급할 수 없게 되자, 6월에 반란을 일으킨다. 결국 반란이 실패하며 양현감과 양적선 형제는 모두 처형된다.

그러자 왕백당은 다시 비단 한 필을 매대 위에 펼쳐 보이면서 말했다.

"자, 보시오. 가짜를 가지고 주인을 속이려는 게 아니오. 이건 고르고 골라 한 필에 은전 두 냥반씩 주고 매입했습니다. 품질이 상등인 은자라면 한 필에 일 이전씩 깎아서라도 팔아버리겠소."

그러자 호송관과 호송병들이 매대에 몰려와 비단을 만져보면서 말했다.

"정말 좋은 비단이구만. 쫀쫀하구 두껍게 짠거야. 시골에 가지고 가면 한 필에 넉 냥씩은 얼마든지 받겠어. 돈이 없는게 아쉽구만."

여러 사람들이 비단을 놓고 한창 이야기하는데 이밀이 다가왔다.

왕백당은 눈으로 죄수를 흘겨보며 사나운 목소리로 말했다.

"이 뒈질 놈의 사형수야, 죄인 주제에 보긴 뭘 보냐?"

손안조가 옆에서 웃으며 말했다.

"형씨는 너무 업신여기지 마시오. 그 사람에게도 은전이 있을지 누가 압니까?"

이밀이 왕백당을 보면서 말했다.

"손님, 당신한테도 이런 물건은 많지 않을 것이요. 그렇지만 더 있다면 얼마든지 가져오시오. 내가 가져오는 만큼 모두 다 사겠소! 내가 사고 말고! 그 정도 못하면 사내대장부가 아니지!"

왕백당이 손안조한테 말했다.

"둘째 형, 방안에 5필이 더 있으니 그걸 몽땅 갖고 오시오."

이밀이 늙은 호송병인 장룡(張龍)한테 다가가면서 말했다.

"장형, 이 고급 노주 비단을 사고픈 생각이 있소? 나한테 은전 열 냥이 있으니 몇 필 사드리겠소. 앞으로 가는 길에서 잘 좀 봐주십시오."

"그건 안 되네. 몇 필 사서 혜(惠) 나으리께 먼저 드려야만 나도 받을 수 있네."

이밀이 말했다.

"난 죽을 날이 하루하루 다가오고 있습니다. 내가 돈을 뒀다 뭘 하겠소. 저 사람의 비단을 몽땅 사서 그 절반과 은자 50냥을 혜씨 나으리께 드리겠소. 여러분들한테는 비단 한 필, 은자 다섯 냥씩을 드리겠소. 동경에 가서 내가 처형되면 우리의 시체나 잘 묻어주시오. 장형이 찾아가서 말씀해 보시오. 혜 나으리께서 승낙하시면, 나는 장형한테 은자 열 냥을 더 드리겠소."

"모두 열다섯 필이니, 은자 37냥 5푼입니다. 모두 질이 좋은 은자이니 틀림없습니다."

이밀은 왕백당에게 비단 값을 치렀었다. 이밀이 노주 비단을 펼쳐보니 모두가 똑같은 무늬였다. 그는 장룡에게 비단을 넘겨주면서 여러 사람들에게 나눠주라고 말했다. 모두가 이밀에게 고맙다고 인사했다. 이밀은 또 은자 봉지에서 한 냥 남짓되는 은자를 하나 꺼내 객점 주인에게 주며 말했다.

"자, 이건 우리가 마신 술값으로 계산해 주시오. 또 이런 거래를 도와주신데 대한 사례입니다."

그러자 왕백당도 웃으면서 말했다.

"허! 나도 깜박 잊었군. 은자 7냥과 5푼을 남겼으니 주인한테 사례금으로 한냥 남짓 드려야겠군."

왕백당이 은자 한 덩이를 꺼내 저울에 달아보니 한 냥 한푼짜리였다. 왕백당은 그 은자를 그냥 객점 주인에게 주었다.

주인이 말했다.

"이런 법이 어디 있습니까? 저는 아무런 힘도 들이지 않았는데, 어찌 두 분의 은혜를 그냥 받을 수 있겠습니까?"

세 사람이 밀고 당기고 하는데, 손안조가 말했다.

"저한테 한 가지 방법이 있습니다. 저의 형이 사례금으로 은자 한 냥 한푼을 내는 건 당연한 일입니다. 형께서도 주인한테 드리려던 은자를 어찌 도로 넣겠습니까? 저도 얼마간 더 보탤테니 세 몫을 합쳐서 주인에게 드리고 요리나 몇 가지 볶고 술을 사다가 함께 마십시다. 그러면 주인께서는 먼 곳에서 온 우리를 대접하는 뜻도 되고, 또 자그마한 장사가 성사된 걸 축하하는 일도 되니 일거양득이 아니겠습니까?"

여러 호송병들도 공짜 술을 마실 수 있다 생각하여 모두가 좋아했다.

"나으리 말씀이 지당합니다. 비록 초면이지만 저희들도 술값을 보태겠습니다."

여덟 명 호송병과 손안조가 낸 은까지 합쳐 저울에 달아보니 모두 3냥 7푼이 넘었다.

손안조가 이를 주인한테 넘겨주면서 말했다.

"자, 받으시오. 이건 주인한테 드리는 겁니다."

"그럼 제가 받겠습니다. 나으리들께서는 먼저 안방에 들어가서서 간단히 식사하십시오. 그동안 제가 요리를 하겠습니다."

"요리는 웬만해도 괜찮지만 좋은 술을 내 주시오. 그리고 사람이 많으니 넉넉히 마련해 주시오."

여러 사람들은 안채의 큰 방으로 들어갔다. 어느덧 황혼 무렵이었다.

주인이 술상을 차렸는데, 혜호송관에게는 독상을 차려주었다. 장룡이 주인장에게 죄수들과 한 자리에서 마신다면 관리의 체면이 서지 않는다고 미리 귀띔했었다.

호송관 혜씨는 본래 남의 장단에 춤을 잘 추는 사람인데다가 많은 은자를 예물로 받고 나니 아주 기쁘고 들뜬 마음으로 말했다.

"내가 독상을 받으면 저들의 호의를 저버리는 거야. 이곳은 황량한 벽촌인데 저들과 함께 술을 마신들 누가 알겠나? 또 함께 앉아서 마시면 감시하기도 좋지 않나?"

"글쎄요? 저들 네 사람도 우연하게 죄를 범했으니 그렇지 워낙은 관리 가문의 공자님들이랍니다. 나으리께서 허락하신다면 그 사람들을 불러오겠습니다."

혜호송관이 말했다.

"잠시면 술자리가 끝날 터인데, 여기서 함께 마시자구."

그래서 이밀 등이 들어간 큰 방에다가 상을 여러 개 벌려놓고 주인까지 합해서 도합 열댓 명이 모여 앉았다. 모두들 큰 잔, 작은 잔을 들고 서로 권하면서 마음 놓고 술을 마셨다. 술을 데워온 일꾼들에게 손안조가 말했다.

"수고들 했네. 우리도 심부름 할 사람이 있네. 자네들도 피곤할 테니 돌아가서 쉬게나!"

주인도 함께 마시다가 먼저 돌아가서 잤다. 혜호송관은 대단한 술꾼이었다. 그는 소리를 질러대면서 여러 사람들과 의기가 서로 통한다고 좋아하면서 술을 마셨다. 손안조가 보니 거의 만취되어 가고 있었다.

이경쯤 되자, 왕백당이 말했다.

"술이 차가워서 틀렸구나."

"심부름꾼 녀석은 뭘하고 있나? 내가 나가서 불러와야지!"

손안조가 밖으로 나갔다. 한참 뒤에 손안조는 데운 술 한 병을 들고 들어왔다.

"여기 객점 일꾼과 우리 심부름꾼 모두 주방에서 자고 있어! 그래서 내가 손수 데워왔수다."

왕백당이 술병을 받아 큰 잔에 부어서 혜호송관에게 권한 다음, 호송병들에게도 권했다.

"여러분, 먼저 드시오. 여러분들이 드신 다음 저희들이 마시겠습니다."

여러 호송병들이 말했다.

"두 분의 성의에 감사드립니다. 이젠 정말 더는 마시지 못하겠습니다."

그러자 손안조가 일어나 점잖은 말로 권했다.

"우리 성의를 생각해서 이 잔만은 꼭 드셔야 합니다."

장룡이 잔을 들더니 단숨에 마셨다. 그러자 다른 호송병들도 마시기 시작했다. 눈깜짝할 사이에 호송관과 호송병 여덟 명이 땅바닥에 쓰러졌다.

손안조가 그 모습을 보면서 웃으며 말했다.

"그럼 그렇지, 약의 독이 약해서 일찍 깨어나지 않을까 걱정이네!"

그는 짐 속에서 초를 꺼내 불을 켰다. 왕백당은 네 사람이 쓴 형구를 비틀어 끊어버렸다. 이밀은 호송관의 짐 속에서 공문을 찾아내 불태웠다. 노주 비단 15필과 은자를 모두 꺼내 왕백당의 짐에 넣고 두령이 짊어지게 했다. 일행 일곱 명은 살그머니 객점에서 빠져나왔고, 하늘에는 별이 총총했다.

그들은 이야기를 나누면서 걸음을 재촉했다. 오경 무렵에는 객점으로부터 70여 리나 되는 길을 걸었다.

손안조가 왕백당에게 말했다.

"저는 여기서 헤어지겠습니다. 이형을 비롯한 여러분들과 와강까지는 동행할 수가 없습니다."

이밀을 비롯한 여러 사람들이 말했다.

"우리들은 형의 보살핌을 받아 재난에서 벗어났습니다. 앞에 가서 객점을 찾아 술을 한잔씩이라도 나누고 헤어집시다."

왕백당이 말했다.

"그건 안 되오. 손형은 두건덕 형의 일이 남았기에 더 이상 지체해선 안 됩니다."

손안조가 권고했다.

"제가 부탁 하나 드립시다. 여러분은 세 패나 두 패로 갈라져서 길을 가야지, 함께 몰려가면 얼마 가지를 못해 다시 발각될 염려가 있습니다. 지금부터 갈라져 가야 좋겠습니다."

이밀이 말했다.

"그럼, 건덕 형한테 인사를 전해주게. 내가 와강에 산채 가서 몸을 보전할수만 있다면 요양성으로 찾아가 두건덕 형을 찾아뵙겠네. 선형을 만나더라도 안부를 전해주시게."

그들은 동서로 나뉘어 길을 갔다. 왕백당과 이밀, 병원진, 위복사와 양적선 등은 몇 리를 더 걸어 갈림목에 이르렀다.

왕백당이 말했다.

"이런 말을 하는게 옳을지는 잘 몰라도 함정에 빠졌을 땐, 생사를 함께해야 합니다. 그러나 이젠 큰 함정을 벗어났으니 각자 살길을 찾아가는 것이 좋을 것이요. 길이 세 갈래이니 마음대로 고릅시다. 저는 이밀 형과 동행하겠소."

위복사와 양적선은 본래 가까운 사이였다.

"그럼, 우린 오솔길로 가겠소."

"난 오솔길로도 가지 않고 큰 길로도 가지 않겠소. 내가 갈 길은 따로 있으니 형들은 어서 먼저 떠나시오."

그래서 양적선과 위복사는 오솔길로 들어서고, 왕백당과 이밀 두 사람은 큰 길로 걸어갔다. 그러다가 1리를 채 못가서 왕백당은 뒤에서 나는 발걸음 소리를 들었다. 그 사람이 다가와서 이밀의 어깨를 치면서 말했다.

"나를 기다리지 않고 가는 거요?"

왕백당이 말했다.

"형은 자기가 갈 길이 따로 있다고 말하지 않았나? 그런데 왜 따라오셨나?"

병원진이 말했다.

"형님도 참 어리석소. 난 그들 두 사람을 속이느라고 그랬소. 승냥이 굴에서 나와 범의 굴로 들어갈 수는 없으니깐요."

이밀이 물었다.

"그건 무슨 뜻인가?"

"이제 호송병들이 깨어나면 지방관서에 말해서 인마를 동원할 게 아니오? 그러면 오솔길로 쫓아가는 자들이 많고 큰 길로 쫓아오는 자들은 적을 테니, 우리 셋은 걱정하지 않고 길을 가도 별일 없을 거요. 백여 명쯤 달려들어도 대수롭지 않아요. 길을 막는 도적들이라도 만났으면 병장기를 빌릴 텐데, 급한 일이 생기면 어쩔테요?"

왕백당이 말했다.

"거리를 멀리 둘수록 위험에서 벗어날거요."

이밀은 도사 차림을 하고, 병원진은 객상 차림으로 변장을 하고 길을 떠났다. 왕백당은 일꾼 차림을 했다.

누구의 마음이 진실한 지는 알 수 없지만,　　(未知肝膽向誰是)

사람은 오히려 평원군¹²⁶ 뜻을 기억할 것이다. (令人卻憶平原君)

---

126 평원군(平原君, ?-前 251년)－趙氏(조씨), 名은 勝(승). 趙 무령왕 (武靈王)의 아들. 趙 惠文王(혜문왕)의 동생. 재상 역임. 養士(양사) 로 유명한 戰國 四公子의 한 사람.

제39회

진, 수 두 황제가 속셈을 털어놓고, 장씨, 윤씨 후궁은 멀리 밀려나게 되다.(陳,隋兩主說幽情, 張,尹二妃重貶謫.)

시로 읊기를,   詩曰,

정기(正氣)로 적을 평정하는 왕자(王者)의 군사,   (王師靖虜氣)

장군은 바다 가로질러 출동하였다.   (橫海出將軍)

연달아 붉은 기치 휘날리는 초기에,   (赤幟連初日)

황색의 지휘 깃발 저녁 햇살 비치다.   (黃麾映晚雲)

마상 북소리 우레처럼 들려오고,   (鼓鼙雷怒起)

전선(戰船) 노는 파도를 가른다.   (舟楫浪驚分)

현토 땅을 평정하였다고,   (指顧平玄菟)

음산(陰山) 바위에 공적을 새겼다.   (陰山好勒銘)

황제와 그 궁궐의 일은 너무도 번잡하니 어찌 붓가는 대로 한

순간에 다 적을 수 있겠는가? 해가 뜨면 벌어지는 천하의 일 또한 어찌 짧은 시간에 모두를 말할 수 있으랴? 한 사람의 두 눈으로 분명히 바라본다 하여 그 깊은 뜻 전부를 알아낼 수 있겠는가?

헝클어진 삼단처럼 이리저리 얽히고설킨 세상 이야기를 작가가 한 단락, 한 토막씩 정리하여 사건의 전후를 알 수 있게 서술한다면, 읽는 사람이 차례대로 이해하면서 힘들이지 않고 생각을 정리할 수 있을 것이다.

이야기를 되돌리자면, 이밀(李密) 그리고 왕백당과 헤어진 손안조는 동경(洛陽)에 도착하여 아는 사람을 통해 연줄을 달았다. 그는 금은보화를 단달(段達)이나 우세기(虞世基)와 같은 간신들에게 건네 주었고 거처에서 소식을 기다렸다. 그야말로 돈은 귀신도 부릴 수 있는 것이었다.[127] 며칠 지나지 않아, 다음과 같은 황제의 명령이 떨어졌다.

---

127 돈이 있으면 귀신과도 통할 수 있다(有錢可以通神). 손안에 돈이 있으면 허리에 힘이 생긴다(手裏有錢腰根壯). 돈이 있으면 나쁜 놈도 상석에 앉는다(有錢的王八坐上座). 망나니도 돈이 있으면 나으리마님이라고 불러야 한다(王八有錢稱大爺). 누구든 돈 있는 사람이 바로 옳은 사람이다(誰有錢 誰有理). 돈이 있으면 모든 일이 원만하다(有錢萬事圓). 돈이 있으면 모든 것이 넉넉하다(有錢萬事足). 술과 여색, 돈과 재물은 사람마다 다 좋아한다(酒色錢財人人愛). 부친과 모친도 전친(錢親)만 못하다(爹親娘親不如錢親).

「양의신은 출사한 지가 오래지만 첩보가 없고, 군사를 움직이지 않으니 도대체 어쩌자는 뜻이냐? 늙은 신하임을 생각해서 원래의 관직을 그대로 주고 쉬게 할지어다. 선봉 주우(周宇)가 잠시 대리하면서 장수들을 지휘하여 남은 도적을 도빌하라.」

손안조는 그 소식이 확실하다고 확인하자, 동경을 떠나서 요양에 돌아와 두건덕에게 알렸다.

그때 양의신은 성을 깨뜨리고 두건덕을 섬멸할 계책을 세웠는데, 조서가 내려왔다.

양의신은 탄식하면서 좌우에 말했다.

"수나라는 응당 망해야 한다. 난 누구의 손에 죽을지 모르겠구나."

그는 모아두었던 금은을 몽땅 꺼내다가 삼군에 상을 주고 눈물을 머금고 떠났다. 양의신은 복주(濮州)[128] 뇌하택(雷夏澤)이란 곳에 숨어 이름을 바꾸고 농사일과 고기잡이를 낙으로 삼았다.

양의신이 물러난 줄을 알고, 두건덕은 다시 군사를 일으켜 평원에 가서 흩어졌던 사졸 수천 명을 얻었다. 이때로부터 수나라 관군의 많은 군사들이 찾아와 귀속했는데, 군졸이 1만여 명에 이르렀고 그 세력이 날로 크게 불어났다.

---

128 복주(濮州, 濮은 강이름 복) ─ 古代의 州, 수 山東省, 河南省, 河北省 일부 지역 관할. 唐朝 武德 연간에 관할 구역은 대략, 수 山東省 서부 鄄城(견성) 및 河南省 동부 范縣(범현) 및 濮陽市 남부 지역 일대.

두건덕은 딸을 데려오도록 심복 장수를 노주 이현장(二賢莊)에 보내면서 선웅신에게도 함께 일하자며, 도와달라고 청하는 서신을 보냈다. 곧,

형제간에 오월 같은 원수 되지 말라.　(莫教骨肉成吳越)
하늘 끝 멀리서도 형제처럼 그리네.　(猶念天涯好弟兄)

다시 이야기는 두 갈래로 나뉘어진다.

황제는 궁중에서 광릉으로 순행할 때 데리고 갈 궁인을 선발케 시켰다. 새로 입궁한 여인들 가운데는 추녀가 없었다. 제일 못생겼다 하더라도 중간 정도의 얼굴이었다. 보통으로 고와도 궁궐에 들어와 생활하면서 치장하고 눈웃음치며 애교를 지어 보이면 그 용모가 훨씬 아리따웠다.

황제는 7일간이나 매일 궁궐에서 미인 선발하는 과정을 쭉 지켜보았는데, 이 여인을 고르면 저 미인을 놓치기가 아쉬웠다. 황제가 행차하는 곳은 어디서든 아리따운 목소리가 들렸고, 여인의 교성이 울렸으며, 그렇지 않은 궁궐이나 정원에서는 언제나 여인의 슬픈 흐느낌이 있었다.

황제는 평소 여인들의 미색에 무척이나 신경을 써왔다. 그래서 여인들은 모두 너나 할 것 없이 순진하고 귀엽게 치장하여 양제의 눈에 들려고 애썼다.

미인 고르기도 힘들고 지쳤다고 생각한 황제는 황후와 여러 부

인들이 고르도록 맡겨버리고 주귀아와 원보아와 함께 어린 내시 서너 명을 데리고 북해에 가서 용주를 타고 뱃놀이를 하다가 삼신산(三神山)에 올라가 낙조를 바라보고 있었다.

그런데 갑자기 날이 흐려지면서 곧 어두워졌다. 양제는 산에 올라가기가 싫어서, 곧 관란정(觀瀾亭)이라는 정자에 들어갔다. 황홀하다는 느낌이 들면서 호수 가운데에서 작은 배가 파도에 밀리는 듯 산 아래로 다가오는 것이 보였다.

황제는 어느 원에서 부인이 마중하러 오는 줄 알고 기뻐하면서 기다렸더니 배에서 내리는 사람은 부인이 아니었다.

배 안에서 내시가 나오더니 황제에게 아뢰었다.

"진 후주(陳 後主)가 천자를 배알하러 왔습니다."

황제와 진 후주는 젊었던 시절 우정이 두터운 사이였다. 진 후주란 말을 듣자, 황제는 어서 모시라고 말했다. 후주가 배에서 내려 정자로 올라왔다. 후주는 황제한테 군신 간의 예를 갖춰 인사를 올렸다.

황제가 서둘러 부축해 일으키며 말했다.

"짐과 경은 옛 친구 간인데, 이런 인사를 꼭 해야 하겠나?"

절을 올린 후주는 분부대로 자리에 앉았다.

"어릴 때, 신은 폐하와 함께 유희를 즐기면서 친형제처럼 다정했었지요. 오래 전의 일이지만, 폐하께서는 지금도 기억하고 계시는지요?"

"어린 시절에 사귄 벗은 혈육 같아서 옛일이지만, 언제나 생각나는데 어찌 잊을 리가 있겠소?"

"폐하께선 그때의 일을 기억하고 계시지만, 오늘은 천자가 되시어 사해(四海)의 부귀를 가지고 계시니, 지난 날과는 많이 다를 것입니다. 정말 부럽군요."

"부귀란 우연(偶然)히 생기는 것이요. 경은 우연하게 그것을 잃었고, 짐은 우연히 그것을 얻었으니 부러워할 것이 무엇이겠소?"

그리고 황제가 바로 또 물었다.

"임춘(臨春), 결기(結綺), 망선(望仙)의 3개 누각은 요즈음 그 풍월(風月)이 어떻소?"

"경치는 옛날과 다름없지만, 그때에 판 금수(錦繡) 연못과 누대에는 백양나무와 풀이 우거졌사옵니다."

"듣자니, 경은 장려화(張麗華)에게 계궁(桂宮)을 지어주었고, 광소전(光昭殿) 뒤에는 달(月) 모양으로 된 원문(圓門)을 만들어주었다고 들었소. 그리고 그 주변 사방은 모두 수정으로 담을 만들었고, 후정에는 투명하게 비치는 병풍을 만들어 세우고, 텅빈 정원에는 큰 계수나무가 한 그루 있었는데, 나무 아래에는 약을 찧는 옥절구가 있고, 절구 옆에는 흰토끼가 있었다고 하지 않았소? 장려화가 하얀 소복을 입고, 구름발 같은 머리채를 쪽 져 얹고 옥화비두리(玉華飛頭履)를 신고 거닐 때면 월궁(月宮)의 항아(嫦娥)를 방불케 했다는데, 그게 정말이었소?"

"예! 사실 그러했습니다."

"그랬다면 지나치게 사치했군."

"옛날부터 궁관(宮館)을 짓고 꾸미지 않은 성왕(聖王)은 없었습니다. 월궁처럼 짓는데, 사실 얼마나 든다고 그런 말씀을 하십니까? 신은 불행하게도 나라를 잃었기에 사치하다는 말을 들었습니다. 멀리 고인들은 제쳐놓고라도, 폐하의 부황이신 문황제(文皇帝, 楊堅)께서는 얼마나 근검하셨사옵니까? 하지만 채용화 부인(蔡容華 婦人)을 위해 소상록기창(瀟湘綠綺窓)이라는 화려한 궁궐을 지었고, 사방에 황금으로 만든 연꽃을 새겨 넣은 장식을 했었습니다. 유리에 그물(網) 모양의 무늬를 새긴 창문을 만들었고, 무늬 있는 은행나무로 들보를 만들고 날짐승과 서수(瑞獸)들을 조각해 넣었으며, 한번 거동할 때마다 천금 이상을 낭비했습니다. 이는 폐하께서도 직접 보신 것입니다. 그래도 사치하다는 말은 듣지 않았사옵니다. 다행히도 천하가 태평스러워 폐하께서 계승하셨으니, 후일 사관(史官)들은 검소 질박하신 줄만 알고 사치가 그 지경에 이르렀을 줄은 생각지도 못할 것입니다."

"경은 남한테 조소를 당했다고 마음대로 해석하는군. 그렇다면 선제(先帝)께서 강남으로 진출하신 일을 경은 아직도 여한으로 생각하겠구만."

"나라가 망한데 대해서는 감히 한스럽게 생각할 수가 없습니다. 다만 도엽산(桃葉山) 앞에서 전함을 타고 북쪽으로 건너갈 때 장려화가 임춘각에서 짙은 자색 토끼털로 만든 붓으로 반들반들한 붉은색 편지지에 강령(江令)의 벽월(壁月) 시구에 화답하느라고 한창 시를 쓰고 있는데, 한금호(韓擒虎)가 군사를 이끌고 들이

닥쳤습니다. 너무도 창졸간에 습격해 들어오니 장려화가 시를 끝맺지 못한 일은 아직도 가슴이 아픕니다."

"지금 장려화는 어디 있나?"

"배 위에서 기다리고 있습니다."

"왜 불러다가 인사를 시키지 않는가?"

진후주가 내시를 불러서 배 위에 있는 장려화를 올라오게 했다. 악기와 술과 안주를 받쳐든 여인들이 배에서 내려 언덕으로 올라와 황제 앞에서 일제히 절을 올렸다. 황제가 일어나라고 하면서 그녀들을 자세히 보았다. 그중 한 여자는 어깨 쇄골이 특별히 눈에 띄며, 얼굴색이 백설처럼 희었는데 자태가 유달리 아리따웠다.

황제는 한동안 눈 한번 깜빡이지 않고 그 여자만 바라보았다.

후주가 웃으면서 물었다.

"저 여자의 용모가 저의 고모인 선화(宣華) 부인에 비하면 어떻습니까?"

"한(漢) 무제가 총애했다는 형(邢) 부인이나 윤(尹) 부인과 엇비슷한 것 같소."

"폐하는 그렇게 눈을 못 떼고 응시하시면서도 누군지 모르십니다. 저 여인이 바로 장려화입니다."

"장(張) 귀비였구만. 과연 소문과 다름없소. 전에 귀비의 명성을 들어오다가 오늘 이렇게 만나니 옛 친구를 만난 것 같소. 그런데 술과 안주가 없어서 함께 즐기지 못해 유감스럽구만."

후주가 말했다.

"신이 준비를 했지만 천자의 명성에 손상을 끼칠까 봐 감히 올리지 못합니다."

"짐이 옛 친구를 만나 흥을 돋우려는데, 예의에 구속될 게 뭐 있소?"

후주가 장려화더러 술을 따르게 했다. 황제는 연속 서너 잔을 마시고 난 뒤, 후주에게 물었다.

"짐은 〈후정화(後庭花)〉란 노래가 고금에 유명하다는 말을 들었소! 한번 들려주오."

"소첩은 세월의 버림을 받은 다음 인간 세상의 가무를 잊은 지가 오래되어서 기억하지 못하고 있습니다. 근자에 우물에서 끌려 올라온 다음에 허리와 사지가 아파서 예전의 자태를 다 잃었으니, 어찌 천자 앞에서 함부로 춤추고 노래를 부르겠습니까?"

"노래 부르지 않고 춤을 추지 않아도 귀비의 꽃 같은 자색은 보는 사람의 넋을 빼앗아가니, 춤출 때의 정경은 가히 상상할 수 있소. 지나치게 사양하지 마시오."

후주가 장려화에게 권했다.

"폐하께서 간절히 요구하시니, 귀비는 억지로라도 한 곡 타면서 춤을 추어야겠소."

장려화는 하는 수 없이 시녀를 불러 비단 담요를 펴게 하고 곡을 연주하게 했다.

장려화가 앞에 나와서 서곡의 절주에 맞춰 채색 비단을 흔들고, 가는 허리를 꼬면서 춤을 추는데, 그 자태는 꽃을 따라 가볍게 날아드는 나비와도 같았다. 처음에는 느리지도 빠르지도 않게 빙빙 날아드는 듯하더니, 점차 빨라지는 음악에 따라 끊임없이 돌며 춤을 추는데, 한동안 붉고 푸른 색깔이 뒤엉켜 채운(彩雲)이 흘러가는듯했다.

갑자기 춤이 멎고 음악이 그치더니, 장려화는 꾀꼬리 같은 목소리로 노래를 불렀다.

화려한 전각, 무성한 숲에, 높은 누각,	(麗宇芳林對高閣)
새 옷에 요염 자태, 본래 경국지색이다.	(新裝豔質本傾城)
그 모습 창문에 어려 잠시 멈추었는데,	(映戶凝嬌乍不進)
휘장에 비친 모습, 웃음으로 맞이하네,	(出帷含態笑相迎)
여인의 요염 뺨은 이슬 젖은 얼굴이니,	(妖姬臉似花含露)
고운 몸매에 서린 광채 뒤뜰을 비춘다.	(玉樹流光照後庭)

장려화의 춤과 노래가 끝나자, 황제는 넋 잃은 사람처럼 찬사를 아끼지 않았다. 술 두 잔을 따르게 하여 한 잔은 후주에게 주고, 한 잔은 장려화에게 주었다.

잔을 받아든 후주가 갑자기 눈물을 흘리면서 말했다.

"신은 이 노래를 짓느라고 얼마나 많은 심혈과 시간을 소모했는지 모릅니다. 그래서 소리가 무겁고 곡조가 느립니다. 오늘 다시 이 노래를 들으니, 나라를 잃은 슬픔 못지 않게 서글픈 마음을 금할 수 없습니다."

"경은 나라를 잃었지만, 이 〈옥수후정화〉는 천추에 오래도록 남을 터인데, 뭘 슬퍼하시는가? 경은 시가에 특히 뛰어나니, 새로 지은 시문이 있으면 짐이 감상하도록 한두 수 읊어주시게."

"신은 근자에 심기가 불편해서 흥이 나지 않아 시를 짓지 못했습니다. 〈기시아벽옥(寄侍兒碧玉)〉과 〈소창(小窓)〉 두 수가 있지만, 폐하의 뜻이라서 읊긴 읊지만 폐하께서는 들으시고 비웃지 마시기 바랍니다."

후주는 〈소창(小窓)〉 시를 읊었다.

한낮 잠에서 문득 깨어나니,	(午睡醒來曉)
꿈속 아무도 없어 놀랐었다.	(無人夢自驚)
지는 저녁 해 뜻이 있다면은,	(夕陽如有意)
작은 창문을 밝게 비춰주라.	(偏傍小窗明)

〈소창(小窓)〉을 읊은 뒤에 이어 여인에게 벽옥을 준다는 뜻의 〈기시아벽옥(寄侍兒碧玉)〉 한 수를 읊었다.

헤어지며 애간장이 끊기는 듯,	(離別腸應斷)
그리움에 온몸둥이 뼈가 녹듯.	(相思骨合銷)
내 영혼 근심으로 날아간다면,	(愁魂若飛散)

그대가 나를 불렀기 때문이리.　(憑仗一相招)

양제가 듣고 거듭거듭 칭찬하니, 후주가 말했다.

"나라를 잃은 사람의 보잘 것 없는 글재주를 어찌 폐하의 높은 문재(文才)에 비길 수 있겠습니까?"

그러자 옆에 있던 장려화가 말했다.

"소첩은 폐하의 문필이 힘차다는 말을 많이 들었습니다. 오늘 제가 은총을 받았으니, 시 한 수를 내려주시면 종신토록 영광으로 여기겠습니다."

장려화의 칭찬에 황제는 기분이 좋아져서 말했다.

"짐은 전에 시를 지어본 적이 없으니, 오늘 귀비의 요청을 사양하면 안 되겠나?"

이에 장려화가 서운한 표정으로 말했다.

"폐하께서 술을 드시면서 화답하신 〈망강남사(望江南詞)〉와 〈청야유곡(淸夜遊曲)〉은 순식간에 지으셨다고 말하던데, 어찌 안 된다고 하십니까? 아마 소첩이 하도 못생겨서 귀엽지 않기에 거절하십니까?"

"귀비가 짐을 탓하는구만. 그럼 억지로라도 지어보겠소."

장려화는 시녀를 시켜 필묵과 종이를 가져오게 했다. 양제는 종이를 펼쳐놓고 시 한 수를 즉석에서 지었다.

얼굴 보아도 별일 없지만,　(見面無多事)

짧은 시간에 낯을 익혔네.　　(聞名爾許時)

앉은 모습과 온갖 교태를　　(坐來生百媚)

정말 마음에 깊게 새겼다.　　(實個好相知)

황제는 시구를 써서 장려화에게 넘겨주었다.

장려화는 시구를 읽어본 뒤에 양쪽 볼이 붉어졌고, 한동안 말 한마디 하지 않았다. 놀리는 것 같아 화를 내면서도, 미모에 대한 칭찬에 부끄러워하는 장려화의 기색을 보자, 양제는 색욕을 느꼈지만, 후주는 내심으로 몹시 불쾌해졌다.

그래서 일부러 양제에게 물었다.

"장려화의 자색과 폐하의 소후를 대비하면 누가 더 아름답다고 생각하십니까?"

"귀비는 황후보다 선명하고 아리따운 미인이고, 황후는 귀비보다 얌전하고 곱게 생겼네. 봄에 피는 난초 꽃과 가을에 피는 국화처럼 각기 한때의 아름다움을 갖고 있으니, 어찌 한날한시로 비교할 수 있겠는가?"

"한때의 아름다움을 갖고 있다면 어찌하여, 폐하의 시구는 장려화를 모욕합니까?"

"나의 시는 일시의 흥(興)으로 쓴 것에 불과한데, 왜 모욕이라고 생각하는가?"

그러자 후주가 먼저 성질을 냈다.

"나도 천자 노릇을 했었지만 폐하처럼 멋대로 잘난체하지는 않았소."

그러자 황제도 큰소리로 화를 냈다.

"망국지인(亡國之人)인 자네가 어찌 이처럼 무례할 수 있단 말인가?"

"당신의 큰소리칠 수 있는 마음이 얼마나 오래갈 수 있다고 나를 망국지군(亡國之君)이라 비웃습니까? 이제 나라가 망하면 당신의 처지는 나보다 더 비참할 것이요."

"짐은 당당한 천자다. 뭐가 너보다 못하겠는가?"

황제는 다가가서 후주의 멱살을 잡으려 했다.

후주가 고함쳤다.

"누구의 멱살을 잡으려고?"

그러자 장려화가 다가와서 후주를 끌고 가며 말했다.

"어서 가십시다! 1년 뒤 오공대(吳公臺) 아래서 다시 만날 텐데 뭘 그러십니까?"

후주와 장려화는 누각에서 내려가 물가로 걸어갔다. 황제는 빠른 걸음으로 그들을 뒤쫓아갔다. 몸가짐이 단정하던 장려화가 불시에 온몸이 흙탕물 투성이로 변해 황제의 얼굴에 흙탕물을 끼얹으려고 했다.

깜짝 놀란 황제는 소리를 지르면서 두 팔을 허우적거렸다. 양제는 금방 꿈속에서 깨어났다. 양제는 후주와 장려화가 이미 옛날에 죽고 없다는 것을 생각했다. 양제는 온몸에 식은땀이 흘렀다. 눈을 떠보니 주귀아와 원보아가 옷깃을 당겨 황제의 가슴과 잔등을 감싸주고 있었다.

황제가 두 미인에게 물었다.

"너희들은 무엇을 보지 못했느냐?"

"아무것도 못보았습니다. 폐하께서 방금 잠드시는 것 같아 우리는 조용히 앉아있었습니다. 폐하께서는 잠꼬대를 하시면서 이따금 몸을 움직이셨습니다."

"어서 궁으로 돌아가자!"

용주에 오르자, 황제는 방금 꿈에서 보고 들은 것들을 자세히 이야기했다. 귀아와 보아는 몹시 놀랐다. 황제는 걱정스러워서 어서 배를 몰라고 내시들을 재촉했다.

그때 갑자기 어디선지 거문고 소리가 들려왔다. 황제가 근심에 잠겨있는 사이에 기음원에 당도했다. 진부인, 그리고 사부인과 조왕(趙王)과 원귀인, 또 설야아가 거기에 모여서 하부인이 거문고 타는 것을 구경하고 있었다.

황제가 배에서 내려 땅에 오르면서 말했다.

"너희들만 즐겁게 놀면서 마중하지도 않느냐?"

여러 부인들이 대답했다.

"소첩들은 폐하를 여러 곳으로 찾아다녔나이다. 그러나 북행에 나가서 유람하실 줄은 생각지도 못했습니다."

"하미인은 왜 오늘 거문고를 뜯는 거냐?"

"소첩은 폐하의 분부대로 이곳에 와서 4, 5년 자리잡고 있었습니다. 그동안 많은 새들이 지저귀며 반겨주었고, 기이한 소나무들이 그늘을 던져주었으며, 기암괴석들이 다투는 듯 솟아 그것들이 저를 감싸주었나이다. 가는 비가 내리면 꽃망울도 눈물을 흘리는 것 같았고, 달이 지붕에 걸리면 대에 올라 시를 읊조리면서 폐하와 더불어 누린 즐거움이 얼마인지 모르옵니다. 오늘 내일, 폐하를 모시고 용주(龍舟)를 타고 먼 남쪽으로 일단 떠난다면 산신령들 조차 왜 섭섭하지 않겠습니까? 그래서 소첩은 거문고 가락으로 이별의 섭섭한 마음을 달래고, 산천으로 하여금 소첩의 박정을 비웃지 말아 달라고 연주하였습니다."

황제가 그 말을 듣고 길게 탄식하면서 말했다.

"짐도 처음엔 이곳을 떠나지 않으려고 했다. 그런데 황후가 흥이 북받쳐 강도(江都) 유람을 하려 하니, 어쩔 수 없는 일이다. 그 소원이 성취될 줄을 누가 알았으랴! 이것도 타고난 팔자이니, 사람의 힘으로는 어쩔 수 없는 일이다."

황제가 한창 말하고 있는데, 고창(高昌) 등 심복 내시 7, 8명이 들어와서 꿇어앉아 상주했다.

"소인들이 강남 여러 지방을 돌아다니면서 전각녀(殿脚女) 1천 명을 선발했습니다."

"지금 어디에 있느냐?"

"왕홍이 특호 용주에 분배하여 연습시키고 있습니다. 폐하께

서는 어느 날 떠나시겠습니까?'

황제는 잠시 생각하였다.

'요동정벌을 구실 삼아 강도를 유람하자는 것이다. 천자가 친히 출정하니 여느 때와는 달리 24개 부대를 편성하여야 한다.'

황제는 한동안 망설이다가 편전에 들어가서 바로 직명을 지었다.

「우익위대장군(右翊衛大將軍)에 우중문(于仲文)[129]을 등용하고, 좌익위대장군(左翊衛大將軍)에 신세웅(辛世雄), 좌효위대장군(左驍衛大將軍)에 형원항(荊元恒), 우효위대장군(右驍衛大將軍)에 설세웅

---

129 우중문(于仲文, 545–613년, 字는 次武, 河南 洛陽人) − 선비족 출신. 北周와 隋朝의 정치 군사 인물. 문제 양견(楊堅)의 환대와 인정을 받았다. 行軍元帥(행군원수) 역임 돌궐족 정벌. 문제에게 남북 연결하는 운하 굴착을 건의했다. 남조 陳(진)을 정벌할 때, 行軍總管(행군총관)을 역임. 뒷날 양제 재위 중에 군권을 장악했다. 大業 8년(612), 고구려 원정에서 오골성(烏骨城, 중국 遼寧城 鳳城)에서 고구려 군을 격파하고 압록강(鴨綠江)을 넘었다. 을지문덕의 거짓 투항을 믿고, 을지문덕을 돌려보냈다. 을지문덕으로부터 조롱하는 시「神策究天文, 妙算窮地理. 戰勝功旣高, 知足願雲止.」를 받았다. 고구려 정벌에 동원된 30만 5천 명 중 살아돌아간 자가 겨우 2,700명 이었다. 원정 실패 책임을 물어 하옥되었고, 울분으로 발병하였다. 겨우 사면받아 집에 도착하자마자 죽었다(68세). 우중문은 《漢書刊繁》 30권, 《略覽》 30권을 저술했다. 《隋書》 60권에 그 열전이 있다.

(薛世雄), 우둔위대장군(右屯衛大將軍)에 맥철장(麥鐵杖), 좌둔위대
장군(左屯衛大將軍)에 진릉(陳稜), 좌어위장군(左御威將軍)에 장근
(張謹), 우어위장군(右御衛將軍)에 조효재(趙孝才), 좌어위장군(左御
衛將軍) 주법상(周法尙), 우무위장군(右武衛將軍)에 최홍승(崔弘升),
우어위호분랑장(右御衛虎賁郞將)에 위문승(衛文升), 좌어위호분랑
장(左御衛虎賁郞將)에 굴돌통(屈突通) 등, 모두 24명이 군사를 총괄
지휘한다. 유사룡(劉士龍)을 선유사(宣諭使)에 임명하여 총독 육로
대원수(陸路大元帥) 우문술(宇文述)을 보좌케 한다. 그리고 수군통
령원수(水軍統領元帥) 내호아(來護兒)를 황제의 선발로 삼아 적의
도읍 평양(平壤)에서 회동할 것이다.」

　칙명을 다 쓰자 내시에게 주어 여러 아문에 전달, 시행하게 했
다. 그리고 길일을 택해서 천자가 천신과 지신 및 조상신에게 제
사를 지내고 군사들에게 상을 주고, 근위군 1만 명을 거느리고 길
을 나누어 요수(遼水)를 향해 진격하도록 분부하였다.
　장군 내호아는 어가가 이미 동경을 출발했다는 소식을 듣고,
진숙보 등에게 출정하도록 명령을 내렸다. 내 총관의 영을 받은
진숙보는 물길을 잘 아는 사람을 길잡이로 삼고, 또 장수타가 부
탁하던 대로 심복 장교들이 압록강을 건너가 매복하게 했다가 대
군이 평양에 도착한 다음, 적도의 소굴을 들이치게 하여 내외에
서 협공하도록 했다.

기묘한 책략 적의 인후를 막고,   (機謀奇扼吭)

가엾은 적국 깜짝 놀라게 하다.   (小醜欲驚心)

황제는 순행에 관한 여러 가지 성지를 내린 다음, 궁중에 들어가 황후한테 물었다.

"광릉으로 데리고 갈 궁녀들은 어떻게 되었소."

"폐하께서 이렇게 어려운 일을 소첩한테 맡기셨으니, 소첩이 어떻게 어찌 아니하겠습니까? 모두들 동심주(同心酒)라도 마신 듯 함구무언하다가도 폐하께서 밖에만 나가시면 3, 4백 명이 함께 몰려와 꿇어앉아서 말합니다. '서원(西苑)에서 보내는 꽃 피고 달 뜨는 세월에 저희들은 얼마나 보람찬 영광을 누렸는가를 깨달았습니다. 밝은 햇살 아래 다투어 은총을 입으면서 우리가 누린 부귀영화가 얼마나 큰 지를 몰랐습니다. 소첩들은 서경〔西京, 長安(장안)〕에서 동경으로 옮겨 다니면서 진주나 옥석이 아니어서 이제 더는 은총을 바랄 수 없게 되었고, 그래서 지금은 버림받은 신세가 되었습니다. 그렇다고 해서 저희들은 이번에 해외의 풍경과 강도의 절경을 구경할 수도 없습니까? 폐하께서 저희들을 버렸다 하여 우리는 이제 황후도 받들어 모실 수 없습니까?' 라고 떼를 쓰면서 부모한테 제사라도 지내는 듯 통곡하고 있습니다. 그러니 소첩이 어찌 그들을 골라내고 선발하겠습니까?'

그러자 황제는 아까울 것 없고, 버릴 것은 버려야 한다는 생각으로 말했다.

"비천한 것들이 공연한 심술에 떼를 쓰는군!"

그러자 황후가 말했다.

"궁인들이 그러는데 까닭이 있습니다. 장씨와 윤씨 두 후비(後妃)가 뒤에서 많은 궁녀들을 사주하고 또 선동하고 있습니다. '우리들은 늙어서 미색을 잃었지만 꽃 같은 너희들은 앞길이 창창하다. 이 기회에 어떤 일이 있어도 풍류 천자를 따라가야 한다.' 그래서 궁녀들마다 한사코 따라가려고 나섭니다."

황제가 황후의 말을 듣고 머리를 끄덕이더니 내시를 불렀다. 속히 병부에 알려서 특호 차선(差船) 40여 척을 대기시키라고 말했다. 내시가 분부를 받고 나갔다.

후궁 단속을 담당하는 내시는 후궁 장씨의 이름은 염설(艷雪)이고, 후궁 윤씨의 이름은 금슬(琴瑟)이라고 들었다. 본래 두 여인은 문제(文帝) 때의 선화 진씨 부인과 같거나 비슷한 나이였지만 얼굴이 모자랐다.

그때 선제는 진부인과 사랑에 빠졌기에, 장씨와 윤씨는 안중에 두지도 않았다. 진부인이 죽은 다음 양소가 금층계에 부딪쳐 쓰러져서 많은 억울함을 토로했고, 문제의 영혼이 대낮에도 가끔 나타났기에 황제는 가슴이 떨려서 감히 전철을 밟지 못했다.

장안에서 이곳으로 황후궁을 옮겨온 다음에, 허정보가 두 번에 걸쳐 미인을 선발할 때에도, 문제의 총애를 받은 적이 있는 장씨와 윤씨 두 후궁은 허정보에게 예물을 줄 리가 없었다. 그리고 쌍인 울분을 호소할 곳이 없어 번민하고 있는 그녀들의 마음은 이미 모두 불타고 식어버린 재(死灰)가 되었다.

그리고 소(蕭)황후는 성미가 너그럽지 못한 여인이었고, 또 아첨하는 사람을 좋아하는 성격이었다. 장씨와 윤씨 두 후비가 평소에 아첨하지 않으니 몇 마디 없는 말을 지어내, 그 두 여인을 멀리 제거해 버릴 생각이었다.

이튿날 선발되지 못한 궁녀들은 황제가 궁전에서 나가 교자에 오르는 것을 보고 교자 옆으로 몰려가 황제에게 애걸하였다. 그때 내시들 10여 명이 장씨와 윤씨가 살고 있는 궁을 찾아와 말했다.

"성상께서 교지를 내리셨습니다. 나머지 궁인 4백 명을 장씨와 윤씨 두 분이 거느리시고 배에 승선하시라고 명하셨습니다. 폐하의 명을 어기지 마십시오."

장씨와 윤씨 두 사람은 전달을 받고 속으로 이상하다고 생각하였다.

'우린 조정으로 황제를 찾아가지도 또 소황후한테 간청을 드린 일도 없는데, 도대체 승선하라니 무슨 영문인가? 왜 아니 땐 굴뚝에서 연기가 나는 걸까? 황제의 강도 유람에 우리들도 동행할 수 있다는 말인가?

여러 궁인들은 기뻐 날뛰면서 짐을 꾸려 십여 대의 수레에 싣고 궁문을 나섰다. 하루를 걸어 황혼 무렵에 배에 올랐다.

이튿날 장씨와 윤씨 두 비는 이상스러워서 내시에게 따져 물었다.

"폐하의 용주는 어디 있느냐?"

"앞쪽에 있습니다."

장씨가 물었다.

"조정에서 용주 몇백 척을 만들었다던데, 우리가 올라 탄 배는 민간에서 쓰는 쪽배이고 용주가 아니다. 우리를 속여서 어디로 끌고 가는가? 어서 사실대로 말해라!"

내시들은 더 속일 수가 없어서 꿇어앉아 사실대로 말했다.

"두 부인께서 노여워 마십시오. 이건 폐하의 뜻입니다. 두 부인과 궁녀들을 진양궁(晉陽宮)으로 모실 것입니다. 믿기 어려우시면 이 칙명을 보십시오."

내시는 칙명을 꺼내서 장씨와 윤씨 두 비에게 보여주었다. 장씨와 윤씨 두 후비가 칙명을 읽어보았다.

「장과 윤 두 후비는 선제의 총애를 받았기에 이곳에서 시중들기 어려우니, 궁녀 4백 명을 거느리고 태원(太原) 진양궁에 귀속되어 궁을 지키는 부감 배적(裵寂)[130]의 관할하에 배치하니 차질

---

130 裵寂(배적, 573-632년)은 唐 高祖 때의 宰相(재상)을 지내며 이연의 신임을 받았던 인물이다. 여러 벼슬을 거쳐 수 말기에 晉陽의 宮監(궁감)으로 있었고 태원 유수 이연과 잘 어울렸다. 이연은 배적을 따라 양제의 별궁에 가서 술을 마시곤 했다. 그 이전에 젊은 이세민은 큰 재물을 가지고 가서 배적과 도박을 했는데, 이틀 연속 크게 잃었다. 돈을 많이 따고 싱글벙글하는 배적에게 이세민이 말했다. "숙부님! 隋(수)의 천하를 놓고 도박을 해서 이긴다

이 없도록 잘 관리하라.」는 내용이었다.

이들은 자신이 황제를 따라 강도로 가지 않고, 장안도 아닌 북쪽의 서경(西京)으로 돌아간다는 사실을 알았다. 그리고 모든 궁녀들은 대성통곡했다. 물에 뛰어들거나, 자결하려는 여인들도 있었다.

그러나 유독 장씨 부인만이 큰소리로 웃었다.

"야, 이 멍청이 궁녀들아, 강도에 가면 기껏 유람이나 하겠지! 그곳에 부모 친척이라도 있느냐? 너희들은 따라간다고 해도 다른 여인들처럼 총애를 받지 못할 것이다. 나도 대수롭지 않게 생각하는데, 너희들이 팔자를 어기려고 할 건 뭐냐? 태원에 가면 먹을 걱정, 입을 걱정 없이 자유롭게 살 수 있으니 즐겁지 않느냐? 총애 받는다고 득의양양해하는 다른 여인 꼴도 보지 않고!"

장부인의 말을 듣고 궁녀들은 시름을 놓았다. 웃고 떠들면서 한 달 사이에 진양궁에 당도했다. 내시들은 두 부인과 궁녀들을 부궁감 배적에게 넘겨주고 성지를 받으러 강도로 갔다.

다음에는 무슨 일이 있을 지 알 수 없다. 다음 회를 읽어 보시라.

면, 그 재물은 자자손손을 내려가도 다 쓰지 못할 것입니다." 이에 배적은 천하를 건 도박을 결심한다. 이세민은 晉陽令(진양령) 劉文靜(유문정, 568-619년)과 거사를 다 준비했고 배적에게 이연을 설득해달라고 부탁했다.

운하 버들에 성씨를 하사했고, 용주 안에서 미인은 은총을 받다.(汴堤上綠柳御題賜姓, 龍舟內線仙豔色沾恩.)

노래 하기를,　　　　　　　詞曰,

비와 구름에 막히고,　　　　　(雨殢雲尤)

온화 향기에 옥 같은 피부,　　(香溫玉軟)

다만 오래 전 넋이 나갔다.　　(只道魂消已久)

미운 정 늘어나는 빚에,　　　(冤情蘗債)

아닐 줄 누가 알아주랴?　　　(誰知未了)

다시 또 무(無)에 유(有)가 있다.　(又向無中生有)

정과 재미를 붙이나니,　　　　(攢情掇趣)

꽃이 아니라　　　　　　　　(不是花)

술이 틀림없다.　　　　　　　(定然是酒)

곱고 달콤한 말에 웃는 입,　　　　　(美語甜言笑口)

온통 많은 매력이로다.　　　　　　(偏有許多引誘)

비단 밧줄을 잡은 섬섬옥수,　　　　(錦纜繾牽纖手)

일찍 심어논 양쪽 버드나무.　　　　(早種成兩堤楊柳)

누가 이리 했나 물어보나니,　　　　(問誰能到此)

아는가 모르는가?　　　　　　　　(唯唯否否)

마침 통쾌 호탕한 마음에,　　　　　(正好快心蕩意)

창칼에 팔둑 잘릴 줄 몰랐다.　　　　(不想道干戈掣人肘)

황급히 서두르나,　　　　　　　　(急急忙忙)

어찌 태어나고 누리는가?　　　　　(怎生消受)

　— 곡조〈천향인〉　　　　　　　— 調寄〈天香引〉

　황제가 정벌하자면 정벌해야 하고, 순행하자면 순행해야 한
다. 그런데 하필 자기 귀를 막고서 방울을 훔쳐야 하는가?[131] 황
제는 자기가 잘못한 일이 심각한 정도에 이를 때까지는 중단하지
않는다. 거기에 말 한마디를 더하면, 얼마나 많은 돈과 양식을 허
비하고, 얼마나 많은 목숨이 죽어야 하는 지를 모른다. 하지만 어

---

131 원문 掩耳盜鈴(엄이도령) — 掩은 가릴 엄. 막다. 눈가리고 아옹하
　　다. 남을 속이지는 못하고, 자신만을 속이다. 엄목포작(掩目捕雀,
　　눈을 가리고 참새를 잡다)과 같은 의미. 눈을 감고서 거짓말을 하다
　　(閉攏眼睛說假話).

리석은 황제와 아부하는 신하들은 대수롭지 않게 생각하니, 어찌 한탄하지 않을 수 있겠는가!

양제는 동경에 와서 궁궐에 들르지 않고 바로 변거(汴渠)로 가서 용주를 탔다. 황제는 황후와 함께 10척의 특호 용주에 앉았고, 16원(院)의 부인들과 비빈, 귀인, 미인들은 5백 척의 이호(二號) 용주에 나뉘어 앉았다. 잡선(雜船) 수천 척을 세 몫으로 나눠 한 몫에는 내시들이 앉게 하고, 한 몫에는 잡역부들을 앉게 했으며, 다른 한 몫에는 식량을 싣게 했다. 삼호(三號) 한 척을 왕의(王義) 부부에게 주어서 용주의 좌우를 순시케 했다. 병마를 거느린 문무백관들은 양쪽 제방을 따라가며 진을 치고 주둔해 있었지만, 조서가 없이는 배에 오르지 못하게 했다.

채색 비단 밧줄로 연결한 10척의 대 용주가 중간을 차지했다. 5백 척의 이호 용주는 절반이 앞에 서고, 절반은 뒤에서 떼를 지어 앞으로 나갔다. 배마다 수놓은 깃발을 꽂았는데 번호에 따라 편성되었다. 여러 부인들과 미인들을 번호에 따라 자리를 잡게 했다.

여러 잡선들에는 누런색 깃발 한 폭씩을 꽂고, 용주의 번호에 따라 다시 작은 번호로 나누었다. 용주에서 부를 수 있도록 너무 앞서거나 뒤에 떨어지지 못하게 했다. 큰 배에서 북소리가 울리면 배들은 줄지어 출범했고, 징소리가 울리면 정박했는데, 군법처럼 엄격했다.

10명의 낭장을 배치하여 배를 매는 밧줄을 호위하면서 주위 양쪽 제방을 순시하게 했다. 수천 척의 용주와 수십 만의 노비들로 회하(淮河)가 꽉 메워졌다. 천자의 호령 한 마디에 모두가 엄숙해졌고 떠드는 자가 없었다.

폭풍과 천둥 같은 황제 호령,	(至尊號令等風雷)
一字의 1만 척 용주행렬.	(萬隻龍舟一字開)
치국은 재능이라 말하지 말라,	(莫道有才能治國)
망국도 또한 재주부리기이다.	(須知亡國亦由才)

황제가 용주에 있는데, 환관 고창(高昌)이 전각녀 1천 명을 인솔하여 배알했다. 모두들 젊은 미인이며 얌전한 행실이라서 황제는 무척 기뻐했다.

"저 아이들을 나눠 배치하였는가?"

고창이 무릎을 꿇고 아뢰었다.

"왕홍(王弘)이 이미 나눠 배치하였습니다만, 아직 폐하의 결재는 없었습니다."

"결재 없어도 되지 않나? 내일 밧줄을 당길 때 짐이 난간에 나가서 구경하면 되네."

여러 전각녀들은 배정된 대로 자기 배로 흩어졌다. 이미 날이 어두워져 배가 갈 수 없게 되자, 황제는 넓은 갑판에 연회석을 마련하여 신하들을 먼저 불러서 마시게 했다. 신하들이 물러가자, 황후와 여러 부인들과 함께 밤늦게까지 마시고 잠자리에 들었다.

이튿날 황제의 명령에 따라 북을 울리고 출발했다. 마침 바람 한 점 없는 날이어서 비단 돛을 걸 수가 없었고, 배에 밧줄을 매고 끄는 수밖에 없었다.

먼저 1천 마리 살찐 양을 몰아다가 한 배에 백 마리씩 나눠놓고 앞에서 달리게 했고, 그 뒤에서 전각녀들이 밧줄을 당기게 했다. 훈련을 받은 전각녀들이어서 요염한 자태로 기슭에 올라가 순서대로 섰다. 배에서 북소리가 가볍게 울리자, 여러 여자들이 함께 힘을 썼고 밧줄을 동여 맨 양들이 앞으로 달려갔다.

10척 대 용주는 백 가닥의 채색 밧줄에 끌려서 유유히 앞으로 나아갔다. 황제와 황후는 선루에서 구경했다. 양쪽 둑에서 비단 밧줄을 당기는 모습은 마치 천만 개의 주옥이 굴러가는듯했다. 멋지고 요염한 여인들의 젊은 미모는 천고에 한번 볼 듯 말 듯한 화려한 경관이었다. 난간에 기대어 서서 구경하는 황제와 황후의 심정은 한없이 즐거웠다.

주옥이 푸른색을 감싸고 봄은 깊어 가는데,　(珠圍翠繞春無限)

거기에 멋진 풍류, 한 줄로 이어진 미인들!　(更把風流一串穿)

그런데 반 리도 못 가서 전각녀의 그 아리따운 얼굴들이 땀으로 범벅되어 더 이상 나아갈 수가 없으니, 이 일을 어찌하겠는가?

때는 3월 하순이었지만 날씨가 몹시 무더웠다. 아침에는 해가 동쪽에 있었지만, 지금은 중천에 있어 그녀들의 머리에는 불볕이 쏟아지고 있었다. 이제 겨우 16, 17세인 소녀들이니 어찌 견뎌낼 수가 있으랴. 얼마 가지도 못하고 숨이 차서 헐떡거렸다.

황제는 전각녀들의 그런 모양을 보면서 생각했다.

'예쁘게 화장한 여인인데, 땀을 흘리며 헐떡거리니 볼 재미가 없다!'

황제는 급히 분부를 내려서 배를 세우게 징을 울려서 전진을 멈추게 했다. 양안의 전각녀들은 비단 밧줄을 잡고 제자리에 섰다. 또 한 번 징을 울려 여자들이 밧줄을 감으면서 돌아오게 했고, 또 한 번 징을 울려 여자들이 밧줄을 걷어가지고 배에 오르게 했다. 황후가 배에 오르는 전각녀들을 보면서 황제에게 물었다.

"얼마 가지를 않았는데, 폐하께서는 어찌하여 멈추게 하시나이까?"

"반리도 걷지 못하고 전각녀들이 헐떡거리지 않소? 이제 더 걸어서 땀투성이가 되면 꼴이 뭐가 되겠소? 이건 모두 날씨가 무덥고 불볕이 쏟아지기 때문이오. 짐은 이런 정경을 피할 대책을 찾으려고 잠깐 멈추게 한 거요."

"호호! 폐하께선 저애들이 불볕에 그을릴 것 같아 몹시 아끼시는군요. 소첩에게 한 가지 계책이 있는데, 폐하께서 마음에 드실지 모르겠습니다."

"그럼 황후의 묘계를 한번 들어나 봅시다."

"전각녀들은 두 손으로 밧줄을 당겨야 하니 부채질도 할 수 없고 양산도 들 수가 없습니다. 저의 생각으로는 용주에서 여름을 지내고 서늘한 가을철이 돌아온 다음 떠나면 햇볕에 그을릴 염려가 없을 것입니다."

"허허, 황후는 농담을 하는구려. 짐은 전각녀들을 아껴서 그러는 게 아니라 땀을 흘리는 모양이 보기 좋지 않아서 그러는 거요."

"소첩도 농담하는 게 아니라, 저 애들을 그늘 밑에서 걷게 하려고 말씀드립니다."

황제는 반나절이나 생각을 굴려도 이렇다 할 묘책이 떠오르질 않았다. 그래서 여러 신하들을 불러서 상의를 했으나 신하들도 이렇다 할 방책을 내놓지 못했다.

그때 한림학사 우세기가 말했다.

"그건 어려운 일이 아니옵니다. 양쪽 제방에 버드나무를 옮겨 심으면 되옵니다. 버드나무가 울창하면 햇볕을 막아줍니다. 전각녀들이 그늘에서 배를 끌 수 있고, 뿌리가 내리기 시작하면 제방이 든든해져서 무너질 염려도 없습니다. 그리고 그 잎으로는 양을 먹일 수도 있습니다."

"훌륭한 계책이다. 하지만 제방이 길어서 어떻게 다 옮겨 심을 수 있겠는가?"

"구역을 나눠 여러 군현에 분배하면 서로 미루면서 시일을 지체할 것입니다. 그러니 폐하께서 명을 내리셔서 관리든 백성이든 버드나무 한 그루를 심는 자에게 비단 한 필을 상으로 준다고 하시면, 가난한 백성들이 이익을 탐내 낮밤을 이어가면서 심을 것이오니, 6일 정도면 끝낼 것 같습니다."

"경은 정말 실용적 재능을 가진 재사로다!"

황제가 기뻐 칭찬했다.

병부, 공부, 이부에 명령을 내려 버드나무 한 그루를 심는 자에게 비단 한 필씩을 상으로 준다고 마을에 사는 백성 모두에게 널리 알렸다. 그리고 태감들을 불러 호부를 감독해서 무수한 비단과 은을 실어다가 나무를 심은 숫자에 따라 상을 주게 했다.

재물은 그야말로 귀신도 부릴 수 있는 신통력을 갖고 있다. 비단 한 필이라는 후한 상에 남녀노소를 불문하고 밤을 새워가면서 나무를 심었고, 양쪽 제방은 오가는 사람들로 붐비었다. 근방에 버드나무가 없으면 30리, 50리 밖에 까지 가서 파다가 심었다. 어린 나무가 없으면 아름드리 나무를 뿌리째 파다가 심었다. 백성들이 벌떼처럼 몰려다니면서 버드나무를 심는 정경을 바라보는 황제의 마음은 무척 즐거웠다.

그리고 여러 신하에게 말했다.

"옛날 주 문왕(周文王)이 백성들에게 덕을 베푸니, 백성들은 그를 위해 높은 누대를 쌓고 못을 파서 어버이 섬기듯 했다는 이야기가 천고의 미담으로 전해지고 있다. 오늘 백성들이 앞다투어 나무를 심고 있으니 그 옛날의 정경과 다름이 없다. 짐도 한 그루 심어서 군신(君臣)이 동고동락하는 성대한 일을 세상에 알리고 싶다."

황제는 신하를 거느리고 제방에 올랐다. 백성들은 황제를 보고 땅에 엎드려 절을 하자, 황제는 백성들에게 일어나라고 말했다.

"백성이 나무 심기에 고생하니, 짐은 미안스러운 마음을 금할 수가 없다. 짐도 한 그루 심어서 민의를 위로하겠노라."

황제는 버드나무에 다가가서 한 그루를 골라 친히 심으려고 했으나 손이 나무에 닿기도 전에 많은 내시들이 달려와서 옮겨다가 구덩이를 파고 심었다. 황제는 나무를 몇 번 만져본 정도였지만 황제께서 친히 심은 나무라고 하였다. 대신과 백성은 일제히 만세를 불렀다. 황제가 심었으니 여러 대신도 한 그루씩 심지 않을 수가 없었다. 여러 대신이 심고 나자, 백성들은 일제히 떠들어 대며 소리를 질렀다. 그것은 리듬도 없어 가곡도 가창도 아니었다.

버드나무 심자. 모두 나와라!	(栽柳樹, 大家來)
그늘지니 좋고, 불 땔 나무다.	(又好遮陰, 又好當柴)
천자께서 심고, 관리도 심으니,	(天子自栽, 這官兒也要栽)
백성들도 응당 그래야 한다네.	(然後百姓當該)

황제가 듣고 너무도 기뻐서 백성들에게 상을 주고 배에 올랐다. 백성들은 큰 이익을 보게 되자, 너도나도 몰려와 나무 심기에 달라붙었다. 그래서 2, 3일 만에 천리 제방에 버드나무 거리가 조성되어 가지들이 휘늘어지고 시원한 그늘이 생겼으며, 바람이 불어오면 흐느적거리며 맑고 시원한 모습을 만들었다. 또 달 밝은 밤이면 짙은 그림자를 던져주었다.

황제와 황후는 용주의 난간에서 이야기를 주고받았다.

"버드나무의 기묘한 점이 바로 여기에 있었구려. 그야말로 하늘을 덮는 푸른 장막과 같단 말이오."

"푸른 장막도 저렇듯 풍류스럽고 멋스러울 수 없습니다."

"짐은 버드나무에 관직을 주려고 하오. 여러 궁녀와 백성이 오가며 한데 뒤섞여 만지고 희롱하니 별로 좋아 보이지는 않소. 그래서 버드나무에 국성(國姓)인 양씨를 하사하여 앞으로는 양류(楊柳)라고 부르게 하겠소!"

"폐하께서 초목에도 국성을 하사하고 상을 베푸시니, 성은을 초목에까지 미친 인정(仁政)이시며 새로운 체통을 세우셨습니다."

황제는 붓을 가져다가 붉은 명주에 '양류(楊柳)'라는 두 글자를 큼직하게 쓰고 좌우를 불러 버드나무 앞에 큰 깃대를 세우고 걸어놓게 하였다.

이어 오늘의 수고를 위로하는 주연을 베풀게 명령하였다.

다음 날 북을 울려 출범하게 했다. 뱃머리에서 울리는 북소리와 함께 전각녀들은 다시 비단 밧줄을 쥐고 제방에 올라가 배를 끌었다. 양안의 버들은 햇빛 한 점 흘러들지 않도록 그늘을 드리워주었다. 바람이 서늘하게 불어오면 여간 상쾌하지 않았다. 전각녀들은 저마다 미모를 자랑하면서 웃고 떠들며 배를 끌었다. 전각녀들이 힘들지 않게 걸어가는 모양을 보며 황제는 마음속으로 무척 기뻤다.

그래서 십육원 부인들과 여러 미인들을 불러다가 술을 마시면서 즐겼다. 황제는 얼큰하게 취하자, 음욕이 꿈틀거려 원보아를 데리고 용주의 화려한 난간을 돌면서 전각녀들을 눈여겨보았다. 붉은 명주옷이나 채색 비단옷을 입고 버드나무 사이로 춤추듯 걸어가는 어린 여자애들 모두가 매력덩어리로 보였다. 황제는 세 번째 용주에 이르러 특별히 예쁘게 생긴 여자애를 하나 보았다.

부드럽고 아리따운 가는 허리와 늘씬한 몸매, 하얀 흰 살결에 보름달 같은 얼굴, 까만 눈동자는 그야말로 매혹적이었다.

황제는 크게 놀랐다.

"서시(西施)처럼 그리고 모장(毛嬙)[132]처럼 아리따운 저런 미인

---

132 毛嬙西施(모장서시) ― 毛嬙(모장, 생졸년 미상, 嬙은 궁녀 장)은 춘추시대 월왕(越王)의 잉첩(媵妾)으로 보통 서시보다 앞에 일컬어진다. 《莊子》에도, 「毛嬙과 여희(麗姬)는 미인이니 물고기가 보고서도 깊이 가라앉고, 새가 보고서는 놀라 높이 날아간다.」고 하였다. 《管子 小稱(관자 소칭)》에서도 「毛嬙,西施, 天下之美人也.」라

이 어찌 전각녀 속에 끼어있단 말이냐? 옛사람들이 이르기를, '미모는 식욕을 돋운다(秀色可餐)'고 했으니,[133] 저런 미녀가 있는데 어찌 술을 마시지 않는단 말이냐?'

원보아가 말했다.

"과연 예쁜 미인입니다. 폐하께서 옳게 보셨습니다."

황제가 돌아오지 않으니, 황후는 설야아를 시켜서 황제를 모셔다가 술을 대접하라고 했다. 하지만 황제는 돌아오려고 하지 않았다. 넋을 잃고 그 미녀만을 바라볼 뿐이었다. 황제가 움직이지 않으니, 주귀아가 황후한테 알렸다.

"폐하께서 또 고질병이 도지셨구나."

하였다. 그러나 모장은 점차 잊혀졌고 서시만이 강남 미인을 대표하게 되었다.

西施(서시, 생졸년 미상)는 越 땅의 미녀, 본명 施夷光(시이광). 수절강성(浙江省) 紹興市(소흥시) 관할 諸暨市(제기시) 출신. 西村의 시씨(施氏)란 뜻. 패망한 월왕 句踐(구천)에 의해 吳王 夫差(부차)의 희첩(姬妾)으로 바쳐졌다. 古代 四大美女 중 沉魚(침어)의 미인. 吳 몰락 후에 범려와 江南 五湖를 떠돌며 숨어 살았다는 등 전설의 주인공이다.

133 예로부터 미인은 팔자가 기구하다(紅顏自古多薄命). 미인에게는 이런저런 말이 많다(紅顏女子多是非). 달빛 아래 미인은 더 아름답고 더 교태가 넘친다(月下看美人 愈覺嬌媚). 아내를 얻을 때는 부덕을 취해야 하고, 첩을 고를 때는 미색을 골라야 한다(娶妻取德 選妾選色). 세속의 재물, 미인, 기생집에서 마시는 술, 이 세 가지에 미혹되지 않는 사람이 있는가?(世財紅粉 歌樓酒 誰爲三般事不迷).

황후는 웃으면서 여러 부인과 함께 세 번째 용주에 가보았다. 과연 아름다운 미녀였다.

"참 미인입니다. 그래서 폐하께서 줄곧 주시하셨나이까?"

"짐이 잘못 본 적이 있었나?"

"하지만 폐하께서 성급히 생각마시고 가까이서 보셔야 합니다. 불러오라고 분부하십시오."

내시에게 불러오라고 분부하니 잠깐 사이에 그 미녀가 용주로 올라왔다. 처음에 황제는 멀리서 그녀의 날씬하고 아리따운 자태만 보았을 뿐이었다. 그런데 가까이에서 보니 길게 그린 눈썹은 방금 솟아오른 초승달 같았다. 그 까만 눈동자와 흰 치아〔명모호치(明眸皓齒)〕에 빠진 황제는 그녀의 골수에서 향기가 확확 뿜어나오는 듯한 느낌이 들었다.

황제는 진흙 속의 진주를 발견한 듯 기뻐하면서 황후에게 말했다.

"오늘 우연히 이런 미인을 만났구려."

"폐하께선 화조풍월(花鳥風月)의 복을 누리셔야 합니다. 그러니 이런 미인과 즐기셔야지요."

황제가 그 미인에게 물었다.

"넌 어디서 왔고 성씨가 뭐냐?"

그녀는 몹시 수줍어하면서 대답했다.

"소첩은 오군(吳郡) 사람으로, 성은 오(吳)이고 이름은 강선(降仙)입니다."

"몇 살인가?"

"열일곱 살입니다."

"꽃다운 나이로다. 시집은 갔느냐?"

강선은 부끄러워하며 머리를 숙였다.

황후가 웃으면서 말했다.

"부끄러워 말라. 오늘 밤 시집을 가게 될거다."

"황후가 매파가 됐구려."

"폐하께선 새신랑 같으십니다."

그러자 양부인이 끼어들었다.

"소첩들이 또 술을 마시게 되었습니다."

여러 부인들이 웃고 떠드는 사이에 날이 저물어 배를 정박시켰다. 징소리가 울리자 전각녀들이 밧줄을 걷어가지고 배에 올랐다. 잠깐 사이에 저녁 연회가 시작되었다.

황제와 황후가 상좌에 앉고 16원 부인과 여러 귀인들이 양옆으로 앉았다. 주귀아는 어린 조왕을 데리고서 사(沙) 부인의 곁을 떠나지 않았다. 여러 미인들이 노래도 부르고 춤도 추면서 모두가 즐겁게 술을 마셨다.

황제는 오강선의 모습이 눈에 선하여 잔을 들고도 생각에 잠겼다.

황후가 어느 결에 눈치를 채고 말했다.

"폐하께서 너무 생각지 마십시오. 어쨌든 새사람이 더 좋게 마련인데, 어찌하여 입궁한 오강선을 옆에 앉혀 합환주를 마시지 않나이까?"

황후가 진작 자기의 속심을 꿰뚫어본 것을 안 황제는 겸연쩍은 듯 웃어버리고 말았다.

황후는 오강선을 불러 황제한테 술을 따르게 했다. 술잔을 받은 황제는 다른 한 손으로 그녀의 섬섬옥수를 잡고 말했다.

"황후가 너를 옆에 앉게 했으니 앉아라!"

"저는 시중만 들어도 천행으로 생각하고 있는데, 어찌 감히 앉을 수 있겠습니까?"

"너는 예의도 알고 있구나. 앉지는 못해도 술까지 못 마신단 말이냐?"

오강선의 잔에 술을 부으라고 좌우에 분부했다. 오강선은 사양할 수가 없어서 억지로 마셨다. 여러 부인들은 황제의 방탕한 마음을 알고 있는지라 너도나도 일어나서 한 잔씩 부었다. 잠깐 사이에 곤죽이 된 황제는 자리에서 일어나며 오강선에게 부축하라고 말하고, 함께 용주 안 침실로 들어갔다. 황후는 마시고 싶지 않은 술을 여러 부인들과 함께 억지로 마셨고, 원자연은 배가 아프다면서 먼저 돌아갔다.

배를 궁전처럼 꾸미기는 했지만 자리가 좁고 또 궁중의 건물처럼 쌍문이나 쌍벽이 없다 보니 안에서 나는 소리를 밖에서 얼마든지 들을 수 있었다.

황제와 오강선이 후궁으로 들어간 후 호기심이 동한 몇몇 부인은 몰래 쫓아가서 엿듣고 웃음을 금치 못했다.

설야아가 말했다.

"여자로 태어난 게 잘못입니다. 얼마나 시달림을 더 받아야 하나요."

황후가 말했다.

"그래도 남자들보다야 낫지. 남자들이야 상법(常法)을 지켜야 하지만 여자들이야 상관없지. 세월이 변하면 권세에 따라 상전(桑田)이 되든 창해(滄海)가 되든, 바람에 따라 돛을 올리며, 즐겁게 살기만 하면 되니까."

이(李) 부인이 말했다.

"마마의 말씀에 일리가 있습니다."

황후가 자리에서 일어서니, 여러 부인들은 용주의 침소까지 바래다주고 자기들 배로 돌아들갔다. 진(秦) 부인이 하씨와 적씨 부인에게 말했다.

"원귀인한테 가보자구. 왜 배가 아프다고 할까?"

여러 부인들이 원자연의 배에 당도하자, 공중에서 폭음이 울렸다.

세찬 진동이 일면서 부인들이 함께 나자빠졌고, 수백 척의 배들이 흔들리며 창문이 흔들리고 기둥이 기울었다.

황제가 급히 내시들에게 분부해서 왕의와 여러 재상들에게 어디에서 이런 나쁜 일이 생겼는지 알아보게 했다. 왕의는 분부를 받고 여러 재상들과 함께 사처를 돌아다니면서 조사했다.

자리에서 일어선 부인들이 정신을 가다듬고 궁노한테 물었다.

"원부인께서는 주무시느냐?"

"원부인께서는 관성대(觀星臺)에 올라가셨습니다."

원자연의 용주에는 관성대를 세웠었다. 네 부인이 관성대에 오르려는데 마침 원자연과 주귀아가 어린 조왕(趙王, 36회 주석 참고)을 데리고, 왕의의 처 강정정이 뒤를 따르면서 선창으로 내려오고 있었다. 양모(養母)인 사(沙) 부인이 조왕을 나무랐다.

"너 때문에 걱정했는데, 여기에 와있었구나."

강정정은 사(沙), 진(秦), 하(夏), 적(狄) 부인과 만난 적이 있었다. 네 부인은 그녀에게 자리를 권했다.

하부인이 원귀인한테 물었다.

"배가 아프다는 사람이 관성대엔 뭘 하러 올라갔었나?"

"저는 술마실 줄도 모르고 익살도 부릴 줄을 몰라요. 폐하께서 침궁으로 돌아가셨으니, 저도 자리를 떠야지 거기에 끼어들어선 뭘하겠어요? 더구나 엊저녁 관성대에서 보니 원(垣) 안의 기색(氣色)이 좋지 않았어요. 바로 지금 이 시각이에요. 자미원에 불길한 징조가 생길 때가 멀지 않은 것 같은데, 어쩌면 좋겠어요?"

사부인이 강정정한테 말했다.

"우린 궁중에만 있다 보니 바깥세상이 어떻게 돌아가는지를 전혀 모르고 산다구."

"바깥일에 대해선 오직 폐하께서만 모르고 계셔요. 저희들 부부는 천하가 도적으로 들끓는다는 소식을 듣고 탄식만 했어요. 정말 통곡할 일이에요."

진부인이 깜짝 놀랐다.

"아니, 일이 그 지경까지 이르렀나?"

"최근 몇 년간 조정에서 일을 거스르지 않고 행하다 보니 백성들이 모두 파산되고 있어요. 근자에 도적 무리가 성행해서 도처에서 약탈하고 있는데 백성보다 도적이 더 많아질 형편이에요."

원자연이 물었다.

"그전에 폐하께서 하북 일대의 도적 무리를 치도록 양의신을 보내셨는데, 어떻게 되었는지 모르겠군요?"

강정정이 말했다.

"양장군을 보내신 건 지당한 일이었습니다. 그래서 반적인 장금칭(張金稱)을 격파했어요. 두건덕까지 치려고 했는데, 어떤 사람이 장군의 공로를 시기해서 그의 병권이 너무 크다고 간쟁하는 바람에 양장군을 은퇴시키고 다른 사람을 보냈대요."

적부인이 말했다.

"옛날부터 쾌락이 극에 이르면 슬픔이 생기게 마련이고, 끝나지 않는 연회 자리도 없는 법이라고 했어요. 그러니 장래 이 몸이 어디에 묻히는지도 모르겠군요."

주귀아가 위로했다.

"생사(生死)와 영욕(榮辱)은 하늘에서 정해주신건데, 불길한 생각부터 하실게 뭔가요?"

한동안 이야기를 나누다가 부인들은 각자 자기 배로 돌아갔다.

오강선을 얻은 황제는 7, 8일간 즐겁게 놀다가 휴양에 이르렀다. 그러나 뱃길에 모래와 진흙이 쌓여있고 용맥이 통하도록 성을 파헤치지 않은 것을 보고, 황제는 이를 추궁하기 시작했다.

영호달을 어가 앞에 불러다가 문초했다. 영호달은 마숙모가 어린애들의 골수를 뽑아먹고 도류아(陶柳兒)와 결탁해서 지방의 은을 협잡한 사실을 세 번이나 상소했지만, 중문사 단달이 마숙모한테서 천금의 뇌물을 받고 자기의 상소를 올리지 않았다고 상주했다.

이에 대노한 황제는 장물을 들춰내도록 유잠(劉岑)을 시켜서 마숙모의 행장(行裝, 行李) 짐을 수색하게 했다. 잠시 후 유잠은 마숙모의 주머니에 있던 금은 보물을 가져다가 어전에 진열해 놓았는데, 황금이 1만 3천 냥이었다. 태상경(太常卿) 우홍재(牛弘齋)가 진후(晉侯)에게 바친 백옥도 있었고, 역대의 조정에서 조서를 내릴 때 쓰던 옥새(玉璽)도 찾아냈다.

그것들을 보면서 황제는 대경실색했다.

"대대로 전해오는 국보인 이 옥새를 갑자기 잃어서, 그전에 짐이 궁중을 발칵 뒤집으면서 찾았다. 도류아란 놈이 훔쳤을 줄은 꿈에도 생각지 못했다. 궁궐 안에까지 들어와서 훔치니 한심하기가 그지없구나."

황제의 유시에 따라 내사(內使) 이백약(李百藥)이 군사 1천 명을 거느리고 영릉현(寧陵縣) 상마촌(桑麻村)을 포위하고 도류아의 가족들을 몽땅 붙잡아오게 했다.

소식을 전혀 모르고 있었던 도류아는 가족 80여 명과 함께 군사들한테 사로잡혀왔다. 그 외에도 장쇠자를 비롯한 많은 도당들이 잡혔는데 대신들이 엄격히 문초해서 황제에게 상주하도록 했다.

황제의 유시에 따라 도류아의 가족들을 전부 거리에 끌고 나가 목을 자르고, 마숙모는 목과 허리를 잘라 세 토막을 내어서 이금도지설(二金刀之說)이 사실이라 증명하였다. 단달은 뇌물을 받고 황제를 속였기에 목을 잘라야 했지만, 전에 세운 공로를 생각해서 죽이지 않고 그의 관직을 낮추어 낙양 감문령(監門令)으로 보냈다. 이야말로,

제보가 황제에 이르고 또 보고가 되니,　　　(一報到頭還一報)
비로소 천망(天網)이 헐렁치 않음을 알리라.　　(始知天網不曾疏)

수·당연의(隋·唐演義) {제2권}

초판 인쇄 2023년 6월 15일
초판 발행 2023년 6월 22일

지   음 | 저인확
옮   김 | 진기환
발 행 자 | 김동구
디 자 인 | 이명숙·양철민
발 행 처 | 명문당(1923. 10. 1 창립)
주   소 | 서울시 종로구 윤보선길 61(안국동)
           국민은행 006-01-0483-171
전   화 | 02)733-3039, 734-4798, 733-4748(영)
팩   스 | 02)734-9209
Homepage | www.myungmundang.net
E-mail | mmdbook1@hanmail.net
등   록 | 1977. 11. 19. 제1~148호

ISBN 979-11-91757-76-7 (04820)
ISBN 979-11-91757-74-3 (세트)
20,000원